후원에 핀 제비꽃

성혜림 장편소설

IV
The Blooming Violet
in the Back Garden
후원에 핀
제비꽃
성혜림 장편소설
D&C
BOOKS

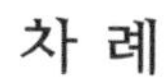

차 례

3부

제비꽃, 피어나다

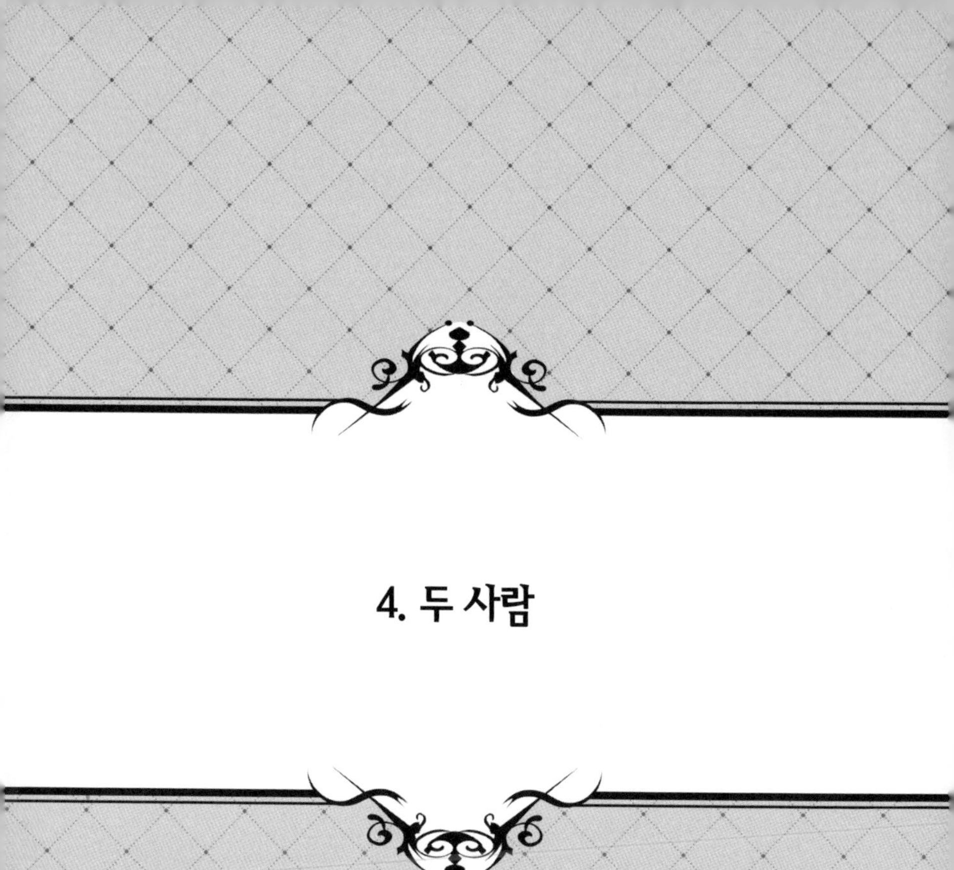

4. 두 사람

4. 두 사람

에이든이 후작이 되고 나서 처음으로 저택 안이 얼어붙었다. 모두가 부동자세로 침입자를 보고 있었다. 그 침입자는 다름 아닌 이 저택의 전 주인이었다.

에셀먼드가 갑자기 저택에 찾아왔을 때 얼마나 놀랐던가. 들어오지 말라는 집주인의 말에도 아랑곳하지 않고 무단 침입한 에셀먼드였다. 가문 내에 거하는 에르멘가르트 가문의 기사 몇 명이 놀라 달려왔다.

"겨, 경!"

"……."

"아무도 들지 않게 하라 명했다."

창문 너머 서슬 퍼런 에이든의 목소리에 기사들이 검을 빼 들었으나, 에셀먼드의 기세 역시 만만치 않았다.

"여기서 기사들을 다치게 하길 원하는 겁니까, 후작."

"그놈의 후작! 그쪽에게 들으니 아주 지긋지긋하군요!"

에이든이 결국 창문을 열며 커다란 목소리로 비아냥거렸다. 본디 큰 목소리지만, 작정하고 소리치자 아래층 사람들까지 모두 들을 수 있었다.

"성녀님이 모셔 오라 하셨습니다."

그 말에 에이든이 소리쳤다.

"아하, 그래. 성녀님이 제일 대단하시겠지! 비올렛이 죽으라곤 명령 안 했습니까? 그래 줬으면 속이 시원할 텐데."

그 말에 에셀먼드의 얼굴이 일그러졌다. 그는 후, 한숨을 쉬더니 다시 참을성 있게 대답했다.

"성녀님이 모셔 오라 하셨습니다."

"아! 그 말밖에 못 하십니까! 원래부터 심심했는데 더 재미없어졌네. 재미없는 신관들이랑 같이 있더니 글러 먹었네, 글러 먹었어!"

에셀먼드의 차가운 얼굴이 위험한 빛을 띠었다. 그를 막으려고 서 있던 기사들의 표정이 서서히 변해 가기 시작했다. 저것은 연병장 백 바퀴를 돌라 명령하기 전 얼굴이었다.

"마지막 경고입니다, 각하."

"세상에, 가디언 나리께서 경고씩이나! 여기 가디언이 사람 친다! 아이고 무서워라!"

기사들은 등골에 소름이 오소소 돋았다. 아무리 가문의 수장이라지만 저 깐죽거리는 입을 치우고 싶다. 세상에서 지워 버리고 싶다. 아무리 후작이라지만, 이건 자살행위였다. 에셀먼드에게서 뿜어져 나오는 살벌한 기세에 기사들이 차마 그와 눈도 못 마주치던 때였다.

"정 그렇게 나오신다면 다리를 부러트려서라도 데려가겠습니다."

이런 미친! 에이든의 얼굴이 하얗게 질린 기사들과 똑같이 변했다. 에셀먼드는 표정 하나 변하지 않았지만 그 말에 서린 것은 진심이 담긴 경고였다. 에이든의 머릿속에 형과 함께했던 빌어먹게도 아름다운 추억이 새록새록 떠올랐다.

"서, 성녀님이 가만두지 않을 겁니다만? 비올렛이 얼마나 착한데……."

"성녀님도 윤허하신 일입니다."

"아, 그 애는 진짜 그 더러운 성격 고쳐야 해!"

에이든이 빽 소리치고 창문을 닫았다. 잠시 후, 기사들의 우려와는 다르게 저택의 문이 열렸다. 집사가 반가움을 표시했으나 에셀먼드는 집사와 눈도 마주하지 않고 마련되어 있는 응접실로 성큼 걸어 들어갔다.

이내 처음으로 화해라는 것을 해 본 이 형제는 왕성으로 달려갔다. 그러나 그들은 예상치 못한 문제에 직면하게 되었다.

왕족 시해 사건이라니! 우선 혐의에 대해 조사가 필요하다는 말에 그들은 얌전히 말을 탄 채 느릿느릿 호송되었다. 그 도중 에셀먼드가 말의 옆구리를 걷어찬 것은 순간의 일이었다. 창과 칼 때문에 겁에 질려 있던 말이 뒷발로 일어서자 포위하던 병사들이 행여나 말발굽에 치일까 뒷걸음질 쳤다.

"형!"

에이든이 무엇이라고 말하기도 전에 에셀먼드가 검을 꺼내 들었다. 그것은 병사들이 가장 두려워하던 일이었다. 그들은 정식 기사도 아니었기에 기사 중에 기사라 불리던 에셀먼드가 뿜어내는 기세에 겁에 질렸다.

"자, 잡아라!"

그러나 에셀먼드는 그 찰나의 망설임조차 기회로 만드는 사람이었다. 빈틈이 생기자마자 그는 말을 다시 앞으로 몰았다. 어찌나 맹렬한 속도였던지, 말이 달리는 소리가 바람 소리와도 같았다. 치안 대장이 얼른 말을 타고 에셀먼드를 쫓았다. 그러나 그는 이미 점이 되어 버린 지 오래였다. 순식간에 벌어진 일이라 에이든은 망연하게 그것을 바라보고 있을 수밖에 없었다.

에셀먼드가, 긍지 높은 그의 형이 지금 도주한 것이다.

전령이 도착한 것은 시해 사건이 발생하고 사흘이 지난 후였고, 전령의 목을 보냈으니 왕도 이제 본격적으로 전쟁 준비를 활발히 할 것이다. 성도의 병력이 모이는 것은 상당한 시간이 소요되었다.

"어쩐 일이십니까."

기사들이 전쟁 준비로 한창일 때, 린도는 조용히 체자레를 찾아갔다. 이틀 후가 출병일임에도 체자레는 느긋한 차림으로 앉아서 책을 읽고 있었다. 심지어 그것은 전술서도 아닌, 낭만시집이었다. 편한 수면 가운을 입고 있는 그의 어깨까지 내려온 머리카락이 어두운 루비색으로 빛났다. 여유로이 책을 읽고 있는 그의 모습은 기이하게도 평화롭고 아름다워 보는 사람에게 기묘한 안도를 주었다.

"불안하셔서 오신 겁니까?"

마치 아이를 다루는 듯한 말투였다. 자신과 똑같은 체자레의 금색 눈동자를 보던 린도는 눈을 들어 체자레의 손에 끼인 반지와 화려한 귀걸이를 보았다.

"전시임에도 언제나처럼 화려하십니다, 추기경."

"완벽한 승리가 예정되어 있는 싸움이니, 그에 걸맞은 치장을 했을 뿐입니다."

"그렇습니까?"

사르륵 책이 넘어가는 소리가 들렸다. 체자레의 얼굴에 미소가 서렸다.

"무슨 말을 하고 싶어서 오신 겁니까. 아니, 무엇을 묻고 싶어서 오신 겁니까."

그제야 린도가 물었다.

"전쟁 말입니다. 진정 비올렛을 구출해 내기 위해 일으키는 게 맞습니까?"

그 말에 체자레가 의외의 말을 들었다는 표정으로 말했다.

"이런, 당연한 말을 하십니다. 억울한 누명을 쓰고 감금된 성녀님의 목숨이 위험합니다. 나라의 존속이 달린 일이기도 하지요."

체자레는 미소를 지었다.

"사실은 추기경이 일으키고 싶었던 것이 아닙니까?"

린도가 날카롭게 물었다. 말하는 사안이 어마어마함에도 체자레의 표정은 전혀 변하지 않았다.

"어찌 그렇게 생각하십니까?"

그 말에 린도가 대답했다.

"보고를 들었습니다. 한 달 전, 다니엘 하드퍼드와 공작령에서 접촉이 있었다지요? 그리고 독술사가 그곳에 갔다는 소식을 들었습니다."

린도의 얼굴이 싸늘하게 물들었다.

"왕자가 시해된 것이 우연입니까? 비올렛은 누명을 쓴 것입니다. 그렇지만 정말로 우리에게 명분이란 게 있습니까? 전쟁은 그쪽이 아니라 우리가 일으킨 것이 아니냔 말입니다."

그 말에 체자레가 웃음을 터트렸다. 아주 재미있어 하는 태도였다. 린도는 그 기만적인 웃음을 굳은 표정으로 바라보다 말을 이었다.

"처음부터 추기경은 비올렛을 이용할 생각이었던 겁니다."

"아니, 아니."

체자레가 웃음기가 사라지지 않은 목소리로 말했다.

"성녀에 대한 제 사랑은 진짜랍니다! 저는 비올렛을 아주 아끼고 있어요. 린도, 아주 많이 발전했군요. 사람을 심어서 절 감시까지 하실 줄이야."

억지로 끅끅거리며 참는 웃음소리가 귀에 거슬렸지만 린도는 그것을 막지 않은 채 그대로 듣고 있었다.

"하지만 린도, 제가 그에게 준 것은 독이 아니었습니다."

그 말에 린도가 얼굴을 찌푸리며 말했다.

"거짓을 말하지 마십시오! 성녀가 눈앞에 있었는데도 치료하지 못하고 왕자가 사경을 헤매고 있었다면 분명 보통 독은 아닐 겁니다. 이 나라에서 그런 독을 가지고 있는 것은 그 독술사 외엔 없지 않습니까!"

"그렇습니다. 하지만 제가 그를 소개시켜 준 것은 맞으나, 독을 건네준 것은 제가 아니랍니다."

"추기경!"

체자레의 말은 결국 이 전쟁에 본인이 관련되어 있다는 말과 마찬가지였다. 린도의 얼굴이 분노로 달아올랐다. 그는 체자레를 적이라도 되는 듯 노려봤다. 린도가 내뿜는 위험한 기세에도 체자레는 눈 하나 깜짝하지 않았다. 린도가 낮게 가라앉은 목소리로 말했다.

"이 전쟁을 멈추겠습니다. 출병은 없습니다."

"그러시겠습니까?"

체자레가 흥미로운 듯 턱을 쓰다듬으며 린도의 얼굴을 보았다. 그는 놀라지 않은 표정이었다.

"당장 추기경을 구금하라!"

린도의 격앙된 목소리에 밖에 서 있던 기사들이 방 안으로 들이닥쳤다. 하지만 체자레는 느긋하게 린도를 올려다볼 뿐이었다.

"성하, 전쟁을 막겠다고요? 어떻게 하시겠습니까?"

"국왕에게 정식으로 요청하겠습니다. 말룸이 있기에 성녀가 있다는 것은 교리상 당연한지라 그 모순을 증명할 방법이 없습니다. 하지만 적어도 독살에 대해서는 증명할 수 있겠지요. 추기경이 아니라 하셨으니 오해는 분명 밝혀지리라 믿습니다."

"그것이 가능하다고 보십니까?"

신관들과 기사들이 그들을 에워싸고 있었다. 교황과 추기경의 대립에 사람들의 눈이 불안하게 흔들렸다.

"저는 말입니다, 성하. 때로는 성녀를 닮은 성하의 천진함이 역겹습니다."

체자레의 금안이 서늘함을 품었다. 똑같은 황금색 눈을 가진 맹수가 서로를 바라보고 있었다. 체자레의 몸에서 죽음의 기운이 뿜어져 나왔다. 자신에게 던지는 적개심 어린 말에 린도의 표정이 일순 무너졌다.

"성녀는 언제나 순수하며 천진해도 됩니다. 왜냐면 그렇게 태어난 존재니까요. 때로는 그것이 너무나 사랑스러워 견딜 수 없을 정도입니다. 하지만 성하는 다릅니다."

"무슨 소리를 하시는 겁니까."

"이미 벌어진 전쟁을 막을 수 있다고 생각하십니까? 겨우 시해범을 찾는 것으로? 주사위는 던져졌고 왕은 전쟁을 '선택'했습니다. 성녀의 순진함에 감화되는 교황이라니, 그 모습이 너무나 어리석고 구역질이 나 보기 힘들군요."

체자레가 자리에서 일어났다. 새하얀 수면복 위로 그의 긴 붉은 머리카락이 찰랑거렸다. 그는 손을 들어 머리칼을 정리하더니 말했다.

"성하를 모셔라."

"무슨!"

그 말에 성기사들이 일제히 린도의 곁에 서서 그의 팔을 잡았다. 린도는 앞에 서 있는 체자레를 노려보았다.

"무슨 짓이냐. 지금 교황의 몸에 함부로 손을 대는 것이렸다!"

린도에게서 위험한 기운이 뿜어져 나왔다. 그의 얼굴에 경악이 서린 것에 비해, 체자레는 느긋하게 걸어와 린도의 앞에 섰다. 기다란 손이 린도의 은발을 쓸어내렸다.

"아직도 멀었군요, 성하. 얼굴도 드러내지 않는 교황이 제대로 성무에 나선 지 1년도 채 지나지 않았습니다. 그들이 누구를 더 신뢰할까요? 정체가 드러나지 않은 교황일까요, 아니면 저일까요?"

린도는 자기 앞에 선 남자의 모습을 보았다. 이유 없이 여유로웠던 게 아니었던 것이다.

"사람을 붙였다 하셨지요? 제가 그것을 정말로 모른다고 생각하셨습니까?"

그의 눈이 부드럽게 휘었다. 그는 아찔할 정도로 매혹적인 미소를 짓고 있었다. 그동안 그가 지었던 미소보다 더더욱 환하며 잔혹한.

"그동안 성하의 성장을 기쁘게 봐 왔습니다만, 이런 어리광은 조금 나중에 부리셔야겠습니다. 제게 이를 들이대시려면 조금 더 자세를 낮추시고 더 철저하게 자신을 숨기셨어야 했습니다."

달콤하게 속삭이는 목소리가 린도의 귀에 들려왔다. 린도가 이를 악물고 체자레를 노려보았다. 얼마나 오만한 생각이었나. 자신이 움직이기만 한다면 체자레의 사람들이 자신의 사람들이 될 거라 생각했다. 그는 성도의 지배자로서 그동안 체자레를 용인하고 있었다고 생각했다.

그러나 그것은 반대였다. 린도는 체자레가 그동안 자신을 '봐주고' 있었음을 깨달았다. 교황이라는 권위는 절대적이었지만 실질적인 권력은 체자레의 손에 있었다. 자신이 교황이 된 것은 체자레가 있었기 때문이라는 걸 알고 있음에도, 지나치게 낙관적으로 생각했던 것이다. 실수했다.

"성하를 모셔 가거라. 출정 때, 아니 출정 이후로도 성 밖으로 나서실 수 없다."

"추기경!"

성력을 쓰고 싶었지만 쓸 수 없었다. 써 봤자 힘만 낭비될 게 뻔했다. 린도는 자신이 실각失脚했음을 깨달았다.

에이든은 북쪽 탑의 방으로 올라갔다. 방으로 올라가는 계단 입구에 쳐진 쇠창살 아래 기사가 기다리고 있었다.

"식사는?"

"전혀 안 드신다고 합니다."

기사가 그렇게 말하며 한숨을 쉬었다. 그는 이전 크리처 토벌 때 차출되었던 기사 중 한 명이었다.

"안 드신다고 한다니? 모르고 있었나?"

"아, 저는 방금까지 문초를 하다가 와서 그렇습니다."

그에 에이든이 고개를 끄덕이더니 목소리를 낮추며 물었다.

"조사는 어디까지 진행되었나?"

그들 사이에 잠깐 정적이 일었다. 기사는 망설이는 듯하더니 조심스럽게 입을 열었다.

"경, 저는…… 성녀님이 도저히 전하를 독살했다고 생각하지 않습니다. 이건 모함이 틀림없습니다."

"그건 나 역시 마찬가지야. 왜 그렇게 생각하지?"

한 번 말을 뱉어낸 기사는 한결 편한 얼굴로 에이든의 물음에 대답했다.

"옛날이라면 신전 놈들의 수작질이라고 생각할 텐데 사실 그놈들을 알고 보니 그런 생각도 안 듭니다. 성녀밖에 모르는 좀 모자란 놈들인데 어떻게 이런 짓을 저질렀겠습니까. 후버 백작령에서 본 모습이 거짓은 아닐 것입니다."

에이든은 나지막하게 한숨을 쉬었다. 수도 인근의 기사들 대부분이 에이든을 따라 크리처를 토벌하러 갔었다. 잡혀서 문초를 당하는 성기사 아르센 경 역시도 크리처 토벌에서 생사고락을 함께했다. 왕에게 충성을 바치며 검을 드는 기사들과 신에게 자신의 인생을 바치며 검을 든 성기사들은 별다를 게 없었다. 신관들에게는 또 얼마나 목숨을 구원받았는가. 크리처 토벌 전과 후로 신전에 대한 인식이 달라졌다.

"그래서 아르센 경은 어떻게 됐지?"

"아르센 경도 잡혀간 요리사도 성녀님과 그 독은 전혀 관계가 없다고 말하고 있습니다. 오히려 아르센 경은 문초를 받으면서도 성녀님의 안부를 물었습니다. 그게…… 사실 기사들 사이에서도 의견이 분분합니다. 기사들 역시 한 번씩은 누군가를 족쳐서 토해 내게 해 본 적이 있는 기사들인데…… 정말 모르는 것 같다고."

고문 기술자 옆에서 고문하는 것을 지켜만 본 기사들이었지만, 그들도 어느 정도는 결백한 자와 그렇지 않은 자의 구분을 할 수 있었다. 물론 그들에게 가장 중요한 것은 '진실'이 아니라, 정치적인 이유에서 무죄와 유죄를 나누는 것이었다. 하지만 이것은 단순히 정치로 판단하기엔 너무나 엄청난 사건이었다.

"그래서 그 '초콜릿' 쪽 조사는 어떻게 되었나."

에이든은 얼굴을 찌푸렸다. 비올렛을 따르던 아르센 경을 비롯한 성기사들, 그리고 요리사와 몇 명의 시녀들 역시 문초를 당하고 있었다.

"그 '초콜릿'이라는 것은 만들기가 상당히 까다롭습니다. 특수한 비법으로 혼합된 액체를 섞어 차갑게 굳히는 요리라서 고가의 냉각제가 필요한데, 준비된 냉각제는 딱 한 번 만들 분량밖에 없었습니다. 요리사의 증언도 일치하고요."

수도에는 그 음식을 만들 기술을 지닌 요리사가 없다. 그 말인즉슨, 그 요리사에 의해서 딱 한 번 만들어진 그 초콜릿이 그날 수도 안에 있었던 전부라는 뜻이다.

"에르멘가르트 가문의 하녀가 받은 초콜릿에서도 아무런 독이 검출되지 않았습니다."

비올렛은 후작가에 가는 에셀먼드를 시켜 앤에게 초콜릿을 주었다. 앤은 초콜릿을 몇 개 먹었으나 아무 이상도 없었다.

"성녀님께서는 즉흥적으로 초콜릿을 골라 담으셨다고 합니다. 그 말인즉, 초콜릿이 만들어지기 전이 아니라 만들어진 후에 어떠한 경로로 독이 들어갔다는 말입니다."
"그렇다면 요리사가 먼저 뿌렸을지도 모르지 않나."
"그게…… 아귀가 안 맞는 부분이 있습니다. 그 상자 말입니다."
"상자?"
"상자의 모양과 상자를 싼 천은 똑같았습니다. 딱히 표시가 되어 있지 않았고요."
"그래서?"
"성녀님의 말에 따르면 초콜릿을 담은 기준은 즉흥적인 것. 어떤 것을 전하에게 드릴지, 하녀에게 줄지 따로 언질을 주지 않았다고 하십니다. 그러니까 요리사는 누구에게 그 초콜릿이 갔을지 모른다는 말이 됩니다. 만약 요리사가 범인이고 성녀님이 초콜릿을 무작위로 골랐다면……."
"하녀가…… 앤이 죽었을 수도 있겠군."
에이든이 신음을 내뱉듯이 말했다. 그에 기사가 고개를 끄덕였다. 그렇다면 아르센 경과 비올렛이 가장 유력한 용의자가 된다는 말이었다.
"독은 어떤 형태인가?"
"분진 형태로 뿌려져 있었습니다."
"모든 초콜릿에 뿌려져 있었다는 건가?"
"그게 이상한 게……."
"이상한 게?"
"이상한 게 어떤 부분은 뿌려져 있고 어떤 부분은 뿌려져 있지 않았습니다. 성녀님이 드셨던 초콜릿은 독이 들어가지 않은 초콜릿이었습니다."
"대체 어떻게 된 거지?"

샤를의 말에 기사가 대답했다.

"다른 사람이 넣었다고 보기엔 좀 미심쩍습니다. 초콜릿 상자는 보냉을 위해 특수 제작된 것으로, 밀랍과 같은 접착제로 살짝 봉인된 것이었습니다. 즉, 이것이 옮겨지는 도중 누군가가 중간에 열어 볼 수 없는 구조였다는 겁니다. 그렇다면 그것을 들고 다녔던 아르센 경은 혐의가 없게 됩니다."

역시 답은 하나다. 비올렛이 독약을 넣은 것이다. 정황상 그 말밖에 되지 않았다. 에이든의 얼굴이 파랗게 질렸다.

"하지만 성녀님의 몸을 수색해도 독약은 발견되지 않았습니다."

"……."

가루 형태의 독은 오히려 증거 인멸이 더 까다로웠다. 우선 가루라는 특성상 어디 흘려보냈을지도 모른다는 점은 차치하고서라도 그것을 감쌌던 종이나 병이 분명히 존재했다. 그러나 그것이 궁 내에서 발견되지 않았다.

"요리사가 독을 뿌렸다 하기에는, 그는 어떤 상자가 전하께 갈지도 모르고 있었습니다. 독이 뿌려져 있던 초콜릿 역시도 딱히 표시가 되어 있지는 않았습니다."

음식물을 이용해 독살을 하려고 한다면, 그리고 그것을 살인 표적과 같이 먹게 된다면 당연히 독이 들어 있는 음식과 들어 있지 않은 음식을 구분하려 응당 '표시'를 해 두기 마련이다. 그러나 기사는 그 점이 명확하지 않다고 말했다.

"최악의 경우는 요리사와 성녀님이 공모했을 가능성입니다."

기사가 심각하게 말했다. 그래, 바로 그것이 문제였다. 그래서 혐의가 확정되지 않았음에도 비올렛을 가둬 둔 것이다. 실질적으로 요리사가 왕자에게 전해질 초콜릿이 누구에게 갈지 몰랐던 것은 비올렛에 의해 증언되었다. 요리사와 비올렛이 말을 맞췄을 가능성을 배제할 수 없다.

"하지만 그게 말이 안 된다는 것은 모두가 잘 알고 있을 겁니다."

왜냐하면 요리사와 비올렛은 샤를을 독살할 동기가 없기 때문이다. 자기가 만들 요리가 왕족을 시해할 줄 알면서도 음식물을 만들 요리사가 어디 있겠는가. 게다가 요리사는 기사들이 체포하러 올 때까지 자신에게 벌어진 일을 모르고 있었다. 왕족을 눈앞에서 시해한 뒤 강한 성력을 동원해 왕자를 치유하고, 혐의에 도망치지 않은 채 얌전히 포박당하는 범인은 또 어디 있단 말인가.

에이든이 한숨을 내쉬었다. 전쟁 준비가 급박하게 이뤄지고 있는 상황에서, 에이든이 할 수 있는 것은 비올렛의 결백을 밝히는 것뿐이었다. 그러나 그녀의 결백이 밝혀진다고 해도, 사실 신전이 전쟁을 위해 비올렛을 이용했다는 게 드러나면 결과는 그다지 달라지지 않았다.

"그런데 이런 독은 흔하지 않은 것이라 하던데."

"네, 아주 희귀한 독입니다. 알려지진 않았지만 디스트렌이라는 돌에서 추출된 분진 형태로 최소한의 양으로도 즉사…… 죄송합니다."

에이든의 눈치를 본 기사가 재빨리 허리를 숙이며 말했다. 에이든은 얼굴을 찌푸리며 생각에 잠겼다. 실마리는 그 독의 행방뿐이다.

"그런데 마침 해독제가 있었다는 게 좀 석연치 않아."

"하지만 그것은 왕궁의가 아는 의원에게서 가져온 것으로……."

"그렇게 희귀한 독의 해독제를 그 의원이 가지고 있다는 걸 왕궁의는 어떻게 알았다던가?"

에이든은 논리적인 추론은 못 하지만, 나름 감은 뛰어난 편이었다. 사실 기적적인 우연에 의해 왕궁의가 아는 의원에게서 해독제를 구할 수 있었을지도 모른다. 충분히 있을 만한 상황이다. 하지만 그는 어쩐지 그게 수상했다.

"해독제의 출처를 조사해 보는 게 좋을 것 같다. 그리고 그런 독이라면 분명히 가격도 어마어마하겠지?"

"네, 이 독은 원석 하나가 집 한 채 값 정도 한다더군요. 하지만 아직 이 독에 대해 정보가 거의 없어서……."

"최근 수도의 귀족을 중심으로 그만한 자금이 빠져나간 가문이 있는지 조사해 볼 수 있나?"

"네? 왜 하필이면 중앙 귀족들을……."

"이건 내 감이야. 정말 근거 없는 감. 신전이 아닌 다른 곳에서 전쟁을 위해 장난질을 쳤을지도 모른다는 감."

"……."

에이든이 얼굴을 찌푸렸다.

"아, 이런 것에 대해 지시를 내리려 방문한 게 아니었는데 미안하다. 사실 내게 이런 권한이 없는 건 잘 알고 있어."

에이든은 그렇게 말하며 머리를 긁적였다. 어찌 되었든 간에, 에이든은 비올렛과 같은 가문에서 자랐다. 게다가 조사를 받아야 했던 에셀먼드가 도주까지 한 상황에서 그의 형제인 에이든에게 조사 권한이 주어질 리가 없었다. 기사가 에이든에게 조사 상황을 알려 준 것만 해도 크나큰 대우를 해 준 것이었다.

"아, 아니요. 조사해 보겠습니다!"

에이든의 말에 기사가 대답했다. 에이든은 내심 놀랐다. 허울뿐인 부단장이었기에 그의 말을 무시할 줄 알았던 탓이다.

"경, 모두가 경과 의견을 함께하고 있습니다. 특히나 그때, 크리처 토벌을 갔던 기사들 말입니다."

"그 기사들이 왜?"

"모두 성녀님께서 얼마나 필사적으로 싸우셨는지 보았던 기사들입니다. 폐하는 성녀님이 마녀라고 주장합니다만, 그곳에서 같이 싸웠던 사람들이 어떻게 성녀님을 마녀라 볼 수 있겠습니까. 평민들도 마찬가지입니다. 일부는 독살 사건이나 폐하의 말씀 때문에 '성녀가 마녀'라는 말에 흔들리지만, 대부분은 그렇지 않습니다. 그들은 폐하의 말보다 성녀님이 작년 겨울 수도에서 일으켰던 기적을 더 믿습니다. 선대 교황과 선왕 폐하께서 내린 유언이라니……. 그 출처 역시 명확하지 않습니다. 저는 오히려 폐하께서……."

"트윈 경!"

"죄송합니다."

에이든의 일갈에 그가 입을 다물었다. 충성을 서약한 기사들 사이에서도 이런 이야기가 돌 정도라면 사람들의 동요가 심각하다는 뜻이었다.

"트윈 경, 말을 조심해야 할 것 같군."

그 말에 기사가 한숨을 내쉬었다.

"알고 있습니다, 부단장님. 그렇지만 납득할 수가 없어 그러는 것입니다."

"……."

"우린 신앙 국가입니다. 성녀의 이름을 따서 지은 '아그레시아'란 말입니다. 지금은 어르신들처럼 신앙이 두텁지는 않지만 어렸을 때부터 말룸과 성녀의 신화에 대해 귀가 아프도록 듣고 자랐습니다. 실제로 아그레시아 님의 동상을 보고 평온을 느꼈고요."

아무리 국왕이 신학자를 통해서 신앙의 힘을 약화시켰더라도 예배당이 없는 귀족의 집이 없었다. 신전은 큰 도시뿐만 아니라 작은 마을에도 위치했으며, 신전이 없는 마을이라면 적어도 예배당이라도 존재했다. 물론 귀족들이 기부금을 내서 세금이 세탁되는 용도로 쓰이기도 했지만 말이다. 수도의 주인 없는 대신전에도 사람들이 이따금 들러 기도를 한다. 수도 한복판에 세워진 대신전을 봄으로써 자신의 정체성을 확인하고 마음의 평온을 찾는 것이 아그레시아 사람들의 국민성이었다.

"전쟁을 극구 반대하시던 라이셀 백작께서는 저택에 구금되셨습니다. 지금 우린 어디로 가고 있는 것일까요."

아그레시아라는 성녀를 부정해 버린 왕. 그렇다면 이 나라는 신성의 나라 '아그레시아'로서 존속할 수 있는 것인가. 그렇다면 같은 종교를 가진 동맹국으로서 아그레시아의 위치는?

성녀가 나타나서 말룸이 나타난다, 그렇다면 성녀를 죽이면 된다. 출처도 알 수 없는 유언을 따라 왕은 결단을 내렸다. 이 위험한 도박을 그 누가 좋아할 것인가.

"비올렛, 나 왔어."

비올렛은 힘겹게 눈을 뜨며 몸을 일으켰다. 에이든이 서 있었다. 며칠이 지났는지도 알 수 없었다. 느껴지는 것이라곤 그저 돌바닥의 차가운 감촉뿐이었다. 몸을 지탱하던 팔이 덜덜 떨렸다.

"밥은 왜 안 먹어?"

"그냥 들어가지 않아서."

목소리가 갈라졌다. 성복도 그 아름다운 은발도 깨끗했지만 비올렛의 생기는 사라져 가고 있었다.

"다니엘 형이 다녀갔다더라."

"응."
"무슨 일 없었어? 또 널 때린 건 아니지?"
"아니야. 아주 잠깐 보고 갔어."
기사가 했던 말과 일치했다. 에이든은 안도의 한숨을 내쉬며 고개를 끄덕였다.
비올렛은 며칠 동안의 혹독한 조사에 머리가 깨질 듯 아팠다. 그녀는 자기가 알고 있는 모든 것을 말했다. 상자, 초콜릿, 아르센 경 등등. 그러나 그것이 결백을 완벽하게 입증할 수 없다는 것을 잘 알고 있었다.
"전하는 무사하셔?"
"아니, 아직 깨어나지 못했어."
그의 말에 비올렛의 얼굴이 어두워졌다.
"그렇구나."
그녀는 잠시 동안 말이 없었다. 한참 뒤, 비올렛이 에이든을 보며 말했다.
"에드 경은 어떻게 됐어?"
"비올렛."
에이든은 에셀먼드가 수도의 외성으로 도주했다는 말은 차마 하지 못했다. 지금 에셀먼드는 비올렛을 버리고 도망간 것이다.
"솔직하게 말해 줘."
"그게, 성도로 갔어. 아마…… 성도로 가서 누군가를 데려오려는 게 아닐까?"
그 말에 비올렛이 피식 웃었다. 에이든의 말이 말도 안 된다고 생각한 것이다. 만약 에셀먼드가 그녀를 구해 내려 했다면, 적어도 그는 수도에 남아서 기회를 엿봤어야만 했다. 그러나 그는 수도를 떠나는 것을 선택했다.

"아르센 경도…… 내가 데려온 요리사도 고문받고 있는 거지?"

비올렛은 어려운 질문만 계속 해 댔다. 에이든은 한숨을 내쉬었다. 그녀의 얼굴은 간절했다. 그가 고개를 끄덕이자 비올렛의 얼굴이 더 흐려졌다. 그녀는 포기한 듯 눈을 꼭 감았다.

"다니엘이 전쟁이 일어난다고 했어. 나 때문에."

"너 때문이 아니야!"

에이든이 소리쳤지만, 비올렛은 여전히 씁쓸한 표정을 지었다. 그렇게 생각하지 않는 게 분명했다.

"나 사실은, 진범을 찾기 위해 다른 기사들과 노력 중이야. 기사들도 널 도와주고 싶어 해. 그 독이 특이한 거라서 잘만 하면 독을 어디서 들여왔는지 찾을 수 있을지도 몰라."

그 말에 비올렛의 얼굴이 더욱더 어두워졌다. 그녀는 무언가 말하고 싶어 하는 듯 에이든을 바라보았다. 그러다 입을 다물고 고개를 숙였다. 에이든은 답답해졌다.

"그러니까 너도 좀 힘내 봐. 오빠가 꼭 네 결백을 밝혀 줄게."

왕이 성녀를 마녀로 몰고 있다는 것을 차마 밝힐 수 없던 에이든은 그저 비올렛의 머리를 쓰다듬을 뿐이었다. 자그마한 머리가 손에 쏙 들어왔다. 어떻게 폐하는 이 조그마한 여자아이를 죽인다고 말할 수 있는 것일까. 어떻게. 에이든은 입술을 꽉 깨물었다.

"밥, 먹을 거지? 내가 신경 써서 가져다 달라고 할게. 뭐가 들어 있진 않을 거야."

비올렛이 고개를 끄덕였다.

"불편한 건 없어? 화장실에서 냄새가 나지는 않고?"

그 말에 비올렛이 피식 웃으며 고개를 흔들었다. 이곳은 낡고 허름하긴 했어도 왕족을 유폐하는 방이라 지하 감옥보다는 대우가 나쁘지 않았다. 햇빛이 잘 들지 않아 어두운 것만 제외하면 그러했다.

"뭐 더 필요한 거 없어? 오빠가 후작이잖아. 괜찮을 거야."

비올렛은 어쩐지 그 말에 눈물이 나오려 했다. 에셀먼드는 수도에서 떠나 버렸고, 다니엘은 상황이 최악으로 달릴 것이니 절망할 준비나 하고 있으라고 말했다. 그러나 다니엘은 모르고 있었다. 비올렛에게 있어 절망은 언제나 인생의 동반자였다.

"비올렛, 오랜만에 널 찾아왔는데 이렇게 축 처져 있으면 재미없잖아."

잠에서 깨니 다니엘이 앉아 있었다. 낮인지 밤인지 구분이 모호했다. 비올렛은 앉아서 별 저항도 없이 다니엘의 손길을 받아들였다.

"그래도 살 만하지? 살 만할 거야. 꽃의 거리와는 다르게 여기선 나름 인도적으로 널 대우해 주잖아. 삼 일에 한 번 목욕도 시켜 주고 말이야. 아직 네가 쓸모가 있나 봐."

다니엘이 비올렛의 깨끗한 목을 손가락으로 만지작거렸다. 눈꺼풀조차 뜨기 힘들었다.

"그런데 사실 네가 아직 인망이 있어서 이런 거 알아? 멍청하게도 아직도 성녀가 나라를 구할 거라 믿나 보지? 성녀를 가뒀다는 거부감이 사라지지 않는 모양이야. 다들 너를 아주 걱정하고 있어. 네가 누명을 썼다 생각한다니까."

"그리고 그 누명은 네가 씌웠지."

비올렛이 말하자 다니엘이 미소 지었다.

"글쎄, 누가 씌웠을까."
그가 다정하게 노래하듯 말했다.
"불쌍한 비올렛. 이제 전쟁이 벌어진 지 십오 일이 지났어."
비올렛은 어지러워 눈을 감았다. 현기증이 핑 돌았다. 십오 일이라, 벌써 그렇게 된 것인가. 날짜 감각이 점점 무뎌지고 있었다.
"어지러워서 식욕이 없지? 그래서 곡기를 끊었을 거야. 그래도 먹어 두는 게 좋아. 앞으로 더 힘들거거든."
그의 말에 비올렛이 굳은 얼굴로 말했다.
"너, 뭔가 했구나."
"글쎄. 왜 너는 항상 '나'라고만 생각하니, 서운하게."
그는 웃었다.
"폐하는 널 점점 마녀라고 몰아갈 거야. 처음엔 믿지 않겠지, 그 천년의 빌어먹을 신앙이 어딜 가겠어? 너, 요전에 역병이 돌았을 때 성력을 한 번도 못 써서 마을을 멸망시킬 뻔했다며? 결국 폐하께서 그걸 발견한 모양이더라. 소녀 한 명이 죽었다지?"
다니엘이 즐거운 듯 떠들었다. 그 말에 비올렛의 마음이 내려앉았다. 소녀의 죽음은 그녀의 마음속에서 잊히지 않았다. 제대로 일어나려고 했지만 몸을 지탱하는 팔에 힘이 들어가지 않았다. 다니엘이 팔을 들어 그녀의 몸을 받쳐 주었다.
"이런, 비올렛. 정말로 몸이 많이 안 좋은 모양이구나."
비올렛은 저항조차 하지 못한 채 다니엘의 품에 안겼다. 그의 온기가 가증스러웠다. 다니엘이 가느다란 손을 뻗어 비올렛의 이마를 쓸자, 차갑게 식어 내린 피부에 그의 손가락 체온이 느껴졌다.
"진짜 성녀는 아그레시아 하나. 나머지는 신전에 의해 조작된 것. 사실 진짜 성녀 따윈 없었다. 성녀가 있기에 말룸이 있다는 것은 말룸이 성녀의 신성성을 위해 억지로 만들어 낸 대항마이기 때문에 나온 말이다. 그래서 성녀가 있기에 말룸이 존재한다는 논리가 성립하는 거지. 그것이 내가 준비한 시나리오였지만 폐하는 그것조차 싫으신가 봐. 정말로 미친 왕이야. 그저 추기경의 목을 가져오겠다는 복수심에 불타고 있어. 그동안 왜 아무도 그 열정을 몰라 줬던 것일까. 그걸 발견한 건 오로지 나뿐이었어."

국왕은 추기경을 증오하고 있었다. 하지만 왜 무릎을 꿇린 린도보다 추기경에게 더 복수심을 불태우는 것일까. 알 수 없다. 그가 비올렛을 이해하려 하지 않듯, 그녀도 국왕을 이해할 수 없었다.

"성도에선 무척이나 대우받았겠지? 살아 있는 신의 현신이라며 콧대 높은 고위 신관들에게 추앙받았을 거야. 모든 이에게 사랑받는 성녀라니, 얼마나 동화같이 아름다운 이야기야? 안 그래?"

"……."

"그런데 봐. 금세 다시 마녀 취급이잖아? '성녀가 있기에 말룸이 있으니 죽여야 한다.'라니, 성녀가 없으면 말룸이 나타나지 않는다고 풀이할 수도 있잖아. 재미있는 해석법이었어."

흥미를 보이지 않는 비올렛에게 다니엘은 그녀의 '죽음'까지 언급했다. 드디어 그녀가 입을 열었다.

"정말……."

"정말?"

갑작스럽게 나온 말에 다니엘이 그녀의 말을 따라 했다. 그는 비올렛이 화를 내는 것에 흥분할 준비가 되어 있었다. 그러나 그녀의 말은 다니엘의 예상과 크게 달랐다.

"정말 마녀일지도 모르지."

그 얼굴에 서린 것은 체념이었다. 그 눈 속에 지독하게 눌어붙어 있는 어둠에 다니엘이 이를 갈았다. 그가 힘없는 비올렛의 몸을 들고 말했다.

"장난치지 마, 비올렛. 넌 이렇게 있으면 안 돼!"

"……."

이전처럼 자신을 불태울 증오도, 세상에 대한 자애도 없다. 본디 비올렛은 그러했다. 허울뿐인 왕과 교황과 같은 위치라서 그게 뭐 어떻단 말인가. 어차피 그녀가 가진 것은 아무것도 없었고, 그녀의 미래는 언제나처럼 암울했다.

"아, 그래, 그래. 교황이 널 어여삐 여겼을 수도 있겠군. 그 잘생겼다는 청년 교황이."

"……."

비올렛은 그 말에 눈을 크게 떴다. 다니엘이 린도에 대해 알고 있다니. 비올렛의 놀란 얼굴을 본 다니엘이 웃으며 말했다.

"모를 줄 알았나 보구나. 하지만 이젠 모르는 사람들이 더 드물 거야. 추기경처럼 나이를 먹지 않는 교황이라니, 이 나라 성직자들은 전부 괴물들인가? 기분 나쁘지 않아? 성도의 사람들은 그런 괴이한 일에도 아무 생각이 없는 거니?"

"……."

린도 이야기가 나오자 비올렛의 얼굴이 굳었다. 그것을 본 다니엘의 얼굴은 가학심으로 일그러졌다.

"비올렛, 널 정말 안고 싶지만 안지 않은 이유는 말이야. 네 성력이 무서워서 그런 게 아니야. 발밑을 볼래? 이런, 어두운가 보구나."

그가 램프를 가져와 바닥에 들이댔다. 그러자 바닥에 그려진 이상한 그림이 보였다.

"저주 마법이야. 공격 마법이라면 몰라도 저주에는 꼭 이런 매개체가 필요하다더라. 이게 규칙이라나? 아마 너는 약 두 달간 성력을 못 쓸 거야. 어때, 재밌지?"

"……."

그 기분 나쁜 문양을 바라보니 왠지 머리가 띵하며 구역질이 나올 것 같았다. 알아볼 수 없는 기괴한 문자들은 지금까지 비올렛을 어지럽게 하던 주범이 자신이라 소리치고 있었다. 본능적인 거부감에 성력을 쓸까 했지만 무엇에 막힌 듯 힘이 나오지 않았다.

"이거, 군나르족의 저주 마법이지?"

"바로 맞췄어."

"그런데 네가 어떻게 그걸 알고 있어?"

그는 랜턴을 다시 책상 위에 올려두고 말했다.

"폐하가 말이야, 완전히 미치셨지만 내 생각을 존중해 줄 이성은 남아 있으셨거든. 내 제안대로 구자르트와 손을 잡았어. 그런데 그 야만인들을 끌어들이는 그 파격 조건이 글쎄, 아그레시아의 개종이라지 뭐야?"

"……."

"당연하지만 동맹국들은 신전과의 전쟁에 반발하지 못할 거야. 왜냐면 구자르트와 동맹이거든! 알잖아, 구자르트가 얼마나 거대한 전투 민족의 나라인지. 그곳은 아마 '제국'이라고 불러도 될 거야. 구자르트는 전쟁이 시작되자마자 진격했을 거고……."

'어디로?'라는 말은 차마 묻지 못했다. 심장이 두근거렸다. 비올렛의 머릿속에 위험신호가 울려 퍼지고 있었다. 거의 원에 가까운 아그레시아와는 달리, 구자르트는 가로로 긴 거대 국가였다. 만약 그들이 배를 타고 아그레시아를 침공한다면 남동쪽에 있는 병력이 빠져나간 성도는 위험에 노출되었다.

"그 청년 신관, 아니 청년 교황을 도륙해 버리겠지. 자비로워서 산 채로 끌고 올 수도 있어. 그 점이 더욱더 슬플지도 모르겠군. 불쌍해라. 예쁜 남자라면서? 그 야만인들은 여자가 아니라도 만족할 거야."

"다니엘!"

"이 저주를 봐, 그 안에 깃든 의지를! 이건 아그레시아를 삼켜 버리겠다는 원념의 집합체라고. 백 년 전, 겨우 여자 하나 때문에 그렇게 노리던 비옥한 땅을 한 발자국도 못 디디고 물러났잖아. 그들이 그 백 년간 얼마나 치를 떨었을까? 분해서 견딜 수 없었을 거야. 그래서 노력했겠지. 거대한 힘을 쓰는 성녀를 막을 수 있는 방법을 계속해서 탐구했을 거야. 봐. 성공했잖아. 성력을 못 쓰는 성녀라니, 그들은 이제 승리한 거야. 나는 이제 네게 겁먹을 필요도 없어. 사실 나는 널 '봐주고' 있는 거야."

그의 손이 비올렛의 턱을 쓸었다. 비올렛은 몸서리치며 그를 밀어냈다. 그 생동감 있는 반응에 다니엘은 아주 만족한 듯했다. 그러더니 그는 이야기를 하나 더 꺼냈다.

"가여운 비올렛, 너는 내가 어떻게 교황에 대해 알고 있는지 궁금하지 않니? 사실 나는 네가 이걸 가장 궁금해할 거라 생각했는데. 이건 정말 아껴 두려고 했는데 말이야. 네 얼굴을 보니 참을 수가 없네. 누가 그것을 말해 줬을 것 같아? 누가 폐하께 말했을까?"

그에 비올렛이 입술을 깨물며 다니엘을 보았다. 그러다 그녀의 얼굴이 굳었다. 다니엘이 누구를 말하는지는 명확했다. 어느 정도 국왕과 관계가 있으며, 린도의 정체를 아는 사람이라면 한 사람밖에 없었다. 다니엘은 마지막 사형선고를 내리듯 비올렛의 얼굴을 지켜보며 말했다.

"너도 알고 있지? 형 말이야. 형이 정말로 널 생각해서 네게 가디언 맹세를 했을 것 같아? 생각해 봐, 그게 효과적인 수단이 아니었을까? 성도에 들어가서 교황의 얼굴을 볼 수 있는 수단. 폐하가 왕국 제1의 기사를 그냥 보내 주었을 리가 없잖아. 형은 국왕에게 충성하는 기사라고. 그 잘난 기사도를 지키기 위해서라면 거짓 맹세 따윈 얼마든지 할 수 있는 자야. 본디 가문을 위해 뭐든 할 사람이니까."

그는 키득거리며 웃었다. 그 말은 확실히 비올렛을 자극했다. 그녀의 투명하고 푸른 눈동자가 진흙으로 더럽혀지듯 어둡게 물들고 있었다.

"형은 그냥 폐하에게 충성을 다했을 뿐이야."

비올렛의 얼굴이 절망으로 물드는 것을 본 다니엘은 그것을 즐겁게 지켜보다 그녀의 머리카락을 귀 뒤로 넘겨 주며 속삭였다.

"알잖아, 비올렛. 널 정말 사랑하는 사람은 나라니까. 언제나 진실을 말하는 건 나였어."

그는 비올렛에게 입을 맞추었다. 그녀는 그것에 저항하지 않고 끌려와 입술을 맞대었다. 비올렛의 입안은 그녀의 체온처럼 차갑고 또 차가웠다. 그러나 다니엘은 그것을 달콤하게 음미했다. 사정없는 입맞춤에 비올렛이 숨 쉬기 괴로워했지만 그는 개의치 않았다. 그저 그 차가운 입속이 그의 온기로 물드는 것이 너무나 만족스러워 은근하고 느긋하게, 그러나 탐욕스럽게 탐하고 또 탐했다.

"하드퍼드 고문관! 폐하께서 찾으십니다."

문을 두드리는 소리가 났다. 다니엘은 아쉽다는 듯 입술을 뗐다. 비올렛이 막혔던 숨을 헐떡였다. 그와는 달리 다니엘은 정중하게 비올렛을 침대 위에 앉히고 머리를 쓰다듬었다.

"그럼 또 올게, 비올렛."

다정한 인사를 뒤로하고 문이 열렸다 닫혔다. 비올렛은 몸을 덜덜 떨었다.

"성하."

"싫어. 안 먹는다 전해라."

린도는 손을 휘휘 저었다. 그는 며칠째 곡기를 끊으며 반항을 표출하고 있었다. 체자레가 출정한 지 이십 일째, 가는 족족 귀족들이 교황파로 돌아섰다는 소식이 들렸다. 어차피 체자레가 마음만 먹었다면 손에 넣을 수 있는 나라라는 것은 알고 있었다. 별로 놀랍지도 않은 소식에 그는 하아, 한숨을 쉬었다.

자신은 그저 기다리면 되는 것이다. 비올렛이 무사히 돌아오길, 그 재수 없는 추기경 역시 일단 다치지는 않기를. 그렇게 바라면서도 기분이 더러워 견딜 수가 없다. 완벽하게 놀아났다는 점을 깨닫고도 아무것도 할 수 없었다.

지금 교황성은 성기사들에게 둘러싸여 있었다. 정말 이들에게 화가 나서 예전처럼 피의 숙청이라도 벌여 볼까 했다. 하지만 피의 숙청을 벌인 것 또한 자신이 아니라 체자레라는 점을 린도를 비롯한 기사들 모두가 인지하고 있었다. 이십 일 동안 그는 자신의 순진함과 어리석음을 통렬하게 반성했다. 체자레가 주고 간 일종의 충고이자 조롱을 곱씹으면서 말이다.

그래, 다 내 잘못이다. 모든 것을 체자레에게 미뤄 두었다. 체자레가 이상을 보여 줄 거라 생각했다. 언제나 그는 믿음직한 사람이었으니.

학문을 배워야 한다고 했기에 배웠지만 사실 그것은 습득된 지식이었지, 그 지식을 가지고 사유하지는 않았다. 왜냐하면 학문은 그의 관심 밖이었기 때문이다.

그가 간절하게 원했던 것은 자신이 구축한 낙원에서 언젠가 온다는 성녀와 함께하는 것이었다. 그렇게 아버지에게 들었다. 그래서 하얀 방에서 기다리고 또 기다렸던 것이다. 아무것도 없는 순백 속에서 나타날 이상적인 엄마이자, 누나이자, 친구이자, 연인이 되어 줄 것 같은 그런 존재, 성녀를.

그렇게 삿된 꿈만 꾸었던 그는 겨우 자신이 잘못되었다는 것을 깨달았다. 그것을 알려 준 것이 성녀 비올렛이었다.

그 이름을 떠올리니 갑자기 마음이 무거워졌다. 린도는 한숨을 내쉬었다. 왕궁 놈들에 대해서는 아직도 이가 갈렸다. 비올렛이 죽을 때까지 죽이겠다고? 죽을 때까지 죽여 주마, 망할 어리석은 국왕아. 또다시 뿜어져 나오는 흉흉한 기세에 신관들의 얼굴이 어두워졌다.

"성하."

"왜."

그가 얼굴을 찌푸렸다.

"추기경께서는 그럴 의도가 아니셨을 겁니다. 누구보다 성하를 아끼시는 분 아닙니까."

"'아낀다'라. 그래, 내가 애완동물이지?"

린도가 서늘한 미소를 머금었다. 단어 선택이 한참이나 잘못된 것을 깨달은 신관은 겁에 질려 뒤로 물러났다.

왕위에 오른다. 아그레시아의 지배자가 된다. 아직도 사실은 전쟁이 실감나지 않는다. 이 평화롭고 달콤한 곳에서의 '전쟁'이란 그렇다. 정말로 와 닿지 않았다. 체자레는 전쟁을 하고 싶지 않다는 그를 비웃었다. 아마도 비올렛은 이 전쟁을 원하지 않겠지.

하루에도 몇 번씩 울컥하고 화가 치민다. 그러나 그가 할 수 있는 것은 가만히 있는 것뿐이었다. 체자레 때문에 교황의 자리에 올랐다. 이제 그다음에 기다리는 것은 무엇일까. 아그레시아의 국왕? 겨우 종교의 위상과 왕의 위엄이 합쳐진 하나의 태양이 완성되는가? 결국 그는 또 타의에 의해 왕이 되는 건가. 그래도 되는 것인가?

그땐 비올렛의 일 때문에 열이 올라 체자레의 말을 따라 성전을 결정했다. 그러나 린도는 그것에 회의적인 생각을 가지고 있었다. 아니, 알 게 뭐야. 비올렛이 안전하면 그만이다.

마지막에 활짝 웃어 준 비올렛의 얼굴이 떠올랐다. 그렇게나 예쁘게 웃을 수 있는 아이에게 왜 그렇게 잔인하게 행동했었는지 후회되었다. 그가 몰아붙이지만 않았어도, 성녀 증명 때 자해로 스스로를 증명하는 짓은 하지 않았을 것이다. 그녀에겐 조금 시간이 필요했었던 것뿐이다.

마음대로 거동하지 못하니 자신에 대해 자꾸 생각하게 된다. 그리고 비올렛에 대해서도. 어쩐지 자꾸만 반성을 하게 된다.

뭐, 그래도 나름 나아졌잖아. 이런 꼴이지만. 린도가 씁쓸하게 생각했다. 린도는 비올렛을 떠올렸다. 이상적인 성녀는 세상에 존재하지 않았지만, 사랑스러운 성녀는 세상에 존재했다. 지금이라도 얼른 달려가서 만나고 싶었다. 두 눈을 보고 이야기를 나누고, 목소리를 듣고, 온기를 느끼고 싶었다.

"중증이군. 피의 숙청을 하려면 나부터 자살해야 할 듯해."

그 말에 놀란 신관이 숨을 헉 들이마셨다. 사람들 사이에 공포로 비롯된 침묵이 둥지를 틀었다. 반면 사람들이 겁에 질리든 말든 린도는 자신의 감정에 집중했다. 생각해 보니 린도는 성녀를 생각하고 그리워하고, 또 바랐던 그런 감정에 대해 정의하지 않았다. 성녀에게 애정을 품는 것은 아버지에게 이야기를 들었을 때부터 숨을 쉬는 것처럼 당연한 일이었다.

그러나 비올렛에 대한 감정이 '사랑'이라면 어떻게 할 것인가. 성녀를 마음에 품는 게 가당키나 한 일인가. 아니, 생각보다는 별 문제가 없을지도 모르지. 참 이상하게도 이 나라는 성녀를 떠받들었기 때문인지 성녀의 순결, 사랑에 대한 어떠한 법률도 존재하지 않았다.

군나르족 이자카의 첩으로 들어갈지도 모르는데도 사람들이 거부감을 보이면서도 받아들였던 이유가 그러했다. 그동안 존재했던 서른셋의 성녀들은 결혼했다는 흔적이 없었다. 하지만 말룸을 격퇴하고 나서 나중의 일이 기록에 안 남았다는 것을 보면 의외로 행복하게 잘 살다가 갔을지도 모른다. 역사는 기록된 자들의 것이니 말이다.

"하지만 내가 안 되지."

교황, 추기경, 대신관, 그리고 나머지 신관들은 성직자로서 결혼도, 사랑도 금지되어 있었다. 신만을 사랑하리라 맹세했기 때문이다.

"나도 참, 이런 상상이나 하다니."

그러나 그런 상상은 나름 재미있었다. 자신에게 활짝 웃어 주는 비올렛과 손을 잡는 것은. 비올렛은 그 안에서 애정을 가득 담은 얼굴로 그를 바라봐 주었다.

교황이 된 것을 원망하고 싶지만, 교황이기에 비올렛을 만날 수 있었으므로 원망할 수조차 없다. 그렇게 생각하던 린도가 씁쓸한 미소를 지었다. 일어나지 않을 일이기 때문이었다.

비올렛은 가디언을 좋아하고 있다. 그러나 그것이 삿되고 세속적인 것으로 보이지 않았던 것은, 그녀가 절대로 그에게 다가가지 않았기 때문이다. 그 가디언에 대해서는…… 아니, 더 생각하지 말자. 린도가 고개를 저었다. 비올렛의 옆에 꼭 붙어 있을 존재를 생각하니 기분이 더러웠던 탓이다.

그러나 그는 적어도 오늘의 일은 절대로 상상하지 못했다. 그것이 얼마나 갑작스러운 일인지…….

깜빡 잠이 든 린도는 자신을 부르는 신관의 다급한 목소리에 잠이 깼다.

"성하, 성하! 눈 좀 떠 보십시오!"

"……."

린도는 눈을 떴다. 방금 비올렛의 꿈을 꾼 것도 같은데, 그는 짜증을 내며 일어났다.

"성하, 어서, 몸을 피하셔야 합니다."

"뭐?"

그게 무슨 말이냐고 물으려 했다. 그러나 입을 다물고 느껴지는 열기에 등을 돌렸다. 왜 새하얀 이곳과 어울리지 않게 붉은빛이 비치는 것인가.

"군나르, 그 야만인들의 침략입니다!"

린도는 정신이 번쩍 들었다. 그는 한 번도 이러한 상황에 처해 본 적이 없었다. 크리처들과의 전투 역시도 그저 미개한 생명체와의 싸움이었다.

"성도의 성벽이 어찌 이리도 쉬이 함락된 것인가! 봉화는 왜 울리지 않았지?!"

"그것이, 봉화를 쓸 새도 없이 순식간에 공략당한 듯합니다……."

"이런 바보 같은!"

린도가 욕설을 내뱉었다. 린도는 만류하는 성기사들을 뿌리치고 발코니로 나가 성도를 내려다보았다. 보이는 것은 태양빛에 하얗게 반사되는 성도의 건물들이 아니라, 건물들을 집어삼키는 붉은 불꽃들이었다.

아.

그곳은 이미 새하얀 성도가 아니라 붉은 죽음의 도시였다. 불꽃들이 타닥타닥 타들어 가며 그가 사랑하는 낙원을 탐욕스럽게 집어삼키고 있었다. 적갈색의 깃발을 단 채 교황성으로 진격하고 있는 군나르의 병사들이 보였다. 펑, 펑! 무언가가 폭발하는 둔중한 소리가 들렸다.

"저건 뭐지?"

"마, 마법으로 추정됩니다! 저것 때문에 속수무책으로 함락당한 것 같습니다. 어서 몸을 피하셔야 합니다. 이곳에는 희망이 없습니다."

"나는……!"

"성하, 정신 차리십시오! 성하께서 아무리 강하시다고 하나, 저들을 전부 도륙할 힘은 없으십니다. 사실 몸도, 성력도 제대로 회복이 안 된 것 아니십니까!"

옆에 선 신관의 다급한 말에 그는 입술을 깨물었다. 역시나 알고 있었던 것이다. 어느 정도 회복이 되었다고는 하나, 린도의 성력은 아직 이전만큼 돌아오지 않았다. 아마 성력을 쓸 때마다 회복되는 주기가 길어질 것이고, 종래에는 성력이 바닥나고 말겠지. 그렇다면 그가 어떻게 될지는 그 누구도 모르는 일이다. 린도는 성기사들이 이끄는 대로 말에 올랐다.

아직도 꿈을 꾸는 듯 실감이 나지 않는다. 그러나 사람들은 말을 몰았다. 비명을 지르는 사람들이 보였다. 교황성을 벗어나자 곧 성의 철문이 무너지는 소리와 함께 비명 소리가 들렸다.

"교황을 찾아라!"

"교황을 찾아서 데려가라!"

린도의 귀에 군나르족의 말이 들렸다. 군나르족의 언어는 그가 살아오면서 배워야 했던 것들 중 하나였기에 교황을 찾는 그들의 섬뜩한 언어는 지나치게 잘 이해되었다. 빌어먹을 기마술이다. 어떻게 이렇게 빠르게 교황성에 도착한 거지? 펑 소리와 함께 건물 하나가 우르르 무너져 내렸다. 린도는 말을 타고 내달려 겨우 성을 벗어날 수 있었다. 그는 말을 타고 달려 나가며 등 뒤를 돌아보았다.

그의 낙원이 사라지고 있었다.

모든 것이 불에 타 없어지고 있었다. 그의 소망을 비웃기라도 하듯 지옥이 되어 가고 있었다. 하늘을 바라보며 신에게 행복하다고 말하던 자들이, 신의 은총을 노래하던 자들이, 신을 노래하던 합창단의 아이들이 죽어 가고 있었다. 린도는 그 죽어 가는 생명들을 똑똑히 보았다. 쓰러져 꿈틀대고 있는 아이들에게 다가가려 손을 뻗었지만 성기사들의 묵직한 손이 그를 돌려세웠다. 무엇을 해야 하는가, 무엇을 해야 했는가, 몇십 년이 넘는 세월을 살아왔지만 그는 마치 아이와도 같았다.

"검은 머리에 푸른 눈을 한 젊은 남자다! 교황을 찾아라!"

군나르족의 사람들은 모두 젊은 남자를 찾기 시작했다. 그러나 은발에 금안을 가진 채로 달려가는 그의 생김새는 알려지지 않았다. 검은 머리카락에 푸른 눈을 했다는 것을 들은 군나르족은 그 얼굴을 찾지 못하자 젊은 신관들을 닥치는 대로 도륙하기 시작했다. 신관들이 성력을 쓰며 저항했지만 그들을 당해 낼 수 없었다.

잠들기 세 시간 전만 해도 전쟁이 자신과 동떨어져 있다 생각했다. 한데 지금 이게 무슨 상황인가. 지금 그는 전쟁을 몸으로 경험하고 있다. 경험하다 못해 싸우지도 못하고 패주하고 있다. 이 얼마나 한심한가!

"성하, 마음을 굳건히 드셔야 합니다. 일단 추기경과 합류하는…… 억!"

옆의 신관이 화살에 맞아 쓰러지며 말에서 떨어져 버렸다. 뒤에서 낄낄거리는 소리가 들렸다. 린도는 이를 아득 물었다. 저 녀석들은 지금 이것이 장난으로 보이는 모양이었다.

뒤에서 고함을 치는 목소리는 사라지지 않았다. 놈들이 바로 뒤에서 추적해 오고 있었다. 도시 한 구획을 지나자 맞은편에서 군나르족 군사들이 보였다. 린도는 토끼몰이를 당하듯 사지에 몰린 것을 깨달았다.

"이곳에도 교황은 없는 것 같군. 죽여라."

린도가 팔을 뻗어 성력의 빛덩이를 날렸다. 그러나 그 성력의 빛무리는 기이한 문양이 새겨진 방패에 닿자 상쇄되었다. 아무리 완전하게 회복되지 않았다고 하나, 그가 발현한 성력은 대신관급은 되었다. 그러나 성력이 통하지 않았다. 그 사실에 린도는 자괴감에 빠졌다.

아무것도 못했고, 아무것도 하지 않았다. 그리하여 이렇게 무력하게 당하는 것이다. 위협적인 덩치를 가진 군나르족이 검을 휘두르며 그가 있는 곳으로 다가왔다. 성기사들이 싸웠지만 애초에 그들의 상대가 되지 않았다. 신관들이 사라지고, 그들은 마지막으로 남은 린도에게 다가왔다.

"특이한 자식이네. 칸께서 좋아하시겠어."

"후환은 두지 마라, 죽여라."

린도는 그 말에 그를 노려보았다. 재미있다는 듯 웃는 갈색 피부의 남자가 창을 휘둘렀다. 그 엄청난 무기가 그의 배를 관통하는 순간, 피가 후두둑 쏟아져 나왔다. 린도는 말에서 떨어졌다. 흐릿한 시야 너머로 죽어 가는 신관들의 비명 소리가 들렸다. 아팠다. 빌어먹게도 너무나 아팠다.

그 와중에도 이렇게 배를 찔렸을 비올렛이 떠올라, 그녀가 얼마나 아팠을까 하는 생각이 들었다. 머릿속에 비올렛의 모습만이 가득했다. 분명 성도에 돌아오면 모든 걸 말해 주기로 약속했는데. 눈물이 주르륵 흘러내렸다. 눈앞이 깜깜해졌다.

다니엘은 오늘도 비올렛의 얼굴을 보러 왔다. 비올렛은 되도록이면 그의 말에 대답하지 않은 채 고개를 숙이고 있었다. 교황의 성도가 불에 탔다는 소식을 듣자 그녀는 더욱 우울해졌다.

"왜, 설마 교황도 네게 매혹된 거야? 그렇고 그런 관계였던 거니?"

구자르트까지 전쟁에 끼어들었다. 나라 전체가 불꽃에 휩싸여 버렸다. 죽어 가는 사람들의 원념이 자꾸 그녀의 귀에 맴돌고 또 맴돌았다. 국왕은 왜 이렇게 어리석은 짓을 하는가, 다니엘은 왜 이런 어리석은 행동에 동참한 것인가?

"그런데 너는 형을 좋아하니 그것 참 안됐구나. 형은 널 배신했는데 말이야. 아주 멀리 나가서 연락도 없는 모양이야. 아아, 어쩌면 결국 폐하의 밀명을 받아 출정했는지도 몰라."

그 말에도 비올렛은 대답하지 않았다. 그렇게 무시로 일관하면 다니엘이 더 자극적인 말을 꺼내는 것을 알면서도 침묵을 고수했다.

"하긴, 너 같은 천민 아이를 누가 좋아하겠니. 하지만 형도 형이야, 그 냉정함에는 완전히 질려 버렸다니까. 바로 널 버리는 것 좀 봐."

비올렛은 다니엘의 말을 듣지 않으려 애쓰고 또 애썼다. 하지만 그것은 피할 수 없었다. 다니엘은 완벽한 강자의 입장이었고, 정말로 비올렛을 그냥 봐주고 있었다. 그 지긋지긋함에 숨이 막혀 견딜 수가 없었다. 그리하여 그녀는 결국 물어보았다.

"다니엘, 너는 왜 이렇게 네 형을 미워해?"

그 말은 다니엘을 놀라게 한 것이 틀림없었다. 왜냐하면 비올렛이 처음으로 다니엘을 궁금하게 여겼기 때문이었다.

후작가에 있는 동안 비올렛은 자신의 괴로움에 빠져 있느라 단 한 번도 다니엘의 처지에 대해 알려 하지 않았다. 물론 그 질문은 순수한 호기심이라기보다는 내게 대체 왜 이러냐는, 고통을 견디다 못한 호소였다. 그럼에도 다니엘은 아주 놀라운 것을 들었다는 표정으로 멍하게 비올렛을 바라보았다.

둘의 눈이 마주쳤다. 비올렛의 표정은 예전에 그러했듯이 그의 장난감에 가깝거나 그보다 우위에 선 자로서 멸시하는 표정이 아니었다. 비올렛이 처음으로 자신에 대해 알고 싶어 했다. 그 사실에 다니엘은 어딘가에 감전이라도 된 것처럼 몸을 움찔했다.

이것은 그가 받은 익숙한 종류의 관심이 아니었다. 그의 가면, 그의 광기에 대한 본질적인 물음이었다. 그 누구도 그의 광기에 대해 알지 못했고, 광기를 아는 사람도 물어보지 않았다.

"다니엘, 너는 후작가 사람들 전부를 미워했어. 하지만 너는 원래 그곳 사람이잖아. 나랑은 달랐어. 거기에 온전히 속해 있었지."

비올렛의 물음에 다니엘이 피식 바람 빠지는 웃음을 터트렸다.

"'온전히' 속해 있었다고?"

그 말에 서린 비릿한 조소에 비올렛은 깨달았다. 그녀는 다니엘을 몰랐다. 정말이었다. 생각해 보면 그가 왜 이렇게까지 악독한지, 왜 그렇게 남의 고통을 즐기는지, 왜 에르멘가르트, 즉 자신의 가문을 싫어하는지 몰랐다. 그는 언제나 연유 모를 광기와 분노로 가득 차 있었다.

"난 한 번도 그곳에 온전히 속한 적이 없었어. 단 한 번도!"

의자에 앉아 있던 그가 비올렛에게 다가갔다. 그리고 비올렛의 허리를 끌어안으며 그녀의 허벅지 위에 머리를 올렸다. 비올렛은 자신도 모르게 몸이 굳었다. 다행히 다니엘은 얼굴만 묻었을 뿐, 다른 의도로 그녀의 몸을 만지지는 않았다.

"비올렛, 정말이야. 나는 그곳에 속하지 않았어. 그 자랑스러운 검푸른 머리와는 너무 다른 이 머리색처럼 말이야."

그는 흐느끼듯 말하고 있었다. 비올렛은 그제야 깨달았다. 다니엘은 줄곧 이것을 호소하고 있었다. 자신을 알아 달라 소리치고 있었다.

"자랑스러운 베오른 에르멘가르트는 나를 버리는 패 취급했어. 난 들었지. 어차피 후계자는 잘난 형이고, 또 건강한 막내까지 있다고 하는 것을."

"……."

"나 따윈 그냥 없애 버려도 되는 자식이었어. 그렇잖아? 아버지란 작자는 내가 병에 걸려도 날 찾아온 적이 손에 꼽을 정도였어. 그나마 찾아오는 순간마저도 내게 말도 붙이지 않고 슬쩍 보다가 돌아가 버렸지. 심지어 형도 에이든도 내 방에는 못 오게 했어. 병이 옮는다고, 후계자를 잃어버릴 수 없다고. 그래서 비올렛, 사실은 나, 어렸을 적엔 형제들과 무척 서먹했어. 그 인간들은 지긋지긋하게 건강했거든."

비올렛의 머릿속에 방 안에 앓아누워 있는 소년이 보였다. 고독한 방 안에서 어머니의 걱정 어린 치료를 받는 그는 아픈 자신이 쓸모없다는 것을 먼저 습득했다.

"내가 다섯 살 때, 창문을 보았어. 에이든은 나보다 잘 걸어 다니는 아이였고 형은 일곱 살임에도 똑똑하다는 소리를 항상 듣고 있었지. 형이 에이든을 안아 주고 있었어. 에이든의 웃음소리가 내게도 들려왔지. 아버지는 그걸 지켜보고 있었고 어머니는 환하게 웃고 있었어. 너무나 아름다웠지. 사실 그들은 내 사랑하는 가족이라 보는 것만으로도 행복했어."

그의 표정은 꿈을 꾸는 것처럼 몽롱했다. 다니엘은 그때의 그 꿈결 같은 장면을 상상하는 듯 했다.

"나도 건강해지면 저곳에 갈 수 있겠구나 생각하고 신에게 빌고 또 빌었어, 비올렛."

"……."

"아주 어리석은 생각이었지. 그저 내가 건강해져서 잘 걸어 다닐 수 있다면 아버지의 관심도, 근심 어린 얼굴이 아닌 따스하게 웃고 있는 어머니의 시선도, 멋진 형과 귀여운 남동생도 날 좋아해 주고 사랑해 줄 거라는 믿음이 있었어. 신은 과연 내 바람을 들어주었을까? 아니, 전혀 들어주지 않았어."

그녀가 어렸을 때 '내일 날씨가 좋게 해 주세요', '엄마의 감기가 낫게 해 주세요'라고 빌었던 것보다 그는 더욱더 절실하게 신에게 빌었으리라. 다니엘의 얼굴을 본 비올렛은 어리고 창백한 금발의 소년이 손을 모아 간절하게 기도하는 장면이 떠올랐다.

"그때 어렴풋이 깨달았는지도 몰라. 나는 저들 사이에 영원히 속할 수 없겠구나."

"……."

"그래도 어리고 어리석던 나는 기도를 멈추지 않았어. 하루 빨리 몸이 나아서 저곳에 들어가게 해 달라고 했지. 형과는 한 번도 제대로 대화도 나눈 적이 없지만 날 좋아해 줄 거라고 생각했어. 실제로는 내게 전혀 관심도 없었는데 말이야. 에이든은 작고 귀여웠지. 사람들은 막내만 귀엽다 여겼어. 병약한 둘째는 안중에도 없었지. 건강한 사내아이의 장난기 어린 모습은 정말 사랑스러웠을 거야."

그는 서늘한 미소를 지으며 말했다. 비올렛은 다니엘의 냉소가 작위적이라는 것을 알았다.

"내 기도가 듣지 않는다는 것을 깨달은 날, 그래도 나는 슬프지 않았어. 내겐 그래도 어머니가 있었으니까. 어머니만이 내 곁에 머무르며 날 사랑해 주셨어. 다른 형제들보다 더욱더 말이야."

그는 비올렛의 치맛자락을 꽉 쥐며 몸을 부르르 떨었다. 그녀가 후작가에 입양되었을 때, 전혀 그렇게 보이진 않았다. 그들은 완벽하진 않았지만 나름의 조용하고 기품 있는 가족처럼 보였다. 당연했다. 외부인인 비올렛에게 그것이 제대로 보였을 리가. 후작은 그를 아들로 대했고, 에셀먼드도 에이든도 그를 격 없이 대했다. 그랬다고 생각했다. 아주 약간의 위화감이 느껴졌지만, 비올렛은 그것을 대수롭지 않게 여겼다.

"다니엘, 나는……."

"예전에 후작가에서 화재가 있었어. 물론 아주 작은 화재라 너는 모를 거야. 아니, 그건 나만 기억하고 있을지도 모르지. 그러니까…… 내게만 아주 중요한 사건이었으니까. 하녀 하나가 램프를 잘못된 곳에 두고 간 모양인지 커튼에 불이 붙었다고 해. 그때 잘난 후작님께선 출근하셨고 불이 났던 곳에는 사용인들이 없었어. 아직도 기억해. 집사와 앤은 휴가를 갔고 나머지 사용인들은 마침 별관과 정원을 청소하고 있었거든. 이 층은 연기에 휩싸였지. 나는 겨우 여섯 살이었고, 그때도 열 감기에 앓아누워 움직일 수조차 없었어."

"……."

"살려 달라고 빌었어. 신에게 그렇게 빌었어. 연기는 내 숨통을 조이는데 아무도 날 구해 주러 오지 않았어. 창밖은 미치도록 아름답고 파랬는데, 아무도 날 구하러 오지 않았어! 숨이 막혔고 뜨거웠어. 그 와중에도 나는 어머니를, 내 형제들을 걱정했어. 그들 역시 나와 같은 고통에 처해 있을 거라고 생각했어. 난 괴로웠어. 너무나 괴로워 죽을 것 같았어. 너무 연기를 많이 마셔서, 목에서 연기가 나오는 것 같았어. 눈은 매워서 뜰 수 없었지. 아니, 눈을 떴는지 감았는지도 몰랐어. 보이는 건 까만 것밖에 없었거든."

그렇게 말하는 다니엘은 진실로 괴로워 보이는 표정이었다. 그는 하얗게 질린 얼굴로 비올렛을 보며 말했다.

"사람이 죽는다고 할 때 이상한 힘이 생긴다고 하지. 나는 일어나 나도 모르게 달렸어. 죽고 싶지 않았던 거야. 다행히 연기 속에서 내가 헤매다 도달한 곳은 계단이었고, 나는 계단에서 굴러떨어졌어. 일 층은 숨쉬기가 편했고 나는 기어서 바깥에 겨우 나갔어. 그리고 얼른 누군가에게 말해 내 사랑하는 가족들을 구하자고 생각했지."

비올렛의 머릿속에 연기 속, 그을음이 묻은 채 기어가는 작은 소년이 떠올랐다. 작은 소년은 힘겹게 몸을 움직였다. 오로지 가족을 살려야 한다는 일념 하나만으로, 그렇게 필사적이게.

비올렛은 진정으로 괴로워하는 그의 얼굴을 보며 깨달았다. 그때의 그 어린 소년에게는 거짓이 없었다. 그는 한참 동안이나 숨을 헐떡였다. 그리고 그의 얼굴이 다시 무표정으로 돌아왔다. 그는 초점 없는 눈으로 홀린 듯이 말했다.

"그런데 나는 보고야 말았던 거야. 어머니는…… 형의 손을 잡고 에이든을 안고 있었어. 어머니는 이 층에서 형이 책을 읽는 것을 보고 에이든을 재우고 오겠다 말했지. 내가 누워 있다는 걸 어머니가 모를 리가 없었어……. 그런데 어머니는 날 잊어버린 거야. 날…… 아니, 아니지. 날 버린 거지."

비올렛은 그 말에 놀라서 다니엘을 보았다. 얼굴을 묻은 치맛자락이 축축하게 젖어 있었다. 그는 아이처럼 훌쩍이며 숨을 헐떡이고 있었다. 봇물이 터지듯, 그렇게 그는 자신에 대해, 그 어둠에 대해 이야기했다. 비올렛이 증오로 에셀먼드와 에이든, 후작을 대했듯이, 그 역시도 그에 못지않은 시퍼런 증오로 후작가 사람들을 대했던 것이다. 겨우 혼자서 살아 나온 소년이 자신의 형제들을 안고 있는 어머니를 보았을 때, 그의 기분은 어땠을까. 그 급박한 순간, 다니엘은 가장 사랑하는 어머니에게도 잊혀졌다.

"그때 어머니와 형의 놀란 표정이란! 그래, 아버지에게도 어머니에게도 나는 버려지는 존재라는 것을 깨달았지. 에이든처럼 건강하지 못해서 나는 만약을 위한 '여유분'도 못됐어. 나는 능력이 없었거든! 검도 제대로 들지 못하고 겨우 기침 몇 번 하는 게 고작이었어."

다니엘이 비올렛의 치맛자락을 다시 꽉 쥐었다.

"그때부터였을 거야. 형이 나한테 아주 조금이나마 관심을 가졌던 게. 형은 처음부터 내게 별로 관심이 없었어. 잘난 나머지 어렸을 적부터 바빴거든……."

"……."

"그게 동정이라는 걸 알고 있었지. 적선이었어. 너무나 알기 쉬운 감정인데 그걸 모를 리가! 버림받았음에도 겨우 발버둥 쳐 살아남은 그 쓸데없고 징그러운 생명체를 보았을 때, 그 고귀한 형은 날 얼마나 불쌍히 여겼을까!"

"……."

"에이든에게 좋은 형이 되어 줄 수 없으니 네가 되라고? 버림받은 자식새끼가 제대로 받아들여진 자식한테 좋은 형이 되라니 그게 무슨 개소리야!"

그는 비올렛이 걸터앉은 침대의 매트릭스를 주먹으로 내려쳤다. 부들부들 떠는 주먹이 탕탕거리는 소리를 내며 섬뜩한 울림을 자아냈다.

"어머니는 내가 일곱이 될 때 돌아가셨지. 어머니는 그날 이후로 미안하다 사과했어. 그래서 괜찮은 척했어. 하지만 두 번 다시 어머니를 용서할 수는 없었지. 그날 내가 본 것이 진실이었으니."

다니엘의 어조는 다시 차분해졌다. 그러나 그 두 눈에서는 계속해서 눈물이 떨어져 내리고 있었다.

"어느 날 어머니는 병에 걸렸고 꼭 마법처럼 내가 건강해졌지. 나에게서 옮은 것도 아닌데 사람들은 내가 어머니의 생명을 빼앗아 건강해졌다 했고, 잘난 후작님 역시 마찬가지라 생각하는 듯했어. 심지어 후작님은 어머니가 임종 때 나를 찾았는데 나보고 어디를 놀러 갔냐고 크게 야단을 치셨어."

"……."

"난 놀러 갔던 게 아니야……. 나는 한 번도 그런 적이 없어. 어머니가 돌아가시기 며칠 전부터 난 일어나자마자 예배당에 가 있었거든. 신이 어머니를 데려가려 하니 데려가지 말라고, 좀 더 내 곁에 있게 해 달라고 기도하려고 신에게, 아그레시아에게 얼마나 빌고 또 빌었는데……. 어, 얼마나…… 사랑하는 어머니를 살려 달라고 내가……."

제기랄. 그가 다시 욕을 내뱉었다. 그는 흐느끼고 있었다. 비올렛은 그의 짙은 원망의 감정의 실체를 목격했다. 이해할 수 없다. 이해하고 싶지 않았다. 그러나 비올렛의 얼굴에 이미 눈물이 맺혀 떨어지고 있었다. 그가 가진 절망에 공감해 버렸다. 절대 들어갈 수 없는 그곳에서 받았던 소외감에 공감하고야 말았다. 처음부터 물어봐서는 안 되는 것이었다. 그는 이미 돌이킬 수 없는 강을 건너 버렸는데.

다니엘은 처음에 온 그녀에게 다정했었다. 그것은 진실이었다. 그는 한없이 다정해서, 적응하기 힘들었던 후작가에서 처음으로 안심할 수 있었다. 그래서 비올렛은 다니엘만을 바라보았다. 그가 좋았다. 그는 계산적이긴 했지만, 비올렛을 아껴 주었다. 그것이 동정인지, 우월감에서 비롯된 행동인지, 진실한 호의인지는 모른다. 그래도 비올렛은 그때 따스함을 느꼈다.

비올렛이 에셀먼드와 어느 정도 친해졌을 때, 다니엘은 자신의 이야기를 하며 쓸쓸한 얼굴을 했다. 그렇다면 자신은 어떠했던가. 도망가 버렸다. 그는 처음으로 자신의 이야기를 하려고 했는데 그 어둠이 두려워져서 그를 밀어내 버린 것이다. 비올렛이 괴로워한

만큼 그도 괴로워하고 있었는데.

어느새 울음을 멈춘 다니엘이 비올렛의 얼굴을 올려다보았다. 그의 눈은 붉게 달아올라 있었다. 비올렛의 눈에는 조용히 눈물이 흐르고 있었고, 다니엘은 그것을 보며 어딘지 모르게 어색하게 손을 뻗었다. 하얀 손가락이 비올렛의 얼굴에 닿았다. 그의 창백한 얼굴에 미소가 서렸다.

"여전히 착하구나. 날 위해 울어 주다니 말이야."

"아니야."

비올렛의 단호한 대답에도 그의 미소는 사라지지 않았다. 공감하고 안아 주기엔 그들은 너무 많이 와 버렸다. 그럼에도 다니엘은 웃고 있었다. 그는 기뻐하고 있었다. 자신의 이야기를 들어 주어서, 그리고 함께 슬퍼해 주어서. 그에 비올렛은 도저히 그에게 화를 낼 수 없었다.

"그래서 내가 너를 사랑해, 비올렛."

그의 울음기 서린 목소리는 애절하고 절실했다. 그는 비올렛을 끌어안고 그녀의 품에 얼굴을 파묻었다. 깊숙이, 깊숙이. 비올렛은 차마 그것을 뿌리칠 수 없었다.

"예하, 예하!"

말을 타고 있던 체자레에게 전령이 당도했다. 그들은 지금 수도로 진군하고 있었고, 수도의 남동쪽 제3관문Gate, 블룸버그 백작이 수호하는 성벽에 서 있었다. 소식을 받은 교황파 귀족들은 뜻을 같이하여 체자레에게 원군을 보내고 있었다. 이미 교황파 귀족들과 국왕파 귀족들의 전쟁에서 소규모 탐색전이 일어나고 있었다.

아그레시아는 건국 이후 천오백 년 동안 왕위 다툼을 제외한 전쟁이 거의 일어나지 않았던 평화로운 나라다. 그러나 에르멘가르트 가문을 비롯한 몇 개의 무가武家들 덕에 이 나라의 군사 체제는 형편없는 정도는 아니었다.

대표적인 것이 관문이었다. 산과 강을 제외하고 단시간에 수도로 진격할 수 있는 위치의 도시를 거리에 따라 네 개로 나눈 후 성벽을 세워 방어를 굳건히 했다. 수도와 가장 멀리 떨어진 도시들이 제4관문, 수도와 가까운 도시들은 제3관문, 수도 지역 외성은 제2관문, 그리고 내성을 제1관문으로 두고 각 관문마다 무가들이 방어를 전담했다.

교황의 군대는 이미 제4관문의 도시를 격파했다. 체자레 역시 국왕파 군대와 몇 번 접전을 치렀다.

"무슨 일인가!"

체자레의 앞을 막아선 성기사가 신전의 깃을 단 전령을 경계했다. 전령은 문서를 내밀었다. 성기사는 그것을 유심히 보다 허, 숨소리를 내며 그것을 체자레에게 내밀었다. 문서에는 붉은 글씨로 무언가 쓰여 있었다.

성도 아우베르트 함락.

신의 도시이자 믿는 자들의 낙원이라 불리는 성도가 함락되었다는 소식이었다. 체자레는 서신을 자세하게 읽어 보았다. 구자르트의 동쪽 케스투니스의 칸인 타르크가 해로를 통해 성도로 진격하여 교황령 내 성도의 주변 도시를 점거하였고, 성도까지 함락시켰다고 했다. 같은 내용을 전달받은 신관들이 술렁이기 시작했다.

성도는 구자르트가 쳐들어온 지 단 며칠 만에 제대로 된 방어도 못한 채 함락되었다. 교황은 죽은 것으로 보이며 시신은 아직 발견되지 않았다는 것 또한 적혀 있었다. 시기를 보아 하니 이 정도 규모의 군대가 올 정도였으면 꽤 오래전부터 준비가 이루어졌다는 소리였다. 그렇다면 이것은 너무나 명백하지 않은가. 국왕과 구자르트는 이전부터 손을 잡고 있었다.

"구자르트의 침략이라. 꽤나 하는군요."

소식을 듣고 흥분한 신관들과 달리 체자레의 어조는 언제나처럼 나른하고 평이해서 승전보를 접하는 것과 별로 다를 바가 없었다.

"어찌해야 하는 겁니까. 성하의 시신이 발견되었다는 소리가 있습니다."

"성하의 시신이요?"

체자레가 묻더니 이내 미소를 지으며 말했다.

"성하는 걱정할 필요가 없습니다. 구자르트나 왕도에서 성하의 외양을 정확히 아는 이가 있습니까? 성하의 시신이라는 것 자체가 말이 되지 않습니다."

체자레의 말은 맞는 말이었다. 문서에 따르면, 구자르트인들은 신관들을 닥치는 대로 도륙했다니 그것이 더 소름 끼쳤다. 교황은 신관인 척하고 성도를 돌아다니는 것을 즐기긴 했지만 이런 위협에 대해 무엇을 어떻게 해야 할지 알지 못하는 학습되지 않은 아이 같은 사람이었다.

"성하는 괜찮을 겁니다."

성기사는 어쩐지 체자레가 믿음을 기반으로 말한다기보다 스스로 안심하기를 바라는 것 같다고 생각했다. 체자레는 한참 후에 생각을 정리해서 말했다.

"근방에 있는 가문이…… 그렇군요, 네르실라 백작 가문과 헤링턴 백작 가문이 있군요. 중립을 지키는 가문이지만, 성도에 이어 자신들의 영지까지 이민족들이 쳐들어오는 것은 바라지 않는 일일 터. 군사를 파견하여 성도를 재탈환하라 이르십시오. 그리고 기사들 몇을 파견하여 성하를 찾아오십시오."

체자레의 금안이 싸늘하게 가라앉았다. 언제나 여유롭게 미소 짓고 있는 체자레의 얼굴이 굳어지자 사람들에게 불안감이 번져 나갔다. 그렇지만 그것도 한순간, 그의 얼굴이 다시 가면을 쓴 듯 평온하게 변했다.

"신의 가호가 성하를 보살펴 줄 것입니다. 바로 성하가 아니십니까."

체자레가 부드럽게 말했다. 그 평이한 어조에 성기사들이 안심했다. 그들은 체자레가 무언가 믿는 구석이 있다고 생각하기 시작했다. 그렇게 하지 않고서는 견딜 수가 없었던 것이다. 성하를 왕으로 옹립시키기 위해 하는 전쟁에서 성하를 잃어버리다니, 있을 수 없는 일이었다. 절대 일어나서는 안 될 일이었다. 그러나 추기경은 높은 성벽을 바라보며 중얼거리듯 조용히 말했다.

"아무래도 기다림은 미덕이 아닌 것 같습니다."

신관들이 그 말에 호응했다.

"그렇습니다! 이교도 놈들을 끌어들이다니 왕이 미쳐도 단단히 미친 게 분명합니다!"

신관 한 명이 화를 내며 떠들었다. 복수심에 미쳐서 다른 나라까지 끌어들이려 하다니. 그것은 국왕이 전쟁에서 제대로 된 명분을 세우기를 포기한 것이었다.

국왕이 수도에만 틀어박혀 신학자들과 지내더니 신앙도 정말로 학문의 하나로 여긴 것인가! 사람들은 어리석은 국왕의 실정에 대해 떠들었다. 그러나 체자레는 신관과 성기사들의 분노, 그리고 그를 따르는 귀족들의 수군거림에도 아랑곳하지 않고 언제나처럼 미지근한 어조로 부드럽게 말했다.

"온 나라가 불길로 타오르겠군요. 어쩌면 그래요, 모든 나라가 불길에 휩싸일지도 모르겠어요."

마치 내일 축제라도 벌어지는 듯, 그렇게 기대감마저 어린 말투로 그렇게 말하는 것이다.

걱정할 필요는 없다. 아니, 정확히는 '어찌 되든 상관없다.' 설령 이 나라가 멸망해도 그것은 그들의 선택인 것을. 그는 그저 선택의 기회를 주었을 뿐이었다. 그러나 그들이 선택하는 것은 언제나 지극히 이기적인 방식이었다.

아그레시아가, 세상이 붉게 타오르고 있었다. 그것은 붉은 추기경이라 불리는 그가 만들어 낸 피비린내 나는 또 다른 붉음이라. 체자레는 하늘을 올려다보았다.

"보고 있습니까?"

대답 따위가 있을 리 없다. 하늘이 보여 주는 것은 신의가 아닌, 그저 곧 눈이 올 거라는 잿빛 구름뿐이었다. 그는 다시 붉은 웃음을 지었다.

샤를루스의 상태는 호전될 기미가 보이지 않았다. 오히려 아주 서서히 나빠지고 있었다. 오랫동안 쓰러져 있는 자가 깨어나지 못하면 죽는 것은 당연한 일이었다. 볼살은 며칠 사이에 쭉 빠져 버렸고 그의 낯빛은 이제 파랗게 질려 가고 있었다. 가끔씩 신음 소리를 흘리고 꿈을 꾸는 듯 헛소리를 내뱉고는 했지만 완벽하게 의식을 되찾지는 못했다.

커튼 너머 샤를의 모습을 착잡한 심정으로 보던 에이든은 왕비의 울음소리를 들으며 한숨을 쉬었다. 샤를의 방에 가면 언제나 기분이 가라앉았다.

결국 그가 할 수 있는 것은 아무것도 없었다. 해독제를 주었다는 의원은 잠적했으며, 그 독약을 위해 막대한 자금을 지출한 가문 역시 드러나지 않았다. 외적으로나 내적으로나 에이든은 상당히 지친 상황이었다.

국왕은 결국 외세를 끌어들여서까지 신전을 굴복시키기를 간절하게 원하고 있었으며, 그 상식적이지 못한 판단에 국왕파는 분열하기 시작했다. 어쩌면 국왕은 성도 아우베르트가 함락되고 교황이 잡히면, 모든 것이 끝난다 생각했을지도 모른다. 전술적으로는 아무런 문제가 없었다. 적군의 허를 찌른 것이었으니.

그러나 성도가 함락됨에도 추기경은 회군하여 성도를 탈환하려 하지 않고 수도로의 진군을 멈추지 않았다. 그것은 교황이 죽지 않았으며 발각되지 않았다는 신호였다. 게다가 들려오는 소식으로는 교황이 왕실의 핏줄인 금안의 소유자라 했다.

왕이 실정失政했을 경우를 대비해 전대 교황이 마련한 왕의 핏줄이라니. 신관이 되면 자동적으로 왕위 계승권은 포기해야 한다. 그러나 교황은 신관이 될 때 자신의 권리를 포기한다는 선언을 하지 않았으며, 일반 신관이 되는 자라면 응당 그랬어야 할 계승권에 대한 포기를 왕궁의 문건으로 남기지도 않았다.

체자레가 공작 위를 포기한 것도 연막이었다. 왕위 계승자인 '금안의 왕족'을 숨기기 위해서 그는 자신의 계승권을 포기한 것이었다. 실제로 교황이라는 어마어마한 권력자가 왕족이었다.

에이든은 국왕만이 전쟁을 준비했다 여겼다. 하지만 교황파 역시도, 시대를 거슬러 올라가 이런 상황을 염두에 두고 있었던 것이다. 전쟁은 이미 예정되어 있었다. 아주 오래전부터, 교황과 국왕은 역사에 기록되지 않은 기득권 싸움을 계속해서 해 왔고 지금 그것이 터진 것이다.

"이러다 비올렛, 너보다 내가 먼저 죽을지도 모르겠어."

곧 있으면 출정일이다. 전투 경험이 없는 가주가 군대를 이끌 수는 없기에 그는 앞으로 나서지 않았다. 혹여나 국왕파가 승리하게 된다면 그의 선택이 가문의 입지가 좁아지는 결과를 초래할 것이다. 하지만 그는 많은 군사들의 목숨을 떠안을 자신이 없었고 경험이 부족했다. 가문을 위해 미숙한 자신이 병사들을 희생시킬 수 없었다.

자신과 같은 나이에 전쟁터에 있던 형은 아마 절대 그러지 않았을 것이다. 당장이라도 외성 바깥으로 나가 제3관문으로 가서 교황군을 격퇴하고 군공을 세워 돌아왔을지도 모른다. 언제나 그런 대단한 사람이었으니.

에이든이 졸지에 거느리게 된 기사들은 너 나 할 것 없이 모두 에셀먼드를 그리워하고 있었다. 형은 기사들의 우상이었다.

에이든은 착잡한 마음으로 회랑에서 정원으로 향했다. 맑은 공기라도 쐬어야 진정이 될 것 같았다. 그때 어디선가 고약한 냄새가 났다. 순간 드는 불길한 느낌에 에이든은 고개를 두리번거렸다. 그도 이 냄새를 자주 맡아 알고 있었다. 이것은 시체 썩는 냄새였다. 정원에는 풀 내음이나 꽃향기가 있어야 정상이 아닌가. 이질적인 냄새에 에이든은 코를 킁킁거리며 그 악취를 쫓았다.

이윽고 악취의 근원을 발견한 에이든은 허탈하게 숨을 내쉬었다. 왕자의 방으로 이어지는 창틀 아래에, 고양이가 혀를 쭉 빼어 문 채로 죽어 있었다. 그것을 말없이 뚫어져라 본 에이든은 또다시 한숨을 내쉬었다. 이번에는 착잡함에서 나온 한숨이었다.

—루비!

비올렛이 키우는 고양이와, 왕자가 키우는 고양이는 남매 사이로 모두 에셀먼드에게서 선물받은 고양이였다. 샤를루스가 그 고양이를 얼마나 아끼는지 에이든은 잘 알고 있었다. 먹을 것을 줄 때만 애교를 부려서 샤를루스는 에이든의 만류에도 고양이가 좋아하는 간식을 자주 주었고, 그 결과 고양이는 이렇게나 뚱뚱해져 버렸다. 뚱뚱하면 빨리 죽는다니까, 왜 말을 안 들어서 전하는……. 그래도 뚱뚱한 모습조차 귀엽다고 꼭 껴안아 볼을 부비는 천진한 왕자의 모습이 두 눈에 선연했다. 에이든의 두 눈에 눈물이 어렸다.

어린 왕자가 깨어나는 것을 기다려 주었어야 할 무심한 고양이는, 주인을 먼저 두고 세상을 떠나 버렸다.

"옷을 따스하게 입고도 추워 보이는구나."

비올렛은 다니엘을 바라봤다. 다니엘은 환하게 웃고 있었다. 그는 비올렛이 입고 있는 망토가 그녀에게 제법 잘 어울리자 기분이 좋은 듯했다.

"역시 유폐된 곳이라서 그런가, 확실히 여긴 공기가 달라. 너무 차갑네. 이곳에 갇혀 있던 왕족들이 얼마나 원념에 차서 저주를 퍼부었을지 상상만 해도 끔찍해."

비올렛은 그 말을 들으며 다니엘을 조용히 지켜보고 있었다. 그

날 이후, 다니엘은 다시 예전처럼 돌아온 것 같았다. 그 옛날, 다정한 오라버니처럼 말이다.

가끔 오는 에이든은 다니엘이 챙겨 준 물건들을 보고 무어라 말하지 못한 채로 돌아갔다. 그는 원한다면 언제든 다니엘이 오는 것을 막아 주겠다 했지만 비올렛은 고개를 저었다.

다니엘은 여러 이야기를 해 주었다. 지금 돌아가는 전세, 소식이 없는 에셀먼드, 린도가 왕족이어서 멍청한 군나르족이 다시 금안의 시신을 찾으러 냄새나는 시신을 수색하기 시작했다는 이야기까지. 때로 다니엘은 그가 당했던 설움에 대해 이야기하고는 했다.

어렸을 적, 검을 들으라는 전대 후작의 명에 검을 들었지만 너무 무거워 들지 못하자 그가 다신 자신을 거들떠도 안 봤다는 이야기, 심지어 형을 도와주려 했더니 상관하지 말고 네가 할 수 있는 것에 집중하라 했다는 이야기.

"비올렛, 뭐라 말 좀 해 봐."

비올렛은 다니엘의 얼굴을 보았다. 환하게 웃던 그의 얼굴이 다시 슬픈 듯 찡그려졌다. 다니엘이 어떤 마음으로 미친 듯이 사랑을 속삭였는지 비올렛은 알고 있었다. 그는 그의 지옥에서 같이 있어 줄 사람이 필요해서 비올렛을 데려오려 했던 것이다. 그 감정이 서글플 정도로 공감이 갔고 혐오스러웠다. 비올렛은 동정과 혐오를 동시에 느끼고 있었다.

"응? 내가 미워? 싫어? 무서워?"

비올렛은 대답하지 않고 다니엘을 보았다.

"넌 날 괴롭히는 게 재미있니?"

그 말에 다니엘이 말했다.

"재미는 있었지. 난 그런 장난감이 필요했거든."

그 다정함이 장난감에 대한 다정함이라는 것 따윈 알고 있었다. 비올렛은 얼굴을 찌푸렸다.

"하지만 장난감에 애정을 줄 수도 있는 거야, 비올렛. 장난감이 사랑할 수 있는 사람이라는 것을 알았을 땐, 많은 시간이 지난 후였어. 이미 늦어 버렸지."

비올렛은 눈을 감았다.

다니엘의 배려인지 에이든의 배려인지, 아니면 정말로 왕궁의 사람이 왕에게 반감을 가져서 몰래 도우는 것인지 비올렛은 북쪽의 탑이 아니라면 나름 잘 지내고 있는 편이었지만 몸은 마법진의 영향 때문인지 나아질 기미가 보이지 않았다. 다니엘은 지나가는 말로 이 마법진을 위해서 군나르족 무녀 열이 희생되었다고 말했었다.

"널 정말 사랑해, 비올렛."

그는 올 때마다 비올렛에게 사랑한다 했다. 그러나 비올렛은 그 말이 애달프면서도 너무나 끔찍했다.

"네가 나를 죽음으로 몰아갔다는 건 알고 하는 소리니?"

"비올렛, 설마 내가 널 죽이게 두겠어? 성녀를 죽이는 일에 신료들의 반발이 얼마나 거센지 모르는 거니? 너는 안 죽을 거야."

"만약 내가 죽으면!"

"그러면 어쩔 수 없지, 아무도 널 못 가지잖아."

하. 그녀는 헛웃음을 흘렸다. 눈앞의 남자는 정말 미쳐 있었다. 성녀 자체에 미쳐 있었던 어렸던 린도와는 다르게, 그는 비올렛에게 미쳐 있었다. 비올렛은 그것에 질렸다.

"너 정말 미쳤구나."

"예전부터 미쳐 있었어. 그 불길에서 살아날 때부터 말이야."

천진한 다니엘의 미소는 어느새 신기루처럼 사라져 있었다. 비올렛은 그 악랄한 광기에 숨이 막혔다. 다니엘의 감정의 농도는 언제나 짙어 비올렛을 압박했다.

"대체 네가 바라는 게 뭐야."

"나도 잘 모르겠어, 비올렛."

다니엘과의 대화는 항상 머리가 아팠다. 그는 심지어 자기가 무엇을 하고 싶은지도 모르고 있었다. 그런 주제에 모든 것을 망가뜨리려 했다. 모든 게 무너진 뒤 진정 자신이 원하는 것을 알았을 때 후회하면 어떻게 하려 그러는 것인가. 이미 망가진 건 되돌릴 수 없는데.

"비올렛, 왕은 정말 널 죽일 수 없어. 왜냐면 이 싸움은 어차피 교황파가 이기는 싸움이야, 너도 알잖아?"

"……."

아니, 모르고 있다. 성도가 구자르트에 침략당했다. 어떻게 보면 교황파는 거점을 잃었으며, 왕으로 옹립하겠다는 교황 자체가 사라져 생사가 불분명한데 어떻게 이길 수 있단 말인가. 추기경은 왕위 계승권을 포기하지 않았는가.

"교황이 이겨도 상관없어. 추기경은 자신의 심부름만 해 준다면 후에 보상해 주겠다 했거든. 에르멘가르트 가문도 무사하고, 나에게도 새로운 작위가 생기는 거야. 어느 쪽이 이겨도 난 사실 상관없어. 하지만 추기경이 이길 거라 확신해. 국왕은 추기경처럼 영리하지 않아. 너무나 멍청해."

다니엘이 그렇게 말하며 그녀의 볼을 매만졌다. 차가운 볼에 따스한 손이 닿았다.

"그러니까 비올렛, 내가 작위를 가지면 그땐 나도 널 가질 수 있어. 추기경이 그렇게 약속했거든."

비올렛은 체자레에 대해 생각하자 머리가 아찔해지는 것 같았다. 체자레의 진심은 알 수가 없었다. 그녀를 다니엘에게 팔아넘겼다고? 이전에는 군나르족에게 팔아넘겨도 상관없다는 태도를 보였다. 도대체 체자레의 진심은 무엇인가. 비올렛은 체자레라는 인물이 이젠 지겹게 느껴졌다.

"비올렛, 나도 너와 함께할 수 있다고. 다시 그때로 돌아가는 거야. 환하게 웃어 줬던 때처럼. 응?"

마치 어린 아이가 어머니에게 조르는 것처럼 다니엘이 매달렸다. 그러나 그 말은 비올렛에게 괴로움만을 안겨 주었다. 그녀는 다니엘에게 지쳐 있었다.

"내가 있을 곳은 내가 선택해. 네 곁이 아니야."

"……."

비올렛의 거절에 다니엘의 얼굴이 굳었다. 그는 억지로 웃음을 지으며 말했다.

"너는 내 슬픔에 울어 줬잖아. 나 대신 화내 줬잖아. 그래, 웃어 주지 않아도 돼. 그걸로 돼. 나는 네가 있으면 기쁘게 살 수 있을 거야. 행복할 거라고."

"내가 싫다고 했잖아! 네가 불쌍한 과거를 지녔다고 해서 내가 널 용서하는 것도 아니고, 널 받아들이는 것도 아니야!"

비올렛이 신경질적으로 소리치며 그를 뿌리쳤다. 다니엘의 눈빛이 화가 난 듯 일그러졌다. 또 목이라도 조를까 싶어 그를 두려움 섞인 얼굴로 노려보았으나 다니엘은 다시 미소를 지었다. 그리고 분노를 억지로 누른 채 물었다.

"손 시리지, 비올렛?"

비올렛은 더 이상 대화를 하고 싶지 않았다. 그를 보고 싶지 않았다. 모든 게 미쳐 돌아가고 있었다. 체자레에 대해서도 고민하고 또 고민했다. 다니엘이 의사도 묻지 않고 그녀의 작은 손을 가져가 매만졌다. 그러다 그는 그녀의 오른쪽 손등에 있는 푸른 인을 보았다. 그것은 화가 난 다니엘을 자극한 것이 틀림없었다.

"이거 가디언 맹세로 이루어진 거지?"

다니엘의 손이 움찔했다. 그는 손등의 인이 기분이 나쁜 모양이었다. 손등을 꽉 잡는 그 손길에 비올렛이 손을 잡아 빼려 했다. 하지만 다니엘은 비올렛의 저항에도 상관하지 않고 그 손을 꽉 잡은 채 인을 정신없이 바라보았다.

"형의 손에도 이게 있겠네? 그렇지, 비올렛?"

그는 화를 억누르고 있었다. 다니엘의 숨소리가 거칠어졌다.

"형과 똑같은 이 문양이 있어서 좋았을 거야. 왜냐면 형과 함께 한다는 느낌을 받을 수 있잖아. 어디에 있는지 어느 정도 알 수 있다면서?"

비올렛은 에셀먼드에 대해 이야기하는 게 다니엘에게 좋지 않다는 것을 알고 있었다. 그래서 그가 그 화제를 꺼낼 때면 최대한 말을 아꼈다. 그가 이야기하는 것은 에셀먼드에 대한 부정적인 이야기뿐이라, 그녀는 다니엘이 원하는 표정을 지을 수밖에 없었다. '너를 버렸다.'라는 말은 언제든지 그녀를 슬프게 만들었기 때문이었다. 그것이 설령 진실이든 거짓이든.

"다니엘, 그만 이 손 놔."

"넌 형을 좋아했잖아, 지금도 사랑할 거야. 난 알고 있어. 항상 널 봤거든."

"다니엘!"

그가 팔을 끌어당겼다. 그는 정신이 나간 사람처럼 초점 없는 눈으로 비올렛을 보았다.

"네게 처음부터 친절하게 대해 준 건 나야. 내가 먼저 널 발견했잖아! 너도 나만 보고 웃었잖아, 다른 사람보다 나를 따랐잖아!"

"이거 제발…… 놔!"

손목이 으스러질 것 같았다. 너무나 아파 눈에 눈물이 맺힐 정도였다. 비명이라도 지를까 했지만 이 방의 구조는 계단 앞이 철문으로 막혀 있고, 보초를 서는 기사들은 문에서 한참 떨어져 있어서 비명 소리를 못 들을 가능성이 컸다.

"왜 나를 혼자 두려 해? 왜 혼자서 형을 보러 갔어? 왜 형 때문에 자살하려 했어? 넌 적어도 나 때문에 자살하려 하진 않을 거 아니야! 네가 날 이렇게 만들었어! 네가 날 미치게 만들었어!"

"다니엘, 그만해!"

"너 사실, 형이 아직도 그리운 거지? 좋아서 어쩔 수가 없지? 그 고명한 기사 나으리가 친히 목숨을 걸어 주겠다는데, 그 대단한 검으로 말이야! 성도에서 행복했니? 너 혼자서 죽도록 행복했겠지. 형이 어떤 생각을 가지고 있는지 알지 못하면서?"

그 말에 비올렛의 마음이 내려앉았다. 다니엘은 그녀가 절대 생각하고 싶지 않았던 부분을 자극하고 있었다. 그리하여 비올렛은 다니엘을 밀어내고 소리쳤다.

"그래, 행복했어. 눈물 나도록!"

두 눈에서 눈물이 계속 흐르고 있었다. 다니엘이 그 말에 움찔하여 비올렛의 얼굴을 보았다. 새파란 눈에는 이미 독기가 서려 있었다. 그녀는 한계에 달했다.

"행복했지. 그래서 견딜 수가 없이 괴로웠어. 내가 행복한 만큼 그 사람은 불행할 테니까. 그 사람이 어떤 이유에서 내게 왔든 나는 좋았어. 좋아 견딜 수가 없었어."

웃기 위해 억지로 올린 비올렛의 입꼬리가 경련했다. 다니엘이 그것을 보며 반항하듯 말했다.

"널 배신하기 위해서 네 곁에 있었던 건데 말이야?"

"그래서 뭐가 달라지지? 내게 맹세한 건 변함없어."

지긋지긋함에 치가 떨렸지만 그녀는 지금 시달렸던 것에 대해 다니엘에게 분풀이를 하고 싶었다. 다니엘이 그녀에게 상처 주었듯 그녀도 다니엘에게 상처 주고 싶었다. 이곳에서 그의 이야기를 듣는 것은 너무나 지치는 일이었다.

비올렛은 다니엘을 동정했다. 그러자 그는 명민하게 그녀의 약한 부분을 파고들어, 또다시 말로써 그녀를 자신의 마음대로 하려고 했다. 그러나 비올렛은 이번에는 참지 않을 생각이었다.

"왜 너를 안 봤냐고? 너는 이기적이니까. 내가 후작가에 들어와서 처음 맞이했던 애녹시 글로리 기억나니? 그때 그 멍청한 귀족 여자애가 날 괴롭혔을 때 너는 어떻게 했지?"

"……그거야, 그건!"

"너는 날 도와줄 수 있었지만 도와주지 않았지. 반면 에드 경은 내게 손을 뻗어 주었어. 그날이 아직도 기억에 선명해. 그때 에드 경은 내게 풍등을 날리게 해 주었어. 그리고 내게 도와주지 않겠다고 말했지. 그렇지만 날 지켜봐 주었어."

"……."

"게다가 넌 왕궁을 방문할 때 에스코트도 해 주려 하지 않았지, 왜냐고? 간단해. 왜냐면 천민인 나와 손을 잡는 것 자체가 싫었거든. 너는 네 평판을 어지럽히는 짓은 무엇보다 하기 싫어해."

"……."

"에드 경은 어땠는데? 네 형은 어땠냐면, 내가 무섭다고 하는 바람에 왕명을 거역하고서 그 무서운 티게르난 공작가에서 돌이킬 수 없는 결례를 범하고 날 후작가로 데려왔어. 그 덕에 3년 동안 전쟁터에 나가야만 했지!"

다니엘이 이를 악물며 비올렛을 노려보았다.

"너 역시 증오스러운 에르멘가르트 후작가였어. 그런데 너는 내게 사과했니? 아니! 다 똑같은 사람들이라며 너랑 그 사람들을 분리시키며 자신은 아닌 듯 그 집안을 계속 증오하도록 부추겼잖아. 에드 경은 사죄로 내게 평생을 바친다 했고, 내게 행동으로 보여 줬어. 하지만 너는 하지 않았지."

"비올렛, 너는 순진해. 분명 너는 잘못된 것을 믿고 있는 거야. 사실은……."

다니엘이 당황해서 변명처럼 이야기했다. 하지만 그녀는 들어 줄 마음이 없었다.

"설령 그 사람이 날 배신했다 하더라도 네 말은 듣지 않아. 앞으로 찾아오지 마. 에이든에게 말하겠어. 같이 살자고? 내가 사람 평판에 신경 쓰면서 이기적으로 구는 너와 함께하고 싶겠니?"

"너……."

"아직도 모르겠니? 네가 널 봐 주는 사람을 사랑했듯, 나도 똑같아. 내게 손을 뻗어 주고 날 지켜 주는 사람을 사랑하는 건 당연한 거란 말이야."

다니엘은 비올렛의 말에 충격을 받은 듯했다. 그것을 지켜보던 비올렛이 싸늘하게 입꼬리를 말아 올리며 말했다.

"너는 에드 경의 발끝도 못 따라와."

그 말은 다니엘의 마지막 이성을 끊어 버리기에 충분했다. 비올렛은 그를 보았다. 결국 그런 것이다. 아무리 비참하고 슬픈 과거가 있다 해도 그 과거가 그의 악행에 대한 면죄부는 될 수는 없다. 현재 어떻게 행동하느냐는 그의 의지였다.

돌변한 다니엘의 손이 비올렛의 목을 졸랐다. 무게 덕분에 침대에 걸터앉아 있던 그녀의 몸이 침대 위로 쓰러졌다. 누워 있는 비올렛의 몸 위로 그의 상체가 겹쳐졌다. 그러나 그녀는 그 이전처럼 더 이상 겁을 먹지도 당황해서 소리를 지르지도 않았다. 대신 다니엘을 쏘아보았다. 그는 씩씩거리며 비올렛을 내려다보고 있었다.

"그래. 또 억지로 안으려고 하니? 네가 생각하는 건 그것뿐이지?"

"너!"

"어서 해."

그 서늘한 말에 다니엘이 방금 자신이 선물한 망토의 단추를 풀고 비올렛이 입고 있는 옷의 윗부분을 찢었다. 단추가 데구루루 소리를 내며 방을 굴렀다. 따뜻한 옷감에 보호받던 살결이 차가운 공기와 만나 소름이 돋았다. 그러나 비올렛은 그것을 가리려는 시도조차 하지 않았다. 새하얀 비올렛의 살결을 바라보던 다니엘의 눈빛이 일순 변했다.

"그래. 네가 원하는 대로 해 줄게."

그가 이를 악물 듯이 말하며 비올렛의 가슴을 꽉 쥐었다. 비올렛은 그에 얼굴을 찡그렸다. 언제 그가 몸을 손댈까 두려워하고 싶지 않았다. 겁에 질려 위축되어 다니엘에게 만족감을 주고 싶지 않았다. 그 끝에 무엇이 있다 해도, 설령 그가 정말로 비올렛을 강제로 안더라도, 비올렛은 그에게 지고 싶지 않았다. 그것이 모욕이 되지 못하며, 그녀를 짓밟고 굴복시키며 상처 입히는 게 될 수 없다는 것을 다니엘은 알아야 했다.

"난 네가 역겨워, 다니엘. 네가 내 몸을 안았다고 해서 날 굴복시키진 못할 거야. 마음 역시 얻을 수 없을 거고."

비올렛의 몸을 주무르던 다니엘의 손이 멈칫했다. 그의 시선이 다시 그녀의 얼굴로 향했다. 그녀는 최대한 경멸 어린 표정으로 그의 얼굴을 바라봤다.

"그냥 내가 너를 끔찍하고 더럽게 여길 이유가 하나 더 추가된 것뿐이야."

그 말에 다니엘이 손을 들어 비올렛의 뺨을 내리쳤다. 그럼에도 비올렛은 비명 한 번 내지르지 않았다. 그녀는 다니엘을 보았다. 어째서인지 그는 눈물을 흘리고 있었다.

그는 욕설을 내뱉으며 비올렛의 옷의 단추를 풀어 내렸다. 가슴까지 채워진 단추가 풀려 배꼽까지 드러났다. 옷 아래 슬립은 다니엘에게 잡아당겨져 제 기능을 잃은 지 오래였다. 다니엘은 차마 비올렛의 눈을 마주하지 못했다. 그의 씨근덕거리는 숨소리가 그녀의 목덜미에 닿았다.

"뭐해? 당장 해."

다니엘이 비올렛을 노려보았다. 그녀는 저항할 생각이 없었다. 그가 행동한다면 그는 손쉽게 비올렛의 몸을 취할 수 있었다.

"너는……."

그가 얼굴을 일그러뜨리며 눈물을 흘렸다. 그의 얼굴은 절망으로 물들어 있었다. 그도 알아차린 것이다. 무슨 말을 하든, 어떻게 하든 다니엘은 비올렛을 가질 수 없었다. 그는 그녀에게 고통조차도 줄 수 없었다. 다니엘은 허리를 숙여 고통스러운 표정으로 비올렛의 얼굴을 한참 동안 바라봤다. 그 눈물이 비올렛의 얼굴에 똑, 똑 떨어졌다. 이젠 동정조차도, 증오조차도 얻을 수 없다는 것을 다니엘은 깨달은 것이다.

그는 자신이 원한다면 빛 속으로 나아갈 수 있었다. 그러나 자신의 손으로 삶을 나락에 빠트렸다. 그리하여 이제 그의 삶에 구원 따윈 없었다. 인형처럼 변하지 않는 자신의 얼굴을 보며 다니엘은 아이처럼 흐느꼈다.

그것은 돌이킬 수 없는 일에 대한 후회인가, 자기 자신에 대한 혐오인가. 비올렛은 알 수 없었다. 그저 이 끔찍한 시간이 빨리 지나가길 바랐다. 그 울고 있는 처연한 얼굴에서, 문득 에셀먼드와 닮은 점이 눈에 들어왔다. 저렇게나 닮은 형제였는데, 다니엘은 너무나 많이 비틀려 완전히 어긋나 버렸다.

비올렛은 이전처럼 손을 뻗어 위로하지 않았다. 그저 그것을 볼 뿐이었다. 다니엘은 눈물을 흘리고 있었다. 그는 조그맣게 욕설을 중얼거렸다. 그가 그녀에게서 내려오려 몸을 들었을 때였다.

그때 문이 열리며 빛이 들어왔다.

"지금 무슨 짓이야!"

익숙한 목소리가 들렸다. 그와 동시에 몸을 짓눌렀던 사람의 무게가 사라졌다. 비올렛은 잠시 동안 머리가 아찔해졌다. 에이든이 씩씩거리며 다니엘을 보고 있었다. 지금은 저녁 시간으로 에이든이 퇴궁했을 시간이었다. 다니엘과 에이든의 면회 시간은 절대 겹치지 않았다. 그리하여 비올렛은 이 상황을 전혀 예상하지 못했다.

에이든의 눈에는 눈물이 맺혀 있었다. 문득, 비올렛은 에셀먼드의 모습이 떠올랐다. 에셀먼드 역시 표정의 변화는 없었지만, 지금의 에이든과 똑같은 눈을 하고 있었다. 배신감과 절망에 치를 떠는 에이든의 모습이 보였다. 그러다 그가 비올렛을 돌아보았다. 그의 눈이 커진 것을 보아, 분명 그녀의 꼴은 참혹할 것이다. 비올렛이 몸을 가렸다.

"내가 지금 이해가 안 가서 그러는데…… 에드 형이 형을 쫓아냈던 게 이런 이유였어?"

믿고 싶지 않아서 묻는 것이었다. 비올렛은 차마 에이든의 얼굴을 바라볼 수 없었다. 다니엘이 그의 눈을 마주했다. 그러다 갑자기 키득거리며 웃었다.

"대답해, 형!"

그는 말하지 않고 웃기만 했다. 무엇이 그리도 웃긴지 배까지 잡고 키득거렸다. 그 웃음소리에 에이든이 참지 못하고 다니엘의 멱살을 잡았다. 에이든의 커다란 손이 다니엘의 호리호리한 몸을 잡아끌었다.

"대답해 보란 말이야! 아니지? 내가 지금 착각한 거지? 지금도 내가 뭔가 오해하는 거야. 그렇지?"

"그래, 그랬어! 저 앨 안으려 했어. 그랬더니 저 계집애 때문에 날 쫓아내더군!"

그가 대답했다. 에이든의 눈에서 눈물이 흘렀다. 그는 고개를 저었다. 그것을 들은 게 세상에서 가장 고통스러운 것처럼 그는 계속해서 고개를 저었다. 이윽고 에이든이 흐느꼈다.

"세상에…… 나는 그것도 모르고 에드 형을 원망하고…… 미워하기까지 했어……. 날 떠날 거면 적어도 내게 형이라도 남겨 주었어야지, 쫓아내진 말았어야 했다고 생각했다고……."

에이든의 울음 섞인 목소리에도 다니엘은 기괴한 웃음소리를 멈추지 않았다.

"비올렛도 때로는 원망했어. 차라리 처음부터 말해 줬으면, 이렇게까지 되지는 않았을 거라고, 그렇게……."

그의 눈에서 눈물이 방울져 떨어졌다. 비올렛의 눈에 눈물이 번지고 있었다. 에이든은 비올렛을 보았다. 잔뜩 일그러진 표정으로 비올렛을 본 에이든이 다시 다니엘에게 고함쳤다.

"도대체 애가 우리에게 뭘 어쨌다고, 다들 애를 못 잡아먹어서 안달인 거야!"

에이든의 목이 멘 목소리가 들렸다. 다니엘은 에이든을 보며 말했다.

"넌 몰라, 에이든."

"그래. 난 몰라, 형. 지금까지 모르고 있었어. 형이 이렇게 쓰레기 같은 사람이었는지! 나와 겹치는 형의 피를 지워 버리고 싶어!"

에이든은 단어 하나하나를 힘주어 말했다. 배신감에 치가 떨리는 감정 하나하나가 전해졌다. 그러는 와중에도 그녀를 일으키고 걱정스럽게 바라보는 에이든은, 에셀먼드와 같아 비올렛은 어쩐지 눈물까지 나올 것 같았다.

다니엘은 피식피식 웃고 있었다. 그 역시 비올렛과 똑같은 것을 생각하는 듯 그녀와 에이든을 보고 있었다.

"도대체 뭐가 우스워, 형? 도대체 뭐가 불만인데? 도대체 뭐 때문에 이랬어?! 대체 왜!"

"너는 아무것도 몰라, 에이든."

"아무것도 모른다고, 그러니까 이야기해 줬으면 됐잖아!"

"네가 네 입으로 말했잖아. 내가 이렇게 쓰레기 같은 사람이라는 걸 몰랐다고, 피를 지워 버리고 싶다고."

그는 킬킬거리며 말했다.

"내가 나를 드러냈으면, 네가, 형이, 아버지가 나를 일원으로 대해 주었을 것 같니?"

에이든은 충격을 받은 얼굴로 다니엘을 보고 있었다.

"친절한 다니엘, 어머니를 닮아 온화한 다니엘. 무가인 에르멘가르트가에 없는 부드러움을 지닌 차남. 그렇게라도 하지 않았으면 안 되니까 숨겼던 거야. 검을 못 드는 아들이 그나마 할 수 있었던 건 계집애처럼 미소라도 짓는 것이었거든."

"형 설마……."

"이해하지 못하지? 이해하지 못할 거야. 네 표정을 봐, 벌써 그렇게 변해 버렸잖아."

에이든의 얼굴이 창백하게 질렸다. 다니엘은 조소 어린 표정으로 자신의 어린 동생을 바라보고 있었다.

"그렇다고 지금…… 비올렛을!"

"소리 줄여. 우리가 여자애 하나 두고 이렇게 싸운다는 걸 모두에게 알리고 싶어서 그래?"

"이건 형이!"

비올렛이 에이든의 옷깃을 잡고 고개를 저었다. 목소리가 잘 나오지 않았다. 그에 에이든이 충격을 받은 제 정신을 애써 갈무리했다.

"형은 다시는 비올렛을 찾아올 수 없어. 다시는 만나지 않게 할 거야."

"……그래. 네 맘대로 해."

"그리고 왜 형이 해독제를 왕궁의에게 건네줬는지에 대해서도 해명해야 할 거야."

그 말에 다니엘이 눈을 크게 떴다. 그러다가 그는 다시 킬킬거리며 웃기 시작했다. 비올렛은 에이든을 바라봤다. 에이든은 다니엘을 찾으러 이곳에 온 것이었다. 에이든은 이제 범인이 누구인지 확신하고 있었다.

"거기까지 알아내다니. 많이 컸구나! 그런데 괜찮겠니? 아무리 가문에서 쫓겨났어도 내게 에르멘가르트의 피가 흐르는 건 변함이 없어. 그런데 감히 왕족 시해 사건과 나를 연결시켜도 괜찮을까?"

"형!"

에이든의 외침에 다니엘이 미소 지었다.

"가주로서 이 일을 묻느냐, 아니면 수면 위로 드러내느냐는 네 선택이야."

"형!"

에이든의 탄식과도 같은 부름에도 다니엘은 자신의 흐트러진 자신의 몸을 정리하고 나가 버렸다. 그의 뒷모습을 바라보던 에이든이 애써 담담하게 말했다.

"비올렛, 미안해. 많이 놀랐지?"

그의 다정한 어조에 비올렛은 일순 아무 말도 할 수 없었다. 형에 대한 배신감을 느낀 그가 제정신일 리가 없었다. 그럼에도 자신을 배려하는 모습이 너무나 안쓰러웠다. 비올렛은 죄책감을 느꼈다. 다니엘은 그녀 때문에 자신이 미친 것이라 말했다. 그가 저열한 밑바닥을 드러낸 계기가 자신이었고, 그 때문에 그의 형제들은 상처받았다.

"에이든, 이제 너도 날 찾아오지 마."

비올렛의 말에 에이든이 한참 동안 대답하지 않았다. 그저 눈물을 훌쩍일 뿐이었다. 왜 에이든 같은 사람이 고통받는 것일까. 그녀는 너무나 미안해서 에이든을 볼 수가 없었다.

"다니엘 형이 못된 건 네 탓이 아니야, 비올렛."

"……."

"형의 마음을 알아주지 않은, 믿음을 주지 않은 내 잘못이야."

그 말에 비올렛은 진실로 울컥했다. 에이든은 괴로워하면서도 다니엘에게 미안해하고 있었다. 눈물을 주르륵 흘리는 비올렛을 보며 에이든이 말했다.

"그리고 네가 말하지 않아도 아마 못 찾아오게 될 것 같아."

에이든의 말에 비올렛은 불안감을 느꼈다.

"외성이 뚫렸어. 내성으로 출정해야 해."

무릎을 꿇은 아버지를 내려다보던 청년은 마치 다른 사람처럼 보였다. 그런 그는 자신이 사랑하던 형이었다. 그날은 눈이 내려 바닥에 쌓여 있었다.

트라이덴은 눈을 떴다. 그는 내성의 방어선 안쪽에 있었다. 왕궁을 감싸고 있는 벽은 기능적인 면보다 아름다움에 치중해 유리와 같이 약했다. 이 최후의 보루인 내성마저 뚫려 버리면 수도에는 희망이 없다. 설마 체자레의 군대가 교황을 버리고 진군할 줄은 몰랐던 것이 패착이었다.

그는 이민족에 대한 아그레시아인들의 반감을 생각하지 못했다. 국민들은 거세게 왕을 비난했고, 귀족들 역시 마찬가지였다. 결국 귀족들이 교황파로 돌아서 많은 병력을 모을 수 없어 자신의 군대와 구자르트의 군대로 체자레의 군대를 고립시켜 나가려 했던 트라이덴의 계획은 실패로 끝났다.

게다가 지금은 겨울이었다. 멍청한 군나르족은 따뜻한 남동 지방에서 수도인 북서 지방으로 진군할수록 속도가 더욱 더뎌졌다. 그러면서도 이민족들이 도시 하나를 정복할 때 얼마나 무자비하게 쓸어버리는지, 국왕이 악마를 끌어들일 만큼 미쳤다는 소문마저 돌고 있었다. 군사의 사기는 떨어졌고, 왕자의 독살 건으로 겨우 섰던 명분마저 빛을 잃어 가고 있었다.

그럼에도 트라이덴의 생각은 변함없이 굳건했다. 성녀는 꼭 자기 손으로 죽일 것이다. 추기경도, 교황도 이 손으로 죽여 없애 나라의 질서를 바로 세울 것이다. 그는 역사에 남게 되어 영원히 추앙받을 것이다. 그리고 신에게 의지하는 신 중심의 역사는 사라질 것이다. 그에게 반기를 드는 신관 놈들에게 본때를 보여 주어야 한다.

—폐하, 독대할 기회를 주셔서 성은이 망극합니다. 저는 신을 믿지 않는 이들 중 하나입니다. 폐하처럼요.

에르멘가르트 가문은 모두 다 말이 통하지 않는 답답한 치들이라 생각했다. 그러나 그를 이해하는 유일한 젊은 피는 다니엘 에르멘가르트였다. 후계 싸움에서 쫓겨난 이 청년은 그가 원하는 것을 아주 잘 알고 있었다.

—신이 없다는 것을 증명하기 위해서 신에 대해 조사하는 건 필수였습니다. 폐하, 보십시오. 이것은 제가 수도의 대신전에서 찾아낸 문건입니다. 왕궁의 도서관에 있던 선왕 폐하의 유언에 있던 암호를 풀어내어 찾았나이다.

내밀어진 선왕의 유언장은 충격적인 내용을 담고 있었다. '성녀가 있기에 말룸이 있다. 성녀를 죽여라.'라는 문장은 간결했으나 그가 생각하던 것에 힘을 실어 주기엔 충분했다. 게다가 서류 아래 찍힌 인장들은 분명히 왕가와 신전의 문양이었다.

만약 트라이덴이 조금만 더 이성적이고 합리적이었으면, 그것이 왜 '지금에서야' 공개됐는지 대해 의문을 품었을지도 모른다. 생전, 선왕이 살아 있을 적에 그에게 직접 해 주어도 됐을 이야기가 왜 지금, 이런 절묘한 때에 당도했는지에 대해 그는 의심을 품었어야 했다. 류스프리드의 이름이 적힌 필체와 도장이 과연 진짜인지도. 그러나 트라이덴은 지나치게 흥분하느라 제대로 된 고찰을 하지 못했다.

트라이덴은 때가 무르익었다고 생각했다. 기특하게도 성녀는 자신의 입지를 주장하기 위해 신전을 이용하지 않았다. 게다가 성녀의 증명 건으로 체자레는 다시 한 번 공식적으로 왕위 계승을 포기했고, 박쥐 같은 교황파 귀족들 역시 와해되었다. 중립적인 위치에서 관망하던 데후바스 백작가가 넘어온 것은 큰 수확이었다. 신전 놈들의 콧대를 눌러 주기엔 좋은 기회가 아닌가.

그리하여 일으킨 전쟁은 치밀한 듯했으나 허점이 너무나 많았다. 애초에 트라이덴의 패착은 작전이 아니라 정서를 고려하지 않았기에 생긴 일이었다. 그는 남의 감정을 생각하지 않았다. 왜냐하면 자신에게 벌어진 배신과 비극에만 열중하며 평생을 살아왔던 것이다.

내성, 제1관문의 수호 가문은 줄곧 에르멘가르트 후작가였으나, 지금은 데후바스 백작가로 바뀌었다. 지금의 애송이 후작은 내성을 지켜 낼 수 없을 거라는 확신 때문에 그리되었다. 그 새파란 애송이는 그를 배신하고 신전으로 간 맏형과 닮아서 언제나 그를 불쾌하게 만들었다. 왕자가 그를 따르는 것마저 보기 싫었다.

어제의 말 역시도 그랬다. 갑작스럽게 독대를 청해서 다니엘 하드퍼드가 가진 독살 의혹에 대해 고발하다니 말이다.

어리석은 놈이었다. 설령 다니엘 하드퍼드가 그러했더라도, 지금은 전시 상황, 그런 말을 해서는 안 되었다. 계집처럼 투기하여 감히 형에게 '왕족 시해 의혹이 있다.' 말한단 말인가? 자칫하다 이것을 기사들이 듣는 앞에서 말했으면 큰일이 벌어질 뻔했다.

에르멘가르트 가문은 이제 쓸모없어졌다. 전쟁이 끝나면 중앙에서 축출할 것이다. 그 의미로 트라이덴은 대노하여 '다니엘 하드퍼드가 해독제를 건넸으니 오히려 그는 왕자의 은인이지 독살범이 되지 않는다.' 소리치고 그 애송이 후작을 내성으로 보내 버렸다. 장수가 전장에서 쫓겨나 성의 가장 안쪽에서 보호받게 되었다. 그런 굴욕을 당했으니, 앞으로 다시는 그런 멍청한 짓은 하지 않을 것이다.

—왕손은 왕이 되겠죠? 저는 그 나라를 지켜보고 싶습니다.

소년의 목소리가 울려 퍼졌다.

트라이덴은 증오에 이를 갈았다. 무릎을 꿇은 아버지의 이마에 흐른 피를 잊지 않았다. 웃으며 내려다보는 체자레를 결코 용서할 수 없었다. 그 이후로, 왕궁은 광기가 지배했다. 언제 폭발할지 모르는 아버지를 두고 겁에 질렸다. 이해하고 싶어 그에게 편지를 보냈으나 체자레는 그것을 무시했다. 심지어 찾아가기까지 했으나 그는 만나 주지 않았다. 트라이덴은 자신이 할 수 있는 것을 다했다. 체자레를 믿기 위해서. 그의 이야기를 듣기 위해서.

그는 나이를 먹어 갔다. 그러나 그를 조롱하는 것처럼 체자레 티게르난은 나이를 먹지 않았다. 사사건건 그때의 얄미운 모습이 되어 그를 거슬리게 한다. 그의 권위를 조롱하고, 또 조롱하는 것이다! 어쩌면 그는 선왕의 광기를 그대로 이어받았을지도 모른다.

신전 놈들을 없애고, 추기경이 중히 여긴다는 성녀를 없애겠다. 성녀의 부정한 자식이라 불리던 체자레 티게르난 역시 이 손으로 축출할 것이다. 이왕이면 생포해서 잡아 올 것이다. 내일이 되어서 벌어질 전투를 생각하며 그는 희열에 휩싸였다. 드디어 그를 마주 보는 것이다. 전투는 사실 불리하지 않았다. 데후바스 백작은 단단한 강철 광산을 가지고 있어 군사의 질이 특히나 높았다. 죽은 베오른 에르멘가르트에겐 가려졌지만 말이었다. 죽어 버린 그의 예전 호위 기사를 떠올리며 그는 고개를 저었다. 그런 무뚝뚝한 사람은 필요 없다. 그리고 그 멍청한 아들들 역시 말이다.

—난 사랑할 수 있어서 행복합니다. 이제야 서로 제자리를 찾은 것 같아요. 별이 보고 싶다면 우리 같은 하늘을 바라봅시다. 재미있는 책의 이야기나 당신의 일과는 이제 편지로 주고받아도 돼요. 조금 늦어지겠지만 그만큼 더 많은 이야기를 담을 수 있을 거예요. 나중에 제가 대신관이 되어 수도에 거하게 되면 자주 만나 볼 수도 있을 겁니다. 아, 그렇군요. 어쩌면 추기경이 될 수도 있겠군요. 그러니 울지 말아요.

사랑이라니, 체자레가 했던 가식이 눈물겨울 정도로 역겨웠다. 그러나 트라이덴은 자신도 모르게 창가의 하늘을 보았다. 날은 어두웠고, 또 눈이 내릴 것처럼 먹구름이 끼어 별은 단 한 개도 보이지 않았다.

"이제 보겠군, 형."

다음번엔 그 목을 자르리라. 그때 문을 두드리는 노크 소리가 들렸다.

"폐하, 데후바스 지휘관이 알현을 청합니다."

"들라 하라."

성벽의 수호를 맡은 자의 의견을 듣는 것은 매우 중요하다. 육체는 좀 피곤했지만 내일 있을 전투를 생각하는 정신만은 맑았다.

"무슨 일인가, 백작?"

그는 허리를 숙인 데후바스를 보았다. 전시 상황인지라 그의 허리춤에는 검이 달려 있었다. 그러나 어떤 상황에서도 국왕을 알현

함에 있어, 무기를 가지는 것은 허락을 맡아야 했다. 그것을 지적하려 할 때였다.

"죽어 주셔야겠습니다."

스릉 하며 검이 들림과 동시에 배에 격통이 느껴졌다. 호위 기사들 역시 검조차 뽑지 않고 트라이덴을 내려다보고 있었다. 찔린 배 사이로 피가 쏟아져 나왔다. 그는 배를 감싸며 소리쳤다. 그러나 호위 기사들 역시 데후바스 백작가 가신들의 아들이라는 것을 깨달았다.

"여봐라……! 누가, 누가……!"

"아무도 네놈을 찾지 않을 것이다."

데후바스 백작이 이를 악물며 싸늘하게 말했다.

"왕가에 대한 우리 가문의 원한은 계속될 것이다. 나의 조상은 그분을 모욕한 왕가에 대한 치욕을 갚으라는 유지를 후계자들에게 물려주었다."

조부 데메트리우스가 후작에서 백작으로 강등한 건에 대해서 아직도 앙심을 품고 있었다니! 가문에서 배출한 성녀 하나에 미련을 두어 군사를 일으키려 한 반역 행위를 조부께서 강등으로 봐주었건만, 이 반역자 놈들!

"네놈의 광증에 나라 전체가 불타고 있다! 성녀를 배출한 우리 가문이 가문의 여인을 모욕한 왕가를 떠받들 것 같으냐? 우린 문을 열어 새 지도자를 맞이할 것이다. 교황이 어떤 자인지는 모르나, 적어도 네놈처럼 멍청한 우왕愚王은 아니리."

그는 뭐라 말하고 싶었지만 말할 수가 없었다. 데후바스의 백작의 검이 그의 목을 꿰뚫었기 때문이었다.

—사랑합니다.

같은 붉은 머리를 한 따스한 소년의 모습이 보였다. 애정을 담뿍 담은 눈이 그를 향한다.

마지막에 보이는 것은 아내의 모습도, 아들의 모습도 아니다. 그에게 형의 모습을 보여 주었던 사람이다. 그의 머리 색 같은 붉은 피가 퍼져 나갔다. 천진한 미소가 눈에 아른거렸다.

—당신이 다스리는 나라를 지켜보고 싶습니다.

그렇게 말하던 형은, 왜 변했나. 왜 변했던 것인가. 말하지 그랬어. 내게 말해 주지 그랬어. 이해하고 싶었다. 그에게 어떤 일이 있었는지 알아내 그를 감싸 주고 싶었다. 형이 내게 처음으로 손을 뻗어 주었듯이, 나 역시 누군가의 손을 잡은 것은 처음이었는데, 그가 배신했다. 용서할 수 없었다.

그의 아비가 무릎을 꿇던 그 겨울, 트라이덴은 분노했다. 체자레를 이해하고 싶어 발버둥 치던 게 모두 허사가 되자 그것은 증오라는 감정이 되었다. 세월이 지나면 지날수록 증오와 분노는 희석되지 않은 채 썩어 문드러져 광기가 되었다.

트라이덴은 환하게 웃는 소년에게 손을 뻗었다. 그 가녀린 목을 틀어쥐고 증오를 속삭이고 싶었다. 하지만 동시에 애정을 갈구하고 싶었다. 이유를 묻고 싶었다.

영원히 나이를 먹지 않을 그의 형이 그랬던 것처럼 사실은 그의 내면 역시 나이를 먹지 않았다.

—트라이덴, 뭐 하시고 계십니까.

웃음기 서린 목소리가 들렸다. 따스하고 애정 어린 목소리였다. 그가 다시 듣기를 그토록 고대하던. 트라이덴은 그 목소리에 미소를 머금었다.

—왕손, 여기서 잠 드시면 안 됩니다.

형, 하지만 지금은 자야 할 것 같아. 그는 매우 졸렸다. 웃음기 어린 목소리가 귓가에 계속 울려 퍼졌다.

트라이덴은 편하게 눈을 감았다.

"이게 무엇입니까."

체자레는 내밀어진 상자를 보았다. 그의 막사 안에 들어온 것은 상자였다.

"그것이, 내성의 수호를 담당하는 지휘관 데후바스 백작이 항복을 주장하고 있습니다. 이 상자 안에 있는 것은……."

"상자 안에 있는 것은?"

불길한 붉은 자국과 더불어 비릿한 내음이 상자로부터 풍기고 있었다. 체자레는 우아한 손놀림으로 상자를 감싼 붉은 비단을 풀었다. 상자의 뚜껑을 열고 잠시 동안 그는 상자 속에 들어 있는 왕의 얼굴을 바라보았다. 이윽고 그가 입을 열었다.

"나가서 이 소식을 알려야 하지 않겠습니까?"

상자를 들고 온 성기사가 고개를 끄덕이며 바깥으로 나갔다. 체자레는 막사 안 의자에 앉아 테이블 위에 상자를 올려놓고 주저 없이 손을 집어넣었다. 왕의 머리칼이 짧은 편이 아니라 머리채를 잡고 들어 올릴 수도 있었으나, 그는 아주 조심스럽게 두 뺨을 감싸 그것을 꺼냈다.

역한 비린내가 났으나 체자레의 아름다운 얼굴은 찌푸려지지 않았다. 체자레는 머리를 자신의 시선까지 들어 올려 시선을 마주했다.

"'네가 다스리는 나라'는 이제 없구나, 트라이덴."

막사 안에는 아무도 없었다. 고요함 속에 그의 목소리만이 나직하게 울려 퍼졌다.

그는 목을 끌어당겨 자신의 이마와 왕의 이마를 마주했다. 죽은 머리에서는 온기 없는 싸늘함만이 느껴졌다.

"사랑한다고 말했지만, 모든 걸 사랑할 정도로 내가 완벽한 신관이 된 건 아니었어."

그는 아주 다정한 어투로 소곤거렸다. 오래전 행복했던 어느 날처럼 붉은 속눈썹이 물기에 젖어 번들거렸다. 그의 황금색 두 눈에는 눈물이 흘러내리고 있었다.

"나는 약속을 지키려 노력했단다. 하지만 너 역시 같은 선택을 해 버렸잖니. 미안하구나. 동생의 허물을 감싸 주는 것이 형이라지만, 나는 형의 자격이 없었던 거지."

그는 피로 얼룩지고 주름져 흉한 왕의 이마에 입을 맞추었다. 체자레의 손의 온기에 살얼음이 일 만큼 차가웠던 목에서 피가 뚝뚝 떨어지기 시작했다.

체자레는 아주 오랫동안 왕의 이마에 입을 맞추고 있었다. 마치 그것이 경건하고 고결한 의식이라도 된 양. 황금색 촛불이 그들을 비춰 한 폭의 그림과 같은 장면을 그려 냈다. 늙은 왕의 머리에서 입술을 뗀 후, 체자레가 말했다.

"그러니 너는 언제나처럼 나를 이해하지 못해도 된단다."

눈물에 젖은 금안이 싸늘하게 가라앉았다.

성내에 얼마 남지 않은 문관과 무관이 교황의 인장이 찍힌 문서를 받아들인 순간, 왕궁에는 싸늘한 침묵이 흘렀다. 왕비는 의연하려 노력했지만, 결국 덜덜 떨며 울음을 터트리기 시작했다.

국왕의 목은 이미 배신자들의 손에서 신전으로 넘어갔으며, 내성은 이미 개방되어 수도로 진군하고 있다는 소식이었다. 수도의 성벽은 미관에만 집중한, 그저 출입을 통제하기 위한 수단이었으므로 방어의 역할을 제대로 하지 못했다. 즉, 왕국군은 패한 것이다. 귀족들은 항복했고, 추기경은 왕궁에 마지막으로 항복하겠냐는 의사를 묻고 있었다. 항복 조건은 교황에게로의 양위였다. 어차피 혼수상태인 왕자가 왕이 될 수는 없는 노릇이었다.

에이든은 이를 으득 갈았다. 모든 것이 어그러지고 있었다. 궁 전체에 절망의 침묵이 서렸다. 문관들은 어떻게 도망가야 할지 고민했고 무관들 역시도 최후의 항전이냐, 항복이냐로 목소리에 핏대를 세우고 있었다. 그때, 알현실에 누군가가 들어왔다.

"왕비마마, 전하께서 깨어나셨습니다!"

전쟁이 벌어진 지 오십이 일째, 샤를루스가 드디어 눈을 떴다. 그러나 그것은 조금도 희망적인 소식이 되지 못했다. 무너져 내리는 왕가의 왕자는, 아니 소년 왕은 눈을 떴다.

왕좌에 오른 지 겨우 나흘이 지났다. 깨어나자마자 자초지종을 들은 샤를은 작금의 상황이 무섭고, 또 버겁기까지 했다. 그러나 눈물을 흘리면 안 된다는 것은 굳이 분위기를 살피지 않더라도 알고 있었다. 조촐한 대관식. 그는 왕관의 무게가 진정 무겁다는 것을 깨달았다.

샤를은 왕관을 쓴 채로 왕좌에 앉아 있었다. 왕좌는 그의 키에 비해 너무나 높았고, 왕관은 그의 머리 크기에 비해 컸다. 그러나 그게 무슨 소용이랴, 그것은 이제 다른 이의 손에 들어가게 될 것을.

누구를 원망해야 할지 어린 샤를로서는 도저히 감도 잡히지 않았다. 그는 지금 운명을 받아들이려 하고 있었다. 아버지는 심지어 교황파 귀족들이 아닌 우군, 아니 우군이라 믿었던 데후바스 백작의 손에 의해 목이 잘려 죽었으며, 왕국은 이제 교황의 손에 들어오게 될 예정이었다. 그러나 그것이 아버지 때문이라는 것을 샤를은 잘 알고 있었다.

원망하려면 세상을 원망해야 한다. 그 누구도 원망의 대상에서 벗어날 수가 없었다. 린도의 옆에는 그의 기사, 에이드리언 에르멘가르트가 서 있었다.

"폐하, 걱정 마십시오. 끝까지 함께하겠습니다."

그 말에 안심이 된 샤를은 잔잔하게 웃을 수 있었다. 에이든이 끝까지 함께하는 것이 충성인지 우정인지는 이미 중요하지 않았다. 소년 왕에게 어울리는 것이 소년 기사라면, 그와 마지막을 함께하는 것도 나쁘지는 않을 것이다.

문관들과 무관이 모두 알현실에 모여 있었다. 당연하겠지만, 무관들의 무기는 손에 들리지 않았다. 샤를루스는 항복 문서를 보냈고 약속된 시간인 지금, 교황의 군대가 올 것이다.

알현실의 문이 열리고 철걱거리는 갑주 소리와 챙 하는 무기 소리가 들렸다. 발걸음도 조심스럽게 걸었던 그들의 왕궁에 마치 조롱당하듯 승전한 군사들의 의기양양한 발소리가 울려 퍼졌다. 그리고 그 가운데 체자레가 우아하게 걸어오고 있었다.

그의 옷은 화려함의 극치라 눈이 부실 정도였다. 신관이자 공작인 체자레는, 그 화려한 문양의 붉은 옷마저 무섭도록 잘 어울려 왕좌의 단 아래에서 국왕을 올려다보고 있었음에도 그가 주인인 것처럼 보였다.

"오랜만입니다, 전하. 아니, 폐하."

그는 미소를 지으며 허리를 숙여 인사했다. 본디 국왕에게는 무릎을 꿇고 인사해야 했으나, 이미 그러한 예의가 패한 왕에게 지켜질 리가 없었다.

"오랜만이오, 공작."

조용한 침묵이 그들 사이에 서렸다. 끝까지 국왕의 곁에 남아 있던 귀족들, 왕비가 흐느끼는 소리가 들렸다. 그 고요 속에서 샤를은 잠시 동안 이 희극과도 같은 비현실적인 장면을 지켜보았다. 한참 후 샤를이 체자레에게 말했다.

"아직 즉위한 지 나흘밖에 지나지 않았소."

"……."

"항복을 하려면 어떻게 해야 하오?"

그 말에 체자레의 뒤쪽에서 어린 왕의 무지를 비웃는 웃음소리가 들렸다. 하지만 그것은 정말로 순진무구한 물음이 아니라, 무엇을 원하는지 다시 확인차 묻는 것이었다.

그 사실을 알고 있는 에이든은 당장이라도 허리춤에 있는 검을 뽑아 들어서 그 웃음 짓는 배신자 귀족 놈들을 베고 싶었다. 그러나 그가 할 수 있는 것은 치욕의 순간을 함께하는 것뿐이었다.

"항복을 선언하시고 제 발치에 엎드리시면 됩니다. 그리고 양위를 밝히는 서류에 옥쇄를 찍어 문건으로 남기십시오."

"이런 극악무도한!"

선왕비가 목에 핏대를 세우며 소리쳤다.

"너희 도둑놈들이 내 남편을 죽이고, 내 아들의 자리까지 앗아가 목숨을 위협하고 치욕을 주려 하는구나!"

"……."

"이 천한 놈, 너를 용서하지 않으리! 신이 너를 저주할 것이다,

신이!”

“그 신을 선왕께서 거부하신 걸 정녕 잊으신 겁니까, 선왕비 전하.”

“그것은 잘못된 신에 미혹된 그대들의 잘못이 아닌가!”

“어마마마.”

샤를의 차분한 말에 선왕비가 눈물을 흘리며 흐느꼈다. 그 흐느낌을 잠시 동안 보던 샤를루스는 차마 자신의 어머니에게 손을 뻗지도 못하고 천천히 단 아래로 걸어 내려갔다. 그리고 그는 숙였던 고개를 서서히 들어 입을 열었다.

“항복 문서의 내용을 지키겠습니까?”

“물론입니다.”

“나와 함께한 이들의 목숨을 지켜 주시겠습니까?”

“물론입니다.”

“제 어머니의 목숨과 신분은 보장해 주시는 겁니까?”

“물론입니다.”

국왕의 하대는 어느새 공작을 향한 공대로 바뀌어 가고 있었다. 샤를은 한숨을 내쉬며 마지막 계단에 발을 디뎠다. 이젠 이 어울리지 않는 왕의 자리도 끝이었다. 그래도 1년간 그 나름 책도 읽고 공부도 했다. 언젠가 그가 왕이 된다면, 적어도 지금보다는 나을 거라는 생각을 했다. 그러나 그것은 영원히 이루어질 수 없게 되었다.

“그렇다면 항복하겠습니다. 그대가 바란다면 몇 번이고, 몇 번이고 공작, 그대의 앞에 무릎을 꿇겠습니다.”

그 말에 에이든이 울음을 삼키며 체자레를 쏘아보았다. 그에 비해 샤를의 얼굴은 담담했다. 열셋은 굴욕을 모를 만큼 어린 나이가 아니었다. 체자레는 샤를이 의외라는 듯 잠시 동안 그의 얼굴을 뚫어져라 보고 있었다. 체자레와 눈을 마주하는 샤를의 얼굴은 진지하며 절실했다. 그리고 한참 후, 체자레가 조용히 말했다.

"폐하, 폐하의 목숨에 대해서는 말이 없으시군요."

그에 선왕비의 울음소리가 들렸지만 샤를은 절대로 뒤돌아보지 않았다. 눈물이 차올랐으나 샤를은 입술을 꾹 다물고 그것을 참았다. 그러나 그는 아직 어렸기에, 이 맹수 같은 추기경 앞에서 그는 떨 수밖에 없었다. 그러나 그런 약한 모습을 못 견뎌 하던 아버지와는 달리, 역설적이게도 모든 것을 어그러트린 이 남자는 그것을 인내심 있게 지켜보고 있었다.

"역사에서…… 패한 왕은 대부분 죽었다고 배웠습니다. 공작이 내 목숨을 보증하는데 그 약속이 정치적 상황이나 불행한 사고로 지켜지지 않는다면, 다른 조건들도 어겨질 우려가 있습니다. 그러니 저 이외의 목숨들이 보증된다면 제 목숨에 대한 약조는 필요 없습니다."

그것은 샤를이 제안한 거래였다. 설령 자신의 목숨은 빼앗더라도 다른 항복 조건은 꼭 지켜 달라는, 목숨을 건 마지막 애원이었다. 그의 호박색 눈동자가 체자레를 절실한 얼굴로 응시했다.

체자레는 잠시 동안 얼이 빠져 있었다. 어린 왕자는, 아니 어린 왕은 체자레의 허점을 찔렀던 것이다. 그것은 비굴의 굴종이 아니었다. 이 왕은 패했음에도 패하지 않았다. 단순한 거래 조건으로 자신의 명예를 팔아넘기는 것일 뿐, 어떤 수치심도 느끼지 못하는 것으로 보였다. 그 의연한 모습에 체자레도, 그리고 그 뒤에 서서 이 어리숙한 왕자를 비웃었던 대신들도, 신관들도, 성기사들도 굳은 표정으로 그를 보고 있었다. 이 소심하고 미덥지 못한 어린 국왕은 훌륭한 왕재王才였던 것이다.

"좋습니다."

그 말에 샤를이 미소를 지었다. 그리고 무릎을 꿇으려 다리를 살짝 벌리는 순간이었다. 사람이 몰려 있는 연회장 뒤편에서 웅성거리는 소리가 났다. 사람들의 감격에 찬 목소리가 들렸다. 샤를도 체자레도 그 소란이 일어나는 쪽을 보았다. 물결이 갈라지듯 사람들이 갈라졌다. 그 가운데에는 한 청년이 들어오고 있었다. 청년의 행색이 어찌나 초라한지 이 왕궁과는 너무도 어울리지 않았다.

그러나 그 누구도 청년을 막을 수 없었던 이유는, 적색이 섞인 성스러워 보이는 특유의 은발과 금색의 눈동자 때문이었다. 그의 얼굴을 아는 이들은 거의 없었지만 그 생김새로, 당당함으로 모두들 남자의 정체를 알 수 있었다. 체자레의 얼굴에 환한 미소가 서렸다.

"성하."

사람들의 시선이 몰려들었다. 교황 린도는 사람들의 시선에 미소를 지었다. 교황파 귀족들 사이에 덩달아 미소가 번졌다. 이제 그동안 골머리를 썩게 만들었던 골칫덩어리가 하나 해결되었음을 깨달았다. 교황이 왔으니 양위는 순조롭게 진행이 될 터였다.

비올렛은 얼굴을 찌푸린 채 눈앞에 있는 남자를 바라보았다. 남자는 미소를 띠고 있었다.

"안녕?"

날은 셀 수 없지만 대체적으로 약 보름이 지난 것으로 생각했다. 최소한 병사가 앞을 지키고 있을 텐데, 왜 에이든의 명령에도 다니엘이 들어올 수 있었던 건가. 비올렛은 얼굴을 찡그리며 생각했다.

"지금 교황군이 왕성으로 들어와."

"……."

그는 비올렛의 얼굴을 쳐다보며 말했다. 이젠 그녀가 짓는 경멸의 표정은 안중에도 없는 듯했다.

"그래서 아무도 지키는 사람이 없다는 거네. 그래서 네가 이곳에 들어왔고."

"맞아."

비올렛은 눈을 감았다. 상황이 어떻게 돌아가는지 내성에 무사히 복귀한 에이든에게 들어 알고 있다. 에이든은 데후바스 백작의 배신과 국왕의 죽음을 알렸다. 국왕은 끝났다. 이제 국왕파가 할 수 있는 것은 단 하나, 성문을 개방하여 교황파의 군대를 맞이하는 것뿐이다. 그것은 겨우 기사 하나조차 이 앞에 세워 둘 여력이 없다는 것을 의미했다.

"왕자 전하, 아니 폐하가 깨어난 거 알아? 일어나자마자 대관식을 치렀어."

"……."

그 말에 비올렛은 눈을 크게 떴다. 듣던 중 반가운 소리였다. 그러나 샤를이 일어났다면, 왜 그녀를 찾아오지 않는 거지? 게다가 샤를이 깨어났다고 가장 먼저 알려 줄 사람은 에이든이 아니던가? 비올렛은 그 말을 그 누구에게도 듣지 못했다. 샤를이라면 그녀를 이곳에 둘 리가 없었다. 왜 깨어났음에도 샤를은 그녀를 방치한 것인가? 게다가 에이든은? 에이든이 일부러 말을 하지 않을 리가 없다. 그렇다면 그것은 샤를이 말하지 말라 명령했기에 그런 것이다.

"신왕 폐하도 너를 믿지 못하는 모양이구나."

비올렛은 그 말에 입술을 깨물었다. 다니엘은 언제나 그녀의 신경을 긁었다. 얼굴을 찌푸리는 도중 그녀는 생각했다. 다니엘을 의심하고 있었던 에이든이 독살의 범인에 대해 샤를에게 말하지 않을 리가 없다. 그런데 왜 그는 지금 자유롭게 돌아다니고 있는가?

"그런 소리를 하러 이곳에 온 거니?"

"아니. 네 얼굴이 보고 싶어서."

그 당당한 말에 비올렛은 아무런 말도 할 수 없었다. 다니엘은 그녀를 집요하게 바라보았다. 눈의 깜빡임, 입술의 잔떨림, 그리고 살포시 내리까는 눈동자를. 한참 후 다니엘이 말했다.

"우습지 않아? 형은 끝까지 널 데리러 오지 않았어."

"그래."

비올렛은 담담하게 대답했다.

"화가 나지 않아?"

"전혀."

비올렛이 대답했다. 그 말에 다니엘의 얼굴이 일그러졌다.

"에드 경이 배신했다는 네 말이 거짓말이라는 것 정도는 알고 있었어. 넌 머리가 좋으니 그 청년이 교황이라는 것을 눈치채는 건 사실 어려운 일이 아니었을 거야. 왕자 전하, 아니 폐하가 네게 말씀하신 사실로 유추한 거지?"

에이든은 분명히 크리처 토벌에 대해 샤를에게 이야기했을 것이다. 샤를은 친해진 다니엘에게 그 이야기를 했을 것이고, 그 이야기는 다니엘에게 한 가지 확신에 가까운 추측을 낳았다. 성녀와 비견되는 엄청난 성력을 가진 미형의 신관이라니, 어딘가 수상하지 않은가.

"그런데 너는 알현실에 안 가도 되는 거니? 교황의 군대가 지금쯤이면 도착했을 텐데."

"별로 참여하고 싶지 않아. 어차피 그저 항복 문서를 소리 내어 읽고 누구를 죽이니 살리니 따분한 소리나 하고 있을 테니 말이야. 폐하는 예상대로 항복하실 거야. 그럴 바에 네 얼굴을 보는 게 훨씬 낫지.”

“…….”

“교황파 쪽의 완벽한 승리도 아닌 게, 양위할 교황이 없잖아? 아무것도 결정 내릴 수 없다고. 지지부진한 걸 내가 왜 봐?”

그 말에 비올렛은 고개를 끄덕였다. 다니엘은 어쩐지 비올렛의 얼굴에 미소가 서렸다 생각했다.

“교황은 어딘가에서 시체가 됐을지도 몰라. 그리고 그게 발견된다면 나라가 혼란스러워지겠지.”

그 말을 잠자코 듣고 있던 비올렛이 말했다.

“아니, 나는 그렇게 생각해. 추기경이 결코 교황을 못 찾을 리 없어. 그는 언제나 철저하고 집요한 사람이니 말이야.”

“추기경에 대한 신뢰가 하늘을 찌르는구나.”

비올렛은 그 말에 대답하지 않고 자신의 말을 이어나갔다.

“만약 린도가 눈에 띄지 않는다면, 그건 그 애가 원해서 그런 거야. 일부러 모습을 숨긴 거라고.”

“…….”

비올렛은 미소를 지으며 푸른 인장이 있는 손등 위에 손을 포개고 눈을 감았다. 다니엘이 그것을 보며 빈정거렸다.

“어울리지 않게 기도라도 하고 있는 거야? 신을 가장 저주하는 사람이 있다면 바로 너잖아.”

비올렛은 그 말을 무시한 채 눈을 감고 기도를 올렸다. 그녀의 기행을 다니엘은 헛웃음을 지으며 바라보았다. 경건한 기도를 마친 후, 비올렛이 고개를 들어 말했다.

“한 가지 말해 줄까? 다니엘, 나는 이제 예전처럼 다른 사람을 못 믿지 않아. 특히나 내 가디언에 대해서는.”

“…….”

“그가 날 두고 달아났다고? 전혀. 처음부터 말이 안 됐어.”

“……무슨 소리를 하는 거야?”

다니엘이 자리에 일어났다. 그의 발걸음이 위협적이었으나, 비올렛은 전혀 겁이 나지 않는 듯했다.

“내가 그에게 달아나라 시켰거든.”

그녀는 만개한 꽃처럼 아름답게 웃었다. 그것은 다니엘이 너무나 오랜만에 접한 미소라 마치 신성한 성물을 보는 것 같았다. 비록 시든 꽃과 같이 앙상했지만 비올렛은 너무나 아름다웠다. 신경질적인 미소도, 억지로 안심시켜 주기 위한 미소가 아니었다. 그것은 확신하는 자의 미소였다.

“초대 성녀와 가디언의 전설 알고 있어? 서로 마음이 일치하면 가디언과 연결된다는 것 말이야.”

비올렛은 자신의 손등의 인을 가리켰다.

“이곳에서, 에드 경과 계속 이야기했어.”

방금 비올렛이 한 것은 기도가 아니었다. 그녀는 에셀먼드와 이야기를 한 것이다. 비올렛이 짓고 있는 환한 미소에 다니엘은 분노가 치밀어 올랐다. 그러나 한편으로는 그것을 애타게 갈망하여 자신도 모르게 손을 뻗었다. 그러나 비올렛의 하얗고 보드라운 뺨에 손이 닿으려는 찰나, 그녀가 그의 손을 쳐 냈다.

다니엘은 이미 비올렛이 자신을 쳐다보고 있지 않다는 것을 깨달았다. 그녀는 방문을 응시하고 있었다. 저주의 마법진으로 쇠약해져 있을 텐데 방금 물을 먹어 싱싱한 꽃과 같은 얼굴을 하고 있었다.

“…….”

그와 동시에 방의 나무 문이 열리며 빛이 새어 들어왔다. 다니엘이 고개를 돌리자 한 남자가 서 있었다. 남자의 꼴은 이루 말할 수 없을 정도로 허름했고 더러웠다. 검푸른 색 머리는 흙먼지에 거의 검게 보였고, 기사치고는 하얀 편이었던 피부에도 온갖 그을음이 다 묻어 있었다.

비올렛이 다니엘을 스쳐 지나갔다. 그는 도저히 비올렛을 막을 수가 없었다. 비올렛은 그보다 훨씬 더 열정적이고 깊게 문에 선 남자, 에셀먼드에게 매료되어 있었다. 그 마음은 너무나 순수하고 깨끗했다. 다니엘이 그녀에게 품었던 추악한 욕망과는 다르게. 어두운 방 안에 에셀먼드가 들어오자 서늘한 이 방에 뜨거운 열기가 들어찬 것도 같았다.

"늦었네요, 에드 경."

비올렛의 그 말에 에셀먼드가 잠긴 목소리로 말했다.

"죄송합니다, 비올렛."

허름한 청년은 잠시 동안 그녀를 바라보았다. 마치 신기루라도 보는 듯이, 그렇게 몇 번이고 눈을 깜빡였다. 그리고 갑자기 성큼 뛰어들어 비올렛을 안았다. 그녀의 존재를 실감하려는 듯 팔에 힘을 주어 꽉 안았지만, 이내 혹여나 부서져 버리지 않을까 힘을 풀고 충동을 억누르는 게 다니엘의 눈에 똑똑히 보였다. 비올렛은 거부하지 않고 그의 손길을 받아들였다. 이전의 비올렛도, 이전의 에셀먼드도 아니었다. 그들은 어딘가 다른 세상의 사람들과도 같았다. 다니엘은 머리를 한 대 맞은 것 같은 충격이 들었다.

에셀먼드와는 달리 다니엘은 깨끗했으며 아름답다 들을 정도의 옷을 입고 있었다. 그러나 결국 비올렛에게는 손끝 하나도 닿을 수 없었고, 에셀먼드는 행색이 천민보다 못할 만큼 더러웠어도 언제든 그녀에게 닿을 수 있었다. 아니, 오히려 그녀가 먼저 다가가 손을 뻗었다. 이 둘에게 다니엘은 방해물조차 되지 못했던 것이다. 그들은 서로의 이름을 부르며 마주했다.

"성하를 모셔 왔습니다."

비올렛이 고개를 끄덕였다. 에셀먼드의 시선이 다니엘에게 향했다. 그의 얼굴이 어둡게 가라앉았다. 오랜만에 보는 형이었지만, 다니엘은 아무런 말도 할 수 없었다. 그가 마주한 것은 명백한 적의와 살의가 혼합된 시선이었다. 그 서늘한 시선은 곧 다니엘에게서 떨어졌다. 그리고 그의 부드러운 얼굴이 비올렛을 향했다.

알고 있었다. 너무나 잘 알고 있었다. 이들이 이제 서로를 바라보고 있다는 것은. 그 행복한 시간을 질투했다. 자신은 버리지 못하는 것을 너무나 간단하게 버린 채 가장 원하던 것에 모든 걸 쏟아붓는 과감함이 너무나 미워 견딜 수 없었다. 자신만 홀로 지옥에 있는 것을 도저히 용서할 수 없었다.

"나가시죠."

비올렛은 그의 손을 잡고 방 밖으로 나갔다. 그녀는 뒤도 돌아보지 않았다. 다니엘이 그녀를 위해 마련한 그와 그녀의 공간으로부터. 비올렛의 말이 맞았다. 그는 형을 따라갈 수 없었다. 영원히. 다니엘은 기사들이 자신을 데려갈 때까지 눈물을 흘렸다.

배에 칼을 맞고 쓰러지는 린도의 시체를 보고, 그것이 금안에 은발이라고 확인한 군나르족은 그의 시체를 아무렇게나 버리고 사라졌다. 눈을 뜨니, 그는 시체 더미 속에 있었다. 전쟁의 불꽃은 이미 사라져 온데간데없었고, 그는 고통 속에 의식을 잃어 갔다.

그러나 이상하게도 희미해지려는 의식은 꺼지기 직전 마지막으로 타오르는 촛불처럼 맑아졌다. 차라리 빨리 죽어 버리지. 죽는데 오래도 걸리네. 린도가 자조적으로 중얼거렸다.

고통은 서서히 사그라들었다. 감각이 마비된 모양이었다. 죽음이 이제 눈앞에 다가왔다. 그러나 그는 이것이 착각이 아니며 배에 있는 상처가 사라졌다는 것을 깨달았다. 심지어 몸을 움직일 수 있었다.

"……내가 왜?"

살아 있다. 아직 몸에 힘이 들어가지 않았지만 그러했다. 린도는 이윽고 몸을 일으켜 세울 수 있었다. 그는 폐허가 된 도시를 걸어 다녔다. 아비규환 속 까맣게 타 들어간 시체에 사람의 흔적으로 보이는 것은 새하얀 뼈뿐이라 그 끔찍함에 치가 떨렸다.

린도는 잠시 숨을 헐떡였다. 이게 전쟁인가? 이걸 하자고 했다고? 지금 이걸 자신이 자신의 입으로 하자고 그랬단 말인가? 비올렛을 위해서? 그는 비올렛이 절대로 이것을 원할 리 없다는 것을 알았다.

새하얀 도시는 피와 불꽃으로 붉게 물들더니 결국 까맣게 타 버렸다. 생존자는 자신뿐인가. 알 수 없었다. 그는 교황성에 출입하는 군나르족을 보았다. 다행이라 해야 하나. 성도의 신민들은 그래도 어느 정도 살려 둔 모양인지, 그들을 교황성 안으로 데려가고 있었다.

린도는 그들을 보며 이를 악물었다. 어쩔 수 없다는 게 있는 것 정도는 알고 있었다. 지금 그가 해야 하는 것은 저들을 구해 내는 게 아니고, 일단 살아남아 구하러 오는 것이다.

빌어먹을 추기경과 합류하는 게 먼저였다. 린도는 그가 어느 지역에 있나 대충 가늠해 보았다. 추기경이 얼마나 그를 혼낼지 알 수 없었으나, 일단 살아남아야 하는 게 맞았다.

그는 신관복을 갈아입으러 불에 전소되지 않은 집에 들어갔다. 그러나 그것은 최악의 수였다. 이미 집 안에서 약탈하고 있는 군나르족과 마주한 것이다.

"신관이다!"

약탈자들이 검을 빼들고 달려들자, 린도는 욕설을 남기고 뛰었다. 그러나 그는 한 번도 제대로 뛰어 본 적이 없었다. 심지어 크리처 토벌 때도 뛰었던 것은 그가 아니라 말이었다. 그리하여 그는 금방 붙잡히고 말았다.

"이 녀석은 타르크 님에게 데려가면 좋을 듯하다."

"칸께서는 남자 여자를 가리지 않으시니 나쁘진 않을 듯하군."

'타르크'라는 것은 구자르트의 두 명의 칸 중 한 명의 이름이었다. 서쪽의 아슈카바드를 지배하는 이자카와 동쪽의 케스투니스를 지배하는 타르크. 국왕 녀석, 타르크와 손을 잡은 모양이구나. 그는 이를 으득 갈았다.

그는 저항하려 했지만 목에 검을 가져다 대자 저항할 수 없었다. 길거리에서 무력하게 희롱당하는 여인처럼 그는 질질 끌려가게 되었다. 린도는 속으로 온갖 욕을 내뱉었다.

그때, 말 울음소리가 들리더니 피가 튀었다. 나머지 한 병사가 뒤를 돌아보았지만 순식간에 휘둘러진 검에 의해 목이 날아가고야 말았다. 이건 또 무슨…….

공격한 쪽을 바라보니 검을 든 남자가 살벌한 기세를 풍기며 서 있었다. 그가 깜짝 놀랐다. 자세히 보니 남자는 린도가 익히 아는 남자, 에셀먼드였던 것이다.

에셀먼드는 허름한 옷을 입고 피가 뚝뚝 떨어지는 검을 든 채 린도를 보고 있었다. 린도는 순간 이 남자에게 오싹함을 느꼈다. 그의 옷은 방금 튄 피와 더불어, 이미 검게 변색되어 버린 피로 얼룩져 있었고 그의 얼굴 역시 말라붙은 피가 범벅이었다. 마치 사신과도 같이 스산한 그에게서 유일하게 빛나는 것은 서늘한 푸른 눈동자였다.

그는 말없이 린도를 말에 태웠다. 린도 역시 조용히 그를 따랐다. 천신만고 끝에 겨우 성도를 빠져나와 비올렛에 대해 떼를 쓰듯 묻는 린도에게 에셀먼드가 조용히 대답했다.

"손등의 각인을 통해 성녀님이 말을 전달해 주시고 계십니다. 지금은 너무 멀어 들리지 않습니다만……."

고대의 술이라 믿지는 않았는데 그 전설이 진짜였구나. 하긴 비올렛이니까. 린도는 멋대로 생각했다.

"성녀님께서 전쟁을 멈추고 추기경을 막아 달라 하셨습니다."

"내가 그걸 어떻게? 지금 비올렛이 몰라서 그러는데, 안 그래도 전쟁을 막으려 하다가 추기경이 내 모든 권한을 빼앗고 날 유폐하고 출정했어. 지금 나 혼자 여기서 살아남은 거 보면 몰라? 나 실각했다고."

그 말에 에셀먼드의 얼굴이 찡그려졌다. 에셀먼드 역시 이것을 예상하지 못했던 것이다.

"그렇게나 힘이 없으셨던 겁니까?"

그 배려 없는 말에 린도도 갑자기 할 말이 없어졌다. 가장 듣기 아픈 말이 아니던가.

"왜 비올렛이 경을 싫어했는지 알 것 같아."

린도의 말에 에셀먼드는 얼굴을 찡그렸다.

"꼭 막아 달라 하셨습니다."

"아, 나는 못 한다고!"

에셀먼드가 서늘한 얼굴로 그를 노려보았다. 린도 역시 답답하긴 매한가지였다.

"전쟁은 막을 수 없어. 이미 일어나 버린걸! 막으려 했다니까. 하지만 그 결과는 유폐였어! 내가 권한이 있다 한들, 그 누구도 존중해 주지 않는 이상 도대체 내가 할 수 있는 일이 뭐가 있지?"

그 말에 에셀먼드가 차갑게 말했다.

"그것은 스스로 찾으셔야 할 일이 아닙니까? 성녀님은 성하의 어리광을 너무 받아 주었습니다."

"너, 이 자식!"

"막지 못한다면 성녀님께서 자결하겠다고 하셨습니다."

"아, 진짜 미친!"

린도가 내뱉은 익숙한 욕설에 에셀먼드의 얼굴이 마치 에이든을 보는 표정으로 변했다. 사실 비올렛은 에이든과 같이 있으면서 그 말버릇을 많이 닮아 버렸다.

자결이라니, 비올렛은 도대체 왜 그렇게 성격이 극단적이란 말인가! 왜 언제나 그에게 어려운 길을 가라 하는가. 지금도 충분히 노력하고 있는데. 그러나 그 노력의 대가가 실각이라니. 아직도 체자레를 생각하자 마음이 욱신거렸다.

"지금 내가 나이에 비해 젊은 모습이라 해서 무시하는데, 나는 네놈보다 나이를 먹었으면 먹었지, 덜 먹지는 않았다. 나 역시 그 세월 동안 보고 배운 눈과 귀가 있어. 무턱대고 전쟁을 막으려 달려들었던 내가 어리석었던 거지. 추기경의 말이 맞아. 내가 내세울 수 있는 건 기껏해야 교황이라는 내 권위뿐인데, 내가 국왕에게 가서 '나는 교황이고, 전쟁을 막고 싶소. 우리 평화를 위해 협상합시다.'라고 말한다면 퍽이나 날 존중해서 전쟁을 막겠다. 안 죽이는 것만으로도 다행이게? 그리고 추기경 역시 마찬가지야. 내가 그에게 간다면 어떻게든 날 막아 세우겠지. 저 이교도 놈들을 보고 깨달았어. 성도 주변 도시들의 병력이 비어 있는 시기에 성도를 습격한 것으로 보아 분명 그 미친 국왕은 저 이교도 놈들과 손을 잡아서 이곳을 치려했던 거야. 내전에 타국을 끌어들이다니, 국왕은 답이 없어. 이긴다면 무엇이든 할 인간이야."

"……그렇다면 아무것도 하지 않을 겁니까?"

그 말에 린도는 '제발'이라고 탄식하며 에셀먼드를 보았다. 그가 하기 싫어서 하지 않는 것이 아니었다. 할 수 없기에 못 하는 것이었다.

"내가 할 수 있는 건 기껏해야 나타나지 않는 것뿐이야. 내가 사라진다면 추기경이 곤란해할 거야. 전쟁은 막을 수 없지만, 그 전쟁을 통해 왕위를 얻어야 하는 교황이 사라져 버리니, 그들로서는 얼마나 곤란하겠어?"

그것이 그가 내놓을 수 있는 최선의 방법이었다. 그는 끔찍하게 무력했다. 성도도 지키지 못했고, 지금은 저 신민들 역시도 지키지 못했다.

"왕위를 얻는다니 그게 무슨……?"

"나 왕족이야. 내 눈 색 보면 너도 알잖아."

"……."

그 산뜻하고 가벼운 말에, 에셀먼드는 잠시 할 말을 잃은 듯했다. 그의 시선이 린도의 금안을 향했다. 샤를보다 또렷하고 깨끗한 금안이 맑게 반짝였다.

"비올렛에게 연락되면 전해. 전쟁은 정말로 막을 수 없어, 불가피하게 벌어진 일이니까. 국왕도 멈출 생각도 하지 못하고 추기경도 마찬가지잖아. 그 녀석들은 내 말을 듣지 않아. 내가 착각했어. 그들은 나를 섬기는 게 아니라 추기경을 섬겼던 거지. 추기경이 날 섬기니 그들도 그런 척했던 것뿐이고."

그렇게 말하는 린도의 얼굴은 씁쓸한 표정이었다.

"비올렛이 샤를 왕자를 시해했다는 것은 명분이고, 국왕처럼 그 녀석들 역시 자기들이 힘을 가지고 싶었던 거야. 진정 신을 믿는 자들이 아니었던 거지."

"……."

린도가 느끼는 배신감과 그가 느끼는 허탈함에 에셀먼드는 함부로 공감할 수 없었다. 아니, 공감조차 되지 않았다. 그것은 린도가 그동안 방만했던 것에 대한 대가다. 린도가 주먹을 꽉 쥐자 에셀먼드가 말했다.

"전쟁은 절대로 폐하가 이길 수 없는 전쟁입니다, 성하."

"나도 같은 생각인데. 처음으로 마음이 맞는군. 우리 성기사가……."

"아니요. 이민족들에 대한 아그레시아인들의 혐오를, 성녀를 기반으로 하는 신화에 대한 백성들의 믿음을 전혀 고려하지 않았기 때문입니다. 성녀님께서 계약의 인을 통해 하셨던 말은 국왕은 자신을 마녀로 몰 거라는 말이었습니다. 당연하겠지만 모든 이들이 그에 거부감을 느낄 겁니다. 또 선대 교황과 선대 왕의 기명날인이 되어 있는 서류는 아무리 생각해도 출처가 불확실합니다. 설령 그것이 진실이더라도 불신하는 자들이 넘칠 겁니다."

"역시나 어리석은 우왕이로고."

린도가 에셀먼드의 말에 혀를 찼다.

"성하께서 보시기엔 우왕이지만 몇십 년 동안이나 나라를 다스렸던 사람입니다."

"어리석은 왕은 어리석은 신민만 못하다는 게 내 지론이야."

린도는 턱을 괴며 고개를 끄덕였다. 그 모습은 도저히 그 나이대의 청년으로 보이지 않았다.

"도대체 나이가 어떻게 되십니까?"

"비밀이야."

그렇게 말하던 린도는 잠시 동안 머리를 맞기라도 한 듯 멍한 표정을 지었다. 그는 한참 동안 무언가를 고민하고, 고민하고 또 고민했다. 린도는 한숨을 쉬다가 떨리는 눈동자를 들어 에셀먼드와 그 손등의 각인을 보았다.

"국왕이 진다는 건 확실한가?"

"변수가 없다면 그렇습니다."

"하지만 군나르족은…… 군나르족은 성도에서 수도로 진격해서 추기경의 군대를 고립시킬 거야."

"아니요. 절대 그럴 수 없습니다."

에셀먼드가 단호하게 말했다. 그가 계속해서 말을 이었다.

"군나르족의 나라 구자르트는 남쪽에 위치해 날씨가 사계절 내내 따스합니다. 그런 그들이 추위에 강할리가 없습니다. 아그레시아의 겨울이 깊어지니 더 이상은 진군하지 못할 겁니다."

린도는 크리처들 토벌 현장에서 에셀먼드를 공경하던 왕도의 기사들을 떠올렸다. 그때 린도는 에셀먼드에 대해 안부를 물어보는 기사들에게 얼굴을 찡그리는 것으로 대답했다. 과연 에셀먼드는 기사들의 공경을 받을 만한 자격이 있었다. 그저 무식하게 검만 휘두르지 않고, 날카로운 분석력과 냉정한 판단력을 바탕으로 행동했다.

무예도 성도에서 가장 뛰어나다는 로디온보다 출중하고, 머리 역시 이렇게 좋다니. 만약 신관이나 신전 소속 성기사였다면 무척이나 아꼈을 것이다. 물론 그가 아니라 체자레가.

"가디언, 그렇다면 우린 추기경의 군대가 승리하여 수도에 입성할 때에 정확히 맞추어 들어가야 한다."

"그게 무슨 말입니까?"

"우린 몸을 숨기면서 수도에 올라가야 해. 왕이 패하여 양위에 대한 의사를 밝힐 때, 추기경을 실각시킬 수 있는 방법이 있다."

"……그게 무슨 방법입니까?"

"이것도 비밀. 그러나 단 하나 확실한 방법이지."

에셀먼드가 살짝 눈썹을 찌푸렸다. 린도는 참 비밀이 많은 남자였다.

"비올렛에게 전쟁은 막을 수 없지만 두 번 다시 이런 일로 전쟁이 안 일어나게 할테니 자결은 참아 달라 전해 주겠어?"

린도의 금색 눈이 씁쓸한 표정을 띠며 어둡게 가라앉았다. 이것은 사랑에 눈이 먼 행동이 아니었다. 이것은 그의 주관과 판단이 우선되었다. 체자레는 틀렸다. 그가 어떤 것을 원하든, 그 수단이 이런 참혹한 전쟁이라면 그는 완전히 잘못되었던 것이다.

에셀먼드는 더할 나위 없이 뛰어난 기사였다. 그는 아주 익숙하게 린도를 철저하게 숨기고 또 숨겼다. 목숨을 잃을 뻔한 일은 거의 없었지만 에셀먼드는 린도가 불편함을 느끼지 않도록 세심하게 신경 쓰는 편이었다. 이 불편한 동행 속에서도 에셀먼드는 전투가 벌어지는 지역을 유추하여 피해 갔으며, 그 덕분에 수도로 들어가는 데 약 한 달이 소비되었다.

수도와 가까운 지역에서 에셀먼드는 자신의 손등을 바라보았다. 그는 눈을 감고 비올렛의 목소리를 듣고 있었다. 그 모습에 린도는 순간 화가 울컥하고 치밀었다. 한 손으로 손등을 감싼 채 눈을 감은 모습은 마치 기도를 하는 신관의 모습과도 같았으나, 그 어떤 신실한 신자들보다 더욱더 경건해 보였다. 그녀의 목소리를 하나라도 더 들으려는 그 절실한 모습에 린도는 화를 낼 기력이 사라져 버렸다.

비올렛의 희미한 목소리만이 에셀먼드를 지탱하게 해 주고 있었다. 린도는 '마음이 통한다는 것'이 무엇인지 깨달았다. 가볍게 전설이 실현되었다 넘길 것이 아니었다. 둘이 '같은' 마음을 가져야만 서로의 목소리가 들리는 것이었다. 그리고 서로의 마음이 같다는 것은…….

이 남자도 자신만의 사랑에 미쳐 있었다.

린도는 걸어 들어오는 에셀먼드와 비올렛을 보고 안심했다. 지금 당장이라도 비올렛에게 달려가 몸은 괜찮냐 묻고 싶었지만, 그는 이곳에서 교황으로서 서 있어야 했다. 그의 등장은 교황파에게는 환희를 주고 있었고 국왕에게는 절망을 주고 있었다. 이 순간 체자레는 입을 다물고 있었는데, 그가 아무리 실권을 쥐고 있어도 이 자리에서 공식적으로 발언할 수 있는 것은 바로 린도였기 때문이었다.

"나는 아그레시아의 교황 린도, 성도 아우베르트를 다스리는 자이자, 절대 신의 교리를 따르는 지도자입니다."

교황의 공손한 어투에 신관들의 얼굴이 일그러졌다. 불과 린도가 연회장에 도착하기 전까지, 이 소년 왕은 체자레의 발치에 무릎을 꿇으려 하고 있었음에도 린도는 지나치게 정중했다.

"나의 신분은 신관들이 아닌, 여기 이 가운데에 서 있는 성녀가 밝혀 줄 것입니다. 성녀 비올렛, 나를 증명해 주십시오."

"폐하의 시해범이 어찌……!"

선왕비의 날카로운 말에도 아랑곳하지 않고 비올렛은 에셀먼드의 팔에 몸을 기대며 불편한 걸음을 걸었다. 아직도 성력이 회복되지 않은 모양인지 머리가 어질어질했다. 그녀가 입을 열어 말했다.

"성녀 비올렛의 이름으로 보증합니다. 그대는 교황 린도, 성도 아우베르트를 다스리는 자이자 신을 믿는 자들의 지도자입니다."

그에 린도가 샤를을 바라보며 물었다.

"국왕 폐하, 저는 폐하께 저의 신분을 증명하려는 것입니다. 저의 증명을 인정하십니까?"

체자레가 하, 웃음소리를 내며 린도를 보았다. 그는 왕에게 '폐하'라는 호칭까지 씀으로써 그보다 낮은 자라는 것을 말하고 있었다. 그것에 놀란 것은 샤를도 마찬가지였다. 샤를이 조심스럽게 대답했다.

"인정하겠소."

샤를의 말에 린도는 되돌아서서 말했다.

"국왕과 성녀의 증명 아래 나의 신분이 증명되었다. 그대들, 신의 백성들, 그러나 신을 믿지 않은 어리석은 자들아."

그의 얼굴이 서늘한 기운을 뿜었다. 그 표정은 피의 숙청을 벌이기 전의 모습인지라 린도를 아는 신관들은 부들부들 떨기 시작했다.

"추기경은 폐하로부터 물러나라."

체자레는 그 말에 반박하지 않고 얌전히 물러났다. 졸지에 샤를은 비로드 가운데에 혼자 서 있게 되었다.

"그대들, 나의 권위를 믿는 자들아. 당장 추기경을 포박하라."

그러나 당연하겠지만 그 누구도 체자레에게 다가가지 않았다. 오히려 체자레 역시 재미있는 농담을 들은 것처럼 웃고 있었다. 그리고 그것은 린도도 예상한 듯했다. 그 역시도 여유로운 미소를 머금었다 얼굴을 차갑게 굳혔다.

"나는 그대들을 이끄는 자인데, 그대들은 나의 명령을 거부하는가!"

서리가 내리는 린도의 찬 음성에, 대신관 한 명이 나서서 말했다.

"서, 성하, 일단은 진정하시고 추후 예하와 서운한 것을 푸시는 것이 좋을 듯합니다. 지금은……."

"'서운한 것'이라. 나는 그저 그대들에게 어린아이였던 것인가."

그는 키득거리며 웃었다. 그가 금색 눈을 빛내며 섬뜩하게 말했다.

"그대는 대신관 하르페니아인가?"

"그, 그렇습니다."

"신관이 되어 처음 배우는 4대 계율을 이야기하라."

뜬금없는 말에 신관은 의아한 표정을 지었다. 왜 신관의 가장 기본 계율인 4대 계율을 말하라는 것일까. 그것도 대신관에게. 교황의 노란 눈의 위압감에 그는 자신도 모르게 이야기했다.

"신을 부정하지 말라. 간음하지 말라. 신을 웃음거리로 만들지 말라. 우상을 섬기지 말라……."

그것을 들은 린도는 그 뒤에 서 있는 대신관에게 다가갔다.

"그대도 읊어 보아라."

린도는 대신관들 하나하나에게 신전의 금기를 읊도록 했다. 갑자기 왜 4대 계율을 외우라 하는 것인가. 대신관들은 일단 교황의 마음을 풀어 주는 게 먼저였기에 교황이 시키는 대로 말했다. 이것으로 이 꼭두각시 교황이 다시 꼭두각시가 되어 조용해진다면 얼마든지 할 수 있었다.

"이를 어길 시에는 어떻게 되는가."

대신관들이 입을 모아 말했다.

"신관으로서 즉시 파문됩니다."

비올렛은 이 상황에 대해 이해할 수 없었다. 지금 그것이 무엇이라고 지금 이것을 읊도록 하는 건가? 갑자기 린도는 왜 그런 이야기를 꺼낸 것인가?

"그래, 그대들도 잘 알고 있군."

린도는 조용히 심호흡했다. 고요하게 가라앉은 눈이 체자레를 향하고 있었다. 일순 체자레의 금색 눈이 커졌다.

"그대를 파문하겠소, 추기경 체자레."

그의 냉엄한 목소리가 알현실에 울려 퍼졌다. 비올렛은 눈을 크게 떴다. 파문한다고? 어떻게 파문한단 말인가. 설마 신을 웃음거리로 만들었다는 부분 때문일까? 체자레가 신을 조롱하고 농락했어도 말은 했어도, 그것이 증거가 될 수는 없다. 대체 왜 말이라는 불확실한 것을 증거로 삼은 것인가? 그러나 비올렛은 린도의 얼굴에 점점 자신만만한 미소가 서리고 있다는 것을 깨달았다. 반면 체자레의 얼굴이 천천히 굳어 가기 시작했다.

"그대는 신관의 4대 계율 중 하나, 제2계율, 간음하지 말라는 금기를 어겼소."

"무, 무슨 말도 안 되는 말입니까, 성하!"

"성하, 이게 지금 무슨!"

"증좌, 증좌를 대 보십시오! 이게 무슨 일입니까!"

신관들은 갑작스럽게 불거진 추기경의 추문에 어찌할 바를 몰랐다. 신관들은 자신들의 지도자인 교황이 그 추문을 공론화시켰다는 것이 믿을 수 없는 듯했다. 린도는 그런 신관들을 차갑게 노려보며 말했다.

"그대들은 그대들의 입으로 추기경 체자레를 파문시키라 말한 것을 부정할 수 없을 것이다. 오로지 나만이 유일하게 그의 부정을 알고 있다. 그는 신을 섬기는 자로서 절대 하지 말아야 할 부정, 간음의 죄를 지었다."

체자레는 그 말에 대답하지 않았고, 린도의 어조는 확신에 차 있었다. 사람들은 본능적으로 이 교황이 진실을 말하고 있다는 것을 알아차렸다. 그의 목소리는 진실을 이끄는 힘이 있었다. 신관들은 서서히 위기감을 느끼고 있었다. 교황이 양위만 받는다면, 그들의 승리였다. 그러나 이 어리고 부족한 교황은 모든 것을 망치려 하고 있었다.

"그렇다면 성하, 이 일은 나중에 하십시오. 지금은 더 급한 일이……."

"신관이 신의 계율을 어긴 것보다 더 중한 일이 어디 있는가! 네이르트 신관, 그대는 신관이라는 자각이 있는가? 우리들, 신관들에게 신이 내린 계율보다 더 중요한 것이 어디 있단 말인가!"

그 말에 신관은 입을 다물 수밖에 없었다. 그들은 신을 거부하고 신의 대리자인 성녀를 감금한 것에 대항하여 군사를 일으켰다. 그것은 그들이 '신관'으로서 당연히 분개해야 하고, 들고 일어나야 했었던 명분으로 충분했기 때문이다. 즉, 표면적으로 신관들에게는 신의 뜻이 가장 중요했다. '반역'에 '성전'이라는 거창한 이름을 붙였던 것도 '신을 위한다는 명분' 때문이었다.

4대 계율이 신관의 기본이듯, 그것이 가장 우선되어야 한다는 교황의 말은 틀리지 않았다. 혹여 그것에 반론이라도 하다가는 자신들도 파문이 된다는 것을 깨닫고 그들은 입을 다물었다. 그러나 이대로 물러날 수는 없었다. 이제 다 왔다. 이제 조금만 더 있으면 이 나라는 신전의 나라가 된다. 마지막을 앞둔 그들은 집요했다.

“그 증좌가, 증좌가 필요합니다, 성하!”

“증좌를 물었겠다? 감히 교황이 하는 말에 의심을 하는 것인가?”

그는 허탈한 웃음으로 자조하며 신관들을 바라보았다. 비올렛은 린도의 얼굴이 실망으로 물드는 것을 보았다. 이런 자들이었다. 비록 신을 섬기는 자들이라 했지만 그들은 인간이었고 저속하며 탐욕스러웠다.

린도는 비올렛을 바라보며 장난스레 미소를 지었다. 황금빛 눈이 더없이 따스했다. 마치 초콜렛을 준비했을 때 그 얼굴처럼 그는 이것을 봐달라고 말하고 있었다.

“여기 증좌가 그대들의 눈앞에 서 있느니라.”

린도는 다시 체자레에게 몸을 틀었다. 살짝, 청년의 입술이 떨리고 드디어 그의 목소리가 들렸다.

“그렇지 않습니까, ‘아버지.’”

그 말에 사람들은 모두 할 말을 잃었다. 사람들의 시선이 모두 체자레와 린도를 향했다. 교황이, 그 교황이, 설마 추기경의 아들이었단 말인가? 모든 이들이 침묵했다. 이 거대한 진실은 그들의 입을 틀어막았다. 그 누구도 아무런 말을 할 수 없었다. 말하는 즉시 마치 목이라도 잘릴 것 같아 그들은 입을 다물었다.

바로 부정해야 함이 마땅하건만 체자레는 딱딱하게 굳은 얼굴로 린도를 보고 있었다. 린도 역시 체자레의 눈을 피하지 않고 마주 보았다.

"당신은 제가 다섯 살, 아주 어렸을 때 저를 교황으로 올렸습니다."

린도의 코끝이 붉게 물들었다. 그는 금방이라도 울 것 같았지만, 그 목소리는 깨끗했다.

"어린 저를 지도자로 세우시고 모든 걸 알아서 하겠노라고, 걱정할 필요가 없다며 모든 것을 당신께 맡기라 하셨지요. 저는 한 번도 제대로 된 저를 드러낼 수 없었습니다. 당신은 그 금안이 국왕에게 위협이 될 것이며, 그것을 숨겨야만 나라가 평온하다고 했습니다. 그리하여 저는 제 자신을 숨겼습니다."

린도는 손가락을 들어 자신의 눈가를 어루만졌다. 그리고 계속 이야기를 이어 나갔다.

"새하얀 신전에 갇히다시피 했던 어린 저는 괴롭고 외로웠습니다. 그런 저에게 당신은 널 위한 신의 안배는 '성녀'라고 했습니다. 그리하여 저는 성녀만 계속 기다리고 또 기다렸습니다. 성녀가 오지 않으면 미칠 것 같았으니까요."

"……."

그리고 그가 비올렛을 살짝 바라보았다. 비올렛은 드디어 린도의 그 맹목적인 성녀에 대한 사랑이 이해가 갔다. 어려서부터 린도는 체자레가 해 주는 성녀 이야기를 듣고 30년이 넘는 시간 동안 그녀를 기다려 온 것이었다. 지금에서야 린도와 체자레의 눈매가 매우 흡사한 것을 알았다.

"그러나 이제는 압니다. 아버지가 '성녀'의 이름을 말했던 것은 제게 아무것도 해 주지 않겠다는 말이었습니다. 우정과 애정, 그리고 맹목적인 사랑을 성녀가 줄 것이라고 말했습니다. 그러나 그것은 비올렛이 제게 주어야 할 것이 아닌, 당신이 제게 주어야 할 것들이었습니다."

비올렛은 린도가 말한 '아버지'라는 것이 체자레라는 것을 이제야 알았다. 오밤중에 악몽을 꾸었다고, 말하며 비올렛을 끌어안은 린도가 생각났다. 그는 간절했고 절실해 보였다. 이제야 알았다, 그가 나이에 비해 어려 보였던 이유를. 그의 지식은 비록 30년이 넘는 공부로 축적되었을지언정, 신전에만 갇혀 자라 아이가 될 수밖에 없었던 것이다. 성녀 이외의 그 누구도 친구가 될 수 없었고, 그 누구도 그를 사랑할 수 없게 했다. 체자레가 그렇게 했다.

"당신이 나를 아들로 보았는지, 그저 편리한 꼭두각시로 보았는지는 모릅니다."

"……."

"그러나 저는 이제 당신의 도움이 필요하지 않습니다. 저는 제 스스로 일어설 것입니다. 더 이상 아버지는…… 제 곁에 있어 주지 않으셔도 됩니다. 왜냐하면……."

그는 혀로 입술을 축이고 눈을 빛냈다.

"아버지께서 틀리셨기 때문입니다."

이야기를 하면 할수록 린도의 얼굴은 창백해져 갔다. 그러나 연약해 보이는 몸에도 불구하고 그 금색의 눈동자만은 불꽃을 담은 듯 뜨거웠다.

"아버지가 제 판단을 보고 비웃으셔도 좋고, 절 역겨워하셔도 좋습니다. 그러나 아버지에게 이젠 모든 것을 의존하지 않으려 합니다."

그 결연한 의지는 린도의 부드러운 목소리를 타고 흘러 퍼졌다. 사람들은 아무 말도 하지 못한 채, 그 둘을 보고 있었다.

"저는 이제 혼자 서겠습니다. 그러기 위해 이제 물러나 주십시오."

그러나 체자레가 순순히 물러날 리가 없다고 비올렛은 생각했다. 일단 린도의 말을 입증할 증거가 없기 때문이었다. 물론 어떤 약초에 두 사람의 피를 섞으면 그것이 판단이 가능하다 말하지만, 그것은 확실하지 않은 법이었다. 또한 콘차카족이 부리는 주술로 구분이 가능하다 했지만 그런 것은 정식 증좌가 되지 않았다.

린도는 너무나 무모했다. 겨우 자신이 '아들'이라고 말하는 것으로 체자레의 부정이 증명될 리가 없었다. 비올렛은 린도의 눈에 물기가 서려 있는 것을 보았다. 그러나 린도는 영원히 깨지지 않을 다이아몬드처럼 단단한 표정을 지은 채 바라보았다.

"이런 저를 부정하실 생각입니까, 아버지?"

비올렛은 체자레의 금색 눈이 커지는 것을 보았다. 그는 어떤 것을 처음 보는 얼굴로 그를 보고 있었다. 마치 망치로 얻어맞은 것처럼, 체자레는 린도를 보고 있었다. 린도는 체자레의 시선을 피하지 않았다. 그러던 체자레가 고개를 움직여 샤를을 보았다. 그 어린 소년 왕 역시도 그 시선을 피하지 않고 똑바로 보고 있었다. 국왕과 교황, 자신의 혈연들을 보고 있던 남자의 얼굴이 일그러졌다. 그러나 그것은 분노가 아니라, 웃음이었다. 그는 시원스러운 웃음을 터트렸던 것이다.

"아, 아하하하!"

체자레는 처음으로 제대로 웃었다. 심지어 그는 배를 잡기도 했다. 그 웃음소리는 비웃음 소리 같기도, 환희의 웃음소리 같기도, 그리고 오열하는 웃음소리 같기도 했다. 한참 동안이나 그의 웃음소리가 침묵의 알현실에 울려 퍼졌다. 그의 금색 두 눈에는 눈물마저 맺혀 있었다. 한참이 지난 후, 그 기괴한 웃음소리는 잦아들었다. 그리고 체자레는 허리를 똑바로 펴며 린도의 얼굴을 바라보았다. 그의 얼굴에는 부드러운 미소가 서려 있었다.

"내가 졌습니다, 린도."

그가 부드럽게 웃으며 대답했다. 린도는 눈을 커다랗게 떴다.

"그래요, 당신은 내 아들입니다."

부드러운 얼굴로 린도를 바라보던 그는 린도의 앞에 한 발자국 다가갔다. 화려한 성복이 허름한 옷의 린도와 대비되었다. 그러나 체자레는 그 허름한 차림의 소년 앞에 주저 없이 무릎을 꿇었다. 사람들은 이 엄청난 사태에 어떤 말도, 심지어는 놀라움의 신음소리도 내지 못했다.

"저는 부정을 저질렀습니다, 성하. 성하께서 제게 내리시는 벌, 달게 받겠습니다."

린도의 한쪽 눈에는 눈물이 흐르고 있었다. 그러나 교황은 흐르는 눈물을 닦으려 애쓰지 않은 채, 서늘한 얼굴로 고개 숙인 추기경을 보았다.

"신관 체자레를 추기경 직에서 파문한다. 이제부터 그대는 신의 종이 아니며 속세의 사람이다."

린도가 조용히 선언했다. 비올렛은 그 일련의 장면을 보고 있었다. 부자였다. 저 둘은 부자였던 것이다. 그렇다면 그 어머니는 누구인가? 그러고 보면 린도는 단 한 번도 어머니에 대해 이야기한 적이 없었다.

체자레가 자리에서 일어났다. 그리고 모든 이들을 바라보며 미소를 지었다. 그것이 여유로운 미소인지, 아니면 다시 한 번 그들을 조롱하는 것인지 모른다. 체자레와 그녀의 눈이 마주쳤다. 혼란스러워 하는 비올렛을 보며 체자레가 미소를 지었다. 비올렛은 도저히 체자레를 이해할 수 없었다.

그녀는 다시 린도에게 고개를 돌렸다. 린도는 아버지를 자신의 손으로 버린 것이다. 그리고 린도의 아버지, 체자레는 그것을 받아들였다. 린도가 신관들을 바라보자 그들은 감히 아무 말도 할 수 없었다. 그들의 가장 믿음직스러운 추기경이 성직을 상실했다. 교황을 유일하게 다룰 수 있는 자가 사라진 것이다. 그들은 지도자를 잃었고, 유일한 지도자는 이제 린도밖에 없었다.

그들은 린도를 차마 끌어내릴 수도 없었다. 린도가 가진 성력이 두려웠고 그 성력을 성도의 신자들이 추앙하며 숭배한다는 것을 알고 있었기 때문이다. 성녀가 없었던 동안 교황은 성녀의 대신이었다.

체자레는 자신이 차고 있던, 신의 문양이 세심하게 새겨진 로사리오를 린도의 손에 쥐여 주었다. 그들은 오래 서로를 응시했다. 그리고 체자레는 뒤로 물러선 채, 비로드 옆에 섰다. 비록 파문되어 교황파를 이끌 어떠한 명목이 사라졌어도, 국가의 유일한 공작이었고, 린도가 내릴 결말을 지켜볼 책임이 있었다. 린도는 그런 체자레를 바라보다 그에게서 등을 돌리고 샤를에게 걸어갔다.

그리고 이제 다시 교황과 왕이 마주했다. 샤를은 방금 벌어진 사태에 대해 상당히 놀란 표정이었다. 그러나 그는 교황이 자신 쪽으로 다가오자 표정을 갈무리하며 침착하게 린도를 바라보고 있었다.

"선전포고는 성녀가 감금되었다는 것에 분노한 제 경솔한 결정으로 이루어진 것입니다. 전쟁에 대한 책임은 저에게 있습니다, 폐하. 폐하는 제게 책임을 요구할 권리가 있습니다."

"우린 동등한 위치 아닙니까. 도대체 왜 제게 공대를 하십니까. 성…… 아니, 교황."

샤를은 자신보다 훨씬 더 커 버린 청년을 보았다. 몸은 자신보다 훨씬 컸지만 청년은 어쩐지 자신과 닮아 보였다. 샤를은 그 이유를 알고 있었다. 그것은 이 교황이라는 자가 자신의 먼 혈연이라서 그런 것이 아니었고 동정심에 그런 것도 아니었다.

교황과 왕, 그들은 서로 너무나 무거운 왕관을 쓰고 있었다. 그 둘은 서로의 유일한 이해자였던 것이다. 그들은 한참 동안 모습은 다르지만 거울을 마주한 것 같은 또 하나의 자신을 바라보았다. 사람들을 등진 린도가 살짝 미소를 짓자, 샤를 역시 자신도 모르게 미소를 지었다. 그러나 샤를은 다음의 행동을 결코 예상하지 못했다.

그것은 그 누구도 예상하지 못할 것이다. 비올렛 역시도 자신도 모르게 비명을 지를 뻔했다 그것은 아주 자연스럽게 이루어졌다. 승전한 교황이 무릎을 꿇고 이마를 바닥에 댔다. 허름한 옷 위로 그가 가진 아름다운 은발이 바닥에 흘러내렸다.

"그대의 조부에게 받은 인사, 그대에게 돌려 드립니다."

승전한 교황이, 패전한 국왕에게 무릎을 꿇고 절을 한 것이다.

"서, 성하, 아니 교황, 이러지 마십시오!"

샤를루스가 당황해서 소리쳤다. 그러나 린도는 머리를 숙이고 조용히 그 작은 소년 왕의 앞의 바닥에 이마를 대었다. 그것은 굴종의 의미였으나, 비올렛의 눈에는 어딘지 모르게 예식과도 같이 경건하게 느껴졌다. 마치 그의 앞에 신이 내려와 있는 것처럼 그는 이마를 대었다. 그가 무릎을 꿇고 말했던 말 그대로, 데메트리우스가 당했던 치욕을 돌려주려는 듯 말이었다.

"나는 국왕이 이 나라를 다스리는 자임을 인정합니다. 본인은 신에게 평생의 시간을 바치는 신관이기에 왕위 계승권이 없음을 밝히며, 혹 계승권이 생긴다 하더라도 결코 왕좌에 오를 일은 없을 겁니다. 이 맹세는 제가 죽을 때까지 계속 이어질 것입니다."

그 말에 사람들이 웅성거렸다. 교황을 왕으로 옹립하기 위해 벌어진 전쟁이 아닌가. 그러나 교황이 왕위 계승권을 포기한다고 모든 귀족과 신관들 앞에서 선언해 버린 것이다.

비올렛은 체자레를 슬쩍 보았다. 대신들과 함께 서 있는 그는 린도와 샤를 쪽을 바라보고 있었다. 신기하게도 교황파의 승리를 위해 전쟁을 벌인 것치고 체자레는 평온한 표정으로 그것을 보고 있었다. 심지어 미소를 띠고 있는 것 같기도 했다.

비올렛은 체자레의 감정을 도무지 짐작할 수가 없었다. 도대체 그가 노리고 있었던 것은 무엇인가. 분명 그는 린도와 자신이 부자관계라는 진실을 린도의 손으로 직접 밝힌다는 것은 예상하지 못했던 것이 분명했다. 비올렛마저 눈치챌 정도로, 크게 당황했었으니 말이었다. 그러나 그는 린도의 선언에 아무 저항 없이 물러났다.

군세와 민심은 교황 쪽이 우세했고, 그들은 왕좌를 쉽게 손에 넣었다. 아니, 손에 넣을 뻔했다. 그렇다고 해도 그가 이룩한 승리는 결코 쉽게 얻은 승리가 아닌, 피로 얼룩진 승리였다. 내륙은 불바다가 되었으며 해상 역시도 크고 작은 전투가 벌어져 잃어버린 것이 이만저만이 아닐 것이다.

그러나 그것을 걷어차고 패전한 국왕에게 무릎까지 꿇은 린도를 보며 체자레는 화를 내지도, 슬퍼하거나 한탄하지도 않았다. 체자레는 체자레였다. 언제나처럼 오묘한 얼굴을 한 그는 린도를 지켜보았다. 린도의 선언에 신관들이 웅성거리기 시작했다. 그러나 린도는 눈을 몇 번 천천히 감더니 다시 숨을 고르고 이야기를 이어나갔다.

"우리는 신을 믿는 자들을 이끄는 자들이며, 아그레시아에 발붙이고 사는 국민이며, 나라를 다스리는 폐하에게 예속된 백성임을 인정합니다."

비올렛은 전쟁이 다시는 재발하지 않게 만들겠다는, 그가 해 주었던 약속을 떠올렸다. 그 말 그대로였다. 이것을 위해, 린도는 이 사건이 벌어지는 시기에 맞추어 궁에 당도해 무릎을 꿇은 것이다. 국왕파와 교황파 그 누구도 막지 못하는 최후의 대립의 장에서 마지막으로 뒤엎기를 시도한 것이다. 이것이 바로 린도가 보여 주려는 것이었다.

"저, 린도가 다스리는 성도는 믿는 자들의 도시이며 교황의 직할령이나 왕국이 내린 봉토라는 것을 인정합니다."

"성하!"

이것은 교황이 왕의 곁에 서겠다는 말이 아니라, 국왕에게 땅을 하사받은 그의 신하가 된다는 것을 의미했다. 그렇다면 그는 이제 왕국에게 세금을 납부해야 했다. 린도는 지금 돌이킬 수 없이 엄청난 행동을 하고 있었다. 교황이 국왕의 옆에 선 자가 아니라 왕국에 속하여 지배받는 자라는 것을, 결론적으로 왕이 그의 우위에 있음을 인정해 버린 것이다.

"성하, 이게 무슨!"

"이, 이래서는 안 되는 일입니다!"

모여 있는 성기사들과 귀족들은 이러한 상황에 어떻게 해야 할지 몰랐다. 교황은 무릎을 꿇은 것도 모자라 이젠 신하가 되겠다는 선언까지 한 것이다.

"저는 폐하의 신하로서 폐하를 보필할 것입니다. 폐하가 신의에 어긋나는 행동을 하면 그것에 대해 조언할 것이나 그것을 강제하진 않을 것입니다."

린도의 말에 샤를이 고개를 끄덕였다. 그는 혼란스러운 얼굴이었다. 샤를은 도움을 청하듯 뒤에 서 있는 자신의 사람들을 보았다. 왕비가 보였고, 국왕파 귀족 측근들이 보였다. 그들은 고개를 끄덕이라 하고 있었다. 샤를은 그저 이 막간에 굴러 들어온 기적과도 같은 행운을 받아들이기만 하면 되었다. 그리고 승리하여 신전에 대해 마음껏 지배력을 행사하면 되었다. 샤를의 입이 몇 번이고 벌어질 것처럼 떨어졌다 다물어졌다. 한참 후에 심호흡을 크게 하며 샤를이 입을 열었다.

"아니요. 받아들이지 않겠습니다."

샤를의 어조는 단호했다. 비올렛은 깜짝 놀라 샤를루스를 보았다. 그것을 거절하는 의미를 알고 있는 것일까. 처음으로 신전을 찍어 누를 수 있는 기회를 차 버린 것이다. 샤를은 어리석지 않다. 분명 그것이 어떤 뜻인지는 알고 있을 것이다.

샤를이 비올렛을 바라보았다. 그와 눈이 마주친 비올렛은 미소를 지을 수밖에 없었다. 왜 그가 그렇게 답했는지 이해했기 때문이었다. 그는 비올렛의 제자였다. 온화하고 상냥하고 부드러운 성품을 지닌, 너무나 착하고 순수한 소년. 그리고 이 소년은 나름의 고집이 있었다.

비올렛의 얼굴을 보고 샤를의 얼굴이 밝아졌다. 그는 확신을 얻은 듯 무릎을 꿇은 린도에게 다가가 린도를 일으켜 세웠다. 승전한 교황은 허름한 차림이었고, 패전한 국왕은 말끔한 차림이라 그것이 대비되었다. 샤를은 진지한 얼굴로 린도를 바라보고 있었다.

"성하, 성하는 나의 신하가 아닙니다. 성하와 나는 나라를 이끌어 갈 동반자입니다. 그대가 나의 나라의 백성이듯 나 역시 그대가 이끄는 신의 백성들 중 하나이기 때문입니다. 하여 그대의 말은 받아들일 수 없습니다."

"폐하, 지금 그것이 어떤 의미인 줄은 아십니까?"

"성하가 제 신하가 아니라고 말하고 있습니다. 성하는 저와 동등한 위치라고 말씀드리는 겁니다."

"폐하."

이 둘을 어리석다 본다면 분명 어리석게 여겨질 것이다. 그리고 실제로 그들을 떠받들던 사람들도 그렇게 여기며 각자의 호칭을 불러 대었다. 너무나 어리석고 또 어리석은 지도자들이 아닌가.

그러나 이 둘의 얼굴에는 어떠한 흔들림도 없었다. 샤를은 키가 큰 린도를 올려다보았다. 린도 역시 키가 작은 샤를을 내려다보았다. 비슷한 눈동자 색을 가진 그들은 너무나 닮은꼴인 서로를 계속 응시했다. 샤를은 굳은 얼굴로 말했다.

"성하는 영원한 나의 동반자이며, 함께 나라를 이끌어 갈 사람입니다. 내가 나라를 이끈다면 성하는 신앙을 이끌어 나가시면 되는 겁니다. 하나가 다른 하나의 아래에 위치한다거나, 무릎을 꿇고 고개를 숙이는 것은 분명 쉽게 이룰 수 있는 평화일 겁니다. 그러나 그것은 훗날 또 다른 앙금이 될 겁니다. 분명 그럴 겁니다. 제 아버지, 선왕께서 그리하셨듯이요."

샤를루스는 말을 더듬었지만 눈빛만은 흔들리지 않았다. 린도는 샤를루스를 내려다보다 얼굴에 쓴웃음을 머금었다. 어린 왕자라고 놀려 먹고 비웃었지만, 서른이 넘은 자신보다 더욱더 어른스럽지 않은가. 자신을 잡아 올린 소년의 작은 손을 보며 린도는 고개를 끄덕였다.

"성하와 저는 언제나 같은 자리에 설 것입니다. 그러니 나를 도와주십시오."

샤를은 그 작은 손을 뻗어 린도의 손을 잡았다. 샤를 역시 이 청년이 크리처 때 원군을 청하러 온 신관이라는 것을 알고 있었다. 아주 오래전부터 저 사람은 신전에서 외로이 군림해 왔을 것이다.

그러나 이런 것을 싫어하는 마음은 자신과 똑같았다. 어쩌면 아버지 역시도 조금이나마 열린 마음을 가졌다면, 조금이나마 노력했다면 이해할 수 있지 않았을까 하는 생각이 들었다. 신관과 왕국군의 기사가 힘을 합쳐 결국 크리처를 물리쳤듯이 말이다.

이것을 이상이라 말할지도 모른다. 샤를루스는 어렸고, 린도가 제시한 쉬운 해결책을 걷어차 버렸다. 권력의 동등함을 인정하는 것은 부딪힐 일도 많다는 것을 의미했다. 신앙과 정치는 언제나 대립해 왔으며 앞으로도 그럴 것이다. 이 어린 왕은 그것을 알고도 같이 나아가자 말하는 것일까. 분명 세월이 지나면 자신도 아버지, 체자레처럼 변모할지도 몰랐다. 그렇게 또 다시 서로를 원망하고 싸울지도 몰랐다.

그러나 이 순수한 왕의 눈에 있는 것은, 만난 지 얼마 안 된 그에게 느끼는 커다란 동질감과 친밀감이었다. 그 순수한 신뢰를 어떻게 비웃을 수 있겠는가, 어떻게 기만하고 배신할 수 있겠는가. 샤를은 참으로 이상한 마력을 지닌 소년이었다.

"……알겠습니다. 폐하."

린도는 결국 그에 고개를 끄덕일 수밖에 없었다. 린도가 체자레를 보니, 체자레 역시 샤를의 행동을 예상하지 못한 듯했다. 체자레의 얼굴에 서린 어딘지 모르게 아련한 미소를 본 린도는 다시 고개를 돌렸다. 아버지의 허락을 받고 싶었던 마음이 남아 있었던 모양이었다.

어색하게 두 사람은 손을 맞잡고 눈을 마주했다. 그리고 서로를 인정하고 받아들였다. 그리하여 서로의 존재를 인정하지 않았기에 벌어졌던 전쟁은 공식적으로 존재할 명분을 잃었다.

비올렛은 샤를의 눈빛이 더욱더 또렷해지는 것이 보였다. 국왕과 린도, 체자레의 눈이 깨끗한 금색이라면 샤를루스는 붉은 색이 섞인 호박색 눈동자였다. 그러나 지금 이 순간 그의 눈동자는 마치 별을 박은 듯 빛나고 있었다. 패전한 국왕의 비참한 모습 따윈 찾아볼 수 없었다. 소년은 당당한 발걸음으로 나아갔다. 그리고 단위에 선 채로 조용히 알현실 안에 난입한 교황파의 신관들과 귀족들을 바라보았다.

교황은 국왕에게 무릎을 꿇었으며 왕위 계승권을 포기해 버렸다. 목표가 붕 떠 버린 상황에서 그들은 지금 무엇을 어떻게 해야 할지 몰랐다. 각종 이해관계가 있던 이들을 하나로 규합한 것은 왕족의 피를 이은 교황이었으며, 추기경 체자레였다. 그러나 체자레는 물러나 신전에 대한 그 어떠한 권한도 없어졌으며 귀족들 역시 눈치만 보고 있었다.

물론 그들은 자신들이 이끌고 온 군사들로 이 왕궁을 불태우며 왕가를 멸망시킬 수 있었다. 그러나 교황과 체자레가 왕위를 거부하겠다 공식적으로 선언한 이상, 왕위에 오를 수 있는 적통의 왕은 샤를뿐이었다. 아그레시아의 왕위에 오를 수 있는 것이 금안의 켄셀라이그 혈통이라는 것이 법전에 명시되었기 때문에, 이것을 거부하려면 원칙적으로 왕정을 전복시키고 새로운 왕조를 세울 수밖에 없었다. 그러나 그것은 구자르트와의 전쟁을 일으키는 일만큼이나 무리한 일이었다.

샤를은 후, 심호흡을 하고 그들을 보며 말했다. 그 옛날의 주눅 들어 있던 소년은 찾아볼 수 없었다.

"선왕의 과오를 인정합니다. 아그레시아는 성녀에 의해 존속되는 나라입니다. 아그레시아의 국교가 바뀌는 일은 없으며, 왕실은 신앙에 대해 자주적인 권리를 보장하겠습니다."

그에 신관들은 착잡한 표정을 지었다. 결과적으로 신의를 잃은 왕에 분노하여 린도를 왕위에 옹립하고자 했으나, 그 구실은 지금 사라졌다.

"그리고 성녀의 시해 혐의에 대한 것."

샤를이 그제야 비올렛을 바라보았다. 사람들은 그제야 비올렛의 존재를 인지했다. 전쟁의 시발점은 바로 그녀였다. 그녀가 초콜릿으로 샤를에게 독을 먹였다는 누명을 썼기에, 국왕이 그녀를 감금했던 것이다. 사람들의 시선이 비올렛을 향하자 그 옆에 있던 에셀먼드가 서늘한 시선으로 그들을 노려보았다. 덕분에 사람들은 차마 비올렛을 쳐다보지 못한 채, 샤를 쪽으로 시선을 돌렸다.

"에르멘가르트 경."

샤를의 명령에 에이든이 걸어 나왔다. 에이든의 얼굴은 참담하게 일그러져 있었다. 에이든이 고갯짓을 하자, 알현실 문이 열리고 다니엘이 끌려왔다. 비올렛은 샤를이 항복하기 전부터 다니엘을 미리 잡아 오라 일러 놓았다는 것을 깨달았다.

비올렛은 다니엘을 바라보았다. 애처로운 피해자를 연기하고 있을 것이라는 생각과 달리, 그는 저항하지 않고 순순히 잡혀 있었다. 대신 다니엘은 미소를 짓고 있었다. 비올렛은 에셀먼드의 턱이 긴장으로 굳는 것을 보았다.

손등이 욱신거린다. 계약의 인 때문인지, 그를 오랫동안 겪어서인지 그가 어떤 감정인지 비올렛은 아주 조금은 알기 쉬워졌다. 그러나 비올렛은 살짝 입술을 깨물었다. 그러자 어깨 위에 그의 손이 얹어졌다. 비올렛은 그 손의 온기를 느꼈다. 그의 손이, 온기가 무겁게 내려앉았다.

에이든은 자신의 품에 있던 것을 뒤적여 상자를 꺼냈다. 에이든은 하얀 장갑을 끼고 있었고, 상자를 열자 녹색의 브로치가 보였다.

"이것은 다니엘 하드퍼드 경이 짐에게 준 것이오."

샤를은 귀족들과 신관들에게 그것을 보여 주었다. 에이든은 그것에 참담한 표정을 숨길 수가 없었다. 그는 애써 무표정하려고 노력했다. 그것이 비올렛의 눈에도 보여 애처로울 정도였다. 드디어 다니엘의 범행이 밝혀지려 하고 있었다. 하지만 저 브로치가 왜?

"디스트렌."

린도가 말했다. 그는 이 독을 알고 있었나? 린도는 얼굴을 찡그린 채 체자레를 보고 있었다. 비올렛은 린도가 체자레를 의심하고 있다는 것을 알았다. 그러나 체자레는 린도와 시선이 닿자 고개를 저었다.

"디스트렌이라는 독은 광물의 독성이 있는 부분을 후가공해서 만든 것입니다. 다만 이 광물을 진짜 보석처럼 보이게 하려면 어마어마한 고온의 열이 필요하기 때문에 제조가 까다롭습니다. 하여 이것은 작은 영지의 땅값에 버금갈 정도로 비쌉니다. 예쁜 색채와는 다르게 이 돌에서 나는 극미량의 분진도 사람을 죽음으로 몰아갈 수 있습니다."

에이든이 설명했다. 에이든이 장갑을 낀 손으로 손톱을 세워 그 돌을 긁자 가루가 흩날렸다. 그것을 본 샤를이 말했다.

"다니엘 경, 그대는 내게 신의 품으로 떠난 베오른 에르멘가르트 경의 유품이라 말하며 제게 이것을 건넸습니다. 아버지를 그리워하실 성녀님이 기뻐하실 거라고."

그에 당황한 것은 비올렛이었다. 후작과 비올렛의 관계는 미묘했다. 비올렛은 후작에 대해 그리움 따윈 가지고 있지 않았다. 엄밀히 따지자면 후작에게 가진 비올렛의 감정은 후회에 가까웠다. 후작의 유품을 기억하고 기뻐하기에 그들은 살가운 관계가 아니었다.

“이것은 성녀와 마주하기 바로 몇 시간 전에, 다니엘 경이 내게 주었소. 나는 그것을 성녀에게 보여 주기 위해 착용했지. 그러나 이것은 핀이 많이 헐거웠고, 나는 그것을 손으로 계속 고정시켜야만 했소.”

“아.”

비올렛은 그제야 그녀에게 뛰어왔던 샤를이 자꾸 헐렁한 브로치를 고정시켰다는 것을 기억했다. 그는 브로치가 떨어질까 계속해서 만지작거리고 있었다. 그러니까 저 브로치 자체가 독이라면…….

“초콜릿에 대해 알고 있는 사람은 경밖에 없었소. 왜냐면 성녀와 나누었던 편지의 내용에 대해 이야기한 건 그대밖에 없었으니. 그대는 그 초콜릿이라는 것이 맨손으로 먹는 것이라는 설명까지 들었을 정도로 모든 것을 알고 있었지.”

샤를은 쓴웃음을 지었다. 샤를의 경계심 없는 성격은, 다니엘에게 좋은 먹잇감이었을 것이다. 설마 그녀와 샤를이 주고받았던 편지의 내용까지 공유가 될 줄은 몰랐다. 샤를루스는 에이든의 손에 있는 브로치와 다니엘을 번갈아 보았다. 비올렛은 문득 샤를의 눈이 황폐해 보인다는 것을 알았다. 이 어린 소년은 지금 지나치게 잘해 내고 있었다. 그러나 속이 얼마나 썩어 문드러졌을지는 모른다.

“나는 그것을 손으로 만졌고, 그 와중에 손에 가루가 묻었소. 사실 브로치를 고정시키면서도 이상한 감촉을 느꼈는데, 그것이 가루의 감촉이라는 것을 알았어야 했소. 나는 내 스승이 준 초콜릿을 먹었고, 내 손가락에 묻은 독을 먹고 결국 쓰러졌지.”

“…….”

사람들은 이젠 다니엘을 보고 있었다. 이 모든 전쟁이 저 청년 때문에 비롯되었다니, 기가 찰 노릇이었다. 사람들의 비난이 가득 찬 시선에도 다니엘은 태연한 얼굴이었다. 비올렛은 그것을 보며 깨달았다. 그는 모든 것을 포기하고 있었다.

“치밀한 계획하에 이루어진 것이오. 그대가 준 것은 이 브로치였고, 그대가 해독제를 준비해서 왕궁의에게 들어가게 했소. 쓰러져 있던 내 몸에 있던 브로치는 날 들고 옮기는 과정에서 떨어졌고, 내 고양이는 내게서 떨어졌던 브로치가 장난감이라 착각해 입으로 물다 죽어 버렸지. 그리고 에이든 경에 의해서 발견되었소.”

에이든은 자신에게 쏟아지는 시선에도 의연한 표정이었다. 에이든과 다니엘이 형제라는 사실을 아는 사람들이라면, 이것이 어떤 의미로 보이는지 에이든도 알고 있을 것이다. 결국 에이든은 형제인 다니엘을 완전히 궁지로 몰아간 것이다.

“이는 용서할 수 없는 죄요.”

샤를이 다니엘을 쏘아보며 말했다. 다니엘은 그저 미소를 지을 뿐이었다. 그 애매한 표정이 마치 비밀을 숨기고 있는 것 같아 께름칙했다. 그러나 그것을 한참 동안 본 샤를은 오히려 분노 섞인 얼굴 대신 서글픈 표정을 지었다.

“다니엘, 그대는 그대 스스로가 날 죽인 게 아닐 것이오.”

설마 샤를은 아직도 다니엘이 독살범이라는 것을 믿고 있지 않은 것일까? 비올렛이 무엇이라고 말하려는 사이, 다니엘이 입을 열었다.

“전하, 분명 그것은…….”

다니엘이 힘겹게 꺼냈던 말은 샤를이 계속 꺼낸 이야기에 의해 막혔다.

“사실 처음부터 이상하게 여겼어야 했소. 듣자 하니 구자르트에서 성도를 침략했던 날은 이십 일이 지난 날이오. 구자르트 측에서 동맹 지원을 요청받고 대군을 규합하여 이곳에 진격하기까지 시간이 걸리는 것은 당연한 것일 터, 전쟁 선언 후 동맹을 청한 거라면 도저히 시기가 맞지 않소."

그들은 만 백오십 년 만에 이민족들이 쳐들어온 충격 때문에, 이민족들이 성도에 도착한 것이 지나치게 이르다는 생각을 미처 하지 못했다. 이민족들은 지나치게 일찍 당도했다. 마치 전쟁이 일어날 것을 알고 있었던 것처럼.

"내가 독에 쓰러질 것을 미리 예측한 사람은 다니엘 경, 그대 말고 한 사람 더 있었지."

"폐하."

다니엘이 만류하듯 샤를을 불렀다. 그 얼굴을 본 샤를의 얼굴이 일그러졌다. 소년의 눈시울이 애처롭게 붉은빛으로 물들었다. 샤를의 턱이 바르르 떨리고 있었다. 한참 동안 치밀어 오르는 울음기를 억누른 샤를이 담담히 말했다.

"그것은, 바로 선왕 폐하였소."

샤를의 두 눈에서 눈물이 떨어졌다. 설마 했던 국왕파의 귀족들도, 선왕이 미쳤다 손가락질한 교황파의 귀족들도 그 누구도 아무 말을 할 수 없었다.

"폐하, 그것은 아닙니다! 절대 선왕 폐하가 그러셨을 리가 없습니다! 그건 모함입니다!"

선왕비가 비명을 지르듯 소리쳤다. 자식을 독살시키는 왕이라니! 어떻게 그럴 수가 있단 말인가. 설령 그렇다 하더라도 그것을 수면 위로 드러내다니? 사람들 사이에 경악이 섞인 수군거림이 퍼졌다. 샤를이 잘못 안 것이 아닌가? 아직 그는 어리다. 터무니없는 망상을 믿은 것이 틀림없다. 의심의 눈초리가 그를 향했다. 그 시선에도 샤를은 덤덤한 표정이었다. 그것을 지켜보고 있던 비올렛은 샤를의 마음이 이미 썩어 문드러졌다는 것을 알았다.

"이미 확인했습니다. 다름 아닌 왕실에서 독술사에게 막대한 대금을 지불했고, 그 대금의 출처를 추적해 보니 아버지의 내탕금에서 나왔다는 것이 발견되었습니다."

"……."

선왕비는 하얗게 질린 얼굴로 아무 말도 하지 못했다. 자신의 아들의 독살범이 남편이라는 것은 그 누구도 믿고 싶지 않은 진실일 것이다. 그리고 그것을 아들에게서 듣는 어미의 감정은 어떤 것일지 짐작조차 되지 않았다. 선왕비는 시녀가 떠온 물을 마시면서 애써 진정하려 했다. 그러나 그녀는 좀처럼 진정하지 못하고 몸을 달달 떨었다.

"사실을 말하시오, 다니엘 경."

샤를의 말에 다니엘이 결국 입을 열었다. 다니엘의 창백한 얼굴에 어두운 그림자가 깔렸다.

"폐하에게 그 브로치를 주라 명령했던 이는 선왕 폐하가 맞습니다."

에이든이 창백한 얼굴로 다니엘을 보고 있었다. 비올렛도, 에셀먼드도 마찬가지였다.

"독술사를 원하셨던 것도, 그리고 그 브로치를 전하에게 주라 명하신 것도 선왕 폐하셨습니다. 그러나 결단코 선왕 폐하께서는 전하의 죽음을 바라지 않았습니다. 그건……."

다니엘의 말에 샤를루스는 손을 들어 말을 멈추었다. 비올렛은 다니엘이 이 모든 것을 꾸몄으리라 생각했다. 그저 다니엘이 선왕을 이용한 것이라고. 하지만 선대왕 역시 다니엘을 이용한 것이었단 말인가? 이어지는 상념은 샤를에 의해 멈추었다.

"송구합니다, 스승님. 제가 이 건에 대해 조사하고 있다는 것을 누군가 안다면 혹여나 스승님께 해가 갈까 두려워 잠시 동안 그 고초 속에 스승님을 방치했습니다."

울음을 터트려야 할 어린 나이에도 불구하고, 샤를은 오히려 자신을 보고 사과를 하고 있었다.

"괜찮습니다, 폐하."

비올렛이 대답했다. 그녀는 샤를이 안간힘을 쓰는 게 너무나 애처롭게 보였다. 전쟁 자체가 국왕에 의해 조작되었다. 그리고 그것에 다음 대의 보위를 이을 왕자까지 이용당했다.

린도는 충격에 빠진 얼굴로 샤를을 보고 있었다. 국왕이 신전에 대한 증오심이 극에 달한 것은 알고 있었다. 그러나 하나 남은 아들까지도 그 복수에 이용했던 것인가. 어떻게 그럴 수 있는 건가.

충격에 빠진 사람들을 훑어본 샤를이 입을 열었다.

"자, 이제 성녀 비올렛은 무고하다는 것을 알았을 거라 생각하오."

증거도 증인도 나왔다. 사람들은 고개를 끄덕였다. 울음을 꾹 눌러 참은 샤를이 비로드 위를 걸어 단 위에 올라선 뒤 왕좌에 앉았다. 그 누구도 그것을 말리지 않았다.

어째서인지 우스꽝스럽게 어울리지 않던 왕관과 왕좌가 그에게 매우 잘 어울렸다. 그러나 사람들이 그 차이가 무엇인지 알아차릴 새도 없이 샤를이 입을 열었다.

"그러나 내 아비의 과오가 있듯, 그대들의 과오가 없는 것은 아니오!"

귀족들은 머리를 한 대 맞은 것 같은 표정을 지었다. 아버지에게도 죄가 있다며 그것을 넘길 줄 알았던 이 어린 왕은 생각보다 어리숙하지 않았다. 변성기가 아직 채 가시지 않은 앳된 목소리임에도, 샤를의 목소리에는 위압이 서려 있었다.

"내 아비의 과오를 아비의 목을 침으로써 나라를 전화戰火에 불살라 버린 그대들은 그대들 나름의 책임이 있소. 내 아비가 실정을 할 동안 무엇을 했는가? 왜 그것을 누구도 막지 않았는가!"

어린 왕은 제법 매섭게 그들을 책하고 있었다. 아까까지만 해도 샤를루스를 비웃던 신관들과 귀족들은 그들의 얼굴을 가리기 위해 숨었다. 그것은 어린 왕의 호통이 아닌, 울부짖음과도 같았다. 국왕파의 귀족 일부는 성문을 열었고 국왕의 목을 잘라 교황의 군대에 갖다 바쳤다. 그것은 없어지는 죄가 아니었다. 그의 미움이 옅어지는 것도 아니었다.

"비록 군주가 용렬하더라도 왕이 정도定道를 행하도록 바로잡는 것이 신하들의 역할일 터. 그대들은 그 무엇도 하지 않았소. 공작도 마찬가지요. 대화를 하지 않고 군사를 모아 수도에 진군하여 전쟁을 일으켰소. 그대들의 명분이 무엇이든 이것은 그대들이 주장하는 성전聖戰이 아니라 반역反逆이오. 내 말이 틀린 것이오?"

반역이라는 말에 사람들이 크게 술렁였다. 그러나 정작 체자레는 아무렇지도 않게 대답했다.

"맞습니다, 폐하."

체자레는 반역이라는 말을 인정하면서도 샤를을 보며 미소 짓고 있었다.

"그렇다면 공작은 그대의 죄를 인정한다는 말이오?"

"인정합니다, 폐하."

그 시원스러운 대답에 사람들이의 웅성거림이 커졌다. 방금 추기경 자리에서 파문되었지만 그는 공작의 신분으로 거대한 영토를 다스리는 자였다. 추기경으로서의 체자레는 교황에게 막강한 권력을 행사함으로써 입지가 높았지만, 교황파 귀족들에게 있어서는 작위로써 입지가 높았다. 체자레가 죄를 인정한다면 그것은 체자레를 따른 그들 역시 반역죄가 되는 것이다. 그리고 어떤 나라든 반역의 죄에 가담한 자들은 처절한 응징이 기본이었다.

"공작 각하!"

"공작!"

여러 사람들의 목소리가 들렸다. 하지만 체자레는 원래부터 그러했던 것처럼, 그저 웃을 뿐이었다. 체자레는 그저 선 채로 국왕을 보고 있었다. 린도가 무엇이라 말하려 입을 열었다가 이내 입술을 꾹 깨물었다. 린도는 체자레가 반역죄이며 그것을 인정할 것임을 알고 있었다.

"공작은 아실 것이오. 교황이 내 앞에 무릎을 꿇은 것은 당신의 목숨을 살리기 위해서였다는 것을."

"……."

체자레가 그 말에 샤를의 얼굴을 보았다. 체자레는 놀란 표정을 하고 있었는데, 그것을 알지 못했던 것 같았다. 그는 고개를 돌려 린도를 보았다. 린도는 입술을 깨물며 체자레의 시선을 피했다. 체자레는 하, 허탈한 웃음소리를 흘렸다.

"그대의 작위는 짐도 선왕도 아닌, 내 증조부이신 아그레시아 167대 왕 데메트리우스 폐하께서 유언으로 하사하신 것. 그대의 작위는 내가 몰수할 수 없다. 그러나 그대는 공작령에서 아그레시아 국왕의 윤허 없이는 다시는 나오지 못할 것이다."

"……!"

처벌치고는 사실 관대한 편이었다. 공작령은 넓었고 그곳에서 평생 나오지 않는 사람들도 있으므로. 그러나 다음에 이어지는 샤를루스의 말은 귀족들에게 공포를 주었다.

"또한, 공작 위를 받았을 때부터 그대가 납세하지 않았던 세금을 1년 내로 상납하며, 그 1년 후, 그대는 공작령에서 걷은 세금의 오 할을 왕국에 납세해야 할 것이다. 공작령에 주둔한 군사 일만 중 오천은 왕궁에 귀속될 것이며, 앞으로 2년마다 한 번 감사관을 파견하여 그대의 영지를 감시하게 할 것이다. 이것이 내가 그대에게 내리는 처분이오."

"그리하겠습니다."

그것은 체자레의 사재私財를 전부 다 털어 내는 것도 모자라 팔다리를 자르겠다는 말과도 같았다. 그럼에도 체자레는 개의치 않았다. 목숨을 거두지 않았으니 다른 처분은 무엇이든 좋다는 것일까? 아니, 비올렛은 설령 샤를이 체자레에게 처형의 명령을 내려도 웃으며 받아들일 거라는 것을 알았다. 삶과 죽음, 부와 명예 따윈 체자레와 관련이 없어 보였다.

"그건 너무나 온건한 처사입니다. 티게르난 공작은 반역의 죄를 일으켰습니다!"

성문을 열어 교황파에 붙은 귀족들이 언제 그랬냐는 듯, 샤를의 편에 서서 티게르난 공작의 처형을 주장하고 있었다. 이 어리석은 이들은 아직도 세력이 '국왕파'와 '교황파'로 나뉘고 있다고 알고 있는 모양이었다. 샤를이 그 말에 얼굴을 찡그리며 그들을 바라보았다.

"불만이 있다면 그대들이 내 아비에게 그랬던 것처럼 내 목을 치면 되오."

어린 소년의 담담한 어투에 담긴 말이 너무나 서늘해서 귀족들은 차마 무슨 말을 할 수 없었다. 비올렛은 샤를루스의 입에서 그런 말이 나온다는 것이 놀라웠다. 저 어린 소년은 깨어나고 나서 나흘

동안 어떤 생각을 했을까.

“아그레시아의 금안의 일족, 켄셀라이그 왕조를 지금 여기서 갈아 치우면 된단 말이오. 간단한 일이 아닌가? 왕을 갈아 치우려 했듯이 왕조를 갈아 치우는 것도 간단할 것이오.”

국왕을 배신한 가문들도, 교황에 따른 가문들도 서로의 이해관계에 복잡하게 얽힌 채, 하나의 목적으로 움직이는 사람들이었다. 그 하나의 목적이 없어지자 그들은 서로 눈을 굴리고 있었다. 수도는 무방비였고 누구 하나 마음만 먹으면 샤를을 치는 것은 순식간이었다. 샤를루스는 어려서 그런지 그들을 지나치게 자극하고 있었다. 그에 비올렛이 나섰다.

“그대들이 그리하겠다면 나는 있는 힘껏 그대들을 막을 것입니다.”

당연하겠지만 그들은 비올렛이 성력을 일시적으로 상실한 것을 모르고 있었다. 비올렛에게선 아무 위압도 뿜어져 나오지 않았다. 하얀 성복을 입고 샤를루스의 앞에 선 가녀린 비올렛은 중앙 귀족들에게는 성녀 증명의 기적과 신비로움을, 지방 귀족들에게는 먼 옛날 전설로 내려지던 성녀의 고결함을 떠올리게 했다. 그러나 그러한 느낌 자체가 더 커다란 힘으로 느껴져 위협이 되었다. 아그레시아의 성녀를 죽일 수 없는 노릇이 아닌가? 아니, 어쩌면 성녀에게 그들이 당할지도 모른다.

신관들 역시도 성녀가 막아서자 고개를 숙였다. 마치 어머니에게 혼이 나는 자식들의 얼굴처럼 그들은 고개를 푹 숙이고 있었다. 체자레는 그런 비올렛을 보고 알 듯 말 듯한 미소를 지었다.

“티게르난 공작의 처분은 이것으로 끝내겠소. 그리고 데후바스 백작.”

체자레의 바로 뒤에 서 있던 데후바스 백작이 걸어 나왔다. 그는 이미 겁에 질려 있었다. 비올렛은 혹시라도 무장한 그가 무슨 짓을 저지를까 저어되어 샤를의 바로 옆에 서 있었다.

"선왕을 시해한 데후바스 백작의 죄는 잘 알 거라 믿소. 그대 역시 목숨은 거두지 않겠소. 그러나 그대의 작위를 회수하고 데후바스의 성은 리베르 아우레룸Liber aureum, '황금의 책'이라 불리는 아그레시아의 귀족들을 기록한 명부에서 영원히 삭제할 것이오."

그것은 작위가 회수될 뿐만 아니라 데후바스라는 성 자체가 명부에서 사라지게 된다는 것을 의미했다. 그뿐만이 아니라 그의 조상들 모두 귀족이 아니게 된다는 말이었다. 그것은 가문에 커다란 치욕이었고, 가문을 이은 후계가 절대로 하지 말아야 할 불명예스러운 일 중 하나였다.

"폐, 폐하, 아나스타샤 님이 이 가문에서 태어나셨습니다. 부디 성녀님의 명성에 누가 될까 두렵습니다. 부디 그것만은……."

"지금의 성녀는 비올렛뿐이며 성녀 아나스타샤 역시도 이곳에 있었다면 반대하진 않을 거라 생각하오."

샤를은 차갑게 말했다. 데후바스, 아니 이젠 데후바스라는 이름도 없게 될 남자는 비굴하게 그의 앞에 무릎을 꿇고 빌었다. 왕의 목을 자른 배신의 선봉장에 선 것치고는 지나치게 비굴하며 졸렬했다. 비올렛은 그것에 왈칵 밀려오는 혐오를 애써 드러내지 않으려 했다.

"폐하, 저는, 저는 지금…… 그것은 나라를 위해 어쩔 수 없는 결단이었습니다."

샤를은 데후바스 백작을 내려다보았다.

"나라를 위해서라면 그대는 내가 혹여나 실수를 해도 내 목을 자를 것이오?"

"폐하!"

백작의 애걸에도 샤를은 놀랍게도 눈 하나 깜짝하지 않았다. 자리가 왕을 만드는 건가, 왕이 자리를 만드는 것인가. 샤를은 지극히 이성적인 태도로 데후바스 백작을 대하고 있었다.

"그대를 단두대에 올려 처형하지 않은 것으로 그대의 처분에 감사해야 할 것이다."

그 서늘한 경고에 데후바스 백작은 고개를 푹 숙였다. 에이든의 손짓에 기사들이 그를 포박했다. 샤를의 얼굴이 다니엘을 향했다.

"그대의 징벌은 정당한 재판을 통하여 이루어질 것이오."

적어도 인도적이고 합법적인 절차 안에서 그에 대해 처분을 내린다는 말이었다. 다니엘은 정말로 국왕의 명령을 받고 그런 것인가, 아니면 음모를 꾸민 것인가. 그것에 대해서는 재판에서 다루어질 것이다.

"나머지 대신들은 잘 들으시오. 내 아버지가 실정을 했으나 그대들 역시 똑같은 죄를 범한 것은 그대들도 인정해야 할 것이오."

소년 왕의 말에 사람들은 자연히 집중하고 있었다. 시선을 뗄 수 없었다. 선왕에게 날카로운 카리스마가 있었고, 체자레에게 부드럽지만 위험한 카리스마가 있었다면, 이 어린 왕에게는 나름의 단호함이 있었다.

"이것은 올바른 정치를 해야 했던 내 아버지가 그대들의 기대를 배신했기에 그대들 역시 그랬으리라 생각하오."

"……."

"하나, 그대들 역시 나의 신뢰를 저 버렸소. 아그레시아라는 나라를 이룬 왕가에 충성을 맹세한 그대들에 대한 신뢰는 깨진 지 오래요."

샤를이 알현실에 들어온 귀족들을 한 명 한 명 지켜보았다.

"그러나 그대들 역시 잃는 것이 있으리라 생각하기에 오늘의 이 엄청난 일은 이제 불문에 붙이겠소."

하아. 사람들의 안도의 한숨 소리가 들렸다. 샤를은 안도하는 귀족들을 조용히 지켜보았다. 황금색 눈이 번뜩이고 있었다.

"그러나 그대들의 얼굴과 처신을 잊어버리겠다는 것은 아니오."

그 서늘한 말에 안심하려던 귀족들이 국왕의 얼굴을 보았다.

"중앙의 귀족들은 하루빨리 정무에 복귀해 수도의 재건에 힘쓰고 군나르족에 침략당한 성도 주변의 귀족들은 그것을 방어하고 그들을 몰아내는 데 주력해야 할 것이오."

그 말에 모든 이들이 마지못하여 대답했다. 샤를 역시 그런 기색을 알고 있었지만 외면했다.

"대관식 때 말하지 못했지만, 나에게는 꿈이 있소. 선왕은 자신이 옳다 여기며 그것을 믿으라 하셨소. 하지만 나는 여전히 나를 의심하고, 의심하고 또 의심할 것이오. 선왕의 전철은 밟지 않고 언제나 나를 돌아볼 것이오. 불합리함을 그대로 보아 넘기지 않겠소. 그리고 더 이상 나라가 반으로 갈라져 서로 반목하는 것은 보지 않겠소. 나는 나라의 백성에게 편을 갈라 싸우는 것보다는 화합을 보여 주고 싶소. 그리고 그 화합이 결과적으로는 모든 이들이 행복하게 살 수 있는 법이라 믿고 있소."

샤를은 왕좌에서 일어났다.

"그대들은 충정을 차차 증명해야 할 것이오. 교황도, 공작도 아닌, 그대들에게 충성 맹세를 받은 국왕, 바로 나에게 말이오."

귀족들의 낯빛은 어두웠다. 개중에는 반항 어린 표정으로 샤를을 바라보는 이들도 있었다.

"그대들뿐만 아니라, 나 역시 그대들에게 증명하겠소."

그 말에 귀족들의 얼굴이 달라졌다. 그들은 그 작은 왕을 바라보았다. 그들도 분명히 샤를과 같은 시절이 있었을 것이다. 세속에 찌들지 않은 샤를은 이상론을 내세우고 있었다. 그러나 그런 이상론에도 비웃음이 서리지 않은 것은 그의 진지한 태도 때문이었다. 샤를의 맑은 호박색 눈이 그들을 비췄다.

"그리하겠습니다, 폐하."

샤를의 측근에 서 있던 후버 백작이 허리를 숙여 예를 표했다. 그리고 그 뒤를 이어 사람들이 샤를에게 예를 표하기 시작했다. 어찌 보면 그것은 마치 대관식과도 같았다.

비올렛은 왕좌에 앉은 샤를을 보았다. 그녀 역시도 유약하고 지나치게 섬세한 샤를이 왕이 될 재목은 아니라 생각했던 사람 중 하나였다. 하지만 그 생각은 얼마나 짧았는가. 사람들은 신왕의 등극을 마음으로 받아들였다. 이윽고 조용해진 알현실 안에서, 린도가 말했다.

"성기사들과 신관들을 물리고 퇴군하라."

린도의 말에 신관들이 고개를 끄덕이며 헐레벌떡 군사들을 물렸다. 린도는 대신관들 열 명의 만장일치로 선택된 교황이었고 체자레가 물러난 이상 그는 종교의 지도자였다. 린도의 말에 신관들과 성기사들이 빠져나가자 마법이 풀린 것과 같이 사람들이 정신을 차렸다.

일단 신변의 안전이 보장되었고 전쟁의 명분이 사라져 버린 이상, 이들은 굳이 군사를 유지시키지 않아도 되었다. 오히려 한시라도 이곳에 오래 있다간 사이가 안 좋은 다른 귀족 가문들에 의해 '반역'으로 몰릴 우려가 있으므로 그들은 어서 바삐 철군을 명했다.

모든 것을 끝낸 샤를의 얼굴이 쓰러질 것처럼 위태했다. 그의 호박색 눈동자가 다니엘을 향했다. 비올렛은 샤를이 왕좌에서 내려가 그에게 다가가는 모습을 보았다. 그녀는 따라오려던 에셀먼드를 만류하고 샤를에게 다가갔다. 다니엘은 가까이 해서 좋은 자가 아니었다. 물어보면 물어볼수록 더욱더 가시 돋친 말로 사람을 자극했다. 그녀는 에셀먼드도 샤를도 그와 가까워지게 하고 싶지 않았다.

"한 가지 묻고 싶은 게 있소, 다니엘 고문관."

그 말에 끌려가던 다니엘이 멈추어 섰다. 비올렛은 샤를에게 대화를 나누지 말라 말하려 했으나 다음에 나온 샤를의 말에 아무 말도 할 수 없었다.

"왜 그대는 해독제를 굳이 그대의 사재를 털어 산 거요?"

그 말에 다니엘의 옆에 선 비올렛은 놀란 표정으로 다니엘을 보았다. 생각해 보니 에이든도 해독제를 왕궁의에게 준 것이 다니엘이라 말했다. 왜 다니엘은 사재로 해독제를 샀는가? 독을 구매한 사람이 국왕이라면, 해독제를 구매한 것도 국왕이 되어야 하는 게 아닌가?

"분명 선왕 폐하는 내 스승님이 날 치료해 줄 거라는 것을 알았음이 틀림없소."

"……그건."

심지어 선대왕은 비올렛이 그를 치료할 거라는 것을 믿고 해독제를 가져오지 않았다. 해독제까지 산다면 지나치게 많은 자금이 움직여 사람들의 눈길을 살 수도 있기 때문이었다. 샤를은 그 아비의 비정함을 알았음에도 표정 하나 변하지 않고 진지한 얼굴로 다니엘을 보았다.

"경은 아버지에게 독살당해, 진짜로 죽을지도 모르는 나를 걱정해서 그런 것이 아니오?"

"……폐하는 언제나 다정하시군요. 언제나 사람의 좋은 면만을 보고 믿으려 하십니다."

다니엘이 허탈한 미소를 지었다. 비올렛은 샤를의 얼굴이 갑자기 울 듯 일그러지는 것을 보았다. 샤를은 모든 것을 억지로 억누르고 있었던 것이다. 아버지마저 자신을 배신한 불신의 홍수 속에서 샤를은 발버둥 치고 있었다. 다니엘이 완전히 그를 배신한 게 아니라는 그 선의를 믿고 싶어, 이렇게 묻고 있는 것이다.

"스승과 제자는 닮은 법이라 하잖습니까. 그 다정함이 닮았다고 생각합니다."

다니엘의 시선이 옆에 서 있는 비올렛을 향했다. 그 시선에 비올렛은 잠시 동안 할 말을 찾았다. 다니엘이 그녀를 보다 다시 샤를을 바라보았다.

"아비에게 필요하지 않은 자식이라니, 너무나 잔인하지 않습니까."

비올렛은 왜 다니엘이 그렇게 행동했던 건지 이해했다. 그는 비틀렸고, 그래서 잔혹했다. 그러나 차마 자신과 같은 버려진 아이가 죽는 것을 두고 볼 수 없었던 것이다.

그때였다.

"이대로 끝이라니, 웃기지 마라!"

갑작스러운 목소리와 동시에 비올렛은 자신에게 날아오는 화살을 보았다. 무장한 병사들 중 데후바스 가문의 문양이 찍힌 병사로부터 날아온 화살이었다. 급박하게 쏜 화살은 비올렛의 얼굴로 향하고 있었다.

머리에 화살이 맞는다면 회복할 수 있나? 즉사인가? 얼마나 아플까? 그녀는 자신도 모르게 샤를을 감싸 안고 날아오는 화살을 보고 있었다. 그때, 비올렛은 자신을 막아서는 남자의 모습을 보았다.

순간 든 생각은 '왜?'였다. 정말 머릿속에 '왜'라는 의문이 그득했다. 언제나 손해 보지 않으려 했던, 이기적이었던 그가 아닌가? 그럴 리가 없었다. 그가 무장들을 뿌리치고, 목숨을 걸어 그녀를 구하기 위해 감싼다는 건 말이 안 되었다. 순식간에 피가 얼굴을 적셨다.

"……다니엘!"

비올렛이 자신도 모르게 그의 이름을 불렀다. 그러나 쓰러져 버린 남자의 목에는 굵은 화살이 무자비하게 꽂혀 있었다. 비명 소리가 들렸다. 그 아수라장 속에서 비올렛은 자신을 쳐다보는 한 쌍의 푸른 눈을 보았다.

순간 그녀는 몸을 움직일 수가 없었다. 왜 그가 그렇게 행동했는지 그녀는 평생 모를 것이다. 자신을 희생하는 사랑 따윈 절대 하지 않는 사람이었으니. 비올렛이 손을 뻗어 성력을 쓰려 했다. 하지만 성력이 나오지 않았다. 왜? 성력이 손에 모이긴 했으나 무언가에 틀어막힌 듯 나오지 않았다. 샤를이 소리쳤다.

"겨, 경, 정신 차리시오! 다니엘 경!"

아, 비올렛은 그제야 깨달았다. 방 안에 있던 성력 억제 마법진의 제한 시간이 끝나지 않았다. 그녀는 도움을 청하려 다른 이들을 돌아보았다. 그러나 체자레는 기사들에게 끌려갔으며 린도는 신관들을 이끌고 알현실을 나간 뒤였다. 이곳에서 성력을 쓸 수 있는 것은 그녀밖에 없었다.

"괜…… 찮니…… 비올렛?"

바람 빠지듯 나오는 목소리는 어쩐지 그 옛날처럼 다정했다. 피 묻은 손이 힘없이 비올렛의 뺨에 닿았다 떨어졌다. 숨을 헐떡일수록 화살이 꽂힌 목에서 피가 분수처럼 새어 나왔다. 제발, 제발, 누군가 제발!

에이든이 뛰어왔다. 그리고 에셀먼드 역시도. 에이든이 '형'이라 소리쳤다. 다니엘은 희미해진 시야에 들어온 형제들의 얼굴을 바라보았다. 마치 어린 시절, 병에 걸려 누워 있을 때 그러했듯이 자신을 걱정스럽게 내려다보는 형제들의 시선이 눈에 들어왔다. 그는 고집스럽게 형제들의 얼굴에서 비올렛에게로 시선을 돌렸다. 비올렛의 눈을 보고 마지막 말을 하려는 듯 입술이 열렸지만 그의 몸이 바르르 경련했다. 그 몸이 동작을 멈추었다. 그의 짙푸른 눈은 죽어서도 비올렛에게 고정되어 있었다.

5. 가장 저속한 맹세

5. 가장 저속한 맹세

눈 내리는 평원, 비올렛은 말을 탄 채 서 있었다. 그의 옆에는 언제나 따르던 그의 가디언이 아닌, 성기사 로디온과 샤를루스와 에이든이 있었고 왼편에는 린도가 말을 타고 있었다. 그들은 저 멀리 나열되어 있는 군사들의 무리를 보았다.

"괜찮으시겠습니까, 폐하. 안에 들어가셔야 함이 아닌지요."

샤를루스는 경갑옷을 몸에 걸치고 있었다. 경갑옷이라고는 하나 분명 그에게는 무거울 텐데도 애써 태연한 표정을 짓고 있었다.

"괜찮습니다, 스승님. 에이든 경도 있고, 그리고 저들은."

그런 염려를 알아차린 듯 샤를이 비올렛을 보며 말했다.

"패잔병들이잖습니까."

바로 그것이 맞았다. 지금 그들은 군나르족의 패잔병들을 쫓고 있었다. 국왕 샤를루스 등극 한 달 째, 샤를루스가 가장 먼저 한 일은 군나르족에게 그들의 나라로 돌아가라는 서신을 작성하여 보낸 것이었다.

군나르족은 선대 왕과의 동맹을 주장하며 돌아가는 것을 반대했다. 만약 돌아가게 된다면 그것은 계약 위반이며, 군사를 파견하여 자신들이 입은 피해에 대한 배상을 해야 한다 주장했다.

샤를은 그것을 공식적 외교 협약이 아니라 말하는 반박 서한을 보냈으나 군나르족은 그것에 크게 반발하여 도시를 점거했다.

겨울이 다가왔고, 샤를에게 충성을 보이기로 약조한 귀속들은 자신들의 영지를 점거한 군나르족을 군사를 동원하여 격퇴하기 시작했다.

겨울이 다가와 사기와 체력이 떨어질 대로 떨어진 군나르족은 점거하던 도시들을 효과적으로 지켜 낼 수 없었다. 잇달아 패한 그들은 자신들의 거점인 성도로 내려갔지만 그조차도 그들에게 불리한 상황이었다. 상대적으로 남동쪽이 따뜻한 편이긴 하나, 성도가 언제나 봄날처럼 온화했던 것은 린도가 자신의 성력을 성도에 뿌렸기 때문이었다. 주인이 없어진 교황령은 한겨울의 북풍에 무방비하게 노출되었다.

린도의 성력에 따스한 겨울을 보내던 성도 사람들이 겨울옷을 준비했을 리가 없었다. 그리하여 여름만 겪어 왔던 군나르 족에게 최악의 상황이 계속해서 벌어졌다.

국왕과 교황은 성도의 재탈환을 명했다. 그것의 선봉장에 선 것은 대장군도, 장군들도 아닌 에셀먼드였다. 에르멘가르트 가문의 가주인 에이든은 전쟁 경험이 지나치게 없었고 군사들을 이끌 능력이 턱없이 부족했으며 현 대장군인 브라운슈바이크는 재상 라이셀 백작과 함께 수도를 군사적, 정치적으로 안정시키는 데 주력해야만 했다. 그리하여 그들을 정신적으로 이끌 만한 사람이 없었다.

전란 중 왕이 된 샤를은 군사 기반이 무척이나 약했으나 국왕된 자로서 백 년 만에 일어난 군나르족의 '침략'에 강경하게 대응해야만 했다. 그리하여 비올렛은 에셀먼드를 지휘관으로 지목하였고 에셀먼드는 몇 번의 거절 후, 나라를 지키는 것이 성녀를 지키는 것과 같다는 말에 겨우 납득하여 성도를 탈환하기 위한 본대를 선봉에서 이끌었다.

비올렛은 그때 에셀먼드의 진정한 모습을 처음 보았다. 그저 그가 갑옷을 입고 선봉에 섰을 뿐인데 마치 누군가가 마술이라도 부린 것처럼 기사들의 사기가 올라갔다.

그는 달변으로 병사들을 고무시키는 지휘관은 아니었다. 그러나 그의 손짓, 그가 들었던 검의 반짝임 하나마저 군사들의 사기를 북돋았고 기사들은 그를 찬양하며 따랐다. 그 자리는 에셀먼드를 위해 만들어진 자리와도 같았다.

비올렛은 그런 그의 모습을 조용히 지켜보았다. 그녀의 가디언으로서의 에셀먼드와는 다른 모습이었다. 군사를 이끌며 전쟁을 지휘하는 그는 더욱 생기가 있었고, 반짝거리는 것처럼 보였다. 그가 손쉽게 승기를 쥐고 군나르족이 다시 도망가는 것은 당연한 수순이었다.

패잔병들은 두 갈래로 나뉘었고, 지형상 도주로를 확보하기 쉬운 강 쪽에 구자르트의 장수가 향했으리라 판단했던 에셀먼드는 본대를 이끌고 강으로 향했다. 그것은 비올렛이 어떠한 지시를 내리기도 전에 그의 판단하에 이루어진 일이었다. 그제야 비올렛은 깨달았다. 에셀먼드는 누군가의 지시를 받는 것보다 지시를 내리는 게 익숙한 사람이었다.

말을 타고 달려 나가는 에셀먼드의 뒷모습을 한참이나 바라보던 비올렛은 샤를, 에이든과 함께 나머지 패잔병들을 쫓았다. 다행히 지형은 드넓은 평원이었고, 겨울의 말라붙은 풀과 돌덩어리, 건조한 바람이 흩날렸다.

패잔병들 역시 더 이상 도주할 수 없다고 판단했는지 전세를 가다듬고 그들을 기다리고 있었다.

그들이 달고 있는 깃발은 구자르트 내의 케스투니스의 깃발이라는 것을 알고 있었다. 화려한 가죽 갑옷을 입은 장수 중 한 명이 웃으며 소리쳤다.

"너는 우리의 함정에 걸려들었다. 국왕과 성녀, 교황이라니! 차라리 날 쫓아온 것은 그 검을 든 사내여야만 했다. 그는 운이 참 좋구나."

비올렛은 숨어 있던 군나르족이 나타나는 것을 보았다. 매복된 군사들이었다. 그제야 그들은 깨달았다. 이들은 전력이 분산됨을 노려, 교황, 성녀, 국왕 중 한 명을 그들의 함정에 끌어들이려 했던 것이다. 그리고 공교롭게도 이곳에는 나라의 지도자인 그들이 모두 있었다. 에셀먼드 쪽에 본대를 보냈기에 패잔병들보다 샤를이 이끈 군대가 적었다. 이들이 생존을 위해 독이 오를 대로 올랐다는 것을 고려한다면 불리한 상황일지도 몰랐다.

"국왕의 목을 베고 성녀를 데려가리라."

그것을 예상하지 못한 것은 아니었다. 에셀먼드와 군이 떨어져 그녀가 샤를의 곁에 있었던 것은 바로 이러한 일을 대비하기 위해서였다. 비올렛은 말에 내려 자신을 지칭하는 그들을 향해 걸어갔다. 화살이 위협적으로 스쳤으나, 그녀는 별로 개의치 않았다.

"비올렛!"

에이든이 그녀를 불렀으나 그녀는 뒤도 돌아보지 않았다. 에이든이 그녀를 쫓아가려 했으나 샤를루스가 이를 만류했다.

"스승님이 무언가 생각이 있으신 것 같소."

"그렇지만 폐하!"

에이든이 소리쳤다.

"무언가 착각하는 모양인데, 여기 중에서 가장 강한 건 비올렛일 걸. 나라의 상징인 성녀를 과보호하는 것도 우스워 보일 뿐이야."

린도가 얼굴을 찌푸리며 에이든에게 말했다. 교황과 국왕이 그렇게 나와 버리니 에이든은 꼼짝없이 비올렛의 가녀린 뒷모습을 지켜봐야만 했다. 저들의 거대한 창과 샴쉬르에 비해 비올렛이 허리춤에 차고 있는 것은 얇은 검이었으며, 기다란 화살뿐이었다. 군나르족 군사들에게 저게 위협이나 될 것 같은가?

군나르족의 여전사들에 비해 상대적으로 체구가 작은 비올렛은, 그들의 조롱 어린 농담이 쏟아짐에도 제일 앞에 서 있던 거대한 사내를 향해 다가갔다. 그 사내 역시 입에 비릿한 미소를 띠며 말에서 내린 채 그녀에게 다가왔다.

"네가 '그' 서른네 번째인가! 나약한 계집이로구나."

그의 시선이 노골적으로 비올렛을 훑었다. 그리고 그 사내가 모두에게 들릴 정도로 쩌렁쩌렁 소리쳤다.

"항복을 원하러 이곳에 온 건가? 여기서 네 예쁜 가슴이라도 까서 보여 준다면, 널 무사히 데려다줄 수 있다."

아그레시아의 성녀를 향한 질 낮은 조롱에 군나르족 언어를 배운 성기사들 사이에서 분노가 퍼졌다. 에이든과 샤를 역시 이를 알아듣고는 얼굴을 찡그렸다. 린도는 그것에 화를 삭이려는 듯 후, 한숨을 내쉬었다. 그러나 그의 금안만은 살기를 띤 채 그들을 바라보고 있었다.

"그대가 타르크인가."

비올렛은 구자르트어로 물어보았다. 타르크는 그 말에 만족스러운 듯 큭큭거리며 웃음을 터트렸다.

"내 이름을 알고 있다니, 굳이 가르칠 필요가 없어서 좋구나!"

번들거리는 시선이 비올렛의 하얀 얼굴과 목을 향했다. 경갑옷과 망토가 그녀의 굴곡진 곡선을 가렸음에도, 그 훑어보는 시선은 마치 옷 아래의 알몸을 감상하듯 음흉하기 그지없었다. 그럼에도 비올렛은 태연한 표정으로 타르크를 보았다.

"그래. 내가 타르크, 케스투니스의 칸이다. 그리고 곧 카칸이 될 자이지."

비올렛이 그 이름을 듣고 환하게 미소 지었다. 그 얼굴이 꽤나 봐줄 만해 타르크는 그녀를 첩으로 삼아도 될 것 같다 생각했다.

"그대의 이야기는 들은 적이 있다. 나를 죽이고 싶어 했다지?"

"겁에 질린 무녀들의 걱정에 적당히 따라 준 것뿐이다. 이렇게 어여쁜 계집아이를 죽이라 말했던 것도 부끄럽다. 오히려 지금은 너를 살리고 싶구나."

타르크가 자신의 턱을 쓰다듬으며 입술을 혀로 축였다. 그 뱀 같은 시선에도 아랑곳하지 않고 비올렛이 말했다.

"나는 네 이복동생인 아슈카바드의 칸을 만났다. 넌 그와는 다르구나."

그에 타르크의 얼굴이 일그러졌다. 타르크는 이자카의 이름을 듣는 것만으로도 혐오스러운 듯했다.

"그 약골 놈과 날 형제라 하지 마라. 아마 그놈은 이미 사막에서 한참 전에 죽었을 것이다. 날 화나게 하지 마라. 이 자리에서 네 알몸을 우리 병사들에게 던져 줄 수도 있다. 우리 전사들은 지금 많이 굶주렸거든."

그 수위 높은 말에 군나르족의 병사들이 와하하 웃었다. 샤를은 그 명백한 희롱에 입술을 꽉 깨물며 린도에게 말을 건넸다.

"……지금 저것을 보고도 아무 생각이 들지 않습니까, 성하?"

그 말에 린도가 가라앉은 목소리로 말했다.

"비올렛의 의중은 언제나 알기 힘듭니다."

"……."

"그러나 언제나 가장 나은 행동을 하고는 합니다."

그러더니 린도는 한숨을 쉬며 말했다.

"그래도 주변 사람들이 걱정한다는 것도 모르고 언제나 자기 혼자 모든 걸 해결하려는 점은 저도 싫습니다. '약속' 역시도 그렇지요."

그 '약속'이라는 말을 들은 샤를의 얼굴 역시 어두워졌다.

"……에셀먼드 경이 화낼 겁니다."

"……그렇겠지요."

에이든은 그들의 대화를 듣고 한숨을 내쉬었다. 차라리 아무것도 모른다면 저들의 대화를 그저 넘길 수도 있었지만 그들이 무슨 이야기를 하는지 알고 있어 그것이 불편해 견딜 수가 없었다. 그때 에이든이 붉은 불꽃을 보고 놀라 고개를 들었다.

"……!"

앞쪽에 서 있던 무녀들의 손에 불덩어리가 맺혀 있었다. 분명 그것은 성도를 속절없이 함락시켰던 그 '마법'이었다. 불덩어리들이 비올렛을 향하고 있었다. 아까 타르크의 기분을 상하게 한 것에 대한 위협인 듯했다.

"어떠냐, 성녀. 너는 지금 움직일 수 없지? 그리고 그 자랑스러운 성력 또한 쓸 수 없을 것이다. 정말 그 힘도 별것이 아니로구나."

비올렛은 자신의 발밑에 있는 마법진을 보았다. 비올렛은 그제야 깨달았다. 물러나라는 샤를의 서한을 받았을 때부터 이들은 이러한 함정을 계획했을 것이다. 비올렛은 팔을 움직이려 했지만 움직일 수 없었다.

"너희들은 모두 지금 마법의 영역 안에 있다. 너희들은 절대 이길 수 없다."

그제야 병사들 역시 자신들이 서 있는 곳이 드문드문 작은 마법진이 그려져 있는 곳이라는 것을 깨달았다. 다행히 한 발만 걸치거나 한 팔만 걸친 이들은 영향에서 벗어났으나, 완벽한 원 안에 있던 병사들은 무력화되어 그곳에서 벗어날 수 없었다. 이 정체를 알 수 없는 '마법'이라는 것에 병사들이 동요하기 시작했다.

"폐하!"

샤를 역시도 자신이 발을 딛고 서 있는 곳이 마법진이라는 것을 깨달았다. 불덩어리들이 위협적인 불빛을 내뿜었다. 타르크의 거대한 손이 비올렛의 턱을 잡아 올렸다.

"지금 당장 네년의 옷을 벗겨 그 하얀 살결을 보여 주어도 넌 저항할 수 없다는 말이다."

비올렛은 새파란 눈으로 그를 쏘아보았다. 모욕감에 욕설을 내뱉을 거라는 타르크의 예상과는 달리 비올렛의 입가에 지어진 것은 미소였다. 그녀는 드디어 아그레시아 공용어로 이야기를 꺼내기 시작했다.

"아나스타샤가 너희들을 격퇴한 이후로 너희들은 어떻게 하면 성녀를 데려올 수 있나, 어떻게 하면 그 힘을 무력화시킬 수 있는가만 연구했다 들었다."

"……."

"그러나 너흰 어리석어 백사십 년 이후에도 변한 것이 하나도 없구나."

그 서늘한 미소에 타르크의 얼굴이 일그러졌다.

"내가 디디고 있는 이곳은 돌이 아닌, 땅이다."

그는 비올렛의 말을 전부 이해하지 못했다. 그러나 여리디여린 아그레시아의 계집이 이 상황에 비웃음을 지었다는 것이 타르크의 신경을 자극했다.

"전사도 아닌 약해 빠진 계집이라 아껴 준다 했더니, 말을 함부로 하는구나!"

얼굴을 붙잡힌 상태에서도 비올렛이 입술을 열었다.

"трecaт."

그것은 공격의 마법도 아니었으며, 병사들에게 생명력을 불어넣어 그들로 하여금 투지를 불태우게 하는 마법도 아니었다. 그것은 너무나 간단한 성력의 발현이었지만 그들을 무력화시키기에 안성맞춤이었다.

비올렛의 말을 들은 구자르트인들의 말들이 미친 듯이 날뛰기 시작했다. 말들은 그들을 가둔 채, 야생성을 욱여넣어 그들을 억지로 가두고, 불타오르는 대지를 밟게 한 고통에 대한 분노를 터트렸다. 말을 탄 기수들은 몸을 마구 흔드는 그들을 진정시키려 했으나, 말들은 흥분하여 마구 날뛰며 등 뒤에 탄 인간들을 떨어트렸다. 굴러떨어진 병사들이 말발굽에 퍽, 퍽 밟히기 시작했다. 그들은 고통의 비명을 질렀고, 기마에 뛰어난 군나르족들은 말로부터 도망가기 시작했다.

타르크는 비올렛의 얼굴에서 손을 놓은 채 뒤를 보았다. 붉은 피의 아비규환이 벌어지고 있었다. 하지만 이상하다. 어째서 마법진이 통하지 않은 것인가? 그러다 타르크는 비올렛이 걸어온 걸음 주변에 싹튼 식물들을 보았다. 그 새싹들이 피로 새긴 마법진을 천천히 지워 나가고 있었던 것이다.

"расте."

비올렛의 말에 메마른 황야에 초록의 물결이 해일처럼 밀려왔다. 그것은 일찍이 수도에 사는 자라면 누구나 보았던 기적이었다. 날뛰던 말들은 서서히 진정했지만 말에 밟힌 기수들은 뼈가 으스러져 일어날 수 없었다. 무녀들이 불꽃의 마법으로 비올렛을 해하려 했으나 비올렛에게 그것은 애초에 통하지 않았다. 그녀는 강하게 성력을 개방하고 있었기 때문이었다.

그리고 비올렛의 발아래로 뻗어 간 성력이 땅속으로 내려가 봄을 기다린 채 잠을 자고 있던 생명들을 '모두' 깨우기 시작했다. 작은 면적이었기에 씨앗들은 빠르게 일어나서 기지개를 펴, 초록의 땅 위에 고개를 내밀었고, 고개를 내민 씨앗은 곧이어 굵은 뿌리가 되었다.

"대체 무슨 사술을 쓴 거냐!!"

타르크가 비올렛에게 고함을 치며 그녀를 내려쳤지만 비올렛은 그것을 가볍게 피했다. 눈이 내릴 것 같던 잿빛의 하늘이 개며 밝은 태양이 떴다. 그러나 그렇게나 원하던 따스한 기온이 서렸는데도 군나르족들은 움직일 수 없었다. 마법이 아니라 발밑에 있는 나무뿌리가 그들을 옭아맸기 때문이다 그들에게 처음 보는 종류의 아그레시아식 '마법'은 공포였다.

"그만 이걸 멈춰. 좋은 말 할 때 멈추어라!"

비올렛의 투명한 푸른 눈이 빛났다.

"그것을 멈추고 싶으면, 또다시 그 마법으로 무력화시키면 되는 것이다. 강자에게 굴복하는 것이 너희의 방식이 아니던가?"

그 차가운 조소에 타르크는 비올렛의 목을 비틀어 버리고 싶은 살의를 느꼈다. 그가 그녀에게 다가가자 그것을 막기라도 하듯 억센 식물들이 그를 감쌌다.

"내가 허락하지 않는 한 너흰 절대 이 땅을 침범할 수 없다."

타르크는 자신을 옭아매려는 식물들의 줄기를 힘으로 억지로 뜯어 그녀에게 칼을 휘두르려 했다. 그러나 비올렛이 살짝 뒷걸음질 치자 이번에는 굵은 뿌리가 그를 옭아맸다. 아그레시아 군사들은 입을 막고 그 기적의 장면을 목격했다.

단 한 명, 겨우 비올렛 한 명에게 수백의 군사들이 무력화된 것이다. 군나르족 군사들이 검으로 식물을 끊어 버리려 했지만 굵은 뿌리줄기는 저항하면 저항할수록 그들의 몸을 집요하게 꽉 조였다. 비올렛은 단 한 발자국도 움직이지 않고 그들을 지켜보고 있었다.

비올렛이 무력화되는 저주를 쓰기 위해서는 열 명의 무녀가 희생되어야 했다. 그러나 그것 역시 일시적으로 성력을 억누르기만 했을 뿐, 완전히 막지는 못했다. 게다가 저주의 매개로 저주의 마법진 안에 비올렛이 장시간 노출되어야 했다.

그것 때문에 다니엘이나 선대 왕이 비올렛의 감금 장소를 북쪽의 탑으로 지정한 것이다. 만약 그곳이 탑이 아닌 지하 감옥이었으면, 비올렛은 식물로서 그 마법진을 지우고 무력화시킬 수 있었다. 하지만 구자르트인들은 성녀를 막을 방법만 생각했지, 성녀의 성력을 무력화시킬 저주의 전제 조건인 '마법진'을 비올렛이 손쉽게 없앨 수 있다는 것을 몰랐던 것이다.

그들의 힘이 강대할지언정, 그 누구도 비올렛을 이길 수 없었다. 너무나 당연했다. 비올렛은 '신이 선택한 사람'이었기 때문이다. 그녀는 그 '신이 선택한 사람'이라는 단어를 떠올리며 자조적으로 웃었다. 그리고 초록 물결에 덮여 버린 군나르족을 보았다.

군나르족은 홀로 서 있는 가녀린 여자를 바라봤다. 그녀는 맑은 하늘과 같은 밝은 눈으로 그들을 지켜보고 있었다. 그녀 주변에 피어난 상서로움에 그들은 패배를 절감했다. 이전 아나스타샤 한 명에게 군나르족이 아그레시아의 땅에 발도 디디지 못하고 물러났듯, 지금 저 성녀에게 다시 막혀 버린 것이다. 어느 정도 성력을 무력화할 수 있었건만, 성녀는 완전히 무력화를 시킬 수 없던 것이 패인이었다.

그때 대지를 울리는 말발굽 소리가 들렸다. 그들은 약속이라도 한 듯 말발굽 소리에 귀를 기울였다. 타르크의 환희에 찬 목소리가 들렸다. 평야를 달려오고 있는 대군이 보였다. 말을 탄 채 달려오는 이들의 피부색은 모두 갈색이었다. 저들 모두 군나르 족이었다. 그들은 모두 두꺼운 겨울옷을 입고 있었으며, 샤쉬르를 들고 있었다.

"카칸께서 드디어 원군을 보내 주셨구나!"

타르크가 환희에 차 소리쳤다. 비올렛은 흙먼지 너머로 보이는 원군의 수를 보고 기겁했다. 당장 군사 오천만 해도 땅이 울리는데 지금은 지진이라도 일어나는 듯 우렁찬 발걸음 소리가 들렸다. 건조한 겨울의 흙먼지가 뿌옇게 시야에 들이찼다. 군나르족 원군들은 다짜고짜 샤쉬르를 뽑아 들고 응전 태세를 취했다. 햇빛에 그들의 무기가 번쩍였다.

선봉에 섰던 장수들이 무력화된 구자르트의 전사들을 지나 타르크 근처로 왔다. 타르크가 승리에 확신한 미소를 지으며 웃음을 터트렸다.

"가장 빨리 잡아야 할 세 놈년들이 다 모였으니, 이젠 이 나라도 우리의 땅이 되겠구나!"

"……."

"내 너를 특별히 데려가 가장 웃음거리로 만들어 줄 것이다. 우선 네년의 옷을 갈가리 찢어 마음껏 귀여워해 줄 것이다. 그리고 나중에는 사지를 잘라 돼지우리……."

퍽! 비올렛은 날아온 창날에 깜짝 놀랐다. 자신 쪽으로 날아온 창은 비올렛의 바로 앞에 있는 타르크의 발등에 꽂혔다. 타르크는 자신의 발이 창에 의해 뭉개졌다는 것을 알고 고통의 비명을 질렀다. 그리고 창이 날아온 쪽이 원군이 서 있는 쪽이라는 것을 알고 분노에 차 그곳을 보았다. 그의 얼굴빛이 변했다.

"으으으윽! 아슈카바드의 깃발이 이곳에, 도대체 왜 이곳에 있는 것이냐!"

사람들의 시선이 원군을 향했다. 어두운 초록색에 금색의 초승달 모양이 떠 있는 화려한 깃이 나부꼈다.

"더러운 소리는 다 듣지 말고 활로 혀를 쏴 버리는 게 좋다, 피아케."

어딘지 모르게 반가운 목소리가 들렸다. 비올렛은 자신에게 걸어오는 청년을 보았다. 밀빛 머리, 그리고 녹음을 생각하게 하는 초록색 눈동자. 겨울에 맞추어 온 듯, 그는 검은색 털 망토를 두른 갑옷을 입고 있었다.

"이, 이자카, 네놈! 어떻게 살아왔지?!"

이자카는 그에게 신경 쓰지도 않은 채 비올렛을 보고 있었다. 거의 1년 반 만에 보는 그의 얼굴은 더욱 늠름해져 있었고, 매와 같은 눈매 역시 더욱 날카로워져 있었다.

"기껏 했던 짓이 카칸 그라함에게 약을 먹였던 것인가? 나약한 계집마저도 비웃을 정도로 치졸하고 더럽구나."

이자카가 그를 서늘하게 보며 말했다. 타르크는 검을 들어 그를 공격하려 했지만 식물들이 그를 속박해서 움직일 수 없었다. 비올렛은 자신의 이복형을 향한 그의 경멸을 보았다. 그는 치를 떨며 타르크를 보고 있었다.

"피를 나눈 형제라 생각하지는 않았지만 칸으로서 나는 너를 존중했다. 그라함은 죽었고, 카칸의 자리는 나에게 왔다."

"무, 무슨 말을 하는 거냐! 넌 카칸의 자격이 없다! 제일 약한 네놈이!"

"아직도 모르겠는가, 타르크?"

이자카가 긴 샴쉬르를 타르크의 목에 들이댔다. 딱히 위협할 용도가 없었는지, 아니면 세심하지 못했던 건지 타르크의 목에는 붉은 피가 흘러내렸다.

"카칸의 모욕죄는 중하다. 더러운 입을 말한 그 혀, 뽑아 주마."

이글이글한 이자카의 눈빛 너머, 살기가 느껴졌다. 타르크 역시 이자카가 품은 살의가 진심이라는 것을 깨달은 듯 입을 다물었다. 카칸이라니. 비올렛은 눈을 커다랗게 뜬 채 이자카를 보았다. 군사를 끌고 성도로 진군하기 직전, 샤를이 철군시키라는 전서를 카칸에게 보냈지만, 카칸은 그것에 답변을 주지 않았다. 그 이유가 카칸위의 계승 문제 때문이었던 걸까?

"이자카, 네놈!"

"쓸어버려라."

이자카의 손짓 하나에 이자카가 데려온 군사들은 모두 타르크의 군대를 도륙해 나가기 시작했다. 식물들에 무력하게 얽매인 그들의 생명이 하나둘 사라지는 소리가 들렸다. 그 살육의 현장을 무감한 눈으로 보던 이자카는 비올렛을 보았다. 눈빛이 날카로워졌나

했더니, 카칸의 지위에 올라서 그런 것인가. 그는 비올렛을 뚫어져라 바라보았다. 뭐지? 뭔가 할 말이 있나? 그녀가 품은 불안이 극에 달할 때 이자카가 말했다.

"어쩐지 더 예뻐진 것 같다, 피아케."

비올렛은 허탈해져 이자카를 바라봤다. 카칸의 지위에 올랐다는 그는 언제나와 같은 모습이었다. 그가 미소를 지었다.

갑작스레 설치한 막사는 화덕 때문인지 따스했다. 난방을 위해 가운데에 둔 물이 끓는 소리가 들렸다. 이것은 전혀 생각하지 못한 조합이었다. 국왕 샤를, 교황 린도, 구자르트의 카칸, 그리고 성녀인 비올렛까지.

어마어마한 대군을 끌고 온 그들을 겨우 재탈환한 성도로 데려갈 수는 없었으므로 이렇게 간이 막사를 설치하여 자리를 마련한 것이다. 이자카는 시종이 내온 차를 홀짝홀짝 마시고 있었다. 샤를은 이자카의 눈치를 힐끔 보고 있었으며 린도는 얼굴을 서늘하게 굳힌 채 이자카를 경계하고 있었다.

"오랜만이다, 어린 칸."

이자카가 활짝 웃으며 샤를을 보았다. 생각해 보니 이자카는 샤를에게 호의를 보였다. 그는 진심으로 반가운 얼굴이었으나 정작 그것을 들은 샤를루스는 경계심 어린 얼굴로 말했다.

"칸이 왕자를 뜻하는 거면 저는 이제 국왕입니다, 구자르트의 카칸."

"오, 그래! 나도 얼마 전 카칸이 되었는데 우린 똑같구나. 하하."

불과 방금 전까지 전쟁을 벌였다고는 믿기지 않게 대화는 지나칠 정도로 화기애애했다. '우리 둘 다 왕이 되었구나! 하하.'라니 방금까지 적대하던 구자르트의 카칸과 국왕이 할법한 대화인가. 샤를도 비슷한 생각인지 얼굴에 당혹감이 서려 있었다.

스리슬쩍 린도를 보니 그는 노골적으로 이 상황을 싫어하고 있었다. 성도를 불에 태운 것이 군나르족이니 린도로서는 이자카가 곱게 보일 수는 없는 노릇이었다.

"어차피 우리가 다 쓸어버릴 수 있었는데 왜 온 거야?"

린도가 입을 삐죽이며 비올렛에게 속닥거렸다. 비올렛은 그 행동이 외교적 결례라 말하지 못하고 난감하게 웃었다. 아마 린도 역시도 이 자리가 진지한 자리가 아니라 생각해서 풀어진 듯했다. 비올렛의 옷깃을 잡은 린도가 심통이 난 얼굴로 그녀를 보고 있었다. 그 얼굴이 마치 어린아이 같았다. 비올렛이 미소를 지으며 린도를 달래려고 말할 때, 그것을 지켜보고 있던 이자카가 물었다.

"그런데 저 남자는 뭔가?"

린도가 이자카의 말을 들어 넘기지 못하고 화를 내며 말했다.

"'뭔가?'라니! 나는 이 나라, 신앙의 지도자 린도요. 그대는 아무런 정보도 없는가?"

이자카가 눈을 가늘게 뜨고 그를 보았다. 린도 역시 그 눈을 피하지 않았다. 두 남자가 서로 시선을 교환했다. 샤를과 비올렛이 서로 불안한 시선을 주고받았다.

"네가 교황인가? 그 땅에서 틀어박혀 나오지 않길래 겁쟁이 노인인 줄 알았다. 생각보다 예쁘게 생겼다."

린도의 희고 고운 얼굴에 혈관이 섰다. 이자카가 악의로 말했는지는 모르겠지만 예쁘다는 표현은 린도의 기분을 확실히 상하게 한 게 틀림없었다. 비올렛은 린도가 저렇게 서늘하게 웃음 짓는 모습은 처음 보았다. 당장이라도 성력을 개방해 이자카를 찔러 죽일 것 같은 위험한 기운이 느껴지고 있었다. 이자카는 저것을 느끼지 못한 것일까.

이자카는 호탕하게 웃음을 터트렸다. 외국어라서 예쁘다는 말이 남자에게 실례가 될 수도 있다는 걸 모르는걸까? 그러나 이상하게도 이자카가 수도에서 무례한 말실수를 하지 않았다는 것이 떠올랐다. 말투만 존대가 아닐 뿐, 국왕에게도 저런 종류의 애매한 무례함을 섞어 말한 적은 단 한번도 없었다. 역시 일부러 한 거겠지? 비올렛이 속으로 식은땀을 흘렸다.

"감히 검으로 성녀를 탈환하려다 망신만 당하고 돌아가기에 혹 목숨을 잃을까 걱정했더니, 그래도 목숨은 부지해 카칸의 자리에 올랐나 보군."

샤를과 비올렛의 눈동자가 지진이 난 듯 떨리기 시작했다. 저 멀리 막사의 입구에 선 시종이나 에이든 역시도 똑같은 얼굴로 이들의 기묘한 대치를 보고 있었다.

"내가 그냥 목숨을 부지해서 카칸이 되었는지 아닌지 알고 싶나 보군."

"그쪽이야말로. 내가 예쁘기만 한 겁쟁이 늙은이인지 아닌지 알고 싶어 하는 것 같은데."

설마 전쟁이 다시 일어나진 않겠지? 이 대화는 여러보로 심각하게 위험했다.

샤를이 도움을 청하듯 비올렛에게 시선을 보냈다. 비올렛 역시 무어라 할 말을 찾지 못했다. 그녀가 입을 열려 할 때, 두 남자의 시선이 동시에 비올렛을 향했다. 그녀는 헛기침을 하며 말했다.

"혹시나 해서 그러는데, 두 분 다 전쟁을 일으키실 생각은 아니시죠?"

다소 과감한 그녀의 말에 이자카가 말했다.

"피아케! 내가 말싸움으로 전쟁을 일으킬 속 좁은 사내로 보이는가!"

"비올렛! 넌 내가 그렇게 어려 보이니?"

둘 다 속 좁고 어려 보인다는 자각 정도는 있는 모양이었다. 린도는 마치 비올렛더러 보라고 하는 듯, 대인배로 가장한 얼굴을 하며 말했다.

"교황 린도요."

"카간 이자카다."

여전히 공대를 쓰지 않는 이자카에게 린도가 화가 난 듯했지만, 군나르족 언어가 아닌 아그레시아 공용어를 쓰고 있는 것만으로도 이자카에겐 커다란 배려였으므로 이들의 신경전은 이쯤에서 끝나야 했다.

그때 다급한 말 울음소리와 함께 고함 소리가 들렸다. 에이든이 뛰쳐나가는 소리가 들리며 비올렛은 막사 입구를 보았다. 빠른 발걸음 소리가 들리더니 막사를 열고 에셀먼드가 보였다. 에셀먼드의 갑옷에는 피가 묻어 특유의 비릿한 냄새가 훅 끼쳐 왔다. 비올렛은 그의 모습을 훑어본 후 딱히 상처가 없다는 것을 깨닫자 안도의 한숨을 쉬었다.

"오! 오랜만이다, 전사."

이자카는 반가운 듯 자리에서 일어섰다. 에셀먼드는 서늘한 얼굴로 이자카와 아그레시아의 삼인방을 번갈아 보았다. 그 역시도 이 조합을 상상도 하지 못한 듯했다. 그는 검을 들지 말지 망설이더니, 결국 에이든에게 맡기고 막사 안으로 들어왔다.

"구자르트의 카간을 뵙니다."

에셀먼드가 허리를 숙여 인사했다.

"여전히 재미없는 사내다."

내보인 친근감에 비해 냉정한 인사가 돌아오자 이자카가 서운한 듯 말했다. 그러나 그 말에 대답해 주는 이는 아무도 없었다. 에셀먼드는 그를 지나가더니 비올렛의 바로 옆에 섰다. 이자카의 시선이 그 둘을 향했다.

"군나르족의 잔당들은 다행히 도주하기 이전에 전멸시켰습니다. 함정에 빠지실 뻔했다 들었습니다. 송구합니다."

"그 점에 대해서는 이미 경도 예상하고 있지 않았습니까. 어차피 저들에게는 어찌되었던 성력을 보여 줄 생각이었습니다. 내게 미안해하지 않으셔도 됩니다. 게다가 이자카, 아니 카칸의 군대 덕분에 수월하게 끝났습니다."

비올렛이 딱딱하게 대답했다. 에셀먼드의 짙푸른 눈동자가 비올렛을 보았다. 요사이 들어 에셀먼드는 비올렛을 노골적으로 바라보는 일이 잦았다. 비올렛은 그 시선을 외면하며 다시 앞을 바라보았다. 에셀먼드가 비올렛의 바로 뒤에 섰다. 이자카가 그 둘을 보고 말했다.

"뭐냐. 이미 결혼한 거냐, 피아케?"

푸핫! 샤를이 물을 마시다가 뿜었다.

"성녀에게 결혼이라니 지금 그게 무슨 모독이오!"

"……이상하구나. 너희 나라는 내가 피아케를 데려가겠다고 하는데도 말리지 않았는데. 그건 좀 모순되었다."

"역시 신부로 데려가려는 것이었구나!"

"……성하, 그만하십시오."

뭐라 더 말하려는 린도를 제지하며 비올렛은 샤를을 보며 말했다.

"폐하, 폐하께서 확실히 하실 일입니다."

샤를은 조금 긴장한 듯 고개를 끄덕였다. 이자카는 그런 샤를을 귀엽게 바라보다가, 그가 입을 열자 다시 표정이 진지해졌다.

"지금 카칸은 제게 전혀 설명하고 있지 않습니다. 나라의 비밀이라 숨겨야 하는 점은 이해합니다만, 지금 카칸의 군대는 명백히 우리 국경을 허락 없이 넘었습니다."

"우린 반역자를 잡으러 국경을 넘나들 때 일일이 허락을 요구하지 않는다. 반역자를 잡고 나중에 양해를 구한다. 그러나 그것이 너희들의 예의라면 존중하겠다."

여기서 더 무언가를 말해 봤자, 구자르트를 끌어들인 것은 죽은 선왕이었으므로 문제 삼지 않는 것이 나았다. 이자카도 그것을 알고 있음이 뻔했으나, 굳이 그것을 지적하여 분위기를 냉각시키지는 않았다.

"신경 쓰지 마라. 우린 여기서 바로 철군하도록 하겠다. 우리는 그저 케스투니스의 칸, 타르크를 잡으러 온 것이다."

덩치가 크고 질 낮은 농담을 했던 남자를 떠올리며 비올렛은 살포시 얼굴을 찡그렸다. 그것을 보고 있던 이자카가 말했다.

"타르크가 네게 했던 더러운 말은 그가 직접 겪게 할 것이니 걱정하지 마라, 피아케."

"……."

비올렛은 그 말에 애매한 웃음을 지었다. 어쩐지 뒤통수에 그녀를 향한 시선이 느껴지는 것 같았다.

"그 약속은 꼭 지켰으면 좋겠소. 감히 나라의 성녀 된 자에게 그런 무도한 말을 했단 말인가. 반드시 그 더러운 언행에 책임져야 할 것이외다."

린도의 말에 또다시 분위기가 과열되려 하고 있었다. 결국 답을 찾지 못한 에셀먼드가 에이든과 눈을 마주한 듯 에이든의 얼굴이 굳는 것이 보였다. 이자카가 그것을 들으라는 듯이 말했다.

"그 말 그대로 옷을 벗겨 우리 병사들 사이에 돌아다니게 할 것이다. 찾기는 힘들겠지만 나름의 귀여움을 받게 한 뒤, 사지를 잘라 돼지우리에 넣어 주겠다. 약속하마."

그 말에 비올렛은 에셀먼드에게서 살기가 뿜어져 나오는 것을 느꼈다. 둔감한 샤를마저 느끼고 에셀먼드를 보고 있었다. 비올렛은 그럼에도 에셀먼드에게 시선 하나 주지 않았다. 그저, 아무 일도 없었던 것처럼 웃으며 말했다.

"이자카, 그런 이야기는 나중에 하시고, 이자카의 이야기를 해 주세요."

이자카가 묘한 미소를 지으며 그들을 지켜보고 있었다.

"타르크는 정당한 카칸의 승계를 하지 않고 선대 카칸을 미약으로 미혹시켰다. 그리고 그는 아슈카바드에 군사를 보내 내 발을 묶었고, 카칸을 데리고 마음대로 구자르트를 휘둘렀다. 카칸은 나라를 통일한 위대한 전사였고 약은 완벽하게 그를 미혹시킬 수는 없었다. 타르크는 아그레시아 선대 국왕과의 동맹을 주장했다. 그리하여 그라함이 명했던 것이다. '네가 직접 군대를 이끌라 성공하면 카칸의 자리는 네게 주겠다'라고."

그 말인즉, 미약에 중독된 그라함이 일부러 타르크와 거리를 두기 위해서 그를 아그레시아로 보냈다는 것이었다.

"그러나 그것은 실패가 예정된 것이었다. 바보라도 알 것이다. 그라함은 아그레시아를 노렸으나, 그것에 대해 준비는 아직 미흡하다 여겨 굳이 손대지 않았다. 게다가 전사인 나 역시 아그레시아의 전사에게 패했으니 카칸은 아그레시아의 정벌에 대해 회의적이 되었다. 그리고 아그레시아 정벌의 대업을 나와 타르크에게 맡기려 했다. 타르크는 성급했고, 카칸은 타르크가 절대로 카칸이 될 수 없다고 생각했다. 그러는 도중에 타르크가 배신을 한 것이다. 아그레시아로 타르크를 내보낸 카칸은 마지막으로 아슈카바드를 해방시켰고, 우린 바로 바드르bardu, 구자르트의 수도에 갔다. 그라함은 내게 자리를 주고 죽었다."

이자카는 아버지의 죽음을 말하며 주먹을 꽉 쥐었다.

"나는 타르크를 잡으러 왔다. 결단코 너희 나라를 손에 넣을 생각은 없다."

"흥, 그 구자르트 때문에 나의 도시가 불에 탄 것은 안중에도 없나 보군."

린도가 싸늘한 얼굴로 중얼거렸다. 어린아이처럼 굴긴 했으나, 린도 입장에서는 충분히 화가 날 문제였다. 카칸이 타르크의 영향력으로부터 벗어나기 위해 그를 성도에 보내 성도가 불에 탔는데 그 말에 기분이 상하지 않을 리가 없었다.

"카칸, 그대들의 군사가 이곳에 와 있다는 것은 변함없는 사실이오. 그리고 방금 그대가 한 말 역시 아그레시아를 침략하고 싶다는 야욕이 드러나 구역질이 나는군."

린도의 날카로운 지적에 이자카가 웃었다. 샤를 역시 이자카의 설명을 곱씹다가, 그의 뜻을 알아차린 듯 굳은 표정을 지었다. 이자카는 그라함이 아그레시아를 노리고, 그 대업을 이자카에게 물려줬다는 것을 대놓고 말하고 있었다.

"그것은 그라함의 뜻이다. 나 역시 싸움을 좋아한다. 그러나 그것은 내 뜻이 아니다."

"무슨."

이자카는 자신이 만지작거리고 있는 아그레시아의 컵을 보았다.

"우린 국토가 넓지만 식량은 부족하다. 땅이 척박하기 때문이다. 그래서 우리는 얼마 남지 않은 식량으로 싸우고, 싸우고, 또 싸워 왔다."

"……."

"나 역시 싸움이 숙명이라 여겼다. 그러나 싸움은 즐기기 위해서가 아니라 살기 위해 하는 것. 변해야 한다. 그런 점에서 그라함은 자신의 수명을 늘리기 위해, 그리고 척박한 땅에 생명을 일으키기 위해 성녀를 필요로 했다. 그래서 성녀를 살리고자 했던 내 소원을 들어주었던 것이다."

이자카의 날카로운 눈매가 비올렛을 향했다. 잠시 그의 시선을 똑바로 마주한 비올렛은 당황해서 린도와 샤를을 보았다. 그들은 성녀의 필요성을 말하는 이자카를 경계 어린 시선으로 보고 있었다.

"그렇게 무섭게 날 보지 않아도 된다. 피아케는 그대들의 수호를 선택하지 않았는가? 억지로 데려갈 생각은 없다."

이자카는 팔짱을 끼고 불쾌한 듯 주위를 둘러보았다.

"더 이상 약탈을 하게 된다면 살아갈 수 없다."

그것은 언제나 싸움을 숙명처럼 여겼던 이자카와 대비되는 말이었다.

"약탈은 빼앗는 것이기 때문이다. 구자르트의 약탈은 생존이다. 그러나 빼앗기는 사람은 죽고야 만다. 그렇게 뺏고 뺏다가는 우리는 모두 멸망할 것이다."

비올렛은 이자카의 녹안을 올려다보았다. 이상하게도 그는 달라져 있었다.

"이건 전사로서가 아니라 카칸으로서 하는 말이니 그렇게 이상하게 보지 마라, 피아케. 우린 아그레시아의 도움이 필요하다."

이자카가 말했다.

"우린 나라 대 나라로서 거래를 하고 싶다."

비올렛은 막사에 나와 서 있었다. 먹빛의 구름이 금방이라도 눈을 뿌릴 듯했다. 교황의 가호를 받지 않는 성도는 온기 하나 찾아볼 수 없이 삭막했고, 서늘했다.

비올렛은 방금 교역을 하고 싶다는 이자카의 말에 벌어졌던 일들이 떠올랐다. 샤를은 대신들을 막사로 데려와 이 문제에 대해 진지하게 논의하고자 했다. 이것은 비올렛의 분야가 아니었기에 그녀는 자리를 피하는 것을 선택했다.

흐릿한 하늘을 보니 속이 더더욱 답답해졌다. 약속한 시간이 다가옴을 느끼자, 그녀의 기분은 계속해서 가라앉았다. 몸에 걸쳤던 갑주를 벗어서인지 칼바람이 살을 에는 듯했다. 망토를 가지러 막사를 가야 할까 몸을 돌렸지만 등을 덮는 따스한 온기에 그녀의 얼굴이 굳었다.

"외투를 입으셔야 합니다."

그 말에 비올렛은 뒤를 돌아보지 않은 채 등에 덮인 망토를 걷었다.

"아뇨, 딱히 춥지 않습니다."

몸이 살짝 떨리고 있음에도, 비올렛은 애써 태연한 척 그의 가디언에게 말했다. 에셀먼드의 짙푸른 눈이 비올렛을 향했다. 그리고 그의 눈이 살짝 떨고 있는 비올렛의 입술에 머물렀다. 그들 사이에 불편한 침묵이 내려앉았다.

"따라 나오지 않아도 된다 일렀건만 따라 나오셨네요. 경께서는 점점 더 내 말을 무시하시는 것 같습니다."

그녀의 말에 에셀먼드가 대답했다.

"그건 제가 해야 할 의무를 당신의 명령이 가로막기 때문이 아닙니까."

그 말에 비올렛이 입을 다물었다. 그것은 에셀먼드가 바라던 상황이 아니었음이 틀림없었다.

"도대체 왜 그러시는 겁니까?"

에셀먼드가 그녀에게 그것을 물어본 것은 처음 있는 일이었다. 그는 언제나 그녀의 행동을, 의중을 짐작해 알아서 행동했다. 분노마저 느껴지는 그 시선을 알면서도 비올렛은 입을 열지 않았다. 그녀와 달리 에셀먼드는 대화를 끝낼 생각이 없어 보였다. 그의 손이 비올렛의 손을 잡아챘다. 따스한 열기가 비올렛의 서늘한 팔목에 전해졌다. 그 접촉만으로도 심장이 쿵쿵거리며 뛰었다.

"나라가 존속되어야 당신을 지킬 수 있다는 말에 당신을 지켜야 하는 명령에도 불구하고 전쟁에 참여했습니다."

"……그것이 싫었습니까?"

"아니요. 그저 이상합니다."

비올렛은 한 발자국 뒤로 물러섰다. 에셀먼드가 다시 한 발자국 다가오려 했다.

"내전이 끝난 이후 당신은 나를……."

"피아케."

에셀먼드의 말이 끝나기도 전에 이자카의 목소리가 들렸다. 에셀먼드의 손에 잡힌 비올렛의 손목이 그의 손가락에서 빠져나갔다. 얼음처럼 서늘했던 비올렛의 얼굴 표정이 호의적으로 변했다.

"이자카."

"이야기 중이었나?"

"아니요. 별로 중요한 이야기는 아니었어요."

그 말에 에셀먼드의 시선이 비올렛을 향했으나 그녀는 모르는 척했다.

"왜 바깥에 나온 거예요? 이야기는 끝난 건가요?"

"그들도 그들의 시간이 필요하겠지. 그래서 나와 주었다."

"아아."

아무래도 내부에서 상의할 것이 있어 배려 차원에서 나와 준 듯했다. 이자카가 비올렛의 몸을 보고 자신의 털 망토를 벗어서 그녀의 어깨에 씌워 주었다.

"아, 저는 안 추……."

"보는 내가 춥다."

이자카는 비올렛이 차마 망토를 풀지도 못하게 끈으로 꽈악 묶어 버렸다. 결국 그녀의 어깨엔 검고 윤기 나는 털 망토가 매어졌다.

"잠깐 이야기 괜찮겠는가?"

비올렛은 눈을 크게 떴다. 이자카가 무슨 할 말이 있나. 이자카는 조용히 허락을 구했다. 그녀는 고개를 끄덕이며 발걸음을 옮기려 했다. 이자카가 말했다.

"단둘이."

그 말에 비올렛이 머뭇거렸다. 무슨 이야기를 한단 말인가? 긴히 외교상 밀담이라도 나누자는 것인가? 그에 에셀먼드가 비올렛의 옆에 다가가 섰다. 안 된다는 무언의 표시였다. 아무리 에셀먼드와의 사이가 좋지 않더라도, 비올렛은 본질적으로 자신이 어떤 위치인지는 잊지 않았다.

"목적이 불명확하면 곤란해요, 이자카. 지금 이자카의 군대가 우리에게 위협적이라는 것은 알고 하는 말인가요?"

물론 그 때문에 이자카는 호위 기사들 하나 없이 린도와 샤를 사이에 있어야만 했다. 비올렛의 말에 이자카가 고개를 끄덕이며 말했다.

"구자르트의 카칸의 이름으로 맹세하건대, 아무 일도 저지르지 않겠다."

이자카는 정말 진지하게 대화를 원하는 것 같았다. 카칸인 자신의 이름을 걸었다면 필경 무슨 중요한 이야기일 것이다. 에셀먼드가 멀리 서 있는 조건으로, 이야기를 나눌까 생각하며 대답하려 할 때 서늘한 목소리가 들렸다.

"지금 적국의 카칸께서 성녀님과 단둘이 있게 해달라는 말씀이십니까?"

에셀먼드의 어조는 날카로웠고, 은은한 분노마저 담겨 있었다. 너무나 노골적인 적대에 이자카마저 그것을 보고 얼굴을 찌푸렸다. 이자카는 그것을 그냥 두고 넘길 성격이 아니었다.

"왜, 지킬 자신이 없는가?"

이자카가 조소하듯 물어보며 샴쉬르 손잡이에 손을 가져다 댔다. 에셀먼드 역시 검 손잡이에 손을 가져다 대었다. 지금 이게 무슨! 비올렛이 그 둘 사이를 막아섰다. 터질 듯 팽팽하게 부풀어 오른 살기가 순식간에 누그러졌다. 비올렛은 에셀먼드를 보며 소리쳤다.

"에셀먼드 경, 지금 누구에게 검을 들이대려 하십니까!"

에셀먼드가 비올렛을 보았다. 서늘하게 가라앉은 그의 눈을 보고 비올렛은 입술을 깨물었다. 무언가 일렁이고 있었다. 그 짙은 감정을 외면하며 비올렛이 말했다.

"지금 무슨 짓을 하시는 건지 알고 계십니까. 냉정과 이성이 경의 최고의 장점 아니셨습니까?"

카칸의 도발에 검을 꺼내 들려 한 나라의 기사라. 자칫하다가는 정말로 전쟁이 벌어질 수 있는 일이었다. 몇 시간 전, 전투를 벌이느라 피를 보고 왔기 때문에 그런 것이라는 것 정도는 안다. 에셀먼드는 검 손잡이에 손을 얹은 자신의 모습에 놀란 듯했다. 그는 잡은 검에 손을 떼고 이자카에게 허리를 숙인 후, 비올렛에게 말했다.

"죄송합니다, 성녀님."

그 정중한 인사에 순간 감정이 울컥하고 치밀어 올랐다. 이런 것을 바라고 화를 낸 것이 아니었다. 왜 그는 비올렛이 화를 냈다는 이유로 이렇게 머리를 숙여야 하는 것인가. 비올렛은 입술을 깨물고 감정을 추스르려 했다.

"피아케, 괜찮다."

이자카의 목소리가 들려오자, 비올렛은 완전히 진정할 수 있었다. 또다시 불편한 침묵이 그들을 감쌌다.

"조금만 기다려라, 전사. 금방 끝내겠다. 정말 잠깐 이야기하려던 것뿐이다. 너를 도발한 건 나니 책임도 묻지 않을 거다. 네가 정 그렇다면 저기 막사 안에서 이야기하겠다."

그것은 이자카 나름의 사과였다. 이자카는 비올렛이 에셀먼드에게 화를 냈다는 것에 상당히 놀란 것 같았다. 이자카가 가리킨 곳은 식량을 넣어 두는 좁다란 막사였다. 다른 쪽 막사와 가까워 저곳에서 무슨 일이 벌어져도 금세 알 수 있었다. 비올렛은 힘없이 고개를 끄덕였다. 에셀먼드 역시 일단 그것에 납득하는 듯했다. 그러나 대화의 내용이 들릴 것을 염려하여 그는 다소 멀리 떨어져 있어야만 했다.

천막 안은 화로가 없었으므로 서늘했다. 그러나 비올렛은 이자카가 씌워 준 두꺼운 털 망토 덕분에 따스했다. 비올렛은 아까의 일에 고통스러운 표정을 짓고 있었다. 이자카의 걱정스러운 시선이 느껴졌으나 비올렛의 얼굴은 풀리지 않았다.

"무슨 일 때문에 보자고 한 건가요, 이자카?"

그 말에 이자카는 한숨을 내쉬었다.

"네가 슬퍼 보여 그 이유를 묻고 싶었던 것뿐이다."

비올렛은 그 말에 이자카의 얼굴을 보았다.

"그것이 카칸의 이름을 걸 정도로 중요한 것이었나요?"

여전한 사람이다. 비올렛은 이자카의 얼굴을 보았다. 그 녹안에 서린 시선이 어떤 것을 의미하는지는 잘 알고 있었다. 비올렛은 이자카가 그녀를 매우 걱정하고 있다는 것을 알았다.

"당연한 것 아닌가. 피아케, 내가 너를 마음에 담아 두고 있다는 말이 거짓인 줄 알았나?"

그 진지한 얼굴에 비올렛은 잠시 아무런 말도 할 수 없었다. 오랜만에 재회했음에도 저 남자는 나름 비올렛을 세심하게 관찰했던 것이다.

"괴로워 보인다."

그 말에 비올렛은 언제든 괴롭지 않은 적이 없었노라고 말하고 싶었다. 그러나 그녀는 이자카에게 투정을 부리려 서 있는 것이 아니었다. 어리광을 부려야 할 때는 이미 지났다.

"도대체 무슨 일이 벌어진 건지 알 수 없다. 네가 검을 든 사내와 어떤 계약을 통해 맺어진 것이라는 건 알겠다. 결국 잘된 것이 아닌가?"

그 말에 비올렛의 숨이 턱하고 막혔다.

"이자카."

비올렛이 더 이상 묻지 말라는 듯 이자카를 향해 말했다. 새파란 눈동자를 뚫어져라 바라보던 이자카는 에셀먼드에게 패할 때 이외에 하지 않았던 항복 선언을 비올렛에게 하고야 말았다.

"내가 졌다. 슬퍼하니 묻고 싶어도 물을 수 없다."

그녀는 그 말에 희미한 미소를 지었다. 그 애처로운 미소에 이자카가 얼굴을 찌푸리며 말했다.

"이전에 너는 언제나 따가웠다. 그러나 또 부드러웠다. 그러나 지금의 너는 부드럽다. 그러나 다시 가시를 세우고 있다. 이해할 수 없다. 왜 그러는 건가?"

왜 그러냐는 질문은 이자카뿐만이 아니라 에셀먼드도 했었다. 비올렛은 그 두 사람 다에게 대답할 수 없었다. 이자카는 정말 걱정스러운 듯 손을 들어 비올렛의 머리카락을 매만졌다. 그 애정 어린 손길을 비올렛은 조용히 받아들였다.

"분명 이제 네 옆에는 널 사랑하는 사람들이 많다. 이전에도 있었지만, 지금은 더욱더 많아졌다. 너는 만개한 꽃과 같다. 그러나 지금은 시들고 있다."

사랑하는 사람들은 늘었다. 이제 그녀는 이자카를 만날 무렵, 상처받아 가시만 세우고 있던 소녀가 아니었다. 그녀는 시수일레의 우정을 믿었으며 에이든이 보여 주는 가족애를 믿었다. 샤를이 보여 주는 스승에 대한 애정과 린도가 보여 주는 또 다른 형태의 애정을 믿었다. 저들은 분명히 비올렛을 사랑해 주고 있다. 그리고 자신의 가디언 역시도, 또 다른 신뢰로 그녀의 옆에 서 있던 것이다. 이제 비올렛은 그것을 의심하지 않았다.

"이자카, 정말 공용어 실력이 많이 늘었네요."

비올렛의 말에 이자카가 얼굴을 찌푸렸다. 그는 비올렛이 말을 돌리고 있다는 것을 알아차린 듯했다.

"네가 원한다면 지금이라도 널 구자르트에 데려가겠다. 물론, 네가 원하지 않는다면, 나는 너를 아내로 맞이하지 않을 거다. 모든 걸 네 뜻대로 해도 된다."

파격적인 제안이었다. 그러나 그녀는 빙긋 미소를 지으며 단호하게 고개를 저었다. 이전 그것에 흔들렸다면 지금은 망설임 따윈 없었다.

"저는 여기서 해야 할 의무가 있어요, 이자카."

"……."

비올렛을 보는 이자카의 얼굴이 굳었다. 이전과는 다르게 비올렛은 자신의 의무를 수동적으로 받아들이지 않았다. 그녀는 말룸을 없애는 것이 자신의 사명이라는 것을 여기고 있었다.

"너는 그 의무를 무엇보다 싫어하지 않는가."

"아직도 싫어해요. 하지만 그게 제 의무인걸요."

대화는 원활하게 이어지지 않았다. 이자카는 무언가를 캐내려 하고 있었고, 비올렛은 그것에 대답하지 않을 작정이었으므로 되돌이표만 되었다. 그러나 비올렛은 그에게 하나의 약속 정도는 할 수 있었다.

"나중에, 나중에 말이에요, 이자카."

비올렛이 대답했다.

"바다 보러 갈게요."

그 말에 이자카의 얼굴이 놀람으로 물들었다. 그러다가 그의 표정이 서서히 굳었다.

"피아케 너……."

"그땐 꼭 페로자 색의 바다를 보여 주셔야 해요. 알았죠, 이자카?"

비올렛이 미소를 지으며 이자카를 보자 이자카가 갑자기 팔을 뻗어 그녀를 끌어안았다. 갑작스러운 압력에 비올렛은 놀라 몸을 움찔했지만 그 굵은 팔에 느껴지는 압력은 비올렛이 저항하기에는 강해서 움직일 수가 없었다. 비올렛은 이자카가 어쩐지 비올렛의 마음을 눈치챈 것처럼 느껴졌다. 신기하게도 이해를 받는다는 것은 또 다른 슬픔이 되어 그녀의 눈에 울컥 눈물이 차오르게 했다.

"이자카, 잠깐만 이거……."

"아그레시아의 겨울이 너무 추워서 그런다. 네가 망토를 뺏어 갔지 않았나."

"멋대로 매 놓고서……."

그렇게 투덜거리면서도 비올렛은 이자카의 온기를 느꼈다.

"하나만 알아라, 피아케."

"……."

"구자르트에서 제비꽃은 절대 지지 않는다. 사시사철 피어나는 꽃이 제비꽃이다."

비올렛이 막사에 나왔을 때, 비올렛은 습관적으로 에셀먼드를 찾았다. 멀지 않은 곳에서 에셀먼드가 걸어왔다. 에셀먼드의 얼굴이 조금 기묘했다. 서늘하게 가라앉은 얼굴이 얼음과도 같았다. 아까의 일로 화가 난 것이 풀리지 않은 듯했다. 무슨 말을 했냐는 추궁이라도 당할 것 같아 걱정했던 비올렛으로서는 다행인 일이었다. 이 어색한 분위기를 없애기 위해서는 다시 샤를이 있는 막사 안으로 돌아가는 수밖에 없었다.

착석해 있던 귀족들은 각자의 막사에 돌아갔는지 보이지 않았고, 빈 의자들만 보였다. 샤를과 린도는 아직도 심각한 대화를 나누고 있었다. 린도가 그 와중에 비올렛을 보며 빙긋 웃었다.

린도와 샤를, 교황과 국왕. 그리고 가디언 에셀먼드……. 마음이 산란해 비올렛은 눈을 감았다. 머리가 아파 왔다. 그러고 보니 언제나 일정 거리 이상 사라지지 않던 에셀먼드의 모습이 보이지 않았다. 비올렛은 자신도 모르게 그를 찾으러 나가려다가 말았다. 그 역시도 그만의 시간이 필요한 것이다. 그가 스스로 시간을 찾아간 것이라면 오히려 반길 일이 아닌가. 에이든이 걱정스럽게 보는 시선이 느껴졌으나 비올렛은 머리를 부여잡았다.

오랜 시간이 지나, 샤를은 결국 린도를 설득하는 데 성공했다. 자리로 다시 돌아온 이자카와 샤를루스는 추후 공식 서류로 사안에 대해 협의하기로 했다. 그 회의 동안 에셀먼드가 돌아왔다. 그리고 에셀먼드는 이전처럼 다시 비올렛의 곁에 서 있었다. 마치 예전의 냉막한 관계로 돌아간 것 같았다. 그러나 비올렛은 그 관계에 안심하면서도 안절부절못하는 자신을 느꼈다. 이 작은 협상은 끝이 났고, 사람들이 우르르 일어났다.

파장하는 분위기 속에 비올렛은 멍하게 생각에 잠겨 있었다. 샤를루스가 그럴 필요가 없다 말했지만 이자카는 하루 빨리 이 추운 나라에 있고 싶지 않다며 철군 명령을 내렸다. 막사가 철거되고 어수선한 분위기 속에서 에셀먼드는 단 한 번도 비올렛에게 말을 걸지 않았다. 비올렛은 그가 다신 그녀에게 제대로 된 대화를 시도하지 않을 거라는 걸 깨달았다.

"다음에 공식적으로 방문하겠다."

여름이 어울리는 청년은 추운 겨울에 우연히 비올렛에게 닿았다 떨어졌다. 비올렛은 이자카가 자신의 눈을 보고 있다는 것을 알았다. 그녀는 미소를 지었다.

"만약 피아케가 저렇게 안 웃는다면 그땐 약탈하러 올 거다."

놀랍게도, 협상한 지 하루도 채 지나지 않아 구자르트의 카칸은 성녀를 약탈할지도 모른다는 무시무시한 협박을 남겼다. 그 말을 들은 린도는 얼굴을 찌푸렸지만 샤를은 그저 씁쓸한 미소를 지으며 고개를 끄덕였다.

이자카는 말에 올랐다. 반역자인 타르크를 포획한 이자카로서는 더 이상 이곳에 남을 이유가 없었고, 샤를과는 달리 린도와 대신들, 신관들은 그들의 대군이 영토 밖으로 한시라도 빨리 나가는 것을 원했기에 굳이 그를 붙잡지 않았다. 비올렛은 이자카가 마지막으로 그녀의 얼굴을 바라보는 것을 보았다. 그것이 걱정의 기색이라는 것을 알았으나 비올렛은 그저 웃으며 손을 흔들었다. 성도에 남아 있던 잔당들은 이자카의 등장으로 생각보다 빠르게 정리되었다. 비올렛은 먼 훗날을 상상했다.

떠나가는 이자카를 뒤로한 그들은 나란히 말을 타고 성도로 입성했다. 살아남은 생존자들은 자신들을 구제한 이들을 바라보았다. 사람들이 모여들어 해방의 함성을 지르고 있었다. 비올렛은 린도가 입술을 꽉 깨물고 있었다는 것을 깨달았다. 돌아온 그들의 행렬은 화려했으나, 그 화려함의 극치였던 성도는 아직도 검은 잿빛과 붉은 상흔이 얼룩져 있었다. 그러나 희망을 가져다 줄 존재들이 다시 돌아왔다. 그들은 신관들과 기사들을 두 팔 벌려 맞아들였다.

사람들이 '만세'라고 소리를 질렀다. 결국 전쟁이라는 것도 지배자들의 그릇된 선택에 따른 결과이며 그것에 애꿎은 피해를 당했음에도 저들은 비올렛이, 샤를이, 린도가 마치 신의 현신이라도 되는 듯 희망을 품으며 해방의 날을 반기고 있었다.

비올렛은 문득 체자레를 떠올렸다. 이제 이곳에서 체자레를 볼 수 없을 것이다. 국왕의 명이 아니면 그는 평생 공작령에 유폐될

테니. 마지막으로 본 체자레의 얼굴이 떠올랐다. 그는 언제나처럼 여유로운 미소를 지은 채 작별을 고했다.

이제 붉은 추기경이 다시 성도에 내려오는 일은 없을 것이다. 그리고 교황이 다시 지도자의 위치에 섰다. 그리고 샤를이 그 옆에 있으니, 이제 나라가 어떻게 바뀔지는 그들의 몫이었다. 저들도 어쩌면 다른 이들과 똑같을지도 몰랐다. 그러나 비올렛은 린도와 샤를의 다정함을 믿었다. 절대로 나란히 걸어가는 일이 없었던 교황과 국왕을 보며 비올렛은 미소를 지었다.

그러다가 말의 걸음이 너무 늦어졌다는 것을 깨달은 비올렛은 자신과 에이든, 그리고 에셀먼드가 나란히 서 있다는 것을 발견했다. 에셀먼드는 비올렛이 옆에 있음에도 앞만 바라보고 있었고 에이든은 수도와는 퍽 다른 성도가 신기한 듯 주위를 두리번거리고 있었다. 그러다 에이든은 비올렛을 마주하고 씁쓸한 미소를 지었다. 비올렛도 마주 미소 지으며 말의 속력을 높였다. 사람들이 환호성을 지르니 신이 났는지 말은 비올렛의 속삭임을 무시하고 힘을 내 달렸다.

"성녀님, 만세!"

"아그레시아의 수호자, 비올렛 만세!"

사람들이 비올렛의 이름을 세상에서 가장 위대한 것이라도 되는 듯 이름을 불렀다. 그녀가 단신으로 군나르족을 무찌른 무용담은 이미 성도에 퍼진 지 오래였다. 성력이 가장 강했다던 아나스타샤와는 다른, 상대적으로 다루는 데 성력이 별로 들지 않는 동물들과 식물들을 부린 술수였지만 그들은 그것을 기적이라 말하며 그녀를 찬양했다.

그녀가 전쟁의 불씨라는 것을 알고도 사람들은 그녀를 칭송하는 것인가. 알 수 없다. 아니, 그것은 별로 중요하지 않았다. 사람들은 그저 칭송할 만한 사람이 필요했고, 그것에 적합한 것이 성녀 비올렛이었다.

비올렛이 신어를 작게 중얼거리자 서늘했던 공기가 점점 따스한 온기를 머금어 갔다. 삭막한 잿빛이 지배했던 도시가 선명하고 아름다운 생명의 색들로 곱게 물들어 가기 시작했다. 비올렛이 지나간 곳에 피어나는 작고 작은 새싹들은, 아직도 많이 남은 추운 겨울 끝에 봄이 온다는 것을 알려 주기라도 하듯 희망의 새싹이 되었다.

비올렛은 기뻐하는 사람들을 보며 미소 지었다. 참으로 어리석고도 사랑스러운 사람들이었다.

군나르족을 격퇴하고 교황과 국왕, 성녀가 이끄는 군대가 성도로 찾아온다는 소식을 들은 성도의 사람들은 군나르족이 사라진 교황성을 최대한 복구시켜 놓았다. 그러나 비올렛이 거했던 백궁의 일부가 약간 전소되었으며, 창고가 털려 있었다. 물론 성력으로 막아 둔 것이라 노략질이 제대로 이루어지지는 않았지만. 일부 불탄 건물들 때문에 아마 교황성에서 이루어질 업무가 정상화되는 것은 한참 후가 될 듯했다.

비올렛 역시도, 전소된 백궁의 정비 때문에 당분간 교황성에 머물러야만 했다. 그녀는 짐을 가지러 온 리체가 살아 있는 것을 보고 안도의 한숨을 쉬었다. 한참 동안 그녀를 부여잡고 엉엉 운 리체는 이젠 신이 나서 새로 선별해 온 시녀들과 더불어 백궁에 남은 그녀의 물품들을 교황성에 가져와 정리해 주었다.

다행히 대예배당의 아그레시아 상은 멀쩡했고, 성물들 역시 크게 손상되지 않았다. 린도의 말에 따르면 성력으로 언제나 봉인해 둔다는 교황의 창고도 손상된 게 없다고 하니, 아주 커다란 피해는 없는 모양이었다.

성도의 사람들이 노력했음에도, 자리가 정돈되는 데는 한나절이 걸렸다. 이제 샤를과 교황이 신관들을 모아 두고 승전 연설을 하게 될 것이다. 시녀들의 시중을 받아 성복을 갈아입은 비올렛은 한참 동안 거울을 보았다.

"성녀님, 예뻐요."

리체가 웃으며 비올렛의 머리를 곱게 빗어 주었다. 거울 속에 비친 여자의 모습은 예쁜가 하면 그런 것도 같았다. 오랜만에 꾸민 모습은 낯설었다. 손톱을 다듬으려 비올렛의 손을 잡은 시녀가 말했다.

"성녀님, 어디 아프셔요? 손이 무척 차요."

이 순진한 소녀들은 그녀를 걱정하여 순진한 눈망울로 보고 있었다. 비올렛은 하녀의 손을 잡았다. 방 안의 온도는 과할 정도로 따스했으나, 차가워진 손의 온기는 돌아오지 않을 성싶었다.

준비되어 있는 것만 말하면 되는데, 왜 이렇게 떨리는 것일까. 머릿속에 몇 번이고, 몇 번이고 연습한 것인데. 그녀는 쓴웃음을 머금었다.

"성녀님, 준비가 다 되었다고 합니다."

이제 시간이 되었다.

교황성의 알현실에 어느 정도 구색이 갖추어지고 신관들도, 국왕을 따라온 기사들도, 병력을 충원해 준 성도 주변의 영주들도 모두 모여들었다. 가장 높은 교황이 앉은 성좌는 비어 있었으며, 그 아랫단에 나란히 앉아 있는 린도와 샤를은 그들의 노고에 대해 치하하며 공을 세운 신관들과 대신들, 그리고 기사들의 이름을 호명했다. 샤를루스와 린도는 익숙한 얼굴로 그들의 논공행상을 발표했다.

그 작업이 끝나자 잠시 동안 정적이 흘렀다. 린도와 샤를루스가 서로 시선을 교환하고 비올렛을 보았다. 그러고는 그들이 갑자기 성녀에게 향했다. 비올렛은 그들과 나란히 앉아 있던 자리에서 내려왔다. 그리고 교황과 샤를 가운데에 펼쳐진 푸른 비로드 위에 섰다. 새하얀 옷을 입은 비올렛의 얼굴은 창백해 보였다.

내전이 끝난 후 한 달이 지났다. 그러나 그녀가 지금 하려던 일은 겨우 그 한 달만의 결정이 아니었다. 비올렛은 하얗게 질린 입술을 열어 교황과 국왕에게 말했다.

"약속을 지켜 주십시오."

사람들에게 보이는 것은 눈과 같이 새하얀 성복과 아름답게 반짝거리는 그녀의 은색 머리카락뿐이었다. 약속이라니, 어떤 약속을 말하는 걸까. 국왕과 교황의 얼굴이 왜 심각하게 굳어진 것인가. 한참 후에 비올렛의 입에서 나온 것은, 너무나 의외의 말이었다.

"나, 성녀 비올렛은 가디언 에셀먼드와의 가디언 계약 파기를 요청합니다."

사람들이 수군거리기 시작했다. 그리고 비로드의 가장자리에 서 있던 검푸른 머리카락의 청년에게 시선이 닿았다.

"먼저 그것을 인가해 주십시오, 성하."

첫째로 교황에게 대답을 요구한 것은 가디언을 결정하여 받아들이는 권리는 신전에 있었기 때문이었다. 비록 가디언과의 계약을 파기하는 권한은 성녀에게 있었지만, 최종적으로 신전에 적을 올린 이를 신적에서 제거하는 것은 교황의 일이었다.

린도가 굳은 얼굴로 비올렛을 바라보았다. 다시 한 번 생각해 보라는 얼굴이었다. 그에 비올렛은 고개를 끄덕였다.

그때 에셀먼드가 비로드로 걸어 나왔다. 그의 걸음은 무거웠으며 사람들의 시선을 잡아 끌 만큼 위협적이었다. 사람들은 그 걸음에 서린 분노를 느꼈다. 에셀먼드는 그럼에도 애써 냉정을 유지한 채로 비올렛을 보고 있었다. 비올렛과 에셀먼드는 마치 적수처럼 서로를 바라보았다. 비올렛은 서늘하게 가라앉은 시선으로 그를 보았고, 에셀먼드는 처음으로 끓어오르는 뜨거운 분노를 가라앉히며 그녀를 바라보았다.

"이유를……."

그는 잠시 동안 호흡을 골랐다.

"이유를 말씀해 주십시오."

역사상 가디언과 성녀의 관계는 평생 갔다고 한다. 그러나 비올렛은 체자레의 말이 맞다 생각하고 있었다. 애초에 가디언이라는 것 자체에 애정을 주어서는 안 되었다.

"그것은."

비올렛의 목소리는 애써 노력하지 않아도 소름 끼치도록 서늘했다.

"그대가 계약을 어기고 나를 떠났기 때문입니다."

"그것이 무슨 말입니까?"

"그대는 내가 고초를 당했을 때 무엇을 했습니까. 그대는 저를 떠났습니다. 결과적으로 그것이 성하를 구명한 것이 되었으나 경은 나를 버렸습니다."

비올렛의 차가운 말에 에셀먼드가 무어라고 말을 하려 하려다 입을 다물었다. 손등의 인장으로 비올렛의 목소리가 들렸다는 것을 그 누가 증명할 수 있겠는가. 그가 짙은 감정을 담고 비올렛을 바라보았다. 비올렛은 그것이 증오라 생각했다. 당연했다. 목숨을 다 바쳐 헌신했더니 오는 것은 배신이라 매도하는 가증스러운 입술과 기만뿐이었으니.

그러나 그녀는 애써 뻔뻔한 표정을 지으며 에셀먼드를 바라보았다. 마치 이 순간을 기다려 왔던 것처럼 서늘하게. 에셀먼드의 시선이 가슴을 찢어발기는 듯 날카로웠다. 그러나 비올렛은 애써 담담한 척 그를 보았다.

"그대의 결정을 수용하겠소, 성녀."

그 대치를 더 이상 지켜볼 수 없었던 듯 자리에 앉은 린도가 대답했다. 그 말에 신관들은 웅성거리며 비올렛과 에셀먼드를 보았다. 추문이 돌 정도는 아니었지만 그래도 가장 가까이 있던 자들이 아닌가. 그러나 한편으로는 성녀가 왕궁에 갇혀 고초를 겪고 있었을 때 에셀먼드의 행방이 묘연했던 것을 본다면, 성녀로서는 자신을 지켰어야 할 가디언이 떠났다는 것에 신뢰를 잃는 것은 타당했다. 신전 안에 있던 왕국 기사들이 수군거렸다. 그가 가디언에서 해임된다면 어떻게 되는 것인가.

"그러나 가디언이 내 목숨을 구명한 것은 부정할 수 없는 사실. 하여 나는 폐하께, 에셀먼드 경이 다시 에르멘가르트 가문에 적을 올릴 수 있도록 요청하겠네. 그렇게 해도 되겠는가?"

일은 벌어졌고, 이 극의 주역 중의 하나인 린도는 준비된 자신의 대사를 읊었다. 그러나 연극의 주인공인 에셀먼드는 아무 말도 할 수 없었다. 이 극은 철저하게 그가 배제되어야 한다. 왜냐하면 이것은 비올렛이 그를 위해 준비했기 때문이다.

"이젠 저와 관계가 없어질 사람입니다. 추후 그의 처분이 어떻게 되든 제가 알 필요가 없습니다."

그녀의 목소리는 지나치게 싸늘하게 울려 퍼졌다. 사람들은 비올렛이 화를 내고 있다는 것을 알았다. 복잡한 얼굴로 그들을 지켜보고 있던 샤를이 린도의 시선에 조용히 입을 열었다.

"레기우스 살바나에서 그대가 주장했던 소원은 '가디언이 되는 것'이었다. 그리고 선왕께서는 그것을 들어주었다. 그러나 맹세를 지속하는 것은 순전히 성녀의 의지에 달려 있는 것. 성녀와의 신뢰를 깨 버리다니, 유감이오, 에셀먼드 경."

소년은 자신의 의자의 손잡이를 꾹 쥐고 있었다. 그가 마지막으로 주장할 수 있는 교황과 왕이 증명하는 레기우스 살바나의 맹세마저도 샤를에 의해 완벽하게 틀어막혔다. 에셀먼드의 숭고한 맹세는 비올렛에 의해 철저하게 짓밟혀 가고 있었다.

"에셀먼드 경에게 다시 작위를 준다는 것에 대해 나 역시 이견은 없소. 그것은 에르멘가르트 경, 그대도 마찬가지라 믿소, 그렇지 않소?"

사람들의 시선이 샤를의 바로 옆에 서 있던 에이든에게 향했다. 갑작스럽게 집중되어 있는 시선에 당황할 거라는 생각과는 달리, 에이든은 비올렛을 뚫어져라 바라보았다. 그가 마지못해 대답했다.

"……그렇습니다. 신전에서 나왔다 하여 다시 적을 올리는 것을 금지하는 법은 없으니 말입니다."

샤를이 그에 고개를 끄덕였다.

"후계에 대한 것은 가문의 수장인 에이든 에르멘가르트 경이 알아서 결정하실 거라 믿소. 가디언 계약이 완전히 해지되고 난 후, 나는 에셀먼드의 이름 뒤에 에르멘가르트의 성을 붙여도 되는 것을 허락하오. 그의 이름은 다시금 리베르 아우레룸에 등록될 것이오."

이것으로 가디언에서 물러난 후의 에셀먼드의 신분에 대해서도 해결이 끝났다. 성직자가 성직에서 물러나게 된다면 이도 저도 아닌 신분이 되지만, 만약 그 성직자가 국왕의 허락과 가주의 허락이 있다면 다시 그 가문에 입적할 수 있었다. 에셀먼드의 가디언 해임은 교황의 인가가 필요했고, 그의 신분의 복원은 국왕의 힘이 필요했다. 이것은 비올렛이 처음으로 교황과 국왕에게 행사한 의지였고, 교황과 국왕은 그 의지를 받아들였다.

이제 모든 것이 알맞게 돌아가는 것이다. 에이든은 에셀먼드에게 후작 위를 승계할 것이고, 에셀먼드는 다시 샤를의 기사로서 살아갈 것이다. 그리고 그녀는 신전에 남아서 이제 곧 나타날 말룸을 없애기만 하면 되는 것이다. 이제 됐다. 이제 다 된 것이다. 국왕과 교황이 있는 곳에서 계약을 파기했고, 국왕의 입으로 직접 말했으니 그는 복권될 수 있었다. 후련했다. 해냈다는 고양감이 들면서 어쩐지 눈에 눈물이 차오를 것 같았다.

비올렛은 충격에 아무런 말도 하지 못하는 사람들을 뒤로하고 알현실을 빠져나왔다. 교황성은 시종들과 시녀들이 이제 들어와 복구되기 시작하느라 복도에는 아무도 없었다. 교황이 제대로 힘쓰지 못하는 성도의 성은 지나치게 싸늘했다.

창을 보니 눈이 내리고 있었다. 천천히 걷던 그녀는 충동적으로 회랑으로 달려갔다. 달은 비정상적으로 밝았고 새하얀 눈과 은빛의 달은 기묘하고도 아름다운 풍경을 그리고 있었다. 그것을 아름답다 생각하던 그녀는 자신을 쫓아온 남자의 인기척을 눈치챘다. 비올렛이 입을 열었다.

"계약의 인의 해지를 지금이라도 해 드릴까요?"

얼음처럼 단단하고 차가운 말에, 에셀먼드가 답했다.

"처음부터 이러실 작정이셨습니까."

"무엇이요?"

등 뒤에 서 있는 에셀먼드는 잠시 동안 아무 말도 하지 않았다. 그 침묵에도 비올렛이 그의 존재를 느낄 수 있었던 것은, 등 뒤에 있는 그의 열기 때문이었다. 고집스럽게 그를 보지 않으려 다짐했건만, 에셀먼드의 손이 그녀의 어깨에 닿았다. 그것을 뿌리치려던 찰나, 그녀의 몸이 강제로 그와 마주했다.

그녀는 숨이 턱 막히는 느낌을 받았다. 어둡게 가라앉은 푸른 눈이 그녀를 쳐다보고 있었다. 그 시선에 담긴 너무나 어둡고 짙은 원망에, 잠시 동안 몸을 움직일 수 없었다.

"당신은 제게 함부로 손댈 수 없을 텐데요."

비올렛의 싸늘한 말에도 에셀먼드는 아랑곳하지 않았다. 에셀먼드는 집요하게 비올렛의 얼굴을 보고 있었다. 비올렛은 그 자신의 어깨를 잡은 이 따스하고 넓은 손바닥에 지금이라도 얼굴을 묻고 흐느끼고 싶었다. 그러나 애써 평온한 표정을 지었다.

"손등의 인으로 명령을 내린 것은 당신이었습니다."

이제 극은 막바지였다. 린도와 샤를이 그녀의 부탁을 들어주어 이 연극을 했던 것이라면, 그것을 기획한 비올렛 역시도 마지막으로 철저하게 그를 짓밟아야 했다.

"설마 손등의 인으로 대화를 나눴다는 초대 성녀와 가디언의 이야기 때문에 그러신 겁니까?"

"……."

그녀가 한쪽 입술을 들어 올리며 차갑게 조소했다. 그것이 가증스러워 보일 것을 알았으면서도 그렇게 할 수밖에 없었다. 그녀가 아는 방법은 이런 것밖에 없었다. 날카로운 가시를 드러내는 것, 미움을 사는 것, 그러나 그렇게까지 몰아간 에셀먼드도 잘못이 있는 것이 아닌가. 흘러나오려던 눈물은 연극을 위해 다시 얼어붙었다.

"에드…… 아니, 에셀먼드 경. 그것은 전설 속의 이야기입니다. 혹, 제가 전쟁을 막으라는 계시라도 내렸다는 것입니까? 그건 도망치려던 경께서 들은 환상이 아닙니까? 변명은 그만하세요. 구차합니다."

그 말에 에셀먼드의 손에 힘이 풀렸다. 대신 그는 비올렛을 노려보고 있었다.

"처음부터 이럴 작정으로 전쟁을 막으라는 불가능한 명령을 제게 내렸던 겁니다."

"무슨 말을 하는지 모르겠습니다."

비올렛의 차가운 말이 들리지 않는 듯, 그는 강렬한 눈빛으로 그녀를 옭아맸다. 그 거대한 감정이 그녀를 짓누르고 또 짓눌렀다.

"당신이 생각하는 미래에, 나는 없었던 겁니다."

그 말에 그녀는 심장이 내려앉는 느낌을 받았다. 그는 알고 있었다. 이미 눈치채고 있었던 것이다. 순간 견고한 가면을 쓴 비올렛의 가면이 벗겨졌다. 애써 숨겼으나 그것은 이미 에셀먼드에게 드러난 뒤였다. 그리고 에셀먼드는 그것을 놓치지 않을 듯, 비올렛을 집요하게 바라보았다.

"거짓을 말하고 있는 것을 알고 있습니다. 비올렛, 당신이 무엇을 본 것인지는 모릅니다. 하지만 당신은 절 속일 수 없습니다."

에셀먼드의 시선이 다정함을 띠었다. 따스한 손이 비올렛의 얼굴을 향했다.

"후회하지 않는다고 말했습니다. 나는 당신께 평생을 바치겠다고 맹세했습니다. 그 맹세가……."

"에드 경."

비올렛이 에셀먼드의 말을 끊었다. 비올렛의 허술한 가면은 이 남자에겐 너무나 잘 보였으리라. 이미 들통난 뒤였다. 그러나 들통난 거짓된 연극에도 그녀는 다시 맡은 역할대로 행동해야 했다. 그녀에겐 마지막 남은 단어가 있지 않은가?

"저는 당신을 보는 게 너무나 힘듭니다."

한숨을 쉬듯 비올렛이 에셀먼드를 보며 말했다. 잠시 풀렸던 에셀먼드의 얼굴이 기이한 빛을 머금었다. 일순 비올렛은 그가 상처를 받았을지도 모른다고 생각했다. 그런 그의 얼굴은 처음이었기 때문이었다.

"다니엘의 형인 당신을 보는 게 제게 얼마나 괴로운 일인지 모를 거예요."

그 말은 절대로 꺼내서는 안 되는 금기어였다. 알고 있다. 그것이 그의 상처를 후벼 파고 있다는 것을. 그러나 그녀는 견뎌야만 했다. 이것은 모두 그를 위한 것이다. 그녀의 이기심이 그에게 얼마나 많이 상처를 주고 있었던가. 애초에 에셀먼드와 비올렛은 만나서는 안 되었던 것이다.

"당신의 가족들은 내 부모를 죽이고, 내가 있던 곳을 파괴하고, 날 범하려고 했으며, 날 죽이려고 했죠. 당신이 가문을 나왔다고 한들 당신의 피가 사라지나요? 평생 얼굴을 마주해야 하는 그 맹세가 제게 가혹한 강요라는 것을 정말 모르시는 건가요, 에셀먼드 경?"

상처를 주고자 하는 말임에도 상처를 받는 것은 오히려 그녀 자신이었다. 서늘한 얼음이 가슴속에 꽂히는 것 같이 아릿했다. 그러나 그 얼음이 심장도, 자꾸만 눈물이 떨어지려는 얼굴마저 얼려 버린다면 얼마나 좋을까. 이젠 차가운 말로 자신을 가장하지 않아도 된다. 그에게는 이 말 한 마디로 충분하지 않겠는가. 그녀는 이제 감정을 숨기지 않았다. 그저 간절함만을 담아 그를 바라보았다.

"평생을 바치는 그 어리석은 방법으로, 내가 당신을 용서할 수 있을 거라 생각했나요? 당신만이 만족한 방법으로 그렇게 속죄가 이루어질 거라 생각했나요? 제가 기뻐할 줄 알았나요? 저도 그럴 줄 알았어요. 하지만 언제나 당신을 보며 괴롭지 않았던 날이 없었어요."

내뱉는 말은 반쯤은 진심이었다. 그러나 반은 거짓말이었다. 그가 곁에 있어 괴로웠고 불행했다. 그러나 그녀는 행복을 경험했다. 사랑하는 사람이 언제나 함께하며 목숨을 걸고 자신을 지켜 주는 것은 너무나 행복한 일이었다.

"……."

"당신마저 내게 평생 가혹하지 않을 거라 믿어요."

그녀는 잔혹하게 속삭였다. 그러나 지금 이 순간, 에셀먼드를 떼어 놓기 위해서라면 그녀는 어떤 말로도 그를 상처 줄 수 있었다. 눈보라에 서늘한 바람 소리가 들렸다. 두꺼운 털 망토가 벗겨질 것처럼 휘날렸으나 비올렛은 그것을 채 잡을 수도 없었다. 에셀먼드를 보았다. 갑작스럽게 어두워진 하늘에 마주 봄에도, 음영진 에셀먼드의 얼굴은 잘 보이지 않았다. 한참 후, 그가 입을 열었다.

"그것이 당신이 원하는 일이라면."

바람 소리에 파묻혀 작게 들리는 그의 목소리는 무미건조했다. 많은 감정이 담겨 있던 목소리는 신기루처럼 사라진 지 오래였다. 그 얼굴을 보기 두려웠지만 비올렛은 고개를 들어 에셀먼드를 보았다.

비올렛에게 품은 원망도, 증오도 사라져 버린 그 얼굴은, 비올렛이 억지로 가장하려던 그 얼굴이었다. 연극은 성공적으로 끝났다. 비올렛은 그것에 울어야 할지 웃어야 할지 알 수 없었다.

교황성이 재정비되고 샤를이 떠날 때가 다가왔다. 그녀는 텅 비어 버린 손등을 보았다. 푸른 문양이 사라진 하얀 손등은 허전했다. 이제 몇 달 후면 봄이 될 것이다. 봄이 되면 성도는 꽃이 피고 아름다워질 것이다. 그러나 지금은 삭풍이 불어오는 겨울이었다.

그녀는 가디언 맹세를 해지했을 때를 떠올렸다. 웅장한 곳에서 이루어지는 예식과는 달리, 해약은 작은 기도실에서 이루어졌다. 영원을 맹세했던 그들은 그 맹세를 너무나 쉽게 깨트렸다. 영원이라는 단어를 인간이 쓴다는 것은 얼마나 오만한 짓인가. 순간의 결심이 비록 '영원'을 담더라도 결국 맹세는 퇴색되고 빛이 바라며 그 가치를 침범한다.

손등의 인이 빠져나가는 그 순간까지도 두 사람은 서로의 눈을 보고 있지 않았다. 오라버니와 여동생도 아니고, 가디언과 성녀도 아닌, 그들은 이제 완벽한 남이 되었다. 가디언의 맹세는 절대적이라고들 한다. 그러나 사실 성녀인 비올렛이 원하기만 한다면, 아니 둘 중 하나가 맹세를 지속시킬 마음이 없다면 그 계약은 너무도 쉽게 해지되는 것이었다.

"수도에 꼭 와 주십시오, 스승님."

비올렛은 샤를을 향해 미소를 지었다. 샤를이 무엇인가 말하려고 입을 열었으나, 어떠한 것을 말해도 좋지 않을 거라는 판단이 섰는지 입을 다물었다. 에이든 역시도 비올렛을 힐끔거릴 뿐, 아무 말도 하지 않았다. 대충 인사가 마무리되자 비올렛은 이내 교황성으로 들어가 버렸다. 걸어가는 걸음에 말라붙은 줄 알았던 눈물이 뚝

떨어졌다.

시녀들은 아침부터 백궁에 보내 놓았기에 교황성에 마련된 그녀의 방은 그녀가 울 수 있는 가장 안전한 장소가 되었다. 눈물을 닦지도 않은 채 그녀는 책상으로 걸어갔다. 책상에는 낡은 일기장이 있었다.

—잊지 마십시오, 비올렛.

체자레가 공작성으로 내려가기 전, 그녀에게 속삭였다.

—당신이 보셨던 그 일기장은, 진짜입니다.

더 물어보려 했지만 물어볼 수 없었다. 그가 무엇을 알고 있는지, 무엇을 숨기는지는 알 수 없었다. 체자레는 세상에서 가장 가여운 것을 보는 표정으로 비올렛을 바라본 후, 떠나가 버렸다. 찾아가서 캐묻고 싶었지만, 그녀는 차마 캐물을 용기가 나지 않았다. 이미 그녀는 너무나 괴로웠기 때문이었다. 일기장을 물끄러미 보던 비올렛은 그것을 쓰다듬었다. 일기장을 처음 읽었을 때의 기억이 떠올랐다.

xx년 x월 xx일, 아직도 믿을 수 없다. 스튜어드 경이 내게 왜 그런 짓을 한 것인가.

이것, 바로 이 책, 이 일기장을 본 비올렛은 다시 한 번 절망했다. 그 일기장은 아나스타샤의 일기장이었다. 누군가가 확인해 주지 않아도 알고 있었다. 그 정도의 성력으로 시간과 공간을 봉인하는 것은 성녀 이외엔 불가능했다. 마치 그녀를 기다리듯, 그 일기장은 그녀에게 안배되었다.

그 여름, 일기장을 읽기 전 비올렛은 아나스타샤의 일기장을 읽었다는 체자레의 말을 떠올렸다. 아나스타샤가 일기를 쓰는 습관이 있었다는 것, 스튜어드라는 사람이 아나스타샤의 가디언이었다는 것. 일기장에 언급되는 국왕 데메트리우스의 시대에 있던 성녀는 바로 아나스타샤였다.

xx년 x월 xx일, 오늘 이마에 신의 표식이 사라졌다. 예상대로다. 성력은 사라질 것이다. 아마 다른 성녀도 그렇게 살아왔겠지.

대부분의 일기장이 잉크가 번져 있어 읽기 힘들었지만, 비올렛은 그 구절을 읽고 한동안 충격을 받아 몸을 움직일 수 없었다. 날짜상으로는 이미 말룸을 격퇴한 뒤였다.

생각해 보면 비올렛은 마치 무엇에 씌이기라도 한 듯 말룸을 무찌른 이후의 일에 대해 생각하지 않고 있었다. 생각해 보면 성녀들은 모두 어떻게 된 것인가? 떨리는 손으로 일기장을 넘겼던 비올렛은 이곳에서 답을 찾았다. 말룸이 없어지고 성녀들은 힘을 잃는다. 그렇다면 그 뒤는 어떻게 되는 것인가.

드디어 염원하던 평범한 사람으로 돌아갈지도 모른다. 그러나 평범한 여자가 된다는 것은 내가 본디 가지고 있었던 것을 손에 쥔 상황에서 여자로 돌아가는 것을 의미했지, 이런 의미가 아니었다.

눈물방울에 노랗게 번진 문구를 보고 비올렛은 덜덜 떨리는 손으로 페이지를 넘겼다. 머리를 한 대 맞은 것같이 어지러웠다. 분명 여름을 지나는 어느 날이었으나 한겨울처럼 몸이 떨렸다.

xx년 x월 xx일, 가디언이 그리했던 이유를 알았다. 성녀는 재앙의 근원이다. 성녀가 있기에 말룸이…… 저의 피를 취한 대가가 제 목숨이었군요, 폐하. 모든 게 거짓이었어요.

xx년 x월 xx일, 내 성력은 남들보다 뛰어나니 사라지는 데 시간이 걸릴 것이라 생각한다. 그러나 내 처지에 웃음이 나온다. 성년이 되어 신전에서 거하게 되며 나는 후작 영애에서 성녀가 되었다. 아버지는 아버지가 아니었고, 귀애하는 내 남동생 케이스 역시 남이 되었다.

말룸이 사라지면 성녀는 성력을 잃어버린다. 평범한 여인이 되었음에도 인연은 이미 끊겼기에 되돌릴 수 없다. 나는 나를 규정하는 신분을 잃어버린 것이다. 내 미래는 대체 어떻게 되는 것인가?

나는 내가 현명한 편이라 생각했다. 사람들이 나를 칭송할 때 그 칭호가 나의 것이라 믿어 의심치 않았다. 그러나 왜 몰랐단 말인가. 나는 교황에겐 경계해야 할 적이며, 왕에게는 골칫덩어리일 뿐이었다. 그리고 …… 했기에 ……했다. 나는 ……되니 세상과 떨어져 살 수밖에 없다. 나는 목숨을 구명해서 행복해야 하는가. 내겐 아무것도 남아 있지 않다. 분명 나는 지금 절망의 늪에서 헤매고 있는 것이다.

우린 우리가 지킨 나라에서 숨을 붙이며 사는 것이 허락되지 않는다.

이전의 시대는 교황과 국왕이 대립하지 않았다고 들었다. 그러나 내전으로 증명했듯, 그들은 사실 언제나 대립해 왔다. 일기를 읽는 비올렛의 얼굴이 흐려졌다. 아나스타샤는 성녀에서 평범한 사람이 되었다. 어째서인지 그녀의 가족들은 그녀를 받아들이지 않았고, 그녀는 절망한 채 살아가고 있었다. 이 부분 이외에 일기를 알아보는 것은 매우 힘들었지만, 딱 한 문장이 비올렛의 가슴을 파고들었다.

사랑하는 게 괴롭다.

자신과는 달리 완벽한 혈통을 가지고 태어나 칭송받으며 자랐을 아나스타샤는, 사랑하는 게 괴롭다고 말하고 있었다. 교황도, 국왕도 실질적으로 성녀를 버린 것이나 마찬가지였다. 그리고 비올렛은 처음으로 자신의 미래를 생각했다.

말룸을 없애고 성력이 사라진다면 그녀는 어떻게 되는 것일까. 국왕은 분명 그녀를 버릴 것이다. 체자레는 어떤 반응을 보일까. 린도는? 만약 버림받는다면 어떻게 하는 것인가? 아니, 적어도 린도는 그녀를 버리지는 않을지도 모르지.

아나스타샤가 그녀의 가디언에게 어떤 일을 당했는지는 모른다. 성녀가 재앙이라니, 대체 왜? 모두가 속인 것은 무엇일까? 대체 데메트리우스는 무슨 행동을 벌인 것일까? 일기장에 있는 것은 아나스타샤의 개인적인 일이었다. 그러나 비올렛이 가장 충격을 받은 것은, 성력이 사라진 이후였다.

성력이 사라져 버린 성녀는 쓸모가 있는가. 린도가 설령 그녀를 좋아해 옆에 세워 두더라도 성력이 없는 성녀가 성녀로서 머물 수 있는 것인가. 데후바스가에 있었던 아나스타샤가 다시 받아들여지지 않았듯이, 그녀를 받아 줄 곳은 어디에도 없었다. 에르멘가르트 가문도 애초에 성녀를 키워 내기 위해 억지로 입양한 것이 아니던가. 그렇다면 자신이 걸어갈 곳은 어디인가. 아나스타샤와 같은 미래밖에 없었다. 아니, 어쩌면 최악의 상황을 가정하자면 비올렛은 천민이기에 다시 천출이 되어 살아가야 할지도 몰랐다.

그러다 문득 그녀는 지금 방 밖에서 자신을 수호하고 있을 가디언에게 생각이 미쳤다. 에셀먼드는 어떻게 되는 것일까. 그녀에게 평생을 바치겠다 맹세한 에셀먼드는 어떻게 되는 것인가. 비올렛은 버림받아도 되었다. 그러나 그녀가 성력을 잃으면 그도 똑같이 몰락의 길을 걸어야 하는 것인가? 가디언이라는 자리마저 그에게서 앗아 가야 한단 말인가?

왜 자신은 그런 위치인 것인가. 도대체 왜. 신은 대체 그녀에게 무엇을 원하는 것인가! 왜 이다지도 잔인하여……. 그녀의 존재 자체마저 상처를 주는 것인가?

그와 같이 있었던 꿈결 같은 나날들이 잔혹한 악몽으로 변해 갔다. 악마가 귓가에 속삭이고 있었다. 이젠 깨어날 시간이라고.

그날, 그녀는 눈물을 흘리며 헐떡거렸다. 나중에 에셀먼드가 문을 열고 들어올 때까지 계속해서 고개를 저으며 부정하려 했다. 눈물을 흘리고 있는 비올렛을 보고 에셀먼드는 언제나처럼 딱딱한 말투로 악몽을 꾸었냐 물어보았고 그녀는 고개를 끄덕였다. 그리고 비올렛은 자신이 이 사람을 더없이, 미칠 것처럼 좋아하며 원한다는 사실을 알았다. 그리고 그 탐욕과 갈망이 저 남자를 남김없이 불살라 버릴 것도.

가디언 맹세를 함으로써 그에게 허락된 것은 죽지 않는 한 그녀의 뒤를 졸졸 따라다니는 것이었다. 앞으로 성력을 잃어버릴 그녀의 미래에 이 고귀한 사람이 평생을 바쳐야 하는 것이다. 이 얼마나 불합리한가. 그리고 그것의 지속을 원하는 그녀는 얼마나 이기적이고 탐욕스러운가. 비올렛은 에셀먼드의 얼굴을 바라보았다. 그녀는 에셀먼드가 순수하게 자신을 걱정하고 있다는 것을 알았다. 그 얼굴을 보며, 비올렛의 머릿속에 절대로 생각하지 않으려 했던 한 문장이 울려 퍼졌다.

그래, 놔주자. 그래야만 했다.

그럼에도 비올렛은 그것을 실행에 옮기기 쉽지 않았다. 놔줘야 한다는 것은 알았지만 그것이 오늘은 아니길 원했다. 비올렛의 마음은 저열한 탐욕과 언제나 씨름했다. 에셀먼드가 그것을 눈치챈 듯 이따금 불안해했지만 그럴 때마다 환하게 웃었다. 그렇게 그녀는 견디고 견뎠다.

왕궁에서 그는 후회하지 않는다고 말했다. 그러나 그것은 지금은 후회하지 않는다는 말이지, 평생 후회하지 않을 거라고 말하는 것이 아니었다. 성력이 없어진 그녀와 에셀먼드가 도대체 무엇을 한다는 거지? 저 사람은 그녀의 곁에서 썩어 갈 남자가 아니다. 찬란하게 빛나야 한 남자인 것을. 왕궁에 오니 이렇게나 잘 보였는데. 왜 그녀는 그것을 어두운 자신에게 가려 감추려 했는가.

샤를 시해 혐의로 방에 유폐되었을 때, 비올렛은 자신도 모르게 손등을 감싼 채 그를 애타게 불렀다. 그리고 그의 목소리가 들렸을 때 그녀는 안도했다. 그리고 비올렛은 자신에게 너무나 크게 자리 잡은 그를 자각했다. 아나스타샤의 일기장대로 성녀는 재앙의 근원일지도 몰랐다. 그녀의 불행이 그녀를 좀먹고 샤를마저 집어삼켜 버렸다. 그리고 이 소중한 사람마저 그 나락에 끌어들였다. 그리하여 비올렛은, 그의 목소리에 조용히 답했다.

"지금 당장 린도에게, 아니 성하에게 달려가 전쟁을 막으십시오."

하, 이 얼마나 성녀다운 고결한 바람인가. 실제로는 사랑하는 그가 그녀로부터 떨어지게 하기 위한 명분이었다. 그것을 숭고함으로 위장하고 있었다. 그녀가 바랐던 것은 그저 에셀먼드의 안전뿐이었다. 그를 린도에게 보낸 것은 에셀먼드가 적어도 린도의 아래서는 무사할 거라는 계산 때문이었다. 그러나 이 어리석은 남자는 린도를 데려와 그녀를 구해 내는 데 성공했다.

연극을 짜기로 결심한 것은 다니엘이 죽은 후의 밤이었다. 왕족 시해 죄라 장례조차 치를 수 없었다. 그런 다니엘의 시체가 불에 태워진 날, 피어오르는 연기를 보며 창가에 서 있던 그의 뒷모습을 비올렛은 바라보았다. 그녀도 울 수 없었지만, 에셀먼드 역시 울 수 없었다. 너무나 애처로운 그 뒷모습을 보며 비올렛은 그제야 완벽하게 결심했다.

이젠 그를 놓아주어야 하는 때가 다가왔다. 그녀는 다행히도 아직 잃은 게 없었고, 잃을 준비가 되어 있었다. 절망은 그녀의 동반자였고 상실은 그녀의 벗이었다. 부모를 잃었고 친구를 잃었다. 그러니 사람을 잃는 것은 그녀의 삶에서 그리 특별한 경우는 아닐 것이다. 그냥 당연하게 받아들이면 될 일이었다.

에르멘가르트 가문이 자신과 악연이었던 것처럼 자신 역시 에르멘가르트 가문에 재앙이었으니. 정해져 있던 후계자를 빼돌리고, 둘째를 타락시키고, 막내인 에이든마저도 불행의 구렁텅이에 내몰았다. 형의 죽음을 슬퍼하던 에이든이 사실은 누구보다 커다란 고민을 가지고 있을 줄은 누가 알았을까.

신왕은 등극했고, 그들의 곁에 그 어떠한 지지 기반이 없으니, 때는 무르익어 비올렛에게 바로 지금이라 일러 주는 듯했다. 그리하여 그녀는 자신이 할 수 있는 모든 것을 동원하여 그를 위한 연극을 짰다.

일기장을 보던 비올렛은 붉은 커튼 너머 하얗게 쏟아지는 빛을 바라보았다. 새하얀 눈이 내린 것인지 바깥은 환했다. 그녀는 커튼을 열었다. 창문 너머에 이제 말 머리를 돌리기 시작하는 기사들의 모습이 보였다. 새하얀 눈과 대비되는 흑색의 방한 망토를 입고,

돌아서는 에셀먼드의 모습이 보였다. 그의 얼굴은 작아서 보이지 않았으나, 평소처럼 서늘한 얼굴을 하고 있을 터였다.

감히 붙잡을 정도로 뻔뻔하지 않았다. 그러나 그를 배웅할 용기 역시 없었다. 모질게 밀어내고, 밀어내고 또 밀어냈으니 마지막 역시도 붙잡지 않는 것이 옳은 것이다. 이만하면 됐다. 그는 이미 충분한 속죄를 한 것이다. 겨우 1년 동안이라도 평생을 함께할 거라 믿으며 같이 살아왔으니, 이제 이 기억으로 평생을 살아가는 것, 그것으로 충분한 것이다.

눈이 쏟아지고 있었다. 그 새하얀 눈은 검은 점이 되어 버린 에셀먼드의 모습을 눈보라 속으로 파묻어 버렸다. 허탈한 숨을 몰아쉬었다. 그녀는 입술을 깨물며 울음을 참으려 했다. 그러나 짐승의 울음소리처럼 다시 울음은 계속해서 새어 나왔다.

그를 다시 원래 있어야 할 곳에 돌려다 놨으니, 그의 시간은 지독한 그녀의 불행이 닿지 않는 곳에서 제대로 흘러갈 것이다. 서른네 번째 성녀로 역사에 기록되어 사라질 그녀와 달리, 에셀먼드는 어쩌면 역사서에 기록될지도 몰랐다. 이제 그녀와 그의 시간은 완벽하게 분리된 것이다.

그녀의 미래는 에셀먼드와 함께해서는 안 되었다. 에셀먼드의 미래 역시 마찬가지였다. 그녀가 가진 불행은, 이곳에서 끝맺는 것이니 이젠 안심하며 지낼 수 있었다. 그 뒷모습이 사라질 때까지 한참 바라보던 비올렛은 그것이 사라지자 천천히 방 밖으로 나갔다.

그녀는 무언가에 홀린 듯 걷고 또 걸었다. 정신을 차려 보니 그녀는 대예배당의 안에 있었다. 이곳에서 비올렛은 그의 가디언의 맹세를 받아들였다. 그때의 환희와 같은 감정이 기억에 남아 비올렛은 잠시 동안 실성한 사람처럼 미소 지었다.

비로드 너머 가운데에 서 있는 아그레시아의 석상이 자애롭게 그녀에게 두 팔을 벌리고 있었다. 그러나 비올렛은 그 자애로운 얼굴이 그 무엇보다 가증스럽게 느껴졌다.

아무도 없는 연회장 안의 스테인드글라스의 빛만이 어느새 떠오른 태양에 비쳐 환하게 빛났다. 이따금 팔랑거리며 내리는 눈이 커다란 그림자를 만들어 내며 아그레시아의 얼굴을 어둡게 물들였다. 아무도 없는 그 조용한 예배당에 서 있던 비올렛은 한 걸음 발걸음을 옮겼다. 오색의 색깔이 그때처럼 비올렛의 시야를 물들였다. 노란색, 초록색, 파란색, 붉은색. 그러나 비올렛의 시야는 흑백뿐이었다.

그녀의 차가운 손은 그의 온기를 그리워하고 있었다. 생각해 보면 그는 언제나 그녀의 손을 잡아 주었다. 그와 손을 잡은 채로 이곳을 거닐었다. 이곳에 이제 그를 다시 못 본다는 것을 알기에 비올렛은 울었다. 그녀는 천천히 발걸음을 옮겼다. 폭신한 비로드의 감촉은 이전과는 달라진 것이 없었으나, 지금은 곁에서 손잡고 걸어 주는 이가 없었다.

그땐 발걸음마다 그와의 추억이 되풀이 되었으나 그런 추억을 떠올리는 것조차 가슴이 찢어지는 듯 아파 왔다. 억지로 기억해 내려 하지 않는 마음을 추스르며 그녀는 마치 약에 중독된 것처럼 그를 떠올렸다. 그것은 그녀 자신을 향한 자해였고, 까맣게 타들어 가는 비올렛의 마음이었다. 타오르고 타올라 재가 되어 사그라들어야 함에도, 마음은 여전히 그를 그리워하고 그를 찾아 울부짖었다. 이제 이곳에는 그가 없는데, 다시 그녀 옆에 그가 설 일은 없는데 어리석게 그를 찾았다.

그녀는 아그레시아의 석상에 앞에 섰다. 그리고 대리석 바닥에 파인 수많은 검 자국을 보았다. 이곳, 바로 이곳에서 가디언의 맹세가 이루어졌다. 그때 그는 어떠했던가. 엄한 얼굴로 그녀에게 맹세를 했다. 평생을 함께하겠다며 황홀한 맹세를 했다. 그리고 그녀는 처음으로 환희에 차 욕심을 부렸다. 그 대가가 이것이라는 것을 알면서도, 그것을 탐했다. 그로 인해 그녀는 세상에서 가장 행복한 사람이 될 수 있었다. 에셀먼드는 그녀에게 지독한 불행을 알려 주었지만, 지극한 행복도 알려 주었다.

언제나 신뢰가 가득한 얼굴로 그녀를 바라보던 그가, 역병에도 끝까지 그녀를 믿어 주던 그가 떠오른다. 아아, 생각해 보니 그가 없었다면 비올렛은 절대 스스로 일어나지 못했을 거라는 사실을 깨달았다. 오로지 그가 있었기에, 그 덕분에 중심을 잡을 수 있었다. 그에게 부끄럽게 보이고 싶지 않아 언제나 약한 마음을 가슴에 숨기고 노력해 왔다. 마치 그가 그러했듯이.

이름을 불렀던 때가 언제던가. '비올렛'이라고 불러 주는 그의 목소리가 참 좋았다. 그렇게 이름을 불리면 마치 평범한 비올렛으로 돌아가는 것 같아서, 그의 애칭을 부르면 평범한 여자가 된 것 같아 미칠 것처럼 행복했다. 어리석게도 말이다. 그러나 이것은 얼마나 이기적인 행복인가. 남의 행복을 짓밟은 채 웃으려 했다. 욕심을 부린 대가가 그를 불행하게 만들었다. 가디언의 맹세 따윈 진작 거절했어야 하는데 거절하지 못했다. 결국 이것이 상처로 남은 것이다. 그의 맹세를 비웃지 않으려 했으면 처음부터 받아들여서는 안 되었다.

푸른 계약의 인이 있던 그녀의 손등에 에셀먼드는 입을 맞추었다. 그 까끌한 입술의 감촉을 그녀는 영원히 잊지 못할 것이다. 에셀먼드는 후회하지 않는다고, 같이 있겠다고 했다. 목숨을 걸어 그녀를 지키겠다고 이야기해 주었다. 그녀는 그의 숨결이 닿았던 비어 버린 손등에 입을 맞추었다. 그것이 사랑스러운 이의 입술이라도 되는 듯 조용히, 오랫동안 그렇게.

계약의 인 너머로 그의 목소리가 들렸을 때, 순간 짐작했던 것이 있다.

어쩌면. 어쩌면. 그래, 어쩌면…….

하지만 비올렛은 어쩌면, 그 이후의 말에 대해 생각하지 않기로 다짐했다. 그 뒤의 말을 생각한다면 추악한 자신이 더더욱 추해질 것 같아서, 마음이 무너져 내릴 것 같아서, 또다시 욕심을 부리게 될 것 같아서. 또다시 감히 '영원'이라는 말을 쓰며 비올렛은 자신의 생각을 가로막았다.

그녀는 입을 맞춘 그녀의 손등을 한참 동안 내려다보았다. 그리고 망설임 없이 그것을 단검으로 내리 찔렀다. 새하얀 피부에 붉은 성혈이 뚝뚝 떨어졌다. 그러나 신에게 선택받은 몸은 상처 하나 내는 것조차 허용되지 않았다. 살이 갈라진 손등의 상처가 천천히 아물어 가기 시작했다.

이것은 진정으로 성녀가 되는 그녀만의 의식이었다.

비올렛은 아그레시아를 보며 말했다. 당신이, 아니 당신들이 세상을 사랑하는 숭고함으로 세상을 지켰다면, 나는 그 저속한 욕망으로 세상을 지키리라.

그녀가 그에게 바칠 수 있는 마음이란 고작 이 세상을 지키는 것뿐이었다. 세상을 수호하는 게 성녀의 의무라면, 성녀들이 몸을 바쳐 세상을 지켜야 한다면, 신을 저주하는 그녀 역시 그것을 따라 주리. 그러나 이것은 세상 사람들을, 생명들을 지키겠다는 고결한 마음이 아니라 사랑에 빠진 여자의 이기적인 맹세이다. 이 하찮은 목숨을 다 바쳐서 그가 숨 쉬며 살아가는 이 세상을 지키리라. 이제 그는 비올렛의 세상이 되었다.

비올렛은 한참 동안 아그레시아를 바라보며 눈물을 흘렸다. 신을 저주하는 저주의 언어도 없었고, 울부짖음도 없었다. 환희의 눈물 대신 증오로 점철된 눈물을 흘리며, 그녀가 좋아했던 푸른 인장 대신 붉은 피를 흘리며 아그레시아의 성녀는 성녀를 보고 환하게 웃었다.

그리하여 사랑에 환희한 여자는 다시 사라지고 성녀 비올렛만이 남았다.

어라, 이야기가 너무 슬픈가 보구나. 확실히 이 이야기는 동화책 속에 나온 부분이 아니었지? 성녀와 가디언의 맹세는 책 속에서처럼 끝까지 계속 이어져 있었던 게 아니라, 사실 성녀가 이미 끊어 버린 지 오래였단다. 성녀는 기사의 찬란한 미래를 바랐기 때문이지. 맹세로 묶였던 관계는 사라지고 가디언은 다시 기사가 되었어. 아, 걱정하지 말렴. 동화 내용을 기억하고 있지 않니? 이제 그들은 각자의 영역에 선 채로 한 사람이 다른 사람에게 종속되는 일 없이 대등하게 서로를 마주 보게 되었어. 이야기를 계속해 볼까?

4부

꽃이 지다

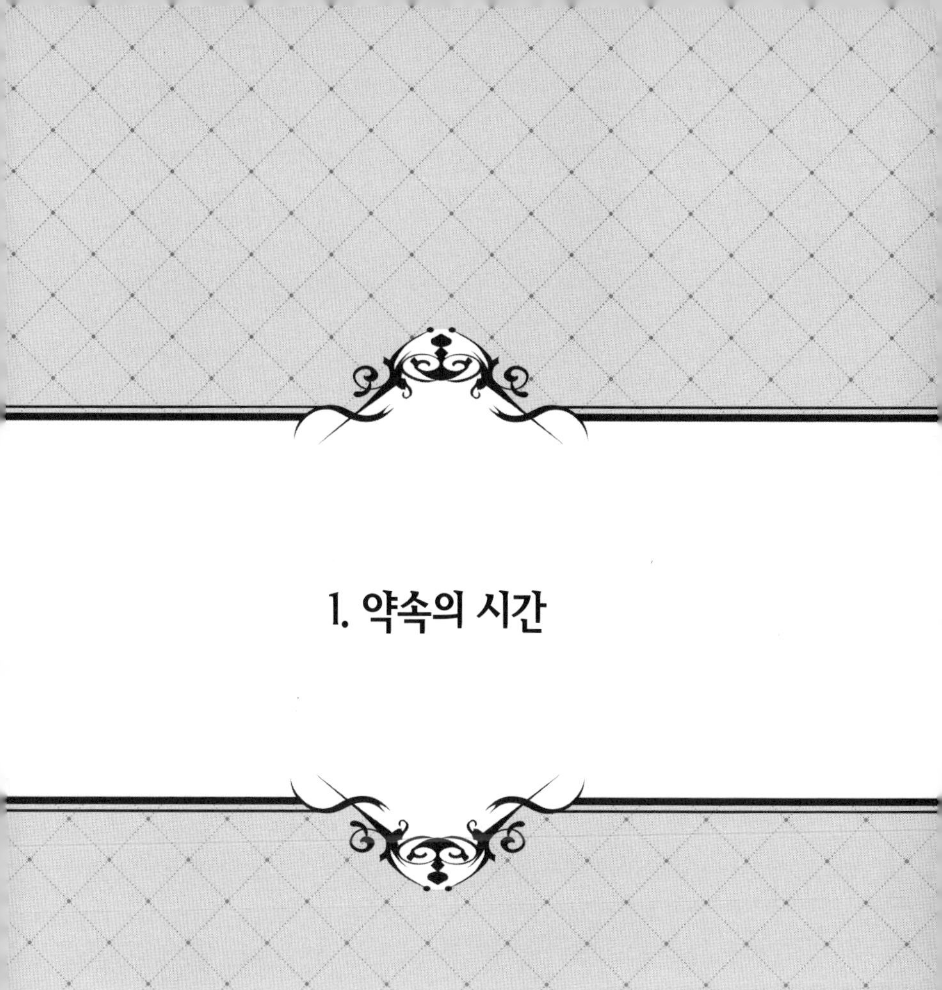

1. 약속의 시간

1. 약속의 시간

자비를, 제발 살려 주십시오. 제발 자비를 보여 주십시오. 제발, 이 고통에서 나를 구해 주십시오! 나는 죄가 없어. 정말 시키는 대로 했을 뿐입니다. 제발, 제발! 살려 주십시오! 살고 싶습니다.

붉은 불길이 탐욕스러운 혀를 날름거리며 죄인들을 삼켜 나갔다. 살이 뜨거운 불에 닿자 사람들은 괴로움에 비명을 지르며 간절한 시선으로 남자를 향해 울부짖었다. 남자는 무표정으로 그런 그들을 바라보고 있었다. 어째서인지 하얀 신관복이 아닌 붉은 신관복을 입은 남자는 얼핏 보면 그들을 가엾게 여기는 것 같기도 했으며, 슬퍼하는 것 같기도 했다. 구세주처럼 아름다운 금안의 남자를 보며 사람들은 필사적으로 손을 뻗었다.

"살려 주십시오. 제발 살려 주십시오! 으아아아아!"

신의 자비를 베푸는 사제의 옷을 입고 저자는 왜 자신들을 구해 주지 않는가. 왜 저 남자는 그저 보고만 있는가. 나는 이렇게 고통스러운데, 왜 아무것도 해 주지 않는단 말인가!

"살려 줘. 너무 뜨거워 견딜 수가 없어, 제발!"

고통에 겨운 자들이 이성을 상실했다. 옷이라는 얇은 헝겊에 불이 붙어 살을 지지직거리며 태웠다. 그들이 묶인 발아래 장작은 이미 붉은 불길에 삼켜진 지 오래였다. 아무리 애걸해도, 고통을 호소해도, 자비를 부르짖어도 신관은 그저 가만히 서서 그들을 구경하고만 있었다.

"신관님! 제발 살려 주십시오!"

"신이시여!"

"아아아아아아악!"

옷이 불타오르자 마치 그들이 불로 이루어진 옷을 입고 있는 듯했다. 그 아름다운 붉은 불꽃의 옷은 입은 이들을 지옥의 고통 속에 처넣은 채 킬킬거렸다. 살이 타는 누린내와 잿빛 연기가 그것을 삼켜 나간다. 붉음이 사람들을 검게 태워 나가고 있었다.

한 걸음, 한 걸음 신관이 그들 바로 앞에 다가와 섰다. 불에 타는 죄인들은 그제야 신관 남자가 낯익은 얼굴이며 그 얼굴에 미소가 서려 있다는 것을 알았다. 황금색 눈이 마치 불꽃놀이를 보는 아이의 얼굴처럼 맑고 환했다.

"신이시여, 제발! 아아, 신관님!"

목소리마저 불길에 삼켜진다. 불길에 시야가 붉게 물들기 직전에야 사람들은 저 신관의 옷이 피로 물들어 붉다는 것을 깨달았다.

"신관님, 용서해 주십시오!"

신관이라면 신의 사랑을 보여주어야 한다. 자신들이 조금 잘못하더라도 당연한 게 아닌가! 그러니 제발!

"명령을 따랐을 뿐입니다!"

"그렇습니다!"

힘없는 자신들은 그저 명령에 따랐을 뿐, 어떤 잘못도 없다. 정말이다. 시키는 대로 했을 뿐이다. 자애로운 신처럼, 제발 신을 모시는 저 남자도 자비를 베풀어 주기를!

"저는 정말 명령에……!"

그들의 시선은 미소를 짓는 그 얼굴에 고정되어 있었다. 신관은 여전히 차디찬 미소를 머금고 자신들을 보고 있었다. 신관에게서 자비를 얻지 못한다는 것을 깨달은 순간, 저 신관을, 최후에는 그 신관이 모시는 신을 저주했다. 붉은 불길은 마침내 그들의 비탄마저 삼켜 버렸다.

붉은 불빛과 붉은 성복, 그리고 붉은 머리카락이 불길의 건조함을 품은 바람에 휘날리고 있었다. 붉은 빛에 물든 그의 얼굴에 서린 비틀린 미소는 불에 타 버린 가여운 피조물들을 향한 조소였다. 마치 안아 줄듯 자애로운 표정으로 그들을 바라본 후, 붉은 노을에 붉게 태워진 하늘을 바라본다.

"보고 있습니까?"

그는 환하게 미소 지었다. 그날 이후, 그는 붉은 추기경이라 불렸다.

손가락에서 튕겨져 나간 화살이 과녁에 꽂혔다. 과녁에 명중한 화살을 바라보며 비올렛은 다시 활시위에 화살을 걸었다. 그리고 또 한 발, 화살은 과녁에 꽂혔다. 그렇게 또다시 한 발을 쏘려 할 때였다.

"비올렛!"

린도의 목소리가 들렸다. 비올렛은 활과 화살을 내리고 목소리가 들리는 쪽을 바라보았다. 린도가 어느새 옆에 서 있었다.

"성무로 바쁘다고 알고 있는데."

비올렛의 말에 기분이 상한 듯 린도의 미간이 팍 찡그려졌다. 비올렛은 그 얼굴이 귀여워 살짝 미소 지었다.

"서운하게 왜 그런 소리를 해! 모처럼 시간이 나서 겨우 너랑 같이 있으려고 여기까지 왔는데!"

린도는 정말로 서운한 듯 초롱초롱한 금안으로 비올렛을 보았다. 몸은 청년인데 하는 짓은 예전과 똑같다. '알았어'라고 그를 달래자 린도가 찡그린 표정을 풀며 미소 지으며 주위를 두리번거렸다. 그러다 과녁에 시선이 향하자 얼굴이 삽시간에 굳었다.

"……왜 이런 짓을 하고 있는 거야?"

준비되어 있던 과녁들은 모두 다 여러 발의 화살에 난도질되어 있었다. 화살들은 강박적으로 동심원을 중심으로 좁게 밀집되어 있었는데, 그 빽빽한 화살의 군집이 비올렛의 집념과도 같아 섬찟했다. 도대체 오늘 몇 발을 쏜 것인지 숫자로 가늠할 수조차 없었다.

린도는 화살을 든 비올렛의 손을 잡아챘다. 예상대로 손은 빨갛게 부어 있었다. 분명 피가 비쳤던 것이 순식간에 계속 낫고 나았음에도 불구하고 저렇게 된 것일 터였다. 비올렛이 린도에게 잡힌 자신의 손을 뺐다.

"린도, 이건……."

"비올렛."

꾸짖는 것 같은 린도의 얼굴에 비올렛은 한숨을 쉬었다.

"왜 이러는 거야? 무슨 문제 있어?"

"아니."

비올렛은 조심스럽게 입을 열었다.

"불안해서."

그 대답에 린도는 아무 말도 하지 않았다. 말룸이 나타날 징조는 이제 단 하나 남았다. '핏빛 하늘'이라는 최후의 징조였다. 기록에 따르면 이 핏빛 하늘이 나타나고 나서 약 삼 일 정도 후, 말룸은 크리처가 나타났던 도시에 나타난다. 보통 크리처 출몰 이후 삼 개월에서 반년 정도 후에 나타나는 것을 감안한다면, 크리처 사태 이후 이미 사 개월을 경과했다. 이제 말룸의 등장은 불과 이 개월 정도밖에 남지 않은 것이다. 그렇게 따진다면 그녀의 불안감도 이해가 가지 않는 것이 아니었다.

"비올렛, 괜찮다고 했잖아. 말룸을 없애는 건 별로 어렵지 않아. 가장 어린 성녀 아흐네리아도 그랬다 하잖아."

말룸의 천적은 성녀라는 말 그대로 말룸을 없애는 것은 성녀에게 있어서 크게 어렵지 않은 일이라고 했다. 물론, 혼자서 말룸과 싸우기에 상처는 피할 수 없을지도 모른다. 그러나 전투 시간도 겨우 몇 시간 이내였고 모두 다 무사히 귀환했다고 기록되어 있다. 선대인 아나스타샤 역시 압도적인 성력으로 겨우 몇 시간 만에 없앴던 것이 말룸이다. 비올렛이라고 못할 것은 없었다.

그럼에도 에르멘가르트 후작가에서 쓸데없이 배운 여러 가지 무예를 연마하고 있으니 린도는 비올렛의 불안에 공감하면서도 그것이 못마땅했다. 무예란 자기 자신을 깎아 만드는 것이 아닌가? 생명을 사랑하는 비올렛이 그것을 순탄하게 배웠을 리는 없다. 분명 그녀의 고운 얼굴에 흘러내렸을 눈물이 상상이 갔다. 린도는 옆에서 있던 애꿏은 로디온을 노려보았다.

"……."

린도의 시선에 로디온이 할 말이 없다는 듯 고개를 푹 숙였다. 비올렛의 화살이 다시 한 번 과녁 정 가운데에 명중했다. 예전부터 궁술이 뛰어나다 생각했지만, 흠잡을 데 없이 완벽한 솜씨였다. 검술 역시 어느 정도 소질이 있다는 것으로 들었는데 왜 저렇게 화살만 쏴 대는가. 화살로 말룸을 물리칠 수 있었다면 굳이 성녀가 필요 없을지도 모른다.

"비올렛, 왜 검술보다 궁술을 중시하는 거야?"

린도의 그 말에 활에서 막 떠난 화살이 과녁을 비껴 나가 과녁이 걸린 나무에 꽂혔다. 그와 동시에 겨우 아물었던 손가락에서 피가 뚝뚝 떨어졌다. 떨어진 피 주변에서 식물들이 자라났다. 그러고 보니 비올렛의 주변으로는 식물들이 비정상적으로 자라 있었다. 피를 한 번만 흘린 게 아닌 것이다.

"다쳤잖아!"

린도가 결국 로디온을 시켜 비올렛의 손에서 활을 빼앗았다. 비올렛은 그것에 저항하지 않고 빗나간 과녁을 보고 있었다.

"그러네."

비올렛이 중얼거렸다. 그녀는 마치 무언가 깨달은 것 같았다. 말룸 같은 건 화살로 없앨 수 있을 리가 없다. 차라리 검처럼 파괴력이 있는 것을 연마하는 게 나을지도 몰랐다.

"리체, 검을 가져 오렴."

"비올렛!"

"성녀님!"

비올렛의 말에 로디온과 린도가 즉각적으로 반응했다. 비올렛은 초조해하고 있었다. 아니, 그녀는 언제나 초조해했다. 에셀먼드가 떠난 이후로 그것은 더욱 심해졌다. 린도는 비올렛을 보았다. 도대체 저 여자는 언제쯤 괴로운 것들로부터 자유로워질 수 있는 것인가. 그녀가 정말로 행복한 미소를 지을 수 있는 날은 올 것인가.

—너는 검을 쓰기엔 너무 손의 힘이 약해. 만약 쓰려면 활을 사용해.

검을 든 채 울고 있는 비올렛에게 에셀먼드가 다가와 넌지시 말했다. 그녀가 무어라 말하기도 전에 그는 이미 자리를 떠났다.

차라리 무언가를 죽여야 한다면, 그래야만 한다면 에셀먼드의 말대로 화살로 단번에 명줄을 꿰뚫는 것이 그들에게 보여 줄 수 있는 자비라고 생각했다. 어떻게 활을 연습해야 할까. 후작에게 궁술 스승을 달라고는 절대 말 못 한다. 분명 에셀먼드의 귀에 들어갈 것이다. 그의 말을 따른다는 것을 들킨다니, 죽기보다 더 싫었다. 그러나 짐승들의 비명 소리를 듣지 않아도 된다는 것은 비올렛에게 절실했다. 눈물이 주르륵 흘러내렸다.

그래서 무기고에서 몰래 활과 화살을 가져왔다. 비올렛은 억센 새 활의 활시위를 당기려 했다. 그러나 화살은 과녁을 비껴 나가기만 했다. 무작정 활로 과녁을 쏜다고 해서 그것이 제대로 될 리가 없었다.

—아!

팽팽해진 활시위가 끊어지고 말았다. 볼이 화끈거리는 느낌과 동시에 손가락에서 피가 흘렀다. 비올렛은 손을 바라보았다. 억지로 팽팽한 활시위를 계속해서 당기자 연약한 피부가 터져 버린 것이다. 갑자기 눈가에 눈물이 핑 돌았다. 울지 않으려 했지만 자꾸만 눈물이 나왔다.

왜 이런 짓을 해야 하는 건가. 어차피 누군가를 상처 입히고 죽이기 위한 기술이 아닌가? 이 행위 자체가 끔찍하게 느껴졌다. 활시위에 상처 입은 손가락이 아파서 견딜 수 없었다. 결국 비올렛은 털썩 주저앉아 손가락을 보았다. 이 저주스러운 상처는 아주 천천히 아물어 가고 있었다.

그때 등 뒤에 그림자가 졌다. 비올렛이 흠칫 놀라서 뒤를 돌아보자, 에셀먼드가 서 있는 게 보였다. 그는 비올렛과 끊어진 활시위를 번갈아 보았다. 그리고 무릎 위에 놓인 그녀의 손바닥을 보았다. 비올렛은 상처를 숨기려 손을 뒤집었으나 이미 보이고 말았다. 에셀먼드가 무릎을 꿇고 비올렛의 손을 잡았다. 손을 잡아 빼려 했지만 그 손은 이미 잡힌 지 오래였다. 그는 찬찬히 비올렛의 손을 살펴보았다.

—……어이가 없군.

—상관없잖아요.

비올렛이 에셀먼드를 노려보며 말했다.

—길이 들지도 않은 활을 제대로 배우지도 않고 쏴 대니 당연한 결과다.

—…….

무언가 울컥하고 치밀어 올랐으나 틀린 말이 아니기에 말할 수가 없다. 비올렛은 그저 그의 손아귀에 잡힌 자신의 손을 빼내려 힘을 주는 것으로 불만을 표출했다.

생채기 정도면 금방 낫겠지만 억세고 가느다란 활시위가 손가락에 깊은 상처를 남겼다는 것이 문제였다. 그의 의견을 따르다가 결국 이렇게 되어 버려 부끄러움을 넘어서 수치스러웠다.

그는 생각 외로 조심스럽게 비올렛의 다른 손을 잡았다.

—어딜 가요?

—…….

그는 아무런 말도 하지 않았다. 아마 어디를 간다 해도 그녀가 떽떽거리며 반항할 것을 예상한 듯했다.

비올렛은 자신의 손을 감싼 에셀먼드의 커다란 손을 보았다. 그을린 손등에는 새하얀 흉터들이 가득했다. 검을 배움에도 아직 부드러운 그녀의 손과는 달랐다. 그가 이끈 곳은 연무장 옆 작은 오두막이었다. 에르멘가르트 가문에서 수련하는 기사들이 휴게실로 이용하는 그곳에는 몇몇 기사들이 자리했으나, 그들은 비올렛이 에셀먼드의 손을 잡고 온 것을 보고 헛기침을 하며 자리를 피했다.

—손.

강아지도 아닌데. 반항적으로 에셀먼드를 보자 그는 조용히 한숨을 내쉬고 강제적으로 손을 잡아끌었다. 따스한 손의 감촉이 익숙하면서도 낯설었다.

에셀먼드는 알싸한 냄새가 나는 하얀 천으로 흙먼지와 피로 범벅이 된 비올렛의 손을 닦았다. 보이는 성격과는 다르게 그 손길은 부드럽기 그지없었다. 손바닥이 다시 깨끗해지자 능숙하게 연고를 가져와 상처 부위에 발랐다. 따가움에 반사적으로 손을 잡아 빼려 하자 그가 달래듯 부드럽게 붕대를 감싸 주었다. 그러자 그 쓰라림이 멎는 것 같았다.

—…….

어차피 몇 시간 후면 나을 것이다. 굳이 이럴 필요는 없었다. 어차피 이런 것도 신전의 귀에 들어가게 된다면 제대로 대우해 주지 않았다 하여 곤란해지니 이러는 거겠지. 비올렛이 반항적으로 생각했다.

접촉되는 손의 느낌이 어색해서 견딜 수 없었다. 손길에 내재된 다정함이 어렴풋이 느껴졌기 때문이었다. 그러나 비올렛은 그것이 가식이라 생각하며 어떻게 그를 화나게 할지 궁리하고 있었다. 갑자기 에셀먼드의 손이 비올렛의 뺨에 닿았다.

—으!

비올렛이 얼굴을 찡그렸다. 쓴 연고의 냄새가 코를 자극했다. 아까 시위가 끊어졌을 때 볼이 살짝 따갑다 했더니 아무래도 볼에도 생채기가 난 것 같았다. 에셀먼드와 얼굴이 마주했다. 어두운 푸른 눈동자를 피해 고개를 돌리려 했으나 그의 손이 힘을 주어 얼굴을 강제로 마주하게 했다. 그가 얼마만큼 숨을 들이쉬고 내쉬는지 알 수 있을 정도로 거리가 가까웠다.

에셀먼드의 파란 눈이 비올렛을 뚫어져라 보았다. 저 사람이 어떤 감정으로 자신을 보고 있는지 모른다. 비올렛은 그 가까운 얼굴에 차라리 눈을 감아 버렸다.

치료는 금세 끝났다. 비올렛이 눈을 뜨니 에셀먼드가 자신의 손에 묻은 연고를 닦아 내고 있었다. 그 모습이 귀족답게 우아하기 그지없었다. 이제 이 불편한 것에서 해방인가. 비올렛이 자리에서 일어났다. 그러나 에셀먼드도 그녀를 따라 일어났다.

—따라와.

—또 어디를요.

그러나 에셀먼드의 손은 다치지 않은 비올렛의 손을 꽉 쥐었다. 그 따스한 느낌에 손을 잡아 빼고 싶었으나 비올렛은 저항하는 것을 포기했다. 어차피 저 남자는 자기가 하고 싶은 대로만 할 것이다. 어차피 여기서 마음대로 할 수 있는 것은 아무것도 없다.

그가 손을 잡아 이끈 곳은 무기고였다. 왜 갑자기 무기고에 가는 걸까. 왠지 모르게 무서워 몸을 움츠리자 에셀먼드가 그녀를 바라보더니 손을 놓아 주었다. 그가 잠시 동안 기다리라 말한 후 천장 가까이에 걸려 있는 활을 내려 주었다. 활은 동물의 뿔을 가공하여 만든 것이라 생각보다 가벼웠다.

—이거.

—…….

—내가 쓰던 거다.

비올렛은 그것을 꽉 쥐며 얼굴을 찌푸렸다. 그걸 지금 내가 쓸 거라 생각하는 건가. 비올렛은 지금 당장 저것을 던져 버리고 싶은 충동과 부러트리고 싶은 충동 사이에서 고민했다. 어쩜 저 남자는 저렇게 싫은 행동만 할까.

—아직 어린 네가 활을 쓰긴 무리야. 내가 길들여 놨으니 아프진 않을 거야.

—…….

그의 얼굴을 바라보자. 그는 특유의 냉정한 무표정으로 자신을 바라보고 있었다.

—네가 원한다면 던져 버려도 상관없다. 다만 배우는 건 늦어지겠지.

—누가 버린다고……!

에셀먼드가 뒤로 돌아 무기고에서 나갔다. 활은 이리저리 잡아 보니 분할 정도로 비올렛의 손에 딱 맞았다. 그것이 못마땅해 던져 버리려 했으나 에셀먼드가 예상한 행동을 하자니 그것도 내키지 않았다. 그를 화나게 할 참신한 방법이 생각이 나지 않아 그저 활을 꽉 쥘 뿐이었다.

무기고에서 나가자 떠난 줄 알았던 에셀먼드가 기다리고 있었다. 그녀가 활을 부러뜨리지 않은 것을 확인한 에셀먼드가 말했다.

—이리 와 봐.

그는 다시 비올렛의 손을 잡았다. 결국 비올렛은 한 손으로는 활을, 다른 한 손으로는 에셀먼드의 손을 잡고 그를 따랐다. 그가 이른 곳은 과녁이 있는 궁술 연무장이었다. 에셀먼드가 비올렛의 손에 있던 활을 집어 들어 화살을 쏘았다. 화살은 마치 정해진 듯 명중했다.

'아, 그래. 저 사람이 못하는 게 또 뭐가 있겠어.'

그녀가 얼굴을 찡그리며 그것을 보았다. 화살을 쏘는 자세마저도 완벽하고 눈이 부셨다.

활을 다시 비올렛에게 내민 에셀먼드가 비올렛의 손바닥을 살펴보았다. 연고 때문인지 몇 시간 후에야 나을 거라 생각했던 손가락이 나아 있었다.

—잡아 봐.

그럴 줄 알았다. 혹시나 그럴까 했지만 역시나였다. 이 사람이 상처를 치료한 것은 아까 저질렀던 그 한심한 행위를 다시 하지 않도록 가르치기 위함이었다. 비올렛이 활시위를 당겼다. 아까의 활과는 달리 시위는 질기지 않고 잘 늘어났다. 그러나 계속 당기자 어느 순간 이후로 또다시 끊어질 것같이 팽팽해졌다. 아까처럼 혹여 시위가 끊어질까 겁이 나며 손가락이 떨렸다.

—괜찮아. 끊어지지 않아.

에셀먼드의 목소리가 어쩐지 부드럽게 들렸다. 비올렛은 그것에 안심하는 자신이 미워 견딜 수가 없었다.

—다리 사이 간격을 넓히고 숨을 멈춰. 숨결 하나에도 궤적이 엇나간다.

그 말에 비올렛이 흡 숨을 참았다. 그가 허리를 숙여 자세를 낮추고 그녀의 작은 손 위에 손을 얹었다. 따스한 온기를 머금은 손이 그녀의 손을 감쌌다. 활과 화살이 과녁을 겨누었다. '쏴'라는 그의 말에 활시위를 놓았다. 그리고 그것은 과녁의 중심까진 아니지만 어중간한 부분에 닿았다. 명중은 아니었지만 어찌되었든 과녁 안에는 들어갔던 것이다.

비올렛은 눈을 크게 뜨며 그것을 보았다. 그리고 자신도 모르게 뒤돌아 에셀먼드를 보았다. 그는 비올렛의 얼굴을 가만히 보고 있었다. 그리고 아무런 말도 하지 않고 뒤돌아서 가 버렸다. 활을 손에 쥔 채 비올렛은 에셀먼드의 뒷모습을 응시했다.

그가 사라지자 자신의 손에 쥐어진 활을 보았다. 그녀는 그 활을 품에 안았다. 왠지 모르게 그러고 싶었다.

지금 와서 생각해 보면 그녀는 검에 소질이 없는 것이 아니었다. 궁술도 억센 활시위를 당겨야 해 손의 힘이 필수적이었다. 그럼에도 궁술을 배웠던 것은 생명의 비명 소리를 사람의 목소리로 들어 괴로워하는 비올렛에 대한 그의 배려였던 것이다. 참으로 다정한 사람이지 않은가. 어린 자신도 그것을 어렴풋이 깨달아서 활을 버리지 못했다.

비올렛은 자신이 들고 있는 활을 보았다. 그때 그가 준 활을 아직도 쓰고 있을 리는 없다. 그녀는 성장해 화살치고는 파괴력이 있는 굵은 화살을 쓰고 있었다. 그러나 그 활만은 버릴 수 없었기에 가끔 활이 손에 익지 않으면 그 활을 손에 잡고는 했다. 그렇게 하다 보면 어느새인가 손 위로 그의 손이 겹쳐지는 것 같은 느낌이

들었다.

약 6년이 넘는 시간이 지났음에도 정말이지 한심하기 짝이 없다. 비올렛은 계속 생각했다. 잊어버리기 위해 몰두했던 행위에도 그의 손길이 닿아 있었다니. 그녀는 손이 천천히 아물어 가는 것을 보았다. 어렸을 때와는 다르게 성력이 차오르는 회복 속도는 꽤나 빨라진 편이었다.

"성녀님, 이젠 정말 몸이 상하실 겁니다. 검은 다음에, 제발 다음에 수련하십시오."

로디온이 거의 빌듯이 그녀에게 말했다. 검을 들까 했지만 결국 로디온과 린도의 얼굴을 보고 포기한 채 연무장을 떠났다.

약 한 달 동안의 보수 끝에 백궁이 온전해지고 비올렛은 다시 그곳의 주인이 되었다. 백궁은 변함없이 예전과 똑같이 복원되었지만 사실 잃은 것이 많았다. 성가대의 아이들의 반이 죽었으며, 시녀들은 타르크의 군대에 의해 철저히 유린당해 거동할 수 없게 되거나 목숨을 잃었다. 다 자라서 돌아다니며 야옹거리던 고양이들은 전화戰禍에 사라졌다. 그를 추억하는 것도 용납하지 않으려는 듯.

날은 따스해지고 햇빛에 새 생명이 깨어나 봄을 노래했다. 그러나 백궁은 어딘지 모르게 인적이 드물었고 조용하며 공허했다.

"……."

따스한 햇살을 만끽하며 조용히 그 풍경들을 바라보자 린도의 목소리가 들렸다. 그제야 비올렛은 린도가 자신을 따라왔다는 것을 알았다.

"비올렛."

그 목소리에 고개를 돌려 린도를 보려니 부드러운 손이 비올렛의 뺨을 감쌌다. 린도의 작았던 손은 비올렛의 얼굴을 감쌀 만큼 제법 커져 있었다. 그 접촉에 눈을 크게 뜬 채 바라보자 린도는 아름다운 얼굴에 미소를 지으며 비올렛을 보고 있었다.

"이제 날 봐 주는구나?"

그 말에 비올렛은 자신이 너무 혼자만의 생각에 빠져 있었다는 것을 알았다. 모처럼 린도가 시간을 내서 와 준 것임에도 지나치게 자기 위주로 행동했던 것이다.

"미안."

비올렛의 말에 린도가 환하게 미소 지었다. 햇살에 옅은 적색을 머금은 은발이 찬란하게 반짝였다. 생각해 보면 왜 몰랐을까. 그 금안의 눈매도, 미소도 체자레와 닮아 있었는데.

그러나 체자레가 남성적 선을 가진 아름다운 남자라면, 린도에게는 여성과 같은 섬세한 아름다움이 있었다. 그 얼굴을 보면 비올렛은 린도의 어머니가 누구인지 생각하게 된다. 그러나 그것을 린도에게 물어볼 정도로 어리석진 않았다. 아버지에 대해 말한 것만으로도 무척이나 힘들었을 린도를 호기심으로 상처 입히고 싶지는 않았다.

그것을 아는지 모르는지, 린도는 비올렛의 뺨을 쓸었던 손을 내려 그녀의 손을 잡았다. 부드러운 손이 그녀의 손을 조심스럽게 끌었다. 비올렛은 그 과정이 너무나 어색하고 낯설었다. 그녀가 접한 손은 언제나 거칠고 흉터가 많은 건조한 남자의 손이었다. 이런 감촉이 아니었던 것이다. 남자치고는 고운 손을 바라보자 린도가 말했다.

"나 걱정시키지 않을 거지?"

그에 비올렛은 무엇이라 말해야 할까 고민했다. 걱정을 시켰던 건가. 확실히 린도를 못 본 며칠 동안 그녀가 했던 행동이란 화살을 쏘는 것이 전부였다. 그것이 걱정시킬 일이라면, 궁술을 연습하는 것은 이제 그만두기로 결정했으니 고개만 끄덕이면 되었다.

"노력은 하겠는데 약속은 못 하겠어."

그러나 그녀는 누군가에게 근거 없이 확신을 주는 사람은 아니었다. 그에 린도는 한숨을 내쉬었다. 에셀먼드가 떠나고 나서 예배당에서 한참을 혼자 울고 있던 비올렛에게 린도는 아무것도 묻지 않고 그녀를 안아 주었다. 그때 비올렛은 린도가 자신을 생각보다 많이 좋아하고 있다는 것을 깨달았다. 이번 일로 또 얼마나 걱정을 끼친 것일까. 그렇게 생각하니 죄책감이 밀려왔다.

"미안."

다시 한 번 하는 사과에 린도의 얼굴이 어둡게 가라앉았다. 그는 비올렛의 입에서 하는 사과가 달갑지 않는 것이 분명했다. 그는 한참동안 무언가 말하려다 하더니 입을 다물었다. 그리고 후우, 한숨을 쉬며 말했다.

"아니야, 비올렛. 내가 미안해해야 해."

"응?"

린도의 얼굴이 굳어 있었다. 비올렛은 어쩐지 불길함을 느끼며 린도를 보았다. 그는 잠시 동안 얼굴을 찡그리며 창을 보았다.

"이번에 성도의 애녹시 글로리는 끝났잖아. 그런데 수도는 애녹시 글로리의 시작을 늦췄나 봐. 약 이 주일 후에 시작된다는 통보가 왔어."

"……."

이제 린도는 수도를 '왕도'라고 하지 않고 '수도'라고 말하고 있었다. 그것은 왕의 도시와 교황의 도시를 구분 지으려 하지 않는 그의 인식의 변화에서 비롯되었다.

"신왕이 등극하고 처음 열리는 수도의 축제야. 무슨 말인지는 알고 있지? 폐하는 너와 내가 수도에서 폐하와 함께 풍등을 날리는 걸 원하나 봐."

비올렛은 그 말에 고개를 끄덕였다. 애녹시 글로리가 열리는 기간은 영지마다 다양하다. 그러나 수도는 보통 애녹시 글로리를 가장 늦게 열었다. 그리해야 지방 귀족들이 대부분 참여할 수 있기 때문이었다.

"교황과 국왕이 대립하기 이전에는 성녀, 교황, 국왕 셋이서 그 풍등을 날려 보냈던 모양이야."

비올렛은 옛날을 떠올렸다. 분명 아나스타샤도, 그 전대 성녀 루치아도, 모든 이들의 축복에 둘러싸여 봄의 시작을 알리는 풍등을 날려 보내며 백성들의 기원을 하늘에 올려 보냈을 것이다.

"사실 몇 달 전부터 계획되어 있었는데, 그냥 나만 가겠다고 했거든."

비올렛은 '네가 힘들어하니까.'라는 말이 생략되어 있는 것을 알았다. 린도는 그저 얼굴을 살짝 찌푸리더니 말했다.

"폐하도 별로 내키지 않아 했지만 대신들이 강력히 주장해 곤란한 모양이야. 백성들에게 처음 얼굴을 내비치는 거라 앞으로 나라를 어떻게 이끌지 천명하는 자리라고, 꼭 성녀인 네가 필요하대."

"……."

린도가 미안한 얼굴로 말했다. 비올렛은 그가 무엇을 말하고 있는지, 무엇에 미안하다 하는지 깨달았다. 그녀는 난처한 얼굴로 대신들의 말을 듣고 있는 샤를을 떠올렸다. 신왕은 언제나 지지 기반이 약한 법이었고, 그 지지 기반을 지탱할 수 있는 것은 교황과 성녀를 포함한 소수의 귀족들뿐이었다.

"응, 가자."

비올렛은 린도의 얼굴을 보며 고개를 끄덕였다. 린도의 얼굴이 걱정으로 물들어 있다는 것을 알았다. 분명 수도에 간다면 그를 만나게 될 것이다. 하지만 그것을 피해야 할 이유가 없다. 분명 그를 보면 마음이 아프겠지. 지금도 마음이 아팠다. 어떻게 하면 마음이 안 아픈지 알 수 없었다.

"폐하를 보는 것도 삼 개월 만인가?"

미안해하는 얼굴을 보고 활짝 웃어 보이자 린도의 얼굴이 굳었다. 그의 황금색 눈이 한참동안 비올렛을 응시했다.

"응. 그래, 비올렛."

그는 조용히 중얼거리며 비올렛을 보았다.

"네가 고통스럽지 않게 할게."

린도가 속삭였다. 마치 자신에게 다짐하는 목소리였다.

"전혀 걱정할 필요 없어."

"……그래."

비올렛이 대답했다.

부릅뜬 붉은 눈이 그녀를 쫓아오고 있었다. 비올렛은 그것으로부터 도망쳤다. 손에는 그것에 대항할 어떤 무기도 없었다. 그저 맨몸인 채 필사적으로 달리고 있었다.

"비올렛, 사랑하는 나의 비올렛."

그것이 속삭인다.

"우리 이제 곧 만날 수 있을 거야."

부드럽고 달콤하게 속삭인다. 그럼에도 그 평화로운 목소리를 안온하다 여기지 않는 것은 그 뒤에 있는 강대한 기운 때문이리라.

"비올렛."

결국 무언가에 걸려 넘어진 비올렛은 자신이 맨발이라는 것을 그제야 깨달았다. 길고 끈끈한 촉수가 그녀의 새하얀 발목을 휘감았다.

"비올레엣."

그것이 아가리를 벌린다. 그와 함께 뜨뜻미지근한 악취가 확 풍겨왔다. 그리고 그게 그녀를 삼키려는 순간, 갑자기 볼에 서린 따스하면서도 따끔한 감촉에 눈을 떴다. 식은땀이 흘렀다. 누군가 분명히 자신을 깨워 준 것 같은데. 이 털이 많은 말랑한 느낌은 분명…….

"어……."

비올렛은 자신의 가슴 사이에 얼굴을 파묻고 내려다보는 한 쌍의 샛노란 눈을 보았다.

—잘 살아남았냥, 잉간?

냥냥 소리와 함께 고양이가 말했다. 비올렛은 그것을 보고 자리에서 일어났다. 덕분에 가슴팍에 있었던 고양이가 데구루루 굴러 그녀의 허벅지 위로 떨어졌다. 빼빼 마른 고양이를 안은 채 주위를 둘러보니 어느새 다 자란 새끼 고양이들이 야옹거리고 있었다.

—보고 싶었다냥, 말 통하는 잉간.

그 인사에 비올렛의 얼굴이 확 달아올랐다. 얼굴에서 눈물이 툭, 툭 떨어졌다. 살아 있었다. 아직 모든 것을 잃어버린 게 아니었던 것이다. 고양이들이 다시 이곳으로 살아 돌아왔다.

—우냐, 잉간?

—울지 마라냥, 잉간.

폴짝폴짝거리며 고양이들이 침대 위를 오르기 시작했다. 다듬어지지 않은 발톱 때문에 침대 시트가 긁히며 찢어졌지만 그런 것 따윈 상관없었다. 고양이들이 전부 비올렛의 어깨와 가슴을 타고 올라와 얼굴을 핥기 시작했다. 멈추려고 했지만 눈물이 계속 흘러내렸다.

—아, 잉간이 우리가 너무 그리웠나 보다냥.

—더 빨리 찾아올 걸 그랬다냥.

—그래도 그 무서운 인간들이 있을까 봐 무서워서 그랬다냥. 미안하다냥.

고양이들은 오랜만에 만난 그들의 마음 여린 친구에게 아낌없이 친근감을 표현했다. 오랜만에 방이 들어찬 기분이 들어 그녀는 활짝 웃었다.

신왕이 등극하고 처음으로 열리는 축제답게 봄을 맞이하는 수도의 축제는 비올렛이 숱하게 보았던 어떤 축제보다 더욱더 화려하고 아름다웠다. 오색의 지붕에는 사람들이 손수 만든 종이꽃이 달려 있었고 봄이 오는 것을 가장 빨리 알리는 노란 개나리가 집의 입구마다 장식되었다. 새파란 하늘에는 하얀 구름이 수놓아져 있었다. 몇 개월 전 수도를 나왔을 때의 전쟁의 황폐한 기색은 온데간데없이 사라진 지 오래였다.

비올렛은 마차 창문 너머의 별세계를 한참 동안이나 바라보고 있었다. 잠이 드는 약을 먹었다 일어난 지 얼마 안 되었기 때문에 겨울과 전쟁으로 살풍경했던 수도의 변모가 마치 꿈과도 같았다. 성문을 지나가자 말을 타고 온 왕국군의 기사들이 보였다.

"왕성 제1기사단 단장 에이든 에르멘가르트입니다. 성하와 성녀님을 호위하고자 폐하께서 보내셨습니다."

비올렛은 그 말에 몽롱했던 정신이 다시 돌아오는 기분이 들었다. 그리고 이곳이 수도라는 사실을 깨달았다. 옆에 있던 리체가 물을 먹여 주었다. 지끈거리는 머리를 붙잡고 비올렛은 구부러진 허리를 폈다.

열려진 창문으로 왕국의 문양이 새겨진 안장을 탄 기사들이 호위하고 있는 게 보였다. 마차 창문 너머에 미소 짓는 에이든이 있었다. 비록 마지막이 어색했을지언정, 그는 오랜만에 비올렛을 만나서 기쁘다는 기색을 숨기지 않았다. 그에 미지근한 물에 목욕이라도 한 듯 마음이 따스하게 차올랐다. 마차가 왕궁에 도착했다.

"어서 오십시오, 성녀님."

한참 후 마차의 문이 열리며 에이든이 손을 내밀었다. 옆에 서 있는 로디온이 못마땅한 얼굴로 그를 보고 있는 것을 알았으나 모처럼 에이든을 본 것이라 손을 내밀어 잡았다. 비올렛은 그의 얼굴이 점점 누군가를 닮아간다는 것을 알았다. 장갑을 꼈어도 거친 손의 감촉이 느껴졌다. 비올렛이 에이든을 향해 미소 지었다.

"너 아직 잠에서 덜 깼니?"

아, 비올렛은 그 말을 듣고 바로 얼굴에 미소를 지워 버렸다. 삼 개월이 지났다고 저 성격이 바뀌었다면 자신도 진즉 자비를 베푸는 성녀가 되었을 것이다. 그녀는 속으로 툴툴거렸다.

그래도 손을 내밀어 잡으니, 그 손이 제법 단단하게 비올렛을 잡아 지탱했다. 어렸을 적에도 그녀보다 훨씬 컸지만, 적당히 그을린 피부와 커다란 키, 넓어진 어깨와 더불어 성장한 그는 이제 제법 청년다운 생김새를 하고 있었다. 그 시선을 눈치챈 에이든이 비올렛을 보았다. 그러다가 '왜? 어디 뭐 묻었어?'라고 묻자 그녀는 고개를 저었다.

궁 안에 들어가니 정원에 화사한 꽃들이 피어 있었다. 비올렛은 떨어지는 벚꽃 잎 사이를 걸었다.

왕성 기사단에 익숙한 사람들의 얼굴이 보였다. 이전에 샤를의 생일로 이곳에 방문했을 때에는 마음의 여유가 없어서 그들에게 제대로 인사도 하지 못했다. 비올렛은 부드러운 미소를 지으며 그들에게 살짝 눈인사를 했다. 비올렛과 눈이 마주친 기사들이 깜짝 놀라 서로를 바라보며 고개를 갸웃거렸다. 묘하게 기뻐하는 것도 같았다. 그 광경을 눈을 가늘게 뜨고 지켜본 린도가 갑자기 뛰듯 재빨리 비올렛의 옆에 섰다.

"무슨 급한 일 있어?"

"아니."

린도가 헤헤 웃으며 비올렛의 손을 잡았다.

"머리가 멍하지? 약 먹어서 그런가?"

린도는 틈만 나면 비올렛의 손을 잡았다. 사실 처음 잡혔을 때는 어색하기 그지없었으나 지금은 이 감촉도 익숙해졌다.

"응. 좀 머리가 어지러워."

비올렛은 솔직하게 말했다. 에이든이 눈을 접시만큼 키우고 그녀를 보았다. 비올렛의 입에서 약한 소리가 나온다는 것은 상상도 할 수 없었기 때문이었다. 그에게 그녀는 감옥에서도 앓는 소리 한 번 내지 않는 독한 여동생이었다. 그런데 지금은 머리가 어지럽다니?

"아, 어떡하지? 비올렛이 아프다니. 바로 쉬어야겠어. 폐하는 지금 정무 중이신가?"

린도가 마중 나온 궁정백궁정 업무를 담당하는 귀족에게 묻자 그가 고개를 끄덕였다. 그에 비올렛이 만류하듯 린도의 어깨에 손을 얹었다.

"아니야, 넌 쉬어야 해. 네가 아프면 어떻게 해!"

린도가 호들갑을 떨자 옆에 서 있던 사람들도 수군거리기 시작했다.

"성녀님! 아직도 몸이 안 좋으셨군요. 요새 어지럼증이 있으시던데……."

비올렛을 곁에서 모시는 신관들 중 한 명의 말에 성기사들과 신관들의 얼굴이 사색이 되었다. 에이든이 걱정스럽게 비올렛을 보았다. 어지럼증이 계속 있었구나. 시종한테 의원이라도 데려오라고 할까……. 그렇게 생각하며 고개를 옆으로 돌린 그는 호위를 위해 파견된 제1기사단원들 역시 얼굴이 파랗게 질렸다는 것을 깨달았다. 저 인간들이 왜 저러지? 신관들이나 성기사들이야 그렇다 치고 왕실 기사들까지 왜 난리란 말인가. 에이든은 눈을 깜빡이며 어이가 없다는 듯 그들을 훑어보다 그 원인인 비올렛을 보았다.

비올렛도 자신의 말에 모든 이들이 지나치게 반응하고 있다는 것을 알았다. 에이든의 표정에 민망해진 그녀가 고개를 숙였다.

"자, 쉬러 가자. 어서! 성녀가 거할 곳을 알려 주게."

린도는 비올렛의 손을 잡고 궁정백에게 지시했다. 이동하기 시작한 그들의 뒤를 로디온과 리체가 따랐다. 비올렛은 유달리 과장된 행동을 하는 린도를 보고 한숨을 쉬었다. 한참 후에 궁에서 준비된 방까지 데려간 그들은 결국 그녀가 침대에 누워 있는 것까지 지켜보았다.

린도는 워낙 비올렛이 앓아누운 모습을 자주 보았고, 로디온은 에셀먼드가 가고 나서 그녀의 곁에 붙어 있어 많이 보았으며, 에이든 역시 어렸을 적에 비올렛이 자는 모습을 많이 보았기에 여자가 침대에 누워 있는 모습을 보고 있다는 사실에 아무 감흥도 없어 보였다.

"폐하를 정식으로 찾아뵈는 건 내가 알아서 할게. 알았지?"

"응."

비올렛은 린도가 어떤 생각을 하고 있는지 다 보였다. 그러나 모르는 척 고개를 끄덕였다. 그때 에이든이 말했다.

“아무리 그래도 알현실에서 대신들이 있을 때 정식으로 찾아뵈는 게 낫지 않겠…… 아.”

에이든이 로디온과 린도의 시선을 받고 입을 다물었다. 누워 있는 입장에서 보이는 것은 린도와 로디온의 뒤통수뿐이라 그녀가 볼 수 있는 것은 에이든의 ‘히익’거리며 놀라는 표정밖에 없었다. 그는 머쓱하게 머리를 긁었다.

“몸이 괜찮아지시면 그때 봬도 되십니다. 암요……. 그렇죠. 그렇게 해야죠. 소중한 우리 성녀님이신데.”

에이든이 그렇게 말하며 슬금슬금 그녀로부터 물러났다. 그렇게 기사단원들이 서 있는 곳까지 가다가 소리쳤다.

“아니, 경들까지 나한테 왜 그럽니까!”

저 멀리 들리는 목소리로 보아 기사들도 에이든에게 무어라 말한 듯했다. 비올렛은 한숨을 쉬었다.

“그럼 쉬고 있어. 알았지?”

린도가 비올렛의 이마를 쓸며 말했다. 어쩌다 보니 졸지에 쉬게 된 그녀는 고개를 끄덕였다.

방에 홀로 남은 비올렛은 조용히 리체의 시중을 받았다. 그녀는 씁쓸한 미소를 지었다. 걱정 말라더니 린도는 에셀먼드와 자신이 만나는 횟수를 철저하게 줄이려는 모양이었다. 꼭 그렇게까지 하지 않아도 상관없는데, 린도의 필사적인 모습 때문에 자신도 모르게 알고도 넘어가 주었다.

왕궁의 천장을 보며 비올렛은 눈을 감았다. 사실 피곤하고 어지러운 것은 사실이었으니 이틈에 휴식을 취하는 것도 나쁘진 않을 듯했다.

입안에 울컥하고 피가 차올랐다. 낄낄거리는 웃음소리와 함께 등쪽에 격통이 일었다. 너무 고통스러워 자신도 모르게 비명을 질렀다. 악마와도 같은 웃음소리에 분노가 치밀어 올랐다.

"여길 칼로 더 찔러 보자고! 아까 뼈 보이는 거 봤어? 사람의 몸이란 신기하군."

"너무 심한 거 아니냐? 봐, 피를 토했잖아."

"우리가 그러고 싶어서 그러냐? 명령을 따를 뿐이야."

그들에게 이것은 유희 거리일 뿐이었다. 자신이 토한 피 웅덩이에 처박힌 그녀는 고개를 들어 쓰러져 있는 남자를 보았다. 남자의 머리카락은 그가 흘린 피 때문인지, 아니면 본래 그런 색이었는지 모를 정도로 붉었다. 피 웅덩이 속 남자의 흐릿한 금안이 그녀를 바라보고 있었다. 그녀가 어떻게 유린되는지, 어떻게 살해되어 가고 있는지, 그 모습을 눈조차 깜빡이지 못하고 지켜보고 있었다.

그의 몸이 바르르 떨렸다. 영롱한 금색의 눈이 혼탁하게 물들었다. 흐릿한 금안에 서린 절망과 분노를 본 그녀는 손을 뻗으려 했다. 그러나 온몸의 힘을 다해 뻗은 손마저도 검에 찔려 버렸다. 비열한 웃음소리가 희미한 의식 저편에서 넘어온다.

왜 너와 나는 고통을 당해야 하는 것일까. 정말로 존재하는 것 자체가 죄악일 수 있는 것일까. 그렇다면 왜 신은 자신들을 만든 것일까. '고통을 주기 위해 만든 존재'라는 것이 자신들인 걸까. 그렇다면 그런 존재는 왜 태어난 것일까. 그런 존재가 나라면, 나는 신을…….

아아, 미안해, 체자레.

비올렛은 잠에서 깨어났다. 한참 동안 숨을 헐떡였다. 온몸이 칼로 찔린 것처럼 아팠다. 이것은 말룸과 마주한 예지몽이 아니라 단순한 악몽이었다. 왜 이런 악몽을 꾼 것일까. 검에 몸이 산산이 찢겨 나가는 기분이 들었다. 그러나 더욱더 그녀를 아프게 했던 것은 분명히 따로 있었다.

창문을 보니 하얀 커튼 너머로 해가 지고 있었다. 점심때에 도착한 것을 생각한다면 하루 종일 잠이 들었던 듯싶었다. 요사이 잠을 제대로 못 자니 계기만 있다면 잠에 깊이 빠지고는 했다. 이런, 아무래도 샤를이 기다릴 것 같았다. 손님이 아파서 쉬기만 하고 주인을 보지 않는다니, 이게 무슨 결례인가.

비올렛은 자리에서 일어났다. 가만히 앉아 있던 리체가 쪼르르 달려와 머리를 정돈해 주었다. 잠은 잘 잤는지 악몽의 찝찝함을 제외하면 어지럼증 같은 두통은 없어 샤를 앞에서 비실비실하는 추태는 면할 수 있을 것 같았다. 따스한 공기를 느끼며 그녀는 하얀 성복을 갖춰 입고 방 밖으로 나갔다.

"몸은 괜찮으십니까, 성녀님?"

로디온이 다가왔다. 이 사람에게도 어지간히 걱정을 시킨 모양이었다. 자신은 그저 잠만 잤을 뿐인데. 걱정의 기색을 보고 씁쓸하게 생각하던 비올렛이 물었다.

"폐하는 아직도 정무 중이십니까?"

비올렛의 물음에 로디온이 말했다.

"방금 연락을 들은 바로는 성하와 정원을 산책하신답니다."

"아아."

어떻게 할까. 정식으로 접견실에서 인사하는 것이 나을까? 비올렛은 고민하다 정원으로 발걸음을 옮겼다. 해가 지기 전에 샤를루스와 이야기 정도는 나누는 편이 좋을 것이다.

"어라, 비올렛!"

멀리서부터 린도가 손을 흔들었다. 아무래도 모두 비올렛을 보러 오고 있었던 듯했다. 샤를루스와 에이든이 보였다. 비올렛은 그를 보며 웃었다. 린도가 뛰어오고 있었다. 린도의 금안과 눈이 마주친 순간, 바닥에 고인 피웅덩이와 절박한 시선으로 자신을 보는 금안이 떠올랐다. 갑자기 배에 강한 격통이 느껴졌다. 비올렛은 짧은 비명과도 같은 신음을 내뱉었다.

"윽!"

그 고통에 중심을 잃자 당황한 로디온이 그녀의 어깨를 감싸 부축했다.

"괜찮으십니까, 성녀님?!"

괜찮다 말하려 했지만 고통은 마치 칼로 찌르고 비튼 것처럼 집요했다. 비올렛은 너무나 큰 고통에 잠시 동안 숨을 쉴 수 없었다.

"비올렛!"

린도가 얼른 비올렛의 곁에 다가왔다. 비록 그가 교황일지라도 아직 로디온보다 린도 쪽이 훨씬 편했다. 그리하여 손이 자연히 린도 허리춤의 옷깃을 잡았다. 그녀는 고통에 린도의 옷을 꽉 잡고 이를 악물며 신음 소리를 참으려 했다. 갑자기 자신에게 안겨 드는 비올렛을 보고 린도가 놀라 물었다.

"갑자기 왜 그래. 무슨 일이야!"

고개를 들어 금안을 보자 갑자기 가슴이 찢어질 것처럼 아파 왔다. 꿈에서 느꼈던 고통이 왜 반복되는 것일까. 비올렛은 후, 한숨을 내뱉으며 고통을 상쇄시키려 했다.

"스승님!"

샤를의 당황한 목소리가 들렸다. 그녀는 인사를 하려고 자신의 몸을 일으키려 노력했다.

"지금 인사가 중요한 것이 아닙니다, 스승님! 얼른 가서 쉬십시오!"

샤를 역시 그녀를 부축하며 말했다.

"오랜만에 뵙는데 이런 모습이라 송구합니다, 폐하."

"스승님, 그런 말씀 하지 마세요."

그녀는 이 고통을 알고 있었다. 배를 직접 검으로 찔렀을 때, 분명 느꼈던 적이 있었던 고통이었다. 갑작스럽게 동시다발적으로 일어나는 엄청난 고통에 식은땀을 흘렸다.

"의원을 불러와야 할 것 같습니다."

그 목소리에 온몸의 피가 싸악 식어 내리는 느낌이 들었다. 순간 린도가 어중간하게 부축하던 자세를 고쳐 잡아 그녀의 어깨를 안았다. 비올렛은 그곳을 보려 했지만, 린도의 목소리에 린도 쪽으로 고개를 돌렸다.

"이제 괜찮아, 비올렛?"

"응."

방금까지도 칼을 찌르는 것처럼 아팠는데 거짓말처럼 고통이 천천히 사그라들고 있었다. 린도가 비올렛의 말에 부드럽게 웃으며 말했다.

"걱정했잖아."

"……."

자신이 거의 린도에게 안겨 있다는 것을 깨닫고 비올렛이 몸을 들었다. 그녀는 고개를 들어 정면을 보았다.

"송구합니다, 폐하. 공연한 심려를 끼쳐 드렸습니다."

"신경 쓰지 마십시오. 의원을 부르리다."

"아니요, 괜찮습니다."

비올렛은 왠지 이 고통이 다시 일어날 것 같지 않다고 생각했다. 비올렛은 정면을 바라보며 말했다.

"신경 써 주셔서 감사합니다, 에르멘가르트 후작."

비올렛은 그가 수도에 도착하자마자 후작 위를 다시 승계받았다는 소식을 들었다. 에르멘가르트 가문에 다시 이름을 올린 그가 후작 위를 받는 것은 예정된 수순이었다.

에셀먼드 에르멘가르트가 비올렛을 조용히 보고 있었다. 그의 깊고 푸른 눈은 그 옛날과 같이 시리고 시렸다.

"성녀님을 뵙습니다."

무미건조한 말에는 이제 아무런 감정도 담겨 있지 않았다. 비올렛은 그 인사를 보면 자신이 눈물을 흘릴지도 모른다고 생각했었다. 어쩌면 차갑게 외면함으로써 나약함을 꼴사납게 드러낼 거라 생각했으나 의외로 무덤덤했다. 가슴이 찢어질 것처럼 아프냐 물어본다면 그런 것도 같았다. 하지만 오히려 그녀가 바라던 모습 그대로인 그의 모습을 보자, 홀가분하게 미소를 지을 수 있었다.

"오랜만입니다, 에르멘가르트 후작."

삼 개월 만에 그들은 후작과 성녀로서 재회했다.

"비올렛."

"응?"

새하얀 벽에 빛이 반사되어 방 안은 초 몇 개만으로도 환했다.

비올렛은 푹신한 소파 위에 앉아 있었다. 몸의 고통은 거짓말처럼 사라져 지금은 말끔했다. 그럼에도 린도는 비올렛의 방에서 떠나가지 않고 그녀를 지켜보고 있었다. 비올렛은 아무 말 없이 그저 홍차만 마셨다. 결국 그 침묵을 견디지 못한 린도가 그녀를 부른 것이다. 그러나 막상 불렀음에도 무슨 말을 해야 할지 모르는 린도를 향해 비올렛이 말했다.

"정말 괜찮아. 악몽을 너무 실감 나게 꿨을 뿐이야."

"실감 나게 꿨다고 그렇게 괴로워하진 않아."

린도의 말에 비올렛이 그런가 하고 생각했다. 비올렛은 그 꿈을 떠올렸다. 피 웅덩이 속에 처박혀 생명을 잃어 가는 남자의 잔상이 머릿속에서 사라지지 않았다.

분명 꿈속의 여자는 쓰러진 남자의 이름을 불렀다. 그러나 그 이름은 이상하게도 기억에 남지 않았다. 그저 기억에 남은 것은 절망과 비탄에 얼룩진 금색의 눈동자였다. 비올렛은 린도를 뚫어져라 보았다. 이 꿈이 암시하는 것은 무엇일까. 그냥 단순한 악몽인 것일까.

"비올렛?"

갑자기 비올렛이 린도의 금안을 바라보자 그가 당황했다.

"엇, 갑자기 왜 그래."

'내가 잘생겼어?'라고 너스레를 떨 성격은 못 되었기에 비올렛의 얼굴이 올곧게 자신을 바라보자 린도의 두 뺨이 붉게 물들었다.

"린도."

"어, 응? 비올렛."

린도가 말을 더듬으며 대답하자 비올렛은 그의 눈을 보며 말했다.

"스승님, 아니, 티게르난 공작과 연락하니?"

그 말에 린도의 얼굴이 서서히 굳어 갔다. 비올렛은 자신도 모르게 튀어나온 말에 아차 싶었다.

"아버지와는……."

린도가 한숨을 쉬듯 말했다.

"연락 같은 걸 한다고 해서 답장을 해 주는 친밀한 사이는 아니야."

그 말에 비올렛은 입을 다물었다. 왜 하필 체자레가 떠올랐을까. 알 수 없었다.

"아버지가 궁금했나 보구나? 하긴 아버지는 나보다 널 더 아끼셨으니 말이야."

린도가 차갑게 조소했다. 지금 와서 생각해 보니 그 싸늘한 얼굴은 놀랍도록 체자레를 닮아 있었다. 그가 비올렛을 바라보다 얼굴을 살짝 찌푸렸다.

"딱히 너한테 화내는 거 아니야."

"……."

그의 기분이 가라앉은 것은 체자레의 이야기를 꺼낸 비올렛의 잘못이었다. 그럼에도 린도는 비올렛의 눈치를 보며 슬금슬금 이야기를 했다.

"음, 연락을 해 보긴 했는데 답장 같은 건 없었어. 그래도 이야기를 들어 보니 공작령에서 잘 지내고 계시나 봐. 언제나와 같이 말이야."

"그래."

비올렛은 힘없이 고개를 끄덕였다. 그가 잘 못 지낼 리가. 체자레에 대해 잘 지내는지 안부를 묻는 것이 오히려 이상했다.

"몸이 괜찮은지 물어보려 했는데, 아버지 이야기를 하는구나. 꿈에서 아버지라도 나온 거야?"

"그러게."

명쾌한 해답이 내려진다면 린도에게 상황 설명이라도 해 줄 수 있겠건만, 그녀 역시도 그저 직관적으로 떠올라 물어본 것이라 뭐라 말할 수 없었다. 체자레의 진홍색 머리카락과 금안이 떠올랐다. 전쟁이라는 파괴적인 행동을 벌였던 것과는 다르게 그는 아주 깔끔하게 퇴장했다. 비올렛에게 그 '일기장'이 진짜라는 실마리만 던져 준 채로.

"아버지 만나고 싶어?"

린도의 물음에 비올렛이 고개를 갸웃했다.

"내가 만날 수 있어?"

"누가 널 막을 수 있겠어?"

린도가 기가 차다는 듯 물었다. 공작령 출입 시 필요한 국왕 샤를루스의 허가가 성녀에게는 해당되지 않는 모양이었다. 그렇게 알아들은 비올렛은 고개를 끄덕였다.

"이번에 성도로 돌아가면 한 번 다녀올 생각인데, 그래도 될까?"

"……."

비올렛의 말에 린도가 입을 다물었다. 진심이냐고 묻는 시선에 그녀는 고개를 끄덕였다. 말룸을 없애기 전에 아무래도 그와 대화를 나누는 게 좋을 것 같았다. 린도는 굳은 얼굴로 비올렛을 바라봤다. 한참 후에 린도가 말했다.

"그럼 같이 가자."

"응?"

"같이 가자고. 너 혼자 보내는 거 걱정돼."

진지한 얼굴로 말하는 린도에게 비올렛은 난감한 표정을 지었다. 전쟁이 끝난 지 얼마 안 된 시점이기에 교황인 그가 티게르난 공작과 접선하는 것은 굉장히 위험한 행동으로 보일 수 있었다. 그런 우려를 린도도 알고 있을 터였다.

"나 역시 아버지가 무엇을 원하고 무엇을 하려 했는지 알 수 없어. 고백하지만 비올렛, 나는 단 한 번도 추기경, 아니 아버지의 의중을 안 적이 없어. 나는 그저……."

린도가 말을 골랐다.

"아버지의 꼭두각시였거든."

그래도 린도라면 어느 정도 체자레에 대해 알 거라 생각했다. 그러나 그렇지만은 않은 모양이었다. 린도가 씁쓰레한 미소를 머금으며 말을 이었다.

"나, 내 어머니가 누구인지, 왜 아버지가 날 교황으로 세웠는지 몰라. 왜냐하면 난 그냥 정신을 차렸더니 존재하고 있었거든. 그렇게 살았어."

가장 물어보고 싶었던 어머니에 대한 화제가 나와 버렸다. 그 허무한 대답에 비올렛은 눈을 깜빡였다. 린도가 딱히 거짓을 말하는 것 같지는 않았다.

그녀는 스스로의 삶의 무게에 짓눌려 체자레에 대해 제대로 생각해 보지 않았다. 왜 그는 언제나 그렇게 기만적이며 배덕적인 행위를 한 것일까. 왜 사람을 악惡으로 몰아넣고 그것에 따른 반응을 '관찰'하는 것일까. 마치 시험하는 것처럼 말이다.

이러한 행위에 어떠한 의미가 있는 것일까. 전쟁이 불가피한 것이었다면 왜 린도를 보고 그 행동을 멈춘 것일까. 왜 비올렛이 가장 행복할 때를 골라서 에르멘가르트 후작가와 그녀 사이에 얽힌 비밀을 밝혀 그녀를 절망하게 한 것일까. 1년 전, 왜 성력이 있다는 것을 알면서도 신전에 데려가지 않은 것일까. 또 왜 에르멘가르트 가문에 대한 복수와 용서를 선택하게 한 것일까.

가장 오래 그와 붙어 있던 린도마저도 체자레에 대해 파악하지 못했다. 비올렛은 드디어 궁금해지기 시작했다. 그의 본질은 무엇일까. 그가 추구하던 것은 무엇일까.

"나 가 볼게. 쉬어."

어쩐지 우울해 보이는 린도가 먼저 자리에서 일어났다. 아무래도 이 화제가 그에게 별로 좋은 화제는 아니었던 모양이었다. 삼십 년을 넘게 아버지와 살아오면서 아버지의 의중 따윈 아무것도 모른 채 꼭두각시로 살아온 린도에게 체자레란 인물이 어떻게 다가올지 비올렛은 감히 짐작조차 할 수 없었다. 린도의 뒷모습을 보며 그녀는 한숨을 내쉬었다.

이게 다 그 이상한 꿈 때문이다. 체자레에 대한 건 성도에 간 후 그를 찾아가면 된다. 체자레는 언제나 사실을 이야기해 주지 않았을지언정 거짓말은 하지 않았기 때문에 아마 솔직하게 모든 걸 다 이야기해 주리라.

식어 버린 찻잔을 보며 리체를 불러 새로 뜨거운 물을 내오게 할까 하다가, 리체 역시 수도에 올라오느라 피곤하리라 생각하여 가만히 있었다. 무엇을 할까, 주위를 둘러본 비올렛은 테라스로 통하는 유리문을 발견했다. 가장 좋은 방답게 왕궁의 정취를 느낄 수 있도록 마련된 테라스를 향해 발걸음을 옮겼다.

밤의 궁정은 조용하며 아름다웠다. 푸른 발광석을 넣은 가로등 불빛이 왕궁을 은은하게 비추고 있었다. 비올렛은 궁의 낯선 적막을 즐겼다. 저 멀리 왕성 바깥을 바라보던 그녀는 정원을 볼 생각으로 고개를 숙였다. 그러다 비올렛은 잠시 동안 굳고 말았다. 테라스 아래에 서 있는 남자와 눈이 마주친 탓이었다.

"……."

에셀먼드가 비올렛을 올려다보고 있었다. 머리속이 하얗게 되었다. 준비되지 않은 상태에서 두 번이나 마주하다니. 표정 관리가 전혀 되지 않았다. 그러나 그녀의 마음속에서 이는 감정의 파도가 무색하게 에셀먼드는 지극히 태연한 얼굴로 살짝 목례를 했다.

왜 이 사람이 여기 있지? 생각해 보니 그가 제1, 제2, 제3기사단을 총괄하는 왕실 기사단의 단장이 되었다는 소리를 들었던 것도 같다. 아마 교황의 방문으로 이 주변의 순찰이 강화되었을 테니 그가 이곳에 있는 것은 당연한 일일지도 몰랐다. 에셀먼드가 비올렛에게 품은 감정이 미움이든 증오이든 간에, 감정과 해야 할 일을 분리하는 사람이었으니.

아까는 미처 제대로 보지 못했지만 잘 지내는 것 같아 진심으로 다행이라 생각했다. 가슴이 아릿했지만 자신이 가장 원하던 모습이 아니던가. 혹여 후작 위에 다시 오르지 않거나 관직에 오르지 않으려 할까 봐 걱정했던 것이 말끔히 사라졌다.

가로등의 희미한 조명 탓일까. 그림자진 에셀먼드의 얼굴은 가름했으며 그의 짙푸른 눈에 서늘한 안광이 서린 것처럼 보였다. 비올렛은 인사를 해야 할까 망설였다. 그러나 목례를 마친 그가 등을 돌려 다른 쪽으로 가 버렸다. 가슴이 철렁 내려앉는 느낌이 들었다. 자신이 고민하는 것과는 달리 그는 그저 순찰을 온 것일 뿐이다. 그 뒷모습을 보며 비올렛은 한숨을 내쉬었다.

익숙해져야 하겠지. 이젠 익숙해져야 할 때다. 스스로 선택한 길이 아닌가. 이렇게 에셀먼드가 자신과의 만남을 피하지 않듯, 자신도 신경 써서는 안 될 일이다. 어차피 모든 게 끝나면 그의 얼굴을 볼 수 있는지조차 불분명하지 않은가.

그제야 비올렛은 자신과 에셀먼드의 위치를 절감했다. 그는 이제 비올렛 위주의 삶을 살지 않을 것이며 이전처럼 그녀에게 모든 것을 바치지 않는다. 그는 왕국과 가문을 위해 살아간다. 후작으로 복귀한 에셀먼드와 혼약으로 맺어질 만한 가문들은 많을 것이다. 그는 젊은 가문의 수장이 아닌가.

하지만 또 이런 생각이 드는 것이다. 왜 그는 가자마자 후작 위를 받은 것인가. 어쩌면이라는 단어는 정말로 '어쩌면'에서 끝이 났다. 자신을 '검'이라 칭하던 그답게 검과 같이 매섭게 그녀를 잘라냈다. 작아지는 뒷모습을 보며 비올렛은 씁쓸한 미소를 지었다.

그 서늘함에 몸이 떨렸다. 얼마나 차가운 사람이었는지, 그가 완벽한 타인이 되고 깨달았다. 에셀먼드는 아마도 다신 그녀에게 다가오지 않을 것이다. 그렇게 다시 깨닫고 깨닫는 것이다. 어쩌면 그녀의 삶이란 그것을 계속 절감하는 순간의 연속일지도 몰랐다. 그녀는 자조했다.

"그래서 말이야, 에이든이 나한테 뭐라 한 줄 알아?"

"뭐라고 그랬는데?"

비올렛은 차를 마시며 자신을 찾아온 시수일레에게 물었다. 요사이 부쩍 물이 오른 듯 아름다워진 시수일레는 만개한 꽃처럼 함박웃음을 지었다.

"머리를 잘랐냐고 물어보는 거야! 아니, 머리핀을 새로 샀는데 왜 머리를 잘랐냐고 물어보는 건데! 머리는 오히려 길어졌잖아! 정말 둔하다니까!"

"원래 그러잖아."

"맞아!"

그녀는 투덜거리며 쿠키를 베어 물었다. 그리고 입안에 있는 딱딱한 쿠키가 에이든이라도 되는 듯 오독오독 씹어 먹었다.

"그래도 에이든을 이제 거리낌 없이 만날 수 있어서 그거 하나는 좋아."

"그래?"

"알잖아. 우리 가문의 후계자가 나밖에 없어서……."

시수일레가 해맑게 웃으며 말했다. 그에 비올렛의 얼굴이 어두워졌다. 에이든이 후작이 되면서 포기해야 했던 것은 시수일레였다. 시수일레는 라이셀 백작의 유일한 후계자였으므로 여성이 작위를 받기 위해서는 데릴사위가 필요했는데 에이든은 에르멘가르트 후작이므로 작위를 버리고 라이셀 가문으로 들어갈 수 없어 그들은 맺어질 수 없었다.

에셀먼드가 후작 위를 포기함으로서 생긴 어그러짐의 가장 큰 피해자를 꼽자면 가문의 막내 에이든이었다. 전쟁이 끝난 후, 성에 머물던 비올렛은 에이든과 시수일레의 다정한 만남을 목격했다. 그녀는 에셀먼드를 욕심내면서 에이든의 인생마저 망쳤다는 것을 절감했다. 지극히 평범한 두 사람이 비올렛으로 인해 순탄하지 못한 사랑을 하게 되었다. 그럼에도, 에이든과 시수일레는 비올렛을 탓하는 말을 단 한 번도 하지 않았다.

"그래서 에셀먼드 경이…… 아!"

시수일레가 눈을 크게 뜨며 비올렛을 보았다. 자신의 말실수를 깨달은 것 같았다. 그녀가 그런 말실수를 했던 것은 한두 번이 아니었으므로, 비올렛은 크게 상처받거나 기분이 상하지는 않았다.

"아니야, 괜찮아."

비올렛의 말에도 시수일레의 얼굴이 붉게 물들었다. 그리고 갑자기 시무룩한 얼굴로 말했다.

"난 정말이지 너에게 언제나 상처만 주는구나."

"응?"

언제나처럼 호들갑을 떨며 '미안해'라고 할 줄 알았던 시수일레가 조용하게 말했다.

"나만 행복하고, 또 그걸 너에게 떠들고 있었어. 네 생각은 하지 못했어. 그러지 않으려 하는데…… 미안해."

비올렛은 갑자기 시수일레가 그런 말을 하는 게 믿겨지질 않았다. 오히려 기가 죽은 채로 말하는 그녀에게 미안했다.

"아니야, 나도 행복해."

"정말?"

시수일레가 비올렛을 보며 물었다. 비올렛이 고개를 끄덕였다. 하지만 시수일레는 그것에 별로 납득하지 못한 듯했다.

"비올렛이 에르멘가르트 후작 각하와 가디언 계약을 해지했다는 것을 알았을 때 내가 무슨 생각이 들었을 것 같아?"

"어?"

생각이 있긴 했니? 비올렛은 시수일레에게 굉장히 실례되는 생각을 떠올리고 그것을 지우려 노력했다.

"네가 각하를 정말 많이 좋아해서 놓아 줬구나, 그런 생각을 했거든."

"……."

생각 외로 정곡을 찌르는 날카로운 말에 비올렛의 얼굴이 굳었다. 그렇게 표가 났을까? 사람들에게도 그렇게 소문이 난 게 아닐까? 그것은 비올렛의 명예보다 에셀먼드의 명예에 누가 되는 것이다.

"걱정 마. 의견이 분분하지만 대부분 네가 폐하와 성하의 설득으로 각하를 놔준 거라 알고 있어."

"……."

그나마 다행이었다. 하지만 시수일레가 갑자기 그것을 말해 비올렛은 어떤 표정을 지어야 할지 잠시 헤맸다. 모르는 척해야 하는 것일까? 그러는 게 나았다. 그렇게 언제나처럼 그를 좋아하려던 마음을 부정하려 입술을 열 때였다.

"비올렛은 원래 사람을 좋아하면 가까이 두려 하지 않잖아. 좋아한다고 말하지도 못해."

"……."

"비올렛은 나도 많이 좋아하지? 사실 우리 어머니 때문에 비올렛이 날 멀리하나 생각했는데, 나는 네게 그만큼 다가갔단 말이야? 너는 내가 어머니 따윈 상관하지 않았다는 것을 알았을 거야. 너랑 가까이 지내면 나까지 웃음거리가 될까 봐 가까이 오지 않았던 거지? 나 다 알고 있었어."

"……."

"에이든이 그랬어. 너는 무언가가 좋으면 좋다고 표현하는 걸 극도로 꺼린다고, 그래서 성격이 이상한 애라고 그랬어. 나는 그게 비올렛의 다정함이라 생각해."

그 녀석이 진짜. 비올렛이 뭐라 말하려 했지만 시수일레는 그저 고개를 숙이며 찻잔을 만지작거렸다.

"난 비올렛이 좋으면 좋다, 싫으면 싫다 말했으면 좋겠어. 에이든과 나는 그냥 조금 좋아하는 사이야! 세상에 멋진 남자들이 얼마나 많은데! 둔한 에이든 따위보다 말이야! 으음."

"시수일레."

한눈에 거짓말을 하는 것이 보였다. 이 여자아이는 자신이 에이든을 포기할 테니 에셀먼드를 잡으라 말하고 있었다.

“설령 내가 에드 경…… 아니, 후작을 좋아한다고 해도 우리 둘은 영원히 맺어질 수 없어. 그런 사이니까.”

“좋아하는데 그런 게 어디 있어! 친남매도 아닌걸?”

“…….”

“답은 간단하잖아. 성녀가 결혼해서는 안 된다는 법은 따로 없어. 그리고 그것이 손가락질받을 일이라면 도망가 버리면 되는 일이잖아.”

“…….”

“비올렛이 만약 각하를 좋아한다면 왜 표현할 수 없는 거야? 난 각하도 틀림없이 비올렛을 좋아한다고 생각해. 참 이상해. 비올렛은 왜 행복해지면 안 되는 거야? 그런 법이라도 있어? 넌 진짜 성녀라서 욕심도 없는 거니? 넌 그렇게나 힘들었잖아. 세상을 구해낼 비올렛이 행복해지지 못한다면 그 세상이 무슨 의미가 있어? 그런 세상을 만든 신은 나한테 엄청 혼나야 해.”

비올렛은 시수일레가 바보 같다고 생각했기에 그녀가 가지고 있는 나름의 날카로운 면을 알지 못했다. 중앙 귀족답게 신앙심을 거의 찾아볼 수 없기 때문인지, 그녀는 신보다 비올렛이 우선이라 말해 주고 있었다.

비올렛은 이 철없지만 따스한 귀족 소녀가 좋았다. 친구라고 말할 수 있음에 행복해서 가슴이 벅차오를 정도로. 비올렛이 손을 내밀자 시수일레가 그녀의 손을 꼭 잡았다. 그리고 후, 숨을 내뱉더니 결심한 얼굴로 비올렛을 응시했다.

“나는, 각하께서 가디언 맹세를 정말 보통 생각으로 하신 것 같지 않아. 답이 너무 명확하잖아?”

"……그건 그 가문에서 나에게 저지른 잘못 때문이야. 그래서 그런 거야. 후작이 내게 가디언 맹세를 한 것은 죄책감에서 비롯된 행동이었어. 가디언 계약을 해지한 것은 특별한 이유가 없었어. 이제 그를 용서했을 뿐이야. 혼자서 의미 부여하지 마. 나는 괜찮지만 혹여 후작의 명에 누가 된다면 어떡해."

"너는 지금에 와서도 각하의 명예에 대해 생각하니? 그래서……!"

시수일레는 그렇게 말하려다 비올렛의 엄한 얼굴을 보고 입을 다물었다. 비올렛은 한마디만 더 들으면 화를 낼 생각이었다. 그것을 알아챈 시수일레는 시무룩한 표정이 되었다. 분위기가 가라앉아 그들은 잠시 동안 한마디도 말하지 않았다. 먼저 분위기를 푼 것은 비올렛이었다.

"그래서 혼례는 언제라고?"

"아직은 멀었어. 아마 말룸이 나타나고 모든 게 정리가 된 후 아닐까?"

"……그래."

"다시 한 번 말하지만 에이든과는 좋은 감정으로 만나는 것뿐이야. 나는 그 둔한 남자보다 더 섬세한 사람이 나타나면 당장 갈아탈 거야! 물론, 지금까지 본 남자 중엔 에이든이 제일 괜찮지만……."

"알았어."

웃음기 서린 목소리로 비올렛이 말했다. 그 와중에도 그녀의 신경은 시수일레가 했던 말에 가 있었다. 보통 감정으로 맹세를 한 게 아니라니, 시수일레는 그들 사이에 있던 일을 전혀 알지 못한다. 그가 어린 비올렛에게 했던 맹세도, 그것을 지키지 못했던 것도. 생각해 보면 에르멘가르트 가문과 그녀 사이에는 정말로 헤어날 수 없는 깊은 골이 있었던 것이다.

그러다 비올렛은 한숨을 쉬었다. 이제 와서 그가 어째서 맹세를 했는지, 그 감정의 기원을 분석해 봤자 소용없는 일이었다. 비올렛은 시수일레의 수다를 들으며 멍하게 생각했다.

애녹시 글로리의 아침은 새벽부터 부산했기에 비올렛은 이른 시간부터 움직였다. 신왕의 등극 이후 처음 있는 축제인지라 중앙, 지방 귀족들이 전부 궁으로 모여들었다. 아침 조회 때부터 샤를의 옆에 선 비올렛은 조용히 귀족들을 지켜봤다.

저들 중 절반은 교황파 귀족들이었고 나머지 절반인 국왕파 귀족 중 반수 가량이 샤를을 배신했다. 그러나 지금 그들은 샤를에게 한 발자국이라도 더 다가갈 생각으로 그의 말을 경청하는 듯했다. 린도는 살짝 얼굴을 찌푸렸고, 샤를 역시 미미한 불쾌감이 서린 얼굴로 조회를 끝냈다.

"에르멘가르트 단장, 부디 왕궁의 순찰에 유의하도록 하시오. 에이든 에르멘가르트 경 역시 마찬가지요. 도시 주변의 철저한 통제가 필요하오. 화재가 일어나서는 안 될 것이오."

"명심하겠습니다, 폐하."

에셀먼드와 에이든이 동시에 대답했다. 비올렛은 그 모습을 일부러 무덤덤한 얼굴로 보았다. 가디언 계약 해지에 대해서 뒤에서 얼마나 말들이 오가는지는 제대로 듣지 못했지만 또다시 이름이 오르내리는 것은 바라지 않았기 때문이었다.

왕성은 오늘 열리는 연회의 손님들을 맞이하느라 바빴다. 비올렛도 마찬가지였다. 린도의 지시로 따라온 리체를 비롯한 성도의 시녀들은 오늘 저녁에도 성녀님이 가장 아름다워야 한다며 이상한 경쟁심으로 비올렛의 치장에 열을 올렸다. 한참 후에 보라색의 드레스를 입은 비올렛은 그에 맞는 자수정 귀걸이를 귀에 찼다. 자수정이 마치 그녀의 이전 눈동자 색과 같아 그것을 한참 동안 보고 있었다.

이마의 성흔이 잘 보이도록 앞머리 없이 가르마를 탄 머리에는 백금과 자수정으로 장식된 머리띠를 했으며, 탐스러운 은색의 머리카락을 자연스럽게 늘어뜨렸다. 등이 파여져 있는 드레스라 부담스러웠지만 머리카락으로 가린다는 것이 다행이었다. 비올렛의 요구를 최대한 들어준 듯, 드레스는 풍성한 속치마로 이루어져 다소 둔해 보이는 곡선 형태의 의복이 아니라 시원스럽게 쭉 뻗은 직선의 드레스였다. 얇은 속치마가 가벼워 비올렛은 이 옷이 마음에 들었다.

바깥에 나가니 기다리고 있던 로디온이 허리를 숙여 인사했다. 로디온은 비올렛의 꾸민 모습을 보고도 별 감흥이 없는 듯 그저 손을 내밀었다. 그때 비올렛의 등 뒤에서 해맑은 목소리가 들렸다.

"와, 예쁘다, 비올렛! 로디온 경, 레이디에게 예쁘다는 찬사는 아무리 해도 부족하다. 기사로서의 소양이 부족하군."

린도가 다가와서 말했다. 린도는 화려한 교황의 옷을 입고 손에는 백금으로 만든 로드를 들고 있었다. 성화에 나오는 모습을 그대로 재현한 듯 린도는 드레스를 입은 비올렛보다 더욱 더 성결해 보였다. 그러나 그런 신성해 보이는 모습으로 하는말이 고작 '와, 비올렛 예쁘다.'라니.

"어찌 신의 대리인의 외모에 대해 제가 함부로 말합니까. 그것은 성녀님에 대한 모독입니다."

"아, 그래. 그대가 독실한 신자인 것을 내가 미처 잊었노라. 교황인 나보다 본받을 만하구나."

린도가 고개를 설레설레 저으며 일부러 늙은 말투로 말했다. 로디온은 미묘한 표정을 짓고 있었는데, 그가 교황인 린도를 깎아내렸다는 사실을 그제야 깨달은 듯했다. 그러나 린도는 개의치 않은 듯 비올렛에게 손을 내밀었다.

"원래 에스코트는 기사의 몫입니다."

로디온 경이 억울한 듯 말했다. 광신자 수준의 로디온은 비올렛과 접하는 것만으로도 상당히 황송해하며 부담스러워 했지만 그래도 자신이 할 일을 교황이 뺏었다는 것이 불만스러운 듯했다.

"어허, 성녀가 아닌가. 교황과 성녀가 나란히 걷는 게 더 모양새가 좋아 보이지."

로디온이 그 말을 듣고 얼굴을 찡그리며 한숨을 쉬었다. 그는 린도의 나이가 본인보다 한참 더 많다는 것을 되뇌고 있었다. 비올렛은 그들의 실랑이 아닌 실랑이에 살짝 미소 지었다.

"봐, 비올렛도 경이 말하는 게 가당치도 않다 생각해서 웃잖는가. 나 린도가 직접 성녀를 이끌 것이니라."

린도는 그렇게 말하며 로디온을 권력으로 푹 찍어 누른 후 희희낙락하여 비올렛의 손을 잡았다. 비올렛은 로디온을 담당 호위 기사로 만든 뒤로 고생만 시키는 것 같아 미안한 마음뿐이었다.

"아, 스승님!"

중앙 성의 복도에 다다르자 샤를루스가 비올렛을 발견하고 다가왔다. 집무관과 고문관 몇몇이 붙어 있는 것을 보아 아무래도 정무가 제대로 끝나지 않은 듯했다. 비올렛은 그 뒤에 서 있는 에셀먼드를 보았다. 그 역시도 서류를 들고 있는 것을 보아 오늘 궁정 수

비 건에 대해서 이런 저런 검토를 요청하고 있는 것 같았다.

"스승님, 오늘 너무 아름다우십니다."

샤를이 비올렛에게 다가와 활짝 웃었다. 그러다 그는 아차 하는 표정으로 비올렛과 에셀먼드를 번갈아 보았다. 정작 당사자들은 그렇게 크게 의미를 부여하지 않음에도, 린도와 샤를루스는 지나치게 신경 쓰고 있다.

샤를의 곁에 있는 사람들이 비올렛과 린도를 보며 인사했다. 에셀먼드 역시 그들 쪽으로 몸을 돌렸다. 착각일까? 그의 눈동자가 얼핏 비올렛과 린도가 잡은 손에 머무른 듯했다. 그러나 에셀먼드가 허리를 숙여 인사를 하기 위해 자연히 시선을 이쪽으로 옮겼다는 것을 깨닫자 그녀는 자신의 자의식과잉을 속으로 꾸짖었다.

"오늘도 바쁘신 것 같습니다, 폐하."

"오늘은 이미 지쳤습니다."

이제 겨우 정오가 지났음에도 샤를루스가 비올렛에게 징징거렸다. 이럴 때 투정 부리는 것을 보면 아직 영락없는 어린 아이였다.

"안 됩니다, 폐하. 축제 건으로 진행해야 할 일이 산더미입니다."

"라이셀 재상께 일임하시오."

"그러다간 제가 재상 각하께 혼이 납니다."

그 실랑이를 물끄러미 보던 린도가 비올렛에게 속삭였다.

"어디서 많이 본 장면 같다, 그치?"

"에스테반 추기경과 네가 자주 하는 짓 아니니?"

그 말에 린도의 입이 툭 튀어나왔다. 새로 임명된 에스테반 추기경은 예전에 에르멘가르트 후작이 비올렛의 스승으로 점찍었을 정도로 신전과 왕가의 중도에 섰던 사람이었다. 그와 린도는 지향하는 바가 맞아 린도는 그에게 여러 가지를 배우고 있었다. 그 와중에 린도가 게으름을 부리면 저런 실랑이가 벌어지고는 했다. 성도도, 수도도 사실 마찬가지인 것이다.

"몰라. 추기경이 또 성도로 돌아가면 내게 할 일을 많이 남겨놨을 텐데. 아아, 불쌍한 폐하, 불쌍한 나, 불쌍한 우리 존재."

린도가 징징거렸다. 그러자 비올렛의 입에서 웃음이 터졌다. 린도는 그녀의 얼굴에 서린 미소를 보며 만족스럽게 웃은 뒤 손을 잡아끌었다. 찌르는 듯한 시선이 느껴져 고개를 들어 보니 샤를은 여전히 집무관에게 못 하겠다고 투덜거리고 있었다. 에셀먼드는 저 실랑이가 오래갈 거라고 예상한 듯 서류를 읽고 있었다.

"왜 그래?"

린도가 물었다. 그는 어쩐지 기분이 좋아 보였다.

"아니."

비올렛이 대답했다. 이상한 기분이었다.

"오늘은 말이야, 비올렛. 나랑 계속 '같이' 있자."

"어차피……."

"알았지?"

어차피 린도와 비올렛의 일정은 똑같았다. 해가 지면 풍등을 날려 보내고 연회에 참여하는 것. 왜 굳이 그 '같이'를 강조해서 말하는 것인지. 비올렛은 이상하다 생각하면서도 얼굴을 찡그리며 고개를 끄덕였다.

"폐하, 신은 이만 가 보겠습니다."

에셀먼드의 무감정한 목소리가 들렸다. 그곳으로 시선을 주니, 샤를이 어쩐지 머쓱한 얼굴로 말하는 게 보였다.

"경은 시간을 내서 일은 잠시 부단장에게 일임하고 에르멘가르트 가문의 대표로 풍등을 날려야 하오. 알겠소?"

"알겠습니다."

예전 비올렛이 성녀임을 증명했었던 광장의 탑에서 귀족들은 모두 같이 풍등을 날리기로 예정되어 있었다. 에셀먼드도 에르멘가르트 가문의 수장으로서 같이 행사에 참여하는 듯했다. 또 그를 봐야 하는구나.

그때 에셀먼드가 그녀를 스쳐 지나갔다. 비올렛은 그를 돌아보지 않은 채 샤를을 보았다. 샤를은 기묘한 표정을 지으며 그녀의 등뒤에서 걸어가고 있는 에셀먼드를 바라보고 있었다.

성녀 증명 때, 거의 죽을 각오를 하고 자결을 시도했던 곳을 다시 보는 느낌은 기묘했다. 그 고통을 떠올리던 비올렛의 얼굴이 구겨졌다. 린도는 입을 다물며 그녀의 눈치를 보기 시작했는데 비올렛이 자결하려 했던 이유가 자신이라는 걸 상기한 듯했다.

해가 저물며 황혼의 주홍색 노을이 점점 사라져 갔다. 비올렛과 린도, 샤를은 탑 위에 있었으며 탑 아래에는 광장의 모든 귀족들이 원을 그리며 서 있었다. 에이든을 비롯한 모든 기사단들과 왕궁의 병사들이 수호의 경계를 이룬 선 바깥에는 평민들이 모여 있었다. 그들은 모두 약속한 듯 접혀진 풍등을 들고 있었다. 전쟁이 끝나고 찾아온 평화이다. 이들이 얼마나 절박한 소원을 기원할지 비올렛은 잘 알고 있었다.

약간 뒤에 있던 비올렛이 샤를의 옆으로 나가자 사람들이 모두 환호했다. 성도와도 같은 열띤 반응에 비올렛은 깜짝 놀랐다.

린도와 비올렛, 샤를은 조용히 해가 지는 모습을 지켜봤다. 해가 지고 하늘에 진홍의 잔흔마저 없어져 파란색이 그득했다. 어슴푸레한 푸른빛이 그들의 얼굴에 내려앉았을 때, 세 사람은 동시에 풍등에 불을 붙였다. 그러자 탑 아래 귀족들이 따라서 풍등에 불을 붙이기 시작했다. 귀족들이 불을 붙이자 그 뒤에 있는 사람들이 천천히 불을 붙였다. 그 붉은 물결이 천천히 퍼져 나가는 것은 장관이었다.

"아그레시아의 국민들의 무사 평안한 한 해를 기원합니다."

"신의 사랑이 그대들에게 골고루 전해지기를 기원합니다."

"사랑과 축복, 평화가 지속되기를 기원합니다."

샤를, 린도, 비올렛이 차례대로 말했다. 탑에서 내려다본 광장은 반딧불이처럼 빛나는 풍등으로 뒤덮여 있었다. 그들이 동시에 팔을 올려 풍등을 올려 보냈다. 세 사람의 풍등이 하늘로 올라갔다. 풍등들이 얼마나 사이좋게 어울려 올라가는지 비올렛은 절로 미소가 지어졌다. 옆을 보니 샤를 역시 활짝 미소 짓고 있었다. 린도 역시 묘하게 기쁜 얼굴이었다. 샤를보다 더 아이 같은 린도의 얼굴을 보자 웃음이 나왔다.

셋의 풍등이 높이 올라가 푸른빛밖에 남지 않은 하늘을 수놓았다. 비올렛은 에셀먼드와 풍등을 날려 보냈을 때를 떠올렸다. 그때 그녀가 날려 보냈던 풍등은 에셀먼드의 풍등을 태워 버렸다. 꼭 앞날을 암시하는 것 같지 않았는가. 그녀는 씁쓸한 표정을 지었다. 이번엔 서로 간에 적정 거리를 유지하는 풍등을 보니 예감이 좋았다. 그렇게 생각하려 할 때였다.

"……."

비올렛은 할 말을 잃고 하늘을 보았다. '왜?'라고 묻지는 않았다. 마땅히 일어날 일이었으니. 마치 그들이 날린 풍등이 푸른 하늘을 붉게 불태웠다는 착각이 들었다. 그러나 그 색은 노을과 같은 태양의 은혜로운 색이 아닌, 붉고도 붉은 핏빛이었다.

풍등이 계속 올라갔다. 마치 하늘이 피를 흘리는 것처럼, 구름이 불타는 것처럼 소리 없는 비명을 지르는 하늘 가운데 계속해서 붉음이 퍼져 나갔다. 떠들썩한 사람들의 웅성거림이 멎었다. 하늘을 보던 이들이 다 같이 약속이라도 한 듯 고개를 한쪽으로 돌리기 시작했다. 미처 올려 보내지 못한 지상을 불태울 것 같은 땅의 촛불, 그리고 하늘이 흘리는 선혈과도 같은 붉은 핏빛의 하늘.

하늘을 본 비올렛은 고개를 내렸다. 아까까진 시선이 여러 개로 분산되어 다채로웠던 군중이 살색의 뭉텅이로 보였다. 모두가 다 비올렛 쪽으로 고개를 돌리고 있었다. 평민들도 귀족들도 모두 예외 없이. 비올렛은 그중 에셀먼드를 바라보았다. 푸른 시선이 자신을 향해 있었다. 마지막으로 조용히 좌우를 둘러보았다. 샤를과 린도가 비올렛을 쳐다보고 있었다. 그들은 충격을 먹은 듯 차마 숨소리조차 내지 못하는 듯했다.

비올렛은 깨달았다. 이곳에 있는 모든 이들이 자신을 보고 있었다. 가장 비천한 천민부터 평민, 귀족, 그리고 왕과 교황까지 모두 약속이라도 한 듯 그녀를 보았던 것이다. 마치 무서운 꿈을 꾸면 그것을 달래 줄 절대적 존재를 찾는 꼬마아이처럼.

기이한 두려움이 퍼져 나갔다. 그러나 사람들의 공포 속에 비올렛이라는 희망이 존재했다. 비올렛은 그 두려움을 상쇄시킬 수 있는 유일한 사람이었다. 그 숨 막히는 긴장과 고요 속에서 모든 이들의 기대와 희망이 그녀를 짓눌렀다. 비올렛은 다시 하늘을 바라보았다. 마침내 하늘이 전부 핏빛으로 물들었다.

때가 도래한 것이다.

알고 있니? 생명은 언제나 살고자 하는 갈망이 있단다. 신이 그렇게 창조하셨기 때문이지. 그래, 창조의 의지를 가지며 무언가를 만드는 신이 존재한다면 그것이 우리가 숭배하는 신일 거야. 그러나 파괴의 의지, 그러니까 우리가 본래 있었던 허무虛無로 돌아가고자 하는 욕구를 가진 신 역시 존재한단다. 생명에게, 살아가는 인간들에게 있어서 그 파괴의 의지는 생존의 의지와는 반대되는 것이었어. 그 의지는 생명의 목적인 '살아가는 것'을 '살아가지 못하게 하는 것', 즉 죽음으로 위협했단다. 그리하여 피조물들은 그것을 악惡이라 규정짓고 허무를 원하는 신을 마귀라 불렀지, 구자르트는 그 존재를 디아볼로스라고 부르더구나.

우리의 신이 떠오르는 해라면 마귀는 저무는 달이었고, 우리의 신이 타오르는 생명이면 그 마귀는 꺼져 가는 죽음이었으며, 우리의 신이 유동遊動의 불꽃이라면 마귀는 극지極止의 얼음이었단다. 우리의 신이 우릴 창조했다면, 마귀는 우리를 다시 허무로 이끌 '또 하나의 신'이었지.

말룸을 보낸 자를 단순한 '마귀'라 부르는 것은 잘못된 말이야. 왜냐하면 그 역시 '신'이었기 때문이지. 우리 인간들이란 얼마나 바보 같은 존재인지 신이라는 존재가 우리를 사랑하는 것을 당연하게 여겼어. 생명을 무로 돌리며 허무로의 회귀를 바라는 존재 역시 '신'이라는 것을 몰랐던…….

아아아앗! 미안! 이야기가 너무 어려웠나? 우, 우리 다시 이야기로 돌아가자꾸나! 어디까지 했지? 그래, 이제 악신의 대리인인 말룸이 나타났구나!

"아아."

공작 성의 테라스에 선 남자가 길고 가느다란 손을 하늘로 뻗었다. 지옥의 문을 지키는 괴수가 세상을 탐식하려 벌리는 아가리의 점막 색과 같은 새빨간 하늘은 그의 손가락마저 집어 삼키려는 것 같았다. 드디어 그의 붉은 증오가, 비탄이 하늘을 붉게 물들였다. 그가 기다리고 기다리던 때가 도래한 것이다.

남자는 하늘을 보며 환하게 미소 지었다. 그는 비탄에 잠겼고, 사람들도 비탄에 빠졌으며, 이젠 하늘 역시 앞으로 일어날 일을 예견이라도 하는지 비탄에 잠식되어 붉게 물들기 시작했다. 하늘과 같은 빛깔의 머리 색을 가진 남자는 금안을 부드럽게 휘었다.

"공작 각하, 이것이!"

그의 수하들이 몰려들어 하늘을 가리켰다. 이 순간을 얼마나 고대했는가. 이 하늘을 얼마나 바랐는가. 하늘을 보라! 저 붉음은 마치 신이 흘린 피 같지 않은가. 그의 황금색 눈동자에서 눈물이 흘러내렸다.

"드디어 자유로워질 시간이구나."

그가 속삭였다. 맑고 투명한 눈물이 양 볼을 타고 흘러 턱에 고여 떨어졌다. 섬뜩한 붉은 빛이 구원이라도 되는 것처럼 그는 환한 얼굴로 하늘을 올려다보고 있었다.

"성녀는 어떻게 되었습니까?"

부드러운 목소리가 목을 타고 흘러나갔다. 그 옆에 서 있던 집무관이 대답했다.

"말룸이 나타날 곳이라 추정되는 시스벨 남작령에 내려갔다고 합니다."

"그렇습니까?"

집무관은 눈물을 흘리는 체자레의 모습에 당황한 듯 잠시 말을 더듬었다. 공작이 왜 울고 있는 것인지는 모른다. 그러나 그는 평소처럼 의미심장한 미소를 짓는 게 아니라 처음으로 활짝 웃고 있었다. 집무관을 비롯한 주변인들은 그 모습을 보고 어딘지 모를 위험을 느꼈다. 광기라는 것은 행동을 통해 나타난다 하지만, 체자레 티게르난의 황금색 눈동자는 묘한 열기와 이상한 희망으로 반짝거렸다. 그것은 평범한 반응은 아니었다.

그들은 언제나처럼 두려운 붉은 공작을 지켜보다 자리를 피했다. 그리고 혼자 남은 체자레는 서서 피비린내를 머금은 바람을 느꼈다. 바람이 어두운 루비색의 머리카락을 흩트려 놓았다.

"비올렛."

그는 잠시 동안 성녀의 이름을 중얼거렸다. 신성한 은발을 지닌 소녀는 고독한 싸움에 혼자 걸어가야 한다. 그 곁에는 누구도 자리할 수 없다. 그 싸움은 오로지 그녀만의 것이었다. 그것이 법도였고 정의였으니. 생명들의 추잡한 생존에 대한 갈망을 이뤄 주기 위해 고결한 발걸음으로 그녀만의 성전聖戰에 나가는 것이다.

이 얼마나 아름다운가. 이 얼마나 고결한가. 이 얼마나 사랑스러운가. 이 얼마나 숭고한가.

그렇게 사랑스러운 생명은 다시는 존재하지 않을 것이다. 그러나 이렇게 증오스러운 생명 역시 존재 하지 않을 것이다. 그는 비틀린 웃음을 지었다. 그의 두 눈에서는 여전히 눈물이 흐르고 있었다.

몸을 감싸던 아름다운 드레스는 이미 벗은 지 오래였다. 비올렛은 새하얀 성복을 입은 채 알현실의 비로드 가운데에 서 있었다.

비로드를 중심으로 나눠 서 있는 귀족들은 불안한 얼굴로 그녀를 보고 있었다. 120년 동안 나타나지 않았던 불길한 하늘이다. 밤과 낮의 경계가 사라진 하늘은 계속 붉은빛을 내뿜었다.

저들 중 성녀를 경멸하며 무시한 이들이 있다는 것을 안다. 천민이라고 무시하며 국왕의 편에 붙어서 그녀를 처형하자고 한 무리들도 이 날이 다가오니 간절한 얼굴로 비올렛을 바라봤다. 그녀는 사뿐한 걸음으로 샤를의 앞에 섰다. 샤를은 왕좌에 앉아 있지 않고 내려와 비올렛을 보고 있었다. 어린 왕의 호박색 눈이 흔들렸다.

"스승님."

공식적인 자리인지라 공대를 써야 함에도 불구하고 샤를루스는 비올렛을 스승이라 불렀다. 비올렛은 샤를루스가 걱정과 공포, 미안함이 뒤섞인 얼굴로 자신을 보고 있다는 것을 알았다. 그래서 그녀가 할 수 있는 것은 웃는 것밖에 없었다. 샤를루스가 무엇을 말하려 했지만 비올렛이 얼른 입을 열었다.

"천민인 제가 감히 폐하를 마주할 영광을 누렸던 것은 바로 오늘 같은 날을 위해서입니다."

어렸을 때, 말륨이 바로 내일 찾아오면 어떻게 하나 겁에 질려 잠들었던 적이 있었다. 말륨이 온다면 어떻게 싸워야 할 것인지 비올렛은 되풀이해서 생각했다. 물론 겁에 질려 내린 결과는 모두 자신의 죽음이었다. 말륨은 그녀의 죽음을 상징하고 있었으니까.

비올렛은 언제나 그 실체 없는 공포와 싸워 왔다. 그리하여 드디어 오늘이 온 것이다. 무섭다. 두렵다. 그리고 이 다음에 벌어질 고통스러운 일들을 생각하면 가슴이 터질 것같이 아팠다. 그러나 한편으로는 후련하기도 했다. 일생에 이루어야 했던 그녀만의 성스러운 의무를 이제 이행할 때가 다가온 것이다.

비올렛의 차분한 말에 샤를루스가 아무 말 없이 입술을 깨물었다. 울보인 그가 울음을 참는 것이 그녀의 눈에 보였다.

"오늘을 위해 저는 신께 선택받았습니다."

비올렛이 린도를 보았다. 린도는 창백한 얼굴로 그녀를 보고 있었다. 아그레시아의 제1의 금기. '말룸과 성녀의 신성한 싸움에는 그 누구도 끼어들어서는 안 된다.' 이것은 약 천오백 년 전에 아그레시아를 세웠던 초대 왕이 세웠던 율법으로서 역사서 한 면에 붉은 글씨로 쓰여 있는 문장이다.

이 신성한 싸움을 더럽히는 자가 있다면, 신을 모시는 자들을 이끄는 교황은 성녀의 싸움을 모욕한 자에게 손수 죽음을 내려야 한다. 성녀가 교황의 곁에 있는 것은 바로 이러한 교황의 안배가 필수적이기 때문이다.

린도는 물끄러미 비올렛을 보았다. 그녀는 이제 옛날처럼 서늘한 표정이 아닌, 정말로 성녀가 지을 법한 부드러운 미소를 짓고 있었다. 그 미소에는 여유마저 어려 있어 공포로 경직된 알현실의 분위기가 점점 풀렸다.

"폐하 그리고 성하, 약속드립니다. 다른 전대 성녀들과 마찬가지로 제가 패하는 일은 없을 겁니다."

그녀의 단호한 말에 사람들 사이에 서린 긴장과 공포의 기색이 누그러졌다. 그러나 샤를의 얼굴은 여전히 굳어 있었다.

"폐하?"

샤를은 그저 입술을 꽉 깨물며 팔을 뻗어 비올렛의 손을 잡았다. 그 따스한 손길만으로도 그가 어떠한 감정으로 손을 잡은지 알았다. 샤를의 두 눈에 눈물이 어렸다.

"돌아오셔야 합니다."

"물론입니다."
"다치셔도 안 됩니다."
"노력하겠습니다."
비올렛은 여전히 지키지 못할 약속은 하지 않았다. 그에 샤를이 쓴웃음을 지었다.
"폐하께서 더 이상 걱정하지 않도록 나라에 닥친 위험을 제 손으로 없애겠습니다. 신께서 제게 내리신 성스러운 의무를 다해 신위를 이 땅, 아니 대지에 발을 디디는 모든 생명들에게 보이겠습니다."
그녀는 샤를과 린도에게 주었던 시선을 들어 주위를 둘러보았다. 그리고 알현실에 서 있는 이들 한 명 한 명을 보았다. 갑작스럽게 향한 성녀의 시선에 귀족들은 깜짝 놀랐다. 그렇게 무시하고 경멸했던 천민 소녀는 지금 이 순간, 신과 인간의 경계를 넘어선 아득히 높은 자리에서 절대자와 같은 시선으로 그들을 무심하게 내려보고 있었다. 마지막으로 성녀의 시선은 에이든에게 머물렀다가 그 앞에 서 있는 에르멘가르트 후작에게 살짝 닿았다 떨어졌다. 그리고 비올렛의 입가에는 미소가 맺혔다.
그것이 여유의 미소인지, 체념의 미소인지는 모른다. 그러나 모든 것들이 사라질 수도 있다는 생존의 공포 속에서, 그녀가 존재하며 악보다 우선한다는 사실이 중요했다. 예정된 적절한 때에 이렇게 준비되어 있는 성녀가 있다는 것은 얼마나 든든한가. 공포에 질린 그들은 공포의 대상과 대신 맞서 싸워 줄 이가 있다는 것에 안심했다. 그 사람이 그들이 그렇게 업신여기고 멸시하던 여자라는 것을 모르는 것처럼.
"걱정 마십시오."
신의 사랑을 대신 전하는 그 성녀가 따스한 목소리로 말했다. 이 순간, 탐욕스러운 자, 비열한 자, 거만한 자, 신앙이 없는 자, 모두 비올렛을 경외할 수밖에 없었다. 그녀는 만물을 사랑하기 위해 태어난 자, 누군가를 지키기 위해 자신을 불살라야 하는 자, 순백의 깨끗함으로 이루어진 자, 진정 신이 내려 보낸 성녀였다.

수도로 들어왔을 때에는 따스하고 흥겨운 축제 분위기였으나, 붉은 하늘 아래에 자리 잡은 수도는 살풍경하게 변한 지 오래였다. 비올렛은 왕궁을 바라보았다. 이제 이 지긋지긋한 말룸과의 싸움을 끝으로, 그녀는 그녀의 의무에서 벗어난다.

마차에 오르기 직전, 에이든이 뛰어왔다. 그는 이 갑작스러운 사태에 무척이나 놀란 듯 아직도 제정신이 아닌 것처럼 보였다.

"비올렛."

마차에 오르기 전, 에이든은 비올렛을 불렀다. 마치 전쟁터를 나가는 아비를 배웅하는 아들의 모습인지라 비올렛은 웃을 수밖에 없었다.

"나도 데려가 줘."

"응?"

에이든의 말에 비올렛은 눈을 크게 떴다.

"물론 지켜보기만 할 거야. 딱히 널 방해하진 않을 거고."

"바보 같은 소리 하지 마."

비올렛이 단칼에 거절했다. 에이든은 입술을 깨물었다. 어차피 그가 도와줄 것은 아무것도 없었다. 그럼에도 그 말만으로도 비올렛의 마음이 따스하게 물들었다. 그것은 충동적인 일이었다. 그녀는 손을 뻗어 에이든의 손을 잡았다.

"오빠."

언제나 그의 이름을 불렀다. 나이 차이가 크지 않아 친구처럼 느껴졌기 때문이었다. 비올렛은 이 순간 에이든이 그녀를 얼마나 사랑하는지 절절하게 느꼈다. 성녀들도 이런 과정을 거쳤던 것일까.

죽으러 가는 것이 아닌데도 그들이 짊어진 의무를 함께하고 싶다는 가족을 보고 성녀들은 무슨 생각을 했을까? 에이든은 자신을 '오빠'라고 부르는 비올렛을 보고 할 말을 잃은 듯 그녀의 얼굴을 멍하게 보고 있었다.

에이든은 좋은 사람이었다. 비올렛이 자신의 불행에 너무나도 쉽게 신을 저주했다면, 에이든은 그가 겪은 불행의 원인이 비올렛임에도 그녀를 원망하지 않았다. 그는 너무나도 선한 사람인지라 그녀를 걱정하며 그 여리고 선한 마음이 상처 입기를 바라지 않았다. 그래서 비올렛은 다정하게 그를 오빠라 부르며 말했다.

"나 혼자서 잘할 수 있어. 알고 있잖아?"

이 붉디붉은 진홍의 하늘의 속에서 그녀만이 하얗게 빛나고 있었다. 그러나 에이든은 그 성결한 성녀의 모습이 아니라 어린 소녀를 보고 있었다. 크리처들이 나타났을 때, 그리고 '말룸'이라 추정되는 괴물이 나타났을 때, 그녀는 혼자 그 거대한 괴물과 맞서 싸웠다. 그때 그녀는 무슨 생각을 했을까. 그것이 당연하다 생각하며 혼자 싸우라 보냈다. 아직도 그 때를 떠올리면 에이든은 자기 자신이 한심했다.

비올렛은 에이든이 울음을 참으려 이를 악무는 것을 봤다. 미안해할 필요도 없다. 비올렛은 그 옛날, 그녀가 후작가의 모든 일원들을 중오해 말룸에 의해 죽으려 했던 때를 떠올렸다. 그렇게 죽음으로써 세상을 버리고 그녀의 의무로부터 도망가려 했었다. 결국 에이든의 얼굴이 벌겋게 물들더니 눈물이 맺혔다.

"이제 내 의무도 드디어 끝나는 거야. 기뻐해야지."

"야, 너는 어떻게 꼭 말을 그렇게 하냐. 진짜 내가 기쁠 것 같아?"

목이 메인 상태로 눈물을 뚝뚝 흘리는 에이든을 보자 비올렛도 순간 울컥하고 무언가 치밀어 올랐다. 그러나 울 시간도 없다. 눈물을 보여서는 안 된다. 그렇게 한다면 이것이 정말로 '마지막'을 뜻하는 것 같지 않은가. 설령 이것이 진정한 끝이라도 눈물을 보여서는 안 되었다.

"에드 경, 잘 부탁해."

"……."

에이든이 비올렛의 얼굴을 바라보았다. 그는 그 말의 의미를 생각하다 안색이 변했다.

"잠깐만. 비올렛, 너 설마……."

비올렛은 그저 미소를 지었다. 이럴 때는 무엇을 말할까. 어떤 말을 해야 할까. 모르겠다. 그저 머릿속에 가장 크게 자리 잡은 사람에 대해 말하는 것밖에는. 샤를루스는 알현실에 있을 것이며 그 옆에는 에셀먼드가 함께하고 있을 것이다. 에이든 너머로 궁을 바라보던 비올렛이 미소를 지었다.

그가 살아 숨 쉬는 세상이다. 그가 누릴 수 있는 모든 영광을 거머쥐기를 소원한다. 설령 그와 이루어질 수 없다 하더라도, 그를 위해 인생을 바치는 것도 나쁘진 않겠지. 그렇게 성녀이되 성녀가 아닌, 그를 사랑한 여인으로 남아 있을 것이었다.

"부탁할게."

그래도 만약, 욕심이 있다면, 이후에 그를 한 번이라도 더 보고 싶다. 가슴은 아프겠지만 그것이 그녀가 유일하게 품은 욕심이었다.

모든 사람들이 자신을 성결한 성녀라 치켜세운다. 그것이 공포에 지배되어 마치 허세를 부리는 것과 같다는 걸 알고 있다. 전설 속 말룸이 이렇게 실제로 나타나 버렸으니, 이들은 전설 속 성녀가 얼마나 대단한지에 대해 말하며 자신들을 안심시키려 하고 있다.

그러나 성녀의 실체는 상처받은 마음에 세상을 버리려 한 이기적인 사람이며, 세상을 지킨다는 고결한 목적의식 따윈 없이 그저 사랑하는 이가 살아 숨 쉬기 위한 수단으로 세상을 지키는, 저열하며 저속한 한 여자이다.

"응?"

다시 한 번 강요하듯 묻자 에이든은 그저 비올렛을 보며 눈물을 흘리다 결국 고개를 끄덕였다. 비올렛은 그 모습을 웃으며 지켜보았다. 그래, 에이든이 쫓아와서 좋은 점이 있다. 그는 에드를 닮지 않았나. 짙은 푸른 머리와 눈동자는 점점 에셀먼드를 닮아 가고 있다. 그를 볼 수는 없지만 그와 닮은 모습을 볼 수 있었다. 자그마한 작별 인사를 하고 비올렛은 마차에 올랐다.

마차는 지붕이 뚫려 있어 사람들에게 비올렛의 모습이 보였다. 말룸을 없애러 가는 성녀의 모습을 보는 것도 아그레시아 국민들에게는 커다란 행사였으므로 준비된 것이었다.

큰 길의 입구에 들어선 비올렛은 길 옆에 나열한 사람들의 모습을 보았다. 그들은 성녀의 행렬을 인지하고 고개를 들었다. 선두에 선 교황의 위엄, 그가 타고 있는 새하얀 백마, 성기사들 특유의 백금 갑주, 그 뒤를 따르는 신의 문양이 새겨진 마차, 그리고 붉은 하늘과 다르게 하얗게 빛나는 것 같은 성녀의 모습.

그 성스러운 행렬을 바라보던 사람들이 조용히 손을 모으기 시작했다. 마치 비올렛이 진정한 '신'이라도 되는 듯이 경건했다. 그 기도들은 하나하나 절실한 기원을 담고 있었으며, 생존에 대한 사람들의 갈망이 깃들어 있었다. 사람들은 눈을 감고 신에게, 그리고 신이 내려 보내 준 신의 딸에게 기도를 올렸다.

비올렛은 그 기도에 숨이 턱 막혔다. 그 모든 기원들이 자신을 향하고 있다는 것을 그녀는 너무도 잘 알았다. 그녀가 성녀가 아니었다면 그렇게 생각하며 성녀에게 기도를 올렸으리라. 어쩐지 울고 싶었다.

비올렛은 자신도 모르게 다른 이들을 찾았다. 그러나 옆에서 말을 타고 있는 로디온 경을 비롯한 성기사들은 그녀를 보지 않았다. 저 앞에 있는 린도도 마찬가지였다. 그저 그녀는 오롯이 홀로 그 기원을 받아들이고 있었다. 그렇게 수도 입구에 세워진 내성의 성문을 지나가려 할 때였다.

"……."

비올렛은 눈을 크게 뜨고 성문 위의 망루에 서 있는 남자를 바라보았다. 그 기도의 행렬 속에서 그만은 달랐다. 심지어 그의 곁에 있는 기사들마저 비올렛에게 경의를 표한 채 고개를 숙이고 있었지만, 에셀먼드는 유일하게 비올렛을 보고 있었다.

신에게 감사하다고 해야 하나. 비올렛은 남자를 보며 생각했다. 어떻게 해야 할까. 이럴 땐 어떤 표정을 지어야 할지 알 수 없었다. 그사이에 마차가 성문을 통과했다. 비올렛은 앉아 있던 몸을 세워 그의 얼굴을 지켜보았다.

성녀의 행렬을 통제하기 위해 파견된 왕실 기사단의 일원이라는 것을 알고 있다. 그럼에도 그녀는 자신을 지켜보고 있는 그의 모습에 그토록 저주하던 신에게 감사라도 하고 싶었다. 그는 그녀가 지키고 싶어 했던 세상이었다. 그래서 그녀는 욕심을 내 그를 끝까지 바라봤다.

성녀와 말룸이 대적하는 때가 다가온다면 이 싸움에 대해 모든 것을 총괄하는 것은 교황이다. 크리처와의 전투 때는 린도가 다른 장소에 있었으므로 어설프게 대응했지만, 이번에는 교황이 직접 나와 혹시 모를 사태를 대비해 말룸이 나올 지역 주변에 성기사와 신관들을 배치했다. 말룸이 나타날 징후는 뚜렷이 나타나므로, 그 지역에 사는 사람들은 사전에 영주에 의해 거처가 옮겨진다. 이미 준비는 착실히 진행되어, 이 영토에 발붙이는 인간들은 모두 사라진 지 오래였다.

싸움을 대비해 성기사들과 신관들이 촘촘히 배치된 시스벨 남작령의 입구를 보고 비올렛은 숨을 들이켰다. 이제 그녀는 도시에 혼자 들어가 말룸이 나올 때를 기다려야 한다.

"비올렛."

"응."

린도가 걱정스러운 듯 그녀를 불렀다. 비올렛은 준비된 경갑옷을 입은 채 검과 활을 들고 있었다. 몸이 무거워졌지만 그렇게라도 하지 않으면 불안했다.

"정말 걱정할 필요 없어. 넌 할 수 있을 거야. 다른 사람들처럼."

"알아."

그녀는 고개를 끄덕였다. 그러나 사실은 다른 사람도 했기에 너도 할 수 있다는 말은 별로 커다란 위로가 되지 않았다. 그녀는 자신이 다른 성녀보다 못하다고 생각했으며, 실제로 그 성녀들이 어떠했는지는 기록으로만 겨우 엿볼 수 있었기 때문이다.

"네가 무섭다면 내가……."
"린도."
비올렛이 린도의 얼굴을 보고 말했다. 린도의 얼굴이 굳어 있었다.
"네 성력이 아직 완전히 회복되지 않아 예전처럼 강하지 않다는 건 나도 알고 있어."
"……."
"그리고 이건 내 싸움이야. 네가 할 일이 아니야."
비올렛의 다정한 목소리에 린도의 얼굴이 일그러졌다. 비올렛은 그 얼굴을 보며 허탈하게 미소 지었다. 샤를은 눈물을 내비쳤으며, 에이든 역시 따라가겠다고 주장했다. 그리고 린도는 자신이 대신 싸우겠노라 말했다. 참으로 여리고 착한 사람들이 아닌가. 그래도 자신이 사랑받는다는 사실 하나 정도는 잘 알 것 같았다.
말룸의 존재가 저주스러웠지만 그래도 감사하는 게 있다면, 저들을 만나서 저들이 진정으로 자신을 사랑한다는 사실을 깨달을 기회를 주었다는 것이다.
언제나 미움으로 살아왔던 비올렛의 마음을 구원해 준 사람들이다. 그녀를 구해 낸 것은 에셀먼드뿐만이 아니었다. 그 사실을 인정하기로 했다. 금색의 눈동자를 반짝이며 그녀를 위해, 그녀의 마음을 얻기 위해 변하겠다고 선언했던 이 정체 모를 아름다운 남자 역시도 비올렛은 소중했다. 그리고 그는 약속대로 자신의 거짓을 모두 버린 채, 비올렛을 마주 보았다.
"린도, 고마워."
"……."
"난 너도 소중하게 생각해."
"알아. 내가 그렇게 널 소중하게 생각하는데, 다정한 네가 그러지 않을 리가 있어?"

오만한 말이었지만 그 말을 뱉어 낸 린도의 목소리가 미미하게 떨리고 있음을 비올렛은 눈치챘다. 린도는 비올렛이 다정하다고 말한다. 사실 그녀는 그렇지 않은데. 언제나 매몰차고 냉정한데도 그녀의 좋은 점을 발견하고 좋아한다 말해 준다.

비올렛은 무엇인가 더 말할까 망설이다 입을 다물었다. 마지막이 아닌데 무슨 말이 더 필요하단 말인가. 그러나 이제 세상이, 이 나라가 그녀를 필요로 하는 것은 이것이 마지막이다. 말룸과 싸우는 것보다 그 후의 미래를 생각하는 것이 더 괴로웠다.

비올렛은 그녀의 옆에 있던 로디온을 보았다. 그는 침묵을 지켰다. 애초에 그는 이 싸움 자체에 대해 걱정하지 않고 있었다. 그것은 신의 사랑과 신위에 대한 그의 굳은 믿음이었다. '신뢰'라는 것은 안 될 것마저 가정하며 되리라 믿는 것이다. 로디온에게는 '신뢰'라는 말조차 어울리지 않았다. 이번 것도 마땅히 이루어야 될 '진리'의 구현이었다.

"다녀올게, 린도."

"응."

비올렛이 손을 흔들자 린도는 손을 마주 흔들었다. 비올렛의 뒷모습이 빠르게 사라져 갔다. 성녀는 최후까지 자신만만했으며 여유로움에 차 있었다. 그들에게 약속된 신의 승리를 보여 줄 것처럼 그녀는 말을 탄 채 도시 안으로 뛰어들어 갔다.

"……로디온 경, 그대는 성녀에게 아무런 말이 없군."

"성녀의 승리는 당연한 것입니다, 성하."

기사는 사라진 비올렛의 뒷모습을 보며 대답했다. 그는 이 전설 속의 싸움을 열망해 오던 신자 중의 하나였다. 로디온은 언제나 그러했다. 신만을 믿었고 신을 섬겼다. 교황은 신을 모시는 종교의 지도자이기에 섬겼고, 성녀는 신의 대리인이기에 섬겼다. 그리하여 린도는 그를 비올렛의 옆에 둔 것이다.

"정규 가디언이 아니라 성녀의 목숨은 중요하지 않다는 건가?"

"당연히 중요합니다. 그러나 성녀님은 오늘을 위해 신이 보내 주신 존재가 아닙니까? 감히 제가 걱정하는 것도 신에 대한 모독이 됩니다."

교황보다 더욱더 신실한 믿음을 가지고 있는 로디온을 보며 린도는 한숨을 내쉬었다. 저런 사람들이 알게 모르게 비올렛을 압박했을 것이다. 비올렛에게 다른 마음을 품을 사람이 아니라 그를 배치했지만, 린도는 로디온을 비올렛의 곁에 붙여 준 것을 후회하고 있었다. 어쩐지 못 해 준 것만 잔뜩 생각난다. 우울해하려는 그때, 드물게 로디온이 먼저 입을 열었다.

"성녀님은 참으로 고귀하신 분이십니다. 끝까지 허세를 부리시더군요."

"……."

로디온의 말에 린도의 얼굴이 굳었다.

"저는 신이 구해 준 목숨이기에 신을 위해 목숨을 바치기로 했습니다. 그러나 그런 저라도 이것은 이상하군요. 왜 여자 혼자 말룸과 맞서야 하는 걸까요."

로디온이 조용히 말했다. 린도는 성기사들의 얼굴 역시 어둡게 물들어 있다는 것을 깨달았다. 이들 역시도 나름 비올렛을 오래 본 사람들이다. 교황인 그가 느꼈던 것을 저들이 느끼지 못했을 리가 없다.

이상하다. 이 상황이. 여자 혼자서 거대한 악과 싸워야 한다는 것이 너무나 이상했다. 그들은 그 의문을 애써 신앙심으로 누르려 했다. 사실 그들의 신앙의 역사는 언제나 절대적인 것으로 그 의문 자체를 품지 못하도록 되어 있었다.

그러나 아나스타샤와 비올렛 사이에는 100년이 넘는 공백이 있었다. 시간은 그 절대적인 신에 대한 사랑과 믿음마저 풍화시켰다. 로디온과 같은 열렬한 신자에게도 신앙의 절대적 분위기는 사라질 정도였다. 그도 성녀와 마물의 싸움에서 오로지 성녀만이 희생해야 하는 상황이 이상하게 느껴졌던 것이다.

말을 타고 안으로 들어가면 들어갈수록 사람들의 인기척이 빠르게 멀어졌다. 말발굽 소리가 커지면 커질수록 여유 있는 미소를 지은 여자의 얼굴이 점점 굳어 갔다. 이내 텅 빈 도시에 들리는 것은 말발굽 소리뿐이었다.

도시 안에 들어와 사람들이 멀어진 것을 느낀 비올렛은 피로 젖은 하늘을 보았다. 그리고 그녀는 입술을 꽉 깨물며 몸을 감쌌다. 허세라는 가면을 벗어던진 비올렛은 덜덜 떨었다.

무섭지 않을 리가 없다. 저 붉은 하늘이 두렵다고? 당연한 일이었다. 노을 지는 하늘에서도 저런 색은 본 적이 없었다. 평생 보던 파란 하늘이 저렇게 섬뜩한 붉은 빛에 물들었는데, 어찌 무섭지 않겠는가.

그러나 두려워해서는 안 되었다. 무서움에 떨어서도 안 되었다. 정확히 말하자면 그녀의 마음이 어떠했던 간에 그것을 보여선 안 되었다. 그저 미소를 지으며 모두를 안심시켜야 했다.

세상을 지킬 만한 확고한 목적의식이 있다 생각했다. 사랑하는 사람이 숨 쉬는 세계를 지키기 위해서. 그런 목적이 있다면 두렵지 않을 거라 생각했다. 그러나 두려웠다. 자신은 이다지도 나약하고 이기적인 인간이었던 것이다. 뭐가 강인하며 고결한 성녀인가! 비올렛은 덜덜 떨었다.

불빛 하나 없는 이 도시의 적막이, 사람 하나 없는 도시의 침묵이, 붉은 하늘이, 그리고 자신이 싸워야 할 그 대상이 너무나 두려워 견딜 수가 없었다.

이것이 투기장이 아니면 무엇일까. 귀족들이 호랑이와 노예를 그곳에 밀어 넣고 살아남기 위한 그들의 싸움을 즐기는 것과 같이, 신이 자신과 말룸의 싸움을 구경거리로 생각하는 것처럼 느껴졌다.

이 도시는 크리처의 출몰 이후 사람들의 출입이 통제되었다. 안으로 들어가면 들어갈수록 도시는 점점 사람이 사는 곳의 형태를 잃어 점점 기괴한 모양이 되어 갔다. 크리처의 출현으로 한 번 파괴되었던 도시는 그 자체도 썩어 문드러져 죽어 가는 것처럼 보였다.

이곳은 비올렛에게 마련된 그녀만의 전장이었다. 덜덜 떨리는 손을 들었다. 비올렛은 몸을 짓누르는 독기를 느꼈다. 이전에 크리처들을 마주했을 때와는 비교도 되지 않을 정도의 사악한 기운이었다. 당장 누군가의 등 뒤로 도망가고 싶었지만 이곳에 자신이 있는 이유를 생각했다.

비올렛은 계속 거리를 걸었다. 아직 하루 남짓의 시간이 남아 있다. 그녀는 마지막으로 본 에셀먼드의 얼굴을 떠올렸다. 그래, 그 모습이 영원히 굳건하게 서 있다면, 그렇게 영원히 남는다면 괜찮을 거다.

"이제 가."

비올렛이 말을 보며 말했다. 이곳에서 말룸과의 격전이 벌어진다면 말 역시 피해 대상이 될 것이다. 이곳에는 어떤 생명도 존재하지 않았다. 순수한 동물들이 그 악기를 견뎌 낼 수 있을 리가 없다.

말은 비올렛의 얼굴을 한 번 쳐다보았다. 그녀를 믿고 두려운 기운에도 따라온 것을 알고 있다. 고마움에 손을 뻗은 비올렛은 말의 주둥이에 뺨을 비볐다. 가지 않으려는 말에게 신어로 명령하자 말은 다시 길을 가로질러 바깥으로 나갔다.

비올렛은 이제 완벽한 혼자가 되었다. 완벽한 적막과 고요 속에서 그녀는 자신의 곁에 아무도 없다는 것을 절감했다. 사람들의 비원悲願을 모두 짊어졌지만, 그녀 자신의 비원을 짊어질 이는 아무도 없었다. 하지만 그것은 이미 알고 있지 않았는가. 그녀만의 의무, 그녀만의 싸움에서 누군가에게 기대고 싶다고 생각하는 것조차 성녀로서 허용되는 일이 아니었다.

사람들이 없는 지금, 그녀는 아무것도 숨기지 않아도 되었다. 따라서 그녀의 감정은 완벽하게 벌거벗겨져 있었다. 아까까지 버거워 견딜 수 없다 생각했던 사람들의 기도가 그리워졌다. 차라리 다시 돌아가서 기도를 백 번, 천 번 듣는 게 나았다. 고독 속에 꾹 눌러 왔던 나약함이 바깥으로 터져 나왔다. 그녀는 지금 돌아가고 싶었다. 그러나 비올렛은 그것을 내리눌렀다. 나약한 모습으로 서 있으려고 이곳에 온 것이 아니다. 적어도 사람들에게 여유롭게 웃었다면 정말로 그녀만의 싸움을 끝내야 했다.

세상에 배신당했다 생각해서 죽고 싶어 했던 예전의 자신을 한대 후려치고 싶었다. 이 극한의 상황 속에서도 비올렛은 살고 싶었다. 살아서 그의 얼굴을 한 번이라도 더 보고 싶었다. 아, 그를 떠올리자 몸에 떨림이 천천히 멎었다. 비올렛의 하늘색 두 눈이 결연한 의지를 머금었다.

그의 얼굴을 떠올리니 안심이 되었다. 비올렛은 자신도 모르게 활을 꺼내 들어 꾹 쥐었다. 활을 드니 조금은 긍정적인 생각이 들었다. 전대 후작이 그렇게 고생을 시켰는데, 어찌되었건 무력이 도움이 안 되지는 않으리라.

말룸을 찾아 나서야 하나. 저절로 나타나는 건가? 매번 공부는 했지만 그런 것은 알아내지 못했다. 비올렛은 불안한 시선으로 주위를 두리번거렸다. 만약 살아 나간다면 이 상황을 정확하게 적어서 다음 성녀에게 보여 주어야겠다는 상황에 맞지 않는 다짐을 단단히 했다.

비올렛은 천천히 발걸음을 떼었다. 온몸의 감각이 날카롭게 살아나며 악기가 비올렛을 짓눌렀다. 누군가가 뒤에서 지켜보는 것 같은 시선이 느껴져 몇 번이고 뒤를 돌아보았다. 마침내 비올렛은 그 시선의 연유를 알아차렸다. 저 붉은 하늘은 말룸의 눈동자와도 같았다. 말룸이 나타난다면 그 징조가 어딘가에 있을 터였다. 그러나 그 징조를 어디서 찾아낸단 말인가. 비올렛은 잠시 고민했다.

도시 중심부로 들어가면 들어갈수록 악기의 농도가 짙어졌다. 폐허가 된 남작령의 성에 도착한 비올렛은 잠시 동안 호흡을 골랐다. 끈적한 악기가 호흡을 방해했다. 시야 역시 피 안개가 내려앉은 것처럼 붉어 앞을 겨우 분간할 수 있을 정도였다. 이 압박감을 애써 이겨 내며 그녀는 활을 화살에 장전시킨 채 주변에 주의를 기울이며 걸었다. 꼭 크리처라도 나타날 것 같았기 때문이었다.

그러다 비올렛은 지면이 작게 진동하고 있다는 것을 깨달았다. 어지러워 시야가 흔들리는 줄 알았으나 대지는 확실하게 진동하고 있었다. 그것도 간헐적으로 일정한 규칙에 따라서.

비올렛은 직감적으로 깨달았다. 이것은 말룸의 심장박동 소리였다. 온몸의 머리털이 곤두섰다. 그 둔중하며 부드러운 박동 소리는 세상에서 가장 끔찍한 음악을 듣는 것처럼 그녀의 귀를 자극했다. 이것을 지표로 삼기로 결정한 비올렛은 눈을 감은 채 대지가 강하게 진동하는 곳으로 천천히 발걸음을 옮겼다.

—너무나 친절하지 않습니까? 이러한 점에 대해 한 번도 의심해 본 적이 없습니까?

이 순간, 이상하게도 체자레의 목소리가 머릿속에 울려 퍼졌다. 말룸의 징후가 보이고 최후의 징조인 핏빛 하늘 이후, 말룸이 나타난다. 이제서야 왜 그것이 지나치게 친절한 법칙이라는 생각이 드는 것일까? 말룸이 진정 세상을 멸망시키려 한다면 예상치 못한 곳에 나타나는 것이 맞았다. 징조를 보인지 삼 일 후에야 예상된 자리에 나타나는 게 마치 성녀에게 움직일 시간이라도 주는 것 같지 않은가?

그와 동시에 대지가 우웅 진동했다. 비올렛은 자신이 어떤 산의 입구에 서 있다는 것을 알았다. 이곳의 독기는 눈을 뜨고 보지 못할 정도로 짙었다. 두려움에 겨우 다잡은 심장이 다시 거세게 뛰었다. 그녀는 반사적으로 뒤로 물러났다.

산의 입구에 선 비올렛은 정작 들어가는 것을 망설였다. 그것은 생존을 바라는 인간의 당연한 욕구였다. 비올렛은 자신이 이곳에서 철저하게 삶을 원하는 피조물이라는 것을 깨닫고 있었다. 그녀가 몇 발자국 뒤로 물러났다. 스스스, 불길한 소리가 들렸다. 지면 아래 천천히 뛰던 심장 박동 소리가 미친 듯이 뛰기 시작했다. 두근 두근 두근 두근! 갑작스럽게 빨라지는 박동 소리에 비올렛의 머리에 위험신호가 퍼졌다.

비올렛은 자신도 모르게 달아나려 했다. 그러나 달아날 수 없어 심장이 덜컥 내려앉았다. 발을 움직이려 했지만 이미 발이 붙잡힌

지 오래였기 때문이다. 나무뿌리들이 그녀의 발목을 붙잡고 빠른 속도로 팔을 결박했다. 비올렛은 활을 놓치지 않기 위해 주의해야 했다.

이것은 자신이 저번에 성도를 침략한 군나르 족에게 행했던 것이 아닌가? 심장박동 소리와 함께 갑자기 위이잉거리는 소리가 들렸다. 이것은 무슨 소리지? 고요한 적막 속에서, 붙들린 비올렛은 위잉 소리가 서서히 커지는 것을 듣고 있었다. 아니, 이건 커지고 있는 게 아니었다. 이 소리의 근원이 가까워지고 있는 것이다.

그 사실을 깨닫자마자 갑자기 지면을 울리는 심장박동 소리가 빨라졌다. 비올렛의 심장 역시 터질 것처럼 뛰었다. 일순 소리가 멎었다. 그러자 비올렛은 자신의 심장이 멈춘 것 같은 착각이 들었다. 뭔가 이상이 있는 것이다.

겁에 질린 비올렛이 팔을 뻗어 나무 덩굴을 다시 벗어나려 했지만 군나르 족 전사인 타르크 역시 벗어나지 못한 나무 덩굴이었다. 그 엄청난 힘겨루기에 비올렛의 가는 팔이 바르르 떨렸다. 지면의 진동 소리조차 멎은 고요함 속에서 정체불명의 위잉 소리는 더욱 커졌다.

비올렛은 그 불길한 위잉 소리가 어떤 소리들의 모임이라는 것을 알았다. 순간 썩은 내가 훅 끼치며 산에서 검은 무언가가 나무뿌리를 타고 미끄러지듯 내려왔다. 그 속도에 소름이 돋아 몸을 세차게 틀었지만 나무뿌리는 절망적일 만큼 강하게 비올렛을 속박했다.

그 검은 타원형의 무언가를 보고 비올렛은 비명을 지를 뻔 했다. 윙윙 소리가 점점 더 커졌다. 그리고 그것의 정체를 안 순간, 그녀는 비명조차 지를 수 없었다.

태어나서 그렇게 끔찍한 것은 본 적이 없었다. 생리적인 혐오감에 욕지기가 치밀어 올랐다. 검고 광택이 흐르는 작은 벌레들이 틈 하나 없이 빼곡하게 그 검은 물체를 에워싸고 있었다. 위잉거리는 소리는 벌레들의 날개 소리였던 것이다.

갑자기 그녀의 시야를 흐리게 만들던 붉은 피 안개가 순식간에 흩어져 사라졌다. 그리하여 비올렛은 또렷하게 그것을 볼 수 있었다. 벌레가 모인 덩어리는 그녀보다 훨씬 컸으나, 그때 보았던 거대 크리처보다는 작은 크기였다. 벌레가 에워싼 그 동그란 어떤 것은 일찍이 본 적 없는 사악한 독기를 내뿜은 채, 비올렛의 존재를 인지한 듯 천천히 다가오고 있었다.

"비올렛."

세상의 그 어떠한 끔찍한 것도 그것의 목소리를 표현할 수는 없을 것이다. 그러나 그 구체 속에서 나온 목소리는 정확히 그녀를 지칭해 비올렛에게 확신을 주었다. 꿈속에서 만났던 여자가, 말룸이 바로 저것이었던 것이다. 저 안에 말룸이 있다.

싸늘하게 식은 비올렛의 이마 위로 식은땀이 흘렀다. 벌레들이 윙윙거리며 그것을 감싸고 있었다. 갑작스럽게 강렬한 살기를 담은 붉은 기운이 넘실거리더니 벌레들이 한순간에 붉게 타올라 검은 재가 되어 사라져 버렸다.

"널 기다렸어."

쇠를 긁어내는 카르릉 거리는 목소리가 들렸다. 숨을 쉴 수 없을 정도의 악취에 그녀는 구역질을 했다. 벌레들을 없애 버린 그것은 완연히 자신의 모습을 드러내었다. 마치 벌레가 태어나는 고치와도 같은 타원형의 피막 안에서 거대한 검은 그림자가 움직이고 있었다. 검은 그림자를 감싼 고치의 피막은 꼭 사람의 살로 이루어진 것처럼 붉은 혈관이 보였다.

이것이 말룸이다. 그리고 이것은 방금 비올렛이 온 것을 알고 그녀를 만나기 위해 깨어난 것이다. 그림자가 요동치는 듯하더니 고치를 뚫고 날개가 돋아났다. 그 날개의 검은 광택과 붉은 혈관이 선 피막은 마치 박쥐의 날개와도 같았다.

비올렛은 손으로 성력을 써서 나무뿌리를 태워 빠져나가려 했지만 지면에 깔린 다른 뿌리에 또 붙들렸다. 신어를 써 그것을 해지하려 했지만 나무뿌리는 멈칫할 뿐 계속해서 그녀를 옭아맸다.

왜? 자신은 신의 대리인이 아닌가? 그럼에도 왜 신의 피조물들을 자신이 아닌 말룸이 다루는 것인가?

갑자기 째지는 비명 소리와 더불어 고치가 터졌다. 그와 동시에 썩은 내가 나는 초록색의 점액질이 흘러나왔다. 고치에서 벗어난 나방처럼, 그것은 젖은 날개를 펄럭이고 있었다.

아. 어떻게 크리처 따위를 말룸이라고 착각할 수 있었던 것인가. 체자레가 왜 날아다니던 크리처를 하급 생명체라 칭했던 건지 이해가 갔다. 온몸의 감각이 짓눌려 구역질이 날 것 같았다.

미끄러지는 점액들이 뚜둑뚜둑 괴물의 몸에서 흘러내렸다. 몸은 강철의 갑옷을 입은 듯 번들거리는 광택을 가지고 있었다. 손은 비올렛의 얼굴을 한 손으로 으깨 버릴 수 있을 만큼 커다랬다. 그 손의 손톱은 청동과도 같이 서늘한 푸른빛을 내며 번들거렸다. 그러나 비올렛을 가장 두려움에 떨게 한 것은 모든 악기가 담긴 붉은 루비와도 같은 눈이었다. 그것이 비올렛을 '노려보고' 있었다.

마치 하늘의 핏빛처럼 붉고 커다란 눈이었다. 꿈속에서 계속 그녀를 지켜보고 또 지켜보았던 그것이 그녀를 보며 이름을 부르려는 듯 주둥이를 벌렸다. 그러나 그것은 고치 안에서와 같은 '이름'이 아니었다. 그저 쇠를 긁어내리는 울음소리에 불과했다. 이빨은 날카로웠으며 입안은 썩어 문드러진 듯 보라색이었다.

그와 동시에 하늘이 피를 토해 낸 것처럼 공중에 붉은 빛이 모이더니 기둥 모양이 되어 그 생물체에게 흡수되었다. 피를 토한 하늘은 다시 한낮의 새파란 하늘로 서서히 돌아가기 시작했다.

다시 돌아온 하늘, 붉은 빛 기둥, 그 안에 서 있는 크리처와 같은 이형의 날개를 가진 존재. 마침내 말룸이 강림한 것이다.

비올렛은 성력을 일제히 개방시켰다. 새하얀 빛이 하늘 위로 내솟으며 나무뿌리들이 순식간에 타올랐다. 붉은 빛과 대비되는 새하얀 빛이 터져나오자 비올렛은 도시 안으로 뛰어들었다. 저것이 나무를 다룰 수 있다면 비올렛은 적어도 도시 안, 말룸이 다룰 수 있는 어떤 생명도 없는 곳으로 들어가야 했다. 그러나 그것은 전략적으로 생각하지 않은 도주였다. 그저 반사적으로 이곳으로 가야 한다는 생각으로 도망쳤던 것뿐이다. 구역질 날 것 같은 냄새를 뒤로하며 비올렛은 산자락 아래로부터 벗어나 도시 안에 들어가는데 성공했다.

말룸의 생김새가 자세하게 서술된 기록은 없다. 말룸을 자세히 본 것은 오로지 성녀들뿐이었던 것이다. 말룸은 생각보다 말끔한 모습이었지만, 더욱더 끔찍했다.

어떻게, 어떻게 해야 할까. 공포심과 무력감에 눈물이 흘러나오려 했다. 저 거대한 악의의 집약체를, 살아 있는 저주 같은 저 생명체를 어떻게 멸하라는 것일까. 그것이 어떻게 가능하단 말인가. 아마 이곳에서 생을 다할 것이다. 오로지 자신에게로 향한 짙은 살기를 떠올리며 그녀는 몸을 바르르 떨었다.

휘익, 바람을 가르는 소리가 들렸다. 비올렛은 그제야 저것이 날개가 있다는 것을 깨달았다. 그동안 도망을 친 것은 그저 봐줬기 때문이라는 듯, 날개를 몇 번 펄럭이자 그것은 비올렛을 쉽게 따라잡았다. 말룸은 하늘에서 그녀를 보고 있었다.

하. 비올렛은 헛웃음을 지었다. 도망도 소용이 없다. 저것에 이길 수 있을 리가 없다. 그러나 비올렛은 입술을 깨물며 활을 들었다. 성력을 쓰는 것보다 활을 쏘는 것이 익숙했기 때문에 자신도 모르게 나온 버릇이었다. 그것은 마치 조롱하듯 그녀를 보았다. 감히 그 무기로 나를 공격할 수 있냐고 비웃는 듯했다.

그러나 그녀는 침착하게 화살을 쏘았다. 미리 성력을 담아 두었던 화살이 새하얀 빛을 머금고 직선을 그리며 그것의 목덜미를 노렸다. 말룸은 순간의 위험을 감지하여, 재빨리 그것을 피했다. 하지만 비올렛은 화살이 스치고 지나간 말룸의 날개에서 붉은 피가 떨어진 것을 보고 효과가 있음을 깨달았다.

비올렛은 동시에 빠르게 치고 들어오는 말룸의 손을 가까스로 피했다. 덕분에 몸이 굴러 머리가 헝클어졌으나 개의치 않았다. 저번에 거대 크리처와 싸우면서 무기에 성력을 담는 방법을 알게 된 것이 행운이었다. 두려움에 다리가 후들거렸으나, 살고 싶은 욕구가 더 커 잽싸게 몸을 들어 집 기둥 뒤로 숨었다. 그러나 공중에 떠 있는 그것이 비올렛을 바로 발견하고 엄청난 속도로 급강하했다.

활로 맞추면 어느 정도 타격이 있겠지만 말룸은 그때 그 거대한 크리처와는 다르게 빠르기까지 했다. 몸집 역시 거대한 수준이 아니라 명중하기 애매했다. 그렇다면 저것의 움직임을 멈춰야 하는데, 혼자서 하는 것은 무리였다. 그러다 비올렛은 말룸의 공격 수단이 손톱뿐이라는 것을 깨달았다.

그렇다면 방법이 존재했다. 바로 몸에 상처를 내는 것이다. 그녀의 피는 신의 권능이 깃든 성혈이었으니, 저 악의 존재에게는 극독

일 것이다.

다른 성녀들도 이렇게 말룸을 없애 왔음이 틀림없었다. 신화에 따르면 선택된 아그레시아는 평범한 소녀였으며, 역대 성녀들도 비올렛처럼 특별한 훈련을 받은 것은 아니라 했다. 평범한 귀족 여성이 말룸을 없앨 수 있는 방법은 한정되어 있다. 그들 역시 몸을 내주고 말룸의 목숨을 취한 것이다.

성력이 사라지는 것이 나중의 일이라 가정한다면, 성혈을 흘려 농도 짙은 성력을 집중시켜 말룸을 잡아내는 것. 그것이 유일한 해결책이었다. 말룸에게 입은 상처는 회복이 가능할까. 역대 성녀들이 상처를 입었음에도 무사했다는 것을 보면 회복은 가능할 성싶었다. 그 기록을 신뢰할 수 있을지는 모르겠지만.

비올렛은 그 와중에 쓴웃음을 지었다. 죽을 방법을 찾지 못해서 말룸에게 죽으려 했던 주제에, 이젠 말룸에게서 어떻게 살아남을 수 있을지를 계산했다. 지금 그녀는 생존을 갈망하고 있었다.

화살로 저 빠른 괴물을 상대하는 것은 무리였다. 크리처와는 달리 말룸은 악기로 똘똘 무장한 상태이며, 화살은 파괴력이 부족했다. 그래도 화살로 날개를 무력화시켜 치명상을 준 뒤, 성력을 쏘면 가장 안전하게 말룸을 무찌를 수 있을 것 같았다. 그리하여 화살을 몇 번 쏠까 했지만, 그보다도 상처를 입히려 접근한 말룸을 성혈로 쓰러트리는 것이 그녀가 할 수 있는 쉽고 정확도가 높은 방법이라 생각됐다.

결국 결심을 끝낸 비올렛은 화살을 장전하지 않은 채 팔을 축 내렸다. 말룸은 화살을 경계하는지 그녀의 주변을 배회하고 있었다. 그러나 잠시간 그녀가 공격할 의지를 보이지 않고 가만히 서 있자, 엄청난 속도로 급강하해 달려들었다.

비올렛은 자신에게 가해질 고통을 생각했다. 혹시라도 급소를 맞게 되면 큰일이니 급소는 최대한 피해야 한다고 판단했다. 그러나 그 엄청난 악의 집합체가 코앞에 다가왔을 때, 그녀는 자신도 모르게 몸을 움츠린 채 눈을 질끈 감아 버렸다.

그녀는 다가올 고통을 기다렸다. 심장이 매섭게 뛰었다.

챙강!

금속성의 소리가 들렸다. 말룸의 하강 속도를 따지자면 이미 그녀는 상처를 입어야 함이 옳았다. 그럼에도 고통이 없는 것이 이상해 눈을 떴다. 시야에 붉은색의 무언가가 보였다. 그러나 그것은 말룸의 눈이 아닌, 붉은 망토 자락이었다. 익숙한 뒷모습이었다.

키에에엑! 말룸이 비명을 지르며 다시 공중으로 두둥실 떠올랐다. 그러나 비올렛은 그것을 볼 겨를이 없었다. 나타날 리 없던 이 남자가 바로 눈앞에 서 있다는 것이 중요했다.

"에드 경!"

그것은 결코 반가움으로 부른 것이 아니었다. 성녀와 말룸의 싸움에, 아그레시아의 근원이 되는 이 싸움에 저 어리석은 남자가 감히 끼어들어 버린 것이다! 초대 왕이 세운 모든 금제를 어기고!

그 금제는 아그레시아의 백성이라면 절대로 어겨서는 안 되는 것이다. 신성 왕국의 심장이 그녀라면 그 육체를 이루는 아그레시아 백성은 이 규율을 지켜야만 했다. 심지어 국왕과 교황마저도. 모든 이가 차마 생각조차 할 수 없는 그런 불경한 짓을 지금 이 남자가 저지른 것이다!

"지금 무슨 짓이에요!"

비올렛이 비명을 지르듯 소리쳤다. 갑작스러운 그의 등장으로 그녀는 이성을 잃었다. 그러나 에셀먼드의 뒷모습은 굳건하게 하늘에 있는 말룸을 보고 있었다.

"어서 빨리 돌아가세요. 죽을지도 모른다고요!"

그를 위해 이 싸움에 기꺼이 몸을 던졌다. 이 싸움의, 자신의 희생의 불합리함을 원망하지 않고 받아들였다. 그런데 이 남자는 그것을 모두 무의미하게 만들었다. 비올렛은 그에게 진심으로 분노했다.

"에드 경!"

비올렛이 비명을 지르듯 소리치며 그의 고집스러운 등을 보았다.

"아직 안 늦었을지도 몰라요. 제발, 빨리! 당신, 지금 죽을 거란 말이에요! 제발!"

그녀의 애원에 결국 에셀먼드가 고개를 돌렸다. 절반만 보이는 얼굴의 짙푸른 눈동자가 비올렛을 응시했다. 정면으로 마주한 것이 아님에도 그의 시선은 강렬했다. 이윽고 그의 입술이 열리고 나온 말에 비올렛은 아무런 생각도 할 수 없었다.

"죽기 위해 온 겁니다."

자, 이제 가장 유명한 장면이야. 동화 속에는 고귀한 기사가 긍지를 지키기 위해, 그리고 사랑하는 성녀를 구하기 위해 그 싸움에 끼어들었다고 쓰여 있지?

하지만 기사는 자신이 말룸을 이길 수 없으리라는 것을 너무 잘 알고 있었어. 기사는 죽기 위해 갔단다. 성녀의 눈앞에서.

왜냐고? 왜 그런지 이해가 안 간다고? 왜냐고 물어본다면, 글쎄. 감히 짐작해 보자면 기사가 알고 있는 '마음을 바치는 법'이란 그런 것이 아니었을까?

생각해 보렴. 기사는 자신의 신분을 버린 채 그녀의 옆에 남기를 소망했고, 온갖 고행을 다 겪으며 그녀의 옆에 붙어 있었지. 그로서는 최선을 다해 마음을 바친 것이란다. 하지만 성녀는 그녀가 어떤 마음을 먹었던 간에 그를 버렸던 거야.

성녀의 마음이 기사에 대한 사랑으로 까맣게 탔다면 기사의 마음도 그 못지않게 까맣게 타 재가 되어 바스라진 지 오래였을 거란다. 그런 그가 최후에 선택한 것은 너무나도 미워하는 그녀의 앞에서 죽는 것이었지.

살아 있다면 성녀는 영원히 그를 거부할 것이니 차라리 그녀의 눈앞에서 죽어 그 사랑을 완성시키려 한 거야. 기사의 본모습은 그랬던 게 아닐까? 드높은 긍지를 가진 고귀한 남자였지만, 어떤 여자를 사랑함에 있어서 그는 언제나 서투르고 과격하며 극단적이었단다.

동화는 '기사와 성녀가 힘을 합쳐 말룸을 무찔렀다. 결국 그들의 사랑에 감복한 마귀가 마음을 고쳐먹고 나라에 걸린 저주를 풀어 아그레시아에 평화가 찾아왔다.'면서 행복하게 끝나지? 그렇지만 현실은 다르단다. 아주 많이…….

"당신이…… 대체 왜……."

비올렛이 중얼거리듯 내뱉은 조용한 말에 에셀먼드가 나직하게 대답했다.

"당신의 검으로서."

하, 그녀가 실소했다. 그것은 가디언 맹세의 말 중 하나였다. 검으로서 죽기 위해 왔다고? 그 계약은 이미 깨지지 않았는가. 비올렛은 무엇이라 말하려 했지만 말룸의 찢어지는 비명 소리가 그녀를 막았다. 두 사람의 시선이 동시에 하늘 위에 떠 있는 그 존재에게 향했다.

"돌아가세요, 에드 경. 이건 제 싸움입니다."

비올렛의 권고에도 에셀먼드는 아무 대답도 하지 않았다. 왜, 도대체 왜 이런 미련한 짓을 하는가. 비올렛은 입술을 깨물었다. 얼음처럼 차가운 이성으로 행동하는 사람임에도, 에셀먼드가 한 번씩 했던 행동은 그 이성적인 선을 크게 벗어나는 행동이라 그녀의 이성마저 덩달아 같이 날려 버렸다.

"에드 경!"

"이미 늦었습니다."

에셀먼드의 목소리가 커졌다. 늦었다는 것이 어떤 의미인지는 비올렛도 잘 알고 있었다. 이미 그는 이 싸움에 간섭해 버려 죽음이 확실시되었다. 비올렛은 울고 싶었다. 그가 원망스럽다. 미워서 견딜 수가 없다. 비올렛을 괴롭게 하기 위해 이런 짓을 벌인 거라면 그는 성공했다. 그녀는 지금 죽을 듯이 괴로웠다. 죽을 듯이 그가 원망스러웠다.

그가 죽은 세상이 무슨 의미가 있는가. 그를 지키기 위해서 이렇게 싸우는 건데. 그가 비올렛의 세상인데. 비올렛은 마지막으로 필사적으로 말했다. 그 목소리는 이미 울음기가 배어 있었다.

"맹세는 이미 깨졌습니다. 당신은 제 가디언이 아닙니다. 이젠 제 곁에 있을 의무도, 제 검이 될 의무도 없습니다. 그러니 어서……."

소용없다는 것을 알면서 비올렛은 그렇게 애원했다. 잘못했다고, 그러니 제발 앞에서 물러나 달라고.

"맹세를 깬 건 너. 나는 단 한 번도! 네게 바치는 맹세를 깬 적이 없다."

그러나 에셀먼드는 비올렛의 말에 고함치듯 대답했다.

"경!"

최후의 발악을 하듯 비올렛이 소리쳤다. 하지만 에셀먼드는 단호했다.

"네 앞에서 죽겠다."

머릿속이 하얗게 되는 것 같았다. 온몸에 소름이 쭉 돋았다. 에셀먼드는 선택을 바꿀 생각이 없어 보였다. 그가 왜 이렇게 행동하는지 알 수 없었다. 머릿속을 맴도는 문장은 단 한 문장이었다.

그는 미쳤다. 그래, 이 남자는 비올렛에 대한 증오로 미친 게 틀림없었다. 그래서 그녀에게 원망을 표출하려 이런 짓을 벌인 것이다. 마치 아이처럼.

비올렛은 말룸을 올려다보았다. 갑작스러운 에셀먼드의 등장으로 말룸은 아까보다 높은 고도로 날아올라 그들을 경계하고 있었다. 말룸의 낮은 울음소리가 비올렛의 귀를 자극했다. 그것의 루비 같은 눈이 반짝였다. 말룸은 무슨 일을 벌이고 있는 것일까? 알 수 없었다. 비올렛은 슬쩍 곁눈질로 에셀먼드의 등을 보았다.

그가 미쳤다는 깔끔한 결론을 내리자, 불과 몇 분 전까지 애절하게 차올랐던 감정이 싸늘하게 식었다. 참으로 우습지 않은가. 에셀먼드를 저것으로부터 지키기 위해 겨우 마음먹고 왔더니, 막상 그는 죽기 위해 자신을 따라왔다고 한다. 자신의 검으로서! 그 스스로는 맹세를 깨지 않았다 생각해서! 심장이 두근거리며 뛰었다. 그것은 달콤한 고백을 받아 행복한 여인의 두근거림이 아니라…….

"경은 내가, 내 손으로 죽일 겁니다."

분노의 고동이었다.

이를 갈면서 씹어뱉듯 말하자 그의 너른 등 너머에서 낮은 웃음소리가 들렸다. 그 웃음소리에 비올렛은 더욱 더 화가 났다. 무슨 궤변이며 개소리란 말인가. 기껏 그를 위해 보내 줬더니 왜 원망을 받아야 하는가! 생각해 보면 여태까지 쌓아 왔던 것, 정리하려던 것을 그는 단 한 걸음 다가와서 망쳐 버리려 했다. 자신이 누구 때문에 이 짓을 하고 있는데!

어떤 의미로 죽겠다 하는 건지는 모른다. 그러나 이 미친 남자를 죽이는 것은 말룸이나 국가가 아닌 자신이 되어야 했다. 이딴 짓에 감동에 빠질 줄 알았다면 큰 착각을 한 거다. 저 말룸을 죽인 뒤, 국왕이나 교황이 에셀먼드를 죽여야 한다 말하면 무슨 일이 있어도 살려 내고, 그 다음엔 저 남자를 죽여 버릴 것이다. 그렇게 하지 않으면 저 미련한 남자에 대한 분이 풀리지 않을 것 같았다. 마치 떼를 쓰는 아이 같지 않은가! 그렇게 죽고 싶다면 자신이 소원대로 직접 죽여 줄 것이다. 이 순간 비올렛의 까맣게 탄 속은 다시 한 번 분노로 붉게 타올랐다.

비올렛은 말룸을 보았다. 붉은 눈이 비올렛과 에셀먼드를 경계하고 있었다. 그 진득한 악의가 여전히 비올렛을 짓눌렀는데도, 에셀먼드에게 단단히 분노한 덕분인지 더 이상 무섭지 않았다. 그저 악의의 집약체인 저걸 빨리 물리치고, 에셀먼드에게 한소리 단단히 해야겠다는 생각밖에 들지 않았다.

"어떻게 하실 생각입니까."

에셀먼드의 말에 비올렛이 그의 옆에 서서 검을 내밀었다. 에셀먼드가 우선 그녀의 검을 잡았다.

"제 성력이 담긴 검입니다. 아마 한 번은 유용하게 쓸 수 있을 거예요."

비올렛이 발견한 결과, 보석에 성력이 오랫동안 담기는 것과는 달리 금속에 성력이 담기는 것은 일시적이었다. 전투가 벌어지기 전, 마차에서 검에 성력을 고이고이 담아 놨지만 쓸 수 있는 것은 단 한 번뿐일 것이다.

비올렛이 말룸을 경계하는 사이, 에셀먼드는 자신의 검을 땅에 박고 비올렛의 검을 잡아 허리춤의 고리에 걸었다. 에셀먼드는 비올렛의 얇고 작은 검 대신에 자신의 검을 쓸 생각인 듯 땅에 박힌 검을 뽑아들었다.

"말룸은 아까도 보셨다시피 손톱을 사용한 근거리 공격을 주로 합니다."

그렇게 말을 하는 와중에도 비올렛의 시선은 말룸에게서 떨어질 줄 몰랐다. 말룸은 계속해서 비올렛과 에셀먼드를 노리고 있었다. 이 말만으로도 에셀먼드는 충분히 싸울 준비가 된 것 같았다. 에셀먼드는 검을 들고 다시 비올렛의 앞으로 나아갔다.

"그리고 말룸은 생명체, 아니 식물을 다루는 것 같습니다. 저처럼요. 따라서 전투 시에 산 아래 쪽으로 가는 것을 피해야 합니다."

비올렛의 설명에 그가 고개를 끄덕였다. 에셀먼드는 비올렛과 함께 싸울 생각이었다. 숨어 있으라 해도 이 인간에게는 그런 게 통할 리가 없으니, 비올렛은 일단 눈앞에 있는 말룸을 처리하자고 생각했다.

사실 싸울 사람이 하나 더 생긴 것은 비올렛의 싸움을 상당히 편하게 만들어 주었다. 조금 냉정하게 표현하자면 말룸이 접촉 공격밖에 할 수 없는 이상, 한 사람이 공격당하면 다른 사람이 공격할 기회를 얻게 된다. 공격할 틈이 필요한 비올렛에게는 더없이 이상적인 상황이었다.

말룸이 본디 적으로 인지했던 비올렛을 향해 쏜살같이 급강하하자 에셀먼드가 재빨리 움직여 다시 그 손톱을 쳐 냈다. 말룸은 빨랐지만, 에셀먼드 역시 말룸 못지않았다. 비올렛은 이 순간 에셀먼드가 왜 천재라 불렸는지 실감했다. 그들의 움직임은 눈으로 따라갈 수 없었다.

그러나 문제는 에셀먼드의 검이 말룸에게 상처 하나 낼 수 없다는 것에 있었다. 검과 손톱이 맞부딪칠 때마다 캉 소리가 나며 붉은 불꽃이 튀었다. 말룸은 재빨리 날아올랐다.

에셀먼드가 말룸을 도발하듯 검을 높이 치켜들었다. 그 공격 태세에 말룸은 기묘한 울음소리를 내며 에셀먼드를 위협했다.

비올렛은 에셀먼드가 어떤 상황을 원하는지 알아차렸다. 그는 말룸을 본인에게 유인하려는 것이다. 비올렛은 입술에 화살을 문 채 다른 화살을 장전했다. 에셀먼드가 검으로 말룸의 주의를 끌어 지상에 묶어 둘 수 있다면, 화살을 쏘아 말룸에게 타격을 주는 것이 가능했다.

말룸은 에셀먼드를 적으로 인지하고 그에게 이를 드러냈다. 다시 한 번 챙강 소리가 나며 말룸의 긴 손톱과 검이 맞부딪혔다. 말룸은 에셀먼드를 죽이기로 결심한 듯 손을 크게 휘둘러 그를 내리누르려 했다. 이번에도 말룸의 손톱은 에셀먼드의 검에 의해 막혔다.

조금 거리를 벌린 비올렛은 격렬하게 몸싸움을 하는 그들의 모습을 보고 목표점을 계속 바꾸었다. 이렇게 빠르게 움직이는 형체를 향해 활을 쏴 본 적은 거의 없었다. 비올렛의 이마에서 식은땀이 흘렀다. 혹시 에셀먼드에게 활을 쏘게 된다면 어떻게 하지. 만약의 경우를 생각하는 것만으로도 손이 떨렸다.

에셀먼드는 지나치게 잘해 주고 있었다. 말룸이 날아오르는 것 같으면 횡으로 크게 검을 휘둘러 자신에게 일부러 틈을 내보인다. 그렇게 되면 말룸은 다시 그를 공격한다. 고치 안에서는 이지가 있었던 말룸은, 이지를 완전히 상실해 버린 듯 에셀먼드의 술수에 놀아났다. 그러나 비올렛은 에셀먼드가 아주 아슬아슬하게 싸우고 있다는 것을 알았다.

비올렛이 화살을 쏘려 마음을 먹고 활시위를 당겼다. 그러나 화살 끝이 갑자기 방향을 튼 에셀먼드를 향하자 그녀가 놀라 화살 방향을 틀었고, 그 덕에 화살은 말룸을 스쳐 지나가지도 못했다. 화살이 크게 궤적을 벗어난 것을 깨달은 에셀먼드가 비올렛 쪽을 보았다.

비올렛은 식은땀을 흘리며 그를 보고 있었다. 에셀먼드의 표정이 엄하게 변했다. 그는 자신은 상관하지 말고 쏘라고 하고 있었다.

그때, 말룸이 활을 든 비올렛을 발견해 달려들었으나 에셀먼드가 말룸의 앞을 막아섰다. 말룸의 손톱이 에셀먼드의 어깨를 스쳐 붉은 피가 튀었다. 그것에 비올렛의 가슴이 세차게 뛰었다. 손의 떨림이 멎지 않았다.

비올렛은 심호흡을 하며, 입술에 문 화살을 다시 장전시키고 시위를 당겼다. 그러나 에셀먼드의 피에 지나치게 동요한 나머지 화살은 또다시 말룸을 맞추지 못하고 에셀먼드 다리 근처의 지면에 박혔다. 그에 에셀먼드가 다시 비올렛을 보았다. 뭐하냐고 말하는 듯했다. 죽여 버린다고 말하긴 했지만, 비올렛은 에셀먼드가 다치는 것을 두려워하고 있었다.

에셀먼드는 그제야 자신의 실수를 깨달은 듯했다. 에셀먼드가 있으면 비올렛은 싸움에 집중할 수 없었다. 그가 오기 전에 생각했던 것처럼 자신의 몸을 내어 주고 말룸을 없앴더라면 어쩌면 일은 더 쉽게 끝낼 수도 있었다. 아니, 어쩌면 에셀먼드가 아니라 다른 사람이기만 했더라도 비올렛의 싸움은 더욱 쉬웠을 것이다. 상처입은 에셀먼드의 어깨에서 피가 왈칵 흘러내렸다.

비올렛은 시간을 지체해선 안 된다는 것을 깨달았다. 에셀먼드의 검은 날카로웠지만, 그의 검은 말룸에게 상처를 내지 못한다. 말룸을 죽일 수 있는 것은 오로지 성녀뿐. 비올렛은 심호흡을 하고 화살을 쏘았다. 그녀의 하늘색 눈이 반짝였다. 시위를 떠난 화살이 말룸의 목덜미에 명중했다. 하얀 빛줄기가 터지며 말룸의 움직임이 멎었다.

설마 잘된 건가? 정말로? 긴장을 늦출 수 없었던 비올렛은 성력을 담은 화살을 말룸의 날개에 쏘았다. 말룸의 움직임이 확실히 느려졌다. 말룸의 검은 몸체에서 붉은 피가 뚜둑거리며 쏟아졌다.

말룸의 바로 앞에 있는 에셀먼드는 천천히 뒤로 물러났다. 그는 말룸을 경계하듯 보고 있었다. 비올렛은 어쩐지 불길한 예감을 느꼈다. 왜 에셀먼드는 비올렛에게 오지 않는 건가?

"경, 이리로!"

날개를 쏜 이상 에셀먼드의 역할은 끝났다. 나머지는 성력으로 어떻게든 해결하면 된다. 말룸이 설마 이런 화살로 쉽게 해결이 될 줄은 몰랐다. 그러나 에셀먼드는 말룸의 앞에서 떠나지 않았다. 그는 조용히 말룸을 노려보고 있었다.

"경!"

비올렛이 애가 타서 소리쳤다. 왜 말을 안 듣는단 말인가! 그렇게 생각했을 때 에셀먼드가 비올렛을 보며 소리쳤다.

"다가오지 마십시오!"

뭐? 비올렛이 에셀먼드에게 소리치려는 순간 말룸의 비명 소리가 들리며 발을 박차는 소리가 들렸다. 비올렛은 그가 왜 뛰어오지 못했는지 알았다. 산을 타고 도시에 진입한 나무덩굴들이 도시를 점령해 에셀먼드의 무릎 아래와 팔을 꽉 잡고 있었다.

이것이 말룸이 바랐던 것이다. 산 아래로 뻗은 나무줄기들은 조용히 비올렛과 에셀먼드를 덮칠 순간을 노리고 있었다. 이렇게 대규모의 식물을 원거리까지 다루다니, 어디까지 식물들을 다룰 수 있는 거지! 말룸과 에셀먼드 너머로 앙상하고 검은 덩굴들이 바닥을 핥듯 기어오고 있었다.

비올렛이 화살로 그것을 쏘자 하얀 빛이 터지며 나무덩굴이 움직임을 멈추었다. 그녀는 재빨리 에셀먼드의 팔을 결박하던 덩굴 주변으로 화살을 쏘았다. 그에 에셀먼드가 팔과 다리를 움직일 수 있게 되었다. 그때, 부르르 떨던 말룸이 괴성을 지르며 에셀먼드에게 달려들었다. 콰직 소리와 함께 피가 튀었다.

아.

비올렛은 눈을 크게 뜨며 그것을 보았다. 그래, 겨우 화살로 그것을 죽일 수 있을 리가 없다. 만약 죽이려 했다면, 아까 더욱 철저하게 죽였어야 했다. 에셀먼드에게 오라 하지 않고, 비올렛이 갔어야 했다.

이렇게 이미 늦질 않았는가. 말룸은 피를 뚝뚝 흘리며 에셀먼드에게 다가가 손톱으로 그의 배를 뚫었다. 비올렛은 잠시 동안 아무런 생각도 할 수 없었다. 마치 그 순간이 영원과도 같았다.

에셀먼드가 갑옷을 입고 있었음에도, 말룸의 손톱은 종잇장처럼 그의 육체를 뚫었다. 그의 배를 관통한 손톱 사이로 뚝뚝 피가 흘러내렸다. 비올렛의 시야가 하얗게 물들었다. 그리고 말룸이 손톱을 뽑아내려 할 때 에셀먼드가 허리춤에 있는 성력이 담긴 비올렛의 검을 뽑아 들었다. 그리고 망설임 없이 말룸의 심장 쪽으로 검을 비스듬히 찔러 넣었다.

비올렛의 성력을 머금은 검은 에셀먼드의 검과는 달리 말룸의 살을 쉽게 파고 들었다. 검 주변으로 하얀빛이 터져 나왔다. 말룸은 고통에서 벗어나려 했지만, 에셀먼드가 비스듬히 검을 꽂아 넣고 힘을 주었기 때문에 움직이면 움직일수록 검에서 벗어나지 못한 채 처절하게 발버둥 쳤다.

"에드 경!"

비올렛이 비명을 지르듯 그의 이름을 불렀다. 그녀는 깨달았다. 그는 이것을 원했다. 그래서 검을 아꼈던 것이다. 그는 자신을 제물로 삼아 완벽하게 말룸의 움직임을 봉인했다. 어리석은 사람. 어떻게……!

에셀먼드가 그녀를 보았다. 그는 고통으로 얼굴을 찌푸렸지만 지금이라고 말하고 있었다. 그는 알고 있는 것인가. 그 손톱이, 배를 관통했다. 지금 그것보다 말룸을 없애는게 더 중요하다고!

몸이 차가워지며 심장이 두근거렸다. 에셀먼드는 비올렛에게 불가능한 것을 시키고 있었다. 비올렛이 성력을 쏠 수 있는 사정거리에 말룸이 있었다. 성력을 쓰는 것은 아무런 문제가 되지 않는다. 그러나 그녀가 허용 가능한 최대치의 성력을 개방한다면 말룸뿐만이 아니라 그도 죽을 수 있다는 사실은 자각하지 못한 것인가.

아니, 모를 리가. 비올렛보다 명석한 그는 이런 상황까지 예견했을 것이다. 에셀먼드는 '검'으로서 죽기 위해 찾아왔노라 말했다. 검은 도구일 뿐, 검의 안위를 생각하며 싸우는 주인은 없다. 그래서 그는 처음부터 검으로 이용하고 버리라고 말했던 것이다.

"누가."

누가, 그렇게 두겠다고.

말룸이 에셀먼드로부터 달아나기 위해 그의 배를 관통한 손톱을 뽑아 내자 촤악 소리와 함께 붉은 피가 튀었다. 그 와중에도 에셀먼드는 말룸의 몸에 박힌 비올렛의 검에 힘을 줘 말룸의 움직임을 막고 있었다. 그가 피를 토하는 것이 보였다. 지금 당장이라도 달려가서 에셀먼드를 등지고 성력을 쏘고 싶었지만, 말룸의 나머지 한 손이 에셀먼드가 박아 넣은 검을 빼내기 위해 그것을 잡고 있었다. 비올렛이 만약 에셀먼드에게 뛰어간다면 그녀의 존재를 자각한 말룸이 어떤 행동을 할지 알 수 없었다.

그가 준 기회를 날릴 수는 없다. 그러나 그 기회를 살린다면 그가 죽을지도 모른다. 심장이 쿵쿵거리며 뛰었다. 그때, 어떤 생각이 들었다. 화살에 담은 성력이 말룸을 없애는데 미진하다면, 그렇다면 강한 성력을 담으면 되는 것이 아닌가. 간단한 결과가 도출되었다.

비올렛은 주저 없이 화살촉으로 자신의 목을 찔렀다. 따끔한 느낌과 함께 새하얀 목을 타고 붉은 피가 흘러내렸다. 피가 생각 외로 많이 난다는 것을 알았지만, 그것이 에셀먼드가 가지고 있는 고통보다는 덜하리라 생각하며 피로 물든 붉은 화살촉을 말룸의 머리에 겨누었다. 호흡을 다시 멈춘다. 그를 위해서, 그를 구하기 위해서. 그녀는 계속 되뇌었다.

—다리 사이 간격을 넓히고 숨을 멈춰. 숨결 하나에도 궤적이 엇나간다.

활을 잡은 손에 에셀먼드의 손이 얹어지는 착각이 들었다. 에셀먼드가 조용히 속삭이는 목소리가 귓가에 들리는 듯했다. 지금 이 순간, 자신이 어린 비올렛이 된 듯한 착각이 들었다.

어렸던 비올렛은 에셀먼드가 너무나 미웠다. 사실은 에셀먼드를 사랑하고 싶었다. 그도 모자란 사람이었고 완벽하지 않았다. 그러나 그가 다정한 사람이라는 것을 너무나 잘 알고 있었다. 모든 이가 외면할 때 그녀에게 처음 손을 뻗어 준 다정한 사람. 그래서 마음에 담아 버렸다.

그리고 이 화살이 어른이 된 에셀먼드를 구하려 한다. 그가 알려준 것으로 이제 그를 구하려 하는 것이다.

—쏴.

어린 에셀먼드의 목소리가 들렸다. 비올렛은 망설임 없이 활시위를 당겼다.

활을 떠난 화살은 마치 마땅히 가야 할 궤도를 가듯 말룸의 머리에 명중했다. 새하얀 빛이 밝게 터졌다. 그와 동시에 비올렛은 재빨리 에셀먼드에게 뛰어들었다. 하얀 빛이 사그라들자 머리가 사라진 말룸의 모습이 보였다. 그러나 머리가 없어졌음에도 말룸은 아직 살아 있었다.

비올렛은 에셀먼드를 등지고 그의 앞에 섰다. 그리고 자신이 가진 모든 성력을 집중해서 말룸에게 쏘았다. 이 지긋지긋한 아그레시아에 서린 저주가, 그녀의 인생을 어둡게 좀먹은 이 존재가 사라지길 진심으로 기원하며.

비올렛의 손에서 나오는 성력의 하얀빛이 커졌다. 신의 휘광에 말룸의 악기를 먹은 나무줄기들이 다시 산등성이로 사그라들었으며 이 도시와 산을 지배하던 검붉은 악기들이 사라졌다.

천사들이 노래하는 듯한 아름다운 노랫소리가 들렸다. 신의 기적이 내려오고 있었다. 그 아름다운 빛무리 속에서 비올렛은 자신의 뺨을 만지는 거친 손길을 느꼈다. 부드러운 목소리가 비올렛의 귀에 닿았다. 비올렛의 눈가에 눈물이 흘렀다.

도시가 비올렛의 성력으로 새하얗게 물들었다. 그에 그들의 시야 역시 새하얗게 물들었다. 신의 휘광이 내려앉아 그들을 따스하게 어루만졌다. 빛의 기둥이 점점 더 세를 불려나가 하얗게 퍼졌다.

악의 저주가 깃든 것들이 전부 사그라들었다. 모든 신의 피조물들이 그 빛을 맞아들였다. 그 빛을 맞이하는 자는 누구나 신을 찬양할 수밖에 없었다. 창조주의 힘을 경외하고 찬양하는 것은 생명의 본능이었다.

죽어 있던 것은 사라지고, 생명이 다시 평화롭게 노래할 수 있는 때가 도래했다. 나라의 모든 이가 그 신의 광휘를 볼 수 있는 행운을 누리는 것은 아니었다. 그것을 볼 수 있었던 것은, 저주가 내려앉은 도시 주변에 있었던 사람들, 성기사들, 그리고 교황뿐이었다.

시야를 멀게 하는 하얀빛에 눈을 뜨지 못하자 이곳에 서 있는 신을 섬기는 자들은 약속이라도 한 듯 무릎을 꿇고 손을 모아 신에게 기도했다. 이것은 신께서 약속한 우리의 승리니라! 그 빛 속에서 피조물들은 환희하고 또 환희했다.

핏빛 하늘이 사라지고 잿빛 구름으로 어둑했던 하늘에 서광이 드리웠다. 하늘은 이전처럼 푸르렀으며 솜과 같은 구름이 평화롭게 흘러갔다. 마침내 태양이 드리우자 그들은 아, 탄성을 내질렀다.

따스한 빛무리 속에서 오로지 린도만이 얼굴을 굳히며 그 도시를 바라보았다. 성기사들 역시 서서히 기도를 마치고 손을 내렸다. 환희의 달콤한 여운은 계속 남아 있었으나 도시 입구에 서 있던 성기사들의 얼굴은 서서히 굳어 갔다. 신의 광명 후에는 씁쓸한 뒤처리만이 남아 있었다.

"에셀먼드…… 아니, 에르멘가르트 후작은 어찌하실 겁니까."

린도의 옆에 서 있던 로디온이 얼굴을 찡그리며 말했다. 본디 그들이 이곳에 있는 이유는 성녀의 성스러운 싸움을 수호하기 위해서였다. 그런데도 그들은 에셀먼드가 성녀와 말륨의 전장 안에 들어가는 걸 용인해 버렸다. 그러나 그들도 나름의 변명이라는 것을 할 수 있었다.

막을 수가 없었다.

그래, 도저히 막을 수가 없었다. 흑마를 타고 쏜살같이 질주해 오던 에셀먼드의 모습을 보며, 검을 든 기사들은 그 눈을 차마 마주하지 못했다. 그들이 본 것은 의지로 형형하게 빛나는 눈빛이었다.

"성하, 왜 그를 들여보낸 겁니까."

로디온이 린도에게 물었다. 린도는 그저 빛이 천천히 사라지는 도시를 보고 있었다.

"에르멘가르트 경이 죽기라도 바란 겁니까?"

그 말에 린도의 얼굴이 찡그러졌다. 서늘한 시선이 로디온에게 향했다.

"그대들도 막을 수 없었던 것이 아닌가."

"……."

"그대들은 죽기 위해 온 자를 막을 수 있었나?"

그 말에 성기사들은 아무도 말하지 못했다. 비록 신전의 기사도와 왕도의 기사도가 다를지언정, 그들은 같은 기사도를 가지고 있었다. 에셀먼드는 연약한 여자를 지킨다는 기사도를 행한 것이다. 가디언의 맹세를 깼든 어쨌든 간에 에셀먼드는 그곳에 들어갔다. 분별없는 자가 아니었으니 분명 도시에 들어가면 말룸에게 죽거나 사형당한다는 걸 잘 알고 있었을 것이다.

입맛에 씁쓸함이 남았다. 성기사들은 에셀먼드를 질투했다. 동시에 모든 작위를 버리고 진실하게 성녀 하나만을 지키려던 그를 흠모하기도 했다. 성기사들도 그 진실이 마냥 고귀한 기사도에서 비롯된 것이 아니라는 것 정도는 어렴풋이 짐작했다. 그러나 그는 부정을 저지르지 않았으며, 성녀를 위해 목숨까지 바치겠노라 했다. 그것이 비웃을 만한 것인가. 그것이 과연 잘못된 것일까?

겨우 열여덟이 넘은 여자를 저 지독한 악기에 밀어 넣고, 자신들이 한 짓이란 고작 도시 주변을 에워싸 감시하며 성녀가 의무를 끝내기를 기다린 것이었다. 이것은 옳은 행위인가?

의연한 얼굴로 들어가던 비올렛이 억지로 태연을 가장했다는 건 알고 있었다. 그들의 성녀는 언제나 무표정했으나 누구보다 인간적이고 다정한 사람이었다. 그녀는 두려움을 물리치고 고귀한 희생으로서 이 나라를, 더 나아가 이 세상을 지켰다.

성기사들은 가치판단을 오로지 신에게 두었다. 그러나 지금은 신에게 의문을 가지고 있었다. 신은 왜 나약한 여자아이에게 힘을 주었으며, 그녀 혼자만이 말룸과 대적하게 만들었는가. 차라리 젊은 남자에게 그런 힘을 주었다면, 어쩌면 그들은 이런 찝찝한 감정을 느끼지 못했을지도 모른다.

빛의 기둥이 실과 같이 가늘게 변하고, 이내 사라지자 린도가 발걸음을 떼었다. 로디온을 비롯한 성기사들이 자연스럽게 뒤를 따랐다.

"나 혼자 가겠노라."

린도가 따라오려는 성기사들을 향해 손을 내저었다. 따라오지 말라는 뜻이었다.

"아직 말룸이 사멸했는지 아닌지 모른다."

"위험합니다, 성하."

그리고 린도는 얼굴을 찡그리며 말했다.

"제일 먼저 성녀에게 향하는 건 교황의 역할이라 되어 있어. 내가 거짓말을 하는 것 같으면 나중에 문헌에서 보던지."

린도가 그렇게 말하자 성기사들은 따라갈 수 없었다. 아무도 따라오지 않는 것을 확인한 그가 천천히 도시에 들어갔다. 린도의 새하얀 옷이 도시 안에 빨려 드는 것처럼 사라졌다. 참으로 대비되는 모습이었다. 말룸을 격퇴하러 성녀가 들어갔을 때, 이곳은 마치 성녀를 집어삼키려는 듯 붉은 아가리를 벌리고 성녀를 삼켰다. 그러나 모든 게 끝난 도시는 초록 싹으로 덮여 미소 지으며 교황을 맞이했다.

맑은 새의 노랫소리가 들렸다. 그들도 직감적으로 모든 것이 끝났다는 것을 알고 있었다. 새파란 하늘 아래서 죽어 있던 도시는 그렇게 살아나 있었다. 그렇게나 나타난다, 안 나타난다 의견이 분분했던 말룸은 나타났고, 이번에도 성녀에 의해 격퇴되었다. 결국 신은 또 그들을 구원해 주었다. 사람들의 마음에 안도가 퍼져 나갔다.

몸이 움직여지지 않았다. 쿨럭하고 피를 토한 비올렛은 몸을 바르르 떨었다. 하얀 신의 빛이 폭사되고 앞에 서 있었던 말룸이 흔적도 없이 사라진 지 오래였다. 눈앞에는 그저 말룸이 있었던 흔적인 검은 재만이 남아 있을 뿐이었다. 비올렛은 그제야 그녀가 완벽하게 승리했다는 것을 깨달았다.

내장이 끊어진 것처럼 배가 아프고 구역질이 났다. 갑자기 비올렛의 허리를 누군가 감는 감촉이 느껴졌다. 그리고 묵직한 무게가 등 뒤에 실렸다. 미약하나 뜨거운 숨결이 귓가에 닿았다. 비올렛은 허리를 보았다. 달달 떨고 있는 피 묻은 남자의 손이 그녀를 안으려 하고 있었다.

차마 뒤를 돌아볼 용기가 나지 않아 그 팔을 보며 멍하게 서 있었다. 팔이 힘없이 툭 떨궈지며 사람의 무게가 온전히 비올렛의 등에 실렸다. 온몸에 힘을 잃은 그녀 역시도 그 무게에 같이 넘어져 버리고 말았다.

에셀먼드의 몸이 비올렛의 몸 위에 쓰러졌다. 등에 축축한 느낌이 들었다. 에셀먼드의 배에서 흐르는 피가 묻은 것이다. 비올렛의 정신이 아연해졌다. 그녀는 젖 먹던 힘까지 써 에셀먼드를 살짝 밀고 자리에서 일어났다.

"아, 안 돼."

한눈에 봐도 에셀먼드의 몰골은 참혹했다. 말룸의 손톱이 멀리서 봤을 때 예상했던 것보다 더 무자비하게 에셀먼드의 배를 파헤쳐 버린 것이다. 그의 몸이 누여져 있는 땅을 에셀먼드가 흘린 피가 계속 적셔 나갔다. 에셀먼드의 시선이 비올렛을 향했다.

"안 돼, 안 돼!"

눈에서 왈칵 눈물이 차올랐다. 비올렛은 달달 떨리는 손을 들어 성력을 쓰려 그의 배에 손을 가져다 댔다. 그러나 모든 성력을 소모한 비올렛의 손에서는 희뿌연 빛만 나올 뿐, 더 이상 성력이 나오지 않았다.

도시를 가득 채운 신의 휘광도 겨우 도시 안에 깃든 저주를 물리치고 죽어 가는 작은 생명들을 살리는 게 고작이었지, 에셀먼드의 상처를 낫게 할 수는 없었다. 비올렛은 에셀먼드에게 사정했다.

"제발……."

그녀는 자신이 누구에게 사정하는지 몰랐다. 그저 아무것도 해결할 수 없는 무력한 자신이 아닌, 누군가의 도움이 필요했다. 에셀먼드의 손이 움찔거리며 비올렛의 볼에 닿으려다 힘없이 떨궈졌다. 그에 비올렛이 놀라 그의 얼굴을 바라봤다. 피에 젖은 입술이 무엇이라 중얼거렸다. 그러더니 그가 눈을 감았다. 그러나 비올렛은 그것을 듣지 못했다. 그저 무언가를 말한 그의 입술이 움직임을 멈추었고, 그가 눈을 감았다는 사실만이 중요했다.

"내가 당신 살려 내서, 진짜 그렇게 죽고 싶으면, 내가 어떻게든…… 어떻게든 할 테니까……!"

그러니 제발 죽지 말아요. 비올렛이 눈물을 쏟아 냈다. 출혈은 더욱 커져 비올렛이 꿇고 있는 무릎까지도 그가 흘린 피로 물들었다. 그녀는 알 수 있었다. 에셀먼드는 곧 죽을 것이다. 그러나 차마 그 사실을 받아들일 수가 없었다.

어떻게 그가 죽는단 말인가. 비올렛은 에드를 구하려고 세상을 구해 낸 것이다. 세상을 구해서 무엇을 한단 말인가. 에셀먼드가 없는 세상이 아닌가. 아무것도 할 수 없다. 그 잘난 성력도 사라져 버려 에셀먼드를 위해 쓸 수 없었다.

"알잖아요, 에드. 내가 뭐 때문에 노, 노력했는데, 제발. 내가, 뭐 때문에 이렇게……."

호흡은 계속 가빠 왔다. 비올렛은 그저 무력하게 눈물만 흘렸다.

"모르죠? 모를 거야, 응? 당신은 모르잖아. 제발, 에드, 당신이 내 세상이라서 내가 이렇게 노력한 거야, 응? 알잖아요, 아니 모르지. 몰라서 아무것도 모르니까 이렇게 잔인한 거야."

죽기 위해서 왔다고, 그렇게 가슴을 찢어 놓고 정말로 죽어 버린다. 얼마나 자신을 미워하면 이렇게까지 잔인할 수 있는 것일까. 그를 지키기 위한 행동을 모두 무력화시키고, 이렇게 그녀를 혼자 두겠다 말하며 이기적이게 이런 짓을 벌이고 있다.

손에서 나오는 성력이 사라져 갔다. 비올렛의 온몸에 힘이 빠져나간다. 그녀는 한계에 부딪혔다. 몸에 피를 내 볼까? 그렇게 하면 그의 상처가 나으려나.

비올렛은 자신의 목 언저리에 손을 뻗었다. 이미 피는 위험할 정도로 나고 있었으나 신경 쓰지 않았다. 화, 화살, 화살을 들어서 목을 한 번만 더 찌르면 될 거야. 그녀는 그렇게 생각하며 목을 찌르려 했다.

"비올렛, 그만해."

부드러운 목소리가 들렸다. 린도가 서 있었다. 그는 마치 순백의 사자처럼 서 있었다. 신의 가호가 내린 곳에, 신을 섬기는 사제의 하얀 신관복이 바람에 부드럽게 나부꼈다. 이 순간 린도는 마치 절대자처럼 보였다.

린도는 알 수 없는 금안으로 비올렛과 에셀먼드를 동시에 바라보고 있었다. 비올렛은 린도가 에셀먼드를 죽이러 왔다는 것을 깨달았다. 이곳에 비올렛 외에 살아 있는 자는 필요 없으니, 죽이러 온 것이다.

분명히 그런 것이다. 이렇게 그의 숨결은 식어 가는데, 그 아까운 숨결마저도 앗아 가려 온 것이다. 그러나 절망적이게도 비올렛은 지금 에셀먼드를 지킬 힘이 없다.

"린도 제발…… 부탁이야."

제대로 열리지도 않는 입술을 열어 비올렛은 린도에게 사정했다. 비올렛은 이 순간 무력했다. 그래서 그녀는 아이처럼 울었다. 아무것도 할 수 없기에 그저 비굴하게 빌며 울었다. 어렸을 때부터 많이 해 보지 않았는가, 아무 힘이 없어서 구걸하는것. 그녀는 준비가 되어 있었다.

"제발, 내가 뭐든지 할게. 제발 부탁이야, 린도. 이 사람이 없으면 나도 죽고 말 거야. 제발……."

무엇을 부탁하는지 모른다. 그러나 비올렛은 빌고 또 빌었다. 성녀와 교황이 동등하다는 것은 안중에도 없었다. 그게 무엇이 중요한가. 에셀먼드가 죽어 가는데. 그렇게 지켜오던 그녀를 지탱하는 둑이 무너져 가는데. 마음이 이렇게 부서지고 있는데.

성력이 없는 비올렛은 이제 천민이 되었고, 교황에게 비는 것은 당연했다. 그래서 비는 것 따윈 아무렇지도 않았다. 린도는 마치 인형과 같은 표정으로 비올렛의 애걸을 지켜보았다. 이윽고 그의 입술이 열렸다.

"넌 참 잔인하구나, 비올렛."

린도가 조용히 말했다. 고저 없는 음성이 울려 퍼졌다. 린도가 천천히 몇 발자국 더 다가왔다. 비올렛은 자신도 모르게 에셀먼드의 머리를 끌어안고 방어적인 표정을 지으며 린도를 올려다보았다. 그러나 린도는 비올렛의 맞은편, 에셀먼드의 옆에 무릎을 꿇고 앉았다. 땅 위에 늘어진 기다란 그의 성복이 에셀먼드의 피로 더러워졌다. 린도가 비올렛의 눈을 보며 입술을 열었다.

"바로 내 앞에서 네가 죽는다는 말을 하다니 말이야."

부드러운 목소리가 들렸다. 비올렛이 눈을 크게 뜨며 린도를 바라보자 그의 금안이 부드럽게 휘었다.

"어떻게 내가 네 부탁을 거절할 수 있겠어?"

그리고 린도의 손에서 하얀 성력이 뿜어져 나왔다. 비올렛은 그 일련의 과정을 멍하게 지켜보았다. 린도의 새하얗고 부드러운 손을 타고 나온 하얀 성력은 순식간에 에셀먼드의 상처를 메꾸었다. 창백했던 에셀먼드의 안색이 돌아왔다. 그의 고른 숨소리가 들렸다.

로디온은 불만 어린 시선으로 린도를 보았다. 지금 교황은 미친 게 틀림없었다.

"그 말을 믿으라 하십니까?"

"무엇을 말하는가? 감히 내 말을 믿지 못하겠다는 건가?"

"눈앞에서 에셀먼드 에르멘가르트가 안으로 들어갔습니다! 그를 잡아들여 사형시켜야 합니다."

"그래, 그랬지."

린도는 귀를 후비적거렸다. 성기사들 몇이 린도의 의중을 눈치챈 듯 웅성거렸다. 그러나 로디온은 이것을 넘어갈 생각이 없었다. 린도는 귀를 후비다 말고 로디온을 보며 말했다.

"에셀먼드 에르멘가르트는 그곳에 없었다. 성녀는 쓰러지기 전, 에셀먼드 경이 물러나라는 성녀의 명령을 듣고 사라졌다 했다. 이것이 무엇이 이상한가?"

"성역을 침범한 사람입니다."

"쯧쯧."

린도가 팔짱을 끼며 로디온을 보며 고개를 설레설레 저었다.

"초대 왕과 교황의 칙령은 '성녀와 말룸의 싸움에 그 누구도 끼어들지 말라.'는 것이다. 성역에 접근한 사람에 대한 처분은 그에 부속되어 생긴 법령이고. 경은 머릿속에 융통성이라는 게 있는가?"

혀를 차는 소리가 들려왔다. 린도는 도저히 안 되겠는지 아, 아, 목을 풀었다.

"만약 그딴 짓으로 그 멍청한 기사를 처형했다고 하면, 비올렛이 얼마나 화를 내겠어? 그대, 감당할 수 있어?"

린도의 말에 로디온도 할 말을 잃은 듯했다. 로디온은 비올렛에게 약했다. 성녀라는 여린 존재는 아무리 고지식한 그라도 풀어지게 만들었다. 성기사들도 마찬가지였다. 그들은 비올렛에게 약해질 수밖에 없었다. 이곳 사람들을 몰살시킬 정도로 거대한 힘을 가졌지만 약해 보이는 그녀의 본모습과 필사적인 처연함은 모든 이들, 특히 로디온의 신념을 흔들었다. 예를 들어, 말룸을 물리치러 도시에 들어가는 비올렛을 보며 신의가 이상하다 말했던 것이 그 증거였다.

"로디온 경, 그 명령을 내린 것은 신이 아니라 초대 국왕이라는 인간이다. 우리가 성녀를 보호해야 한다는 신의 명령을 따른 것처럼 그 어리석은 기사 역시 마찬가지지. 신의 말에 따르자면 에셀먼드 경은 잘못한 것이 없어."

린도의 말이 로디온은 못마땅한 듯했다. 그로서도 린도의 말에 반박할 수 없었다. 그러나 이것이 아그레시아의 절대 금기를 따르지 않은 것이라면, 이야기는 다르지 않겠는가. 그렇게 중요시하던 국왕과의 관계는 어떻게 할 것인가. 초대 국왕이 내건 금기를 어기는 일이다.

"성하."

"다시 한 번 말한다. 그곳에 에르멘가르트 경은 없었다."

이곳의 책임자인 교황이 직접 에셀먼드가 이곳에 없다 선언했다. 설령 교황이 거짓을 말하고 있다 하더라도 그것이 어떻게 잘못된 일이겠는가.

"성녀님의 치료가 끝났습니다."

"그래? 마차로 모셔라."

린도의 명령에 대답을 들은 의원이 손짓했다. 그리고 설치된 간이 막사에서 비올렛이 걸어 나왔다. 사람들의 시선이 그녀에게 향했다. 비올렛은 힘이 드는지 흐릿한 눈으로 그들의 부축을 받고 있었다. 로디온의 시선이 비올렛과 린도를 번갈아 보았다. 린도의 성복은 거의 피로 물들어 있었다. 반면, 비올렛의 상처는 린도의 옷을 물들일 만큼 출혈했다고 보기엔 다소 적었다.

"비올렛!"

린도가 달려가 비올렛을 부축했다. 그녀는 린도에게 몸을 기댔다. 그때 린도가 몇 명의 기사들에게 눈짓을 주자, 그들이 몰래 도시 안으로 들어갔다.

"괜찮아?"

"참을 만해."

경장을 벗어 버린 비올렛의 얇은 옷에는 군데군데 엄청난 양의 피가 묻어 있었다. 얼굴에 서린 생채기와 목에서 흘러내린 피, 그녀의 다리를 물들인 피를 보고 성기사들은 할 말을 잃었다. 그러나 분별 있는 자들이라면 바로 눈치챌 것이다. 상처에 비해서 비올렛의 옷에 묻은 피도, 린도의 성복에 묻은 피도 지나치게 많았다. 로디온이 비올렛에게 다가갔다.

"성녀님…… 이제……."

"수도, 수도로 갑시다."

비올렛이 로디온의 말을 끊고 대답했다. 식은땀을 흘리는 그녀와 로디온의 눈이 마주했다. 로디온은 경악스러웠다. 지금 이 몸 상태를 하고 수도를 가자고 하는 것인가. 수도로 가려면 약 하루 하고도 반나절이 걸린다. 몸이 버티지 못할 것이다. 그러나 성녀는 이상하게도 수도로 가자고 주장했다. 마치 이곳을 빨리 떠나기를 원하는 것처럼.

로디온은 비올렛의 파란 눈을 보았다. 이제 이들은 평화로울 것이다. 다음 대 말룸이 나타나고, 다음 대 성녀가 나타날 때까지. 성녀는 말룸만을 위해 키워졌고, 그 임무를 완수했다. 이젠 모든 게 끝났다. 그리고 소녀는 초라하게 쓰러진 채 린도에게 기대고 있었다.

로디온은 인정할 수밖에 없었다. 그들이 이룩한 평화, 그들이 숨쉬고 사는 세상은 저 소녀에 의해 지켜진 것이다. 비올렛의 체구는 너무나 작았고, 팔은 매우 가늘었다. 고통을 참는 듯 새하얗게 질린 얼굴의 하늘색 눈은 간절하게 로디온을 보고 있었다.

로디온은 무엇을 어떻게 해야 할지 몰랐다. 교황의 눈짓에 성역에 몰래 들어간 기사들에 대해 추궁해야 할지, 이곳에서 아픈 몸을 쉬게 해야 함에도 불구하고 수도로 가자는 비올렛에게 여기서 쉬어야 한다고 말해야 할지. 로디온이 주위를 둘러보니 성기사들 역시 비슷한 얼굴을 하고 있었다. 분명 그들도 교황의 석연찮은 주장과 수도로 가자는 성녀의 고집이 이상하다는 것을 알고 있으리라. 그럼에도 그들은 아무런 말도 하지 않았다.

"알겠습니다. 성녀님, 나의 신의 대리자시여."

로디온이 조용히 대답했다. 그래, 에셀먼드 에르멘가르트는 신성한 싸움에 끼어들지 않았다. 설령 끼어들었다 하더라도 그것을 벌하는 것은 신이지, 인간이 되어서는 안 될 것이다. 초대 국왕이 내린 금기는 인간의 것, 신이 내린 계시가 아닌 것이다.

2. 꽃은 이미 피어 있었다

2. 꽃은 이미 피어 있었다

비올렛은 눈을 떴다. 보드라운 침대에 깨끗하게 된 몸으로 누운 채였다. 자고 있는 사이에 어떻게 했는지 머리카락에는 향기가 배어 있었다. 그녀는 자리에서 일어났다. 움직일 때마다 몸이 약간 욱신거렸지만 움직일 만했다.

익숙한 방의 모습을 보며 이곳이 수도의 대신전이라는 것을 알아차렸다. 아, 결국 도착했구나. 비올렛은 안도의 한숨을 쉬었다.

상처를 입은 에셀먼드가 그곳에서 발각될까 봐 비올렛은 가누기 힘든 몸으로 성기사들과 신관들을 데리고 수도로 출발했다. 몸을 쉬게 하려다 보니 수도에 도착하는 것은 이틀이나 걸렸다. 조금 고된 일정이었는지, 결국 도착하자마자 의식을 잃었다.

"어, 깼구나, 비올렛."

테이블에서 엎드려 자고 있던 린도가 잠에서 깬 듯 비올렛을 보았다. 린도는 밝은 표정이었다. 비올렛은 초조한 얼굴로 물었다.

"에드 경은?"

"거의 사흘 만에 깨어나서 하는 말이 겨우 그거야? '에드 경은?'"

비올렛은 깜짝 놀라 눈을 크게 떴다. 정신이 없는 와중에 린도에게 부탁하며 무슨 말을 했던 것 같다. 그것이 혹시나 잘못된 건 아닐까. 불안함에 가슴이 두근거렸다. 린도는 묘한 미소를 지으며 그녀를 보았다. 비올렛이 안달이 날 무렵, 린도가 말했다.

"케이든 경, 하이트 경, 루시트 경, 소프너 경이 열심히 고생해서 후작가에 던져 놓지 않았을까?"

"후작가? 수도에?"

린도가 고개를 끄덕였다.

"생각해 봐. 에셀먼드 경이 있던 곳은 수도였으니, 하루빨리 수도로 되돌아가는 편이 안전해. 그래서 그들을 시켜서 수도로 옮겨 놓으라 했어."

"아……."

린도가 자의로 모든 것을 알아서 할 수는 없었다. 에셀먼드를 옮기는데 성기사들의 도움은 필수적이었던 것이다. 그러나 그들이 납득했을까? 신을 따르는 자들이다. 분명히 에셀먼드를 보았을 텐데. 그녀는 걱정에 빠졌다. 그것을 본 린도가 말했다.

"걱정 마. 입이 무거운 녀석들이니 문제 삼지 않을 거야. 아까 만났는데, 오히려 반성했다고 그렇게 말하더라. 옳은 일을 했다던데?"

비올렛은 안도의 한숨을 쉬었다. 성기사들은 에셀먼드를 싫어한다고 생각했지만 그런 것도 아닌 모양이었다. 하긴 그 역시 일 년 동안 가디언으로서 성도에 있었으니, 알게 모르게 성기사들과는 감정의 교류가 있었을지도 모른다.

"그래서 에드 경은……."

"배에 구멍 뚫린 것을 겨우 막아 놨으니 아무리 그 녀석이 대단해도 아직 쓰러져 있을 거야. 말룸에게 당한 상처인걸. 나도 완벽하게 치료하지 못했어."

비올렛이 고개를 끄덕였다. 린도가 가볍게 말하는 것을 보면 그래도 목숨에 지장은 없었다는 말이겠지. 그녀의 표정을 보던 린도가 말했다.

"네가 치료해 줘야 할 것 같아."

"내가?"

비올렛은 얼굴을 찌푸리며 물었다. 하지만 남아 있는 성력이 없었다. 그때도 사라진 성력 때문에 에셀먼드를 치료하지 못했다. 그런데 무슨 치료를 할 수 있단 말인가? 비올렛이 무심결에 손을 보며 성력을 집중했다. 손바닥에서 새하얀 빛이 났다.

"어?"

"비올렛?"

"아니, 아니 아무것도."

비올렛은 고개를 갸웃했다. 사흘 동안 잠만 잔 것 때문일까. 폭발하듯 썼던 성력이 어느 정도 돌아와 있었다. 그녀는 침대에 걸터앉은 몸을 일으켜 방을 걸었다. 린도가 의아하게 쳐다보는 것 같았으나 비올렛은 거울 앞에 서서 자신의 모습을 보았다. 머리 색은 여전히 은색이었고 눈 색도 그대로였다. 그리고 이마의 성흔 역시도.

"이상하네."

"뭐가?"

"나, 성력이 어느정도 회복됐어."

"당연한 거 아니야?"

린도의 물음에 비올렛은 고개를 갸웃했다. 일단 성력은 둘째치고 몸도 찌뿌둥한 것 빼고는 괜찮았다. 이상하다. 분명 두 달은 못 움직이리라 생각했었다.

비올렛이 등 뒤로 돌았을 때 린도가 갑자기 성큼 다가와 깜짝 놀라 뒤로 넘어질 뻔했다. 린도가 재빨리 그녀의 어깨를 잡아 주었다. 비올렛은 새삼 린도가 완전한 청년이 되었다는 것을 깨달았다. 처음 만났을 때 조금 키가 큰 소년이었던 린도의 어깨는 이전보다 더 넓어졌으며, 조그맣던 손 역시도 커졌다. 게다가 지금은 두 손만으로 비올렛의 몸을 여유롭게 받치고 있었다.

"비올렛?"

린도의 도움을 받아 일어난 비올렛은 그를 바라보았다. 비올렛의 시선은 린도의 목에 가 있었다. 그의 몸에는 붕대가 감겨 있었다. 아아, 비올렛은 그제야 깨달았다.

"너, 매일 나에게 피를 줬구나."

"아? 아, 뭐 그렇지. 일어나면 아플 거 아니야."

린도가 미소 지었다. 그 미소에 비올렛은 잠시 동안 아무 말도 할 수 없었다. 비올렛이 손을 뻗어 린도의 목을 어루만졌다. 그는 가만히 비올렛의 손길을 받아들였다.

"금방 나을 거야."

"알아. 하지만 아프잖아."

비올렛의 말에 린도는 그저 쓴웃음을 지었다. 에셀먼드 때문에 마음이 급해 생각하지 못했지만 그녀는 린도의 큰 도움을 받았다. 우선 에셀먼드의 목숨을 살리고, 사형을 당할 뻔한 것을 구했다. 그리고 안전하게 집까지 데려다 놓았다. 생각해 보니 고맙다는 인사부터 해야 옳았다.

"고마워, 린도."

오래되지 않은 한때, 린도가 비올렛에게 품은 애정이 부담스럽다 여겼던 적이 있었다. 그를 께름칙하게 여겼던 것이 미안해질 정도였다. 린도는 에이든처럼 든든한 사람이었다. 너무나 당연하게 비올렛이 손을 뻗으면 닿을 거리에 서서 항상 그녀를 도와주었다.

갑자기 린도가 목을 어루만지던 비올렛의 손을 잡았다. 일순 비올렛은 손을 붙잡힌 채 그를 마주했다. 린도의 황금색 눈이 묘한 감정을 담고 비올렛을 응시했다. 죽어 가는 에셀먼드를 붙잡고 울던 그녀를 바라봤던 바로 그 표정이었다. 린도의 눈은 고요했으나 어쩐지 화를 내는 것같이 느껴졌다. 잠시 한숨을 쉬는 듯한 그의 숨결이 느껴졌다. 비올렛의 손목을 쥔 손에 힘이 들어가며 그가 입술을 달싹이는 듯하더니, 이내 힘을 풀었다.

"그걸 알면 좀 더 고마워해야지! 비올렛."

소년 시절의 말투를 내뱉는 그의 얼굴이 찡찡거렸다. 긴장으로 죄어 오던 분위기가 순간 확 풀렸다. 기분 탓이었나, 비올렛은 속으로 안도의 한숨을 쉬었다.

"알았어, 고마워."

"그거 한 번만 말하기야?"

"그럼 여러 번 네가 듣고 싶은 만큼 말할게. 정말 많이 고마워."

그 말에 린도가 입술을 툭 내밀며 말했다.

"나중에 성도에 가면 이 빚은 확실히 받아 낼 거야."

비올렛이 속으로 쓴웃음을 지었다. 앞으로 성녀로서 린도의 옆에서 있을 때가 얼마나 길지 알 수 없었기 때문이었다. 이 성력조차도 아마 린도의 피 때문에 일시적으로 회복된 것일지도 모른다. 비올렛을 빤히 쳐다본 린도가 미소를 지으며 말했다.

"그래. 정신을 차렸으니 후작가로 지금 가 봐, 비올렛."

"응?"

에르멘가르트 후작가로 가라니, 린도의 입에서 나올 거라 상상도 못 한 말이었다. 비올렛은 눈을 크게 떴다.

"너의 에드 경, 눈을 아직 못 떴다잖아. 빨리 눈을 뜨려면 나나 네가 치료를 가야 하는데, 내가 징그럽게 그 녀석 집에 왜 가겠어?"

"……."

그렇게 말하는 린도는 어색한 표정이었다. 에셀먼드를 싫어하던 린도가 아니었나. 게다가 에셀먼드와 비올렛이 붙어 있는 것을 더욱 싫어하던 그였다. 왜 굳이 그녀보고 후작가로 가라고 하는 것인가? 묻고 싶었지만 린도는 의외로 간단하게 대답해 주었다.

"네가 걱정할 거잖아. 그리고 네 가족도 만나야 하지? 에이든 경 말이야. 네가 깨어났다는 소리가 들리면 나라에 또 축제가 열릴 거고, 정작 너는 네가 하고 싶은 대로 못 할걸."

비올렛이 무엇이라 더 말하려 하자 린도가 손을 휘휘 저었다. 린도가 대화를 먼저 끊는 것은 처음 있는 일이었다.

"오늘이 아니면 내일 가도 되고. 난 사실 네가 매일 가도 이젠 상관없어. 성녀는 공식적으로 성력을 회복하느라 잠들어 있는 걸로 할 테니까. 알았지?"

비올렛이 고개를 끄덕였다.

"막 밤새고 외박하고 그러면 안 되는 거다. 앞으로 며칠 동안 고생할 거니까 미리 내가 봐주는 거야."

그렇게 말하며 린도가 문 쪽으로 걸어갔다.

"어…… 린도, 나가려고?"

"응. 깨어나는 것만 보고 나가려 기다리고 있었어. 아무래도 나도 처리해야 할 게 있어서 왕궁으로 가 봐야 할 것 같아."

비올렛은 린도가 어쩐지 힘겹게 미소 짓고 있다 생각했다. 그녀가 무언가 물으려 할 때, 린도가 활짝 웃으며 말했다.

"비올렛, 난 정말 네가 좋아. 진심으로 사랑해."

그 따스한 말에 비올렛은 무엇이라 말을 해야 할지 몰랐다.

"그래서 나는 네가 우는 게 싫고, 웃는 게 좋아. 진심이야."

그 따스한 황금색 눈이 비올렛만을 담았다. 갑작스럽게 사랑한다는 말을 들으니 두 뺨이 붉게 달아올랐다. 참 한결같은 사람이었다. 언제나 비올렛에게 애정을 보여 주었다. 그러나 생각해 보면 린도는 변했다.

예전, 그는 자신이 준 애정만큼 비올렛이 자길 사랑해 주지 않는다며 아이처럼 곧잘 투정을 부렸다. 언제부터인가 린도는 비올렛에게 애정을 구걸하지 않았다. 비올렛은 린도의 몸만이 아니라 마음도 자랐다는 것을 깨달았다.

"린……."

"나 가 볼게."

그녀가 붙잡기도 전에, 아니 행여나 붙잡기라도 할까 봐 염려하듯 린도가 방 바깥으로 나가 버렸다. 문이 열렸다 닫히고 비올렛은 방에 혼자 남았다. 린도의 태도가 혼란스러웠으나 그가 웃고 있었으므로 괜찮겠거니 생각하기로 했다. 비올렛은 자신의 고민에 몰두하기 시작했다.

"후작가라……."

비올렛은 멍하게 중얼거렸다. 린도가 말해 두었으니, 이제 거기로 가는 데엔 아무 지장이 없을 것이다. 에셀먼드가 그곳에 있다. 하지만 아직 성력이 회복되지 않아 치료가 되지 않을 텐데. 아니, 성력은 이 상태 그대로 남아 사라져 갈지도 모른다. 그렇다면 얼마 남지 않은 성력을 그를 치료하는데 쓰면 되지 않을까?

비올렛은 자신의 손을 보며 생각했다. 만약 이것이 마지막 성력이라면, 그를 위해 쓰는 게 후회가 없을 것 같았다.

그 바보 같은 남자 따윈 죽게 내버려 두고 싶지만, 또 그렇게 둘 수는 없는 노릇이다. 창을 보니 시간은 정오를 지난 때인 것 같았다. 해가 지기 전에 들렀다 오는 게 좋을 듯했다.

린도의 추진력이 얼마나 대단했던지, 비올렛은 딱히 방문하겠다는 서찰을 보내지 않고도 어렵지 않게 후작가에 찾아갈 수 있었다. 오랜만에 보는 후작가의 앞에 선 그녀는 잠시 멍하게 그곳을 보았다.

완전한 남으로서 이곳 앞에 서니 참으로 낯설고도 익숙했다.

여기서 열 살 때부터 열여섯까지 6년을 살았다. 이곳에서 살았던 6년보다 신전에 거했던 2년이 더욱 길게 느껴지는 것은 기분 탓일까. 어린 비올렛은 후작가가 세상의 전부인 것처럼 이곳에서 벗어나지 않은 채 살았었다. 예전에는 저곳이 넓다 생각했던 적이 있었다. 곧이어 철문이 열렸다.

"어서 오십시오, 성녀님."

집사가 나와 비올렛을 맞이했다. 비올렛은 모습을 숨기기 위해 썼던 모자를 벗었다. 아름다운 은발이 찰랑였다. 비올렛은 앞에 보이는 노인을 향해 말했다.

"오랜만이에요, 클래하들."

비올렛이 잔잔히 미소 지으며 말하자 집사는 눈을 크게 떴다. 자신의 이름을 기억하지 못할 거라 생각한 듯했다. 클래하들은 묘한 눈으로 비올렛을 보았다.

"후작께선 아직도 깨어나지 못하셨나요?"

"그러합니다. 아무래도 임무 수행 도중에 다친 상처가……."

사람들은 에셀먼드가 임무 중에 다쳤다고 생각하는 것 같았다. 그가 말룸이 등장했던 도시에 나타났던 것은 린도와 비올렛, 그리고 성기사들만이 알고 있는 비밀이었다.

"딱히 큰 외상이 없으신데 저렇게 의식을 못 찾으시니 불안하기도 합니다."

"그렇군요."

비올렛이 쓰러졌던 것은 사흘, 에셀먼드도 똑같이 일어나지 못했다. 린도가 했던 말이 맞았다. 말룸에게 다친 상처가 쉽게 나을 리가 없었다.

"안내하세요."

비올렛의 말에 집사가 고개를 끄덕였다. 비올렛은 집사의 안내를 따라 천천히 저택 안으로 들어갔다. 봄이 온 것인지 후작가의 정원에는 꽃이 화려하게 피어 있었다. 정원 길을 걸으며 주위를 둘러보니 사용인들이 한 명도 없었다. 아마 성녀가 이곳에 온 것을 숨기기 위해 별관으로 숨긴 듯했다. 앤의 얼굴이라도 보고 싶었는데. 아무래도 보는 것은 무리이지 싶었다.

비올렛이 안내된 곳은 후작의 침실이었다. 당연하겠지만 후작의 방은 에셀먼드의 방이 되었다. 방문을 열고 들어가니 최소한의 가구만 놓은 간결한 내부가 눈에 들어왔다. 선대 후작이 있었을 때와 크게 다르지 않았다.

고개를 왼쪽으로 돌리니 새하얀 시트가 깔린 침대 위에 에셀먼드가 누워 있는 것이 보였다. 그는 조용히 잠들어 있었다. 그때 집사가 말했다.

"그럼 전 이만."

'이만'이라니? 비올렛이 무엇이라 말하기도 전에 집사가 빠르게 물러났다. 의문이 들었으나 문이 닫히는 소리가 들리자, 비올렛은 조용히 눈앞에 있는 에셀먼드를 보았다. 얼굴에 손을 가져다 대니 규칙적인 숨결이 느껴졌다. 마지막으로 봤을 때보다 혈색이 약간 돌아왔으나 에셀먼드의 얼굴은 여전히 창백했다.

"바보 같은 사람."

비올렛이 조용히 중얼거리며 에셀먼드에게 손을 뻗었다. 그녀의 부드러운 손이 식은땀에 살짝 젖어 있는 에셀먼드의 짙은 푸른 머리카락을 쓸었다. 먼 훗날에도 이 감촉을 기억하려면 이정도 괜찮겠지.

그녀의 손가락이 눈썹 사이를 내려가 오뚝한 코를 쓸어내리고, 옆으로 미끄러져 내려가 그의 푹 꺼진 뺨을 쓸었다. 그리고 머뭇거리더니 뺨에서 입술로 내려왔다. 손가락 너머로 까슬한 입술의 감촉과 함께 그의 숨결이 느껴졌다. 비올렛은 마치 처음으로 숨결을 느끼는 사람처럼 오랫동안 그 감촉을 느끼고 있었다. 이것이 그녀가 기억하는 마지막 숨결이 될 수도 있으니까.

이윽고 비올렛의 손이 그의 목을 타고 내려왔다. 그녀의 손이 목을 쓸어내리자 남성 특유의 굴곡과 함께 딱딱한 쇄골이 느껴지며 그 후로는 부드러운 옷감의 감촉이 느껴졌다.

환자 앞에서 너무 욕심을 부렸다 생각한 비올렛은 두 손을 뻗어 조심스럽게 배의 단추를 끌렀다. 탄탄한 근육이 잡힌 그의 배가 모습을 드러냈다. 린도의 처치로 겉보기에는 멀쩡해 보였다.

비올렛은 지체하지 않고 그의 배에 성력을 쏟았다. 이상하게도 성력은 약하기는 했으나 아직 마음대로 다룰 수 있었기에 오랫동안 그의 배를 치료할 수 있었다. 희뿌연 빛을 그의 배에 불어넣고 고개를 들어 잠들어 있는 에셀먼드에게 말을 건넸다.

"무슨 꿈을 꾸고 있어요?"

당연하게도 그는 대답하지 않았다. 얼굴을 찡그린 걸 보니 별로 좋은 꿈은 꾸고 있지 않은 것 같은데, 적어도 그 꿈이 자신에 관련된 꿈이 아니기를 빌었다.

이 사람은 자는 것도 이렇게 인상을 쓰면서 잔다. 자는 모습을 별로 보지는 못했지만 그랬다. 비올렛은 검지를 들어 장난스럽게 그의 미간을 찔렀다. 나중에 깨어난 그가 아무것도 변한 게 없다는 것을 깨달아 주길 바라고 또 바랐다. 이젠 다시 그녀의 앞에서 목숨을 거는 멍청한 짓 따윈 하지 않기를 바랐다. 아니, 이제 목숨을 걸 만한 일 따윈 일어나지 않을 것이다.

비올렛은 이제 성력을 잃고 평범한 여자가 될 것이다. 그러니 이렇게 거대한 가문의 수장으로서 살아갈 그는 마땅히 누려야 할 영광의 길을 걷게 되겠지. 이제 그와 그녀의 접점은 얼마 남지 않았다.

성력을 쓰면 쓸수록 에셀먼드의 혈색이 좋아졌다. 숨통이 트이는 듯 그의 숨결에 따라 탄탄한 가슴이 제법 강하게 오르락내리락했다. 배의 상처 치료를 마친 후, 어깨와 목에 있는 상처도 천천히 치료한 비올렛은 허리를 일으켰다. 창가를 보니 해가 지려 하는지 짙은 주홍색으로 물든 하늘이 보였다.

비올렛은 에셀먼드의 얼굴을 보았다. 하루 종일 봐도 질리지 않을 것이다. 그렇게 그의 자는 얼굴을 한참 동안 지켜보고 있었다. 아까와는 달리 편해 보이는 얼굴이었다.

문득, 충동적으로 그의 입술에 입을 맞추고 싶다는 생각이 들었다. 그러나 잠든 환자에게 사욕을 채우는 그런 짓을 도저히 할 수가 없었다. 설령 그것이 마지막일지 모르더라도 미련만 남을 뿐. 비올렛은 더 욕심을 부리지 않기로 결심했다. 그녀는 지체 없이 몸을 돌려 방 바깥으로 나갔다.

복도로 나가니 밖에서 기다리고 있으리라 생각했던 집사가 어디로 간 것인지 보이지 않았다. 그녀는 텅 빈 저택의 계단을 내려갔다. 바로 아래층은 비올렛의 방이 있던 층이었다. 비올렛은 자신도 모르게 계단을 마저 내려가지 않고 복도를 걸었다. 복도 왼쪽 끝에 있는 방이 그녀가 묵었던 방이다.

비올렛은 그 방문을 한참 동안 바라보았다. 생각해 보니 신전으로 갈 때 미련을 버리고자 두고 간 것이 많았다. 이자카가 선물해 준 페로자 장신구라던가, 에이든이 가끔 가다 가져온 이상한 유머집이라던가, 어렸을 적 에셀먼드가 처음으로 사 주었던 싸구려 동화 몇 닢짜리 목걸이라던가.

그 목걸이를 가져가지 않았던 것은 역시 조금 아깝지 않았나. 비올렛은 후회했다. 어렸을 때를 떠올리니 그때의 에셀먼드가 떠올랐다. 그때는 그를 무척 두려워하긴 했었다. 당연히 그럴 만도 했다. 그녀의 앞에서 죄인들의 목을 자른 에셀먼드는 비올렛에게 너무나 두려운 기억을 심어 주었다.

그러나 에셀먼드가 당시 열여섯이었다는 점을 생각해 보면 그도 어렸다. 아무리 후계자이며 천재라 칭송받아도 완벽할 수 없는 나이였다. 어쩌면 비올렛을 어떻게 대해야 했는지에 무지하여 그랬을 수도 있다. 그때를 생각하자 비올렛은 자신의 방이 보고 싶었다. 방문 앞에 선 비올렛이 들어갈까 말까 망설이자 뒤에서 목소리가 들렸다.

"한 번 들어가시지 그러세요, 아가씨?"

반가운 목소리에 뒤를 보았다. 앤이 활짝 웃고 있었다.

"앤!"

반가움을 담아 그녀의 이름을 불렀다. 어쩐지 눈물이 차오르는 것도 같았다. 하지만 비올렛은 애써 그 눈물을 삼켰다.

"그냥 가시려고 하셨던 거예요? 서운하게."

"아니, 나는……."

앤을 만나려 한다면 어렵지 않게 만날 수 있다는 것을 비올렛은 잘 알고 있었다. 그러나 어쩐지 앤을 만난다면 어리광을 부리게 될 것 같았다. 앤은 비올렛을 가장 따스하게 챙겨 주었던 사람이 아닌가? 애써 기대지 않고 혼자 성장하려 했지만, 앤을 만나면 그 옛날의 어린 비올렛이 되어 버릴 것 같았다.

"어서 들어가 봐요, 자."

앤이 다정하게 속삭였다. 비올렛은 머뭇거리다 앤이 방문을 열어 주자 방으로 들어갔다. 방은 놀랄 정도로 바뀐 것이 없었다. 새하얀 레이스 커튼, 그리고 이따금 선잠을 자다 일어났을 때 무심결에 수놓인 꽃의 개수를 세었던 테이블보, 테이블, 책상, 침대 모든 게.

"제가 매일 하는 게 여길 청소하는 거예요. 아가씨에 대해 추억하곤 하죠."

추억할 거리? 그녀에게 추억할 거리가 있었던 걸까. 비올렛은 씁쓸하게 미소 지었다.

"……앤도 앤의 세상에 나만 있는 게 아니잖아. 이제 다른 사람을 모실 수 있을 거야."

과거를 붙잡고 있는 일처럼 쓸모없는 짓은 없다. 이 방에 있던 비올렛은 이미 죽은 지 오래였다. 비올렛의 눈에 어렸을 때의 자신의 모습이 스쳤다. 그땐 저 책상이 왜 그렇게 높고 제 것이 아닌 것 같아 보였는지, 왜 그렇게 침대가 거대해 보였는지, 창은 왜 그렇게 컸는지, 저 책들은 왜 이렇게 어려워 보였는지.

"처음에 오셨을 때, 아가씨는 참 작았어요."

"그래? 사실 난 지금도 그대로라 생각해."

비올렛이 씁쓸하게 웃으며 말했다. 과거에 머무르며 마음에 담았던 사람을 아직도 생각하고 포기하지 못한다. 그렇다면 비올렛은 어린 날 그대로가 아닌가.

"그럼요. 아가씨는 여전히 아가씨인걸요."

비올렛은 앤의 얼굴을 보며 따스하게 웃었다.

"아직 어리신 아가씨는 참 순수하고 다정했죠. 저는 아가씨의 그런 점이 너무 좋아요. 그리고 지금도 변치 않았다는 그 말도 좋아요."

"……."

"아무도 원망하지 못하고, 원망하지 못하는 자신을 더 몰아붙이고. 사실 전 주인님께서도 그래서 아가씨를 버리지 못하셨던 거예요. 아가씨는 그런 점이 사랑스러운 사람이니까."

앤이 나긋하게 말하자 비올렛의 눈시울이 붉게 달아올랐다. 전대 후작에 대한 이야기는 별로 하고 싶지 않았다. 끝까지 그는 못된 사람이었으니. 그도, 그 아들인 에셀먼드도 어쩜 그리 비올렛에게 그렇게 잔인했는지.

"아가씨는 그렇게 생각하지 못하셨지만 아가씨가 들어오고 2년 동안 후작가는 참으로 반짝거리며 빛이 났답니다."

"나 때문에 빛이 났다고?"

거짓말이겠지. 그렇게 말하는 듯한 비올렛의 물음에 앤이 대답했다.

"그럼요, 아가씨는 사랑스러웠으니까."

"글쎄, 이곳에서 날 사랑스럽다 말할 수 있었을까."

그 말에 비올렛이 웃었다. 그랬나. 모든 진실을 알기 전에는 후작가에서 퍽 잘 지냈다고 생각했다. 세상은 아름다웠고, 오라버니들은 나름 친절했고, 후작 역시 무뚝뚝하지만 나름의 애정을 보였으니 그런 세상이라면, 너무나 두려웠지만 저들을 위해 말룸과 싸우는 것도 나쁘진 않을 거라 생각했다. 그러나 원망의 늪에 빠진 이후 그녀는 후작가를, 그리고 그 구성원들을 증오했다.

"그래. 생각해 보니 그때 주변을 돌아보지 않았던 것 같아."

비올렛이 중얼거리듯 말했다. 자신이 가진 상처에만 집중해서 가장 가까이에 있던 앤마저 무시했다. 얼마나 이기적이었던가.

"저 창에서 뛰어내리기도 하고. 생각해 보니 앤, 그때 많이 혼났지? 미안해."

비올렛은 그제야 사과했다. 신전으로 가기 전에도 생각하는 게 너무나 괴로워 그녀에게 사과하는 것을 잊었다.

"그거야 당연하죠. 아가씨는 너무 괴로웠으니까."

앤이 자신을 탓하는 비올렛을 보며 대답했다. 울음을 참듯 얼굴이 일그러진 앤은 목이 메인 목소리로 대답했다.

"기다렸던 도련님이 안 오셨었잖아요."

"……."

그에 심장이 두근거리며 뛰었다. 앤은 다 알고 있었던 모양이다. 입술이 말라붙었다. 마치 그녀의 심장을 꺼내 보여 준 느낌이었다. 앤의 눈시울이 붉게 달아올라 있었다.

"아가씨, 제가 모를 거라 생각하셨어요?"

"잘 숨겼다고 생각했어."

비올렛의 대답에 앤이 웃으며 과장되게 말했다.

"제가 아가씨를 얼마나 잘 아는데 그런 것 하나 모르겠어요. 그러면 아가씨 직속 하녀 실격이죠."

일부러 명랑하게 말하는 앤의 얼굴을 보며 비올렛은 할 말을 찾지 못했다. 그렇게나 표가 났나. 그렇게나…….

"물론 그걸 아는 건 저밖에 없었어요. 아가씨는 은밀하게 잘 숨겨 오셨었죠."

그 말에 비올렛은 안도의 한숨을 내쉬었다. 에셀먼드가 그녀의 마음을 알아주길 바라는 것은 아니었다. 앤은 모든 것을 받아 줄 것 같은 미소를 짓고 있었다. 비올렛은 앤 앞에서는 거짓말을 할 수 없었다. 앤은 비올렛의 모든 것을 알고 있었다.

"그래, 그랬어."

비올렛이 말했다.

"참 못됐지? 어떻게 보면 이곳에 딸로서 입양 온 건데 오라버니였던 사람을 마음에 품다니."

자조적으로 내뱉은 말에 앤이 말했다.

"그게 왜 못된 거죠? 아무리 가족으로 받아들인다고 해도 혈육이 아니라는 것도, 곧 남이 될 거라는 것도 알고 있는 상태에서 어떻게 완벽하게 집에 녹아 들 수 있겠나요? 그건 불가능한 거죠. 만약 그게 가능했다면, 애초에 아가씨는 '성녀님'이라고 불리지 않았겠죠."

앤의 말이 맞았다. 앤과 오라버니들을 제외한 모두가 비올렛을 '성녀님'이라고 불렀다. 후작 역시도 단 한 번도 이름을 부르지 않았다. 성녀가 그녀의 이름이었다. 이별이 예정된 만남이었기에 알게 모르게 비올렛은 이곳의 일원이 아닌, 잠깐 묵었다 갈 사람으로 취급받았다.

그들을 가족이라 여겼던가 하면 그랬던 것도 같았다. 그러나 비올렛도 그들도 서로가 피 한 방울 섞이지 않은 남이라는 것을 강렬하게 자각하고 있었다. 애초에 이곳을 완벽한 '집'이고, 그 구성원들을 가족이라 생각하는 건 불가능했던 것이다. 그렇게 생각하니 한결 마음이 편해지면서도 씁쓸해졌다.

"이젠 소용없어. 내가 품은 마음도 이젠 끝났어. 내가 이기적이어서 이곳의 첫째 도련님을 빼앗아 버렸어. 그래도 돌려줬잖아."

"……."

"걱정 마. 그 바보 같은 사람은 죄책감을 못 잊어 내게 그러는 거야. 바보같이 이젠 다 용서했다 했는데도 그렇다니까? 사실 일 년 정도를 함께 있었는데, 그가 왜 에이든의 형인지 그 이유만 백 가지 넘게 찾아냈어."

비올렛이 씁쓸하게 웃었다.

"그래도 나, 내 스스로 그를 놓아주었어. 조금 자란 걸까?"

그렇게 말하며 앤을 보니, 그녀는 얼굴을 찡그리며 비올렛을 보고 있었다. 앤이 무슨 생각을 하는지는 알 수 없었다. 다만 앤은 필사적으로 울음을 참고 있었다.

"아가씨, 저……."

"에이든도 에이든이다. 그렇지?"

앤이 무언가를 말하려 했지만, 비올렛은 에셀먼드에 대해, 자신의 마음에 대해 이야기를 나누는 게 별로 달갑지 않았다. 이야기를 하다 깨달았지만, 어찌되었건 저택 안에 살면서 그를 마음에 품었던 것이 사실이다. 그래서 죄책감에 따른 에셀먼드의 선택을 이용해서 그를 끌어들였다. 죽을 고비도 몇 번 넘기게 했고 실제로 죽일 뻔했다. 비올렛은 에르멘가르트 가문의 이물질이 아니라, 재앙이자 저주였다.

"그래도 내 방을 그대로 두다니 에이든치고 섬세하잖아?"

그럼에도 그녀가 머물렀던 이 방은 왜 변함없이 그대로 있는 것인지. 쓴웃음이 나왔다.

"에이든 도련님이 섬세하다고요?"

앤의 얼굴이 갑자기 변하더니 목소리가 뾰족해졌다. 못마땅한 기색이었다. 비올렛은 웃으며 말했다.

"봐, 내 방은 하나도 변한 게 없잖아. 그대로 말이야."

"그건 당연한 거고요."

앤은 부정할 수 없는 듯했다. 만일 에이든이 섬세하지 못한 성격이었다면, 비올렛이 떠난 시점에서 저 방은 깨끗하게 비워졌을 터였다. 절대 주인이 돌아오지 않을 방이었기에.

"에이든은 사실 생각해 보면 꽤 섬세해. 내가 말했던 걸 기억해 뒀다 선물로 준 적이 있었거든."

"선물이요?"

앤이 물었다. 도저히 믿지 못하겠다는 태도에 비올렛은 여전히 에이든은 앤에게 바보 취급 받는구나 생각하며 말했다.

"난 이 저택에 어울리지 않다고 생각했어. 그래서 저택 안에 제비꽃이 없는 것도 그래서라고 생각했지. 정원은 언제나 화려한 꽃만이 가득하잖아? 내 이름과 같은 제비꽃은 없었어. 그게 어쩐지 서글프더라고. 에이든은 그런 날 보고 감수성 많은 소녀라고 놀렸지."

"……."

"하지만 내 생일이 다가오니까 가을인데도 후원에 제비꽃을 심어 놨다니까? 그 바보가 그걸 구해 내라고 하인들을 얼마나 닦달했겠어? 봄에 피는 제비꽃을 초가을에 심으라 명령했으니 말이야. 생각해 보면 참 그 애다워."

비올렛이 킥킥거리며 말했다. 에이든과의 추억은 그녀가 에이든을 일방적으로 상처 입히긴 했지만 꽤나 즐거웠다. 상처 입은 비올렛은 계속 다가오는 에이든이 부담스러웠다. 그래도 그 부담스러운 애정을 완벽하게 거부하지 않았던 것은 상처 입은 마음이 에이든을 보면 조금은 아물어 간다는 게 느껴졌기 때문이었다.

비올렛은 앤의 얼굴을 보았다. 앤의 얼굴이 심각하게 굳어 있었다. 그 태도가 의아했다. 그게 그렇게 놀랄 만한 일인가? 앤은 할 말을 찾지 못하다 겨우 말했다.

"바보는, 에이든 도련님이 아니라 아가씨였군요."

너무나 엉뚱한 말이라 비올렛은 고개를 갸웃했다. 앤이 미소를 지으며 입을 열었다. 그녀의 두 눈에서 눈물이 똑 떨어졌다.

"꽃 말이죠, 사실 많은 의미가 있죠? 그래서 사람들은 꽃말을 만들어 사랑을 고백하곤 하죠. 그 에이든 도련님도 시수일레 아가씨께 꽃을 선물하기 전에는 꽃말에 대해 알아보곤 해요. 혹여나 이별의 의미로 보이면 곤란하니까."

"……."

비올렛은 왜 갑자기 앤이 꽃말에 대해 말하는 것인지 알 수 없었다. 그것이 자신이 '바보'라는 것과 무슨 상관이 있는 것일까.

"제비꽃에도 꽃말이 있다는 거 아세요?"

"제비꽃의 꽃말은 '겸양'이잖아."

"맞아요. 제비꽃의 꽃말은 겸양이죠."

꽃말마저 겸양을 상징하다니, 그것을 알았을 때 비올렛은 꽃말마저 고개를 숙이라는 것 같아 씁쓸한 미소를 지었었다.

그 모습을 본 앤이 미소를 지으며 입술을 열어 무언가를 말했다. 앤의 이야기를 멍하게 듣던 비올렛은 자신도 모르게 방을 박차고 뛰쳐나가 버렸다. 엄청난 속도로 계단을 뛰어내려 저택의 현관을 박차고 나온 비올렛은 잠시 동안 호흡을 골랐다. 뛰어서일까, 아니면 앤의 말을 들어서일까, 심장이 미친 듯이 두근거렸다.

그녀는 선택할 수 있었다. 지금 당장 대신전으로 돌아가 성도로 내려가는 방법과 '확인'하는 방법, 이 두 가지 중에. 어떻게 할까.

심장이 두근거리며 뛰었다. 묻어 두기로 하지 않았던가. 확인해 봤자 달라지는 건 없다. '어쩌면'이라는 말, 그 뒤를 생각하는 것과 똑같은 행위였다.

비올렛은 아름답게 가꿔진 꽃을 보았다. 정원에는 화려한 봄꽃들이 활짝 피었다. 그 정원을 지나 마차를 타서 대신전으로 돌아간다면, 어쩌면 아무 일도 없을지도 모른다.

—이상하지 않나요? 왜 그 제비꽃은 하필 후원에 심겨졌을까요. 만약 마음에 드는 꽃이라면 저택 앞 정원에 심으면 되는 거잖아요.

—그거야 후작가에 장식하기엔 제비꽃이 너무 소박하니까 숨기려고 그런 거 아니야?

—아가씨, 숨기려는 것에도 여러 가지가 이유가 있죠. 떳떳하지 못해 숨긴다거나, 부끄러워서 숨긴다거나.

비올렛은 저택의 뒤를 바라보았다. 정원과 후원, 어디를 가야 하는가?

—아니면 혼자서만 독점하고 싶어서 숨긴다거나.

비올렛은 정원으로 몸을 틀었다. 마음이 약해지려는 것을 다잡았다.

—그 제비꽃 말이에요. 에셀먼드 도련님이 심으라 시킨 거예요.

비올렛은 그 말을 믿지 못했다. 에셀먼드가 겨우 산에 피는 들풀을 이 대단한 후작가에 심다니. 에이든 같은 바보가 아니고서야 말이 안 된다고 생각했다.

비올렛은 하늘을 보았다. 해가 지평선에 깔려 아름답게 지고 있었다.

그때, 바람이 불어오며 짙은 풀 내음이 느껴졌다. 옅은 향기가 마치 비올렛을 유혹하는 것 같았다. 망설이던 비올렛은 결국 후원으로 뛰어갔다. 확인하고 싶었다. 그 마법 같은 말을 듣고 어떻게 확인하지 않는단 말인가. 어쩌면이라는 말, 그것은 비올렛의 심장이었다.

후원에 도착하자 비올렛의 눈에서 눈물이 주르륵 흘렀다.

후작가의 화려한 정원과는 반대되는 소박한 후원에는 봄을 맞이하는 제비꽃이 아름답게 피어나 있었다. 후원을 뒤덮은 아름다운 보라색 물결이 황금빛 노을에 물들어 간다. 그것은 마치 비올렛에게 어서 오라고 재촉하는 듯했다.

—아가씨는 제비꽃의 꽃말이 겸양이라 하셨죠. 하지만 달라요.

비올렛은 신을 벗은 채 그 화단을 밟았다. 아무렇게나 놓인 신발이 데구루루 굴러갔지만 신경 쓰지 않았다. 예전에 이 후원에 핀 제비꽃을 보며 그랬던 것처럼. 한 발자국, 한 발자국, 발에 스치는 앙증맞은 꽃잎의 감촉을 느끼며 비올렛은 꽃밭 한복판에 서서 그것을 쳐다보았다.

—'보라색' 제비꽃의 꽃말은 말이에요…….

그녀의 눈에서 눈물이 뚝뚝 떨어졌다. 비올렛의 눈물을 머금은 땅 주위로 꽃봉오리진 제비꽃이 서서히 피어나기 시작했다. 그 선명한 보라색을 눈으로 보고 또 보는 비올렛의 눈에서 눈물은 멈출 생각을 하지 않고 흐르고 있었다.

"바보 같은 사람."

울지 않으려 했음에도 흐느낌이 새어나왔다.

—보라색 제비꽃의 꽃말은 '진실한 사랑'이에요…….

이것은 그가 그녀에게 바치는 고백이었던 것이다.

어떤 색을 원하냐며 색별로 꽃말을 줄줄이 읊어 주는 화훼상의 수다스러운 말을 들은 그는 주저 없이 보라색 제비꽃을 후원에 심으라 명령했다. 들풀 꽃에도 꽃말이 있다는 것이 이상할 뿐이었다. 그리고 그 꽃말도.

왜 자신이 이런 짓을 하는지 모른다. 그저 동생에게 들었던 말이 마음에 걸렸을 뿐이었다. 후원에 심은 풀꽃이 피어나는 것을 그는 무심하게 지켜보았다. 그녀의 이름이 제비꽃이라 하더니 진실로 꽃마저 그녀의 모습을 닮았다.

보라색 제비꽃이 조그맣게 피어올라 왔다. 이따금 새벽에 일어나면 그 작은 꽃이 피어나는 것을 지켜보는 것이 일상이 되었다. 그녀는 후원 안에 피어나는 조그마한 비밀을 모르는 듯했다.

그리고 우연히 후원에 숨겨진 비밀을 발견한 여자의 모습을 지켜보던 남자는 잠시 동안 머리를 맞은 것 같은 충격에 움직일 수 없었다. 그는 처음으로 아름다움이라는 단어가 무엇을 뜻하는지 깨달았다.

여자는 치마를 살짝 걷어 꽃밭에 발을 내딛었다. 선선히 불어오는 바람에 치마가 부드럽게 나부끼며 조그마한 발과 가느다란 발목이 모습을 드러냈다. 그 발은 한 걸음, 두 걸음 춤추는 듯 사뿐한 걸음걸이로 꽃밭 안으로 들어갔다.

여자를 위해 번거롭게 준비한 이것이 어떤 마음에서 기인한 것인지 모른다. 그도 자신의 마음을 모른다. 단지 그것이 형제들에게 품었던 것 같은 가족애가 아님은 알았다. 그가 저지른 죄에 기인한 죄책감인가, 아니면 그의 아비가 말한 대로 성스러운 여인에 대한 그릇된 연모인가.

그 마음의 형태가 무엇이라 명명하던, 중요한 것은 그가 비올렛에게 '마음'을 품었다는 사실이었다. 그러나 남자는 그것을 모르고 있었다.

순간, 여자가 환하게 미소 지었다. 가지런한 진주빛 이를 드러내고 여태껏 본 적이 없는 웃음을 지으며 그 꽃들을 보고 있었다. 황혼의 노을빛이 그녀의 머리를 금색으로 물들였다. 주홍색 노을을 얼굴에 담은 그녀의 눈동자 색깔은, 마치 후원에 피어 있는 제비꽃과 같은 보라색으로 보였다. 범인들이 그렇게 예찬하는 신성에 물든 은발과 푸른 눈의 고결한 아름다움은 사라지고, 금발에 자안을 지닌 지극히 세속적이며 평범한 여자의 아름다움이 눈에 보였다.

후원에 핀 제비꽃 안에서 그녀는 미소 짓고 있었다. 그 미소가 너무나 아름다워 본능처럼 그것을 영원히 자신의 것으로 소유하고 싶어 애가 타 발을 내딛었다. 그러나 그가 그것을 붙잡으러 다가간다면 그것이 신기루처럼 사라져 버릴 위태로운 것임을 알았기에 발걸음을 멈추어야 했다. 그가 할 수 있는 것은 그저 지켜보는 것뿐이었다.

그 아름다움을 한순간이라도 놓치는 게 아까워 그는 눈조차 깜빡일 수 없었다. 그녀가 겨우 수줍게 내보이는 기쁨을, 아름다움을, 그 미칠 듯한 사랑스러움을 그저 고스란히 타오르듯 갈망하며 눈에 담을 뿐이었다. 그 아름다움에 매료된, 아니 이미 매료되어 있던 그의 마음속이 불타오르기 시작했다.

그는 자신 안에 정열이 없다 생각했다. 그러나 이 불꽃은 예전부터 타오르고 있었다. 그러나 그것의 색깔이 푸르러 그것이 불꽃인 것을 미처 몰랐던 것뿐이었다. 그래, 그랬던 것이다. 왜 그 이유를 몰랐는지 어처구니가 없을 정도였다. 이유는 너무나 간단했다. 그는 저 여자, 비올렛을 갈구하고 욕망했던 것이다.

제비꽃이 없다며 서글퍼했으니, 언제나 굳은 얼굴에 이젠 자신에게 다시 보여 주지 않을 미소가 자리하길 바랐다. 그가 그녀에게 바치는 '진실한 사랑'이라는 이름을 가진 꽃 속에 갇혀 버린 그 모습을 보기를 욕망했기에. 자신만이 볼 수 있는 후원에 숨겨 아무에게도 보여 주고 싶지 않았기에. 그는 이런 짓을 저질렀던 것이다.

그제야 에셀먼드는 그 마음을 '사랑'이라 명명할 수 있었다.

비올렛은 그 꽃들을 내려다보았다. 자그마한 제비꽃 하나하나는 에셀먼드의 마음이었다. 그리고 그녀는 그가 심어 놓은 비밀스러럽고 은밀한 사랑에 감싸여 있었다.

그가 품은 마음은 너무나 고요했다. 그러나 때로 내비치는 그것이 너무나 격렬해, 비올렛은 그 간극에 그의 마음을 확신할 수 없었다. 아무 감정이 없는 것처럼 그녀를 대하다가도 가문을 버리고 평생 그녀를 수호하겠다고 서약했다. 계약을 해지하자는 말에 뒤도 돌아보지 않고 계약을 해지했으나, 결국 그녀의 앞에서 죽겠노라 말하며 달려왔다.

그래서 비올렛은 그 감정을 정의하고 짐작하기 힘들었다. 그에 대한 자신의 마음을 억누르는 것도 힘겨웠는데, '어쩌면 에셀먼드 에르멘가르트가 자신을 사랑할지도 모른다.'라는 사실을 생각하는 것 따윈 할 수 없었다.

그러나 이미 에셀먼드는 이렇게 몇 번이고 자신의 마음을 그녀에게 바쳤던 것이다. 이 후원에 핀 제비꽃을 심음으로써, 가디언의 서약을 함으로써, 죽겠다고 목숨을 바침으로써.

하염없이 눈물을 흘리던 비올렛은 인기척을 느꼈다. 제비꽃의 옅은 향기가 갑자기 훅 짙어졌다. 뒤를 돌아보자 후원에 심어진 나무 아래 서 있는 남자의 모습이 보였다. 남자의 얼굴은 멀어서 잘 보이지 않았다. 다만 확실한 것은 그가 자신을 계속해서 바라보고 있다는 것이다.

두근거리는 심장이 멈추기 직전 최후의 발악인 것처럼 뛰었다. 남자의 모습, 그것이 마치 환영과도 같아 몇 번이고 눈을 깜빡여야만 했다. 무릎을 꿇은 채 울고 있던 비올렛은 몸을 일으켜 세웠다. 그녀는 지면을 박차고 그에게 뛰었다.

비올렛은 처음으로 망설이지 않았다. 처음으로 두려워하지 않았다. 처음으로 자책하지 않았다. 그녀는 그녀가 절대 되고 싶지 않았던 이기적인 모습이 되었다.

에셀먼드는 언제나 억누르려 했던 마음을 움켜쥐고 헤집었다. 또다시 비올렛의 마음은 터져 버렸다. 신발을 신지 않은 탓일까. 맨발로 그에게 달려가는 발걸음은 어째서인지 너무나 가벼웠다. 그리고 마침내 그의 앞에 섰다. 마치 꽃을 안아들 듯 조심스럽게 허리를 감는 단단한 두 팔이 느껴졌다. 비올렛은 환희에 잠겼다.

"다음엔, 붙잡지 않을 겁니다."

그가 비올렛의 귓가에 나지막이 속삭였다.

"너는 항상 날 괴롭게 했으니까."

서늘한 경고와는 달리 그는 비올렛이 벗어나지 못하게 허리에 감은 팔에 힘을 꽉 주었다. 비올렛은 그를 올려다보았다. 짙은 파란 눈동자가 그녀를 오롯이 담았다. 그는 평소와 같은 얼굴이었다. 그러나 깨닫고 보니 그 눈동자에는 언제나 비올렛을 향한 열기가 담겨 있었다. 그의 얼굴이 다가온다. 그리고…….

바람이 불며 향기로운 제비꽃의 내음이 짙게 풍겼건만 비올렛은 그 향기를 맡을 수 없었다.

에셀먼드는 잠에서 일어났다. 평소와 다름없는 방의 천장이 보였다. 죽을 정도로 큰 상처를 입었으나, 상처는 거짓말처럼 깨끗했다. 상처가 주던 격통 역시 깨끗이 사라져 몸이 가뿐했고, 심지어는 그에게 퍼부어진 성력 때문인지 개운하기까지 했다.

문득 눈을 따갑게 하는 햇살에 에셀먼드가 창문을 보았다. 언제나 해를 가리던 포도주색 커튼은 웬일인지 젖혀져 환한 햇살이 방을 비추고 있었다. 같은 방임에도 무언가 다른 분위기에 그는 느릿하게 눈을 깜빡였다.

창문이 열렸는지 짹짹거리는 새소리가 방까지 침범하고 있었다. 기사인지라 청력이 예민한 편이었던 에셀먼드는 그런 소리를 별로 달갑게 여기지 않았기에 언제나 창을 닫아 두고는 했다. 열려 있는 창문으로 새어 든 바람에 젖혀지지 않은 쪽 커튼이 부풀어 올랐다. 그는 봄 특유의 부산스럽고 나른한 공기를 마음껏 느꼈다.

봄 때문일까. 어딘지 모르게 기분이 들떴다. 그는 들뜬다는 기분이 무엇인지 확실히 느끼고 있었다. 그럼에도 그 감정을 낯설지 않게 당연한 것이라 받아들이고 있었다. 잠시 그 연유를 생각하던 에셀먼드는 고개를 돌려 의자에 앉은 채 눈을 감고 있는 여자에게 시선을 돌렸다.

그는 그 광경을 천천히 바라보았다. 딱딱하게 굳은 얼굴에 곡선이 서리고 겨울 바다와도 같던 서늘한 눈 역시도 봄볕의 따사로움을 머금었다. 그는 그녀 때문에 들떠 있었다.

에셀먼드는 침대에서 내려와 조심스럽게 손을 뻗어 의자에 기댄 채 잠들어 있는 여자를 안아 들었다. 새벽의 서광과도 같은 은색의 물결이 그의 팔 아래서 굽이쳤다. 꽤나 깊게 잠든 모양인지 안아 들어도 '우웅' 하는 잠꼬대 소리만 냈다. 말룸이 사라지자 악몽도 사라져 깊은 잠에 빠진 듯했다.

그는 잠시 자신에게 안긴 여자를 바라보았다. 그녀를 안아 들었던 적이 많았지만, 지금 이 순간만큼 들떴던 적은 없었던 것 같았다. 이전에는 언제나 '그래야만 할 상황'이었기 때문이었다. 지금은 그녀가 갑자기 쓰러지지도 않았고, 운신이 불가능하거나 다리를 다치지도 않은, 그저 잠든 그녀를 침대에 눕히는 너무나 정상적이고 평온한 상황이었다.

될 수 있다면 이대로 계속 안고 싶었다. 그러나 안긴 쪽이 불편할 거라는 생각에 그는 작은 아쉬움을 느끼며 여자를 아주 조심스럽게 눕혔다. 침대에 눕혀 놓으니 알아서 몸을 틀어 편안하게 자리했다. 자고 있는 얼굴이 생글생글 미소마저 짓자 그는 끊어지려는 이성을 억눌렀다.

어제 입을 맞추었던 부드러운 입술이 보였다. 어제의 일은 거짓이 아니었던 것이다. 그 온기를 기억하는 에셀먼드는 비올렛을 보며 미소 지었다.

따스한 봄날의 시작이었다.

〔너, 정말 운이 좋구나. 아니, 좋은 건가?〕

비올렛은 자신의 이마를 쓰는 손길에 눈을 떴다. 방금 누군가가 귀에 뭘 속삭인 것 같은데, 무엇인지 기억이 잘 나지 않았다.

비올렛은 멍한 눈빛으로 눈을 깜빡거렸다. 시야에 가득 찬 커다란 손이 보였다. 그리고 자신을 뚫어져라 보는 짙은 푸른 눈동자도. 그녀는 자신이 누워 있다는 것을 알았다. 그리고 누워 있는 곳이 에셀먼드의 향기가 듬뿍 배인 그의 침대라는 것도.

왜 저 사람이 의자에 앉아 있단 말인가? 저건 분명 자신의 의자였다. 비올렛의 두 뺨이 달아올랐다. 분명, 어제, 헤어지고 오늘, 병문안을, 사실은 핑계지만 어쨌든, 와서, 자는 모습을 구경하다, 잠이 들었는데, 내가, 왜, 어째서, 이곳에, 누워 있는 걸까. 왜!

비올렛은 이 상황을 육하원칙으로 논리적이게 풀어내려 애썼지만, 자신을 빤히 바라보는 시선에 생각은 산산이 흩어져 버렸다. 병문안을 와서 환자의 침대를 차지하는 몰상식한 행동을 하고 있다는 사실과, 자신이 자고 있는 모습을 에셀먼드에게 보였다는 사실이 너무 부끄러워 어찌할 바를 몰랐다. 차라리 다시 잠이 드는 게 낫지 않을까? 심지어 그런 생각까지 했다. 그때 그의 목소리가 비올렛의 귀에 꽂혔다.

"자는 모습은 이미 질릴 대로 봤습니다."

"……."

그 말에 비올렛은 더욱 고개를 들 수가 없었다. 그저 시트의 이불을 뒤집어쓰며 얼굴을 가릴 뿐이었다.

"자는 모습을요? 호위하다가요?"

"쓰러지는 모습 말입니다."

생각해 보니 비올렛은 그의 앞에서 충격으로 쓰러지고, 성력을 쓰다 쓰러지고, 역병으로 쓰러지고, 많이도 쓰러졌다.

그런 모습을 계속 보였다니, 이런 부분에 대해 부끄러움이 없었던 스스로에게 놀라고 있었다. 비올렛의 머릿속은 혼돈 상태였다. 그녀는 그 얼굴을 보며 에셀먼드가 미소 짓고 있다고는 차마 상상도 못하고 있었다. 그것이 그녀를 놀리기 위해 에셀먼드가 일부러 꺼낸 말인 줄도 몰랐다. 시트를 뒤집어쓴, 나름 귀여운 짓을 하고 있는 비올렛에게 에셀먼드의 손이 다가와 얼굴을 가린 시트를 내렸다.

비올렛은 자신의 이마를 쓰다듬는 손에 따스함을 느꼈다. 마치 그 모습 또한 예쁘다고 해 주는 것 같아 다시 뺨이 붉게 달아올랐다. 그녀는 그의 손길을 가만히 받아들였다.

해가 지는 듯 하늘에는 진홍의 노을이 졌고, 아직 겨울을 잊지 못한 싸늘한 저녁 바람이 불어오고 있었다.

"더 자고 싶으면 자도 됩니다."

"아, 아니요."

진짜로 이러다간 에셀먼드의 방에 자고 가게 될 것 같아 비올렛은 자리에서 일어났다. 린도가 외박은 금지라 말했기 때문에 날이 어두워지면 돌아가야만 했다. 그래서 어제도 이야기도 별로 못하고 돌아가지 않았나.

게다가 무슨 말을 해야 할지 막막했다. 그러고 보니, 예전에도 이랬다. 에셀먼드가 가디언 맹세를 하고 백궁에 온 뒤, 그를 앞에 두고 어떻게 말해야 할지 몰라 전전긍긍해 했던 기억이 났다.

"아, 몸은 괜찮으신 건가요? 아직도 아프다고 들었는데."

"아직 낫지는 않았습니다만 거동을 못 할 정도는 아닙니다."

세상에. 말룸에게 당한 상처의 후유증이 심각한 모양이었다. 비올렛은 병문안을 핑계로 그를 보러 온 게 미안해질 정도였다.

"그러면 성력이라도 써 드릴까요, 경?"

비올렛이 말하자 에셀먼드가 얼굴을 찌푸렸다.

"성력이 이제 곧 소모된다 하지 않았습니까. 적어도 뒤처리가 모두 끝날 때까진 아껴 두어야 합니다."

"아, 아직 그 정도는 아닌……."

"앞일은 모르는 법입니다."

에셀먼드의 단호한 말에 비올렛이 고개를 끄덕였다. 비올렛은 새삼 그가 그녀의 사정을 정확히 인지하고 있다는 것을 알았다. 어제 그런 이야기를 했음에도 에셀먼드는 그저 비올렛을 꽉 끌어안았을 뿐, 별다른 대답은 없었다. 그 부분에 대해 생각이 없지는 않을 텐데, 정말 괜찮은 걸까.

그러다가 비올렛은 어제의 추억에 생각이 미쳤다. 아픈 사람이 그렇게 자신을 꽉 안아 들다니, 그는 그렇게나 힘이 센 걸까. 아직 다 낫지 않았다면 의자에서 잠든 비올렛을 침대에 옮기는 것도 좀 무리가 아니었을까?

아니, 에셀먼드는 아파도 아프지 않다 말할 사람이다. 고통을 숨기는데 도가 튼 사람이었다. 그런 그가 '괜찮지 않다', '아프다' 할 정도면 지금 얼마나 아프겠는가! 그가 설마 꾀병이라도 부리겠는가? 비올렛은 의구심을 가진 자신을 꾸짖었다. 이런 의문까지 품다니 자신은 최악이었다. 에셀먼드의 시선이 혼란에 겨워 눈을 이리저리 굴리는 비올렛을 향했다. 그녀는 정신을 차렸다.

"그러면 내일도 올게요. 혹시 괜찮은지 봐야 하니까……."

다행히 에셀먼드는 그것은 거부하지 않고 고개를 끄덕였다. 아, 다행이다. 오늘도 후작가의 사용인들이 다 별관으로 유배 아닌 유배를 가서 이대로 괜찮은지, 너무 민폐가 아닌지 고민했었다. 에셀먼드가 괜찮다 하니 린도가 모처럼 준 휴가는 에르멘가르트 후작가에 다 써야 할 것 같았다.

어서 하루빨리 상처가 나아야 할 텐데. 비올렛이 걱정스럽게 생각했다. 에셀먼드는 조용히 미소 짓고 있었다. 그 미소에 마음이 따스해져 비올렛은 그가 아프다는 것을 알면서도 그 상처가 조금 고마워졌다.

에셀먼드가 손을 뻗어 비올렛의 볼을 만지작거렸다. 비올렛은 거친 감촉의 부드러운 손길을 그대로 받아들였다.

"혹시나 해서 말하는데."

"네."

"내 방에서 자는 건 좋습니다."

눈을 동그랗게 뜬 비올렛이 에셀먼드를 보았다. 방에서 자는 게 좋다니, 그게 무슨 말일까? 비올렛이 눈을 깜빡였다.

"그렇지만 혹 다른 사람에게도 이러진 마십시오."

"……아, 그렇죠. 예의 없는 행동이니."

그 지적에 비올렛이 살짝 부끄러움을 느끼며 고개를 끄덕이며 말하자 에셀먼드가 얼굴을 살풋 찡그렸다. 그가 심각한 얼굴로 덧붙였다.

"그 이유가 아니라……."

그가 갑작스럽게 비올렛과 입술을 맞댔다. 깜짝 놀라 몸을 움찔하니 에셀먼드가 입술을 뗐다. 쪽, 입술이 부딪히는 소리가 적나라하게 들려왔다.

"이게 이유입니다."

방금 엄청난 짓을 해 놓고도 태평한 얼굴로 말하는 그에 비해 비올렛의 얼굴은 다시 화르륵 달아올랐다. 세상에나, 뻔뻔하기도 하지! 생각해 보면 에셀먼드 자체가 원래부터 뻔뻔한 구석이 있었다. 그녀가 뭐라 말하려 입을 뻐끔거렸다. 그에 에셀먼드가 입을 열어 물었다.

"싫습니까?"

"이…… 이건, 이건! 그러니까 이건!"

"연인 사이엔 이런 것도 안 됩니까?"

비올렛은 그 말에 얼굴이 펑 터져 버릴 것 같았다. 어떻게 그런 말을 아무렇지도 않게 말하는 것인가! '연인'이라 서로를 규정하는 에셀먼드의 말을 듣자 비올렛의 가슴이 터질 듯 뛰었다.

"연인이라니……."

"날 좋아하는 건 줄 알았습니다만, 틀렸습니까?"

물론 그게 맞았다. 그게 맞았는데…….

생각해 보니 어제 이야기한 것이란 고작 자신은 성력을 잃을 것이고 신분을 잃을지도 모른다, 괜찮겠냐는 대화뿐이었다. 그들은 그 상태에서 서로를 끌어안았다. 서로의 온기를 느꼈던 그 순간이 너무 충만했기에 분위기에 취해서 몇 번 입을 맞추다 밤이 되어 버렸고, 그녀는 황급히 대신전으로 돌아가 버렸다. 그러니까 제대로 된 대화가 없었던 것이다. 대화가!

"아, 안 틀렸어요."

비올렛이 힘겹게 말했다.

"그리고, 후원에서 경에게 뛰어갔잖아요. 그런 걸 보면 알지 않아요? 제가 좋아해서 뛰어갔다는 것 정도는……."

비올렛의 말에 에셀먼드가 서늘하게 말했다.

"제가 가문을 버리고 명예와 목숨을 바친다 해도 모르셨던 분께서, 겨우 제게 뛰어와 안겼다는 이유 하나만으로 마음을 알아 달라 하십니까?"

날카로운 지적에 비올렛은 순간 울컥했다. 그의 말이 맞다. 그건 맞는데, 그녀도 나름 이유가 있었다. 그냥 멍청해서 그렇게 혼자 생각했던 것은 아니었다.

"그, 그건……."

역시나 딱 잘라서 말해야 하는 건가. 이런 것은 확실하게 말하는 게 좋을지도 모른다. 그러나 분명 이렇게 마음이 통했는데 굳이 다시 좋아한다, 사랑한다 내가 왜 그를 사랑하는지, 언제부터 어떻게 사랑했는지, 이런 확인 절차를 거쳐야 하는 건가? 부끄러워 견딜 수 없었지만, 그는 몇 번이고 마음을 드러내 왔다. 그러니 자신도 그래야 할 필요가 있었다. 비올렛이 심호흡을 하고 입술을 열려 할 때, 에셀먼드가 말했다.

"사람이 죽기 전에 가장 늦게 사라지는 것이 청각입니다."

"네?"

갑자기 청각 이야기는 왜 나오는 걸까? 비올렛이 고개를 갸웃하자 에셀먼드가 입을 열었다.

"내가 당신의 세상이라는 것 정도는 들었으니, 되었습니다."

"뭣, 잠깐……!"

그렇게 말하려던 비올렛의 입술에 다시 에셀먼드의 입술이 겹쳐졌다. 에셀먼드 특유의 시원한 향기가 느껴졌다. 벌려진 입술 너머 전해지는 열기에 비올렛은 화를 낼 순간마저 놓쳐 버렸다. 이 남자가 그때 다 듣고 있었던 모양이다! 강렬하게 그녀를 휘젓는 그의 입맞춤에 그만 몸에 힘이 풀려 버려 그를 밀어낼 수조차 없었다.

비올렛은 허리를 감은 그 단단한 팔에 의지하여 그의 입맞춤을 받아들였다. 한참 후에 숨을 헐떡이는 비올렛을 보며 에셀먼드가 낮은 목소리로 속삭였다.

"호칭을 정리해야 할 것 같습니다."

"……."

"경이 아니라 에드입니다."

예전에는 자기를 에드로 불러 달라 애타게 설득했던 것 같은데, 지금은 어딘지 모르게 그렇게 부르지 않으면 다시 정신을 못 차리게 입을 맞출 것처럼 강압적이었다. 자신을 빤히 보는 시선에 비올렛이 두 뺨을 붉게 물들이고 '에드'라고 작게 말하자 낮은 웃음소리가 들리며 이마에 입술이 가볍게 내려앉았다. 그들은 연인이었다.

아그레시아의 봄은 유달리 따스하고 맑았다. 몇 개월 전, 전화로 인해 유달리 잔인하고 혹독했던 가을과 겨울에 대해 마치 신이 고생했다 보상이라도 해 준 것처럼, 봄을 맞이해 핀 꽃들은 누가누가 더 아름답나 경쟁하듯 화려하고 탐스럽게 열렸다. 타오르는 마지막 생명을 노래하듯, 새들은 맑은 울음소리로 노래했다.

아그레시아에 말룸이 나타났다 사라졌다. 말룸이라는 괴물은 신화 속에서만 나타났던, 지겹게 들은 전설 중 하나였다. 그들은 말룸과 성녀의 구도가 식상해 점차 공주와 왕자, 공주와 기사에 대한 동화를 만들어 나갔다.

그러다 120년 만에 성녀가 등장했다. 사람들이 그것에 대해 떠들긴 했으나 성녀가 천민이다, 보잘 것 없다는 소문이 돌아 금방 잊혀졌다. 그들이 성녀를 다시 보았을 때는 그녀가 성녀임을 증명할 때였다. 그때 그들은 처음으로 신의 기적과 은혜를 경험했다.

그들 사이에서 다시 신앙이 활발해질 무렵, 국왕과 교황 사이에 전쟁이 터졌다. 그때는 다들 국왕을 비난했다. 그렇게 대단한 기적을 가진 사람이 마녀라니, 말룸을 불러오는 악이라니! 한순간 흉흉했던 분위기는 티게르난 공작의 입성으로 마무리되는가 했더니, 결국 교황과 어린 신국왕의 극적인 화해로 마무리되었다.

그리고 얼마 지나지 않아 말룸이 나타났다. 크리처가 나타났을 때도 사람들은 겁에 질리긴 했지만 금세 그것을 잊었다. 왜냐하면 크리처를 목격한 사람들은 이 나라에 얼마 되지 않아서였다. 그러나 최후의 징조인 해와 달이 사라진, 핏빛으로 물든 하늘은 사람들에게 절대 악의 공포를 경험하고 본능적으로 성녀를 찾게 만들었다.

그리고 성녀가 말룸과 대적하러 간 지 얼마 지나지 않아 다시 하늘이 맑게 바뀌는 것과 저 멀리서 폭사되는 빛을 목격했다. 사람들은 떠올렸다. 이곳은 교황의 신성의 나라도, 왕의 나라도 아니었다. 이곳은 신의 사랑 아래 선택된 성녀의 나라였던 것이다.

말룸이 나타날 것을 예견하고 신은 미리 성녀를 안배했고, 신분 따윈 상관없이 그녀는 성공했다. 그리하여 신은 또다시 악으로부터 약속된 승리를 거머쥐었다.

사람들은 신을 찬양하고, 그 신을 찬양하는 자신들이 신의 피조물이라는 자존감을 다졌다. 그들은 말룸을 무찌르고 잠든 성녀가 깨어나길 기다렸다. 성녀가 일어나면 본격적인 축제가 시작될 것이다. 성도 사람을 비롯한 모든 사람들이 성녀의 얼굴이라도 한번 보고자 수도로 올라왔고 수도는 유례없이 지속되는 축제 분위기 속에서 사람들로 붐비고 있었다.

언제쯤이면 성녀님이 깨어날까. 그들은 수도의 대신전을 드나들며 혹여나 성녀님을 뵐 수 있을까 기웃거렸다.

"경, 정말 괜찮으세요?"

그러나 성녀는 지금 평화롭게 길가를 걸어 다니고 있었다. 그녀는 어색한 머리카락을 매만졌다. 앤이 달려와서 씌운 가발 때문인지 머리는 답답했으나 길가를 걸어 다닐 자유를 위해서 그리 못 견딜 만한 것은 아니었다.

"괜찮습니다."

비올렛은 그 말에 고개를 끄덕였다. 두 사람은 방문 때마다 사용인들을 별관에 가둬 둘 수 없으니 정원을 돌아다니는 건 이만하고 바깥에서 운동이나 하고 오라는 앤의 말에 쫓겨났다.

가발 색깔은 어째서인지 자신의 옛날 머리 색과 비슷한, 햇빛을 받으면 금색으로 빛나는 갈색이었다. 비올렛은 성흔을 가리려고 오랜만에 내린 앞머리의 감촉이 거슬려 살짝 얼굴을 찡그렸다. 차라리 성력으로 머리 색과 눈 색을 바꿀까 하는 충동마저 들었다. 그러나 신이 주신 머리 색과 눈 색을 바꾸는 것은 성력이 상당히 손실되어, 가발은 어쩔 수 없는 선택이었다.

옷도 하얀 성복에서 귀족 여인들이 입는 평상복으로 입었다. 옷차림도 가발도 자신에겐 너무 어색했다. 그래도 사람들이 자신을 쳐다보지는 않으니 어느 정도 모습이 가려진 모양이라고 생각했다.

비올렛은 옆에 선 에셀먼드를 보았다. 그 역시 평상복을 입었다. 비올렛은 몸이 아픔에도 뚜벅뚜벅 걸어 다니는 그에게 혀를 내둘렀다. 변함없이 아픔을 숨기는 데는 고단수였다.

"진짜로 정말이죠?"

에셀먼드가 고개를 끄덕였다. 그 얼굴은 정말로 아무렇지도 않아 보여 비올렛은 우선 납득해 주기로 했다.

그 누구도 자신을 쳐다보지 않고는 거리를 활보하는 것은 참으로 기이했다. 사람들은 비올렛이 성녀라는 것을 모른 채 길을 걸어 다녔다. 그 생경한 느낌에 비올렛은 처음 오는 사람처럼 고개를 두리번거렸다. 몇몇 시선이 에셀먼드에게 향했다. 여자들의 시선이었다. 비올렛은 그 노골적인 시선을 보고 잠시 당황했다. 그리고 자신도 모르게 팔짱을 꼈다.

"……?"

에셀먼드가 비올렛을 보자 그녀는 변명했다.

"혹시 경이 쓰러질까 봐 그래요."

비올렛이 말하자 에셀먼드가 얼굴을 찌푸리며 말했다.

"그 정도는 아닙니다."

그는 비올렛에게 부축을 당한다는 사실에 자존심이 상한 듯 팔을 빼려 했다. 아니, 이 사람이. 그게 아니고! 두 사람이 서로 시선을 교환했다. 척하면 척 알아줘야 하는 거 아닌가? 하지만 비올렛은 에셀먼드도 비슷한 얼굴을 하고 있다는 사실을 모르고 있었다. 그저 비올렛은 고민하다가 자꾸 제대로 안 나오는 이름을 입에서 꺼냈다.

"에드."

비올렛은 그의 팔을 꼭 부여잡으며 팔에 살짝 고개를 기댔다. 그러자 팔을 빼려던 에셀먼드가 멈칫하며 그대로 섰다. 그리고 그대로 걸어갔다. 비올렛은 속으로 노래를 부르며 의기양양한 얼굴로 에셀먼드를 보던 여자들을 보았다. 그들이 시선을 피했다. 이 사람이 다른 사람이었다면 몰라도 자신에게 온 이상, 자신은 뺏길 마음이 추호도 없었다. 그것을 아는지 모르는지 에셀먼드는 그저 아무렇지도 않은 얼굴로 거리를 걸었다.

따스한 봄바람이 기분 좋게 불어와 머리를 간질였다. 머리가 답답한 것만 제외하면, 비올렛은 오늘이 최고의 날이라 생각했다.

"린도에게 나중에 포옹이라도 해 주어야겠어요."

그 말에 에셀먼드가 걸음을 멈추고 자신을 쳐다보는 것이 느껴졌으나 비올렛은 계속 이야기했다.

"린도는 말룸 처리 건으로 바쁜데 저만 지금 이렇게 휴식을 취하고 있는 거잖아요. 쓰러졌다는 핑계로 이렇게 돌아다닐 수도 있으니 말이에요."

그 말에 에셀먼드가 걸음을 빨리했다. 그 바람에 비올렛은 그에게 끌려가는 수밖에 없었다. 아프다더니 걸음걸이는 또 정상이네. 비올렛은 고개를 갸웃했다.

애녹시 글로리는 말룸의 등장으로 애매하게 끝나 버렸다. 말룸이 사라지자 사람들은 다시 축제를 열기 위해 준비했다. 전화로 인한 아픔을 딛고, 말룸이라는 큰 위기까지 극복한지라 사람들은 어딘지 모르게 들떠 있는 모양이었다. 이것은 귀족들이 주로 들리는 거리에도 확연히 나타났다. 상인들은 물건들을 계속 들여놓으라 소리치고 있었고, 일꾼들은 땀을 뻘뻘 흘리며 여러 상품들을 늘어놓고 있었다.

후작가에 있었을 때도 외출은 손에 꼽을 정도였으므로 비올렛은 당연히 이 장면들을 모두 신기하게 쳐다보고 있었다.

"구경하고 싶습니까?"

비올렛은 시수일레에게 들어 알고 있었다. 쇼핑할 때 따라가자 하면 에이든이 그렇게 기겁을 한다는 것이었다. 아마 같은 혈육인 에셀먼드도 그다지 다르진 않을 것이다. 비올렛은 그래서 설레설레 고개를 저었다.

"아프시잖아요. 그러니 오늘은 조금만 있다가 돌아가도록 해요."

그 말에 에셀먼드의 얼굴이 살풋 찡그려졌으나 비올렛은 그것을 알지 못했다. 그녀는 지금 이 상황이 너무나 만족스러웠으므로 더 바라는 것은 욕심이라 생각하고 있었다. 이제 해가 제법 길어졌지만 자칫하면 저녁이다. 찬바람이 환자에게 좋지 않다는 것을 알고 있었기에 비올렛은 에셀먼드가 최대한 편하게 오갈 수 있는 방법을 생각하고 있었다.

아무것도 하지 않아도 되는 이 휴식은 꿈처럼 달콤했다. 그러나 환자인 에셀먼드가 운동하러 나온 것임을 잊어서는 안 되었다. 또 쓰러지면 어떻게 하려고. 비올렛은 계속해서 고개를 주억거렸다. 들떠선 안 된다, 결코! 그럼에도 팔 너머 전해져 오는 온기가 왜 이렇게 기분이 좋은지 모르겠다. 비올렛은 그의 팔을 꼭 끌어안았다. 그러자 머리 위에서 한숨 소리가 새어나온 것 같았다.

출출해지자 그들은 식사를 하기로 했다. 에셀먼드가 잘 아는 듯 데려간 식당에 앉은 비올렛이 화려한 인테리어를 바라보자 이내 종업원이 고급스러운 메뉴판을 가져다주었다. 비올렛은 으음 하며 얼굴을 찌푸렸다. 레스토랑이라는 데에는 와 본 적이 한 번도 없었다.

가만 있자, 이걸 어떻게 주문하더라? 그러다가 비올렛은 자신이 귀족 생활에 너무 익숙해졌다는 것을 깨달았다. 그녀는 자신의 모습에 충격을 받았다. 성녀라고 매일 신전 아니면 후작가에 틀어박혀 있었더니, 정말 아무것도 못하는 반푼이가 되었구나.

비올렛이 충격을 받아 메뉴판을 멍하니 보고 있자 에셀먼드가 힐끔 그녀를 바라보았다. 그리고 무엇을 먹고 싶냐 이것저것 물어보더니 능숙하게 주문을 했다. 식당에서 메뉴도 주문을 못하고 있다니, 이것은 사회 부적응자 수준이 아닌가. 비올렛은 음식이 나올 때까지 자책했다.

한참 후에 나온 음식은 당연하겠지만 비올렛의 입맛에 맞았다. 재료도 좋은 것만 썼는지 뒷맛이 남지 않는 깔끔한 요리였다. 이레스토랑 자체가 비올렛의 마음에 쏙 들었다. 음악은 시끄럽지 않았고, 자리가 많이 떨어져 다른 사람의 잡담이 방해가 되지 않았다. 그 덕분에 이런 곳도 오는구나.

"경은 이런 데에는 많이 와 봤겠죠?"

비올렛은 우아하게 식사하고 있는 에셀먼드를 보며 물었다.

"자주는 아니지만 몇 번은 와 봤습니다."

"그래요."

비올렛은 흐음 하며 고개를 숙였다. 그러고 보니 그에게도 패트리샤라는 정혼녀가 있었는데 그 여자와도 자주 오지 않았을까? 비올렛은 시무룩하게 생각했다. 자신과는 이렇게 부상을 빌미로 겨우 오는 건데, 패트리샤와는 정중한 만남을 가졌겠구나. 그를 탓할 마음은 없다. 그저 조금 우울해졌을 뿐이다. 괜히 시무룩해졌다.

"입에 안 맞으십니까?"

"아, 아뇨, 맛있어요."

비올렛은 그렇게 말하며 열심히 식사를 했다. 에셀먼드의 시선이 그녀에게 잠시 머물렀다 떨어졌다. 오랜만에 그와 한 식사에는 여전히 침묵이 짙게 자리했다.

식사가 끝나고 새하얀 딸기가 가득 얹혀진 케이크가 나오자 비올렛의 표정이 변했다. 비올렛은 활짝 웃으며 그것을 입에 넣었다. 에셀먼드가 후, 조용히 한숨을 쉬었다. 비올렛은 깜짝 놀라 에셀먼드를 보았다. 한숨을 쉬었음에도 에셀먼드의 얼굴은 한결 편해 보였다. 심지어 입가에는 미소마저 서려 있는 것 같았다. 어쩐지 비올렛은 부끄러워졌다.

"크림이 묻었……."

"닦을게요."

세상에, 그의 앞에서 이렇게 흐트러진 모습을 보이다니! 비올렛이 황급히 냅킨으로 닦고 보니 에셀먼드의 손이 어정쩡하게 허공에 머물러 있었다. 왜? 비올렛이 눈을 깜빡이자 에셀먼드가 손을 내렸다.

아, 설탕이 부족한 건가? 하지만 그는 단걸 싫어할 텐데? 비올렛은 그가 마시고 있는 차 앞으로 설탕을 내주었다. 에셀먼드는 설탕과 비올렛을 번갈아 보며 알 수 없다는 표정을 지었다. 그는 스푼을 들어 설탕을 넣고 차를 마셨다. 차를 마시는 에셀먼드의 얼굴이 찌푸려져 있었지만 비올렛은 깊은 뜻이 있겠거니 생각하며 그 모습을 보았다.

식사를 다 마치고 종업원이 계산을 하러 오자 비올렛이 준비해두었던 금화를 건넸다. 그때 그 설탕을 넣은 달콤한 차를 마시고 있던 에셀먼드가 비올렛을 보았다. 심지어 종업원도 깜짝 놀라 계산서와 비올렛을 번갈아 보았다. 그리고 에셀먼드를 보며 고개를 갸웃했다.

"비올……."

차를 마시던 그가 찻잔에서 황급히 입술을 떼며 뭐라고 하려 했지만 종업원은 차를 마시는 그의 모습을 본 후에 돈과 계산서를 갖고 자리를 떠났다. 종업원이 그를 보며 지었던 표정을 에셀먼드는 평생 못 잊을 것 같았다.

"덕분에 좋은 곳에서 잘 먹었어요, 에드."

비올렛이 활짝 미소를 짓자 에셀먼드는 잠시 멍한 얼굴로 그녀를 보았다. 비올렛은 그에 고개를 갸웃했다. 쉬어야 할 환자인 그가 자신 때문에 굳이 저택 밖으로 나와 이렇게 고생하는데 그녀만 이 순간을 즐기고 있었다. 게다가 이곳은 디저트까지 맛있었다. 그러니 이 정도는 에셀먼드에게 대접해야 옳은 게 아닌가. 생각해 보니 그를 위해 무언가를 사 준 것은 처음이었다. 린도가 준 돈이긴 했지만. 헤헷, 비올렛은 혼자서만 뿌듯해했다.

"……."

에셀먼드가 비올렛을 보았다. 그의 동공이 미약하게 떨리고 있는 것 같았으나 그녀는 눈치채지 못한 채 그저 웃었다.

레스토랑에서 나오자 하늘이 살짝 어두워지고 있었다. 비올렛은 으음 하며 하늘을 올려다보았다. 슬슬 그를 집에서 쉬게 해 주어야 할 것 같았다. 비올렛은 그렇게 생각하며 분수대가 있는 곳까지 걸어갔다.

에셀먼드가 이따금 자신의 팔과 비올렛을 번갈아 보았다. 에셀먼드에게 향하는 여자들의 시선이 줄어들어 비올렛은 그와 손을 잡지 않았다. 나란히 걷는 것이 이상한 걸까? 그때, 비올렛은 익숙한 얼굴을 보고 멈춰 섰다.

"시스, 나 피곤해."

"날 위해 이 정도도 못 해 줘? 으음, 어디 있을까?"

가는 날이 장날이라더니 에이든과 시수일레가 데이트를 하는 모양이었다. 비올렛이 깜짝 놀라서 에셀먼드를 보자 그도 굳어 있었다. 에이든의 시선이 이쪽을 향하려던 순간, 손에 익숙한 감촉이 닿는 것을 느꼈다. 굳은살이 박인 거친 손이 비올렛의 손을 꽉 쥐며 잡아 당겼다.

비올렛은 그에 치맛자락을 붙잡고 그와 달리기 시작했다. 에이든의 목소리가 들려온 것도 같았다. 그들은 한참 동안 뛰었다. 마치 크리처에게 쫓겼을 때와 같았다.

그들이 숨을 멈춘 곳은 건물과 건물 사이의 좁은 틈이었다. 아직

해가 뜨고 있음에도 응달진 이곳은 사람의 인적이 드물었다. 에셀먼드가 비올렛을 안으로 끌었다. 너무 오래 뛰어서 심장이 뛰쳐나갈 것 같았다.

비올렛은 그럼에도 불안해 주위를 둘러보았다. 가발이 제대로 씌워져 있는지 확인하고 에셀먼드를 보았다. 에셀먼드는 이 순간에도 숨 하나 차지 않은 듯 덤덤한 얼굴로 비올렛을 보고 있었다. 그 시선이 차디차서 비올렛은 겁을 먹었다. 갑자기 불안해지기 시작했다.

"경, 화가 나셨나요?"

건물과 건물 사이는 매우 좁았으며, 에셀먼드가 비올렛의 앞에 서자 그 간격이 더 좁아졌다. 곧바로 입이라도 맞출 것처럼 그와 비올렛의 거리는 너무도 가까웠다.

"그래. 화가 났습니다, 매우."

그 말에 비올렛이 눈을 크게 떴다. 굳이 나올 필요가 없는데 운동 삼아 비올렛과 억지로 나온 것도 모자라 이렇게 무리해서 뛰어야 했다니. 화가 날 만도 했다.

"쉬셔야 하는데 저랑 나와서 괜히 고생하시네요."

시무룩한 말에 에셀먼드가 비올렛의 허리를 잡고 살짝 들어 올려 자신과 시선을 맞추게 했다. 갑자기 들어 올려지는 바람에 그녀는 깜짝 놀라 그의 어깨에 손을 얹었다. 무게중심이 벽에 쏠리며 비올렛은 살짝 튀어나온 벽돌 위에 얹어졌다.

"경, 무리하……."

에셀먼드가 비올렛을 보며 미소를 지었다. 그 얼굴에 서린 미소가 서늘해 비올렛은 한기를 느꼈다.

"이름을 부르라 네게 몇 번을 말해야 하지?"

그 말에 비올렛은 자신의 목을 깨무는 입술을 느꼈다. 질척이는 소리가 귀 아래까지 다가왔다. 그에 비올렛이 깜짝 놀라 동그랗게 뜬 눈으로 에셀먼드를 보았다.

"에드, 상처가……."

그 말에 에셀먼드가 미소를 지었다. 그의 얼굴에 번져 있는 서늘한 미소에 비올렛의 얼굴이 굳었다. 자, 잠깐만, 이건! 진짜로 설마! 비올렛은 에셀먼드에게 소리쳤다.

"꾀병을 부리셨군요, 경!"

겨우 내린 단순한 결론에 에셀먼드의 미소가 짙어졌다. 그게 마치 정답이라고 말하고 있는 것 같았다. 비올렛은 이 순간 왜 에셀먼드가 에이든의 형인지 알아차렸다. 세상에, 저 남자가 이런 장난기도 있었던 것이다.

"아, 나는 그것도 모르고."

비올렛의 얼굴이 붉게 물들었다.

"병문안을 매일 갔던 것도 미안했는데……."

비올렛이 얼굴을 감싸자 에셀먼드가 무뚝뚝하게 말했다.

"그러라고 한 겁니다."

비올렛은 그 뻔뻔한 말에 화를 내고 싶었다.

"어떻게 그래요?! 지금 남 걱정한 건 눈에도 안 보이죠?"

"걱정해 주면 안 됩니까?"

"아파도 안 아픈 척하는 게 경이 자주 했던 거잖아요!"

"그렇게 안 하면 제가 당신 얼굴을 못 보는데 어떻게 합니까?"

"그냥 말해 주셔도 됐잖아요!"

"대체 이런 때가 아니면 언제 그렇게 지극정성인 모습을 보겠습니까?"

뻔뻔한 대답에 비올렛의 말문이 막혀 버렸다. 머릿속에 앞선 사흘의 시간이 되풀이되었다. 비올렛은 그가 혹여나 아플까 스프까지 호호 불며 떠먹여 주었다. 정원을 산책할 때는 꼭 손을 잡았다. 언제나 그의 얼굴을 보았고, 혹여 무언가 얼굴을 찡그리는 일이 있으면 자신이 더 놀라 괜찮냐고 물어보았다.

앤이 이따금 이상하다는 표정으로 에셀먼드를 노려보는 것은 알았지만, 이런 이유 때문일 줄 몰랐다. 완전히 속았던 것이다.

비올렛은 에셀먼드에게 차가웠던 자신을 반성했다. 특히나 전시 상황에 억지로 가디언 맹세를 깨려고 그에게 차갑게 대했던 게 사실이었기 때문이다.

에셀먼드와 비올렛의 코끝이 살짝 닿았다. 비올렛은 그를 노려보았지만, 에셀먼드의 피식 웃는 얼굴에 결국 정신을 빼앗기고 말았다.

그의 입술이 비올렛의 입술을 간지럽혔다. 비올렛은 에셀먼드의 목에 팔을 두른 채 입을 맞추었다. 입술과 입술이 부딪히고 그녀의 혀뿌리까지 삼킬 정도로 짙은 입맞춤이 지속되었다. 그는 가끔 그동안 참아 왔던 것을 터트리듯 강하게 입을 맞출 때가 있었는데, 지금이 그러했다.

그의 입맞춤이 어찌나 격렬했던지 비올렛은 디디고 선 벽돌에서 미끄러져 버렸다. 에셀먼드의 손이 그것을 잡아 주려다 치마가 허벅지까지 쓸려 올라갔다. 허벅지를 만지는 단단한 손을 느꼈으나 비올렛은 키스의 황홀한 감각에 중독이라도 된 듯 그 순간에 흠뻑 빠져 있었다.

"볼 때마다 점점 뻔뻔해지는 거 알아요?"

입맞춤이 끝나고 치마가 상당히 위까지 쓸려 올라간 것을 발견해 기겁한 비올렛이 치마를 내리며 말했다.

"조금 뻔뻔해져도 된다 생각합니다만."

에셀먼드가 비올렛의 비난에도 태연하게 대답했다. 저런 남자였다니. 그럼에도 실망이 아니라 설렘으로 가슴이 두근거리는 것은 어쩔 수 없었다. 빠져도 단단히 빠져 있었다. 비올렛이 부끄러움에 고개를 숙였다. 그때 에셀먼드가 말했다.

"다음부턴 다시는 제게 돈을 지불하지 마십시오."

"네?"

"성하께서 주신 돈으로 무언가를 얻고 싶지는 않습니다."

"그게 왜. 제게 준 돈이면 제 돈이죠!"

그 말에 에셀먼드는 꿋꿋이 아무런 대답도 하지 않았다. 아, 비올렛은 얼굴을 감쌌다. 이 사람도 약간 아이 같은 구석이 있었다. 린도에게 무언가를 얻어먹는 것은 자존심이 상한 모양이었다. 비올렛은 화가 나기보다는 어이없어서 웃음이 나왔다. 하늘을 보니 해가 저물어 있었다. 비올렛은 하늘을 바라봤다. 어스름하게 다가오는 까만 밤하늘이 예뻐 보였다.

비올렛은 얼굴에 홍조가 이는 것을 애써 가라앉히려 노력했다. 장담할 수 있었다. 이것은 그 어느 것보다 힘들었다.

"조금 더 웃어 주시겠습니까?"

비올렛은 미소를 지으려 노력했다. 왜 이 짓을 해야 하는지는 도무지 이해가 가지 않았지만, 어쨌거나 어색하게 '이' 하며 입꼬리를 올렸다. 웃음을 터트리는 소리가 들렸다. 비올렛의 눈썹을 살풋 찡그리고 그쪽을 봤다.

"너무 어색하지 않습니까, 스승님. 조금 더 환하게 웃어 보세요."

"아, 저 모습도 내 눈엔 귀여운 것 같은데. 저런 모습도 그려 주면 안 되는 것인가?"

비올렛의 얼굴이 결국 와그작 구겨졌다. 의자에 앉아 불편한 자세로 어색하게 웃고 있는데 이걸 하루에 몇 시간 동안이나 해야 한다니. 이렇게 바보 같은 표정을 짓고서! 비올렛의 얼굴을 본 샤를이 다정하게 말했다.

"스승님, 조금 참으십시오."

"……."

누가 누구를 달래는지 모르겠다. 제자가 스승을 달래다니. 비올렛은 샤를을 보았다. 샤를의 얼굴이 장난기로 물들어 있었다. 비올렛의 표정이 뚱하게 변했다.

"성녀님, 다시 이쪽을 봐 주십시오."

린도의 웃음소리가 들렸다. 비올렛은 다시 화가와 눈을 마주쳐야 했다. 앞날이 깜깜했다. 린도가 밝은 목소리로 말했다.

"화공은 그림을 몇 장 더 그려 내게 바쳐야 할 것이다. 왜냐하면 신전, 내 기도실, 대연회장 여기저기에 다 걸어 둘 거거든."

"린도!"

비올렛의 말에 린도가 웃었다. 샤를루스가 말했다.

"왕궁에 하나, 교황성에 하나 걸면 되는 것 아닙니까? 이미 그렇게 일렀습니다, 성하."

"비올렛의 초상화를 거기에만 걸 생각입니까? 한 장은 더 필요하지 않을까요?"

"흐음, 듣고 보니 그렇군요. 저도 스승님 초상화라면……."

비올렛의 얼굴이 붉게 달아올랐다. 생각만 해도 끔찍하다. 자신의 얼굴이 담긴 초상화가 후세에 전해진다니. 비올렛은 울고 싶었다.

말룸을 무찌른 성녀들은 모두 초상화를 그렸다. 비올렛도 신전에서 아나스타샤를 제외한 이들의 초상화를 본 적이 있었다. 그리고 그녀의 초상화 역시 그곳에 걸릴 예정이다.

이제 자신도 성녀 '비올렛'으로서 성녀들의 초상화 옆에 걸린다는 사실이 실감이 나지 않았다. 화가가 매서운 눈으로 비올렛을 보았다. 비올렛은 흠칫하며 다시 자세를 바르게 했다. 비올렛은 이 화가가 상당히 무서웠다. 궁정에 고용된 유명한 화가라 하더니, 과연 그 눈빛부터가 남달랐다.

사각거리며 검은 목탄으로 비올렛을 그리는 화가에게서는 보이지 않는 불꽃같은 열정이 있는 듯했다. 아마 저 사람이 신관 수련을 하게 된다면 성력이 넘쳐흐르는 대신관이 되지 않을까. 아그레시아의 국왕과 교황이 지금 이곳에 있었지만 화가는 비올렛만을 뚫어져라 쳐다보며 열심히 스케치를 했다. 화가는 이 방의 지배자였던 것이다. 샤를과 린도가 그 기세에 질린 듯 바깥으로 나갔다.

"성녀님은 제 인생 최고의 모델입니다!"

별로 저 사람의 인생 최고가 되는 걸 원하지는 않는데. 비올렛은 조금 실례되는 생각을 했다.

아그레시아의 성녀가 깨어나서 공식적으로 먼저 한 일은 초상화를 남기는 것이었다.

오늘의 작업 시간을 마친 비올렛은 뻐근한 목을 주무르며 바깥으로 나왔다. 성기사 몇몇과 린도가 따라붙었다.

"비올렛, 많이 피곤했지?"

린도가 다정하게 말하자 비올렛이 후우, 한숨을 쉬며 말했다.

"한 장을 더 그려야 하면, 내가 이걸 한 번 더 해야 한다는 거야?"

"아냐. 똑같이 그리는 건 쉽다고 들었어. 걱정 마."

린도가 비올렛에게 손을 뻗어 그녀의 어깨를 주물러 주었다. 보통 때라면 거절했을지도 모르나 린도의 손길이 의외로 단단해서 그 손길에 뻐근한 어깨가 풀리는 기분이 들었다.

손가락과 목이 닿은 느낌이 미묘했지만 린도야 원래 그런 것에 무지해 그러려니 생각하며 비올렛은 알현실 쪽으로 걸어갔다. 오늘 낮에는 대신들과의 회합이 있었고, 오후에는 축제가 시작되어 행진을 해야 했다. 그 다음날부터는 타국에서 온 나라의 대사들을 만나야 했으며, 대신전에서 알현을 신청한 평민들의 얼굴을 봐야 했다.

물밀 듯이 밀려오는 일정을 생각하던 비올렛은 회랑 건너편에 걸어 들어온 왕실 기사단 사람들을 보았다. 멀리서 봐도 알 수 있었다. 에셀먼드가 맨 앞에 서서 걸어오고 있었다. 비올렛의 가슴이 두근거렸다. 그의 모습은 누구보다 훤칠하며 준수해 보였다.

그들이 비올렛과 린도를 보며 인사했다. 무릎을 꿇으려는 그들에게 허리를 숙이는 약식 인사를 하라고 말해 놓고 비올렛은 에셀먼드와 눈을 마주했다. 그러나 그는 평소같이 서늘한 얼굴로 그녀를 바라보고는 고개를 돌려 버렸다. 비올렛의 가슴이 내려앉았다.

"오랜만입니다, 성녀님! 몸은 괜찮으십니까?"

칼츠 경이 반가운 듯 말을 건넸다. 비올렛이 웃으며 대답했다.

"네. 괜찮습니다."

칼츠 경이 눈을 깜빡거리며 비올렛을 보았다. 그는 의아하다는 표정을 하고 있었는데, 그에 비올렛은 자신이 무슨 이상한 행동을 한 것이 아닌가 생각했다. 비올렛을 호위하던 성기사들이 어쩐지 섭섭하다는 얼굴로 비올렛을 보았다. 뭘까, 이 분위기는. 무엇을 말하려 하던 비올렛은 어깨의 고통을 느꼈다.
"아!"
린도가 비올렛의 어깨에 손을 올리며 주물럭거린 것이다.
"린도!"
예전 같았으면 그대로 눈이 마주쳐야 했으나 지금은 린도의 키가 훌쩍 커 버려 올려다봐야 했다. 린도는 비올렛의 바로 뒤에서 짓궂은 웃음을 지으며 그녀를 내려다보았다. 린도의 아름다운 은발이 반짝였다.
"왜. 초상화 그리다 와서 목이 뻐근하다 그랬잖아. 비올렛의 몸은 소중하다고."
린도는 계속 장난스럽게 어깨를 주물렀다. 이렇게 보는 눈이 있는데, 조금 철이 드나 했더니. 비올렛이 그만하라고 손목을 잡자 린도가 킥킥거리며 웃었다.
"초상화 때문에 몸이 힘드시다면 쉬셔야 하는 것이 아닙니까?"
칼츠 경이 말하자 뒤에 서 있는 기사들이 고개를 끄덕였다. 비올렛은 나름 자신을 걱정해 주는 기사들에게 감동했다. 슬며시 기대감을 가지고 에셀먼드를 보니 그는 기사들이 하는 양을 무표정으로 보고 있었다. 기사들은 하나둘씩 입을 열었다. 심지어는 뒤에서 소외되었던 성기사들까지 대화에 참여했다. 그럼에도 에셀먼드는 말이 없었다.
"맞습니다. 내 이 화가를 그냥!"
"그림 때문에 사람이 힘들다니 그게 말이나 됩니까! 사람 났고 그림 났지, 그림 났고 사람 났나!"
"생각만 해도 끔찍합니다."
"초상화를 그리는 게 그렇게도 성녀님의 성체를 피곤하게 할 줄 몰랐습니다.”
“당장 그 화가에게 주의를 주어야 합니다.”
비올렛은 점점 심해지는 저들의 말에 멍한 표정으로 그들을 바라보았다. 겨우 초상화를 그리느라 가만히 있었던 것뿐이다. 저들은 그런 것보다 더한 고행도 많이 겪었을 텐데, 저렇게 분개할 일인가. 그들의 걱정은 감동할 만한 것이었으나 분노의 이유는 이해가 가지 않았다.
“성하와 성녀님의 앞이다. 발언에 주의하라.”
에셀먼드의 음성에 기사들과 성기사들이 일제히 입을 다물었다. 기사들은 기사단장인 그의 말에 복종했고, 성기사들은 가디언으로서 만났던 에셀먼드를 아직도 두려워하고 있었다.
비올렛은 에셀먼드의 시선이 그녀를 지나쳐 린도에게 향하는 것을 알았다. 린도는 헤헤 웃으며 다시 비올렛의 어깨에 손을 얹었다. 아, 정말. 그녀는 옆으로 돌아서 린도의 손목을 어깨에서 떼어 놓았다.
그녀가 에셀먼드를 보려 돌아보는 순간, 에셀먼드가 먼저 걸어나갔다. 아무리 그래도 눈이라도 마주쳐야 하는 거 아닌가. 비올렛은 속으로 꿍알거렸다. 에셀먼드의 싸늘한 뒷모습만이 보였다. 린도가 웃는 소리가 들렸다. 비올렛은 살짝 기분이 상했다.

비올렛은 허리를 숙이며 인사를 하는 대신들을 보았다. 이전에는 자신을 천민이라 업신여기던 이들이었으나 그런 불손한 태도는 온데간데없이 성녀에게 고개를 숙이고 있었다.
“신의 의지를 대신하여 나라와 세상을 구한 성녀님께 감사드립니다.”

고개를 수그린 귀족들. 과연 이 사람들은 '천민 성녀'에서 '성녀'라는 직함이 제거된다면 어떤 반응을 보일지 궁금했다. 비올렛은 그들의 인사를 받고 있었다. 어쩌면 지금, 그들이 성녀에게 올리는 인사는 진심일지도 모른다. 그러니 비올렛은 조용히 말했다.

"마땅히 신의 대리자로서 해야 할 일이었습니다."

과연 저들을 구한 것이 가치 있었던 일인가. 비올렛은 판단하지 않기로 했다. 단지 저기 서 있는 남자를 구하려 했던 것뿐이니.

"그러니 그대들은 내게 허리를 숙일 필요도, 감사를 표할 필요도 없습니다."

그것은 다정했지만, 한편으로는 칼로 잘라 내듯 서늘하게 들렸다. 저들을 구하기 위해 한 것이 아니니 감사를 받을 필요는 없었다. 비올렛은 알았다. 저들은 가장 먼저 비올렛에 대해 잊어버릴 것이다. 120년간의 세월 동안, 성녀의 위치에 대해 가장 빨리 잊어버렸던 것이 바로 귀족들이었기 때문에.

그러나 그 귀족들 중에는 에셀먼드 역시 포함되어 있다. 비올렛은 그를 바라보았다. 그는 고개를 숙이고 있었다.

샤를의 목소리를 들으며 멍하게 생각했다. 그와 마음이 통했다. 연인으로서 비올렛은 행복을 누리고 있었다. 그렇지만 그 끝은 무엇일까. 아그레시아의 귀족들이 평민과 결혼한 경우는 왕왕 있었다. 그들은 모두 귀족 사회의 반발을 사 작위를 반납해야 했다. 평민과도 이리 제재가 심한 상황에서 천민과 귀족이 맺어졌던 경우는 단 한 번도 없었다. 천민과 귀족이 이어진다면 그 귀족은 귀족 대우를 받지 못할 것이다. 고위 귀족이라면 봉신들이 그를 외면할 것이며, 낮은 계급의 귀족들은 자신들의 주군에게 쫓겨날 것이다.

당연하겠지만 전대 성녀들이 결혼했던 경우 역시 단 한 번도 없었다. 비록 성녀들이 성직을 택한 것이 아님에도 언제나 그러했던 것이다.

비올렛은 에셀먼드의 각오를 알고 있었다. 그는 자신의 작위 따윈 이미 한 번 버렸으며 목숨까지 바치려 했다.

붉은 비로드 옆에 선 에셀먼드는 누구보다 귀족의 자리에 어울리는 사람 같아 보였다. 새삼 이곳이 그가 있어야 할 곳이라는 것을 깨닫자 비올렛은 우울해졌다. 그때 에셀먼드와 눈이 마주쳤다. 그 시선이 어째서인지 괜찮다고 말해 주는 것 같았다. 비올렛은 그의 얼굴을 오랫동안 바라보았다.

비올렛이 가두 행진을 위해 천장이 뚫려 있는 마차를 탔을 때, 린도가 재빨리 다가와 비올렛의 옆에 앉았다. 옆에 선 신관의 한숨 소리가 들렸다.

"린도."

"왜애. 나도 비올렛이랑 이런 마차 타고 싶었단 말이야."

나이가 먹어도 아이다운 건 변함이 없는 듯했다. 원칙적으로는 성녀가 홀로 수도를 돌아다니며 손을 흔들어야 했건만 린도는 비올렛의 옆에 꼭 붙어 있었다.

"그렇다면 폐하도 불러와야 할 거야."

성녀와 교황만이 딱 붙어 있는 것은 모양새가 이상할 테니. 비올렛이 그렇게 말하며 샤를 쪽으로 시선을 돌렸다. 샤를은 마침 뒤에 있는 마차를 타려고 하고 있었다.

"폐하, 같이 타시지 않겠습니까?"

신이 난 린도의 말에 샤를이 난감한 얼굴을 했다. 당연한 일이었다. 어떤 왕이 마차를 누군가와 나누어 타겠는가. 린도가 조금 특이하고 생각이 부족한 것이었다. 샤를이 거절하려는 듯 입을 열었다.

"셋이 타기엔 마차가 너무 좁지 않겠습니까?"

아. 비올렛은 손으로 얼굴을 감쌌다. 타지 않는다는 이유가 왕의 위엄 때문이 아니라 마차가 좁아서라니.

"여긴 넓습니다, 폐하."

"정말입니까?"

린도가 웃으면서 자리를 옮겼다. 놀랍게도 이 마차는 겉보기와는 달리 내부가 상당히 넓었다. 게다가 쿠션 역시 폭신해서 승차감도 나쁘지 않았다.

"폐하!"

"그냥 앉아만 보는 겁니다."

샤를이 그렇게 말하며 비올렛의 옆에 앉았다.

아아, 정말. 비올렛은 얼굴을 붉혔다. 선왕비가 몸이 안 좋아 행진에 참여하지 못해서 망정이지, 알았다면 경을 쳤을지도 모른다.

"와, 셋이 앉으니 딱 맞습니다."

마차는 부족함 없이 딱 맞는 크기였다. 아니, 이 사람들이 왜, 그녀의 마차가 뭐라고 이렇게 앉느냔 말이다. 이 마차에 금칠을 한 것도 아니고. 그렇게 항의하려던 비올렛은 마차가 황금으로 도금이 되어 있는 것을 보고 입을 다물었다.

"폐하, 다시 마차로 돌아가시는 게 좋지 않을까요?"

"으음, 생각해 봤는데 말입니다. 스승님, 역시 셋이 함께하는 모습이 더욱 아름다워 보이지 않을까요?"

샤를이 초롱초롱한 얼굴로 말했다. 비올렛은 하아, 한숨을 내쉬었다. 그리고 옆에 있는 린도에게 말했다.

"린도, 셋이 같이 타면 말들이 힘들지 않을까?"

"아, 그러겠구나?"

그 말에 린도가 웃으며 마차에서 내렸다. '드디어 내리는구나.' 하고 생각하던 비올렛은 린도가 말들에게 다가가 성력을 부여하는 것을 보고 깜짝 놀랐다. 갑자기 생기를 얻은 말들이 궁둥이를 씰룩였다. 비올렛이 또 한 번 한숨을 쉬니 샤를이 웃음을 터트렸다. 린도는 의기양양한 얼굴로 비올렛의 옆에 다시 탔다.

"오늘은 나라의 성녀와 함께 행진할 것이다. 내 마차는 따로 준비할 필요가 없다 이르라."

샤를이 시종에게 말했다. 신관들은 이미 린도를 설득하려고도 하지 않았다. 그의 결정을 번복시키려 하는 것이 시간 낭비라는 것을 알고 있었던 탓이다.

왕과, 교황, 성녀가 한 마차에 탔기 때문에 그에 맞추어 사람들이 준비하기 시작했다. 호위를 담당하는 에셀먼드와 대장군이 다시 진영을 짜 제1, 제2, 제3기사단장들에게 명령을 하달했는데, 에셀먼드와 살짝 눈이 마주친 비올렛은 그가 상당히 짜증이 난 상태라는 것을 알았다. 그에 비올렛은 소스라치게 놀라며 눈을 피했다. 조금 억울했다. 아무리 아랫사람이 고생이라지만 이게 내 탓이 아니지 않는가! 교황을 호위하는 성기사들 역시 한숨을 내쉬며 지시를 따르기 시작했다.

다시 진영을 맞춘 마차가 왕성에서 출발했다. 성력을 주입한 탓인지 말들은 활기가 넘쳤다. 거리에는 많은 사람들이 몰려 환호성을 지르고 있었다. 샤를이 웃으며 손을 흔들었다. 국왕이 되어서인지 샤를은 제법 위엄 있는 행동을 했다.

비올렛은 멍하게 그 얼굴들을 보았다. 사람들이 그녀의 이름을 부르고 있었다. 지붕 위에 있는 소년 소녀들이, 신이 나서 색종이 가루를 뿌렸다. 따스한 오후의 햇볕이 내리쬐었다. 그에 비올렛의 머리가 환한 금색으로 물들었다.

"손을 흔드십시오, 스승님."

샤를이 소곤거렸다. 비올렛은 잠시 머뭇거렸다.

"무슨 일이야? 어디 불편해?"

린도가 비올렛에게 물었다. 그러자 비올렛은 고개를 저었다. 비올렛은 저들을 구하려 했던 게 아니라, 에셀먼드를 구하기 위해 말룸과 싸웠다. 과연 그런 그녀가 저들의 축복과 찬양을 받을 자격이 있는 것일까? 살짝 얼굴이 어두워진 비올렛을 뚫어져라 보고 있던 린도가 활짝 미소를 지으며 말했다.

"비올렛, 자, 봐. 네가 구한 사람들이야."

"……."

"이유가 어찌 되었건 네가 구한 사람들이야."

그리고 갑자기 린도가 비올렛의 손을 잡고 팔을 흔들었다. 와아, 다른 이들이 함성을 질렀다. 비올렛의 두 뺨이 붉게 달아올랐다. 억눌린 함성도, 기도도 받아보았지만 오로지 자신만을 향한 활기찬 환호는 처음 받아 보았다. 샤를이 그것을 보며 웃음을 터트렸다.

비올렛은 자신의 잡힌 손을 린도에게 떼 내고 어색하게 손을 흔들었다. 린도도, 샤를도 손을 흔들었다. 사람들이 목이 떠나가라 함성을 지르며 그녀를 맞이했다. 그러다 비올렛은 저 멀리 가는 에셀먼드의 뒷모습을 보았다. 그는 이상하게 단 한 번도 뒤를 돌아보지 않았다.

"비올렛! 손을 흔들어야지."

린도의 말에 비올렛은 자신의 양옆에서 손을 흔들고 있는 샤를과 린도를 보았다. 비올렛은 그들을 보고 아그레시아에 진정한 평화가 왔다는 것을 실감했다.

"아그레시아 만세!"

"신의 사랑이 머무는 땅이여, 영원히 번영하라!"

"아그레시아에 영광 있으라!"

"성녀님께 축복 있으라!"

먼발치에서만 보이다 처음으로 제대로 모습을 드러낸 교황도, 어려 보이는 신왕도, 그리고 그 가운데에 있는 비올렛도, 모두가 웃으며 군중에게 손을 흔들었다. 전쟁이 끝나고 말룸도 격퇴되었다. 사람들 사이에서 희망이 뭉게뭉게 피어올랐다. 아그레시아에 새로운 역사가 쓰이려 하고 있었다.

"으음."

비올렛은 얼굴이 찌푸려지려는 것을 애써 예쁜 미소를 지으려 노력했다. 초상화가 찡그린 얼굴로 그려진다면 그것만큼 두려운 일이 없었다. 역대 성녀들은 다 신비한 미소를 머금었는데 비올렛만 얼굴을 찌푸리고 있다면 얼마나 창피하겠는가. 역사는 그녀를 '얼굴을 찌푸린 성녀'라고 기록할 것이다.

어제는 비올렛이 눈썹만 찌푸려도 국왕과 교황 앞에서도 나는 나만의 길을 가겠노라고 시위하듯 웃으라 외치던 이 정열적인 화가는 계속 한숨을 내쉬고 있었다. 그는 무언가를 중얼거리면서 슥슥 손을 움직이고 있었는데, 비올렛은 그 중얼거림에 귀를 기울였다.

"삼 주 내에 그림 셋을 어떻게……. 게다가 그 한 장은……. 이건 밤을 새워도 안 된다."

그림 세 장? 린도가 한 장 더 그려 달라 한 건가? 비올렛이 입을 열었다.

"화공, 교황께서 그림을 무리하게 요구하셨다면 제가 일정을 조율해 보도록 하겠습니다."

린도의 막무가내에 이 가여운 화가는 겨우 삼 주 내에 그림을 세 장이나 완성해야 하는 극악한 상황에 처한 모양이었다. 비올렛이 동정이 어린 눈으로 화가의 얼굴을 보며 말하자 그가 억울함을 토로하듯 말했다.

"아, 아니요. 성하가 그러셨다면 제가 거절했을 겁니다! 작품의 질을 위해서요!"

"네?"

그렇다면 누가? 그렇다면 샤를이 한 장 더 달라 한 건가?

"아, 국왕께서 그러셨어도 제가 어느 정도는……."

비올렛이 조용히 말했다. 그러나 화가가 고개를 저었다.

"아니요. 폐하께서도 그러신 게 아닙니다!"

국왕도 교황도 아니라면 그 누가 성녀의 초상화를 함부로 원한단 말인가. 비올렛은 살짝 불쾌해지려 했다.

"에르멘가르트 후작 각하께서 요구하신 겁니다!"

"네?"

거기서 갑자기 에셀먼드 이야기가 왜 나오는 것인가. 비올렛이 눈을 동그랗게 떴다.

"후작 각하는 그 그림을 그리지 않으면 절 죽이실 겁니다. 그리도 살벌한 표정은 처음 보았습니다."

비올렛은 멍하게 권력자에게 핍박당하는 가련한 화가의 모습을 보았다. 세상에, 그 행패를 부리는 못된 권력자가 에셀먼드라니! 그녀는 얼굴을 찡그렸다. 이 사람이 정말!

"후작령의 산스트 지방에서 나오는 붉은 염료가 귀한 것인데 그걸, 그걸…… 그걸 평생 무상으로 제공해 주겠다 하셨습니다!"

아, 비올렛은 어처구니가 없어 입을 벌릴 뻔했다. 그게 어째서 죽인다는 말이 된단 말인가! 정당한 대가이지 않은가?

"그렇지만 안 된다고 말할 수가. 후작 각하의 표정이 어찌나 무서운지. 그렇지만 염료가……."

비올렛은 한숨을 쉬었다.

"시간이 촉박하다면 화공의 제자들과 함께 그려도 무방합니다."

"그, 그렇다면 각하께서 진노하실 겁니다. 성녀님께만 말씀드리지만 저는 폐하와 성하보다는 후작 각하가 더 무섭습니다."

이 사람은 린도의 본모습을 한 번도 보지 못했으니 저런 말을 할 수 있는 것이다. 사실 이 중 가장 무서운 건 린도임에도, 저 사람은 에셀먼드가 더 무섭다 말하고 있었다. 물론 언제나 웃는 상인 린도보다 서늘한 인상의 에셀먼드가 무서운 것은 당연했다.

에셀먼드가 어떤 표정으로 초상화를 하나 더 그려 달라 요구했는지는 몰라도, 언제나처럼 싸늘한 얼굴로 말했음이 틀림없다. 딱 봐도 어떤 얼굴로 그리라 했는지 상상이 갔다.

분명히 가벼운 부탁이었겠으나, 그의 위협적일 정도로 강건한 육체와 냉정한 표정은 염료를 대가로 준다 해도 그림을 그리지 않으면 죽일 것 같다는 느낌을 주었으리라.

"괜찮을 겁니다."

비올렛이 말했다.

"그냥 제가 말했다 하고 제자에게 하나 더 그리라 하세요. 물론 그 제자도 부족함이 없어야 할 것입니다."

그 말에 화가가 고개를 끄덕였다. 어찌되었건 그 남자는 비올렛의 초상화만 얻으면 상관이 없을 인물이었다. 비올렛은 하아, 한숨을 쉬었다.

어제부터 대화 한 번 제대로 하지 못했다. 그리고 그는 그들의 관계가 없었던 것처럼 비올렛과 눈을 마주하지 않았다. 그에 슬그머니 들었던 불안감이 날아가 버렸다. 그렇게 무뚝뚝한 얼굴을 하고 이런 행동을 벌이고 있다니. 비올렛의 얼굴에 살풋 미소가 지어졌다.

"성녀님, 바로 그 표정입니다!"

비올렛이 눈을 동그랗게 떴다.

"방금 좋은 표정이 나왔습니다."

그렇게 말하며 화가는 열심히 캔버스 위에 무언가를 끄적이기 시작했다. 비올렛의 볼에 발그레한 홍조가 올라왔다. 억지로 지어졌던 입꼬리가 저절로 올라갔다. 이것이 그에게 가는 초상화라면 조금 더 예쁘게 보이고 싶었기 때문이다. 항상 이상한 쪽에서 맹목적인 사람이다. 비올렛은 수줍게 미소 지었다.

"괜찮아, 비올렛?"

비올렛은 엎드려 누운 채로 손만 까딱거렸다. 온몸이 녹아내릴 것 같았다. 어렸을 적, 검술 훈련을 받을 때도 이렇지는 않았다.

아침에는 초상화 모델에, 점심에는 타국의 대사와 회담을 가지고, 저녁이 되면 대신전에서 그녀를 보고 싶어 하는 평민들에게 얼굴을 내보여야 했다. 특히나 평민들의 알현 요청 같은 경우는 비올렛이 되도록 많은 사람들을 만나려 했기 때문에 가장 신경 쓰이며 피곤한 일이 되었다.

하지만 비올렛은 평민들이 그녀를 만나길 간절히 열망하며 그것을 위해 돈까지 바친다는 것을 알게 된 후, 한두 사람만 만나던 것을 한꺼번에 여러 명과 만나는 것으로 방식을 변경했다. 돈을 바치지 않아도 되도록 의도했던 것이나, 결과적으로는 하던 일의 몇 배를 더 하게 되었다.

비올렛이 했던 것은 그저 그들의 앞날에 신의 축복이 있길 바란다는 의례적인 인사일 뿐이었다. 그러나 그 말 한마디에도 그들은 정말로 인생의 앞길이 평탄해질 거라고 믿는 듯 밝은 얼굴을 했기에, 차마 만남을 멈출 수가 없었다.

그리하여 비올렛은 결국 알현 요청을 몇 번이고 받아들여 이렇게 엎드린 채 눕게 되었다. 비올렛이 고개를 돌려 린도를 보니 그가 걱정스러운 얼굴로 비올렛을 보고 있었다.

"린도, 너도 피곤하잖아."

"아니야, 괜찮아. 난 그래도 남자인걸."

그 말을 하자 비올렛이 피식하며 웃었다. 그에 린도의 표정이 뚱해졌다.

"왜. 그렇게 안 보여?"

"아니."

왠지 남자라는 말이 재미있었다. 린도는 비올렛의 손을 잡았다. 비올렛의 손은 그의 손에 비해 너무나 작았다. 예쁜 손이었지만 과연 남자의 손이었는지 손등에는 핏줄이 튀어나와 있었다. 가만히 그의 손을 바라보던 비올렛은 린도의 얼굴을 보려 고개를 들었다. 린도는 묘한 표정으로 입을 다문 채 비올렛을 보고 있었는데 눈을 마주하자 빙그레 미소를 지었다.

가끔씩 린도는 알 수 없는 얼굴로 비올렛을 보고는 했다. 린도에 대해 어느 정도 알고 있다 생각한 비올렛은 그것을 보며 린도가 자랐다는 것을 실감하고는 했다. 물론 린도는 그녀보다 훨씬 나이가 많은 사람이었지만 말이다.

그렇게 생각하던 비올렛은 린도가 성장하긴 했지만, 여전히 나이보단 젊어 보인다는 것을 깨달았다. 그가 다섯 살 때 교황으로 즉위했다고 한다면, 적어도 그는 비올렛보다 열일곱 살이나 많은 나이인 것이다. 비올렛이 현재 열여덟이었으므로 린도의 나이는 자그마치 서른다섯이다. 저 나이에 비해 젊어 보이는 외모 역시 체자레에게 물려받은 것일까.

"왜? 비올렛."

자신을 뚫어져라 보자 린도가 웃었다. 그 모습이 아이처럼 순수하고 맑아 차마 그가 자신보다 나이가 많은 사람이라는 생각이 들지 않았다. 비올렛은 문득 처음 봤을 때 아주 작은 소년이었던 린도의 모습을 기억해 냈다. 남성적인 선이 없던 그때의 얼굴을 보고 처음에는 그가 여자라 생각했다.

"예전에 널 봤을 때, 네가 하늘에서 내려온 천사라 생각했어."

"내가?"

린도가 물었다. 그의 눈이 동그래졌다.

"너무 예뻤거든."

그 말에 그의 얼굴이 미묘하게 변해서 비올렛이 미소를 지었다.

"그거 남자가 듣기엔 이상한 칭찬인데."

"예쁘단 말은 좋은 말인걸."

린도가 비올렛을 바라보았다.

"나는 네가 더 예뻐, 비올렛."

비올렛은 잠기운에 취해 있어서 그 말에 서린 열기를 느끼지 못했다. 그저 언제나 그에게 듣던 의례적인 칭찬에 웃을 뿐이었다. 아마 린도는 비올렛이 어떤 외모를 하고 있어도 예쁘다 말할 거라는 확신이 있었다.

"비올렛, 나는 말이야. 널 처음 봤을 때, 기뻐서, 너무 기뻐서 어쩔 줄 몰랐어. 네가 발견되었다는 말을 들었을 때도, 너무나 흥분되어서 몸이 떨렸지. 그리고 아버지에게 조르고 졸라 수도로 찾아가서 너를 몰래 만났지 뭐야."

"정말? 그때도 몰래 나왔던 거였어?"

신전에 감금당하다시피 했던 것치고 참 재빨랐구나. 비올렛이 웃었다.

"응. 내가 널 얼마나 기다렸는데. 성녀가 온다는 아버지 말만 믿고 그렇게 계속 너만 기다려 왔는걸. 그런데 바로 앞에서 널 못 만난다는데, 내가 어떻게 그대로 기다려? 나중에 혼나긴 했지만 후회하지는 않았어."

"그런데도 용케도 날 납치하지 않았구나?"

그 말에 린도가 이상한 표정을 지었다. 그리고 조금 억울한 듯이 말하는 것이다.

"그거야 당연한걸. 네가 가기 싫다고 했잖아."

비올렛은 눈을 동그랗게 뜨며 린도를 바라보았다. 신전에 억지로 끌려왔다 생각해서 잊고 있었다. 린도는 언제나 비올렛을 데려올 수 있는 위치에 있었다. 비올렛이 어렸을 때도 강제적인 수단을 동원해서라도 데려오는 것이 불가능하진 않았을 것이다. 그런데도 린도는 아주 어린 비올렛의 가기 싫다는 말 한마디에 그녀를 강제하지 않았다. 린도는 그녀가 가야 할 시간이 되었을 때, 그것을 거부하자 그녀를 강제했을 뿐이다.

"난, 비올렛 네게 미움 받는 게 끔찍하게 싫어."

"……널 미워하지 않을게."

"그거 너무 기쁜 말인걸."

그 말에 린도가 웃었다. 그는 비올렛이 누워 있는 침대 밑에 쭈그려 앉아 턱을 괴고 그녀와 눈을 마주쳤다. 린도의 아름다운 금색 눈은 마치 보석과도 같이 영롱한 빛을 머금고 있었다.

"아버지가 말했어. 엄마가 없는 대신 성녀가 있다고. 네가 교황으로서 자리를 지키고 있다면, 신을 믿는 자들을 잘 이끈다면 성녀가 내려와 반드시 널 좋아해 줄 거라고. 교황의 자리는 성녀와 가장 가까우니 멀어질 걱정이 없지 않겠냐고. 그렇게 말했어. 성녀는 신의 사랑을 베풀어 줄 거라고, 그렇게 내 곁에서 날 영원히 사랑해 줄 거라 말했지."

"……."

"하지만 비올렛, 이젠 알아. 그건 잘못된 일이었어."

린도는 미소를 지으며 흘러내린 비올렛의 머리를 귀 뒤로 부드럽게 넘겨 주었다.

"네게 미움 받고 싶지 않았지만, 난 사실 너무 화가 났어. 그래서 결국 널 억지로 데려오려 했지."

비올렛의 애정은 린도에게 있어 당연히 받아야 했던 애정이었다. 어렸던 그가 신전에 갇혀 있다시피 살면서 모든 것을 인내해 온 대가가 바로 비올렛이었기 때문이었다. 비올렛은 린도를 이해했다. 성인이 되고 약속된 시간에도 신전으로 오지 않는 비올렛에게 그는 조바심이 나 어쩔 줄 몰랐을 터였다.

"그렇지만 그것도 잘못된 것이었지. 네가 아팠으니까."

린도는 팔을 뻗어 그녀의 머리카락을 쓰다듬어 주었다. 그 조심스러운 손길에 비올렛의 눈이 졸음기를 띠었다.

"난 두 번 다시 널 다치게 하지 않을 거야."

"어차피 다칠 일도 없는데, 뭐."

비올렛의 웃음 섞인 대꾸에 린도가 피식 웃었다.

"그렇긴 해."

"모든 게 정리되면, 아버지를 찾아가 보려고 해."

"어?"

비올렛은 그 말에 갑자기 심장이 두근거렸다. 생각해 보니 자신도 체자레를 찾아가려 했었다. 아나스타샤의 일기장에 대한 것을 묻기 위해. 그가 왜 그런 말을 했는지, 그가 무엇을 알고 있는지. 그것들을 까맣게 잊은 지 오래였다. 그만큼 그녀를 감싼 행복은 너무나도 달콤했다.

"넌 갈 필요 없어. 지금 이대로도 행복하잖아?"

그 다정한 말에 비올렛이 린도를 올려다보았다. 그래, 비올렛은 지금 이 순간도 행복했다. 앞으로는 어떻게 될지 몰라도, 눈물겨울 정도로 커다란 행복을 맛보고, 그것을 누리고 있었다. 린도의 다정한 말에 어쩐지 다시 졸음이 서리는 듯했다.

"말룸은 사라졌고 네 의무는 끝났어, 비올렛."

그 말에 두근거렸던 심장박동이 다시 느릿하게 흘러갔다. 그래, 말룸을 없앴다. 분명 이 손으로 사라지게 했다. 이제 와서 무엇이, 어떤 진실이 더 필요하겠는가.

"너는 아무것도 하지 않아도 돼."

그 손길에 비올렛의 눈이 꾸벅 감겼다. 눈을 감으며 비올렛은 내일의 일정을 점검했다. 연회가 벌어지고 오랜만에 에셀먼드를 만날 것이다. 스쳐 지나가듯 만나 이야기도 제대로 못했는데, 내일은 이야기를 나눌 수 있길 바라며 비올렛은 눈을 감았다.

"그래도 비올렛, 나는 벌써 널 떠나보내는 게 두려워. 조금 더 나와 있어 주면 안 돼?"

우울한 목소리가 비올렛의 귓가에 울려 퍼졌다.

비올렛은 한숨을 쉬었다. 이리 둘러봐도, 저리 둘러봐도 없었다. 조금 애가 타서 주위를 둘러보았지만 짙푸른 머리카락은 보이지 않았다. 샤를도 린도도 있는데 에셀먼드만 없다. 비올렛은 드레스 자락을 걷었다. 계속해서 말을 걸어온 귀족들을 상대한 그녀는 상당히 지쳐 있었다.

귀족들은 그제야 비올렛에게 관심과 공경심이 생겼는지, 비올렛더러 자신의 영지에 방문해서 식사라도 한 번 해 달라 요청했다. 물론 비올렛은 언젠가 시간이 나면 가겠노라 말했다. 개중에는 그것을 은유적인 거절이라 알아들은 자들도 있었지만, 눈치 없이 그녀를 설득하려 집요하게 대화를 이끌어 가는 사람들도 있었다. 이 연회가 삼 일 동안 계속된다니, 생각만 해도 미칠 것 같았다. 비올렛은 살짝 짜증이 난 상태였다.

"성녀님을 뵙습니다."

그 목소리가 그렇게 반가울 수가 없었다. 비올렛은 화색이 돌아 뒤를 돌아보았다. 에이든이 서 있었다. 그 말은 에셀먼드도 이곳에 와 있다는 말이었다. 에이든이 장난기 어린 미소로 말했다.

"너, 상당히 짜증이 난 모양이다?"

"뭐가."

에이든이 옆으로 따라붙어 소곤거렸다. 키득거리는 그의 말에도 비올렛은 화를 내지 않을 자신이 있었다.

"그럴 만도 하지. 이거 삼 일 내내래. 얼굴에 짜증이 그득하구나. 이 오빠 눈엔 다 보인다."

그가 웃으며 말하자 비올렛은 으음 하고 얼굴을 찌푸렸다. 표정 관리를 하고 있는데 저 바보에게도 보일 정도라니, 다른 사람도 그것을 느꼈나 걱정되었던 탓이다. 살짝 한숨을 쉬자 에이든이 말했다.

"왜, 쓰러진 척하고 형이랑 농땡이 폈을 때가 좋았지?"

"에이든!"

"그 어울리지 않는 가발을 쓰면 내가 못 알아볼 줄 알았나? 진짜 느낌이 이상하긴 하더라. 내 형이랑 여동생이 연애라니. 그래도 형이 꽁지가 빠져라 달아나는 건 처음 봐서 확실히 놀리는 재미는 있었지. 형이 그렇게 부끄러워하면서 화내는 건 처음 봤다니까?"

아, 역시 들킨 모양이었다. 비올렛은 한숨을 쉬었다. 불쌍한 에셀먼드는 에이든에게 계속 놀림 받은 모양이었다. 에이든의 놀림은 집요하며 사람으로 하여금 이성의 끈을 끊게 하는 재주가 있었다. 그 놀림이 드디어 에셀먼드에게 향하다니.

그런데 그 불쌍한 비올렛의 연인은 어디 있는가. 비올렛은 고개를 두리번거렸다. 그러나 아무리 봐도 에셀먼드를 찾을 수 없었다.

비올렛은 에이든에게 에셀먼드에 대해 물어보려 했다. 그런데 에이든이 시수일레를 향해 걸어가고 있는 것이 아닌가! 마음이 조급해진 비올렛이 에이든을 붙잡으러 뛰어가 그의 옷깃을 잡았다. 생각 외로 세게 잡았는지 그의 옷이 팽팽해졌다.

"야, 옷 찢어질 뻔했잖아! 동생아, 이건 상당히 바람직하지 못한 모습이다! 난 거스름돈도 몰랐던 인간에게 목숨을 잃을 수도 있어!"

에이든이 작게 소리쳤다. 이건 또 무슨 소리란 말인가. 비올렛이 어이가 없어 그를 보자 에이든은 '누군가가 말이라도 전하면 큰일이야.'라고 주변의 눈치를 보았다.

"너 형이 날 죽이는 걸 원하는 거지?"

"널 죽인다는 그 형은 어디 있는데?"

비올렛이 다짜고짜 캐묻자 에이든이 주위를 둘러보더니 심각한 얼굴로 속삭였다.

"그러게?"

비올렛은 그 말에 진짜로 화가 났다. 에셀먼드를 만나면 에이든부터 어떻게 해 달라 말하고 싶었다. 그 얼굴을 본 에이든이 킥킥거리며 말했다.

"아직 안 왔나 봐. 아니, 안 왔을 거야."

"아직?"

아직이라니? 에셀먼드가 늦는다는 것일까? 에이든은 비올렛의 얼굴을 보며 장난스레 웃었다.

"응. 형 늦잠 잤어."

비올렛은 에이든의 장난에 화를 내려 했다. 그렇게 칼 같은 남자가 늦잠이라니 말이 되는 소리인가? 게다가 연회는 오후였다. 설마 그가 낮잠을 잤단 말인가?

"아, 좀 봐주라. 형 며칠간 철야 근무했단 말이야. 오늘 아침에 들어왔어."

"……."

철야 근무라니 피곤할 만도 했다. 그렇지만 그가 이렇게 의무적인 연회에 늦다니? 게다가 늦잠을 자다니? 그런 것이 실제로 벌어질 수 있는 일인가. 비올렛이 알기로 에셀먼드는 완벽주의자였다. 그는 절대 이런 일에 늦을 리가 없었다.

"그만큼 마음이 풀어졌다, 이 말이 아니겠어? 형에게도 봄바람이 분 거지.”

에이든이 비올렛을 보며 키득거렸다. 그게 왜 자신 때문인가. 그렇다면 적어도 일찍 일어나서, 일찍 준비를 해서, 일찍 와야 하는 것이 아닌가. 조금이라도 에셀먼드를 오래 보려고 피곤해도 서둘러 준비했던 시간이 무색해졌다. 그럼에도 비올렛은 잠을 제대로 자지 못했을 그가 안쓰러웠다.

“아까 일어났을 때 형의 얼굴을 봤어야 했어. 진짜 놀랐다니까. 심지어 나한테는 왜 빨리 안 깨웠냐고 짜증까지 냈어. 아니, 원래 약속은 칼같이 지키는 사람인데 늦잠을 자고 있을지 내가 어떻게 알아.”

에이든이 툴툴거리며 말했다. 늦잠, 그래, 늦잠이라니. 에셀먼드가 늦는 이유를 알자 맘이 풀렸으나 어쩐지 조금 허탈해졌다.

“자, 그러니 형은 조금 늦을 거야. 꼭 형 머리를 봐야 해. 자다 일어나서 눌린 그대로 올지도 몰라.”

“에이든.”

비올렛이 나직하게 말하자. 에이든은 킥킥거리며 시수일레에게 뛰어갔다. 그녀는 그 모습을 보며 입술을 삐죽거렸다.

아픈 몸이 다 나은 지 얼마나 됐다고 샤를은 그를 혹사시키는가. 대장군과는 달리 왕실 기사단장이 왕성의 보안 때문에 철야가 잦다는 것도 알고, 샤를이 에셀먼드의 부상을 모른다는 것도 알고 있었으나 비올렛은 어쩐지 샤를이 원망스러웠다. 샤를 쪽을 바라보니 그와 눈이 마주했다.

샤를은 스승의 얼굴을 보고 미소를 지었으나 비올렛이 뚱한 얼굴로 고개를 홱 돌려 버리자 깜짝 놀랐다. 자신이 무슨 실수라도 한 것일까. 샤를은 우울한 표정으로 처음 비올렛을 만난 후부터 지금까지 했던 행동을 되돌아보기 시작했다.

이곳에 더 있다간 사람들이 계속 말을 걸어올 것이 틀림없다. 비올렛은 그렇게 생각하며 아무도 자신에게 관심이 없다 생각될 때 테라스로 나갔다. 유리문을 닫으니 음악 소리가 멀어지며 사람들의 떠들썩한 목소리 역시 한결 작게 들렸다. 혹시 찾는 사람이 있을까 싶어 커튼까지 치고 문도 닫았으니 아무도 그녀를 발견할 수 없을 것이다.

비올렛은 따스한 저녁 바람을 맞아들였다. 아마 별다른 일이 없다면 에셀먼드는 입구 쪽으로 올 터였다. 이 테라스는 입구에 위치해 있으니 들어오는 그를 볼 수 있겠지. 비올렛은 조용히 그를 기다렸다.

이곳은 그녀가 열여섯 성년이 되던 날, 에셀먼드와 재회한 곳이었다. 비올렛은 자신을 찾아와 무릎을 꿇은 그를 차갑게 대했었다. 그때 에셀먼드는 자신을 마음에 두고 있었을까. 그가 그런 것을 말하지 않으니 알 수 없었다.

비올렛은 에셀먼드의 얼굴을 떠올렸다. 그러자 그의 얼굴이 너무 그리워졌다. 이럴 줄 알았다면 조금 더 아프다고 엄살을 떨 걸 그랬다. 며칠간 함께 붙어 있다 떨어져 있으니 같이 있던 때가 그리워 견딜 수 없었다.

그때 비올렛은 먼 곳에서 엄청난 속도로 달려온 마차가 멈추는 것을 보았다. 마차의 저 문양은 에르멘가르트 후작가의 문양이었다.

비올렛은 에셀먼드가 걸어오는 모습을 지켜보았다. 그가 고개를 들어 부디 테라스에 있는 자신을 봐 주기를 바랐다. 그러나 에셀먼드는 위 쪽으로 시선을 주지 않고 바로 건물 입구로 들어가려 하고 있었다. 그에 마음이 조급해진 비올렛은 자신도 모르게 성력을 썼다. 봄을 맞이하여 피어난 꽃들이 더더욱 활짝 피어나기 시작했다. 꽃잎이 날리며 꽃향기가 화악 퍼졌다. 에셀먼드가 그제야 이상을 눈치챘는지 주위를 둘러보았다.

두 사람의 눈이 마주쳤다. 비올렛은 그를 보며 활짝 미소를 지었다. 손을 흔들까 했지만 어쩐지 부끄러웠다.

그때 에셀먼드가 테라스 바로 아래로 다가왔다. 비올렛은 궁전에 묵었을 때, 테라스 아래에서 그를 목격했던 때가 떠올랐다. 이상하게도 에셀먼드는 그때와 똑같은 무표정이었다. 오랜만에 봤는데 기쁘지도 않단 말인가. 늦잠까지 자다니 사정이 어떤지 알면서도 어쩐지 그가 괘씸했다.

비올렛은 뚱한 표정으로 테라스 아래에 서 있는 남자를 바라보았다. 뭐라 말하고 싶었지만 대화를 하려면 조금 크게 소리쳐야 할 것 같다.

당장 달려가서 에셀먼드에게 안기고 싶었지만, 그를 만나러 내려가려면 연회장을 또 지나야 했다. 그렇게 된다면 또 사람이 붙을 것이다. 왜 이렇게 그를 만나기 힘들단 말인가. 비올렛은 진심으로 답답해졌다.

에셀먼드가 갑자기 두 팔을 벌렸다. 아무 말도 하지 않고 그저 팔만 벌리는 그를 보고 비올렛은 깜짝 놀랐다.

저게 무슨 의미인 걸까. 에셀먼드는 그녀의 눈을 똑바로 마주하며 팔을 벌리고 있었다. 비올렛은 그 의미를 생각하려 노력했다. 마치 꼭 뛰어들어 안기라는 것 같은……. 세상에! 얼굴이 붉게 달아올랐다. 이 남자가, 정말! 이 뻔뻔한 남자가 지금 비올렛에게 뛰어내리라 하고 있는 것이다!

물론 이곳은 못 뛰어내릴 정도의 높이는 아니었다. 그러나 그렇다고 뛰어내리는 게 부끄럽지 않은 것은 아니었다. 저렇게 천연덕스러운 표정으로 그런 짓을 아무렇지도 않게 하라니. 비올렛은 귀까지 빨갛게 물들었다.

비올렛이 뛰어내리지 않으면 저 남자는 계속 팔을 벌린 채 시위하듯 그녀를 보고 있을 것 같았다. 그냥 연회장 안으로 들어간다면…… 음, 이젠 그에 대해 어느 정도 파악했다. 그가 또 삐지지 않을까? 비올렛은 생각에 잠겼다. 그녀도 그와 만나고 싶어 몸이 달은 상황이었다.

정말, 진짜. 비올렛은 투덜거리며 난간에 올라섰다. 다행히 난간의 창살이 넝쿨 모양으로 세공되어 있어 발을 디디고 올라서는 것은 쉬웠다. 난간 위에 서자 시야가 더 높아져 뛰어내리기엔 조금 높지 않을까 두려웠지만, 에셀먼드는 여전히 뻔뻔한 얼굴로 두 팔을 벌리고 있었다. 아마 그라면 무슨 일이 있어도 자신을 잡아 주겠지. 비올렛은 그렇게 생각하며 뛰어내렸다.

자신도 모르게 눈을 꼭 감았으나 금방 허리를 단단히 잡아 주는 손길을 느꼈다. 꼭 감았던 눈을 뜬 비올렛은 자신을 안아 든 에셀먼드를 바라봤다. 상당히 무거울 텐데도 그에겐 별로 어려운 일이 아니었는지, 비올렛의 두 다리는 에셀먼드에게 가뿐히 안겨 허공에 떠 있었다.

그는 말없이 비올렛을 보고 있었는데, 그녀가 무슨 말을 할지 기다리는 듯했다. 비올렛은 이 괘씸한 사람을 어떻게 할까 망설이다 조금은 부끄럽지만 그의 목에 팔을 감고 입술에 살짝 입을 맞췄다. 놀란 듯 에셀먼드의 눈이 커졌다. 그가 비올렛을 아주 천천히 내려주었기에 비올렛은 발돋움을 하고 팔로 그의 목을 감싼 채 땅에 발을 딛었다.

"오랜만이에요, 에드."

비올렛이 환하게 웃었다. 에셀먼드는 한참 동안 그녀를 바라보더니 이내 허리가 꺾어질 것처럼 꽉 껴안고 농도 짙은 입맞춤을 선사했다.

거칠어진 호흡으로 에셀먼드를 바라보자 에셀먼드도 비올렛을 보았다. 묘하게 가라앉은 얼굴로 말도 없이 자신을 빤히 쳐다보는 그 모습에 비올렛이 당황해서 고개를 갸웃했다.

에셀먼드가 흘러내린 비올렛의 머리를 손으로 쓸었다. 그녀가 눈웃음을 짓자 에셀먼드 역시 입가에 미소를 그렸다. 비올렛은 손을 위로 올려 그의 머리를 매만졌다.

"머리, 안 눌렸네요?"

"……."

에셀먼드가 의아한 표정을 지었다.

"늦잠 주무셨다면서요? 에이든이 그러던데."

에셀먼드의 얼굴이 서늘하게 물들었다. 분명히 에이든에게 이를 갈고 있으리라. 그는 그녀의 장난기 어린 시선을 외면한 채 비올렛에게 손을 내밀었다. 사람들이 보면 구설수에 오를 수도 있지 않을까 싶어 걱정됐지만, 에셀먼드는 뚱한 표정이었다. 안 잡으면 또 삐질 것 같아 비올렛은 그의 손을 잡았다. 따스한 감촉이 느껴졌다. 오늘은 장갑을 끼지 않길 잘했다 생각하며 비올렛은 그 손의 감촉을 즐겼다.

"들어가야 하지 않아요?"

"에이든이 있으니 되었습니다."

"그렇지만 에이든이 변명을 해 주지는 않을 거예요. 늦잠 잤다고 분명히 이야기하던……."

"이번 한 번 정도는 괜찮습니다."

안 괜찮을 텐데. 후작이, 그것도 왕실 기사단 단장이 늦잠을 자서 연회에 불참하는 게 상식적인 상황은 아니지 않나? 비올렛은 그렇게 생각하며 에셀먼드를 보았다. 그러나 에셀먼드는 어딘지 모르게 불만스러운 얼굴로 말했다.

"연회의 주인공이 여기 있으니 문제될 건 없습니다."

"경, 제가 생각해 봤는데 본인이 생각 외로 뻔뻔하다는 거 알아요?"

그 말에 에셀먼드가 비올렛을 흘낏 보고 앞으로 걸었다. 그는 잡은 손에 힘을 주었다. 그의 고집스러운 태도에 비올렛은 웃었다. 에셀먼드가 천천히 정원의 입구로 들어갔다. 어느 정도 안으로 들어가자, 에셀먼드가 나직하게 말했다.

"제가 뻔뻔했다면 성하 앞에서 당장 당신을 납치라도 했을 겁니다."

"네?"

"납치해서 당신 앞에 저만 존재할 수 있는 곳으로 향했을 겁니다."

비올렛은 눈을 동그랗게 뜨며 에셀먼드를 보았지만 하필 지금 걷고 있는 구간이 가로등이 없는 구간이라 그의 얼굴이 보이지 않았다. 그녀는 그 말에 웃음을 터트렸다. 지금 것은 에셀먼드가 했던 말 중 최고로 우스웠다. 세상에, 린도 앞에서 납치라니. 린도의 얼굴 표정이 얼마나 재밌을까! 어쩌면 모든 성기사들이 자신을 찾으러 동원될지도 몰랐다.

에셀먼드가 한참을 웃는 비올렛을 보며 살짝 눈썹을 찌푸렸다. 꽈악, 조금 아플 정도로 자신의 손을 잡는 에셀먼드의 손이 느껴졌다. 비올렛은 그에 웃음을 멈추었다. 에셀먼드가 정원 깊숙한 곳으로 그녀를 이끌었다. 설마 진짜로 납치를 하는 것은 아니겠지. 그런 생각을 하던 비올렛이 하늘에 새겨진 별을 바라보았다.

"아, 조용하다."

사람들이 많은 곳에서 벗어나 식물들이 있는 곳을 오니 마음이 상쾌해졌다. 에셀먼드가 비올렛에게 물었다.

"풀벌레 소리나 새소리는 시끄럽지 않습니까?"

"으음. 사실 지금도 짝을 찾는 소리나, 엄마를 찾는 소리, 춥다고 외치는 소리가 들리긴 하지만 이젠 좀 익숙해졌어요."

그는 비올렛이 가진 세상에 관심이 많은 모양이었다. 그런 관심에 가슴이 벅차 그녀는 환하게 미소 지었다. 에셀먼드는 여전히 뚱한 얼굴이었다.

비올렛이 미소를 지을 때면 에셀먼드는 보통 그것을 가만히 보고는 했다. 그런데 지금은 왜 저러는 것일까. 비올렛은 슬며시 불안해져 에셀먼드의 얼굴을 바라보았다. 생각해 보니 아까도 그는 묘하게 기분이 좋아 보이지 않았다.

"성하 앞에서도 그럽니까?"

"뭐가요?"

비올렛의 물음에 에셀먼드가 다시 침묵을 지켰다. 음, 지금 하는 행동을 보아 그는 지금 비올렛에게 툴툴거리고 있었다. 뭔가 억울해졌다. 늦잠을 자서 기다리게 한 사람이 왜 저렇게 화를 내는 건가. 비올렛은 오늘 이 남자가 자신을 부르는 횟수보다 린도에 대해 더 많이 언급했다는 것을 깨달았다. 설마?

"린도가 경에게 무슨 잘못이라도 저질렀어요?"

그 말에 에셀먼드가 잡은 손에 다시 꽈악 힘을 주었다. 그의 입에서 조그마한 한숨 소리가 흘러나왔다. 그 모습이 고달파 보여 비올렛은 에셀먼드에게 밀려들던 화가 사라지고 그를 달래려 애썼다.

"린도가 정말로 무슨 잘못이라도 한 건가요? 이를 어쩐다. 린도에 대해 아시잖아요. 조금 어린 구석이 있지만 나쁜 애는 아니에요."

"……."

그에 에셀먼드의 얼굴이 더욱 찌푸려졌다. 왜 저러는 걸까. 비올렛은 고개를 갸웃했다.

"지금 일부러 그러시는 겁니까?"

"뭐가요?"

린도의 앞에서 자신을 납치한다는 말이나 린도의 앞에서도 '그러냐'는 에셀먼드의 말에 서린 원망의 기색을 비올렛은 분명히 읽었다. 왠지 혼자 무언가에 화를 내는 것 같은 그 모습을 보며 그가 이렇게 한가하게 정원을 산책할 기분이 아니라는 것을 깨달았다.

"그러면 그만 돌아갈까요? 샤를과 린도가 찾을 거예요."

갑자기 테라스로 향했던 성녀가 사라졌으니 누군가 그녀를 찾을지도 모른다. 그럼에도 에셀먼드는 꿋꿋하게 비올렛의 손을 잡고 서 있었다.

"경."

"저와 오랜만에 같이 있는 게 싫으십니까?"

"네?"

비올렛이 눈을 깜빡거렸다. 당연히 싫을 리가 없었다. 그러나 그저 이렇게 짧은 순간에 만나는 것으로 만족할 뿐이었다. 그녀와 달리 에셀먼드는 지금 서운함을 내비치고 있었다.

"그 손등에 다시 인장이라도 새겨야 할 것 같습니다. 그래야 같이 있을 자격이라도 주어지니 말입니다."

"아니, 그건 다시는……!"

에셀먼드의 말에 비올렛이 자신의 하얀 손등을 보았다. 푸른 인장이 있던 손등은 깨끗했다.

사람이 없는 것을 확인한 에셀먼드가 고개를 돌렸다. 서늘한 푸른 눈동자가 황금빛의 달빛을 머금고 비올렛을 바라보았다. 그는 그 손을 본 후, 자신의 입으로 끌어와 입을 맞추었다.

"아!"

비올렛이 얼굴을 찌푸렸다. 에셀먼드가 이를 세워 손등을 깨물었던 탓이다. 그의 입술과 혀가 손등을 쓸었다. 비올렛은 그것에 당황했다. 그가 손등을 내리며 말했다.

"언제나 욕심을 부리는 건 저인 것 같아 하는 말입니다."

비올렛이 눈을 크게 떴다. 욕심을 부리다니, 그게 무슨 말인가. 에셀먼드는 한 손으로 비올렛의 손을 잡고, 나머지 한 손으로 그녀의 목 언저리를 어루만졌다.

"드레스가 안 어울린다 말하지 않았습니까."

"네?"

이번 옷은 그래도 오랜만에 그를 보니 고심해서, 정말로 심혈을 기울여 고른 것이다. 머리 장식도, 목걸이도 하나하나 착용해 보고, 또 착용해 본 후에 골랐다. 이것만 해도 얼마나 많은 준비가 소요되었는지 그는 모를 것이다. 그것이 어울리지 않다니. 비올렛은 알쏭달쏭한 말을 내뱉으며 화를 내는 에셀먼드에게 서운함이 밀려왔다.

"그러면 또 성복이라도 입어야 하나요?"

"차라리 그게 낫습니다."

이게 무슨 그동안의 심혈을 무無로 돌리는 소리란 말인가. 비올렛은 그 말에 드디어 울컥했다. 눈을 마주치려 할 때마다 돌아보지도 않고, 에셀먼드를 만난다고 전날 새벽부터 단장했더니 정작 그는 늦잠을 잤을 뿐더러 혼자서 화를 내다 지금은 옷이 안 어울린다 했다. 그야말로 최악의 남자가 아닌가! 비올렛의 얼굴이 서늘해졌다.

“경은 그냥 제가 성녀로 남아 있길 바라는 거죠? 제가 여자로서 예쁜 옷을 입는 건 어울리지 않다 생각하는 거죠? 그러면 왜 저를 좋아하나요?”

그 말에 에셀먼드가 놀란 듯 눈을 크게 떴다. 그는 비올렛이 화를 낼 거라는 것을 예상하지 못했다가 그제야 자신의 실수를 깨달은 듯했다.

“나, 는 그러려던 게…….”

심지어 그는 말까지 더듬고 있었으나, 화난 비올렛에겐 그런 것 따윈 들리지 않았다.

“눈이라도 마주치려 안달 내면 눈도 안 마주치고 쌩하고 지나가고, 그렇다고 제게 편지라도 보내 봤나요? 왜요, 그것도 그런 성격이 아니니까 안 보낸 거죠? 말이 없는 사람인데 편지로 보낼 게 뭐가 있겠어. 그래도 오랜만에 몇 마디 이야기라도 나눌 수 있겠다고 새벽부터 일어나서 단장하고 일찍 오니까, 세상에, 늦잠까지! 혼자서 화를 내는 것도 가뜩이나 이해가 안 되는데, 이젠 옷도 안 어울린다고요! 그냥 저랑 같이 있기 싫다고 하시죠?”

화가 나니 말이 막나오기 시작했다. 눈물이 그렁한 얼굴로 그를 바라보며 비올렛은 화를 냈다.

“진짜, 정말 최악이에요, 경!”

비올렛은 그렇게 말하며 홱 뒤로 돌아서 연회장을 향해 걸어갔다. 에셀먼드가 잡지 않는 것 때문에 더욱 답답해져 왔다. 빠른 걸음걸이에 높은 굽의 구두를 신은 발이 위태롭게 흔들렸다. 중심을 잃은 비올렛의 손을 에셀먼드가 잡아 들었다.

“이거 놔요!”

비올렛이 나름 앙칼지게 말하자, 에셀먼드는 손을 놓으려다 그녀가 원한다면 언제든지 뿌리칠 수 있는 정도로 살짝 잡았다. 에셀먼드가 굳은 얼굴로 말했다.

"안 어울린다고, 아름답지 않다는 게 아니라 했습니다."

"그게 대체 무슨 말인데요."

비올렛이 뾰족한 말투로 물어보자 에셀먼드는 말을 고르는 듯했다. 가끔씩 그의 언어는 이해하기 힘들 때가 있었다. 아니다, 가끔이 아니라 항상! 그러니 언제나 오해가 생기는 게 아닌가!

"어울리지 않다는 게 아름답지 않다는 말 아닌가요? 저도 경에게 아름답다는 말 정도는 듣고……."

"아름답습니다."

"……."

방금 솔직히 기분이 좋기는 했다. 망설임 없이 나온 그 말을 듣고 비올렛의 화는 아주 살짝 풀렸다. 단순히 상황을 모면하기 위해 나온 말이 아닌 것 정도는 비올렛도 알고 있었다. 에셀먼드는 침묵을 택하면 택했지 거짓은 말하지 않으니.

"그런데 아름답다면서 어울리지 않다니, 경의 어울린다는 기준은 대체 뭔가요?"

"그건 어울리지 않는 겁니다."

아. 비올렛은 대화할 의욕을 잃었다. 됐다, 여기서 더 말할 필요도 없겠어. 그를 노려본 비올렛이 잡힌 손을 빼내려 하자 에셀먼드가 손을 꽉 잡았다. 그러나 두 번의 기회는 주고 싶지 않았다. 그럼에도 에셀먼드가 비올렛을 불렀다.

"비올렛."

"이거 놔요."

비올렛이 화난 목소리로 말하자 에셀먼드가 말했다.

"또 성하에게 갈 건가? 그걸 나더러……."

"린도 소리 좀 그만해요! 린도한테 질투라도 해요?!"

비올렛은 이야기를 꺼내 놓고 자신이 놀랐다. 에셀먼드 역시 입을 다물고 그녀를 보고 있었다. 막 나온 말이지만, 어쩐지 그게 맞는 것도 같았기 때문이었다. 비올렛이 놀란 표정을 짓자 에셀먼드가 굳은 얼굴로 말했다.

"설마 그걸 이제 아신 건 아니리라 믿습니다."

"어…… 진짜요?"

비올렛의 그 말에 멋쩍은 표정을 지었다.

"진짜 린도를 질투한다고요? 경이?"

"……."

에셀먼드가 비올렛의 팔을 꽉 잡았다. 비올렛의 머릿속에는 린도는 린도고, 에셀먼드는 에셀먼드였다. 굳이 린도에게 품은 감정을 따지자면 린도는 친구나 남매 같은 개념이었고 에셀먼드는 범접할 수 없는, 너무나 소중하고 또 사랑하는 사람이었던 것이다.

그런데 왜 사랑하는 연인이 전혀 그런 쪽과는 관계없는 타인을 질투하는 것인가? 질투란 누군가에게 무엇을 빼앗길까 두려워하거나 누군가를 지나치게 부러워하는 것이 아닌가? 비올렛은 이 질투라는 감정에 무지한 편이었다.

"경이 질투도 해요?"

"……."

게다가 에셀먼드는 그 자체로 고고하고 비올렛의 기준, 아니 평범한 사람들의 기준에서도 상당히 잘난 사람인지라 그가 남을 '진정으로' 질투한다는 감정을 가졌을 거라는 생각은 하지 못했다. 비올렛의 말에 에셀먼드는 서늘한 미소를 지었다. 어느새 드레스가 안 어울린다는 소리에 대한 섭섭함은 사라진 비올렛의 머리가 혼란으로 팽글팽글 돌기 시작했다.

에셀먼드가 질투한다는 가정하에 그녀가 저질렀던 일들을 돌아보면, 그와 같은 공간에 있을 때마다 비올렛은 린도와 대화하고 있었던 것 같다. 린도는 이따금 친밀감의 표시로 어깨에 손을 올리는 등 가볍게 신체를 접촉해 왔다. 린도는 비올렛의 머리를 만지는 걸 좋아해서 자주 매만지고 있었고, 심지어 아침에 초상화를 그릴 때마다 안마랍시고 어깨를 주물러 주고는 했다.

린도와는 하루 종일 붙어 있었다. 당연했다. 린도와 비올렛의 일정이 비슷하기에 함께했던 것이다. 그래서 에셀먼드와 만나는 시간보다 린도와 하루 종일 같이 있던 날이 많았다. 에셀먼드의 입장에 이입해 보면 자신이라도 린도를 질투할 것 같기도 했다.

그러니까 그녀는 충분히 에셀먼드에게 잘못을 저지른 셈이 된 것이다. 다른 남자를 가까이 했으므로. 이제야 그가 왜 화를 내는지 이해했다. 자신이라도 화가 나서 뾰족하게 옷이 안 어울린다 말을 할 것 같았다.

그리고 비올렛이 이것저것 생각하는 것을 본 남자가 또다시 한숨을 내쉬었다.

"하지만 경, 린도와 경은 비교도 안 되는 걸요?"

"왜 비교도 안 된다 하면서 성하는 꼬박꼬박 이름을 부르고 제 이름은 가끔 가다 부릅니까?"

"그야 린도는 린도고, 경은 경인걸요."

그렇게 말하면서도 비올렛은 자신이 말하는 게 에셀먼드의 '어울리지 않다'는 말과 다를 게 뭘까 생각했다. 뭔가 말은 다른데 뜻이

묘하게 비슷한 것 같은 이상한 느낌이었다.

"하지만 혹 에드라는 이름을 부르는데 익숙해져서 제가 혹시라도 실수한다면 경이 곤란해질지도 모르잖아요. 저야 언제나 에드라고 부르고 싶은걸요."

그 말에 치켜 올라간 에셀먼드의 눈썹도 다시 평온을 되찾은 것 같았다. 그는 잠시 동안 아무 말도 하지 않고 비올렛을 바라보았다. 성난 바다같이 감정이 휘몰아치던 그의 푸른 눈이 다시 고요해졌다.

비올렛은 에셀먼드의 얼굴을 바라보았다. 두 눈이 마주했다. '에드'라는 말을 언제나 부르고 싶었다. 하지만 가디언이 아님에도 그런 호칭으로 부른다면, 그에게 피해가 가겠지. 그때 에셀먼드가 입을 열었다.

"언젠간 평생 에드라고 부르게 해 드리겠습니다."

"어……."

그 말에 비올렛의 심장이 두근거렸다. 비올렛은 그 말에 대해 묻고 싶었다. 그러나 입술이 차마 떨어지지 않았다. 대신 에셀먼드가 비올렛을 보며 말했다.

"모든 일이 정리되면, 다시 에이든에게 작위를 물려줄 생각입니다."

"……."

비올렛은 그 말에 놀라 눈을 떴다. 제일 바라지 않던 상황이었다. 이것을 바라지 않아 그를 버렸던 것이다. 갑작스럽게 그들 사이에 맴돌던 달콤한 행복의 따스함이 차갑게 가라앉았다.

"에드, 하지만……."

에이든은 에셀먼드처럼 카리스마로 기사들을 이끌지는 못한다. 또한, 아직 기반이 약한 샤를은 에셀먼드가 꼭 필요했다.

"대장군이라는 직함은 세습이 아닙니다. 꼭 물려받아야 할 필요는 없습니다."

알고 있었다. 그가 이럴 거라는 정도는. 그럼에도 비올렛은 그것을 외면해 왔다. 그를 만류해야 하나? 그녀는 자신도 모르게 에셀먼드에게 잡힌 손을 빼려 했다. 그러나 그는 조금 힘을 주어 그 손을 잡았다.

"내 행복은 내가 결정한다, 비올렛."

그 말에 비올렛의 눈이 커졌다. 에셀먼드는 단호한 눈동자로 비올렛을 보고 있었다. 어렸을 적부터 후계자로 길러졌던 그가, 후작가에 있는 게 누구보다 잘 어울리는 그가, 그 자리를 버리고 내려올 수 있는가. 그래도 되는 것인가?

갑자기 바람이 불어왔다. 그에 비올렛은 마음 한구석이 서늘하게 물드는 느낌이 들었다. 막상 그에게 각오를 들으니 가슴이 선뜩해졌다. 여러 생각이 많아져 입술을 살짝 깨물었다.

"제가 귀족이기에 이 자리에서 당신을 여자로 맞이할 수 없는 게 아닙니다."

하지만 천민을 아내로 맞이한 귀족은 한 명도 없었다. 그것이 심지어 성녀라도, 성력이 떨어진 비올렛을 누가 취급해 주겠는가. 그래서 가디언 계약을 해지한 것이다. 성력도 없는 천민 여자를 수호하는 기사로 남게 할 수 없어서.

"하지만 두 가지를 동시에 얻을 수 없다는 것은 당신도 나도 지나치게 잘 알고 있는 사실입니다."

그의 어조는 단호했다. 그는 비올렛보다 자신의 현실을 더 잘 알고 있었던 것이다. 에셀먼드는 원한다면 비올렛을 정식으로 아내로 맞이할 수 있었다. 하나, 성녀라는 신분이 사라져 천민으로 전

락한 비올렛을 아내로 맞아들인다면 그가 맞이할 파장이 컸다. 귀족 전부가 암묵적으로 동의해도 모자랄 판에, 분명 이에 대한 의견은 갈릴 것이다. 갈리더라도 아마 부정적인 쪽 사람들이 더 많을 것이다. 비록 나라를 구한 성녀이긴 했어도 그것은 아주 '당연한' 것이었으므로 구국에 대한 공로는 천민이라는 신분에 의해 금세 잊혀질 것이다.

추후 대장군 자리라는 최고 무관의 자리에 올라도 기사들은 에셀먼드를 따르지 않을 것이며, 후작가의 봉신들이 그를 따르지 않을 테니 지위도 흔들릴 것이다. 만약 결혼하게 되더라도 아이를 낳으면 천민의 피가 섞였다는 이유로 비올렛이 멸시받았던 것만큼 아이도 그렇게 될 것이다.

비올렛은 그가 가진 유일한 약점이 될 것이다. 두 개를 동시에 얻을 수는 없다. 에셀먼드는 귀족이라는 지위와 비올렛, 둘 중 하나를 선택해야 했다. 그리고 비올렛을 선택하겠노라 말하고 있었다. 그녀는 입술을 깨물었다.

"하지만 에이든은……."

비올렛은 에이든의 얼굴이 떠올랐다. 방금도 에이든은 거침없이 시수일레에게 뛰어갔다. 그렇다면 그 둘은 어떻게 되는 것인가? 그렇게 생각하며 에셀먼드를 보자 그가 말했다.

"라이셀 백작과는 거래를 끝냈습니다."

그는 그렇게 말하며 더 말하지 않았다. 에이든에 대해서는 해결이 되었다 하니, 마음이 가벼워져야 하나 비올렛의 얼굴은 여전히 어두웠다. 이렇게 해도 되는 걸까. 누구보다 귀족다운 그가 지위를 포기하도록 두는 게 맞는 일일까?

"욕심을 부리는 건 언제나 저인 것 같습니다."

그의 말에 비올렛은 고개를 저었다. 욕심은 그녀가 부리고 있는 것이다. 하지만 에셀먼드는 욕심을 부리는 것이 자신이라 말하고 있었다. 그러자 비올렛은 에셀먼드에게 크게 잘못했다는 것을 깨달았다.

비올렛이 성녀의 의무를 다해야 했다면, 에셀먼드도 가문의 후계자로서의 의무를 다해야 했다. 그러나 에셀먼드가 가문의 영광을 위한 것이 행복이라 말한 적이 있던가? 그는 그의 의무에 대해 호불호를 표현하지 않고 그것을 철저하게 이행하려 노력해 왔다. 비올렛이 의무를 다하려 했던 것처럼.

만약 그가 비올렛과 같은 마음이라면. 그 역시도 비올렛과 맺어지는 것이, 모든 책무로부터 자유로워지는 것이 그의 '욕심'이 아닐까? 그녀가 에셀먼드를 마음에 담았던 것을 '욕심'이라 표현한 것처럼 그 역시 비올렛을 '욕심'이라 말하고 있었다. 그제야 비올렛은 에셀먼드의 마음을 깨달았다. 머리를 한 대 얻어맞은 듯한 충격에 얼어붙었다.

"떠나면 다신 붙잡지 않겠다 했습니다."

에셀먼드는 비올렛의 침묵을 오해한 것인지 서늘한 어투로 대답했다. 비올렛은 고개를 저었다.

"에드, 그거 알아요?"

"……."

"제가 욕심이 없다 말하는 것 자체가 당신이 나를 얼마나 소중하게 생각하는지 알게 해요."

성녀로서 남자를 원하며, 천민으로서 귀족을 원한다. 그것이 세간에서 말하는 저열한 탐욕이 아니면 무엇이란 말인가. 그럼에도 에셀먼드는 그것을 욕심이라 말하지 않는다. 심지어 그녀가 과욕을 부리는 것도 모르는 것이다.

비올렛은 이 눈앞의 남자가 사랑스러워 견딜 수가 없었다. 그래서 에셀먼드에게 다가가 그의 볼에 자신의 손바닥을 댔다. 얼굴의 따스한 감촉이 전해졌다. 행복에 도취된 비올렛은 에셀먼드의 얼굴을 한참이나 쓸었다.

그는 모른다. 이렇게 얼굴을 만지는 것이 욕심이라는 걸 진정으로 모르는 것이다. 비올렛은 너무나 행복해서 울고 싶었다. 이미 머릿속에 서운한 감정 따윈 날아가 버렸다. 에셀먼드는 그 손길을 가만히 받아들였다. 어쩐지 분위기가 가라앉을 것 같아 비올렛이 이야기를 꺼냈다.

"머리가 촉촉해요. 역시 제대로 말리지 않으신 거죠?"

한결 밝은 목소리로 비올렛이 이야기하자 에셀먼드가 뚱한 표정을 지었다. 그에게 늦잠은 일반적이지 않은 일일 것이다. 어쩌면 에셀먼드의 일생에 유일한 오점일 수도 있었다. 왜 에이든이 사람을 놀리는지 알 것도 같았다. 비올렛은 그를 놀리는 게 즐거웠다.

"자꾸 늦게 일어났다고 놀리지 않는 게 좋을 겁니다."

에셀먼드가 얼굴을 가져다 댔다. 입맞춤이라도 하려는 건가? 깜짝 놀랐지만 에셀먼드는 비올렛을 안은 채 귓가에 속삭였다.

"나중에 늦잠을 자게 되는 건 비올렛, 당신일 수도 있으니까."

비올렛은 시수일레의 수다를 들어 주고 있었다. 예전에는 시수일레의 수다가 귀찮다고 생각했으나, 신기하게도 지금은 별로 거슬리지 않았다.

비올렛이 외국 대사들과의 만남 때문에 대신전이 아닌 궁전에 며칠 동안 묵자, 그 기회를 놓치지 않고 시수일레가 찾아왔다. 시수일레는 연신 에이든에 대해 재잘거렸다.

"결혼식 드레스로 새하얀 옷은 재미없어. 그래서 에이든을 닮은 사파이어를 곱게 가루 내어 드레스 위에 은은하게 뿌리게 할 거야. 그러면 햇빛에 드레스가 푸르게 보이겠지?"

시수일레는 그야말로 새신부의 모습이었다. 이번 여름도 아닌 내년 여름에 벌어지는 결혼식에 벌써부터 가슴 설레어하는 것은, 라이셀 백작이 에이든과 시수일레의 결혼을 허락해 드디어 본격적으로 혼사를 추진했기 때문이었다.

"그래. 그거 예쁘겠네."

비올렛의 말에 시수일레가 헤헤 미소를 지었다. 시수일레가 비올렛의 손을 잡고 말했다.

"그래서, 후작님은 어때?"

"응?"

에이든에 대한 하소연, 칭찬, 그리고 결혼식 준비에 대한 이야기만 들어 주고 있던 비올렛은 예상치 못한 시수일레의 질문에 깜짝 놀랐다. 비올렛은 시수일레를 보았다. 언제나 순진해 보이던 그녀가 묘한 웃음을 띠고 비올렛을 보았다. 비올렛은 처음으로 시수일레가 라이셀 백작 부인의 딸이라는 것을 실감했다. 그 묘한 미소는 백작 부인이 자주 짓던 표정이었던 것이다.

"후작 각하랑 찐한 사이잖아?"

"……무, 무슨 소리를 하는 거야?"

그 말에 시수일레가 맑은 웃음을 터트렸다.

"비올렛, 정말 거짓말 못 하는구나?"

비올렛은 자신이 시수일레를 얕봤다는 것을 깨달았다. 시수일레는 이런 쪽에 눈치가 빨랐던 것이다.

"각하 얼굴 말이야, 너랑 성하가 이야기만 나누고 있어도 후작님 얼굴에서 불꽃이 튀는걸."

"그게 보이니?"

비올렛이 보기에는 똑같은 얼굴일 뿐이었다. 불꽃이 튀기는! 그저 못마땅한 듯 힐끗 보는 것을 어떻게 봐야 불꽃이 튄다고 말할 수 있는가.

"내 눈엔 다 보여. 후작님도 그렇게 질투를 하는구나 싶다고."

"……."

비올렛의 두 뺨이 붉게 달아올랐다. 타인이 에셀먼드의 질투에 대해 말하자 어쩐지 민망했다.

"내가 말했잖아. 고백하고 마음이 막 통한 거야, 그렇지?"

"시스."

"이야기해 주라, 후작님은 어떻게 고백했니? 빨리 말해 봐! 나도 이야기해 줄게!"

에이든이 어떻게 시수일레에게 고백을 했는지 따윈 별로 듣고 싶지 않았다. 비올렛은 고개를 저었다.

"응? 응?"

시수일레가 계속 졸라 댔다.

"아니면 후작님한테 직접 물어볼 거야."

"시스!"

"진짜야. 내가 설마 못할 거라 생각하는 건 아니지?"

비올렛이 뭐라고 소리치려 하자 시수일레가 말했다.

"에이든이 그랬어. 후작님이 의외로 물어보면 다 대답해 준대.

후작님이 무서우니 아무도 그러지 않아서 문제지만. 하지만 난 이제 가족이 될 건데, 알려 주지 않겠어?"

비올렛은 그 말에 시수일레가 호기심에 반짝거리는 눈으로 에셀먼드에게 '어떻게 비올렛에게 고백하셨어요?' 말하는 장면이 떠올랐다. 그리고 그것을 보고 난감해하는 에셀먼드의 모습도. 그리고 가여운 그 남자는, 에이든과 시수일레에게 또 놀림을 당할지도 모른다. 그 상황을 어떻게 해결할 것인가!

"가르쳐 주라, 비올렛."

비올렛은 그 말에 침묵을 지켰다. 어떻게 할까 생각하다 그녀는 아주 작은 목소리로 말했다.

"제비꽃."

"응?"

"제비꽃을 심어서 고백했어."

"와, 제비꽃이 비올렛의 이름이니까?"

그러고 보니 비올렛의 이름은 제비꽃이었다. 그걸 후작가에 심었다니. 후작가 후원 전부 다 '비올렛'으로 도배가 된 것이 아닌가. 생각해 보면 굳이 꽃말이 아니더라도 제비꽃은 에셀먼드의 마음을 노골적으로 표현하고 있었다. 왜 그걸 여태껏 몰랐는지, 비올렛의 얼굴이 확 달아올랐다.

"아, 아니, 보, 보라색 제비꽃의 꽃말이…… 좀 낭만적인가 봐."

차마 보라색 제비꽃의 꽃말을 말할 수 없었던 비올렛은 애써 뭉뚱그려 말했다. 시수일레는 아무런 말도 하지 않았다. 호들갑을 떨 줄 알았더니? 그 고백 방법에 무슨 문제라도 있었던 걸까. 시수일레를 바라보니 그녀의 두 뺨 역시 붉게 달아올라 있었다.

"시스?"

"후작님 너무 멋있다."

"……."

"너무 낭만적이야, 세상에."

벌겋게 물든 두 뺨을 손바닥으로 감싼 시수일레는 잠시 넋이 나간 것 같았다.

"그러는 너는 에이든이 어떻게 고백했는데?"

그에 시수일레는 얼굴을 찡그리더니 비올렛의 얼굴을 한참 동안 바라봤다. 갑자기 뭐지? 비올렛이 뭐라 입을 열려 할 때 시수일레가 단호하게 말했다.

"말 안 할 거야."

비올렛은 기가 막혔다. 시수일레는 심통이 난 듯 입술을 툭 내밀고 고개를 저었다. 굳이 알고 싶었던 것은 아니지만 어쩐지 손해 본 기분이었다. 비올렛이 조르지 않자 눈치를 힐끔 보던 시수일레가 입을 열었다.

"그러면 이제 비올렛은 떠나는 거야?"

"응?"

"아버지가 말하기를, 에이든이 다시 작위를 물려받게 될 거라는데?"

"……."

비올렛은 입을 다물었다. 에셀먼드는 벌써 그것까지 준비해 둔 것이구나. 어차피 물려줄 자리라면 다시 에이든에게 주는 것이 옳았다.

"낭만적이다, 진짜로!"

시수일레가 해맑게 말했다. 그것을 본 비올렛은 그게 과연 낭만적인 일인지 생각에 잠겼다. 에셀먼드는 모든 것을 버리고 비올렛을 선택하겠다고 단언했다. 그것이 과연 낭만적일까. 끝까지 그들은 행복할 수 있을까? 모든 것에 벗어나 자신의 의무를 에이든에게 떠넘기고 그는 후회하지 않을까? 알 수 없었다.

"아, 시스, 그런데 어떻게 네가 에이든과 결혼할 수 있게 된 거니?"

비올렛의 물음에 시수일레가 갑자기 얼굴을 붉혔다.

"자, 자식을 많이 낳으면 된대."

"뭐?"

"그, 그 이상은 물어보지 마!"

비올렛은 그것이 몹시 궁금했지만, 어차피 때가 되면 알게 될 사실이기에 묻지 않기로 했다.

축제가 끝나자 성녀와 말룸에 대한 열기는 서서히 식어 갔다. 그에 비올렛이 할 일 역시 자연히 줄어들게 되었다.

"스승님, 차 맛이 어떻습니까?"

"새로운 맛이네요. 맛있어요. 찻잎을 가루 내어 우유와 섞는다는 것은 생각도 못했어요. 맛이 더 부드러운 것 같아요."

"그렇죠?"

샤를과 비올렛이 차를 마시며 행복한 미소를 짓자 린도가 뚱한 표정으로 입술을 내밀며 말했다.

"성도에서 꼭 이거랑 똑같은 차를 내오라 할게."

린도는 성도에 없는 차가 수도에 있다는 것을 견딜 수 없어 하는 것 같았다. 빤히 보이는 그 감정에 샤를과 비올렛이 서로 눈치를 보며 킥킥 웃었다. 뾰루퉁한 표정을 지은 린도도 차 맛이 마음에 들었는지 홀짝이며 불만에 찬 시선으로 샤를과 비올렛을 쳐다보았다.

드물게도 평화로운 시간이었다. 비록 지금도 누군가의 시중과 보호가 필요했기에 시종과 호위 기사들이 서 있었지만, 그들은 이 시간에 그럭저럭 만족했다. 비올렛은 호위 기사로 서 있는 에셀먼드를 보고 싶었으나, 왠지 모르게 호위 기사들을 등진 자리에 앉은 터라 그의 얼굴을 볼 수 없었다.

"이제 곧 있으면 여름이 다가오겠군요."

"그러게요."

봄을 알리며 피어났던 꽃들이 서서히 떨어지고, 이제 나무를 장식하는 것은 오색의 꽃이 아니라 녹색의 나뭇잎이었다. 그에 린도와 비올렛이 동시에 한숨을 쉬었다.

"……어라, 두 분 다 왜 그러십니까?"

한숨을 쉰 비올렛과 린도도 놀라서 서로를 동시에 바라보았다. 그러다 그 둘은 한숨을 쉬었던 게 같은 이유 때문이라는 것을 깨달았다. 비올렛과 린도가 동시에 씁쓸한 미소를 지었다. 그 친밀한 모습에 샤를이 불안한 얼굴로 아까부터 곁에 서서 자신들을 지켜보고 있던 에셀먼드를 바라보았다.

그때, 린도가 입을 열고 중얼거리듯 말했다.

"여름은 생명들의 소리를 여과 없이 들어야 하는 게……."

"맞습니다."

여름은 생명들의 활동이 가장 왕성한 시기이다. 여름은 더운 날씨 때문에 보통 창문을 열어 놓는데, 생명들이 우는 소리가 비올렛에게는 언어로 들리기 때문에 초여름에 진입하면 잠을 못 자는 고통스러운 적응기를 겪고는 했다. 그것은 린도도 마찬가지인 모양이었다.

"두 분 다 뛰어난 성력을 가지고 계시니 그런 모양이군요."

샤를이 흥미롭다는 얼굴로 둘을 바라보았다. 그러고 보니 린도도, 비올렛도 동물의 말을 알아들을 수 있는 능력이 있었다.

"그런데 본디 성력을 가지면 동물들의 말을 알아들을 수 있습니까?"

그 말에 린도와 비올렛이 서로의 얼굴을 마주했다. 그런 것은 따로 생각하지 못했다.

"성력이 가장 강한 게 성녀니, 이론적으로는 성력이 높으면 비올렛처럼 동물의 말을 알아들을 수 있지 않을까요?"

린도가 비올렛이 생각했던 것과 비슷한 답을 말했다. 샤를은 그에 고개를 끄덕였다.

"그러면 저도 성력을 연마하면 그렇게 되는 걸까요?"

샤를의 눈빛이 초롱초롱한 것을 봐서 그는 동물과 대화하는 것에 굉장히 관심이 많은 듯했다. 린도와 비올렛은 대답할 수 없었다. 샤를이 성력을 연마하면 동물들과 대화를 나눌 수 있을까? 이것은 연구가 이루어지지 않았던 영역이었기에 확답을 내리지 못했다.

"아버지의 말에 따르면 아그레시아의 왕족은 어느 정도 성력이 있다고 하니, 뭐……."

그 '아버지'라는 말에 샤를과 비올렛의 얼굴이 굳었다. 린도 역시 자신이 체자레에 대해 말을 꺼냈다는 것을 알고 표정이 굳었다. 그들 사이에 정적이 자리했다. 그 불편한 침묵을 깬 것은 샤를이었다.

"공작과 안부를 주고받으십니까?"

그 조용한 말에 린도가 고개를 저었다.

"제 편지에 답을 하지 않으십니다."

"그렇군요."

샤를은 자신의 손에 쥐어진 차를 바라보았다.

"폐하."

린도가 샤를을 보고 말했다.

"다음 주 중, 성도로 내려가는 길에 공작령에 찾아갈 생각입니다."

샤를은 눈을 크게 떴다. 교황파의 거두로 활동했던 체자레를 교황이 찾아간다는 게 좋은 모양새는 아니었기 때문이었다. 혹 이 일을 대신들이 알게 된다면 다시 국왕파와 교황파의 대립이 일어나는 시발점이 될 수도 있었다.

"아들이 아버지를 만나는 것은 당연합니다."

샤를이 다정하게 말했다. 린도는 그 말에 씁쓸한 미소를 머금었다.

체자레. 다시 심장이 두근거렸다. 린도는 비올렛에게 굳이 같이 갈 필요가 없다 말했다. 모든 게 끝나고 의무까지 마쳤는데 굳이 그를 상대할 필요가 없다고.

"모두가 나를 궁금해합니다. 하지만 모두가 나를 궁금해하는 것만큼 나도 스스로에 대해 잘 모릅니다."

모든 일이 끝났지만 린도라는 인물에 대해서는 여전히 밝혀지지 않은 것이 많았다. 그의 어머니는 누구인가, 왜 그는 나이를 먹지 않는 소년이었는가, 왜 체자레는 그를 교황으로 내세웠는가. 문제는 린도 자신도 이유를 모른다는 것이다. 린도는 다섯 살 때 교황 위에 올라 그때부터 신전에 유폐되다시피 했다. 모든 진실에 대한 의문점은 나중에 '성녀가 올 것이다.'라는 체자레의 말에 막혀 버렸다.

린도는 이제 진실을 마주하러 간다. 비올렛은 린도의 얼굴을 보며 생각에 잠겼다. 그녀도 체자레에게서 알아내야 할 진실이 존재했다. 그것을 외면해도 되는 것일까. 비올렛의 가슴이 불안하게 두근거렸다.

호출을 받은 에셀먼드가 왕궁 내의 비올렛의 처소에 나타난 것은 얼마 지나지 않아서였다. 그곳으로 걸어가던 복도에서 거울과 마주한 그는 자신의 옷매무새를 점검했다. 그곳으로 가는 통로는 생각보다 길어서 그는 발걸음을 서둘렀다.

똑똑, 문 두드리는 소리와 함께 들어오라는 맑은 목소리가 들렸다. 문을 열자 테라스에서 바람을 맞으며 서 있는 여자의 모습이 눈에 들어왔다. 흩날리는 은발 머리카락이 먹구름에 물든 어둑한 하늘과 대비되었다. 비올렛은 에셀먼드를 보며 환하게 미소 지었다.

"어서 와 앉아요, 에드 경."

그를 만나고 싶다 한 지 한 시간도 되지 않아 이곳에 와 준 에셀먼드의 모습을 본 비올렛은 저절로 미소가 지어졌다. 정중한 인사 후, 에셀먼드가 미리 마련되어 있는 소파에 앉자 비올렛은 그의 건너편에 앉았다.

차를 직접 내겠다며 시녀들을 물렸기 때문에 비올렛과 에셀먼드는 방 안에 단둘이 앉아 있었다. 비올렛은 조용히 찻물을 우려내고 찻잔에 붉은 홍차를 따랐다. 선명한 붉은색의 홍차는 누군가를 떠올리게 했다.

에셀먼드가 비올렛이 차를 내는 모습을 조용히 지켜보았다. 두 사람의 눈이 마주쳤다. 생긋, 비올렛이 웃었다. 에셀먼드는 그 미소에 화답하지 않고 찻잔에 손을 뻗었다.

그렇게나 빠른 걸음으로 서둘러 온 주제에 에셀먼드는 얄밉게도 귀족적인 몸짓으로 차를 마시고 있었다. 어쩐지 그 모습이 여유로워 보여 비올렛은 속으로 입술을 삐죽거렸다. 그러나 그 모습조차 도 가슴 벅찰 정도로 근사했기에 서운함을 참기로 했다.

“비가 올 건가 봐요.”

열어놓은 창문 너머로 습진 바람이 비가 내리기 전 특유의 비릿한 내음을 실어 나르고 있었다. 정오가 겨우 지났음에도 꼭 새벽녘처럼 세상은 잿빛으로 물들어 있었다. 우르릉거리는 소리와 함께 먹구름이 품은 번개가 이따금 번쩍였다.

비올렛이 꺼낸 말에 에셀먼드는 대답하지 않았다. 자신을 뚫어져라 보는 그의 시선에 비올렛은 그저 미소를 지었다.

“호출의 이유를 알고 싶습니다.”

“보고 싶어서요. 그렇게 말하면 안 될까요?”

“비올렛.”

재촉하는 듯 에셀먼드가 이름을 부르자 비올렛이 웃었다. 일반적이지 않은 호출이다. 이런 말이 통할 리가 없었다.

“제게 에드라는 이름을 언제나 부르게 해 준다 하셨죠?”

그 말을 하자 에셀먼드의 얼굴이 굳었다. 그는 무엇을 예감한 것 같은 얼굴로 비올렛을 보았다. 그때 마침 비가 쏟아지기 시작했다. 토독 거리는 소리가 고요한 방 안에 울려 퍼졌다.

“그렇습니다.”

에셀먼드의 대답에 비올렛이 행복한 얼굴로 환하게 미소 지었다. 그 미소에 그가 한결 편한 표정을 지었으나, 비올렛은 그것을 알아채지 못했다.

“경의 계획이 어떤지는 잘 모르겠지만, 에드.”

“…….”

“전 내일 린도를 따라 티게르난 공작령으로 갈 생각이에요.”

그 말에 에셀먼드의 푸른 눈이 서늘한 빛을 머금었다. 예상과 한 치도 벗어나지 않은 반응에 비올렛이 쓰게 웃었다.

“이제 성력은 얼마 지나지 않아 사라질 것이고, 모든 것이 끝날 예정이에요. 그 전에 모든 것을 알아야 한다는 생각이 들었어요.”

“이미 밝혀진 진실만으로도 충분한데 말입니까?”

그 말에 비올렛이 고개를 저었다.

“제가 내려놓는 이 자리에 어떤 비밀이 있는지, 어떤 진실이 숨겨져 있는지 모든 것을 알아야겠어요. 그래야 진정으로 모든 것을 내려놓을 수가 있다고 생각해요.”

비올렛의 목소리는 부드러웠으나 그 속에는 단호한 힘이 있었다. 에셀먼드의 시선을 피해 비올렛이 비가 내리는 창문을 바라보았다.

처음에 린도가 혼자 가겠다고 했을 때는, 그렇게 두고 싶었다. 비올렛은 행복했고 그 행복을 깨고 싶지 않았다. 이것으로 충분할 거라는 생각이 들었다. 그러나 자꾸만 자신 앞에 있는 진실을 알아야 한다는 생각이 들었다. 그 진실을 알기 전까지는 모든 것이 끝난 게 아니었다.

체자레가 알고 있는 일기장의 진실, 그 진실에 다가가야 한다. 에셀먼드와 함께하며 비올렛의 기쁨은 최고로 찬란하게 빛이 났다. 그녀가 품은 행복은 너무나 달콤해 헤어 나올 수가 없었다. 그러나 그것은 불안한 행복이었다.

그녀는 그 달콤한 행복을 누리면서도, 한편으로는 밝혀지지 않은 진실에 대해 평생 생각할 것이다. 어렸을 적과 똑같았다. 체자레는 비올렛이 모르는 진실이 있음을 암시했다. 그 진실을 알려하지 않는 이상, 그녀는 ‘기만의 탑’ 위에서 살아가는 셈이었다.

비올렛은 진실을 갈망할 것이다. 그렇다면 하다못해 조금 더 당당하게 그 진실과 마주하고 싶었다.

비올렛은 체자레를 알았다. 그와 함께했던 것은 1년이 못 되는 짧은 기간이었지만 비올렛은 그 누구보다, 심지어는 린도보다 체자레를 가까이에서 봤다. 체자체는 두려웠고 악행을 일삼았으나, 본질적으로 악한 사람이라고 생각이 되지는 않았다. 그는 때로 알 수 없는 이야기를 담은 슬픈 얼굴로, 동정하는 시선으로 비올렛을 보았던 것이다. 비올렛은 괴물이 아니며, 농담으로라도 그녀 자신을 괴물로 칭하지 말라며 상처받은 얼굴을 했던 남자는 뇌리에 깊이 각인되었다.

체자레는 비올렛을 상처 주면서도 누구보다도 비올렛이 입을 상처와 슬픔에 대해 잘 알고 있었던 사람이었다. 왜 체자레가 그런 행동을 했는지는 몰라도, 비올렛은 성녀로서 자신을 둘러싼 진실을 알아야만 했다.

에셀먼드는 서늘한 얼굴로 그녀를 바라보았다. 그런 반응을 보일 줄 알고 있었다. 비올렛은 자리에 일어나 티 테이블을 지나 천천히 에셀먼드의 곁에 다가갔다. 그리고 옆에 앉아 그의 손을 잡았다. 그는 비올렛의 손을 뿌리치는 대신 꽉 쥐었다.

"꼭 그러셔야 합니까?"

에셀먼드가 물었다.

"네."

비올렛이 대답했다. 그것은 처음으로 누군가를 위해서가 아닌, 자기 자신을 위해 내린 결정이었다.

"모든 진실을 알고 완벽하게 모든 것을 내려놓으면."

비올렛은 소파에 손을 짚고 무릎으로 서서 자신을 바라보는 에셀먼드의 얼굴에 입술을 가져다 대었다. 까슬한 감촉이 느껴졌다. 정중하며 욕망이 어린 입맞춤. 입술을 뗀 비올렛은 아주 가까이에서 그의 얼굴을 보았다.

"모든 걸 버리고 당신의 옆에 평생 함께할게요."

"……."

에셀먼드가 두 팔을 뻗어 비올렛의 허리를 꽉 껴안았다. 창밖으로 불어오는 바람은 더욱 거세졌으며 지면을 두드리던 빗소리가 점점 크게 울려 퍼지기 시작했다.

비올렛은 에셀먼드의 품을 느꼈다. 옷을 입었음에도 그의 품은 뜨거웠다. 빠르게 뛰는 심장 소리가 옷 너머로 느껴지는 것 같았다. 세찬 빗소리는 그들과 세상을 분리시켰으며, 그들은 금방 사라져 버릴 그 세상 속에서 서로의 존재를 깊이 느꼈다. 에셀먼드는 한참 동안이나 그녀를 안은 팔을 풀지 않았다.

그렇게 성녀는 진실을 추구하겠노라 기사에게 말했어. 잠시 동안의 이별은 그들이 마음을 억눌러 왔던 세월에 비해 찰나와도 같았지. 영원히 함께하기 위해 인내하는 거라, 그렇게 믿고 있었던 거야. 성녀는 짧은 작별을 고했단다.

체자레는 우아하게 편지를 내려놓았다.

붉은 벽돌로 이루어진 공작 성은 화려하고 깨끗했다. 공작 성에 발을 들이면 황금빛으로 빛나는 구조물과 섬세하게 조각된 석상, 웅장한 그림과 화려하게 도색되어 번들거리는 대리석 바닥에 넋을 잃게 되었다. 그러나 사람들은 이 화려하게 번쩍거리는 저택에 이유 모를 서늘함을 느끼고는 했다. 공작 성에서 일하고 있는 자들도 마찬가지였다. 그들 역시 이 성에 두려움을 느끼고 있었다.

그들의 나라를 지배하던 핏빛 암운은 사라졌건만, 공작 성만은 아직도 진득하며 눌어붙은 어둠을 품고 있었다. 그 붉은 성의 주인이 사용인들을 바라보며 입을 열었다.

"손님이 오겠군요."

그의 입술은 부드러운 미소를 머금고 있었다. 사용인들은 평소에도 이 늙지 않은 공작을 두려워했으나 지금 이 순간만큼 붉은 공작이 두려웠던 적은 없었다. 아름다운 체자레의 얼굴은 언제나처럼 그 속을 알 수 없었다. 그러나 그 두 눈만은 기이한 광택을 띠고 형형하게 빛났다.

"아주 귀한 손님이 오실 겁니다. 모시는데 이상이 없도록 준비하십시오."

그는 창문으로 고개를 돌려 한참 동안 하늘을 바라보았다. 비가 내리고 있었다.

비올렛은 모여 있는 사람들을 보았다. 성도로 돌아가는 교황과 성녀를 향해 사람들이 미소를 지으며 배웅하고 있었다.

"이제 가시면 언제 돌아옵니까?"

샤를이 걱정스럽게 말했다.

"글쎄요. 폐하의 탄신일에 또 오지 않을까요?"

초가을까지 삼 개월 남았다. 생각 외로 금방 돌아온다는 소리에 샤를의 얼굴이 환하게 물들었다. 왕위에 올라 제법 의젓한 모습을 보이긴 했지만 아직도 샤를은 어린 아이였다.

샤를의 해맑은 얼굴에 비올렛이 미소 지었다. 그러나 그를 보는 그녀의 마음은 무거웠다. 비올렛은 조만간에 사라질 생각이었다. 그 이전 성녀들이 그러했듯 명이 다할 때까지 은둔할 예정이었다. 바로 에셀먼드의 옆에 있기 위해서. 그러나 샤를을 지지하는 에셀먼드와 비올렛이 사라진다면 샤를이 곤란할 것이 뻔했다. 그녀의 욕심을 채우기 위해 이 아이를 고난 속에 방치해도 되는 것일까. 비올렛은 어두운 얼굴로 생각에 잠겼다. 그때 샤를이 속삭였다.

"작별 인사는 꼭 해 주시고 가셔야 합니다. 약속이에요."

그 말에 비올렛이 눈을 크게 뜨며 샤를을 보았다. 뭔가 알고 있는 것일까. 그러나 샤를은 알 수 없는 표정으로 미소 짓고 있었다. 비올렛은 깨달았다. 그는 처음부터 알고 있었던 것이다. 그녀가 입술을 열려고 하자 린도가 비올렛을 불렀다.

"비올렛! 어서 가자."

마차에 오르려던 비올렛이 고개를 돌렸다. 그리고 저 뒤에 에이든과 함께 서 있는 에셀먼드와 눈을 마주했다. 에이든이 정다운 얼굴로 손을 흔들었다. 비올렛은 에이든을 보는 척하면서 에셀먼드에게 웃으며 손을 흔들었다.

그녀의 연인은 항상 그랬던 것처럼 근사했다. 그의 얼굴이 안 좋아 보이는 것을 제외하고 말이다. 아무래도 호위 기사로서 가겠다는 것을 억지로 거절해서 그런 모양이었다. 어차피 다시 수도로 돌아온다면 함께할 수 있을 텐데. 서로 마음을 확인한 뒤, 에셀먼드는 놀라울 정도로 집요하고 유치해졌다.

잘 다녀올게요. 비올렛은 에셀먼드에게 속으로 말을 건넸다.

비올렛이 린도를 쳐다봤다. 린도는 마차의 창문을 보고 있었다. 평소 그는 비올렛에게 잔잔한 미소를 지어 주었지만, 공작령으로 가는 마차 안에서는 단 한 번도 미소 짓지 않은 채 굳은 얼굴을 하고 있었다. 비올렛은 그 얼굴, 그 표정에 서린 긴장을 느낄 수 있었다.

심각한 얼굴로 창문을 보던 린도가 비올렛에게 시선을 돌렸다. 그러자 린도의 굳은 얼굴이 사르르 풀리며 미소를 머금었다.

"비올렛, 몸은 안 힘들어?"

그 다정한 목소리에 비올렛은 린도가 자신을 정말로 좋아하고 있다는 것을 깨달았다. 그 사실을 알고 있음에도 다시금 자각하자 묘한 기분이 들었다.

"어디 아픈 건 아니지?"

자신의 몸 상태를 걱정하는 말에 비올렛이 고개를 저었다. 남을 배려하거나 대화를 이끌어 나가는 데에 재주가 없었던 그녀는 망설이다 물었다.

"긴장돼?"

그 말에 린도가 눈을 동그랗게 뜨더니 비올렛의 심각한 얼굴을 바라보았다. 그러더니 웃음을 터트리기 시작했다. 그렇게 웃고 있는 그의 얼굴은 한 폭의 성화처럼 아름다웠다.

"아, 비올렛. 답지 않게 네가 그렇게 말하니 이상해."

그 말에 기분이 상한 비올렛이 얼굴을 찌푸렸다. 별로 웃긴 일이 아님에도, 한참을 웃던 린도가 비올렛에게 말했다.

"그래도 네가 날 걱정해 주니 좋다."

린도는 그렇게 말하며 비올렛을 보았다.

"그리고 네가 나와 함께 가 줘서 더 좋아."

린도의 목소리가 떨리고 있었다. 그 말에 비올렛이 입을 다물었다. 언제나 생글생글 여유로웠던 린도의 얼굴에서 가면이 벗겨지고 있었다. 떨리지 않을 리가 없었다. 긴장하지 않을 리가 없었다.

이 순간 비올렛은 그의 긴장을 절감했다. 비올렛이 진실을 알기 위해 가는 것이라면, 린도는 자기 자신이 어떤 사람인지 알기 위해 가고 있었다.

"나 사실 많이 무서워, 비올렛."

비올렛은 두려움에 떠는 린도의 모습을 보았다. 그녀도 두려웠다. 그러나 린도만큼은 아니었다. 비올렛은 고고한 청년이 드러낸 감정의 맨살을 보았다. 그녀는 자신의 불안감을 애써 감췄다. 지금의 린도는 청년이 아닌, 아주 작은 아이에 불과했다.

비올렛은 잠시 동안 망설였다. 그리고 자리에서 일어나 그의 옆자리에 앉았다. 바퀴가 굴러가는 소리가 일정하게 들렸다. 린도의 황금색 눈이 눈물에 젖어 있었다. 비올렛이 손을 뻗어 그의 얼굴을 끌어안았다.

"나, 사실은 한 번도 생각하지 않으려 했어. 왜 내가 성력이 강한지, 왜 내가 나이를 먹지 않은지, 의문을 가지지 않으려 했어. 그냥 나는 이대로, 이대로 있으면 된다고. 그저 너만 있으면 된다고. 행복하게 살면 그것으로 충분할 거라 생각했어."

"……."

"막상 알려고 하니 무서워."

비올렛의 팔을 잡은 린도의 팔이 바들바들 떨리고 있었다. 비올렛은 한숨을 쉬며 그의 등을 토닥였다.

"사실 아버지가 나를 사랑하지 않는 것도 알고 있어."

"……."

"어렸을 적에 아버지는 내게 웃어 주지 않았어. 아버지가 처음으로 웃어 주었을 때는 나보고 교황이 되라고 말했을 때였지. 나는 아버지가 웃어 주는 게 좋아서 그렇게 하겠다고 했었어."

울먹이던 린도는 자신의 과거를 드문드문 풀어헤쳤다. 비올렛은 조용히 그 말을 들어 주었다.

—린도.

자신을 부르는 다정한 목소리에 아이는 고개를 들었다. 아버지가 황금색 눈을 부드럽게 휘었다. 처음으로 상냥한 시선으로 자신을 보는 남자의 시선에 아이는 가슴이 벅차올랐다.

—교황이 되어 주십시오.

—교황이 무엇입니까, 아버지?

—높은 자리에 앉는 겁니다. 린도가 좋아하는 할아버지처럼요.

—높은 자리에 앉는 건 무엇입니까?

—다른 사람들을 행복하게 해 줄 수 있는 거랍니다. 모든 사람들이 웃을 수 있게요.

'행복'이라는 개념을 정확히는 몰랐지만 아이는 그것이 좋은 거라 생각했다. 할아버지 곁의 사람들은 웃고 있지 않았던가?

—교황이 되면 아버지와 더 많이 같이 있을 수 있나요?

그 순진한 물음에 그의 아버지가 굳은 얼굴로 린도를 보더니 이내 그림 같은 미소를 지으며 말했다.

—당연합니다.

—그러면 교황이 될래요.

—정말입니까?

—사람들을 행복하게 하고 아버지와 계속 같이 있을 수 있지 않습니까. 저는 좋습니다.

그 말에 아이는, 린도는 자신의 머리를 쓰다듬어 주는 부드러운 손길을 느꼈다. 아버지에게 받는 첫 칭찬에 린도는 환하게 웃음 지었다.

열 명의 신관들이 모여 린도를 보고 있었다. 린도는 겁을 집어먹고 고개를 푹 숙였다. 사람들의 시선이 날아와 꽂혔다. 그들은 자신의 머리 색에 대해 이야기하고 있었다.

—보십시오. 성 류스프리드 님께서 미리 안배해 두신 아이입니다. 대신관들도 지금 느낄 수 있다시피 아그레시아에서 가장 강한 성력을 가지고 있습니다.

노인들이 고개를 끄덕이다 아이의 얼굴을 보고 경악으로 눈을 크게 떴다. 사람들 사이에 술렁임이 퍼져 나갔다. 아버지는 짙은 미소를 지으며 말했다.

—그리고 이 아이는, 왕족의 금안을 가졌답니다.

신관들의 시선이 모두 린도의 금색 눈으로 향했다. 린도는 집요하게 자신의 눈을 쳐다보는 시선을 피했다. 그것이 무서워 아버지를 보았으나 그는 신관들을 보고 있었다.

—성하께서는 신성 왕국의 지도자는 국왕이 아닌, 교황이 되어야 한다고 생각하고 계셨습니다. 만약 교황 위에 오른 사람이 금안을 가진 왕족이라면 어떻게 될까요? '왕국'의 법칙에 따라 교황이라는 최고위 성직자가 왕위에 오르지 못하게 될까요? 아니면 '신성' 왕국답게 신이 내린 권력에 국왕이 삼켜질까요? 과연 그 끝에 이기는 것은 국왕일지 신전일지, 궁금하지 않습니까?

그 매끄러운 말에 린도는 신관들이 자신을 보는 시선이 달라지는 것을 보았다. 기이한 흥분과 탐욕이 그들을 잠식해 나갔다. 그리고 다섯 살의 소년은, 열 명의 대신관들의 만장일치로 교황이 되었다.

린도는 또다시 겁에 질렸다. 그가 앉은 성좌 앞으로 쳐진 휘장 너머에 무릎을 꿇고 엎드린 남자의 그림자가 몇 번이고 머리를 바닥에 쿵쿵 찧었다. 그에 린도는 남자를 일으켜 세우고 싶었다. 하지만 신관들이 그것을 만류했다. 린도는 그저 겁에 질려 자신의 옆에 서 있는 아비를 바라보았다. 아버지는 안심하라는 듯 눈을 마주하며 미소를 지었다.

—성하께서도 노여움을 푸셨습니다.

노여움이 무엇일까? 린도는 고개를 갸웃했다. 그저 이 무서운 분위기가 어서 끝나기를 바랐다. 살짝 훔쳐본 하얀 휘장 너머의 노인은 고개를 숙인 채 벌벌 떨고 있었다. 이마에는 피가 흘러내리고 있었다. 아플 텐데. 치료해 줘야 하지 않을까? 린도는 그 남자가 가여우면서도 무서웠다. 하지만 아버지가 그를 돕지 말아야 한다 했으니 그 말에 따랐다.

—약속대로 트라이덴 왕자 전하께 침묵을 지키셔야 할 겁니다, 폐하, 아니 형님.

아버지의 입에서 매끄러운 목소리가 나왔다.

형? 형이라고? 아버지의 형이 저 노인인 것일까? 눈을 깜빡이며 아버지를 보았다. 린도는 흠칫 놀랐다. 아버지는 처음 보는 얼굴로 분노하고 있었다. 기이한 얼굴이었다. 그러면서도 아버지는 웃고 있었다.

아버지를 위해서 성력을 한계치까지 썼다. 이곳의 사람들을 웃게 하기 위해 퍼졌던 역병을 낫게 하고 겨울의 칼바람과도 맞섰다. 그랬더니 저 노인이 무릎을 꿇고 고개를 숙였다. 섬뜩한 미소를 비치는 아버지를 보았다. 지금 아버지는 행복한 것일까.

린도는 깜짝 놀라 피를 토하며 쓰러진 신관을 바라봤다. 신관은 린도의 곁에 있었던 남자였다. 겁에 질려 아버지를 보았다. 아버지는 그림과 같은 미소를 지었다.

—추기경, 대체 왜 그러시는 겁니까?

아버지가 아닌 '추기경'이라는 아직도 어색한 호칭을 입에 담으며 아버지를 부르자 그가 웃으며 말했다.

—성하의 비밀을 누설하려던 사람이었습니다.

린도는 그 순간 아버지가 무서워졌다. 입을 헤벌린 채 절명한 그 신관을 바라보던 린도가 겁에 질렸다.

—성하는 귀한 사람입니다. 성하의 정체가 밝혀지면 더 많은 사람들이 이렇게 죽게 될 겁니다.

—더 많은 사람이요?

—그렇게 된다면 우리가 함께할 수 없을지도 모릅니다.

아버지가 린도의 눈을 보며 따스하게 말했다.

—성하와 저는 똑같은 눈동자를 가졌다는 것이 알려져서는 안 돼요.

—왜죠?

—금안은 특별한 것이기 때문입니다. 만약 성하가 특별하다는 것을 알았다간 저와 헤어져 왕궁으로 가게 될지도 몰라요.

—왕궁!

—네, 왕은 당신을 억지로 데려가려 할 겁니다. 그리고 그것을 막으려 전쟁이 벌어지게 되겠지요. 사람들이 많이 죽을 겁니다.

린도는 신관들이 왕에 대해서 비난하는 것을 들었다. 신왕이 아버지를 싫어한다는 것도 들었다. 금안이 드러나게 되면 왕궁에 가야 할 뿐더러 전쟁이 벌어진다니! 전쟁이 정확히 무엇인지는 몰랐지만 그 말이 주는 어감은 무시무시했다.

—아시겠습니까, 린도? 제가 보낸 사람들 외에는 정체를 드러내셔서는 안 됩니다. 벌써 이런 불상사가 일어나지 않았습니까.

아버지의 실망한 어조에 린도가 고개를 푹 숙였다. 그리고 더욱 철저하게 자신의 정체를 숨겼다.

그 후로도 체자레는 린도의 주변에 있는 신관들을 죽였다. 그는 온순한 아들이었다. 때로는 사람들이 죽는 걸 알면서도 더 많은 사람을 살리기 위해 아버지의 말에 고개를 끄덕였다. 그의 비밀을 유지하지 않으면 나라가 혼란에 빠지니까 비밀을 퍼트리려는 자를 죽이라 했다. 역병에 걸리는 사람들을 없애지 않으면 병이 퍼져나가 더 많은 사람들이 죽으니 마을을 소거하라 했다. 신의 가르침을 올바르게 행하지 못한 이들은 모두를 불행하게 하니 그들을 모두 죽이라 했다.

아버지의 말을 따르자 그의 주변에는 언제나 웃는 사람이 넘쳤다. 신관들은 모두 친절했고, 성기사들은 우직하게 린도를 지켜 주었다. 다들 이렇게나 행복해졌다. 그는 꿈꾸었다. 아버지께서 언제나 말씀해 주시는 성녀와, 자신과, 신을 믿는 모든 이들과 함께 행복한 낙원을. 그러기 위해 그는 아버지를 맹목적으로 따랐다.

린도는 사람들이 죽는 게 싫었으나 아버지는 그것을 당연하다 했다. 그래서 그것을 당연하게 여겼다. 사람들이 죽는 것은 싫지만, 구할 수 없는 경우도 있다. 린도는 그것이 괴로웠으나 힘들게 받아들였다. 점차 생명을 구하지 못했다는 죄책감도, 생명에 대한 연민도 마모되어 갔다. 그래야 주변 사람이 웃을 수 있으니까. 웃음. 행복. 그렇게 그가 하는 모든 행동들이 정당화되었다. 그런 주제에 주변에 있는 사람들이 죽는 것은 싫어했다.

린도의 모순은 여기서 출발했다. 모든 신민들이 신의 은총 아래 행복했으면 하되, 그의 규율을 거부하는 자에게는 잔혹하게 신의 철퇴를 내렸다. 모두가 웃을 수 있는 행복의 낙원을 없애는 이단이자 배신자니까.

아버지가 말씀해 주신 대로, 자신의 뜻은 신의 뜻이었고, 자신을 반하는 자는 신을 거부하는 것이다. 처음에는 아버지를 기쁘게 하기 위해, 그가 자신을 떠나지 않게 하기 위해 고개를 끄덕였지만 점차 린도는 세뇌되어 갔다.

생각이라는 것을 하게 되면 괴로워지니 사유하고 판단내리지 않기로 했다. 그가 유일하게 자유롭게 상상할 수 있었던 것은 바로 성녀에 대한 것이었다. 아버지는 성녀가 나타나 자신의 곁에서 영원히 함께해 줄 거라 말했다. 그 영원한 사랑의 약속을 소년은 믿었다. 새하얀 방에 가끔 가다 연유 모를 외로움이 밀려와 울부짖을 때면, 린도는 이름도 모르는 그 여자를 애타게 갈망하며 가슴을 쥐어뜯었다.

백 개의 밤이 지나고 천 개의 밤도 지나 만 개의 밤을 지나려는 순간, 비올렛이 나타났다.

그녀가 성도로 온 후 린도는 처음으로 자신이 너무나 사랑하는 두 사람, 비올렛과 체자레가 다르다는 것을 깨달았다. 생각하는 것을 포기하고 아버지의 말에 따랐던 그가 처음으로 자신의 의지를 인지하는 순간, 드디어 그를 감싸는 알이 깨졌던 것이다.

린도는 비올렛은 이해할 수 있었지만 아버지는 도저히 이해할 수 없었다. 그가 스스로 생각하고 판단하기로 결정한 순간, 자신의 눈앞을 막는 것은 아버지라는 존재였다.

"아버지는, 여전히 내가 이해할 수 없는 사람이야. 나는 그 사람에게 가장 가까웠지만, 언제나 그 사람을 알 수 없었지. 생각해 보면 내가 교황의 자리에 바로 앉았던 것은 이상해."

"무슨 말이야?"

"할아버지 말이야. 지금 생각해 보면, 그 사람이 교황이었던 것 같거든. 전대 교황 성 류스프리드 말이야."

"응?"

"교황은 누군가에 의해 폐위되지 않아. 다음 대 교황이 선출되는 것은 오로지 전대 교황이 사망했을 경우지. 그땐 할아버지가 정정하게 살아 계셨는데, 아버지는 내게 교황이 되라 하셨지. 그리고 얼마 지나지 않아 나는 정말로 교황이 되었어."

그 말의 의미를 깨달은 비올렛은 린도와 시선을 마주했다. 눈물을 그친 린도는 그저 씁쓸하게 웃었다.

"전대 교황도 아버지에게 살해당했던 거야."

마차에서 내려선 비올렛은 심호흡을 했다. 공작 성에 온 것은 이번이 두 번째였다. 그녀의 인생에서 가장 끔찍했던 첫 번째 방문의 기억을 떠올린 비올렛은 고개를 설레설레 저었다. 그녀의 옆에는 린도와 성기사들이 있었다. 혹 무슨 일이 있더라도 샤를과 에셀먼드가 그들이 공작령에 있다는 것을 알고 있었다. 체자레는 그들에게 물리적으로 그 어떠한 힘도 행사할 수 없었다.

비올렛은 마음을 굳게 먹고 발걸음을 내딛었다. 장미 특유의 짙은 향기가 코를 찔렀다. 체자레가 예전에 했던 말대로 여름으로 접어들자 붉은 장미가 공작 성을 화려하게 장식했다. 사용인들이 모두 나와 린도와 비올렛을 맞이했다. 체자레는 방에서 기다리고 있는 듯했다. 비올렛은 이 저택 안에 있는 그의 존재를 느끼고 있었다. 그녀는 체자레가 있을 법한 방을 바라보았다.

집사의 안내에 따라 공작성으로 들어가자, 장미향과는 또 다른 향수 냄새가 코를 찔렀다. 어렸을 적의 비올렛은 이곳이 너무나 화려하고 멋진 장소라 생각했다. 그러나 지금 이 붉은 성은 화려함은 지나쳐 기괴해 보일 정도였다. 사용인들이 많음에도 공작성은 섬뜩하리만치 조용해 그들의 발걸음 소리가 복도를 울렸다.

"각하의 방입니다."

집사는 따로 노크 따윈 하지 않은 채 문고리를 잡았다. 화려하게 세공된 문이 열리고 비올렛과 린도는 방 안으로 발을 들였다. 너무나 오랜만에 보는 타오르는 것 같은 붉은 머리가 보였다. 남자가 등을 돌려 그들을 보며 미소 지었다.

"오랜만입니다, 성하 그리고 성녀님."

화려한 옷차림, 기다란 손가락에 끼인 반지, 아름다운 루비가 박힌 귀걸이. 홍차색 머리카락, 그리고 부드럽게 휘어진 금안. 체자레는 바로 어제 만난 것 같은 모습을 하고 있었다.

"오랜만입니다, 아버지."

"오랜만입니다, 스승님."

비올렛과 린도가 저마다 인사를 하며 체자레를 바라보았다. 체자레는 하나로 묶은 긴 머리가 풀린 것을 빼면 너무나 평범한 얼굴을 하고 있었다. 남자의 얼굴에 부드러운 미소가 서렸다. 체자레는 어딘지 모르게 홀가분한 표정으로 두 사람을 바라보았다. 그러나 상대적으로 여유로운 그와는 다르게 린도와 비올렛은 굳은 표정으로 체자레를 보고 있었다.

"성하."

체자레의 말에 린도가 굳은 표정으로 그를 보았다. 비올렛은 내심 놀랐다. 체자레는 린도의 이름을 부르지 않고, 성하라는 호칭으로 그를 불렀다. 린도는 분명히 그것을 마음에 담아 둘 것이다. 그리고 체자레가 그것을 모르지는 않을 텐데 대체 왜 그러는 것일까.

"성녀님과 함께할 시간을 주시겠습니까?"

그 말에 린도가 냉정하게 대답했다.

"거절합니다."

그 칼과 같은 대답에 체자레가 린도를 가만히 바라보았다. 서로 닮은 금안이 마주했다. 체자레가 잔웃음을 터트렸다.

"성하가 무엇을 걱정하는지 알고는 있습니다. 하지만 바깥에 성기사들이 있지 않겠습니까? 성녀님과 먼저 할 이야기가 있습니다.

"아버지."

"내가 부탁하고 있는 겁니다, 린도."

그 부드럽고 단호한 말에 린도가 얼굴을 일그러트렸다. 비올렛은 린도가 흔들리고 있다는 것을 알았다. 체자레가 다시 그의 이름을 다정하게 불렀기에. 체자레는 진지한 표정이었다.

"린도가 원한다면, 방 바깥에 서 있어도 됩니다. 물론 문은 잠그지 않을 것이고 창문 역시 열어 두겠습니다."

"지금 자식인 저보다 성녀와의 대화가 더 우선인 겁니까?"

대놓고 드러난 린도의 원망에 체자레가 부드럽게 말했다.

"어쭙잖은 어리광은 그만 부리십시오. 진실을 알기 위해서 오신 게 아닙니까. 빠르던 늦던 진실은 말할 겁니다, 린도"

"제가 납득할 만한 이유를 말씀해 주십시오. 왜 비올렛이 먼저입니까?"

린도가 절실하게 말했으나 체자레는 비올렛에게 하던 것처럼 그저 미소를 지으며 린도를 바라봤다. 자식에게도 감정을 한 톨도 내비치려 하지 않는 그 미소는 얼마나 서늘한가. 린도 역시 그 서늘함을 눈치채고 있었다. 비올렛은 그것을 더는 볼 수 없었다.

"린도, 그만해."

그 말에 린도가 정신을 차린 듯 비올렛을 보았다. 린도는 초조해하고 있었다. 린도는 이전에 비올렛에게 체자레가 그녀를 더 좋아한다며 서운함을 토로한 적이 있다.

마치 그 말이 사실인 것처럼 이번에도 체자레는 비올렛에게 먼저 이야기를 해 주겠다고 했다. 하지만 감정을 내려놓고 생각해 보면, 체자레가 이런 방식을 택한 이유가 있을지도 모른다. 하지만 그는 굳이 설명하지 않은 채 린도를 끊어 냈다.

"스승님께서 저와 단둘이 보자고 하실 만한 그런 이유가 있으리라 생각합니다."

비올렛이 체자레를 바라보며 서늘하게 말했다. 체자레의 미소 짓는 얼굴은 변하지 않았다. 린도가 간절한 얼굴로 비올렛을 보았으나 그녀는 고개를 설레설레 저었다. 체자레는 무언가 알고 있다. 그가 대답해 줄 거라는 근거 없는 확신이 있어 오긴 했지만, 심기가 뒤틀리면 그는 한없이 짓궂어질 수도 있었다. 그러니 그를 자극해서는 안 되었다.

비올렛의 시선에 무너지려던 린도의 얼굴이 서서히 단단해졌다. 다시 냉정을 되찾은 그가 체자레를 똑바로 보며 말했다.

"짧게 끝나야 합니다."

"물론입니다."

"방 바깥에서 대기하고 있겠습니다."

그가 방 밖에 있겠다는 소리는 비올렛에게 무슨 짓을 저지르지 말라는 경고였다. 자신의 아버지를 노려본 린도가 비올렛을 한 번 쳐다보고 방을 나갔다. 문이 닫히는 소리와 함께 바깥에 대기해 있는 성기사들의 소란스러운 항의 소리가 나고, 드디어 비올렛과 체자레 단둘이 방에 남았다. 막상 린도를 위로해 주긴 했어도 비올렛의 심장은 두근거리고 있었다. 이때 에셀먼드가 곁에 있어 준다면 얼마나 좋을까. 억지로 긴장되는 마음을 부여잡으며 비올렛이 체자레의 얼굴을 바라보았다.

"말룸을 격퇴하신 것을 축하드립니다. 성녀님께서 드디어 신께서 내리신 과업을 달성하셨군요."

예상치 못한 갑작스러운 축하 인사에 비올렛이 눈을 깜빡였다. 체자레가 정중하게 허리를 숙였다.

"너무나 감사드립니다. 말룸은 이제 비로소 영원한 안식을 얻을 수 있겠지요."

뭘까, 묘하게 말룸에게 호의적인 것 같은 이 말투는. 그는 말룸의 죽음을 '영원한 안식'이라고 말하고 있었다. 체자레는 황금색 눈으로 관찰하듯 비올렛을 보았다.

"왜 그러십니까, 비올렛? 린도를 물리친 것은 비올렛을 배려하기 위함이었습니다."

"무슨 말씀을 하시는 겁니까?"

무엇을 말하는 걸까. 왜 비올렛을 배려하기 위해 린도를 쫓아냈다 하는 거지? 비올렛은 의아했다. 체자레는 의아한 얼굴로 비올렛을 보더니 이내 알겠다는 듯 미소를 지었다.

"아무래도 비올렛, 조금 일찍 오신 것 같습니다."

"……."

체자레가 비올렛에게 다가왔다. 비올렛은 그를 피하지 않고 봤다. 그의 시선이 비올렛의 이마에 있는 푸른 성흔을 보았다. 그리고 하늘을 담은 새파란 눈 색과 새하얀 은발 머리카락도.

"정말로 아무것도 모르는데도 진실을 알기 위해 발걸음 한 거란 말입니까?"

확인하듯 묻는 그 말에 비올렛이 단호하게 고개를 끄덕였다. 체자레가 손을 뻗어 그녀의 두 뺨을 감쌌다. 그리고 그는 마치 신의 석상을 만지는 신실한 신자처럼, 예술품에 대해 찬미하는 예술가처럼 비올렛의 뺨을 부드럽게 쓸었다.

"변함없이 올곧고 아름답습니다. 비올렛."

"대체 무슨 말씀을 하시는 겁니까."

답답해진 비올렛이 묻자 체자레는 알 수 없는 표정으로 미소를 지었다. 그가 허리를 숙여 다정한 시선으로 비올렛을 보았다.

"그 진실을 그렇게 알고 싶으십니까?"

"……."

그 말투는 어찌 보면 비올렛을 조롱하는 것 같았다. 비올렛은 대답하지 않은 채 체자레를 응시했다. 그 역시 대답 따윈 원하지 않았던 듯 다시 허리를 들었다.

"비올렛, 나는 아주 옛날부터 묻고 싶었던 게 있습니다."

오히려 진실에 대해 물어야 할 것은 비올렛이었다. 그럼에도 체자레는 비올렛에게 질문을 던지고 있었다.

"무엇을 말입니까?"

한참 후에 비올렛이 입을 열었다. 조급해하는 그의 표정은 영락없이 린도와 똑같아 비올렛은 왜 진작 그와 린도가 부자 관계라는 것을 몰랐는지 의아할 따름이었다.

"꿈속의 그 여인 말입니다, 비올렛."

비올렛이 그 말에 몸을 경직시키며 체자레를 보았다. 확실히, 체자레는 꿈속의 여자를 알고 있었다. 그 여인이 말룸이라는 것도.

"당신에게 무슨 말을 하지 않았습니까?"

무슨 말을 하다니. 비올렛은 체자레를 보며 생각에 잠겼다. 꿈속의 여인에 대해 물어볼 줄은 몰랐다.

그녀는 비올렛에게 친절했으며 성력을 다루는 법을 알려 주고, 곤란하거나 자질구레한 이야기를 들어 주었다. 그렇지만 그것은 자신을 죽이려고 기회를 보았던 것이 아닌가? 비올렛은 고개를 저었다. 체자레가 조용히 가라앉은 목소리로 말했다.

"역시."

그 말에 비올렛이 고개를 갸웃했다.

"비올렛, 린도의 어머니가 궁금하지 않으십니까?"

그 말에 비올렛은 체자레의 의중을 더더욱 알 수 없어졌다. 린도의 어머니에 대한 것을 왜 자신에게 말하는 것인가. 그녀는 체자레가 누구를 만나 자식을 낳았는지 궁금하지 않았다.

"스승님, 그것은 저에게 말씀하실 게 아니라, 린도에게 말씀하셔야 하는 겁니다."

"……."

그 말에 체자레가 입가에 호선을 그리며 고개를 저었다.

"아니요, 비올렛도 알아야 합니다."

체자레가 손가락으로 방의 한구석을 가리켰다. 그제야 비올렛은 그쪽 벽에 걸려 있는 커다란 액자가 보였다. 그러나 그 액자 안에 있는 것은 텅 빈 캔버스였다. 이것은 새로운 종류의 그림일까? 지나치게 화려한 액자 안에 있는 하얀 캔버스는 어딘지 모르게 기괴해 보였다.

체자레를 바라보자 그가 비올렛의 손목을 잡아끌어 액자 앞으로 다가갔다. 체자레가 손을 펴 캔버스에 가져다 댔다. 그의 손에서 푸른빛이 나며 순백의 캔버스 위에 사람의 인영이 나타나기 시작했다. 성력으로 일부러 그림을 숨긴 모양이었다.

서서히 떠오르는 흐릿한 그림을 바라보았다. 또렷한 선이 생기고, 색깔이 올라왔다. 그림이 또렷하면 또렷해질수록 비올렛의 얼굴이 서서히 굳어 가기 시작했다. 심장이 두근거렸다. 순간 비올렛은 이곳에 온 것을 후회했다. 자신도 모르게 도망가려 뒷걸음질 쳤지만 체자레가 그녀의 손목을 잡고 있었다.

"그때처럼 또 도망가려 하십니까?"

그 말에 비올렛은 걸음을 멈추었다. 진실을 알려고 온 것이 아닌가. 그럼에도 왜 이렇게 두려운 것인가. 그의 지하실에 있던 잔혹한 진실로부터 비올렛은 도망쳤다. 그것은 어린 마음에서 비롯된 나약함이었지만, 지금의 비올렛은 자랐다. 그녀는 심호흡을 내쉬었다. 그리고 에셀먼드를 떠올렸다. 그가 보여 준 진실이 어떤 진실이든 일단 마주할 것이다.

그녀는 체자레의 그림을 올려다보았다. 한 여인의 그림이었다. 여인이 입고 있는 옷은 하얀색이었으며, 머리색은 밝은 금발이었고, 눈동자 색깔은 새파랬다. 햇살과도 같은 금발과 파란 눈동자. 그림 속 여인들이 으레 그렇듯, 여인은 앞을 보며 잔잔한 미소를 머금고 있었다. 그럼에도 비올렛이 도망가려 했었던 것은 그 여인이 익히 아는 얼굴이었기 때문이었다.

"누굽니까."

비올렛이 물었다. 체자레는 겁에 질린 비올렛의 얼굴을 바라보았다.

"린도의 어머니입니다."
"그런 의미가 아니잖습니까!"
비올렛이 비명을 지르듯 소리쳤다. 그 여인의 얼굴을 찬찬히 바라보았다. 아무리 봐도 이 얼굴은 그녀가 아는 얼굴이었다.
"대체 어떻게 말륨이…… 말륨이, 린도의 어머니라는 말씀입니까?"
비올렛이 덜덜 떨며 말하자, 체자레가 초상화를 뚫어져라 바라보았다. 일찍이 한 번도 본 적이 없는 표정이었다. 여자를 바라보는 그 시선은 분노에 찬 것 같기도 했고, 어찌 보면 슬픔에 물든 것 같기도 했다. 비올렛은 체자레가 그 여자를 갈망하고 있다는 것을 느꼈다. 왜냐하면 '갈망'이라는 것을 비올렛도 잘 알고 있었기 때문이다. 초상화를 보는 청년이 중얼거리듯 말했다.
"비올렛, 나에게도 정열이 있었습니다."
"……."
"사람을 사랑하려 노력했던 적이 있습니다. 어떤 가혹한 삶이라도 받아들이고 세상을 사랑하고, 그 세상이 더욱 나은 방향으로 나아가도록 노력했던 시절도 있습니다."
그의 목소리는 너무 작아서 비올렛은 그 목소리를 듣기 위해 집중해야만 했다. 체자레는 계속해서 이야기를 꺼냈다.
"'모든 세상이 선한 것은 아니다. 그러나 추악함이 존재하는 것만큼 선함은 고결한 가치로서 그만큼 빛을 발하게 될 것이다. 그것이 신이 세상에 내린 법칙이며, 인간에게 주신 가르침이자 인간을 사랑하는 법이다.' 그 진리만을 믿고 노력해 왔습니다. 증오스러운 사람을 사랑하려 노력해 봤고, 실제로 사랑하려 했지요. 또, 신관이 되어서도 신의 가르침을 이루려 노력했습니다. 그것을 젊음의 혈기라 할까요? 아니, 그것도 굉장히 왜곡된 표현일지도 모르겠군요. 혈기란 어렸을 적 품었던 보석처럼 빛났던 이상이 아닙니까? 나이를 먹기 때문에 혈기가 사라지는 것이 아닙니다. 그저 살고 있는 세상이 그 이상을 마모시키며 파괴하기 때문에 사라지는 것입니다. 그렇다면 세상이 이 추악한 세상의 구성원이라는 이유 하나만으로 한 젊은이에게 온갖 비극을 선사하며, 그 이상을 철저하게 짓밟으면 어떻게 되는 걸까요?"

체자레의 말은 횡설수설했다. 더군다나 그 말은 비올렛이 듣고 싶은 말이 아니었다. 비올렛이 알고 싶은 것은 '진실'이었다. 왜 저 여자가 말룸인 것인가. 비올렛의 조급함을 눈치챈 체자레가 웃었다.

"이런, 말이 조금 많아졌군요. 처음으로 이 이야기를 꺼내니 저도 모르게 흥분했나 봅니다."

체자레는 손을 뻗어 그림을 쓸었다.

"제게 이상이 존재했듯 사랑 역시 존재했습니다."

"그래서, 저 여인을 사랑하신 겁니까?"

비올렛의 물음에 체자레가 미소를 지었다.

"그렇습니다. 하지만 비올렛, 저는 '이' 모습을 본 적이 없습니다. 그녀의 말에 따르면 자신은 본래 밝은 금발 머리에 새파란 눈동자를 하고 있었다 하더군요."

비올렛이 더 조급해 하기 전에 체자레가 다시 한 번 성력을 그림에 집어넣었다. 그러자 여자의 머리 색이 점점 바뀌기 시작했다. 밝은 금색의 색채를 띤 머리카락이 비올렛이 익히 아는 머리색으로 바뀌자 심장이 내려앉는 느낌이 들었다.

"내 사랑하는 이의 이름은 아나스타샤."

체자레가 그림에서 등을 돌렸다. 그의 시선이 열기를 띠고 그림 속의 여자와 같은 머리 색을 하고 있는 또 다른 여자를 바라보았다. 은색의 신성을 물들인 머리 색, 하늘을 담은 눈동자. 이것은 성녀의 초상화였다.

"아그레시아의 서른세 번째 성녀입니다."

–5권에서 계속–

외전. 그의 낭만적 고백법

외전. 그의 낭만적 고백법

"비올렛, 이것 좀 봐."

시수일레의 말에 비올렛이 고개를 돌렸다. 시수일레는 책을 가져와서 비올렛의 앞에 펼쳐 보였다. 여자아이를 위한 예쁜 삽화가 그려진 동화책이었다. 타오르는 사랑을 고백하는 낭만적인 장면. 남자가 여자 앞에 무릎을 꿇고 앉아 연가를 부르며 구애하는 장면이었다.

"저 하늘과 땅은 이미 나의 마음을 알고 있기에 하늘과 땅만이 아는 나의 비밀을 그대에게 감히 드러내려 합니다."

시수일레가 노랫말을 흥얼거렸다.

"세상에서 가장 노래를 잘하는 남자 구델이 귀족 아가씨에게 사랑 노래를 부르는 장면이야! 노래도 그림도 멋있지 않니?"

비올렛은 그것을 보다 흥미를 잃은 듯 고개를 돌렸다.

"이 책이 싫으니? 그럼 다른 책을 보여 줄까?"

시수일레가 또 다른 책을 펼쳤다. 이번에도 남자가 무릎을 꿇고 여성에게 사랑을 고백하고 있었다. 그의 손에는 유명한 용에게서 훔친 붉은 다이아몬드가 들려 있었다.

"지혜로운 모험가 케네스가 용의 심장이라 불리는 보석을 여자에게 바치는 거야!"

이에 비올렛은 얼굴을 살짝 찌푸렸다. 시수일레는 입술을 삐죽였다. 분명 동화책을 좋아할 거라 생각했는데. 시수일레는 다른 책을 꺼내 들어 책을 넘겼다. 이번 동화책의 그림은 화려했다.

"붉은 장미의 기사 비셸이 바친 고백이야. 세상에 붉은 장미 꽃잎을 깔아 고백하다니. 정말 멋지지 않니?"

비올렛의 시선이 펼쳐진 책의 삽화를 향했다. 붉은 장미꽃이 깔린 길 위에 여자가 바보 같은 미소를 지으며 서 있었다. 그리고 그녀 앞에 남자가 검을 바닥에 꽂고 무릎을 꿇은 채 고개를 숙이고 있었다. 기사의 맹세처럼. 남자의 그림을 본 비올렛의 표정이 굳어졌다.

"그러니까 저 깔려 있는 꽃잎은 꽃길만 걷게 해 주겠다는 의미인 거지. 이것도 싫어? 비올렛? 어……."

시수일레가 더 무어라고 말하려 할 때 웃음소리가 들려왔다.

"크하하하하! 야, 유치하게 그게 뭐냐!"

"……."

깔깔거리는 소년의 웃음소리를 듣고 시수일레의 표정이 변했다.

"뭔가요, 에르멘가르트 영식? 저는 그쪽과 대화하는 게 아닙니다. 무례하군요!"

"아니, 너무 한심해서. 비올렛이 그런 걸 좋아할 리가 없잖아. 안 그래?"

에이든이 비올렛에게 동조를 구하듯 그녀를 쳐다보며 말했다. 그러나 비올렛은 에이든을 외면했다.

"비올렛은 좀 더 건설적인, 그래! 그 장미의 기사 비셸이 용을 무찌르고 공주를 구해 낸 바로 이 장면을 좋아할 거야!"

에이든은 장미의 기사 비셸이 용을 물리친 장면의 삽화를 꺼내 들이밀었다. 그의 확신 어린 표정에 시수일레의 표정이 굳었다. 어떻게 용을 물리치는 장면을 좋아하는 거지? 그래도 지기 싫어 시수일레가 아득바득 말했다.

"아니야. 비올렛, 가장 멋있는 장면은 고백 장면이야. 그렇지 않니? 이건 여자아이들이라면 모두 꿈꾸는 낭만적인 고백이라고!"

이미 시수일레에겐 다른 가문 사람들에게 차리는 예의 따윈 사라진 지 오래였다. 물론 에이든도 별로 신경 쓰지 않고 심드렁하게 말했다.

"에이, 그런 시시한 걸 누가 좋아해."

시수일레는 억울한 듯 구델이 노래하는 장면을 들이밀었다. 비올렛은 그것을 보더니 조용하게 말했다.

"난 동화 따윈 안 믿어."

"……."

"그러니 시끄럽게 하지 말고 나가 줘."

그 어둡게 가라앉은 말에 에이든과 시수일레의 가슴이 덜컥 내려앉는 느낌이 들었다. 열두 살, 비올렛은 세상에 상처 입었고 날카로웠다.

꿈도 희망도 없는 비올렛의 말에 시수일레가 에이든을 바라보았다. 그도 얼굴을 굳히며 난감한 표정을 지었다. 시수일레와 에이든은 서로를 마주했다. 이때부터였다. 이들이 말을 터놓게 된 것은.

시수일레는 턱을 괴고 창밖을 바라보았다. 겨울은 끝이 나 날씨는 점점 따스해져 왔다. 친구는 성도로 떠난 지 두 달이 넘었다. 그럼에도 이 못된 친구는 편지 한 통도 없다. 힝.

비올렛이 떠나고 나서 한동안 시수일레는 기운 없이 축 늘어져 있었다. 그러나 오늘은 그걸 보다 못한 백작 부인에 의해 억지로 블룸버그 백작 영애의 생일 파티에 참석해야만 했다.

라이셀 백작가에 존재하는 혈손은 시수일레 한 명뿐, 백작은 시수일레를 눈에 넣어도 아프지 않은 금지옥엽으로 키웠다. 그러나 여자는 법률상 가문을 완벽하게 물려받을 수 없었기에 시수일레는 되도록 빨리 혼인을 올려 데릴사위를 들여 작위를 받고 남자 후계자를 낳아야 했다.

이미 그녀는 성년을 넘었으며, 열일곱이었다. 백작 부인이 파티에 끌고 가는 것도 당연한 일이었다. 시수일레는 다른 이들과는 달리 자신이 행운아라는 것을 알았다. 적어도 정략결혼이랍시고 억지로 싫은 사람과 결혼하지는 않을 테니.

시수일레는 낭만적인 사랑을 꿈꿨다. 완벽하게 비현실적인 꿈은 꿀 수 없었지만, 그래도 어느 정도 허용할 수 있는 선에서는 꾸었다. 적어도 데릴사위로 데려오더라도 멋있는 신랑감을 뽑아 오겠다고 생각했다. 그러나 웬걸! 이 사람은 얼굴이 못생겼고, 이 사람은 냄새났고, 이 사람은 목소리가 이상했으며, 이 사람은 뚱뚱했다.

오늘 파티에서도 시수일레는 남자들을 물색하다 한숨을 내쉬고 적당히 친구들 사이에 끼어들어 몸을 숨겼다. 시수일레가 신랑감을 찾는다는 것은 이미 사교계에 널리 퍼져 접근하는 남자들이 꽤 나 되었다. 마음에 차지 않는 남성을 거절하는 것도 신물이 났다.

“큰일 났어. 당장 다음 주인 플로라가 여는 티파티에 입고 갈 옷이 없어.”

“이제 봄인데 새로 옷을 사야지.”

“그러게, 나는…….”

소녀들과의 수다는 언제나 즐거웠다. 시수일레는 문득 비올렛을 떠올렸다. 시수일레가 수다를 떨면 비올렛은 자신의 이야기를 거의 하지 않고 묵묵하게 이야기를 들어주곤 했다. 마지막, 성도로 가기 전에는 이따금 미소도 지어 주었지. 그 애는 무엇을 하고 있을까?

사람들 사이에 수군거리는 소리가 들렸다. 친구들도 그녀의 등 뒤를 보며 꺅, 귀여운 비명 소리를 냈다. 뒤를 보니 절도 있는 걸음걸이로 들어오는 키 큰 남자의 모습이 보였다. 시수일레는 눈을 크게 떴다. 연미복을 멋들어지게 입은 에이든이 서 있었다.

“후작 각하야.”

“각하?”

‘쟤가?’라는 말이 새어 나올 뻔했다. 아직도 그녀는 저 인간이 후작이라는 게 믿기지 않았다. 일단 그녀의 머릿속의 에르멘가르트 후작은 전 대장군이셨던 베오른 에르멘가르트였기 때문이다.

“세상에, 정말 에셀먼드 경이 성도로 가 버렸구나.”

“…….”

시수일레는 입을 꼭 다물었다. 에르멘가르트 가문의 장남 에셀먼드가 차남 다니엘을 가문에서 축출한 뒤, 막내 에이든에게 작위를 물려주고 성녀 비올렛에게 수호 맹세를 해 성도로 가 버렸다는 것은 수도에서 모르는 사람이 없었다.

“난 아직도 믿기지 않아. 어떻게 에셀먼드 경이 가디언이 된 거지?”

“가디언도 사실상 성기사단에서 발탁되는 거잖아. 그런데 왕국 기사인 에셀먼드 경이 대체 어떻게 가디언이 된 걸까?”

시수일레는 에이든을 바라보았다. 앳된 얼굴의 에이든이 사람들에게 둘러싸여 있었다. 시수일레는 수군거리는 사람들을 돌아보다 그의 얼굴을 보았다. 적당한 표정으로 몰려드는 사람을 응대하는 모습은 자신이 아는 모습과 거리감이 있어 보였다. 후작이라는 작위를 가지면 모두 저렇게 되는 건가? 하긴 아버지의 절친한 벗이셨던 베오른 에르멘가르트도, 첫째인 에셀먼드 경도 모두 저런 얼굴을 하고 있었다. 어쩐지 낯설었다. 분명 작년에 비올렛을 배웅하러 후작가에 찾아갔을 땐 저러지 않았는데. 어쩐지 기분이 이상했다.

“역시나 성녀님이 에셀먼드 경에게 명령했던 게 아닐까? 그래도 나라 제일의 기사를 빼 가다니.”

“맞아. 에셀먼드 경에게 무언가 협박한 걸지도 몰라. 그때의 일 말이야. 성도에서 가짜 성녀가…….”

시수일레가 일부러 대화에 끼지 않아서일까. 대화는 이상한 쪽으로 치닫고 있었다. 비올렛이 에셀먼드 경을 억지로 꾀어냈다고?

“그만하지 못해?!”

시수일레가 소리쳤다. 목소리가 조금 컸던지 사람들의 시선이 순간 그녀에게 쏠렸다. 시수일레는 입술을 깨물었다. 이 아이들은 왜 이러지. 비올렛과 자신이 친구라는 것을 모르고 말하는 걸까. 알면서 상관하지 않는 것일까.

나라 제일의 기사가 성녀에게 충성 맹세를 하며 성도로 내려간 이래로 수도에는 여러 소문이 돌았다. 비올렛이 억지로 에셀먼드를 데려간 것이라는 소문, 조금 너그럽게 에셀먼드 경이 비올렛을 연모해서 그녀를 따라간 것이라는 소문, 아니면 추기경이 일부러 에르멘가르트 가문에 성녀를 빼앗겼던 앙갚음을 하러 에셀먼드 경을 가디언으로 배정한 것이라는 소문. 하지만 진실은 그 누구도 모른다.

그럼에도 가장 유력한 소문은 언제나 비올렛이 나쁜 사람이 되는 소문이었다. 고귀한 가문의 기사가 천민 출신의 성녀를 은애했다는 것도, 정치적 대척점에 놓인 교황파의 수장인 체자레가 에르멘가르트를 주물렀다는 것도 별로 유쾌한 일이 아니었으니.

"아, 아니, 시수일레. 우린 그냥……."

"그냥 소문을 말한 거잖니? 마음 풀렴."

친구들이 시수일레를 달래 주었으나 그녀의 얼굴은 그래도 풀리지 않았다. 어차피 자기가 잘못했다고 생각하는 사람들은 한 명도 없다. 그녀가 왕국에서 열네 명밖에 되지 않는 백작의 딸이기에 쩔쩔매는 것이다. 시수일레도 잘 알고 있었다. 그렇지만 화가 났다.

"비올렛에 대해서 함부로 말하지 마. 그 앤 절대 누구를 협박할 사람이 아니란 말이야. 그 애가 얼마나 착한지 모르면서 왜 말을 함부로 하니?"

왜 사람들은 비올렛이 천민이었다고 못된 행동을 했다는 것을 당연하게 여길까. 그렇게 생각하는 너희들의 생각이 못된 거 아니니? 시수일레는 그렇게 쏘아붙이려고 입을 열었다. 친구들, 아니 이 못된 여자애들의 눈이 커졌다. 뭐야, 아직 이야기 안 했는데.

"라이셀 백작 영애?"

굵은 남자의 목소리에 시수일레가 몸을 움찔했다. 그 익숙한 목소리가 어쩐지 듣기 좋다 생각했다. 뒤를 돌자 에이든이 서 있었다.

"각하를 뵙습니다."

“안녕하세요, 후작 각하!”

여자애들이 앞다투어 인사했다. 미혼인 가문의 수장은 당연하겠지만, 추파를 받게 된다. 특히나 젊고 어리며 외모까지 준수한 남자는 더더욱. 에이든은 그들의 인사를 대충 받아 주며 시수일레에게 시선을 옮겼다. 사파이어색 눈이 그녀를 바라봤다.

“비올렛에 대해 이야기하고 있었나?”

“어?”

“아니, 비올렛 이름이 들리길래. 무슨 일이 있나 했지.”

여자애들의 얼굴이 하얗게 질렸다. 에이든은 잘 몰랐지만 그의 말은 의도치 않게 그녀들에게 입을 조심하라는 경고를 던지고 있었다. 시수일레는 어쩐지 기분이 좋아져 활짝 웃었다.

“딱히 무슨 일은 없었어요.”

“그래? 연락은 없었고?”

“있을 리가요.”

“그렇지?”

에이든이 한숨 섞인 미소를 지으며 시수일레를 쳐다보았다. 시수일레가 예의 바르게 물었다.

“각하는 비올렛에게 편지라도 받으셨나요?”

“아니. 안 왔어. 그런데 백작 영애.”

에이든이 성큼 다가오더니 시수일레의 팔을 잡아끌었다. 심각한 얼굴을 한 그가 그녀의 귀에 속삭였다. 갑자기 훅 들어오는 숨결에 소름이 오소소 돋았다.

“우리가 서로 이렇게 격식을 차리던 사이였나?”

“네?”

“아니, 꼬박꼬박 각하라 부르니 이상하잖아.”

"……각하도 저한테 백작 영애라면서요. 말투도 지금 좀 다른 거 알아요?"

작년부터는 어느 정도 애칭까지는 허용한 상태였다. 에이든이 후작이 되기 전에도 영식이라고 부르던 사이는 아니었다.

"그거야 사람들이 보니까……."

"저도 사람들이 보니까요……."

그에 에이든이 눈을 크게 뜨고 다시 미소 지었다. 장난기 어린 얼굴에 서린 미소는 여느 때와 같은 모습이었다. 아, 다행이다. 이 사람 변하지 않았구나. 에이든에게 느껴졌던 낯설음은 사라진지 오래였다. 어쩐지 안심이 되어 시수일레도 미소 지었다.

"넌 왜 비올렛을 좋아하니?"

비올렛이 신전에 가기 전, 후작가에서 에이든이 그렇게 물었다.

성녀임을 증명하기 위해서 방대한 성력을 내보인 비올렛은 쓰러져 끙끙 앓았다. 의식조차 제대로 차리지 못하고 몸져누운 비올렛을 걱정하며 시수일레는 시간이 허용하는 한 거의 매일 후작가를 찾았다.

에이든은 매번 저택에 있었다. 어렸을 때는 어느 시점 이후, 거의 만나지 않은 사람이었지만 그의 붙임성 있는 성격 덕분에 둘은 금세 말을 터놓을 수 있었다. 물론 언제나 화제는 비올렛의 이야기였다. 그러던 중, 에이든이 물어본 것이다.

"대체 비올렛을 왜 그렇게 좋아하냐? 너한텐 친구도 많잖아."

"어?"

"너는 항상 비올렛을 쫓아다녔잖아. 대체 왜 그래?"

사실 어리다고 해서 완벽하게 보답 받지 못하는 우정에 맹목적일 리는 없었다. 어린아이는 어린아이대로 계산적인 법이었다. 그럼에도 시수일레가 비올렛을 좋아할 수밖에 없는 것은, 비올렛이 너무나 다정했기 때문이다. 시험해 보는 듯한 에이든의 말에 시수일레의 기분이 살짝 나빠졌다.

"그게 뭐가 그렇게 궁금하니?"

"그냥 여동생의 우정 관계가 궁금할 수도 있지. 알다시피 걔는 성격이 좋은 애가 아니란 말이야."

그 말에 시수일레는 정말로 화가 났다.

"성격이 왜 나쁘니? 비올렛이 얼마나 좋은 애인데, 너는 그러고도 걔 오빠니?"

삐죽 튀어나온 시수일레의 말에 에이든의 표정이 굳었다. 머쓱해하는 에이든의 얼굴을 보고 그녀는 자신이 지나치게 예민하게 말했다는 것을 깨달았다. 시수일레를 옆에 두고도 비올렛의 험담을 하는 무리가 가끔 있었기에 조금이라도 부정적인 말이 나오면 센 말이 나왔다.

"그런데 걔가 왜 좋은 애인데?"

에이든의 얼굴은 진정으로 궁금한 표정이었다. 그에 시수일레가 대답했다.

"너, 비올렛이 내게 한 번이라도 욕한 걸 본 적이 있니?"

"아니, 없었지."

"내가 쫓아다니는 게 그렇게 귀찮았으면 욕이라도 퍼부어 쫓아내면 되잖아? 걔는 성녀니까 사실 그래도 되고 말이야."

"어, 그러고 보니 그렇네."

"비올렛은 착하다니까? 정말이야."

열두 살 때 즈음, 비올렛은 어느 시점 이후로 그녀를 만나려 하지 않았다. 시수일레가 찾아가도 검술 수련을 해야 한다, 책을 읽어야 한다, 공부를 해야 한다면서 그 자리를 회피해 버렸다.

하루는 친구가 너무 야속한 나머지 검술 연습을 하러 간다는 그녀를 억지로 따라가겠다 고집을 부린 적이 있었다. 당연하겠지만 비올렛은 차갑게 외면했고 연무장으로 걸어가 버렸다. 시수일레는 치맛자락을 걷어 올리고 비올렛을 성큼성큼 쫓아갔다. 그러다가 돌계단에 오르는 와중에 훌륭하게 꽈당 넘어져 버렸다. 사실 비올렛은 엄청난 소리에도 그것을 무시하며 발걸음을 떼려 했다.

—비올렛, 너무 아파, 흑흑.

라이셀 백작가에서 불면 날아갈까 금지옥엽으로 자랐던 그녀였다. 시수일레는 태어나 단 한 번도 그렇게 크게 넘어져 본 적이 없었다. 무릎은 까져서 아팠고, 머리는 계단에 부딪혀 멍이 들었는지 얼얼했다.

시수일레의 가냘픈 목소리에 비올렛이 뒤를 돌아보았다. 시수일레는 비올렛을 불렀지만 그녀가 오지 않을 거라 생각하고 있었다. 그러나 웬걸, 비올렛은 그것을 보고 조금도 망설이지 않고 달려왔다. 시수일레는 그 모습에 조금 감동해 버렸다.

—괜찮아?

—아니. 머리도 아프고 다리도 아파. 나 다리 부러진 거 아닐까? 막 다시는 걷지 못하면 어떻게 하지? 그럼 춤도 추지 못할 텐데.

시수일레가 훌쩍였다. 비올렛이 시수일레의 손을 잡아 살짝 일으켜 세웠다. 다리가 아팠지만 일어날 수는 있었다.

–이렇게 설 수 있으면 부러진 건 아니야.

–네가 어떻게 알아?

그 말에 비올렛은 아무 말도 하지 않았다. 대신 시수일레의 얼굴에 엉겨붙은 헝클어진 머리를 깔끔하게 정돈했다. 그 다정함에 시수일레가 왈칵 울음을 터트렸다.

—아파, 비올렛. 아파, 너무 아파.

—어서 하인을 불러야지. 아니…….

비올렛이 시수일레의 손을 끌어다 계단 위에 앉혔다. 치마가 더러워지기에 맨 계단에 앉는 것은 상상도 못 할 일이었으나 비올렛이 하라는 일이었기에 얌전히 받아들였다. 비올렛이 소매를 들어 시수일레의 눈물을 닦아 주었다. 그렇게 달래 주는데 엉엉 우는 것은 너무 미안해서 시수일레는 입술을 꼭 깨물고 울음을 참았다.

—안 아프게 해 줄게. 울지 않기다, 약속?

—약속.

그 말에 비올렛이 살짝 미소를 지었다. 시수일레는 자신에게 처음으로 제대로 웃어 주는 비올렛을 보며 깜짝 놀랐다. 하지만 더 놀라웠던 것은 그때부터였다.

비올렛이 자그마한 손을 뻗어 시수일레의 이마를 어루만졌다. 그녀의 손에서는 새하얀 빛이 터져 나왔다. 상쾌한 느낌과 함께 따스한 기운이 온몸에 번졌다. 신기했다. 이마의 얼얼한 감촉이 사라졌다.

—치마 살짝만 들어 줄 수 있어?

그 말에 시수일레는 얼른 치맛자락을 들어올렸다. 사실 치마를 올리는 건 부끄러운 일이었으나 비올렛 앞에서는 하나도 부끄럽지 않았다. 계단의 모서리에 찍힌 건지 시수일레의 무릎은 까져 피가 흐르고 있었다.

—많이 아팠겠구나.

그 말에 또 울음이 터져 나올 것 같았다. 울음을 꾹 참느라 콧물이 흘러나왔지만 시수일레는 고개를 끄덕였다.

—이제 안 아플 거야. 걱정 마.

비올렛이 다정하게 말했다. 그녀는 시수일레의 무릎 위로 손을 얹었다. 또다시 빛이 터져 나왔다. 고통이 사라졌다. 시수일레는 처음으로 비올렛의 신기한 힘을 보았다. 눈물이 그쳤다.

—이제 다 나았다. 안 아프지?

—응!

그 말에 비올렛이 미소를 지어 주었다. 그녀는 천사처럼 예뻤다. 시수일레는 그때 비올렛이 보여 주었던 다정함이 진실이라는 것을 알았다. 어쩌면 그때의 추억 때문에 비올렛을 놓지 못하는 것인지도 모른다.

"비올렛은 착한 애야. 그런데 비올렛이 무슨 잘못을 그렇게 했다고 못살게 구는지 잘 모르겠어."

"……."

"조금 말수가 없건, 과거가 어찌되었건, 뭐가 어때? 비올렛은 언제나 한결같이 다정했는데 말이야."

시수일레는 미소를 지으며 말했다.

"그러니까 언제나 난 비올렛의 친구가 될 거야. 언젠가 비올렛이 활짝 웃어 주는 날이 오겠지."

고집스럽게 말하며 에이든 쪽을 보니, 그가 자신을 빤히 바라보고 있었다. 그 시선에 시수일레가 의아한 표정을 짓자 에이든이 시수일레의 시선을 피하며 말했다.

"저 성격 나쁜 애가 그래도 친구는 잘 사귀었네."

물론 에이든은 시수일레에게 '비올렛은 나쁜 성격 아니거든?'이라며 혼이 났다.

"영애!"

갑작스럽게 등 뒤에서 들리는 목소리에 시수일레가 꺅 하고 비명을 지르며 넘어질 뻔했다.

현재 시수일레는 아버지가 놓고 간 서류를 전하러 왕궁에 들어와 있었다. 오랜만에 온지라 왕궁의 지리를 몰라 길을 조금 헤매던 순간, 목소리가 들려왔다.

뒤를 바라보니 검은 제복을 입은 장신의 기사가 서 있었다. 에이든이었다. 그의 등 뒤로 기사들 몇이 보였다. 시수일레는 눈을 깜빡이며 에이든을 보았다.

"여긴 혼자 무슨 일입니까?"

"아버지 심부름이 있어 발걸음 했습니다."

"흐음, 그렇습니까."

그녀가 고개를 끄덕였다. 에이든이 기사들에게 말했다.

"영애는 내가 모시겠다. 모두 제 일을 보도록."

그 모습이 나름 위엄은 있어 보였다. 그래도 제1기사단의 부단장이 되었다니 나름 능력은 있나 보구나. 시수일레가 혼자 고개를 끄덕일 때였다.

"에이, 근무시간 중 데이트하시려 그럽니까?"

"뭐, 뭣! 그런 거 아냐!"

"아니라고요? 그 말, 들어는 드리겠습니다."

"경, 그거 아니야!"

"실례하겠습니다, 라이셀 영애. 즐거운 시간 되십시오."

기사들이 킬킬거리며 에이든과 시수일레에게 인사하고 사라졌다. 기사들이 가는 것을 확인한 시수일레가 에이든에게 말했다.

"와, 꼭 동생 대하는 것 같네. 부단장님 맞아?"

"……."

그 말에 에이든의 얼굴이 더 구겨졌다.

"그래 나 존경받지 못한다. 이 나이에 정식 기사가 되자마자 부단장이 될 줄 누가 알았겠냐고."

입술을 삐죽대며 침울해하는 그 얼굴을 보며 시수일레가 킥킥 웃었다.

"후작 각하라 그런 거잖아?"

"그 후작 각하도 별로 되고 싶었던 적이 없었는데 말이야."

기분이 상했나? 시수일레는 에이든의 눈치를 힐끔 보았다.

"가문을 이어받는다니 좋지 않아?"

"좋을 리가 있…… 아니."

에이든이 시수일레를 바라보며 한숨을 쉬었다. 그녀는 깜짝 놀랐다. 그렇게나 싫었던 걸까. 하긴 하루아침에 후계자 수업도 못 받고 후계자가 되었으니 싫을 만도 했겠다. 그런데 왜 화를 내는 거람? 에이든은 화가 난 듯 침묵했다.

그때, 대신들 몇몇이 이쪽으로 다가왔다. 시수일레의 바로 옆에 있던 에이든이 그녀와 살짝 떨어져 거리를 두고 대신들에게 인사했다. 저렇게 보면 에이든은 첫째 에셀먼드 경처럼 무뚝뚝한 사람으로 보였다.

짧은 대화 뒤, 대신들이 사라지자 에이든이 걸음을 재촉했다. 두 사람이 인적이 드문 회랑에 오자 에이든이 말했다.

"시스."

뭐지? 화난 게 아니었나? 그래도 다시 살가워진 말투가 반가워 시수일레는 기쁘게 대답했다.

"응. 왜?"

"네가 기뻐할 말 하나 해 줄까?"

"뭔데?"

에이든이 웃었다.

"비올렛한테 편지 왔다."

"진짜?! 세상에!"

시수일레가 소리쳤다. 에이든이 그녀의 기쁨에 찬 얼굴을 쳐다보았다.

"그런데 뭐래?"

그 말에 환하게 웃던 에이든의 얼굴이 굳었다.

"어…… 의사를 보내 달래."

"비올렛, 어디 아파?"

"아니, 그게 아니야……."

에이든이 머리를 긁적였다.

"너한테 그렇게 편지를 보낸 거야? 의사를 보내 달라고?"

"아니, 왕자 전하께……."

"그럼 뭐야. 결국 우리한텐 편지가 안 온 거네?"

그 말에 에이든이 눈을 동그랗게 떴다.

"우리?"

"응, 우리."

시수일레의 대답에 그가 손가락으로 얼굴을 긁적였다. 에이든은 미묘한 표정을 하고 있었다.

"에이든?"

시수일레는 멍해 보이는 표정의 그에게 말을 건넸다. 에이든이 아차 하더니 말했다.

"그만큼 잘 있다는 소리 아니겠어?"

"응?"

"그 성격대로 잘 있다는 거겠지. 나는 소식 전해 준 거다."

"어…… 그래."

뭐야, 비올렛 소식을 전해 주는 게 용건이었어? 아니, 당연하지. 에이든과는 주로 비올렛 일로 대화를 나눴으니. 그런데 뭘까, 이 기분은? 시수일레는 살짝 얼굴을 찌푸렸다.

"빨리 가자. 재상 각하가 걱정하실 거야. 나도 서둘러 복귀해야 하고."

용건이 끝난 이 특유의 산뜻한 표정으로 에이든이 말했다. 그에 시수일레의 기분은 더욱 가라앉았다.

재상의 집무실에 들어가기 전, 에이든이 말했다.

"비올렛한테 또 소식 오면 알려 줄게. 그래도 돼?"

"물론이지!"

이상한 기분은 이상한 기분이고, 깜깜무소식인 친구가 궁금한 것은 당연한 일이었다. 시수일레의 강한 대답에 에이든이 미소를 지었다.

신랑감을 찾는 것은 따분한 일이었다. 당연하겠지만 그 사람이 그 사람이었다. 저 사람은 매력이 떨어졌다. 저 사람은 너무 조용했으며, 저 사람은 옷을 입는 감각이 없었다.

오늘은 왕궁에서 주최하는 사냥 대회의 전야제가 열리고 있었다. 다들 자신들의 강건함을 뽐내려고 넓은 어깨와 탄탄한 가슴을 부각시키는 옷을 입고 있었는데, 그것이 어찌나 형편없어 보이던지 절로 하품이 나올 지경이었다.

결혼, 그래, 꼭 해야 하는 거. 시수일레는 한숨을 쉬었다. 어머니는 어서 남자를 만나야 한다고 말하며 만약 마음에 드는 사람이 없을 시에는 알아서 혼약을 진행시키겠다고 엄포를 놓으셨다. 하지만 아버지는 아직 더 늦게 가도 된다 말씀하셨다. 어찌되었건 가문을 위해 혼인하는 것은 귀족 여자의 의무 중 하나였다. 자신은 가문을 여백작으로서 이끌어 가야 한다. 여자가 작위를 받으려면 데릴사위가 필요한 게 국법이었기에, 결혼은 필수였다.

에이든의 아버지인 베오른 에르멘가르트의 죽음 뒤로 어머니가 부쩍 성화인 것은 시수일레도 잘 알고 있다. 그녀의 부친도 어느 날 갑자기 병에 걸리실지 모른다. 걱정이 안 되는 것은 아니었다. 그렇지만 마뜩한 사람이 없는 것이다.

"지루해 보이시네요."

맑은 목소리에 고개를 들어 보니 한 남자가 잔을 들고 미소 짓고 있었다.

"네. 조금 지루하네요."

시수일레는 남자가 내민 잔을 받아 들며 그를 보았다. 준수한 외모의 남자가 보였다.

"그런데 누구세요?"

그 말에 그가 아차 하는 표정을 짓더니 웃으며 말했다.

"로버트 블룸버그. 제2기사단에서 나라를 위해 검을 잡고 있습니다."

"아, 그렇군요."

블룸버그 백작의 삼남이 저 사람이었구나. 아무래도 사냥 대회 전이라서 기사들이 연회에 대거 참여한 모양이었다. 호감이 가는 얼굴에 시수일레의 주변에 있던 친구들의 눈초리가 달라지는 것이 느껴졌다.

얼굴도 저 정도면 합격이었고 목소리도 좋았다. 키도 크고 어깨도 떡 벌어졌다. 정말 나쁘지 않은, 좋은 사람이었다. 자신의 기준에 쏙 들어맞는. 그럼에도 어쩐지 묘하게 거부감이 들었다. 시수일레가 자신을 소개하려 입을 열자 그가 말했다.

"영애는 유명하시니 잘 알고 있습니다."

"네?"

"라이셀 백작 영애시죠?"

"네……."

하긴 라이셀 백작가는 왕국의 열 개의 백작가 중 하나인 데다 재상의 딸인 그녀를 모를 리가 없었다. 게다가 하나 뿐인 여자이니.

"유명하신 분이라 화려하실 줄 알았는데 저처럼 지루해하시는 것 같아서 실례를 무릅쓰고 말을 걸어 보았습니다. 드높은 가문의 이름과 외모에 비해 겸손하시군요."

"그런가요?"

너무 과하게 띄워 주지도 않은 것도 좋았다. 적당히 가문의 위세를 존중하며 그녀를 칭찬하는 방식이 상당히 세련되었다. 음, 저 남자라면 계속 이야기 나누는 것도 나쁘지 않을지도. 기묘한 거부감을 억누른 시수일레가 그렇게 생각할 때였다.

"아, 영애! 여기 있었군."

"……?"

로버트와 시수일레가 그 목소리에 고개를 돌렸다. 에이든이 서 있었다. 그는 머리 색과 잘 어울리는 군청색 연미복을 입고 있었다. 언제나 살짝 흐트러져 있던 머리가 단정하게 정돈되어 있었다. 저번보다 더욱 꾸민 모습에 잠시 동안 시수일레는 눈을 깜빡이며 그를 다시 봐야했다.

“부단장님, 여긴 어쩐 일이십니까?”

“아아, 영애께 볼일이 있어서.”

“그렇습니까? 아쉽군요. 지금 영애는 저와 이야기 중입니다만.”

시수일레는 기사들 간에는 군기가 꽉 잡혀 있다는 것을 알았다. 사적인 자리도 아니고, 연회에서 제2기사단의 기사단원이 제1기사단의 부단장에게 그렇게 말하다니. 로버트는 에이든을 부단장으로서 존중하는 것 같지 않았다.

“제2기사단은 기강이 엉망인가 보군. 인사야 그렇다 치고, 지나치게 예의가 없는 것이 아닌가?”

에이든이 딱딱한 말투로 로버트 경에게 말했다. 로버트 경이 웃으며 말했다.

“이야기를 나누던 아름다운 영애를 다른 분이 채 가려 하는 일을 막는 것은 기강과 상관없다고 생각합니다, 경.”

그 능글맞은 웃음에 시수일레는 화가 났다. 시수일레의 앞이였기에 망정이었지, 다른 영애 앞에서 이런 일을 당한다면 에이든은 무슨 창피인가! 지금 그의 나이가 어리다 무시하는 건가? 그녀의 볼이 빵빵하게 부풀어 올랐다. 에이든이 그 말에 무어라 하려고 입을 열 때였다.

“죄송한데 로버트 경, 경과 별로 이야기를 나누고 싶지 않네요.”

“네?”

당황해하는 로버트 경의 얼굴을 보며 시수일레가 말했다.

"저는 예의도 기강도 잡혀 있지 않는 기사는 싫어해서요."

로버트는 어쩌면 시수일레의 이상형에 가장 가까운 신랑감인지도 몰랐다. 가문의 후계자도 아니고, 적당히 잘생겼고, 몸도 훤칠했고, 말도 감각 있게 잘했다. 그렇지만 지금까지 보던 남자들 중에서 제일 싫었다.

"각하, 아니 에이든, 가자."

왜냐하면 에이든을 무시했기 때문에! 시수일레는 에이든의 팔을 잡아끌었다. 몇몇 사람들이나 곁에 있던 친구들이 그녀를 보았지만 상관없었다.

"야, 너 그렇게 말해도 돼?"

"응?"

"아니, 아무것도."

에이든이 피식 웃었다. 정신을 차려 보니 시수일레는 그의 팔을 잡아 끈 채 정원까지 나와 버린 후였다.

"뭐니, 그 사람? 우리 아버지가 그러는데 대외적으로도 무례한 사람은 상종하지 말랬어."

"어, 나 말이야?"

에이든이 찔린 듯이 말했다.

"아니, 너 말고 로버트 경 말이야!"

"아아. 하지만 당연한걸. 나이 어린 사람이 작위 때문에 부단장 자리에 오르니, 에드 형처럼 존경받긴 아무래도 힘이 들지."

덤덤해 보이는 에이든의 말에 화가 났다. 어쩌면 그게 당연할지도 모른다. 하지만 에이든이 예의를 지키라는 신호를 보냈음에도 로버트는 그것을 무시했다. 제 앞에서도 그러면 에이든은 얼마나 많이 이런 취급을 당해 온 건가!

"왜 네가 더 화를 내냐?"

"그러면 안 되니?"

그 말에 에이든이 미소를 지었다. 어째서일까. 시수일레는 그 모습이 로버트 경의 얼굴보다 훨씬 낫다고 생각했다.

"비올렛 말이야."

"어, 비올렛!"

에이든의 말에 시수일레가 정신을 차린 듯 화들짝 놀라 말했다. 비올렛의 소식이라도 있나? 여전히 편지 따윈 보내지 않는 아이인데. 마지막에 들었던 소식도 겨우 왕자 전하에게 의원을 보내 달라는 내용이었으니 조금 궁금하던 차였다.

"의원을 요청한 건 어떤 병을 치료하는데 의원의 지식이 필요해서래. 딱히 문제는 없나 봐. 걱정할 필요는 없는 것 같아."

"아, 다행이다."

시수일레는 안도의 한숨을 쉬었다. 어디가 아파서 그런 건 아니었구나. 생각해 보니 그녀가 있는 곳이 성도인데, 신관들이 비올렛이 아프게 둘 리는 없었다. 시수일레가 안심하는 것을 본 에이든이 웃었다.

"그런데 왜 나를 부른 거야? 설마 이 이야기를 하려고?"

"당연하지. 궁금했을 거 아냐?"

망설임 없이 튀어나오는 에이든의 대답에 시수일레의 얼굴이 기묘하게 변했다. 그런 표정을 아는지 모르는지 에이든이 기지개를 키며 말했다.

"아 누구누구가 너무 도발적으로 날 끌고 나와서 조금 일이 이상하게 되었지만."

"그 누구누구가 나니?"

"알면서."

에이든이 팔을 내리며 미소 지었다. 달빛이 에이든의 얼굴을 비추었다. 시수일레는 에이든의 얼굴을 바라보았다. 언제나처럼 장난기 어린 미소였지만, 그윽한 달빛에 음영이 진 얼굴은 어딘지 모르게 달라 보였다. 옷차림 때문일까? 시수일레는 두근거리는 심장을 부여잡으며 말했다.

"그러고 보니 요즘엔 왜 그렇게 옷을 멋지게 입고 나와? 평소엔 그러지 않았잖아."

"오, 내가 멋있어 보였냐?"

그 말에 기뻐하는 에이든을 보며 시수일레는 괜히 그런 말을 했다며 얼굴을 찡그렸다. 에이든이 웃으며 말했다.

"뭐, 너랑 나랑 똑같은 목적이 있어서 그런 거지."

"똑같은 목적이라면?"

"혼인 상대 찾기."

"……."

그 말에 시수일레의 얼굴이 미묘하게 변했다. 그래, 후작가의 안주인 자리가 오래 비어 있었고, 후작의 나이가 어리니 가문을 안정시키기 위해 결혼을 할 법도 했다.

"시스?"

"……아, 그래. 그렇지."

시수일레는 완벽하게 가라앉는 자신의 기분을 느꼈다. 혼인이라는 말과 에이든을 동시에 떠올려 보니, 이상하게 또다시 가슴이 뛰었다. 그녀의 머릿속에 이상한 생각이 떠올랐다. 자신의 손을 잡아주는 에이든, 함께 웃고 떠드는 에이든, 그리고 자신을 '여보'라고 불러 주는 그의 모습이.

"어디 아파?"

투박한 손이 스스럼없이 그녀의 이마를 향했다. 따스한 온기가 손 너머로 전해져 왔다. 시수일레는 왜 그동안 남자들이 마음에 차지 않았는지 깨달았다.

"안 아파."

커다란 키, 준수한 외모, 좀처럼 진중하지 못한 장난기 어린 성격. 그 어느 것도 에이든을 대신할 수 있는 사람이 없었던 것이다.

"아니야, 아픈 것도 같아."

시수일레가 입술을 깨물며 말했다. 상처를 입은 것을 깨닫게 되면 더욱더 아프듯, 갑자기 가슴이 아파 오기 시작했다.

"서 있기 힘드니? 부축해 줄까?"

"응."

에이든이 내민 손을 잡으며, 시수일레는 그의 몸에 살짝 머리를 기댔다. 최악이다. 절대 좋아하지 말아야 할 사람을 좋아해 버렸다.

방에 돌아오자마자 시수일레는 머리를 감쌌다. 말도 안 돼. 미쳤어. 정말 미친 거지!

우선 에이든, 아니 에이드리언 에르멘가르트는 현재 에르멘가르트 후작이며 가문의 수장이다. 시수일레도 마찬가지로 추후 가문을 물려받아야 한다. 시수일레가 데려올 남자는 데릴사위로 성을 바꿔 라이셀 백작가의 일원이 되어야 했고 에이든이 데려올 여자 역시 마찬가지였다. 두 사람이 찾는 신랑감과 신붓감이 서로와 겹치지 않는 것이다. 일단 조건만 따져 보면 그렇다.

또 다른 가장 중요한 문제는 에이든이 자신을 좋아하지 않는다는 것이다. 일단 시수일레에게는 그것이 더 중요했다. 자신을 앞에 두고 혼인을 말할 만큼 에이든은 시수일레에게 관심이 없었다.

역시 미친 거지, 저딴 남자애를 좋아하다니! 아닐 거야. 아니지, 시스? 그렇게 스스로를 꾸짖어도 한 번 깨달은 마음의 소리는 꼭 백작 부인에게 대들 때의 자신처럼 바락바락 목소리를 키우며 얄밉게 말했다. '맞거든! 좋아하는 거 맞거든!'

마음이 복잡해진 시수일레는 그다음 날의 사냥 대회는 물론, 그 이후 중앙 귀족 가문에서 열리는 중요 연회에 거의 불참했으며 되도록 바깥에 나가지 않았다. 갑자기 어울리지 않게 두문불출하는 시수일레를 보고 아버지가 걱정하는 소리가 들렸으나, 일단 그녀는 자신의 마음이 최우선이었다.

여름이 깊어지던 어느 날이었다.

"협력 감사드립니다."

"무운을 비네. 후작."

"네. 바쁘실 텐데 따로 격식을 차리실 필요는 없습니다."

아버지의 집무실 앞을 지나가다 들려오는 목소리에 깜짝 놀란 시수일레가 방문 앞에 멈춰 섰다. 이윽고 문이 열리자 그녀는 방 바깥으로 나오는 에이든과 마주했다.

"못 만나고 갈 줄 알았는데 다행히 만나네?"

"어?"

무슨 말이지? 시수일레가 눈을 깜빡이자 에이든이 웃었다.

"좀 걸을래? 문까지 마중 좀 해 주라."

차라도 대접할 생각이었지만 에이든이 바빠 보였기에 시수일레는 고개를 끄덕일 수밖에 없었다. 이상하게도 가슴이 뛰었다. 시수일레는 불안에 잠겨서 물었다.

"어디 가?"

"크리처가 나타났다는 소문 못 들었어?"

"들었지."

하녀들이 기겁하며 말했던 것을 듣긴 했다. 그에 왕성이 뒤집어졌다고.

"내가 그 지휘관으로 파견돼."

"뭐어?!"

말도 안 돼! 아무리 부단장이라도 에이든은 어리다. 이렇게 어린데 지휘관이라니, 폐하가 미쳐도 단단히 미친 게 틀림없어!

"비올렛과 형도 거기에 간대."

"아……."

그러고 보니 크리처를 토벌하려면 성력이 필요하다는 것을 들은 것도 같았다. 하지만 그것은 교황이 알아서 처리해 주어야 할 문제 아닌가? 그 할아버지는 뭐하고 있지? 시수일레가 입술을 꽉 깨물었다.

"그래서, 거기 간다고?"

"응. 간단하게 끝날 거야. 너희 아버지께서도 기사단을 지원해 주셨고. 우리 후작가 기사들과 왕국 기사단들도 대규모로 동원되니 말이야."

"그래?"

시수일레의 얼굴이 어두워지는 것을 본 에이든이 말했다.

"왜. 걱정돼?"

"당연히 걱정이 되지!"

그 말에 에이든이 미소를 지었다.

"형과 비올렛을 만나러 가긴 해도 어쨌든, 나라를 지키러 가는 일이야. 기사가 되면서 이미 각오한 일이기도 해."

에이든의 답지 않은 진지한 말에 시수일레의 표정이 굳었다. 지금 이 순간 에이든은 완벽한 기사의 모습을 하고 있었다. 언제나 유들유들해 보였지만 그는 사람을 벤다는 것이 무엇인지, 나라를 지킨다는 것이 무엇인지, 검을 든다는 것이 무엇인지를 잘 알고 있는 사람 중 하나였다.

"좀 고마워해야 하는 거 아냐?"

"뭐?"

그럼 그렇지! 시수일레의 표정이 변했다.

"그 나라 안엔 너도 있잖아. 난 너를 지키려는 거야."

그 말에 시수일레의 심장이 내려앉았다. 쿵쿵거리며 심장이 또다시 빨리 뛰었다. 안다, 알고 있다. 그가 그냥 뻐기기 위해서, 생색을 내기 위해서 저런 말을 했다는 것 정도는.

"잘 있어. 나는 나라를 지키러 다녀오겠다."

그렇게 걸어 나가는 에이든의 뒷모습이 듬직해 보였다. '저 녀석도 진지한 구석이 있었구나.'라는 속마음 반, 걱정 반이었다. 솔직히 저런 모습도 너무 멋진 거 아니야?

그러다 시수일레는 자신이 그냥 에이든을 떠나보낼 뻔했다는 것을 깨달았다.

"에이든!"

시수일레가 정문을 나가려는 에이든을 붙잡았다. 에이든이 뒤를 돌아보았다. 시수일레는 어떻게 할까 망설이다가 자신의 품 안에

서 손수건을 꺼내 그의 손에 쥐어 주었다. 에이든이 그걸 물끄러미 바라보다가 얼굴을 살풋 찡그리며 말했다.

"야, 출정할 때 선물하는 손수건은 이별을 의미하는 거 알아?"

"진짜?"

"사냥 대회 때와는 달라. 건네야 할 건 손수건이 아니라, 여기 이 커프스 단추를 매어 주는 거야."

"뭐, 뭐어?"

"아, 그래도 난 그런 거 신경 안 쓰니까 고맙게 받……."

"아니야, 됐어!"

시수일레는 손수건을 도로 품 안에 넣었다. 저 바보는 이별을 의미하는 걸 받았다가 큰일이라도 나면 어떻게 하려는 것일까. 그만큼 자신만만하다는 소리였을 수도 있지만 어쩐지 속상해졌다. 그래도 퍽 기쁜 듯 에이든이 웃으며 말했다.

"다녀오면 해 줄 말이 많을 것 같아."

"응?"

시수일레의 말에 에이든이 씨익 웃으며 등을 돌렸다. 시수일레는 그의 뒷모습을 바라보았다. 부디 무사하기를, 그녀는 진심으로 빌고 또 빌었다.

—오랜만이에요, 에이드리언 경.

비올렛의 성년식에서 오랜만에 재회한 두 사람은 서로를 바라보았다. 시수일레는 어엿한 여자로 성장했고 에이든도 소년을 벗어나 청년에 다가서고 있었다.

시수일레는 에이든의 키가 엄청 자랐다 생각했다. 기사 특유의 다부진 체격과 자신감 넘치는 눈, 준수한 얼굴은 그녀가 꿈꾸던 이상적인 이성의 모습이었다.

그가 어색하게 웃으며 시수일레에게 인사했다. 조금 반가워서 먼저 다가간 것인데. 으음, 혼자서만 반가웠나? 시수일레가 생각했다. 그러나 곁에 있던 후작과 비올렛이 다른 곳으로 떠나자 에이든이 살짝 말을 걸어왔다.

—이제 그 유치한 동화는 졸업하셨나요?

—네?

—뭐였죠? 노래를 잘하는 남자와 위대한 모험가와 장미의 기사가 죄다 여자에게 고백하는 동화요.

그게 언제 적 일인데 아직도 기억하고 있었대? 그의 장난기 어린 미소에 시수일레의 얼굴이 붉어졌다. 에이든이 그 얼굴을 보며 웃음을 터트렸다.

오랜만에 봤기에 나름 철이 들어 있을 거라 생각했더니 영락없이 짓궂은 사내아이의 모습 그대로였다. 시수일레는 에이든에게 크게 실망했다. 그러나 저 남자의 어린아이 같은 순수함이 싫지는 않았다.

에이든이 출정한 이후로 시수일레는 밤잠을 제대로 자지 못했다. 잘 보지도 않는 서적을 뒤져 찾아보니 크리처들은 너무나 무서운 것들이었다. 그림으로 그려진 것만 해도 무시무시했다. 에이든은 그것과 싸우러 떠난 것이다. 나라를 지킨다는 말은 과장이 아니었다.

이 순간 시수일레는 에이든이 무사하다면 그 무엇이라도 다 해줄 수 있을 것 같았다. 잠깐, 에이든은 다녀와서 할 말이 있다고 했지? 그런 사람들은 소설 속에서 언제나 가장 빨리 죽었던 것 같은

데?! 설마, 에이든도? 아니, 무슨 소리를 하는 거야! 그녀는 고개를 절레절레 저었다.

참으로 이상하게도 에이든에 대해 걱정하면 할수록 시수일레는 자신이 그를 좋아한다는 것을 더욱 절실히 깨달았다. 왜 여태껏 몰랐지? 마음을 자각하자마자 어찌하지 못할 정도로 부풀어 올랐다.

그녀의 마음이 걱정으로 까맣게 타 버릴 즈음에 에이든의 군대가 크리처를 모두 섬멸했다는 소식이 들렸다. 흉흉했던 분위기가 가셨다.

초조하게 그를 기다리던 시수일레는 개선 행진을 구경하러 옷을 차려입고 뛰쳐나갔다. 행렬의 맨 앞에서 말을 탄 채 행진하는 에이든의 모습이 보였다. 겨우 열흘도 되지 않는 짧은 시일 동안, 그의 얼굴은 더욱 갸름해졌으며 눈빛은 날카로워져 있었다.

시수일레는 홀린 듯이 에이든을 보았다. 항상 장난기 어린 남자였지만 에이든은 나름의 강철 같은 신념을 가지고, 자신의 일이 무엇인지 잘 알고 있기에 나라를 수호한 것이다. 처음에는 악연이었을지언정, 에이든의 본모습이 보이면 보일수록 그에게 더욱 빠져들고 있었다.

그는 승리에 도취된 표정이 아니라 덤덤한 얼굴로 백성들의 환호를 받고 있었다. 이 순간 에이든은 그 뛰어나다던 에셀먼드보다 더욱더 영예로운 자리에서 서 있었다.

심장이 두근거리며 뛰었다. 에이든이 시수일레 쪽으로 고개를 돌렸다. 그가 군중 속에 서 있는 그녀를 알아볼 리가 없었다. 그러나 그 짧은 순간, 시수일레는 어쩐지 에이든과 시선을 마주했다는 느낌이 들었다.

승전을 기념해 왕궁에서 열린 연회에서 에이든은 누구보다 주목받고 있었다. 우선 크리처들이 기록과는 다른 모습을 보였으며, 죽은 시체들까지 일어나서 사람들을 공격했다는 것은 귀족들에게 너무나 커다란 두려움을 선사했다. 그 끔찍한 곳에서 그는 승리한 것이다.

에이든은 겸양의 말을 내뱉었으나 시수일레는 사람들 사이에서 역시 에르멘가르트 가문이라는 칭찬이 쏟아져 나온다는 것을 알았다. 미덥지 못하다며 손가락질했던 귀족들과 기사들도 에이든이 얼마나 대단한지 이제 알 것이다. 시수일레는 눈에 불을 키고 에이든을 바라보는 귀족 영애들을 흘겨보았다.

그녀는 사람들에 둘러싸인 에이든을 바라만 보았다. 그를 만나러 연회에 왔지만 어쩐지 다가설 수 없었다. 우선 시수일레는 사람을 좋아한다 자각한 것이 처음이었고, 어떻게 다가가야 할지 알 수 없었다. 또한 시수일레는 나름의 집안 문제를 안고 있었기에 더더욱 나서는데 거부감을 느꼈다. 대체 어쩌자는 건지, 본인도 자기 마음을 잘 몰랐다.

연회의 분위기가 무르익으면 익을수록 시수일레는 자신이 바보처럼 느껴졌다. 자신에게 말을 걸어오는 남자 두어 명을 보낸 그녀는 한숨을 쉬며 바깥으로 나갔다.

차가운 저녁 바람을 쐬며 시수일레는 그냥 집에 돌아갈까 생각했다. 이도 저도 아니라면, 그냥 돌아가서 마음 편한 채로 있는 게 낫다고 생각했던 탓이다. 괜히 에이든을 보면서 이상한 감정에 시달리기엔 이미 지쳐 있었다. 어머니도 아버지도 아파서 그랬다고 하면 넘어가 주시겠지.

"시스!"

자신을 부르는 에이든의 목소리에 시수일레가 고개를 돌렸다. 어쩌면 자신은 이것을 바라고 바깥에 나왔는지도 모른다. 마치 꿈과 같은 상황에 심장이 쿵쿵거리며 뛰었다. 아, 나 지금 입술 색이 지워지지는 않은 건가? 머리는? 옷은 이상하지 않을까? 이럴 줄 알았으면 거울 한 번이라도 더 볼걸!

시수일레는 애써 표정을 관리하며 뒤를 돌아보았다. 에이든이 걱정스러운 표정으로 물었다.

"어디 가?"

"조금 몸이 좋지 않아서 빨리 돌아갈까 생각하고 있었어."

"먼저 마차를 불렀어야지."

"아니야, 사실은 그냥 여기 있기 피곤해서."

생각해 보니 에이든에게서는 기사들 특유의 거친 말투를 찾아볼 수 없었다. 귀족적이고 품위 있는 말투는 아니었지만, 그에게서는 언제나 인간적인 매력이 흘러나왔다. 그 매력이 너무나 자연스럽게 그녀에게 스며들었던 것이다.

아, 자꾸 장점만 찾으면 안 되는데. 시수일레는 속으로 생각했다.

"너한테 할 말이 많을 거라 했잖아. 오랜만에 왔는데 나는 만나 보고 가 주라."

약간 서운하다는 말에 시수일레가 눈을 크게 떴다. 말, 그래, 자신의 감정에 집중하느라 깜빡했다. 대체 무슨 말을 하려는 것일까? 가슴이 콩닥콩닥 뛰기 시작했다. 시수일레가 기대에 차 물었다.

"무슨 말?"

"아, 비올렛을 만나러 갔으니까 말이야. 그 애 잘 지내고 있는지 내가 직접 보러 갔잖아. 결과만 말하자면 신관들도 다 개를 잘 따라. 하마터면 그 애가……."

그 말에 시수일레의 마음이 산산이 부서져 내렸다. 생각해 보면 할 말이 '많을 거라' 말했다. 먼저 말하고 싶은 게 있었으면 말하고 출전했겠지.

에이든은 언제나 비올렛에 관련된 화제가 아니면 말을 걸지 않았다. 그게 시수일레와 대화를 나누는 이유였다. 알고 있다. 비올렛과 가장 가까운 친구는 자신이었고, 에이든이 비올렛에 대해 이야기를 나눌 수 있는 것은 그녀밖에 없다는 것을. 그럼에도 이 순간, 그가 원망스러워 견딜 수가 없었다.

"너 비올렛 좋아하니?"

"뭐?!"

시수일레의 차가운 물음에 그가 화들짝 놀라 반문했다. 그녀는 날카로운 표정으로 에이든을 보았다. 그의 얼굴이 창백하게 질려 있었다.

"무슨, 개소…… 아니, 무슨 오해를 하는지 모르겠는데 그건……!"

"정말 좋아하는 거 아니야?"

"야, 내가 거스름돈도 모르는 어떤 바보 같은 무책임한 인간도 아니고, 내가 왜 여동생을 좋아해? 내가 미쳤어?!"

그 격렬한 부정은 귀에 들어오지 않은 지 오래였다. 시수일레가 소리쳤다.

"나랑 이야기할 때마다 비올렛 이야기밖에 안 하잖아!"

꾹 눌러 왔던 서운함이 터져나오며 두 눈에서 눈물이 주르륵 흘렀다. 공들여 한 화장이 무색해진다는 것을 알았으나, 이미 쏟아진 눈물을 멈출 수 없었다.

"아니, 잠깐 그건……."

"비올렛, 비올렛, 비올렛. 나랑 이야기할 화제는 비올렛밖에 없니? 그래서 크리처와의 전쟁이 끝나고 할 말이라는 게 비올렛의 안부밖에 없었어? 내가 얼마나 걱정했는데!"

"……."

에이든의 얼굴이 처참하게 일그러졌다. 하지만 시수일레는 말을 멈출 수가 없었다.

"난 그것도 모르고 괜히…… 기대했었단 말이야!"

그에 에이든이 무어라고 말할 때였다. 시수일레는 그제야 정신이 번쩍 들었다. 미쳤다. 정말 미쳐 버린 거야. 혼자만의 감정에 취해 서운함을 느껴 에이든에게 화풀이를 해 버렸다.

사과를 해야 했다. 하지만 사과는 하기 싫었다. 결국 시수일레가 선택한 것은 도피였다. 그녀는 난감해하는 에이든을 두고 치마를 걷은 채 달아나 버렸다. 당연하겠지만 그는 쫓아오지 않았다.

아, 바보. 시수일레는 일어나자마자 생각했다. 눈은 퉁퉁 부어 있었다. 무슨 정신으로 마차를 잡아타서 집에 돌아왔는지 모르겠다.

그녀는 집에 들어와서 엉엉 울고, 울고, 또 울었다. 라이셀 백작은 '세상에서 제일 예쁘고 귀엽고 깜찍한 우리 딸의 요 앙증맞고 보석 같은 두 눈에서 눈물을 흘리게 한 게 누구냐!'며 노발대발했지만, 그냥 나가 달라며 우는 시수일레의 축객령에 초라하게 쫓겨나야 했다. 어머니 역시 무슨 일이냐 물어보았지만 시수일레가 고개를 젓자 더 추궁하지는 않았다.

정말 바보다. 완전히 바보다. 누가 거기서 화를 내는 여자를 좋아하겠는가. 에이든의 입장에서는 기껏 죽을 고생을 해서 만난 여동생의 소식을 그 친구에게 알려 주러 왔더니 그 친구라는 게 갑자기 버럭하고 화를 내 버린 셈이다. 아, 나라도 싫겠다! 에이든이 얼마나 황당했을까?

너무 부끄러워 죽을 것 같았다. 그녀는 애꿎은 이불만 펑펑 걷어찼다. 그러다 그녀는 이불을 끌어안은 채 데구루루 굴러 애벌레처럼 꿈틀거렸다.

이건 정말 엄청난 실수였다. 당시에는 실망감에 앞뒤 가리지 않고 마구마구 생각나는 대로 말해 버렸다. 어떻게 이렇게 커다란 실수를 한 거지? 게다가 더 미치겠는 것은 비올렛을 살짝 질투하고 있었던 마음까지 말해 버렸다는 것이었다. 세상에, 여동생을 좋아하냐고 다그치다니. 그런데 거스름돈을 모르는 바보 같고 무책임한 남자는 누구지? 여하튼, 시수일레는 괴로워했다.

그 누구도 그녀의 괴로움을 덜어 줄 수 없었다. 끝났다. 시작하기도 전에 끝나 버렸다. 그것도 아주 최악으로! 누가 자신을 과거로 좀 데려가 줬으면 좋겠다. 일단 과거로 가자마자 할 일은 자신의 입을 막고 질질 끌고 오는 일이다.

그렇게 며칠 동안 청소하는 하녀 대신 이불을 털며 괴로워할 때였다.

"아가씨."

"……왜?"

"저기, 서신이 왔는데요."

"뭔데. 필요 없어."

뭐냐는 물음과 필요 없다는 말이 완벽하게 상반되었으나 그녀를 대하는데 익숙한 하녀가 말했다.

"에르멘가르트 가문에서 온 서신인데요? 버리겠습니다."

"잠깐만! 너 정말 단호하구나?!"

시수일레가 침대에서 뛰어내려 편지를 확 낚아챘다. 늑대의 인장이 새겨진 에르멘가르트의 푸른 봉랍을 뜯으며 시수일레의 가슴이 두근두근두근 뛰었다.

편지 안에는 에이든의 글씨가 쓰여 있었다. 처음으로 본 에이든의 글씨다! 나름의 정갈한 글씨체는 시간이 나면 얼굴을 보고 싶다는, 부디 오해를 풀게 해 달라는 내용이었다.

시수일레의 마음이 절망으로 까맣게 타들어 갔다. 비올렛을 좋아하냐고 물었던 게 에이든에게는 충격이었음이 틀림없다. 이렇게 오해를 풀고 싶다 말할 정도면.

시수일레는 편지를 보고 한참 동안 고민했다. 그리고 정확히 십 분 후에, 그녀 나름의 아주 오랜 숙고의 시간 후, 이틀 뒤에 방문하겠다는 답변을 보냈다. 그래 놓고서도 그녀는 침울하게 가라앉아 있었다.

시수일레가 에르멘가르트 후작가를 방문한 것은 상당히 오래간만의 일이었다. 그래도 예전에 비올렛을 찾았을 때는 어딘지 모르게 꽉 찬 느낌이 들었는데 지금 후작가는 텅 비어 보였다. 아버지의 친우인 후작께서 병으로 죽고, 에셀먼드가 떠나고, 둘째 다니엘이 쫓겨났다. 이제 후작가에는 에이든밖에 없는 것이다.

"안녕하세요, 아가씨. 오랜만이에요."

마중 나온 것은 하녀 앤이었다. 비올렛을 가장 가까이에서 모셨던 하녀에게 반가운 마음이 들 법도 했지만 지금 시수일레에게는 반가움을 표현할 여유마저 사라졌다.

"에이든, 안에 있어?"

심지어 그녀는 존칭도 쓰지 않고 덜덜 떨며 말했다. 앤이 난감한 표정을 지으며 말했다.

"네, 뭐, 하루 전부터 딱 굳어서 출궁도 안 하시고 아가씨를 기다리고 계시던데요?"

"……."

어떡해. 얼마나 충격이었으면!

시수일레는 앤의 얼굴을 보았다. 앤은 기묘하게 동정이 어린 시선으로 그녀를 보고 있었다. 하지만 그 시선의 의미를 물어보기엔 시수일레의 정신은 마치 탈곡기에 넣은 곡식들처럼 탈탈 털린 지 오래였다.

"그래…… 그렇구나."

"아가씨?"

시수일레의 목소리가 애앵, 모기처럼 떨렸지만 앤은 그것을 비웃지 않았다. 앤을 따라 복도로 걸어가니 에이든의 방이 보였다. 노크하고 방에 들어가기 전, 앤이 심각한 얼굴로 말했다.

"아가씨, 부디. 그러니까, 부디 넓은 아량을 베풀어 주세요."

"응?"

"화를 내시면 안 돼요. 참으셔야 해요."

"그래, 참아야지. 못 참아서 일이 이렇게 된 건데……."

자신이 얼마나 바보같이 화를 냈으면, 하녀에게까지 이런 주의를 받는단 말인가. 시수일레는 순진하게 고개를 끄덕이며 안으로 들어갔다.

의자에 앉아 있던 에이든이 시수일레가 들어오자 바로 일어났다. 앤이 한숨을 쉬며 문을 닫았다. 문이 닫히자 이상한 정적이 흘렀다. 방에는 둘만이 있었다. 어딘지 모르게 꽃향기가 풍겼다. 에이든은 아주 진지한 표정으로 시수일레에게 다가갔다. 그가 잠시 동안 숨을 쉬더니 겨우 말했다.

"자, 잠깐만 여기 서 있을 수 있어?"

일단 시수일레는 긴장으로 머리가 하얗게 돼 판단 능력 따윈 저 멀리 사라진 지 오래였기에 그가 시키는 대로 따랐다. 방 한가운데, 에이든이 그녀의 앞에 무릎을 꿇었다. 그에 시수일레는 깜짝 놀랐다.

"저 하늘과 땅은 이미 나의 마음을 알고 있기에."

"……?"

"하늘과 땅만이 아는 나의 비밀을 그대에게 감히 드러내려 합니다."

에이든은 진지한 입으로 말, 아니 노래를 부르기 시작했다. 하도 떨었기에 음정이 염소처럼 계속해서 어긋났다. 아니, 이 가사는! 어렸을 때 비올렛과 같이 읽던 동화 속 등장인물인 노래를 잘하는 구델이 영주의 딸에게 구혼하며 불렀던 노래였다. 에이든은 소꿉놀이나 할 때 불렀던 그 노래를 부르고 있었다.

"그대를 만나고, 그대를 마음에 담아서 그 마음 억누를 길 없기에 이렇게 사랑을 고백합니다아아아!"

어쩌면…… 노래라도 잘 부르면 근사해 보일 수도 있었다. 그러나 음정이 엉망인 데다가 마치 벌칙을 하는 것처럼 염소 목소리로 아이들이나 부르는 유치한 노래를 부르는 것은 그냥 장난 섞인 기행 같았다. 아니, 장난 수준을 벗어나 에이든이 드디어 미친 것처럼 보였다.

"……."

"아차, 다음."

다음? 뭔가 더 있단 말인가? 시수일레의 심장이 불안으로 쿵쿵 뛰었다. 에이든이 갑자기 몸을 일으켜 뛰어가더니 노란 금이 용 모양으로 양각되어 붉은 보석을 한 바퀴 감싼 촌스러운 목걸이를 가져와 내밀었다

"용의 붉은 심장을 사랑하는 그대에게 바칩니다."

"……."

시수일레는 졸지에 용이 섬세하게 세공된 붉은 루비 목걸이를 얻었다. 용과 관련한 디자인은, 유행에 뒤떨어진다는 말로 표현하면 돌려 말하는 것이었고, 할아버지도 촌스럽다고 사용하지 않는 낡고 고루한 디자인이었다. 이 목걸이는 구하기도 힘든 고대 유물 수준이었던 것이다.

설마 크리처를 무찌르러 가더니 어디 전설 속의 용이라도 발견해서 죽이고 온 것인가? 동화 속 지혜로운 모험가인 재간꾼 케네스처럼? 시수일레가 멍하게 생각했다.

"아, 그리고 마지막!"

"……."

대체 무엇을 어떻게 하려고 하는 걸까. 시수일레는 보석을 손에 쥐고 아연한 얼굴로 그를 바라봤다. 에이든이 커다란 바구니를 들더니 장미 잎을 뿌렸다. 미친 건가? 시수일레는 멍하게 그런 생각을 하고 있었다.

"그 어찌 당신의 아름다움에 비하오리까만은, 당신을 닮은 아름다운 꽃잎을 그대의 발치에 뿌립니다. 그대가 걷는 길은 꽃잎처럼 보드라운 길일 것입니다."

하다하다 이제는 장미의 기사 비셸의 고백까지 나왔다. 시수일레는 자신의 발치에 뿌려진 붉은 꽃잎을 보았다.

시수일레의 침묵 속에서 정중하게 무릎을 꿇은 채 고개를 숙인

에이든이 다시 고개를 들었다. 에이든은 시수일레의 무표정한 얼굴을 마주했다. 그에 긴장한 에이든의 눈동자가 지진이 난 듯 떨렸다. 한참 후에 시수일레가 입을 열었다.

"에이든, 내가 물어볼 게 있는데."

"응. 물어봐, 뭐든지!"

"너 지금 뭐한 거니?"

이때까지도 시수일레는 자신이 무엇을 봤는지 확신하지 못했다.

"뭐긴 뭐야, 고백이지."

"……고백?"

"네가 이렇게 고백받는 게 낭만적이라면서?"

"……."

"네가 뭘 좋아할지 몰라서 다 해 봤어."

고백? 이게 고백이라고? 이런 구식 고백이? 성인이 되어 결혼 적령기에 접어든 친구들이 어떤 고백을 받았는지 들은 시수일레는 자신 역시 세련된 방법으로 고백받을 것이라 생각했다. 꽃을 받든 아름다운 보석을 받든. 이런 유치한 고백을 받을 거라 상상하지도 못했다. 지금 그 '고백'에 대한 환상이 산산조각 난 것이다!

"전부 다……."

"전부 다?"

"전부 다 이상해. 유치해! 창피하다고!"

시수일레가 얼굴이 붉게 물들어 소리쳤다. 아, 세상에, 앤이 왜 화를 내지 말라고 했는지 알았다. 얼굴을 들 수가 없다! 후작가의 사용인들은 지금 이걸 알고 있는 게 아닌가? 만약 동화책에서 나온 대로 길가나 왕궁 한가운데에서 이런 고백을 받았으면……. 다시는 세상 바깥에 나가지 못 하리! 거기서 인생은 끝이다, 끝!

"야, 나는 나름 생각해서 근사하게 고백하려 했던 건데 말을 그렇게 하냐?!"

"뭘 할지 몰라서 이런 고백을 한 사람한테 그럼 어떻게 말해야 하는데! 아아아아! 정말 진짜!"

억울해하는 에이든의 얼굴에 시수일레는 어쩐지 화가 나기 시작했다.

"내가 오늘을 위해서 얼마나 많이 준비 했는지 알아? 어떻게 지금 유치하고 창피하다는 말을 할 수 있어?"

"앞으로 사용인들 얼굴을 어떻게 봐 부끄럽지도 않니?!"

"낸들 창피하지 않았는 줄 아냐?"

에이든이 버럭 화를 냈다. 그래, 창피하기까지 했어?! 막상 에이든이 창피했다 말하자 시수일레의 기분은 점점 최악으로 달려가고 있었다.

"아니, 그 창피한 걸 대체 왜 지금 나한테 보여주는 건데?! 저건 대체 왜 한 건데?"

이거 그냥 장난이겠지? 장난일 거야. 분명 이 남자가 어렸을 적 버릇을 못 고치고 또 장난질을 하는 게 틀림없다! 시수일레의 물음에 에이든이 버럭 소리쳤다.

"좋아하니까!"

그 목소리가 어찌나 컸던지 귀가 쩌렁쩌렁하게 울렸다. 동시에 시수일레의 머릿속이 하얗게 되었다. 방금 에이든이 무슨 말을 한 거지? 시수일레가 멍하니 에이든을 바라보았다. 그는 이제껏 본 적 없는 진지한 표정으로 시수일레를 보고 있었다.

"네가 말했잖아, 여자아이들이라면 모두 꿈꾸는 낭만적인 고백이라고! 기억 안 나냐?"

낭만적 고백? 아! 그제야 떠올랐다. 어렸을 적 시수일레는 그 동화의 고백을 받는 게 꿈이라 비올렛에게 재잘재잘 떠들었다. 그때 에이든이 그것을 보고 놀렸었지. 왜 이걸 기억 못 했지? 그는 지금 그것을 기억해 주고 고백한 것이다. 스스로도 잊어버린 그 기억을.

"……나 참, 들떠서 준비한 것도 바보 같네."

그 시무룩한 어조의 말에 시수일레는 말문이 턱 막혔다. 에이든은 골이 난 표정이었다.

"형은 아주 멋지게 고백했는데, 나는 그것에 못 미치나 봐."

"바보니? 네가 네 형보다 못할 건 또 뭔데?"

이렇게 그녀에게 수치스러운 고백을 던져 주었지만, 그래도 에이든이 남들보다 못할 건 없었다. 자신도 모르게 나온 말에 시수일레는 입을 막았다. 그래도 그녀의 말에 에이든의 찌푸려졌던 얼굴이 미소를 되찾았다.

"좀 곤란했지? 미안해. 내가 생각하는 최선이 이거였거든."

"……."

별안간 시수일레는 너무도 늦었지만 이게 '고백'이라는 것을 깨달았다. 아니 고백이라는 것은 알았지만, 마치 연극을 보는 것 같아서 실감이 나지 않았기에 고백의 의미를 간과해 버렸다. '고백'이라는 것은 이성을 좋아한다는 자신의 마음을 드러내는 행위였다. 그리고 방금, 에이든이 자신에게 좋아한다고 진지하게 말했던 것이다! 시수일레의 얼굴이 다시 붉게 달아올랐다.

"에이든, 나 좋아하니?"

"바보냐? 방금도 말했잖아!"

에이든이 억울한 듯 말했다. 시수일레는 그 고백을 받으면 누구라도 그것이 마음을 고백한 건지, 연극을 시연한 건지 모를 거라고 말하고 싶었다.

“어…….”

“내가 제일 억울했던 게 뭔지 알아? 내가 비올렛을 이성으로 좋아한다는 말이야.”

“아니었어?”

“내가 비올렛 이야기만 했다고 하는데 비올렛 이야기가 아니면 네가 나와 말이라도 나눠 줬을 것 같아?”

생각해 보니 에이든과 친해진 계기는 비올렛이었다. 두 사람은 자연스럽게 비올렛에 대해 이야기하며 서로의 이름을 부르며 대화를 나누고, 결국 애칭까지 허용했다.

“그렇구나…….”

시수일레는 한숨 쉬듯 말했다. 지금 자신의 친구는 둘 사이에 그녀의 이름이 낀 것을 알면 어떤 표정을 지을까. 보나마나 엄청 불쾌해할 텐데. 시수일레의 머릿속에 ‘대체 나는 거기에 왜 들어간 거니? 대체 왜?’라고 어이가 없다는 듯 말하는 비올렛의 얼굴이 둥둥 떠다녔다.

“언제부터 좋아했는데?”

시수일레의 물음에 에이든이 자신의 머리를 쓰다듬으며 투덜거리며 말했다.

“그걸 내가 어떻게 알아. 그냥 보다 보니 좋아졌는데.”

“…….”

그녀의 두 뺨이 붉어졌다. 방금 벌어진 이상한 고백은 잠시 기억의 저편으로 날아간 지 오래였다.

“미안해. 승전 연회 때는 나도 혼란스러워서…… 내가 널 잡아도 되는지 생각해 봤거든. 그러니까, 알잖아. 우린 각자가 가문의 후계자라서 쉽지 않다는 것 정도는…….”

“…….”

“하지만 알 게 뭐야. 거스름돈도 모르는 누구 씨는 가문도 내팽개치고 대단한 사랑을 위해 도망갔는데, 나라고 왜 못 해? 나도 내가 원하는 대로 살 거야.”

대체 거스름돈을 모르는, 사랑을 위해 도망간 그 바보는 누구일까. 거스름돈도 모른다면 세상을 살아가는 데 심각한 지장이 있는 거 아닌가? 물어보고 싶었으나, 그 말을 하는 에이든이 짜증스러운 얼굴인지라 물어보지 않기로 했다.

“다시 한 번 말하지만, 비올렛을 좋아하는 거 아니야. 그 앤 정말 내 동생이라고.”

“알았어.”

시수일레가 조용하게 말했다. 에이든은 한숨을 쉬었다.

“아, 애초에 이렇게 낯 뜨거운 고백을 하는 게 아니었어. 나도 창피했단 말이야.”

“그래그래.”

와, 진짜 얘가 날 좋아하는 건가? 지금 내가 좋아하는 사람이 나한테 고백을 한 거지? 정말로? 시수일레는 다른 의미로 정신이 멍해져 있었다. 그녀의 의식은 저 행복의 호수에서 수영을 하고 있었다.

“시스?”

“아니.”

“어디 아파?”

“아니, 너무 좋아서…….”

얼이 빠진 듯한 그녀의 목소리에 에이든의 얼굴도 덩달아 붉어졌다. 그는 흠흠 헛기침을 했다.

“이렇게 좋아할 줄 알았으면 미리 말해 보기나 할걸, 하아.”

“……그러게 진작 하지 그랬니.”

멍하게 대답하고 있던 시수일레는 에이든이 바로 앞까지 다가오자 깜짝 놀랐다.

“나, 너 안아 봐도 돼?”

그에 시수일레가 수줍게 고개를 끄덕였다. 에이든이 팔을 벌려 그녀의 허리를 끌어안았다. 따스한 온기가 느껴지며 행복 속에서 부유하던 정신이 현실로 끌어 내려졌다. 비록 고백 방법이 최악이었지만, 어떻게 보면 가장 그다운 고백일지도 몰랐다. 어린 날의 그녀가 읽어 주었던 동화를 아직까지 기억하고 있었다는 거니까. 계속 그녀를 생각해 주었던 것이다. 이것이 그의 낭만적 고백법이었다.

노래를 잘하지는 못하지만 즐거운 노래가락처럼 에이든은 그녀를 즐겁게 해 주리라. 때로는 모험가와 같은 자유분방함과 익살스러움으로, 때로는 장미꽃을 바친 기사와 같은 낭만과 정열로 그녀를 대해 주겠지.

미래의 일이 걱정이었지만, 시수일레는 그것을 생각하지 않기로 했다. 애초에 그녀는 미래를 생각하며 걱정하는 비올렛과 같은 성격이 아니었다.

그녀는 손을 뻗어 그의 등을 끌어안고 가슴팍에 얼굴을 기댔다. 그의 심장박동 소리가 빠르게 들려왔다. 이 서투른 연인들은 차마 입술을 맞추는 용기도 내지 못한 채 한참 동안 서로를 끌어안고 있었다.

—외전. 그의 낭만적 고백법 終—

BLACK LABEL CLUB 025
후원에 핀 제비꽃 4

1판 1쇄 발행 2016년 6월 30일
1판 3쇄 발행 2019년 12월 3일

지은이 성혜림
펴낸이 신현호
편집부장 예숙영
편집 이영조
편집디자인 한방울
영업 · 관리 김민원 조은걸 조인희
물류 이순우 최준혁 박찬수

펴낸곳 ㈜디앤씨미디어
출판등록 2002년 5월 1일 제117-90-51792호
주소 서울시 구로구 디지털로 26길 111 JnK디지털타워 503호
대표전화 (02)333-2513 팩스 (02)333-2514
전자우편 dncbooks@dncmedia.co.kr
디앤씨북스 블로그 http://blog.naver.com/dncbooks

ISBN 979-11-264-3388-9 (04810)
979-11-264-3130-4 (세트)